# 피를 마시는 새

## 1

이영도 판타지 장편소설

# 피를 마시는 새

**1**
황제 사냥꾼

황금가지

시간이 춤을 출 장소를 찾았고 그것은 태초가 되었다.

시간은 처음엔 다섯 종족과 함께 춤을 추었지만, 이젠 네 종족과 춤을 춘다.

춤은 이어진다.

네 종족이 세상을 말한다.

세상은 가깝다고 말하는 자들이 있다. 그들이 세상과 맞닿는 표면에 살기를 좋아하기 때문이다. 표면은 중심에서 가장 먼 곳, 그러나 외부와 가장 가까운 곳이다. 이곳의 마지막이자 저곳의 시작인 그곳은 경계다. 그들은 경계에 대한 심오한 이해를 가지고 있고 소리 없고 자극 없는 따스한 중심으로 가라앉지 않는다. 그들은 삶의 중심에서 한가롭게 떠다니며 죽음을 먼 변경의 이야기로 치부해 버리지 않는다. 대신 그들은 자신의 심장을 뽑아낸다. 뽑아낸 심장을 중심에 남겨 놓고 그들은 외부로, 표면으로 나아간다. 그 때문에 그들은 표면의 특권을 누린다. 긁히고 깎이고 상처 입어도 저 먼 중심에 그들의 심장을 보관하는 한 그들은 본질을 파괴당하지 않는다. 표면에 있는 그들은 외부의 불꽃을 아무 장애물 없이 직시할 수 있다. 밤이라는 장막도 그들의 눈을 가리지 않는다. 표면에 있는 그들은 깊숙한 자아의 모호한 메아리인 말을 쓰지 않는다. 그들은 자신을 직접 상대방에게 전달하며 이를 니름이라 한다. 물론 표면에 있는 것에 장점만 있는 것은 아니다. 쌀쌀맞다거나 냉혹하다는 평을 듣는 것은 둘째 치더라도 이들은 외부의 영향을 직접 받는다. 비록 중심에 있는 본질은 안전하지만 표면에 있는 그들은 더위에 끓어오르고 추위에 얼어붙는다. 그들은 나가라 한다.

세상은 느리다고 말하는 자들이 있다. 그들은 오래된 원한이라는 말을 낯설어 한다. 그들은 짧고 강렬한 웃음으로 폭발시킨 다음 더 이상 구애되지 않아도 되는 일들을 더 좋아하고, 심지어 그렇게 되기 어려운 일들도 그렇게 만들려 애쓴다. 그들의 사랑이나 우정 또한 짧고 빠르다. 그러나 다른 이들은 그것을 눈치채지 못하는데, 그것은 다른 이들이 사랑과 우정에 대해 잘 모르기 때문에 일으키는 착각이다. 다른 자들은 이삼 년의 짧은 추억으로 평생의 결혼 생활이나 교우 생활을 지탱한다. 그들은 그렇지 않다. 그들은 끊임없이 사랑과 우정의 이유를 만들어 내고 그 표현법을 무수히 창조한다. 그들은 짧은 사랑과 짧은 우정을 지속

적으로 만들어 내어 다른 자들에겐 긴 사랑과 긴 우정처럼 보이는 것을 영위한다. 그러나 그들은 짧은 분노와 짧은 원한을 계속 만들어 내지는 않는다. 그런 일이 소모적이고 재미가 없다는 것을 알기 때문이다. 그래서 그들은 다른 자들에게 선량하게 비춰진다. 그들은 세상이 느리게 행하는 일을 훨씬 빠르게 해치울 수 있는 힘인 불을 자유롭게 다룬다. 그들은 죽은 후에도 무거운 몸을 빗어서 더 가볍다는 듯 죽음에 앞장서 달려간다. 느린 죽음은 그들을 잡기 위해 꽤 오랫동안 그들을 추격해야 한다. 그러나 그들이 가장 빠를 때는 폭력과 피를 피할 때다. 그것들은 도저히 즐거운 일로 만들 수 없으니까. 그들은 도깨비라고 한다.

세상은 엉성하다고 말하는 자들이 있다. 왜냐하면 그들은 세계에 존재하는 결합 대부분을 어렵잖게 해체할 수 있기 때문이다. 바위라는 퍽 단단한 결합을 흙과 모래로 해체하고 싶다면 이들은 정이나 망치 따위는 요구하지 않을 것이다. 그들은 단지 그래야 할 이유만을 요구할 것이다. 그 일을 수행할 도구는 그들에게 충분히 갖춰져 있다. 무지막지한 힘과 강철같은 몸, 지치지 않는 체력, 그리고 광적인 집착으로 오해

받기 쉬운 집중력을 가진 그들은 바위를 손쉽게 흙과 모래로 분해한다. 그들은 다른 결합들도 어렵잖게 해체할 수 있다. 생명이라는 결합도 쉽게 해체하여 무생물로 분해한다. 국가라는 결합도 그리 어렵잖게 해체할 것이다. 그들에게 세상은 엉성하다. 그래서인지 그들은 상대적으로 훨씬 단단한 것에 주된 관심을 기울인다. 절대로 변하거나 퇴색하지 않는 단단한 사명을 스스로에게 부여하고 그것을 맹렬하게 추구하는 것이 그들의 삶이다. 그 추구는 실로 맹렬한데, 엉성한 세상은 부서질지언정 단단한 자신은 부서질 리 없다는 꽤나 정당한 믿음을 바탕으로 하고 있기 때문이다. 두려움과 무관할 것 같은 이 강대한 자들에게도 두려움의 대상은 존재한다. 어떤 파괴력에도 해체되지 않고 거꾸로 감싸 안아 그들의 튼튼한 몸을 가라앉히는 물은 그들의 근원적 두려움을 불러일으킨다. 그들은 레콘이라 한다……

늙은 군령자는 이야기를 잠시 멈추고 곰방대를 입으로 가져갔다. 그리고 나는 이야기를 하고 있는 영이 살아 있을 때 어떤 종족이었을지 추측하는 일을 그만두었다. 그는 자신이 오래전 들었던 이야기를 정확히 반복하는 일에만 열중했고 자신의 종족적 관점을 드러내지는 않았다. 연초를 빨아들이던 그가 말했다.

"그 다음은 인간이 보는 세상에 대한 이야기지. 하지만 그 이야기를 하기에 앞서 자네 이야기를 먼저 듣고 싶군. 자네는 자신이 군령자가 아니라고 했고, 또 아무리 봐도 두억시니는 아닌 것 같으니 자네는 눈에 보이는 것처럼 인간임이 분명해. 그러니 말해 보게. 자네 생각에 세상은 어떠한가?"

나는 어깨를 으쓱하고는 내가 본 세상에 대해 말하기 시작했다. (주——이 대목에서 일기의 저자인 학자가 인간임을 알 수 있다. 하지만 그렇다고 해서 일기의 저자가 가이너 카쉬냅이라는 일반적인 믿음이 사실이 되는 것은 아니다.)

——하이스 대학에 보관된 무명 학자의 일기 중

## 차례

무명 학자의 일기　5

서문　13

1장 잠든 불씨　15

2장 돌과 바람　103

3장 기적을 감상하는 태도　209

4장 묻은 것과 믿은 것　301

5장 깨어난 불씨　423

니름―나가 종족의 특이한 대화 수단으로서 정신적 교감이기 때문에 소리가 나지 않는다. 본문 중에 〈 〉로 표시되었다. '말장난' 대신 '니름장난'과 같은 식으로 '말'이라고 표현되어야 할 자리를 대신하고 있다.

세 바다가 한 바다가 되고

모든 대지 위에서 산맥들의 질주가 멈춘

그리고, 그런 것들에 누구도 신경 쓰지 않는

꿈의 적서가 남김없이 규정된 시대에


한 남자가 호반에 서 있었다.

# 제 1 장

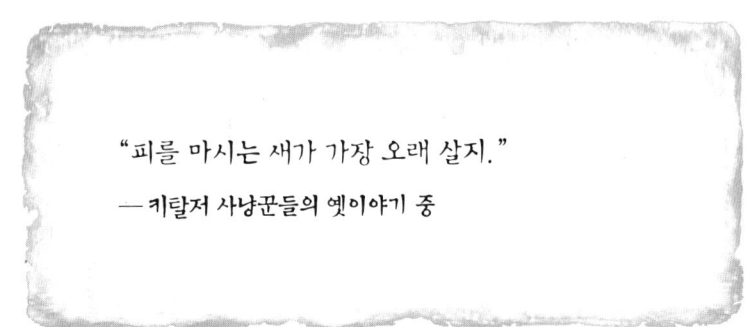

"피를 마시는 새가 가장 오래 살지."
— 키탈저 사냥꾼들의 옛이야기 중

## 잠든 불씨

호수의 수면 위로 여섯 개의 탑신이 얼비친다.
바람이 잔물결을 일으킬 때마다 수면은 그 위에 비치는 모든 풍경을 몽상으로 바꿔 버린다. 하지만 여섯 탑신의 모습은 굳건하다. 그 형상은 수면 위에 탑을 비추는 것이 아니기 때문이다. 탑들은 수면 아래에 있다.
판사이 호수.
한때는 판사이 계곡으로 불렸다. 상고토(上古土)의 아름다운 풍광 속에서도 빼어난 풍광을 자랑하던 시절, 판사이 계곡은 고대의 추억으로 가득했다. 저 유명한 왕의 길 끝에 있는 여섯 탑은 물론이거니와 계곡에 우거진 숲 사이로 머리를 드러낸 가장 작은 경계비조차 장려한 역사의 증거였다. 고건물들 위로 무수한 단풍잎이 흩날리는 낙엽의 계절이 오면 판사이 계곡은 대지가 은 연중에 드러낸 고대의 기억처럼 보였다.
하늘 아래 영원을 말할 수 있는 도시는 없겠지만 판사이와 같은 종말을 맞은 도시 또한 드물 것이다. 형언할 수 없는 미증유의 재난이 닥쳐온 그날, 강들이 노호하여 흐름을 변경하고 산허리와 둔덕을 타넘는 파도가 되어 계곡으로 몰아쳐 왔을 때, 도시는 영원히 수장되고 말았다.
왕의 길 끝에 열주처럼 서 있던 여섯 탑 또한 그 끔찍한 운명에서 벗어나지 못했다. 하지만 사람들이 육형제탑이라 불렀던 그 여섯 탑은 판사이의 다른 부분들과 좀 다른 결말을 맞았다. 범람한 물은 동쪽에서부터 계곡으로 쏟아져 들어왔고 계곡의 건물들과 울창한 숲을 닥치는 대로 파괴한 후 기세가 약해진 채 왕의 길 끝에 도달했다. 그리고 계곡의 가장 낮은 부분인 서쪽 부분에서 서서히 차올랐다. 그래서 육형제탑은 원형을 유지한 채 물속에 잠겼다.

그것을 판사이가 얻은 마지막 행운이라 할 수도 있을 것이다. 하지만 모든 사람들이 그런 생각에 동의하는 것은 아닌데, 예를 들어 지금 판사이 호수의 서쪽 기슭에서 물속에 잠긴 육형제탑을 바라보는 검은 깃털의 레콘 같은 경우엔 절대로 그렇게 생각할 수 없었다.

발아래에서부터 서서히 차오르는 물을 생각하는 것만으로도 레콘은 깃털을 부풀릴 수밖에 없었다. 레콘은 황급히 뒤로 몇 걸음 물러났다. 시야에서 육형제탑이 사라지자 간신히 숨통이 트였다. 검은 깃털을 모조리 부풀린 채, 레콘은 차라리 급류에 파괴되는 쪽이 낫다고 생각했다.

그리고 그런 의견은 레콘의 뒤편에 있던 동료 또한 마찬가지인 듯했다.

"차라리 박살 나는 편이 낫지. 물속에서 저게 무슨 꼴이람."

레콘은 눈을 부라리며 고개를 돌렸다. 그 말에 반대하진 않지만 '물'이라는 단어를 태연히 사용하는 무신경함에는 화가 치밀었다. 지상에서 가장 강력한 종족의 노여움에 찬 시선을 받은 것은 한 인간 소녀였다. 자신의 실수를 깨달은 소녀는 사과했다.

"어, 미안해요."

소녀는 조그마했고, 레콘의 곁에 서 있기에 그 조그마함은 더욱 두드러졌다. 150센티미터를 넘길까 말까 한 소녀의 신장은 3미터를 훌쩍 넘는 레콘의 반에도 미치지 못했고 부피로 따진다면 똑같은 소녀가 두 자릿수 이상 모여야 비슷해질 정도다. 그 조그마한 소녀의 얼굴에서 레콘을 되비치고 있는 눈은 오른쪽 눈뿐이다. 소녀의 왼쪽 눈은 조그마한 얼굴이 감당하기엔 너무 큰 얼룩처럼 보이는 검은 안대에 덮여 있다. 코는 몇 번이나 부러졌는지 짐작도 할 수 없는 선을 가지고 있었고 귓바퀴 또한 귓구멍 안으로 들어가고 싶은 듯한 모습이었다.

그 모습 전체를 한눈에 바라보던 레콘은 부리를 딱 부딪치고는 고개를 돌렸다.

용서받은 것이다. 하지만 애꾸눈 소녀는 다시 말했다.

"미안하다고요, 지멘."

지멘은 수염볏을 쓰다듬으며 판사이 호수를 바라보았다.

거대하지 않은 레콘은 없지만 지멘이라는 이름의 레콘이 가진 거대함은 움직이는 생물보다는 차라리 거석이나 준령의 거대함에 가까웠다. 복잡한 감정을 담고 있는 두 눈은 보통의 레콘들보다 반 미터는 더 높은 곳에서 빛나고 있고 날카로운 부리에는 하얀 실금 같은 상처가 가득하다. 대부분의 레콘들이 격투 중 부리를 훌륭한 무기로 사용하지만 지멘의 경우 정도가 심했다. 남보다 월등히 높은 곳에서 내려 쪼는 부리의 파괴력은 압도적이다. 지멘은 상처 가득한 부리를 열었다가, 다시 닫았다. 그리고 다시 열어 혼잣말처럼 말했다.

"레콘은 그 말에 익숙해져야 해."

애꾸눈 소녀는 그것이 혼잣말임을 알고 있었다. 하지만 그것이

잠든 불씨 19

자신에게 건네진 말인 양 대답했다.

"에이, 설마?"

소녀가 말한 '설마'에는 그 말에 담길 수 있는 모든 부정적인 의미가 다 포함되어 있었다. 지멘은 일단 그 부정들을 수용하기로 했다.

"어떤 이는 설마라고 말할지도 모른다."

소녀는 짧게 웃었다. 지멘은 그 웃음을 못 들은 척했다.

"하지만 레콘은 언제나 모든 것에 도전했고, 그런 도전에 임할 때 다른 사람의 상식을 필요로 했던 적은 없다. 오직 하나의 액체, 그 흔한 액체만이 레콘의 도전에서 보호되어야 할 이유는 전혀 없다."

지멘은 잠깐 멈췄다가 여전히 혼잣말처럼 말했다.

"물론, 그것이 레콘의 마지막 도전이었으면 좋겠다는 것이 내 소망이긴 하다."

애꾸눈 소녀는 웃음을 터뜨렸다. 하지만 그녀의 웃음은 지멘의 다음 동작에 싹 사라졌다.

지멘은 옆으로 손을 뻗어 땅에 세워 둔 거대한 망치를 들어 올렸다. 망치라는 이름으로 지칭되긴 했지만 그것은 다른 망치들이 뭔지 못 알아볼 만한 녀석이었다. 대호(大虎)의 머리 형상을 한 망치 머리는 우아하지만 어딘가에 떨어뜨렸다가는 과실치사를 유발할 크기였다. 균형을 맞추기 위해서 망치 자루까지도 철로 만들어져 있어 전체 무게는 상상을 초월한다. 전통적인 레콘의 가치관에 입각하여 지멘은 그 누구도 자신의 무기를 만지도록 허락하지 않으며, 따라서 그것을 들어 올리기 위해 인간 몇 명이 필요한지는 아무도 모른다. 소녀는 필요한 인간의 숫자가 두 자리는 넘을 거라고 진지하게 말하는 사람도 본 적이 있다.

전설적인 망치를 집어 든 지멘은 뒤로 빙글 돌았다. 실로 위압적인 광경이었지만 소녀는 겁먹지 않았다. 대신 오른쪽 눈을 확 불태웠다. 지멘은 소녀의 변화를 잠깐 주시한 다음 그녀의 뒤쪽, 수풀을 향해 외쳤다.

"앞으로 나와라!"

숲 속에서 열 명 남짓한 사람들이 걸어 나왔다. 그들의 복장은 황제의 병사들의 것이었다. 소녀가 비평가다운 태도로 말했다.

"뼈다귀도 없는데 개새끼들이 몰려드네?"

병사들의 눈썹이 치솟았다. 하지만 황제의 병사들은 아무 반노하지 않았다. 소녀는 그 이유를 알 수 있었다. 그리고 그들이 왜 활을 쏘는 대신 앞으로 걸어 나온 것인지도. 몰려온 병사들 가운데 도저히 못 보고 지나칠 수 없는 거대한 모습의 병사 한 명이 있었다. 지멘은 다른 병사들을 무시한 채 그 병사에게 말했다.

"오래간만이군요, 즈라더."

"12년 만이지, 지멘. 그 망치는 자라는 것이 아닌가 싶군. 더 커진 것 같아."

"크기는 모르지만 무게는 좀 무거워졌을 겁니다."

레콘인 즈라더는 지멘의 레콘 식 표현을 쉽게 이해했다. 레콘에게 보다 흔한 빛깔인 흰빛의 깃털을 가진 즈라더는 너비가 2미터에 가까운 양날 도끼를 부채라도 되는 양 가볍게 들어 올렸다. 갈가리 찢어진 수염볏이나 생기 없는 깃털들은 그가 태어난 해가 대단히 오래되었음을 알려 주지만 늙었다고 말할 수는 없다. 레콘의 노화는 태어난 해가 언제인가에 달려 있지 않다. 손에 최후의 대장간에서 받은 무기를 들고 있으며 그것을 자유로이 다룰 수 있는 이상 레콘은 언제나 젊은이고 언제나 투사다. 그리고 양날 도끼를 다루는 즈라더의 모습은 근시일 내에는 납병례(納兵禮)에 대해 생각해 볼 필요가 없음을 잘 나타내고 있었다.

즈라더는 그 무시무시한 도끼를 어깨에 걸치면서 부리를 딱 소리 나게 부딪쳤다.

"그 망치가 마신 피가 얼마나 되는지는 나도 잘 알아. 내 아들의 피도 그 망치가 무거워지는 데 일조했으니까."

"그 녀석, 형편없었습니다."

"동감이야. 나였다면 그 녀석의 목을 떼는 데 도끼질 두 번이면 충분했을걸. 얼마나 걸렸나?"

"두 번."

즈라더는 씩 웃었다. 지멘 또한 웃으며 덧붙였다.

"무기가 무기인지라 아드님의 목을 떼진 못했습니다. 머리를 어깨 속에 쑤셔넣어 줬지요."

"그 녀석 머리가 좀 푸석푸석하긴 했지."

병사들은 도무지 자신들의 가치관에 부합되지 않는 이 기괴한 대화 형태에 상당한 위화감을 느꼈다. 하지만 동시에 그 대화는 모범적이라고 할 만큼 레콘다운 대화이기도 했다. 즈라더가 말했다.

"그 계단은 괜찮았어. 자네가 착안했나?"

지멘은 대답하지 않았다. 대신 애꾸눈 소녀가 미소를 지어 보였다. 지멘과 소녀를 번갈아 바라보던 즈라더는 고개를 끄덕였다.

"그럴 줄 알았어."

소녀의 미소가 더욱 커졌다. 그리고 지멘은 어떤 말도 듣지 못한 척했다. 씩 웃던 즈라더는 왼손 엄지로 등 뒤를 가리켰다.

"여긴 좀 그렇군. 좀 떨어진 곳에 풍경 좋은 곳을 봐 뒀네."
"알겠습니다."
지멘과 즈라더는 그대로 잡담을 나누며 산책하듯 걸어갔다. 병사들은 도무지 상황을 이해할 수 없는 듯했다. 그리고 소녀는 그들에게 경멸에 찬 시선을 보낼 뿐 어떤 도움도 주지 않은 채 걸어갔다. 병사들은 자신들의 처지가 곤혹스러워 어쩔 줄 몰라하며 그 뒤를 따랐다.
숲 가운데 형성된 약간 오목한 공터에 도달한 지멘은 주위를 둘러보고 나서 고개를 옆으로 조금 기울였다.
"약간 좁군요."
즈라더는 고개를 끄덕였다.
"몸 좀 풀까."
휘적휘적 걸어간 즈라더는 자신의 양날 도끼를 뒤로 당겼다가 잠시 동작을 멈춘 채 병사들을 바라보았다. 어리둥절해하던 병사들은 두 손으로 귀를 틀어막는 소녀를 보고는 황급히 그 동작을 따라했다. 즈라더는 씩 웃고 나서 무서운 기세로 도끼를 휘둘렀다. 굉음과 함께 아름드리나무가 꺾였다.
즈라더는 그런 식으로 나무들을 공터 반대쪽으로 쓰러뜨렸다. 그리고 반대편에서 지멘 또한 같은 작업에 착수했다. 어지간한 대장간에서도 듣기 어려운 소음을 일으키며 즈라더와 지멘은 공터의 면적을 확장시켰다. 수목 애호가인 나가들이 본다면 짝을 찾기 어려운 만행으로 규정짓고 격분했겠지만, 그 가운데 서 있어야 했던 병사들과 소녀는 굉음이 울릴 때마다 머리카락이 곤두서는 오싹함을 맛봤다.
두 명의 레콘은 잠깐 동안의 작업으로 공터의 면적을 두 배로 넓혀 놓았다. 둥근 공터는 이제 방사형으로 쓰러진 나무들로 테두리를 둘렀다. 지멘은 망치에 묻은 나뭇진을 닦아 내고는 문득 생각났다는 듯이 애꾸눈 소녀를 돌아보았다. 소녀는 귀를 막고 있던 두 손을 허리에 옮겨 놓은 채 지멘을 마주 보았다.

못마땅하다는 눈으로 소녀를 보던 지멘이 마침내 손을 뻗었다. 기다리고 있던 소녀는 두 팔을 앞으로 들었다. 지멘은 한 손으로 소녀를 집어 높은 나무 위에 올려놓았다. 4미터 높이에 올려진 소녀는 두 팔로 나무를 감싸 안아 자세를 확보했다. 팔짱을 낀 채 그 모습을 보던 즈라더가 말했다.

"진다는 생각도 안 하나? 좋은 태도군."

"당신을 상대로 그런 확신은 없습니다."

"없다고? 그럼 왜 도망도 못 치게 저 애를 나무에 올려놓은 거지? 네가 지면 저 애는 도망쳐야 하잖아."

"나무 아래에 있어도 어차피 당신에게서 도망치지는 못할 겁니다."

"그렇군. 그럼 이건 내가 질 경우의 대비라는 건데…… 병사들을 다 죽일 생각이군?"

"예."

병사들은 기겁하여 즈라더의 부리를 바라보았다. 즈라더는 자신의 병사들을 죽 둘러보고 말했다.

"그냥 보내 줘. 그러면 나도 저 애를 그냥 보내 주겠다고 약속하지."

지멘은 잠깐 주춤했다. 하지만 나무 위에 앉아 있던 애꾸눈 소녀가 대신 말했다.

"그럴 필요 없어요."

지멘은 소녀를 한 번 쳐다보고 나서 즈라더를 향해 고개를 가로저었다. 즈라더는 부리를 딱 부딪치고 병사들에게 말했다.

"도망쳐라."

"무슨 말씀입니까, 즈라더?"

"내가 질 경우 지멘은 너희들도 다 죽일 거다. 저 여자 애가 방패막이가 되지 않도록 미리 대비해 두고 있잖아. 그러니 지금 도망쳐. 내가 이기면 그때 너희들을 찾아가면 되니까."

사태를 파악한 병사들은 창백해진 얼굴로 서로를 쳐다보았다. 하지만 지멘은 그들이 고민할 시간을 주지 않았다. 그는 무시무시한 계명성(鷄鳴聲)을 내지르며 몸을 세 배로 부풀렸다. 레콘의 모든 전투 의욕을 담은 외침이었고, 어쨌든 레콘에게 전투 의욕은 항상 과잉 상태인 법이다. 병사들은 귀를 틀어막으며 몸을 움츠릴 수밖에 없었다. 더 이상 기선을 뺏길 수 없었던 즈라더는 병사들을 돌보는 것을 포기한 채 맞고함을 내질렀다.

희고 검은 두 명의 레콘은 산이 떨쳐 일어나 맞부딪치는 기세로 격돌했다.

아라짓 제국의 수도이자 살아 있는 모든 것들의 주관자인 황제가 있는 하늘누리의 날씨는 언제나 화창하다. 간혹 구름이 끼거나 약간의 비가 올 때는 있지만 견디기 힘들 징도로 날씨가 불쾌한 경우는 절대로 없다. 날씨가 수도 신민들을 우울하게 할 정도로 고약해지면 하늘누리는 다른 날씨를 찾아 이동해 버리기 때문이다. 그래서 제국의 수도에는 유사 이래 어떤 도시에도 붙은 적이 없었던, 오로지 제국 수도 하늘누리에만 허용된 이름이 붙어 있다.

지금, 한 인간 사내가 바라보는 하늘에 제국의 이동 수도(移動首都) 하늘누리는 장엄한 모습으로 떠 있다.

하늘누리를 바라보던 사나이가 검을 뽑아 들었다. 칼집을 빠져나온 칼날이 살과 피로 이루어진 또 다른 칼집을 찾듯 서늘한 빛을 뿌렸다. 잠시 칼날을 들여다보던 남자는 그것을 높이 들어 올렸다.

머물렀다가, 황제의 대장군 엘시 에더리는 단호하게 칼을 내렸다.

"앞으로."

거대한 함성과 함께 나팔이 울렸다.

둔한 나팔 소리는 고막이 아닌 척추를 울리는 듯하다. 온몸을 흔든 다음 사라진 후에도 여운으로 피를 끓게 만드는 진군의 신호. 바람을 거슬러 고개를 쳐드는 깃봉과 어지러이 나부끼는 깃발들. 전단 전개를 알리는 교위들의 짧은 외침과 복창하는 부위들의 훨씬 다채로운 고함. 흥분한 부위가 망각한 것들을 빈틈없이 지적하는 수전사들. 입술 끝을 가볍게 들어 올리는 상전사들. 흥분을 남용하는 하전사들. 저벅거리는 발소리가 일사불란하게 뒤를 잇는다. 뒤섞인 소음들이 충일한 노래를 만들 때, 전투라는 이름의 광시곡은 화려한 도입부를 연주한다.

성벽을 이백 미터쯤 앞둔 곳에서 진형이 구축되었다. 그리고 도입부가 잦아들었다.

발이 멈추고 칼은 다시 당겨 쥐어졌다. 갑자기 찾아온 침묵을 깨트리기 싫은 듯 신호는 손짓에 의해, 그리고 그것을 인계한 깃발에 의해 전달되었다. 잠시 후 거대한 다섯 형체가 각자 백 미터 정도의 간격을 두고 앞으로 걸어 나왔다. 장엄한 도입부에 이은 잔혹한 전개부의 시작을 알릴 자들로, 사람들이 오뢰사수(五雷射手)라 부르는 자들이었다.

그들은 모두 레콘이었다. 그리고 기괴한 물건들을 들고 있었다. 인간이나 나가의 눈에는 병기라기보다는 건설 장비 같은 인상을 주는 그 물건은 레콘을 위해 제작된 활이었다. 기다란 금속 판들과 정교하게 다듬어진 수십 개의 금속 조각들이 맞물려 탄생한 철궁은 길이만 3미터에 달했고 양쪽 고자를 잇는 시위는 육중한 쇠사슬이었다. 레콘들은 각자 2미터가 훨씬 넘는 철시(鐵矢)를 꺼내어 절피에 먹였다. 보통의 활이라면 실로 감아 두는 부분이지만 그 활들의 절피는 주조한 쇳덩이였다.

레콘들이 쇠사슬 시위를 잡아당기자 활을 이루는 부품들의 연결부에서 불꽃과 굉음이 울려 퍼지고 쇠사슬이 비명을 내질렀다. 황제를 위해 평생 한 번밖에 택할 수 없는 무기로 활을 선택한 그들 오뢰사수들의 눈에는 한 점 흔들림도 없었다. 군단 앞에 우뚝 솟은 그들의 모습은 번개를 머금은 거대한 구름송이들처럼 보였다.

신호는 필요 없었다. 오뢰사수는 오직 야수적인 전투 감각에 의해 동시에 시위를 놓았다.

폭발음에 가까운 소리를 내며 철시들이 해방되었다. 무수히 비산하는 불티들 속에서 튀어오른 철시들은 휘어짐을 찾기 어려운 직선 궤도를 그리며 날아갔다. 이윽고 돌을 깎는 소리와 함께 성벽이 달걀 껍데기처럼 박살 났다. 흙먼지와 벽돌, 돌조각들로 이루어진 거대한 꽃 다섯 송이가 성벽 위에 피어났다. 무슨 일이 일어날지 잘 알고 있던 사람들의 눈에도 그것은 무시무시한 광경이었다.

"돌격!"

함성과 함께 북소리가 요란하게 울렸다. 두 번째 철시를 잡아당기는 오뢰사수 사이로 사만 명의 병사들이 일제히 뛰쳐나갔다.

규리하 전쟁 스무엿새째. 규리하의 반란자들이 예상했던 것보다 훨씬 빠른 시점에, 황제의 대장군 엘시 에더리와 제국군은 규리하 성에 대한 공성전을 개시했다.

철시의 이차 사격은 모두 중앙 성문에 집중되었다. 성문은 단숨에 같은 부피의 잡동사니 비슷하게 바뀌었다. 오뢰사수는 조준을 높였다. 먼지가 사그라지고 있던 성벽은 다시 다섯 줄기의 벼락에 난타당했다. 성벽 위에서는 규리하의 용맹한 병사들이 모든 종류의 방어 기재를 준비하고 있었지만 열다섯 발의 철시는 그 상당수를 무용지물로 만들었다. 성벽이 무너지고 먼지가 자욱이 피어오르는 상황에서는 제대로 대처하기 어려웠다. 수비군은 애처롭기까지 한 함성을 지르며 손에 잡히는 대로 아무것이나 먼지 속으로 집어던지고 쏘아 날렸다. 하지만 철시의 소나기는 끊이지 않았다. 성벽은 소름 끼치는 진동을 되풀이했고 곳곳에서 벽돌이 허물어지며 수비군을 덮쳤다.

오뢰사수의 철시는 투석기에 사용되는 탄환과 다르다. 도무지 그렇게 보이지 않지만 어쨌든 화살에 속하는 철시는 강력한 힘을 일점에 집중시킨다. 당연히 탄환보다 관통력이 월등할 수밖에 없다. 그 때문에 성벽 서편에서 참으로 경이로운 일이 일어났다.

어떤 놀라운 우연이 빚어낸 기적처럼 세 발의 철시가 같은 부분에 날아들었다. 성벽 서쪽 모퉁이의 그 부분은 전체 구조에서 상당한 하중을 받는 부분이었다. 가장 먼저 날아든 철시는 성벽이 나무판자인 양 꿰뚫고 들어가 박혀 버렸다. 충격으로 금이 간 돌 위로 두 번째와 세 번째 철시가 날아들자 성벽은 무거운 신음을 토하며 무너졌다. 마치 핏줄기처럼 석재와 목재들이 솟구친 직후 그곳에는 몇 사람이 지나다닐 만한 틈이 벌어졌다. 그 아래에는 무너진 돌더미가 해자 위에 다리 같은 것을 형성했다.

성문을 향해 진격하던 제국군의 일부에서 경험 많은 교위가 즉각 판단을 내렸다. 그의 지휘를 받던 병사들은 사다리와 밧줄 등을 팽개치고 새로 만들어진 틈으로 돌격했다. 그들은 운이 좋은 자들이었다. 적절한 위치에 있지 못해서 사다리를 이용해야 했던 제국병들은 규리하의 병사들이 전쟁의 오랜 내법에 따라 성심 들여 준비한 환영 선물을 받았다.

투석과 투창, 노궁, 그리고 끓는 기름이 소나기처럼 퍼부어졌다. 쏟아지는 기름은 닿는 순간 사람을 튀겨 버렸다. 그리고 뒤따라 떨어진 횃불이 기름을 폭발시켰다. 불의 폭풍이 제국군을 휘감자 제국병들은 비명을 내지르며 해자에 몸을 던졌다.

무너진 중앙 성문과 서편의 틈으로 쏟아져 들어가는 병사들도 강력한 저항에 직면했다. 규리하의 거성은 이중 구조였고 수비군은 내성벽 위에도 상당히 많은 병력을 배치해 두었다. 그들이 쏟아 붓는 화살과 돌들이 침입자의 머리 위로 우박처럼 쏟아졌다. 제국병들은 방패를 머리 위로 들어 올리며 두 번째 성문을 돌파하기 위해 고군분투했다.

화염과 연기, 비명과 유혈, 돌과 화살과 창과 방패들이 세상의 참된 주인처럼 보였고 어디에도 사람은 없는 것 같았다. 부딪치는 창검, 비등점을 넘어 버린 듯한 의식의 불안정하고 급격한 부침. 죽음과 삶이 모호해지는 그 순간, 병사들은 산 것도 아니고 죽은 것도 아닌 불분명한 처지에 빠져 들었다.

 그러나 성에 기대어 싸워야 하는 수비군의 입장에서 침입을 허용한 것은 이미 패배로 가는 길을 한 발짝 내디딘 셈이었다.

 전통을 소모한 오뢰사수들이 엘시를 흘깃 돌아보았다. 그들 다섯 명은 이십이금군에 속한 자들이며 엘시의 지휘권에 포함된 자들은 아니었다. 따라서 그들이 물러나기 전 엘시를 쳐다본 것은 황제의 대장군에 대한 예의 이상은 아니었다. 하지만 그들의 시선에는 조금 다른 것도 섞여 있었다. 성벽 앞의 해자에는 레콘의 무릎을 적실 수 있는 물이 흘렀고 그것을 넘는 것은 레콘에게 커다란 심리적 타격을 줄 수도 있다. 그래서 그들의 뻣뻣한 태도에는 대장군이 혹 돌격을 요구하지 않을까 하는 걱정과 그런 요구를 받으면 황제의 금군은 황제의 명령만 받는다고 강변하려는 결의도 조금 섞여 있었다.

 물론 엘시에겐 그런 악덕이 없었다. 엘시는 부드럽게 말했다.

 "고맙습니다, 금군 여러분. 진심으로 감사를 표하고 싶지만 전투 중이라 어렵군요. 승리 후에 찾아뵙고 제대로 인사드리겠습니다. 그리고 철시는 제가 모두 수거하겠습니다."

 레콘의 화법은 상대가 누구든 크게 바뀌지 않았다.

 "도움이 되었다니 기쁘군, 칼리도 백. 그럼 물러가겠다. 좋은 싸움이 되길."

 오뢰사수들은 가볍게 목례한 다음 고개를 들어 하늘누리를 올려다보았다. 엘시 또한 부지불식간에 그들의 시선을 좇았다. 가시적인 변화는 아무것도 없었다. 하지만 그곳에는…….

 조금 후, 오뢰사수들은 허공을 밟으며 하늘로 오르기 시작했다.

 하늘누리는 모든 방문객에게 각자의 계단을 제공한다. 그리고 그 계단은 밤의 다섯째 딸과 마찬가지로 그 자신만 볼 수 있다. 원한다면 어떤 계단을 상상해도 좋다. 나무계단이든 돌계단이든, 아니면 자신의 괴벽을 만족시키기 위해 사다리나 미끄럼틀을 상상해도 좋다. 상상하는 순간 계단은 나타나며 오직 상상한 사람 자신에게만 작용한다. 그것은 물론 하늘누리가 가진 놀라운 편리함이지만 동시에 취약점이라 할 수도 있는데, 하늘누리에 대한 가장 최근의 도전에서 그 점은 여실히 증명되었다. 허공을 밟으며 걸어 올라가는 레콘들을 보며 엘시는 어떤 기시감 같은 것을 느꼈다. 그가 직접 본 사실은 아니다. 하지만 전해 들은 이야기는 충격적이었다.

몇 되지 않는 황제의 적 중 매일같이 명성을 드높이고 있는 담대한 도전자는 하늘누리에서 10킬로미터 떨어진 지점에서 참으로 기발한 계단을 상상하기 시작했다. 도전자가 상상한 계단은 중간 지점까지 상승하다가 그 이후부터는 고공에서 하늘누리로 '내려오는' 계단이었다. 건축학보다는 지리학의 대상이 되어야 할 그런 어마어마한 구조물을 상상하는 것은 결코 만만한 일이 아니지만 도전자는 필사적으로 상상했고 마침내 바라던 계단이 도전자 앞에 나타났다. 레콘이었던 도전자는 밤을 틈타 그 계단을 달렸다. 10킬로미터 저편에서, 그리고 중간 지점부터는 '위에서부터' 내려오는 침입자를, 하늘누리의 감시자들이 발견하는 것은 불가능했다. 결국 도전자는 하늘누리에 무단침입하는 데 성공했다. 다행히도 도전자는 그 이상의 목표를 달성하지 못한 채 도망쳤지만 그 후로 하늘누리의 감시자들은 익숙한 방향인 아래뿐만 아니라 위쪽도 경계하게 되었다.

그리고 규리하 성에 대한 공격이 다급하게 이루어진 이유 또한 그 소문이 퍼지는 것을 차단하기 위해서였다. 엘시는 규리하의 필사적인 병사들이 제각기 그런 계단을 통해 하늘누리로 '밀고 내려오는' 모습을 상상하기도 싫었다.

오뢰사수들은 그런 엄청난 계단을 상상할 필요는 없었고, 그래서 동작만 보고도 단순한 계단을 상상했음을 알 수 있는 모습으로 걸어 올라갔다. 계단에서 보는 풍경은 훌륭한 것이겠지만 그들은 한번도 전쟁터를 뒤돌아보지 않았다. 선의로 해석한다면 자신들의 이바지함을 강조해 보이지 않는 겸손한 태도일 것이다. 그리고 악의로 해석한다면 인간이나 나가들의 전투는, 그것이 설령 몇 만 명의 사활이 걸린 거대한 것이라도 관심거리가 되지 않는다는 레콘의 오만함일 수도 있다. 엘시 에더리는 둘 중 어느 것이 사실에 부합하는지를 놓고 고민하지 않았다. 대신 성벽의 전투를 바라보며 예비대의 투입 시기를 가늠했다.

세 시간 후, 제국군은 규리하 성을 완전 점령했다.


애꾸눈 소녀는 땅에 쓰러진 레콘을 내려다보았다.

소란스럽게 흩어진 깃털과 핏자국 가운데 레콘은 비참한 모습으로 쓰러져 있었다. 제멋대로 던져진 다리들은 상체와 비정상적인 각도로 이어져 있었다. 허리가 부러진 것이 틀림없다. 인간이나 도깨비가 당했다면 즉사하고 말았을 엄청난 타격이었지만 레콘은 그 무시무시한 생명력으로 아직 살아 있었다.

추하고 슬픈 모습이었다.

몸의 다른 곳의 사정도 그다지 말끔하지는 못했다. 수염볏에 의해 힘겹게 턱에 매달려 있는 부러진 아랫부리는 피와 타액으로 젖어 있었다. 파리들이 그 주위를 앵앵거리며 날아다녔지만 레콘은 손을 들어 파리를 쫓을 기력이 없었다. 파리들은 최강 종족의 피를 게걸스레 탐식했다.

소녀는 손을 내저어 파리 떼를 쫓았다.

레콘은 초점을 맞추려는 듯 몇 번 눈을 껌뻑였지만 성공하지 못한 듯 눈을 감았다. 그리고 속삭이듯 말했다.

"고맙다."

부러진 아랫부리 때문에 발음이 좀 기괴했다. 소녀는 아무 대답도 하지 않았다. 레콘이 다시 말했다.

"네가 아실이지?"

"그래요."

"넌 황제의 병사들을 무척 싫어한다던데."

"그보다 더 싫은 건 아직 찾지 못했어요. 고맙게도."

즈라더는 통증으로 일그러진 얼굴을 힘겹게 움직여 미소를 지었다.

"싫어하는 사람에게 왜 이런 친절을 베풀지?"

애꾸눈 소녀 아실은 잠시 침묵했다. 흐려진 즈라더의 눈에 아실의 안대는 얼굴 위를 기어가는 불길한 벌레처럼 보였다. 아실이 입을 열었다.

"싫어하는 사람이 마음의 짐으로 남는 것도 싫으니까."

"기묘하군. 네가 나를 이렇게 만든 것도 아니잖아."

"제 눈을 빌려 드리고 싶군요. 지금 자신의 모습을 볼 수 있도록."

"꼴이 말이 아닌 모양이군."

"그래요."

즈라더는 갑자기 통증을 느낀 듯 눈을 감았다. 뻔뻔스러운 파리들이 다시 날아들었다. 아실은 손을 휘저어 그들을 쫓았다.

즈라더가 말했다.

"이상하구나."

"뭐가 이상하죠?"

"너는 마음의 짐이 될까 봐 무참한 지경의 사람을 내버려두지 못하는 착한 아이다. 그 상대가 싫어하는 사람이라도. 그런데 왜 지멘에게 협조하는 거지? 지멘의 숙원을 몰라?"

"잘 알고 있어요. 제 숙원과 같으니까."

"네 숙원?"

"예. 숙원이라는 말은 당신들만의 전유물이 아니에요."

잠깐 고민하던 즈라더는 오만한 레콘으로서 대답하기로 했다.

"네가 감히 숙원을 추구하는 레콘을 흉내 낼 수 있을 것 같으냐?"

"못할 것 같아요?"

아실은 잽싼 동작으로 단검을 뽑아 들었다. 날이 예리하게 선 것이지만, 레콘을 겁줄 물건은 아니었다. 그것이 설령 허리가 부러진 채 죽음을 기다리는 레콘이라 해도. 즈라더는 멸시를 표시하기 위해 부리를 딱 부딪치려 했지만 부러진 아랫부리 때문에 그 동작은 무위로 돌아갔다.

"그 조그마한 가시로 뭘 어쩌려는 거냐?"

"영감님 명줄을 끊어 줄 수도 있어요."

"그럴 수 있다 치자. 그런데, 왜? 레콘의 흉내를 내는 것과 내 명줄을 끊는 것이 무슨 관계가 있는 거냐?"

"저는 약해지지 않을 거예요."

"약해지지 않는다?"

"영감님 꼴을 보고 있으니 마음이 약해진단 말이에요. 하지만 저는 강해질 거예요. 당신들처럼 저도 끝까지 숙원을 추구할 거예요. 그런 불쌍한 모습을 하고 있어도 이 단검으로……."

즈라더의 손이 휙 움직였다.

아실은 무슨 일이 일어나는지 제대로 보지 못했다. 갑작스러운 바람에 눈을 감았다가 떴을 때 아실은 자신의 단검이 즈라더의 엄지와 검지 사이에 끼워져 있는 것을 발견했다. 즈라더는 단검을 세 손가락 사이에 엇갈리게 끼우고 손에 힘을 줬다. 그러자 민길을 가는은 애를 소리를 내며 무리졌디.

압도적인 힘의 과시에 아실은 심장이 멎을 듯한 두려움을 느끼며 주저앉았다. 주검이나 다름없는 상태였는데도 즈라더는 손가락만으로도 그녀를 죽일 수 있음을 증명해 보였다. 즈라더는 쓸모없는 쇳조각이 된 단검을 내던지고 부드럽게 말했다.

"네 우위가 확실하기 전까지는 불쌍하다는 말 따위를 함부로 하는 게 아냐. 자, 이젠 어떻게 하겠어? 목을 조를 거야?"

아실은 부들부들 떨며 물러났다. 정신없이 미끄러지던 그녀의 다리가 무엇인가에 호되게 부딪혔지만 그녀는 비명을 지를 수도 없었다. 차마 고개를 돌릴 수 없었기에 아실은 손을 뒤로 뻗어 거기에 있는 것을 만졌다. 그것은 즈라더의 도끼였다. 즈라더는 쿨럭거리며 웃었다.

"나를 죽일 작정이라면 내 무기를 건드리는 무례쯤이야 저지를 수도 있겠지. 그걸 들어 올려 나를 내리찍을 건가?"

아실은 비참한 심정으로 등 뒤를 돌아보았다. 그녀에겐 침대 크기가 될 도끼날이 기둥같이 육중한 자루 위에서 번득이고 있었다. 굳이 시도하지 않아도 아실이 그것을 손톱만큼도 움직일 수 없음은 분명했다. 아실은 다시 즈라더를 돌아보았다. 즈라더는 그녀의 눈에 눈물이 괴는 것을 보았다. 아실은 목이 메어 말했다.

"제기랄. 마음껏 비웃어요. 이 늙다리 깃털쟁이!"

아실은 비틀거리며 일어섰다.

"그래요. 저는 아무 힘이 없어요. 죽어 가는 사람한테 단검을 뺏길 정도로 힘없는 바보예요. 당신처럼 잘나 빠진 레콘이 보기엔 짜증 나도록 한심하겠죠. 아무 짝에도 쓸모없는 조그마한 인간 여자고. 그나마 눈도 하나뿐이죠!"

즈라더는 다시 아실의 안대를 응시했다. 아실은 오른손 검지로 안대가 없는 쪽을 가리켰다.

"하지만 저는 이 눈으로 황제가 죽어 자빠지는 모습을 볼 거예요!"

파리 소리가 소란스럽다. 즈라더는 시야가 더욱 흐려지는 것을 느끼며 말했다.

"그게 이상하다는 거다. 아실. 넌 마음의 짐이 될까 봐 나를 내버려둘 수 없다고 했지. 그런데 황제가 죽으면 마음의 짐이 될 것 같지 않나?"

"천만에요. 아주 기뻐할 거예요."

"나와 그녀의 차이가 뭐지?"

"싫어하는 것과 증오하는 것의 차이지요!"

"그런가?"

"그래요."

"황제는 불쌍한 사람이다."

"뭐라고요?"

즈라더는 엄청난 불신감으로 되물어 오는 아실에게 대답하지 않았다. 늙은 레콘은 시선을 들어 아실의 등 너머를 향해 말했다.

"자네 때문에 그렇다는 건 아냐, 지멘."

아실은 몸을 돌렸다.

나무 사이에서 지멘이 걸어 나왔다. 육중한 망치는 피범벅이 되어 있었고 풍성한 깃털들 사이에서 덩이진 유혈이 붉은 꽃처럼 만발해 있었다. 검은 깃털인데도 피는 또렷하게 보였다. 하지만 아실은 지멘이 다쳤을 거라고 생각하지는 않았다. 따라서 그녀의 질문은, 지멘에 대한 것이라기보다는 지멘이 쫓아간 병사들에 대한 것이었다.

"어떻게 됐어요?"

지멘은 아실의 질문에 대답하지 않았다. 대신 쓰러져 있는 즈라더에게 말했다.

"부하들은 다 죽었습니다."

"묻어 줬나?"

"그래서 좀 늦은 겁니다."

"나도 그렇게 처리할 건가?"

"아니요. 나무 위에 던져 놓을 겁니다. 날개 달린 시체의 벗들이 당신을 배웅하겠지요."

즈라더는 희미하게 만족한 표정을 지었다. 아실은 즈라더의 만족감을 대충 이해할 수 있었다. 지멘이 즈라더의 유해를 다루는 방식의 거친 정도는 이 경우 즈라더에 대한 지멘의 존중의 척도가 된다. 개의 사체보다는 호랑이의 사체가 사냥꾼의 위력을 더 잘 드러낼 수 있는 법이니까. 하지만 아실은 자신이라면 나무 위에 던져져 몰염치한 햇살과 새카맣게 몰려든 까마귀들에게 유린

당하는 최후를 만족스러워할 거라고 생각하기 어려웠다. 즈라더 또한 그런 최후를 맨 정신으로 받아들일 생각은 없는 듯했다.

"던지기 전에 자네 망치를 한 번 써 주게."

"그렇게 할 겁니다."

"고맙군."

"황제가 나 때문에 불행하지는 않다고 말한 것은 나에 대한 모욕입니까?"

"자네는 누군가의 불행이 될 충분한 자격을 가지고 있어. 자네를 적으로 두고 마음 편할 수 있는 사람은 세상에 아무도 없겠지. 하지만 황제는 자네가 없다 하더라도 이미 불행해."

"그녀가 왜 불행합니까?"

즈라더는 대답하려 했다. 하지만 부서진 부리에서 나온 것은 말이 아닌 격렬한 기침이었다. 즈라더는 당장이라도 산산조각 날 것처럼 격렬하게 기침했다. 대답할 기회보다는 평안을 주는 것이 낫다는 판단 하에 지멘은 망치를 당겨 쥐었다.

그러나 즈라더는 눈빛으로 그 친절을 거부했다. 죽는 것이 두려워서는 아니다. 그는 살아날 수 없음을 오래전에 인정했다. 즈라더에겐 할 말이 있었다. 지멘은 망치를 늘어뜨렸다.

긴 시간 후에 즈라더는 간신히 말을 빚어낼 수 있을 정도의 안정을 되찾았다.

"이 땅의 먼지에 취하여 오랜 세월을 돌아다녔다. 온갖 것을 보고…… 온갖 것을 만졌다. 발은 지저분한 것들을 밟았지만 눈은 언제나 아름다운 것을 좇았다. 가는 달을 앞지르며 황야를 쏘다녔고, 산꼭대기에 서서 누구보다 먼저 뜨는 해를 보았다. 어쩌다가…… 올려다본 하늘의 별들이 낯설어질 때는 있어도, 세상에 끝은…… 없었다."

즈라더는 지멘을 쳐다보았다.

"무애(無碍)한 세상에…… 울타리 세워 봐야 부질없는 짓이다."

그는 껄껄 웃었다. 지멘은 긍정도 부정도 하지 않는 눈빛으로 늙은 레콘을 마주 보았다. 즐겁게 웃던 즈라더가 갑자기 말했다.

"도끼를 쥐어 줘."

지멘은 손을 뻗어 즈라더의 도끼를 쥐어 올리지 않았다. 그럴 수는 없다. 대신 그는 즈라더의 몸을 들어 올렸다.

늙은 레콘은 엄습하는 고통에 피 끓는 신음을 토했다. 아실은 도끼 옆에서 황급히 물러났다. 도끼 옆에 스라더를 내려놓은 지멘은 즈라더의 피투성이 오른손을 들어 도끼 자루에 올려놓았다. 고통에 파헤쳐진 즈라더의 얼굴에서 한 줄기 만족이 피어올랐다. 그가 말했다.

"납병을 하고 싶은데, 괜찮…… 겠나?"

아실의 눈이 커졌다. 그녀는 앞으로 다가설 듯 움찔했다. 하지만 곧 자제심을 발휘하여 제자리를 지켰다. 즈라더를 고요히 내려다보던 지멘이 말했다.

"납병을 하고 나면 망치를 사용할 수 없습니다만."

"은원의 도구가…… 아니라 친절의 도구로 쓰이는 거니 상관없다. 써도 돼. 내 도끼를…… 최후의 대장간에 돌려보내고 싶다."

지멘은 침묵했다. 그러나 시간을 끌 수 없었다. 즈라더는 당장이라도 호흡을 멈출 것 같은 상태였다. 결심을 굳힌 지멘은 망치를 옆에 내려놓고 곧게 섰다.

"처음 하는 거라 서툴 겁니다. 양해하시길."

즈라더는 괜찮다는 표정을 지었다. 지멘은 하늘을 올려다보았다.

"모든 이보다 낮은 여신이여. 한 자루 도끼를 쥐고 당신의 가호 속에 싸웠던 전사가 이제 그 도끼를 놓으려 합니다. 때론 승리했고 때론 패배했습니다. 도끼로 얻은 명예는 모두 당신에게 보내고 도끼로 갚아야 할 원한은 모두 잊으려 합니다. 세상에 맺었던 것들을 모두 끊고 풀어내어 아무것도 남기지 않으려 합니다. 이후로 그는 다시는 무기를 들지 않을 것입니다. 그리고 죽음을 제외한 어떤 것도 그에게 무기를 들지 않을 겁니다."

지멘은 고개를 숙여 즈라더에게 말했다.

"보살펴 주신 여신과 병기에게 인사하십시오."

즈라더는 대답하지 않았다. 그가 이미 숨을 멈췄나 생각한 지멘은 벼슬을 뻣뻣하게 세웠다. 그러나 즈라더는 곧 부리를 움직여 말했다.

"모든 이보다 낮은 여신이여. 긴 세월…… 당신의 가호 덕분에…… 제 도끼와 동행할 수 있었습니다. 명예도 없이, 원한도 없이…… 당신에게 갈 시간을 조용히 기다리겠습니다. 감사합니다."

지멘은 소리 없이 안도의 한숨을 내쉬었다. 즈라더의 말이 계속되었다.

"적과 나 사이에…… 언제나 서 주었던 신의 있는 벗이여. 고맙다. 이제 편히…… 쉬어라."

납병례가 끝났다. 들끓는 피를 상대방의 피로 식히던 전사는 사라지고 한 명의 사람만 남았다. 지멘은 즈라더의 손을 들어 그의 가슴 위에 올려놓았다. 그리고 그제야 가능한 일을 조심스럽게 수행했다.

지멘은 도끼를 쥐어 올렸다.

즈라더의 피가 튀지 않을 위치에 도끼를 내려놓은 지멘은 다시 돌아왔다. 그는 즈라더가 눈을 감을 때까지 기다리려 했지만 즈라더는 그것을 거부했다. 대신 늙은 레콘은 또렷하게 말했다.
"해."
지멘의 망치가 위로 올라갔지만 즈라더는 눈을 감지 않았다. 늙은 레콘은 온 힘을 다해 외쳤다.
"세상아, 들어라! 즈라더가 여기 있었다—!"
거대한 메아리를 들으며 지멘은 망치를 내리쳤다.


전사의 전쟁과 위관의 전쟁은 서로 다르며, 위관의 전쟁과 장군의 전쟁은 같지 않다. 전사의 전쟁은 단순하다. 싸우고 죽이고 노략질하면 된다. 전사는 개전부터 종전까지 자신의 행동을 변화시킬 필요를 느끼지 못한다. 하지만 다른 이들을 지휘하는 자가 되면 전쟁의 막바지에서 흥미로운 경험을 하게 된다. '극적인 입장 변화'라 불러야 할 만한 일이 바로 그것인데, 전쟁의 결말이 결정되고 승자와 패자가 구분되는 시점이 오면 수비자와 공격자의 행동 방침은 서로 바뀐다. 수비자는 그때껏 지키려 애쓰던 것을 적극적으로 파괴하려 들며, 공격자는 자신이 공격하던 것을 지키려 애쓰게 된다.
이런 입장 변화의 기저에는 적에게 줄 바에야 부숴 버린다는 이해하기 쉬운 이유도 있고 그보다 조금 더 복잡한 이유도 있다. 복수를 맹세하며 불타는 성을 등지고 도망치는 낭만적인 영웅은 노래꾼들의 노래에나 등장하는 고풍스러운 허구다. 진짜 복수자의 냉혹한 복수는 패배가 결정된 순간에 이미 시작된다. 남겨 두었을 경우 자신을 위협하게 되는 물건들을 파괴하는 일이 그것이다. 그리고 복수의 법칙은 분루를 흘리며 패배의 아픔을 노래하는 서사시적 영웅보다는 침착하게 비밀 서류를 불태우는 실용주의자들을 돕는다.

이런 사정을 모두 이해했을 때 비로소 규리하 전쟁 막바지, 규리하 성 3층에 있는 커다란 방에서 일어난 기괴한 격투의 내면에 존재하는 합리성을 깨닫게 된다. 그 혼란스러운 격투는 복도를 달리던 제국군 부위 틸러 달비가 느닷없이 들려온 여인의 비명에 놀라 방 안으로 뛰어듦으로써 시작되었다.

틸러 달비는 눈앞의 광경에 당황했다. 한 소녀가 벽에 등을 기대고 주저앉아 있었다. 비명을 지른 것은 소녀임이 분명했다. 그런데 그 앞쪽에 있는 것은 틸러의 예상과 달리 무도한 본능에 눈을 빛내는 제국군이 아니었다. 얼핏 보아도 반란군의 장수임이 분명한 소년이 손에 든 검으로 소녀를 겨누고 있었다. 소년의 화려한 갑옷을 본 틸러는 다시 주저앉아 있는 소녀를 보았다. 그 순간 틸러 달비가 200명을 지휘할 능력을 가졌다고 판단한 인사 책임자의 안목이 빛을 발했다. 틸러는 두 번 생각하지 않고 고함을 지르며 달려들었다. 그가 사태를 완전히 이해했다는 것은 그의 외침만 들어 보아도 알 수 있다.

"멈추시오, 시카트 규리하!"

시카트 규리하라 불린 소년 장수는 무서운 표정으로 소녀를 향해 검을 휘둘렀지만 틸러가 집어던진 투구 때문에 그 공격은 성공하지 못했다. 시카트는 두 번째 공격을 할 엄두를 내지 못하고 물러섰다. 그리고 틸러의 공격에 대비했다. 틸러는 자신이 이 상황을 이해하고 있음을 한 번 더 증명해 보였다.

"정우 규리하! 피하십시오!"

바닥에 주저앉아 있던 소녀가 움찔하며 틸러를 바라보았다. 그것은 소녀의 이름이었고 정우는 그 상황을 이해할 수 없었다. 틸러가 그녀를 구하려 하고 있음은 알 수 있었다. 하지만 그녀를 구하기 위해 틸러가 싸움을 건 상대는 시카트 규리하. 즉 그녀의 남동생이었다.

적군이 그녀를 위해 남동생과 싸우고 있었다. 끔찍하리만큼 이해하기 어려운 상황에서 정우는 마비되어 버렸다.

그녀는 멍한 눈으로 두 남자의 격투를 바라보았다. 틸러 달비는 정우가 움직이지 않는다는 사실에 초조했기에 뭣에 더 문제는 되지 않을 거라고 판단했다. 격투의 결과가 처음부터 분명했기 때문이다. 틸러는 시카트보다 머리 하나는 더 컸고 그의 야전 검술은 시카트보다 몇 배나 우수했다. 비록 투구가 없었지만 틸러는 여유 있게 시카트를 밀어붙였다. 시카트의 곤경을 본 정우는 남동생을 구해야 한다는 충동을 느꼈다.

"시카트……!"

하지만 정우는 일어나지 못했고 그런 자신이 엄청나게 모멸스러웠다. 그녀는 자신의 마음속 한구석에서 진심으로 제국군 부위가 자기 남동생을 죽여 주길 바라고 있음을 깨달았다. 두 번 생각하기도 싫은 소름 끼치는 충동이었다.

하지만 시카트를 본 정우는 다시 공포를 느꼈다. 제국군이 뛰어들기 진 남동생은 실제로 그녀를 죽이려 했다. 되살아난 공포가 혼란으로 바뀌었고 정우는 꼼짝도 할 수 없었다.

짧고 모진 비명이 흘렀다.

검을 놓친 시카트는 팔의 상처를 움켜쥐고 창백해진 얼굴로 틸러를 바라보았다. 틸러는 소년의 검을 멀리 차 버린 다음 자신의 검으로 소년의 목을 겨누었다.

"시카트 규리하, 귀 가문의 포악성은 잘 알고 있었지만 육친을 죽일 정도로 악독할 줄은 상상도 못했습니다."

시카트는 대답하지 않았다. 대신 그는 적의 등 뒤에 있는 누나를 향해 외쳤다.

"누나! 죽어, 자살하란 말이야!"

정우는 숨이 꽉 막히는 것 같았다. 그녀의 눈에 당장 눈물이 그렁해졌다. 하지만 시카트의 비정한 권고는 계속되었다.

"이놈들은 누나를 이용할 거야. 그래선 안 돼! 아버님과 규리하를 위해……!"

시카트는 말을 맺지 못하고 다시 비명을 내질렀다. 칼을 쥔 주먹으로 시카트의 입을 후려친 틸러는 허물어지는 상대를 보며 투덜거렸다.

"세상에는 두 종류의 꼬마가 있지요. 말 적은 꼬마와 말 많은 꼬마. 그런데 저는 후자를 아주 질색합니다."

시카트는 피가 흐르는 입을 움켜쥔 채 증오 어린 눈으로 틸러를 올려다보았다. 틸러는 무뚝뚝하게 말했다.

"아이저 변경백은 그런 아들을 어떻게 대했는지 모르겠지만, 시카트 규리하, 우리 아버지의 경우엔 이랬습니다."

호쾌하게 날아간 발이 시카트의 복부에 명중했다. 시카트는 숨이 막히는 소리를 내며 고꾸라졌다. 소년을 두어 번 더 걷어차서 꼼짝할 수 없게 만든 다음, 틸러 달비는 자신이 아버지의 명예에 보탬이 되었는지 누가 되었는지를 고민하며 뒤를 돌아보았다.

눈물에 흠뻑 젖은 두 눈이 그를 바라보고 있었다. 갑자기 틸러는 남의 집안일에 쓸데없이 끼어든 훼방꾼이 된 것 같다고 느꼈다. 틸러는 정우에게 남동생을 공격한 것에 대해 사과해야 할지 살려준 것에 대해 감사를 받아야 할지도 알 수 없었다. 그때 정우의 입이 갑작스럽게 열렸다. 심하게 일그러진 표정과 달리 어투는 놀랍도록 뚜렷했다.

"당신은 아마 이 상황을 잘 이해하고 있는 것 같군요. 나는 잘 모르겠어요. 그러니 설명을 좀 해 주면 좋겠어요. 당신은 어떻게 나와 시카트를 알고 있지요? 그리고 시카트가 왜 나를 죽이려 하는 거죠? 그리고 당신은 왜 나를 구한 거죠? 원래 성격이 폭력적인가요?"

틸러는 다행이라고 생각했다. 질문이 뚜렷하면 대답도 뚜렷할 수 있다. 그리고 틸러는 정우만큼이나 대답을 필요로 하고 있었다. 틸러는 자신과 정우 두 사람에게 들려주듯 말했다.

"질문은 네 개였지만 말씀하지 않으신 다섯 번째 질문에도 대답하겠습니다. 규리하 공 아가씨. 저는 제국군 가시나무 군단의 312소대장 틸러 달비 부위입니다."

정우는 무의식적으로 고개를 끄덕였다. 틸러는 마주 목례한 다음 계속 설명했다.

"병사의 전투는 단순하지요. 이기면 짓밟고 지면 도망치면 됩니다. 병사에게 그 외의 전투는 없습니다. 하지만 지휘관의 전투는 좀 복잡합니다. 패배했을 경우 지휘관은 물론 병사들처럼 도망쳐야겠지요. 하지만 지휘관의 임무에는 데려갈 수 없고, 그렇다고 해서 남겨 둘 수도 없는 자를 처리하는 일도 포함됩니다."

정우 규리하는 처리한다는 말에 소름이 돋는 것을 느꼈다. 틸러는 시카트의 동태를 곁눈질하며 계속 말했다.

"제가 알기로 아이저 규리하에겐 병약한 장녀가 있습니다. 태어난 직후 죽을 뻔했지만 즈믄누리의 도깨비들이 맡아서 살려내었지요. 그 장녀는 그곳에서 성장했고 도깨비들이 붙여 준 도깨비 식 이름으로 불리는 일이 더 많았습니다. 아이저 규리하는 그 딸을 반쯤은 죽은 사람 취급했지만, 전쟁이 벌어지자 이 성으로 불러들였습니다. 하지만 병약한 그녀는 험난한 도피행을 감당할 수 없습니다. 놔두고 가는 것도 불가능합니다. 인질이 될 수도 있고 심한 경우 적이 될 수도 있습니다. 말씀드렸듯이 그녀는 아이저 규리하의 장녀이니까요. 그녀가 규리하의 많은 비밀을 알고 있다는 것도 위험 요인입니다. 제거해야 합니다. 그 사실을 알고 있는 저로서는 반란군 장수에게 위협당하고 있는 여인이 누구인지 짐작하는 것은 어렵지 않았습니다. 그리고 그녀를 공격하는 반란군 장수가 누군지 짐작하는 것도 어렵지 않았습니다. 그런 일을 할 수 있는 것은 아이저 규리하나 그의 아들뿐이지요. 나이를 보니 시카트 규리하일 것 같더군요. 그리고 저는 필요할 때만 폭력적입니다."

아버지에게 자신이 죽여야 하는 딸이 되었다는 사실에 충격을 받은 정우는 틸러의 말을 하나도 이해할 수 없었다. 하지만 그녀는 틸러가 대단히 명쾌한 사실을 말하고 있다는 인상을 받았다. 그리고 그 때문에 정우는 아무것도 이해하지 못했는데 모든 것이 설명된 듯한 기분을 느꼈다.

"니름을 하실 줄 아셨던 것은 아니군요. 단순하군요."

"예. 대단히 단순하지요."

"고마워요, 달비 부위."

그리고 정우는 더 견딜 수 없었다.

"이 고마움을······."

말이 이어지길 기다리던 틸러는 정우가 기절로써 고마움을 표시했다는 것을 알았다. 제국군 부위는 쓰러진 두 남매를 번갈아 쳐다보고 나서 머리를 조금 긁적거렸다.

"남자는 칼로 쓰러뜨리고 여자는 혀로 쓰러뜨렸다는 거지. 아버지가 보면 자랑스러워하시겠군."

별로 재미없는 농담으로 스스로를 치하해 보려 했던 달비 부위는 잠시 후 자신에 대해 넌더리가 나고 말았다.


황궁은 제국 정치의 중심이며 제국 의례의 중심이기도 하다. 가장 수준 높은 예법이 필요한 곳이기에 황궁에서 제안되고 채택되고 실행되는 의례는 모든 교양 있는 제국 신민들이 지켜야 하는 예의의 기준이 된다.

늦은 오후, 황제의 의전관에게 배달된 한 통의 서한은 황궁이 요구하는 모든 예법을 완전히 충족시키는 아름다운 문구와 격조 있는 수사로 구성되어 있었다. 의전관은 감탄할 수도 있다고 생각했다. 그러나 서한에 담긴 요청이 지극히 난처한 것이기에 그의 감동은 크게 희석되었다. 고민하던 의전관은 서한을 챙겨든 다음 자리에서 일어났다.

반 시간쯤 후 의전관은 고민에서 벗어났다. 원만한 일 처리 솜씨를 가지고 있었기 때문은 아니다. 자기 고민을 다른 사람에게 떠넘기는 재주가 있었을 뿐이다. 따라서 의전관이 고민에서 헤어난 시점, 황궁에서는 또 다른 사람이 고민에 빠졌다. 어쩌면 세상엔 고민 총량 불변의 법칙 같은 것이 있는지도 모른다.

그런 고약한 법칙이 실제로 존재하는지는 불명확하지만 그 법칙의 희생자는 분명히 존재했다. 의전관에게서 서한을 받아 든 사람은 비스그라쥬 백 데라시라는 이름의 나가였다.

황궁 내에서 데라시의 위치는 조금 모호하다. 그는 비스그라쥬의 백작으로서 제국법과 자신의 사소한 재량권에 따라 비스그라쥬를 지배해야 할 사람이다. 하지만 데라시는 비스그라쥬가 아닌 하늘누리에 거주하고 있었다. 물론 대리인에게 영지를 맡기고 보다 문화적인 곳에서 세련된 생활을 누리는 귀족들은 많았지만 그런 귀족들은 보통 하늘누리에 거주하지 않는다. 하늘누리에는 제한된 면적밖에 없으므로 하늘누리를 다스리는 천경유수는 합리적인 필요성을 증명하지 못하는 사람에게 하늘누리 거주를 허락하지 않는다. 그러므로 하늘누리에 거주하는 귀족들은 대부분 관리이거나 제국 공신이거나 대귀족 등 황제의 최측근에서 제국의 통치에 관여하는 자들이 대부분이다. 하지만 데라시는 황제의 관리가 아니며 황궁 내에서 뚜렷한 직책을 가지고 있는 것은 아니다. 그리고 황족도 아니다. 그러나 데라시는 황궁에 출석하며, 중요한 사안들에 관여하고, 때론 의견을 개진하고, 아주 가끔은 집행도 담당한다. 그리고 그 사실에 대해 불평하는 사람은 그다지 많지 않다.

데라시는 자신의 모호한 위치에 유감을 가져 본 적이 없다. 그 모호성을 책임 없는 권한이라는 매력적인 힘의 원천이라고 생각하기 때문이다. 하지만 의전관의 고민을 인수한 지금 비스그라쥬 백은 자신의 모호한 처지에 넌더리를 낼 수밖에 없었다. 책임을 추궁당하지는 않지만 동시에 어떤 일이든 떠맡을 수도 있는 것이 모호함의 또 다른 일면이다. 그 때문에 데라시는 만병장(萬兵將)

의 당혹스러운 요청을 검토해야 하는 처지에 빠졌다.

 아라짓 제국에는 적지 않은 수의 십병장(十兵將)이 있다. 그리고 백병장(百兵將) 또한 귀족감이나 공신록을 뒤져 보면 어렵잖게 찾아볼 수 있다. 하지만 천병장(千兵將)이라는 무시무시한 권리를 가진 사람은 넓은 제국에 아무도 없다. 상식적으로 존재할 수 없는 지위이기 때문이다. 그런데, 상식이라는 말이 항상 그렇듯 천병장이 있을 수 없다는 상식도 기괴한 일탈을 보여 준다. 터무니없게도 제국에 한 명의 만병장이 있는 것이다. 그리고 그 유일한 제국 만병장의 서신은 데라시의 머리를 아프게 만들고 있었다.

 때낀모를 들여다보며 생각에 잠겼던 데라시는 결국 의전관의 처신을 모범으로 삼기로 했다. 다른 사람에게 떠넘기기로 결정한 것이다. 데라시는 의자에 앉은 채 황궁 안 어딘가를 향해 닐렀다.

 〈데라시입니다. 폐하. 찾아뵈어도 되겠습니까?〉

 어딘가에서 그에 대답하는 니름이 들려왔다.

 〈와.〉

 비스그라쥬 백은 자리에서 일어났다. 그가 목소리를 조금 높여 누군가를 부르자 그의 방 옆에 붙어 있던 부속실에서 시종한 사람이 나왔다. 그의 손에는 데라시가 요청한 물건들이 놓여 있었다.

 데라시는 시종의 도움을 받아 두툼한 옷을 입었다. 데리시가 착의를 끝내자 시종은 그의 등 뒤로 돌아갔다. 그리고 옷 뒤쪽에 달려 있는 주둥이의 마개를 열었다. 시종은 다른 손에 들고 있던 주전자를 들어 올려 주둥이에 끓는 물을 부어 넣었다.

 데라시는 몸이 무거워지고 답답해지는 것을 민감하게 느꼈다.

하지만 그런 대책 없이는 벽난로가 있는 그의 방에서 나갈 수 없었다. 규리하의 땅은 변온 생물인 나가들이 생활하기에 적절한 온도가 아니었고 그 점은 규리하의 하늘 또한 마찬가지였다. 시종이 주둥이의 마개를 단단히 닫은 후 데라시는 지체 없이 방을 나섰다.

그는 황궁을 가로질러 바쁘게 걸어갔다. 굳이 걸음을 재촉할 필요는 없었다. 사람들은 데라시의 시간을 뺏으면 안 된다는 것을 알고 있었다. 하지만 하늘누리의 사람들은 발아래에서 펼쳐진 승전에 흥분해 있었고 그 사실에 대해 누구와도 이야기를 나누고 싶어했다. 양자가 모두 아는 정보를 끝없이 교환하는 일이 가진 사교상의 가치를 인정하긴 해도, 데라시는 그 때문에 물이 식어 몸이 차가워지는 꼴을 당하고 싶지 않았다. 그래서 그는 대단히 급한 일이라도 있는 양 황급히 걸어갔다. 그리고 흥겨워하던 이들은 그런 비스그라쥬 백을 멈추게 할 수 없었다. 어쨌든 황궁뿐만 아니라 하늘누리 전체가 승전에 기뻐하고 있었으므로 그들은 비스그라쥬 백을 구태여 붙잡으려 하지 않았다. 그래서 데라시는 아무 방해 없이 황제의 집무실 앞에 도달할 수 있었다.

그곳에서 데라시는 집무실 입구에 서 있던 장애물을 올려다보았다. 정확히 말하자면 2미터의 신장에 가슴둘레는 그 이상이 아닌가 의심스러운 장애물이었다.

황제의 집무실을 지키는 금군 구레는 짧은 순간 유혹을 느끼는 듯했지만, 결국 자신이 고지식한 인물임을 보여 줄 기회를 포기했다. 그가 백작에게 이름과 방문 목적을 묻고 그것을 황제에게 전하고 허락을 얻는 것은, 물론 황궁의 예법에 맞는 일이지만 지나치게 번거로운 일이다. 그래서 구레는 그냥 문을 열어 주었다.

방문 안으로 들어서자 데라시는 몸이 뜨거워지는 반가운 기분을 느꼈다. 하늘누리에서 이 계절에 벽난로를 때는 곳은 세 군데뿐이다. 데라시는 벽난로를 바라보았다.
　아라짓 제국의 지배자인 치천제는 활활 불타오르고 있는 벽난로 근처에 앉아 있었다. 들어오는 데라시를 물끄러미 바라보던 황제는 데라시가 문을 닫자 닐렀다.
　〈구레는 드디어 자신의 소중한 의무를 포기했군.〉
　〈자신을 바보로 만드는 일을 포기한 것입니다, 폐하. 그는 제가 항상 폐하께 허락을 받은 후에 찾아온다는 것을 눈치 챘습니다.〉
　〈그에게도 눈치라는 게 있나 보지? 두뇌로 갈 영양이 전부 근육으로 간 것 같은데.〉
　〈구레를 탐탁찮게 여기시는 뜻을 익히 알고 있습니다만, 폐하, 그는 성실한 사람입니다.〉
　치천제는 귀찮음이 역력한 표정으로 백작을 외면했다. 황제는 창가로 다가가 그곳에 놓인 화분을 바라보며 닐렀다.
　〈난롯가에 옷을 걸어 두어라.〉
　데라시는 고개를 숙여 감사한 다음 무거운 보온복을 힘겹게 벗었다. 벽난로에는 그런 용도로 부착된 옷걸이가 있었다. 데라시가 보온복을 벽난로 옆에 걸어 두자 황제가 질문했다.
　〈무슨 일이지?〉
　〈조금 전 대장군 엘시 에더리가 승전 보고를 보내왔습니다.〉
　치천제는 기뻐하지 않았다. 전쟁터를 직접 내려다볼 수 있는 수도 시민들과 마찬가지로 황제 또한 이미 전쟁의 결과를 알고 있었다. 그래서 황제는 이어질 니름을 기다렸다. 데라시는 벽난로 옆에 서서 닐렀다.

〈그리고 의전관에게 보내는 자문 요청서가 있었습니다. 그것을 수령한 의전관은 감당하기 어려운 내용이라 판단하고 답장을 쓰기 전 제게 조언을 구했습니다.〉

〈네게 떠넘겼다는 니름이군. 무슨 내용이지?〉

〈대장군은 의전관에게 특정한 의전 형식에 대해 자문을 구했습니다.〉

〈개선식이라도 하고 싶은 건가?〉

〈아닙니다, 폐하. 대장군은 승전을 거둔 장수가 승전 보고를 하면서 죄수들의 대사면 건의를 할 수 있는지에 대해 자문을 구했습니다.〉

꽃을 들여다보던 황제는 놀란 표정으로 데라시를 돌아보았다.

〈대사면?〉

〈예, 폐하.〉

〈부냐 이야기군.〉

〈그런 것 같습니다, 폐하.〉

비스그라쥬 백은 황제가 언짢아할 것이라 짐작했다. 하지만 황제는 담담하게 닐렀다.

〈가끔 생각하는 건데, 우리 대장군은 지독한 사람이야. 네 생각은 어떤가, 데라시? 짐이 부냐 헨로를 용서해야 할까?〉

데라시는 곤혹스러움을 느꼈다. 황제는 부냐 헨로에 대해 사람들이 어떻게 생각하는지 잘 알고 있었고 데라시가 어떻게 생각하는지도 잘 알고 있었다. 부냐 헨로의 사건은 보통의 상식만 갖춘 자라면 모든 선민 종족이 비슷한 판단을 내릴 단순한 사건이었다. 따라서 황제의 질문은 데라시의 의견이 궁금해서 던진 것은 아니다. 짧은 시간 동안 황제를 거들까 고민했지만 데라시는 결국 사실대로 니르기로 했다. 황제는 데라시가 일부러 심중과 다른 니름을 한다는 것을 짐작하지 못할 사람이 아니다.

〈부냐 헨로가 그녀의 지위에 어울리지 않는 실수를 저지른 것은 사실입니다. 폐하. 하지만 저는 그녀의 행동을 죄라고 니르고 싶지는 않습니다.〉

〈용서하라는 건가?〉

〈그렇게 해 주신다면 폐하의 자애로움에 많은 이들이 감사할 것입니다.〉

〈대장군도 그럴까?〉

〈네? 당연히 그럴 겠지요.〉

〈글쎄, 데라시. 대장군은 부냐 헨로를 용서해 달라고 하지 않았어. 대신 규리하 변경백령으로 달려와 이 땅의 불패 신화를 깨버렸지. 이렇게 거친 남자도 드물지. 그러고는 짐이 기분이 좋아져서 죄수들의 대사면을 명령하지 않을까 기대하고 있어. 그중에 부냐 헨로가 포함되길 바라면서. 이렇게 소극적인 남자도 드물지.〉

〈그것이 엘시 백작의 방식입니다. 그의 희망을 이루어 주시길 간원드립니다. 백작으로 하여금 폐하께 바친 충정이 값진 것이었다고 여기게 해 주십시오.〉

〈데라시.〉

〈네?〉

〈값을 받지 못하더라도 그는 짐에게 충성해야 돼. 그렇잖은가?〉

데라시는 비늘이 일어나는 것을 가까스로 억눌렀다. 그리고 조금 후엔 자신의 어리석음에 염증을 느꼈다. 데라시의 발아래에는 충성의 값을 매기려다가 몰살당한 자들이 있었다.
〈망극합니다. 폐하.〉
치천제는 별로 감정의 동요를 보이지 않은 채 꽃잎을 만지작거렸다. 그리고 집중하지 않은 니름처럼 닐렀다.
〈부냐 헨로는 엘시에게 어울리지 않아. 짐은 엘시에게 공작의 위를 주어 규리하를 다스리게 할 생각이었다.〉
데라시는 깜짝 놀란 표정으로 황제를 바라보았다. 황제는 허리를 펴 창밖의 하늘을 바라보았다. 어떤 산이나 시야를 가로막는 지평선도 보이지 않는 하늘누리의 하늘이었다.
〈아이저 규리하가 남겨 둔 독기를 모두 태우려면 그 정도 불길은 필요할 테지. 이곳을 탐내는 얼간이들이야 많겠지만, 그런 반편이들 중 하나를 그곳에 앉히는 것은 그에게 사형을 언도하는 일이 될 것이다. 살아서 아무 쓸모가 없는 그런 반편이들의 문제는, 죽은 후에 없던 쓸모가 생기는 대신 소란만 일으킨다는 거지. 엘시만이 이곳을 다스릴 수 있다. 그런 엘시에게 부냐 헨로는 짐이 될 거야.〉
데라시는 당혹을 감추기 어려웠다. 황제의 니름은 합리적이었다. 하지만 엘시 에더리는 전혀 그런 생각을 하고 있지 않았다. 데라시는 황제에게 엘시 에더리가 보내온 보고서의 흥미로운 부분을 닐렀다.


원래 아이저 규리하의 것이었던 보좌 옆에 서서, 칼리도 백이자 황제의 대장군인 엘시 에더리는 틸러 달비 부위의 설명을 들었다. 설명을 경청한 백작은 훌륭한 상황 판단과 민첩한 대응을 높이 사서 즉석에서 틸러에게 포상을 내렸다. 상당한 양의 금편을 받은 틸러는 아버지가 틀림없이 기뻐할 거라 생각하며 대전에서 물러났다.

엘시 에더리는 정우 규리하를 바라보았다.

정우 규리하는 몇 단 아래의 바닥에 앉아 있었다. 그녀의 얼굴과 어깨를 뒤덮은 머리카락을 가만히 바라보던 엘시는 갑자기 앞으로 걸어 나갔다. 도열해 있던 제국군의 장수들은 호기심 어린 표정으로 대장군과 정우를 바라보았다.

엘시는 정우 앞에 섰다. 눈앞에 선 다리를 본 정우는 고개를 들어 대장군을 올려다보았다. 엘시는 단 위에 있는 보좌를 가리키며 조용하게 말했다.

"규리하 공 비셀스 규리하. 당신은 규리하 변경백의 최우선 계승권자로서 저 자리에 앉을 수 있습니다. 그렇게 하겠습니까?"

정우의 창백한 얼굴에 당혹감이 스쳤다. 수만의 군대를 휘하에 둔 제국의 만병장인 남자가 어떻게 포로로 잡힌 힘없는 여인에게 자신의 것을 지켜보겠느냐는 식의 야비한 소리를 할 수 있는지 정우는 이해할 수 없었다. 그러나 엘시의 얼굴을 자세히 들여다본 그녀는 거기에 비웃음이나 조롱이 없음을 깨달았다. 문득 정우는 정신을 잃기 전에 겪었던 기묘한 일을 떠올렸다.

정우는 조심스럽게 말했다.

"대장군님. 저는 여섯 살이 될 때까지 자신이 이상하게 생긴 도깨비라고 생각하며 혼자 속상해하곤 했어요. 제가 충분히 이해할 만한 나이가 된 후에야 즈믄누리의 어르신들은 제 신분과 킴으로서 알아야 할 것들을 가르쳐 주셨지요. 하지만 그분들은 킴이 아니고 그랬던 적도 없던 분들이죠. 지금 제게 어떤 것을 앞시하고 싶으시다면, 대장군님, 도깨비에게 말하듯이 말씀해 주세요. 그 편이 이해하기 쉬우니까요."

묵묵히 정우를 내려다보던 엘시는 그녀의 요청을 받아들였다.

"당연한 일이지만 당신의 아버지는 이 땅을 더 이상 지배할 수 없습니다. 그러니 이 땅은 새로운 주인을 얻어야 합니다. 폐하께서 적절한 인선을 하실 수 있도록 나는 이 땅의 새 통치자로 어울리는 품격과 덕성을 가졌다고 여겨지는 인사를 추천할까 합니다. 그 목록에 당신을 포함시켜도 되겠습니까, 규리하 공?"

도열한 제국군의 장수들은 간신히 신음을 흘리지 않았다. 하지만 그들의 눈은 정우의 눈과 똑같았다. 정우는 당황하여 고개를 갸웃거리다 말했다.

"정우라고 불러 주시면 좋겠어요. 반란자의 딸인 제가 어떻게 규리하의 새 통치자가 될 수 있지요?"

"그것이 그렇게 바르지 못한 일은 아닐지도 모릅니다, 정우."

"예? 무슨 말씀인가요?"

엘시 에더리는 참을성 있게 설명했다.

"정우, 불쾌하시겠지만 조금 전 시카트 규리하가 한 일을 생각해 보십시오."

정우는 생각하기도 싫다는 표정을 지었다. 하지만 그녀가 입을 열기에 앞서 엘시가 말했다.

"시카트 규리하와 아이저 규리하가 두려워한 것은 결국 당신의 변경백위 계승입니다. 당신은 변경백위의 최우선 계승권자이며, 당신이 이 전쟁에 적극적 참여를 했다는 증거는 없습니다. 그리고 당신의 경우는 부작위에 의한 종범에도 해당하지 않습니다. 자식이 부모를 거역하는 것은 힘든 일이니까요. 따라서 당신이 변경백위를 계승하는 것에 큰 문제는 없습니다."

정우는 틸러의 이야기를 떠올렸다. 하지만 기절이 이해력을 증진시킬 리는 없기에 그녀는 여전히 그 말을 이해할 수 없었다.

"그런데 제 아버지와 동생은 왜 그걸 두려워하는 거죠?"

"유서 깊은 규리하 가문은 제국 전역에 걸쳐 다종다양한 친교를 쌓아 왔으며 그런 친교의 대상 중 상당수는 규리하 변경백령은 규리하 가문이 지배해야 한다고 믿고 있습니다. 그리고 그런 분들 중 일부는 규리하 가문 이외의 사람들에게 변경백령이 넘어간다면 불평을 하고 심지어 화를 낼 수도 있습니다. 하지만 변경백위가 당신에게 계승된다면 그들이 하를 낼 명분은 없어집니다. 그것은 도주한 아이저 규리하의 예비 지지자들이 이탈한다는 의미입니다."

"제 아버지와 함께 화를 내어 줄 사람이 줄어든다는 의미인가요?"

"영민한 이해이십니다. 또한 당신이 죽을 경우 제국군에 의해 살해당했다는 악담을 퍼뜨릴 수도 있습니다. 그런 바르지 못한 책략을 통해 아이저 규리하는 중도적 인사들의 규합을 도모할 수도 있습니다."

"아아."

제국군의 장수들은 한숨을 내쉬었지만 정작 자신들이 누구에게 한숨을 내쉬는지는 알지 못했다. 도무지 정치적이지 못한 정우와 민감한 정치적 사안을 아무렇게나 말해 버리는 엘시 백작 중 누가 더 그들을 어이없게 했는지는 뇌룡공 류 페이가 부활한다 하더라도 가늠하기 어려울 것이다. 그러나 엘시의 직설적인 설명이 정우의 이해를 도운 것은 분명했다.

"하지만 제가 변경백위를 계승하는 것에도 문제가 있을 것 같은데요. 폐하의 권위를 염려하는 많은 분들이 제 변경백위 계승을 역겨워하실 것 같아요."

"나도 아무런 반대가 없을 거라 생각하지는 않습니다. 하지만 당신이 아이저 규리하가 고집했던 것을 거부한다면 그런 거부감 또한 상당히 사라질 겁니다."

"아버지가 고집했던 것…… 충성 서약을 부정하라는 말씀인가요?"

"그렇습니다."

그것이 전쟁의 원인이었다. 황제는 더 이상 충성 서약을 받지 않겠다고 선언했고 아이저 규리하는 서약 지지파의 우두머리였다. 어느 쪽도 적극적으로 원했던 것은 아니지만, 결국 양자의 의견 차는 피의 무게로 조절할 수밖에 없었다.

장수들은 이 해괴한 대화가 그럭저럭 정리 단계에 들어섰다는 안도감 속에 행복해졌다. 하지만 정우는 안도하지 못한 채 오른손으로 왼쪽 손목을 움켜쥐었다.

"대장군께서 말씀하신 대로 한다면, 저는 아버지와 가족들의 적이 되겠군요."

"그들에게 당신은 이미 적입니다."

정우는 몸을 떨었다.

"그렇군요. 시카트가 저를 좋아해서 칼을 들지는 않았을 테니."

"내 권고를 따르겠습니까?"

"대장군님, 저는 이 땅을 다스리고 싶지 않아요. 그런 무거운 책임에 대해선 생각해 본 적도 없어요."

"두려워할 필요는 없습니다, 정우. 당신은 어쩌면 자신 속에 있는 통치력을 발견하게 될지도 모릅니다. 그런 일이 일어나지 않는다면 다른 사람에게 물려줄 때까지만 저 자리를 지켜도 됩니다. 그러나 이 시점에서, 나는 당신에게 저 자리를 지키라고 권하고 싶습니다. 당신에게 반란자의 혈족으로 처형당하는 취미가 없다면."

정우는 소스라치게 놀라 마치 물리적인 공격을 받은 사람처럼 상체를 젖혔다. 엘시는 그녀를 안심시키듯 뒤로 조금 물러났다. 정우는 입술을 떨며 말했다.

"이 땅의 지배자가 되거나, 처형되거나 둘 중에 하나밖에 없는 건가요?"

"내 생각엔 그렇습니다."

"어째서죠?"

"이미 말씀드린 사실들에서 유추할 수 있을 겁니다. 당신이 충성 서약을 부정하지 않는다면 사람들은 당신에게도 아이저와 같은 역심이 있을 거라 믿을 겁니다. 따라서 당신은 충성 서약을 부정해야 합니다. 그러려면 충성 서약 없이 규리하의 통치자가 되는 것보다 더 좋은 방법은 없습니다."

엘시의 희망과 달리 정우는 백작의 말을 이해하지 못했다. 그녀는 공포에 떨었다.

"저는 아버님이 부르셔서 이 성에 왔을 뿐이에요. 딸이 아버지의 명령을 따른 것이 잘못인가요? 겨우 그런 일 때문에⋯⋯ 동생에게 살해당할 뻔하고⋯⋯ 저는 도깨비⋯⋯ 킴들의 논리로 저를⋯⋯ 그건 부당하기 짝이 없는⋯⋯."

정우의 말이 혼란스러워졌다. 엘시는 짧게 헛기침을 하고는 말했다.

"당신이 당했던 모든 바르지 못한 일들에 대해 진심으로 유감을 느낍니다. 하지만 내 질문에 빨리 대답해 주길 부탁합니다."
"빨리?"
"나의 명령을 받아야 하는 장병들이 기다리고 있습니다."
정우는 엘시가 아무런 대가 없이 선물을 주고 있음을 깨달았다. 패배자를 자기 마음대로 처리할 수 있는 위치에 있는데도 엘시 에더리는 정우에게 선택의 기회를 주었고 그것에 대해 상세히 설명해 주었다. 사만 명을 위해 자신의 시간을 사용해야 하는 지휘관이 오직 한 사람, 굳이 그럴 필요가 없는 사람에게 시간을 할애하고 있는 것이다. 그런 배려에 커다란 당혹감을 느낀 정우는 거의 무의식적으로 대답했다.
"저는 그 자리를 원하지 않아요."
정우는 자신의 말에 놀랐지만 그것을 부정하거나 부연하지 않았다. 다만 크게 뜬 눈으로 엘시를 바라보았다. 엘시는 실망했는지 만족했는지 알기 어려운 표정이었고 그 때문에 정우는 불안해졌다. 조금 후 그가 입을 열었을 때도 그녀는 자신이 대장군의 기대를 충족시켰는지 아닌지 알 수 없었다.
"알겠습니다. 당신의 방으로 돌아가십시오, 정우 규리하. 몸가짐을 돌봐 줄 사람 한 명을 허락하겠습니다. 그리고 내 허락 없이는 방에서 나올 수 없습니다. 물론 당신의 요구가 정당하다면 나는 언제든 출입을 허락할 것입니다."
정우 규리하에게 유폐 명령을 내린 다음 엘시는 그 일을 담당할 사람을 선임했다. 정우는 민첩하게 진행되는 상황을 넋을 잃은 채 바라보다가 명령을 받은 장수가 가까이 다가왔을 때에야 입을 열었다.

"대장군님, 저는 이제 제 방에서 처형을 기다려야 하나요?"

"그것은 폐하께서 결정하실 일입니다."

정우는 비틀거리며 일어났다. 그때 엘시가 다시 말했다.

"기회가 된다면 당신에겐 황제 폐하께 대적할 의도가 없었으며 다만 아버지의 명령을 따라 이곳에 온 것뿐이라는 사실을 폐하께 아뢰겠습니다."

정우의 얼굴이 밝게 빛났다. 그녀는 약간 떨리는 목소리로 말했다.

"감사합니다, 대장군님."

"폐하께 정확한 사실을 고하는 것은 내 의무입니다."

정우는 머리를 깊이 숙여 인사하고는 대전에서 물러갔다.


집중한 채 비스그라쥬 백의 니름을 듣던 아라짓 제국의 지배자는 빙그레 웃었다.

〈흥미롭군. 엘시가 그런 생각을 했단 니름인가.〉

〈잠시 대장군의 보고서를 인용하겠습니다. '널리 알려진 바, 정우라고도 불리는 비셀스 규리하와 아이저 규리하의 관계는 그다지 돈독한 부녀 관계라 하기는 어렵고, 비셀스 규리하가 이 전쟁에서 폐하께 대적하려는 의도를 품거나 실행했다는 증거는 어디에서도 포착되지 않았사옵니다. 그런즉, 원치 않았던 환란 때문에 피폐하고 불안한 나날을 보내고 있는 변경백령의 백성들이 친근하게 여길 수 있는 규리하 공 비셀스 규리하로 하여금 그들을 보살피게 한다면 이는 곤경에 처한 양 떼가 익숙한 양치기를 만난 것과 다름없으니 그 뜻이 제법 장할 것이라 생각했습니다.'

라고 썼더군요, 폐하.〉

〈재미있는 의견이군. 하지만 즈믄누리에서 자란 인간에게 통치라니. 그 비셀스인지 정우인지 하는 여자는 어떤 사람이지?〉

〈특별히 주목할 필요가 없는 듯해서 개괄적인 것만 알고 있습니다. 아이저 규리하의 장녀이며 상당히 병약하게 태어났다고 합니다. 모든 사람들이 살기 어렵다고 생각했습니다. 그런데 아이저 규리하의 오랜 친구인 즈믄누리의 바우 머리돌 성주가 그 이야기를 전해 듣고는 그녀를 즈믄누리로 데려와야겠다고 결정했습니다.〉

치천제는 조금 놀랐다.

〈성주가?〉

〈예.〉

〈그 결정은 즈믄누리에서 이루어졌나?〉

〈그렇습니다.〉

비스그라쥬 백 데라시는 황제가 왜 질문하는지 알고 있었다. 즈믄누리의 성주가 즈믄누리에서 내리는 결정들에 대한 신비한 이야기는 모르는 사람이 없다.

〈아이저 규리하는 그 결정을 따르기로 했고 결국 그 결정은 옳았습니다. 비셀스는 건강을 회복했고 그 후로 지금껏 즈믄누리에서 자랐습니다. 물론 아이저는 바우 성주에게 매년 푸짐한 선물을 보냈으며 변경백의 장녀로서 알아야 할 일을 가르치기 위해 간혹 특별한 스승을 즈믄누리로 보내었습니다. 하지만 한번도 규리하로 불러들이는 일은 없었습니다. 전쟁이 벌어지기 직전 아이저는 처음으로 그녀를 성으로 불러들였습니다. 아마 인질이 될까봐 걱정한 것이겠지요. 그리고 그녀에게 그 이상으로 흥미로운 이야기는 없습니다. 주위 사람들과 다른 점 때문에 좀 우울해하며 어린 시절을 보냈을 테지만, 그건 그녀의 성격에만 영향을 미쳤을 뿐 능력에는 아무런 영향도 주지 않았습니다. 어떤 면으로도 특기할 만한 점은 보여 주지 않았습니다. 능력만 놓고 본다면, 백작이 저잣거리에서 우연히 만난 촌부에게 규리하를 넘겨준다 해도 비셀스에게 주는 것과 별 차이는 없을 겁니다.〉

〈차이가 있어.〉

〈예?〉

〈비셀스는 규리하를 포기했지. 강대한 규리하를 간단히 포기하는 건 아무나 할 수 있는 일이 아니야. 게다가 거부할 경우 낭알수 있는 곤란한 상황을 고려해 본다면 그건 대단한 능력이라고 할 수도 있지.〉

〈그건 그저 도깨비다운 수줍음일 겁니다.〉

〈설명할 수 있겠나?〉

〈예. 보고서에 인용된 그녀의 발언을 놓고 보거나 상식적으로 생각해 보더라도 비셀스 규리하는 인간의 사고 방식보다는 도깨비의 사고 방식을 가지고 있을 확률이 높습니다. 그리고 평범한 도깨비라면 수십만 명의 운명을 결정할 권리라면 일단 거절부터 할 겁니다. 폐하께서도 기억하시겠지만 즈믄누리의 바우 머리돌 성주는 죽기 전에 그렇게 애를 쓰고도 결국 성주의 자리에서 물러나지 못했습니다. 결국 어르신이 된 후에도 즈믄누리를 다스려야 했던 열 명의 선대 성주들과 같은 처지에 처해 있고, 바우 머리돌 성주가 그 상황에 만족하고 있다는 이야기는 듣지 못했습니다. 비셀스가 거절한 것도 그런 거부감 때문일 겁니다.〉

〈받아들이지 않으면 자기가 위험해지는데.〉

〈두 가지 방식으로 그런 선택을 설명할 수 있습니다. 우선 비셀스가 죽음을 두려워하지 않는 도깨비들 사이에서 자란 탓에 죽음에 대한 제대로 된 관념이 없을 수 있습니다. 그리고 비셀스는 그저 아버지가 불러서 이곳에 왔을 뿐인 자신이 큰 처벌을 받지는 않을 거라고 믿고 있을 겁니다.〉

황제는 수긍하듯 고개를 두어 번 끄덕이고는 닐렀다.

〈부냐 때문에 그런 것일까.〉

데라시는 대답하지 않았다. 황제가 대답을 원하지 않는다는 사실을 느꼈기 때문이다. 나가의 니름은 인간의 언어보다 훨씬 본심을 잘 드러낼 수 있다. 그리고 데라시는 황제의 추측에 공감했다. 누구라도 엘시 백작이 정우에게 사형 대신 규리하 통치를 제안한 것을 알면 부냐 헨로의 처지를 떠올릴 것이다.

황제가 닐렀다.

〈그래서 우리의 마루나래는 처녀가 자신의 제안을 거절하자 어떻게 대응했지?〉

미리 대비하고 있었기에 데라시는 즉각 닐렀다.

〈백작은 규리하 백성들에게 신뢰를 받고 있거나 받을 수 있다고 생각되는 인사들의 이름을 거론하고 간략한 추천 사유를 덧붙였습니다. 글자와 문장 부호보다는 공평함과 객관성이 더 많이 들어 있는 것 같은 보고서였고, 당연히 그 이름들 중에 칼리도 백 엘시 에더리는 없었습니다.〉

〈곤란하군. 자기 자신에 대해서는 아예 생각도 하지 않는 건가. 그래도 엘시여야 해.〉

〈그에겐 그럴 생각이 전혀 없는 것 같습니다, 폐하. 게다가 그가 받아들인다 해도 발케네 공은 절대로 승복하지 않을 겁니다.〉

데라시가 조심스럽게 니른 뜻밖의 이름을 접하자 황제의 니름에 노기가 묻어났다.

〈짐은 락토의 승낙이나 거부를 구한 적이 없어.〉

〈하지만 락토 빌파가 동의하지 않는다면 칼리도 백에게 공작위를 하사하기는 어렵습니다. 귀족원의 심사권이 있으니까요. 발케네 공이 귀족원을 장악하고 있는 것은 아닙니다만, 누군가가 공작이 되는 것을 막을 정도의 힘은 가지고 있습니다.〉

황제는 손등의 비늘을 조금 세우며 의자에 등을 기댔다.

〈짐과 제국을 위해 이 정도의 대승을 거둔 백작을 적대시하는 것은 라투에게 있어 스스로에게 내리는 몹시신 반생이 될 기다.〉

〈그런 가정을 하고 계신 거라 짐작했습니다, 폐하. 하지만 락토 공작의 입장에서는 바로 이때가 아니면 절대로 백작을 억누를 수 없다고 판단할 수도 있습니다. 락토 공작은 엘시 백작이 큰 모욕을 당하길 바라며 이 전쟁을 주시하고 있었을 겁니다. 하지만 백작은 손쉽게 이겼고 공작은 지금쯤 초조해하고 있을 테지요. 이 시점에서 엘시 에더리에게 공작위를 하사한다는 이야기가 나오면 공작은 모험을 결심할 겁니다. 어쨌든 그는 자신의 코 앞에 엘시 공작이 탄생하는 것을 좌시할 사람은 아니니까요. 암살공이 결행하는 모험은, 글쎄요, 가장 원만한 형태로 수습되더라도 백작에게 큰 상처를 남길 가능성이 높습니다.〉

〈그래서? 규리하를 다른 자에게 주라는 건가?〉

〈당분간만이라도 황제령으로 두시는 것이 어떻겠습니까?〉

〈짐은 절대로 지상의 땅을 가지지 않아.〉

〈잘 알고 있습니다. 그러니 한시적인 기간 동안만……〉

〈더 이상 니르지 마.〉

데라시는 절망감 비슷한 것을 느꼈다. 황제와 가까운 사람은 아무도 없고 데라시는 언제나 자신이 다른 자들보다 아주 약간 황제와 더 가까운 것이라고 생각하려 애썼다. 그런 생각은 그에게 자제력과 겸손함을 주었다. 또한 안전함도. 불에 조금 더 가까이 있으면 더 따뜻하겠지만, 그렇다고 해서 불 속에 손을 집어넣으면 비늘이 타 버릴 뿐이다. 거리를 두어야 한다. 그런데도 데라시는 자신을 황제의 최측근으로 여기고 싶은 충동에서 자유롭지 못했다.

그러나 황제는 때때로 데라시의 그런 충동을 무의미한 것으로 만들곤 했다. 지상의 땅에 대한 황제의 거부감은 데라시가 도무지 이해할 수 없는 수수께끼였다. 어차피 지상의 지배자는 그녀이며 각 영지의 지배자들은, 그런 사실을 자주 확인하는 것을 좋아하지는 않겠지만, 그녀의 대행자일 뿐이다. 따라서 지상의 땅을 가지지 않는다는 황제의 선언은 원칙적으로 모순이다.

황제의 그런 불가해함을 접할 때마다 데라시는 자신이 다른 사람들과 별로 다를 것이 없다는 느낌을 받아야 했다. 그런 느낌이 그를 괴롭혔지만 데라시는 무엇이 타고 있는지 알려고 불 속에 손을 집어넣는 짓은 하지 않기로 했다.

〈알겠습니다. 그렇다면 엘시 에더리입니까?〉

황제는 오른손으로 입 주위를 받친 채 생각에 잠겼다. 데라시의 기대대로 그 시간은 짧았다. 그리고 그 내용은 데라시의 기대대로 전혀 예상외였다.

〈비셀스 규리하를 회유해 봐.〉

〈예? 비셀스 규리하를 니르셨습니까?〉

〈엘시의 생각이 재미있군. 빌파가 아무리 무도하다 해도 다른

사람들의 결혼을 트집 잡을 수는 없겠지.〉

비스그라쥬 백은 잠깐 고민한 후에야 황제의 니름을 이해할 수 있었다.

〈비셀스 규리하에게 규리하를 주고, 차후에 엘시 백작과 결혼시킨다는 니름이십니까?〉

〈그래.〉

〈하지만…… 폐하. 니를 것도 없이 백작은 폐하를 위해 규리하를 무너뜨렸지만, 그의 흉중에는 폐하께서 니르신 것처럼 부냐헨로의 석방을 도모하려는 마음도 있었을 겁니다. 백작이 부냐헨로 대신 비셀스 규리하와 결혼할 가능성은 없습니다.〉

〈결혼하게 만들어.〉

황제의 명령은 예상외라는 수준을 넘어서는 것이었다. 데라시는 니름과 표정 양쪽으로 최대한의 낭패감을 표현하며 닐렀다.

〈폐하, 그게 그렇게 '문을 닫아'라든가 '책을 가져와'라는 명령처럼 간단한 명령 같지는 않군요.〉

〈짐이 누구냐고 묻고 싶군, 데라시.〉

〈만물의 지배자이십니다. 하지만 폐하, 인간들은 결혼을 개인적이며 타인의 참견을 불허하는 문제로 생각합니다.〉

〈인간들도 속으로는 그렇게 생각하지 않을걸.〉

〈하지만 우리에게 결혼이라는 관습이 없는 이상 인간들이 하는 설명을 받아들일 수밖에 없는 것 같습니다. 다른 사람들에게 그들의 관습이 엉터리라고 말하는 것은, 그것이 정말 엉터리일 경우에도 무익합니다.〉

〈그렇다면 자신들의 결정으로 결혼하게 되었다고 믿게 만들어.〉

그리고 황제는 마음속으로 어떤 영상을 그렸다. 그것은 데라시에게 정확하게 전달되었다. 데라시가 본 영상에는 목에 올가미가 걸린 부냐 헬로가 나타나 있었다. 그리고 그 올가미의 끝은 어떤 인간 여자의 손에 쥐어져 있었다. 여인의 얼굴은 뚜렷하지 않았지만 데라시는 어렵잖게 그녀의 정체를 짐작할 수 있었다. 2미터가 넘는 키에 씨름꾼 같은 모습을 하고 있는 인간 여자를 비셀스가 아닌 다른 사람으로 착각하긴 어려웠다. 그러나 실제 비셀스는 전혀 그렇게 생기지 않았기에 데라시는 정신적인 미소를 지었다.

〈엘시 백작이 그런 조건을 감내할지 의문입니다만, 알겠습니다. 노력해 보겠습니다.〉

무자비할 정도로 명령형으로 일관하던 황제는, 데라시의 응낙을 받자 약간의 동정심을 보여 주었다. 황제는 부드럽게 닐렀다.

〈이 전쟁 때문에 고생 많았다, 데라시. 하지만 무슨 일이든 뒤처리가 말끔하지 않다면 노력도 무의미해지지. 조금만 더 수고해 줘.〉

데라시는 감명을 받았음을 솔직하게 드러내었다. 황제에 대한 길고 힘든 봉사의 세월 동안 데라시가 이 정도의 보답을 받은 적도 드물다. 보답을 바란 적이 없기에 데라시는 그런 가벼운 배려에도 크게 감동했다. 깊이 고개를 조아린 다음, 데라시는 자신 있게 닐렀다.

〈최선을 다하겠습니다, 폐하.〉

황제는 은은한 미소를 지었다. 그리고 지나가는 니름처럼 닐렀다.

〈그래. 그런데 그건 어떻게 되었지?〉

데라시는 황제가 니른 그것이 무엇인지 모를 사람이 아니었다.

〈현재 금고방의 위치는 파악했습니다. 하지만 여는 방법을 알

수 없습니다. 그것을 열기 위해선 비셀스의 도움이 필요할 것 같습니다.〉
〈그렇다면 여러 가지로 비셀스를 만나 봐야겠군. 네가 맡도록.〉
〈알겠습니다.〉


대저택이라는 것이 있을 수 없는 하늘누리에서도 엘시 백작의 집은 두드러지게 단출했다. 티나한 로(路)와 갈바마리 로 교차지점에 있는 엘시 백작의 조그마한 집에는 단 두 명의 식솔만이 거주하고 있다. 엘시 에더리 자신과 그의 몸종 이레 달비가 그 두 명이니.
하늘누리의 집을 동산으로 봐야 할지 부동산으로 봐야 할지를 놓고 다투는 법리학자들은 많았고, 제반 상황은 그 해답이 제시될 수 있는지조차 모호하게 만들고 있지만, 칼리도 백 엘시 에더리 자신은 이미 오래전에 결정을 내렸다. 그래서 엘시는 식솔들이 거주하고 귀빈을 맞이하기 위한 공간으로는 쟁룡해에 면해 있는 자신의 저택을 이용했고 하늘누리 위에서는 천막 생활이나 다름없는 생활을 했다.
평소 엘시는 대장부가 처신을 올바로 하기 위해 필요한 사용인은 한 명이면 족하다는 지론을 가지고 있었지만 그의 몸종인 이레 달비는 정반대의 견해를 가지고 있었다. 이레에게 백작은 모시기 쉬운 상전이었다. 집안의 일에 그다지 까다롭게 개입하지 않기 때문이다. 하지만 백작을 방문하는 어마어마한 신분의 손님들을 제대로 대접하는 것은 결코 간단한 일이 아니었다. 그래서 이레는 만성피로를 느꼈다. 이레의 사정을 잘 아는 인사들은 재치 있게도 필요한 준비물들을 하인의 손에 들려 방문함으로써 이레를 도와주기도 했다. 하지만 모든 사람들이 그런 재치를 가진 것은 아니었는데, 예를 들어 도깨비 탈해 머리돌 같은 이가 그랬다.

탈해는 다양한 집을 방문하는 즐거움이 각기 다른 물맛과 술맛, 장맛을 보는 것에 있다고 믿었고, 그래서 자기 집의 음식을 싸들고 다른 집을 방문하는 것을 크나큰 불행으로 생각했다. 사람들은 음식이나 술맛의 개별성에 대해서는 동의할 수 있었지만 물맛에 대해서는 곤혹스러워 할 수밖에 없었다. 생물의 등 위에 건설된 하늘누리에는 당연히 우물이 없기 때문에 황제를 포함하여 모든 하늘누리 시민들은 같은 빗물을 마신다. 하지만 탈해는 같은 물이라도 집집마다 달라진다고 주장하며 자신의 가치관을 고집했다. 그리고 사람들은 탈해의 말에 동의하기 힘들었다.

"백작님 댁의 물맛이 좀 바뀌었군요."

엘시의 집 마루에 앉은 탈해가 이렇게 말했을 때 이레가 어처구니없다는 표정을 지어 보인 것은 그런 사정 때문이다. 이레는 '어떻게 바뀌었는지 알려 주시지요.'라고 말하고 싶은 기색을 역력히 드러내었지만 존경하는 주인의 체면을 생각하여 그 말을 삼켰다. 그리고 엘시는 사용인의 바람을 잘 이해하는 좋은 주인이었다.

"물맛이 바뀌었다니, 그건 도대체 무슨 말인가?"

"아, 오셨습니까, 각하."

탈해는 마당을 가로질러 오는 엘시를 보며 몸을 일으켰다. 엘시가 마당 저편에서 탈해의 말을 들은 것은, 황제의 대장군이 지위에 걸맞은 초능력을 가진 것이 아니라 그 정도로 집이 협소하다는 의미로 이해해야 한다. 네 걸음만에 마당을 가로지른 백작은 마루에 걸터앉아 투구를 벗었다.

"앉아. 탈해. 그리고 이레, 나도 맛이 바뀌었다는 그 물 좀 가져다주겠어?"

이레는 깊숙이 목례했다. 그 목례는 평소보다 극진했다.

"알겠습니다, 가주님. 그런데 의복을 준비할까요?"

엘시는 가주라는 말에 미소를 지었고 자신의 실수를 깨달은 이레는 얼굴을 조금 붉혔다. 엘시가 말했다.

"그래 주면 좋겠군. 갈아입고 바로 나갈 테니 외출복으로."

"알겠습니다, 주인님."

이레는 조금 후 물그릇을 가져와 맵시 있게 내어놓은 다음 옷을 준비하러 갔다. 물을 한 모금 마신 엘시는 고개를 갸웃거렸다.

"무슨 물맛이 바뀌었다는 거지? 하늘누리에서 마시는 물은 다 똑같은데."

탈해는 대답하기에 앞서 품에서 짧은 곰방대를 꺼냈다. 엘시는 무례를 탓하지 않았다. 이레가 떠날 때까지 기다렸으니 오히려 사려 깊다고 할 것이다. 그래서 엘시는 탈해의 매혹적인 곰방대를 조용히 감상했다.

잘 모르는 사람이라면 그것이 무슨 물건인지 상상도 하기 힘들 것이다. 그것은 도깨비 대장장이나 상상할 수 있는 곰방대였다. 물부리는 보통의 곰방대와 비슷했지만 연초를 채워 넣는 곳의 구조가 특이했다. 곰방대 끝에는 잘 다듬어진 금속 원통이 부착되어 있었고 그 원통에는 여섯 개의 구멍이 연근처럼 뚫려 있었다. 그 구멍 안에는 모두 연초가 채워져 있었고 채워 넣은 연초가 휴대 중에 쏟아질 염려가 없도록 정교한 덮개가 있었다. 그 작동 구조는 대략 다음과 같았다. 한 구멍의 연초를 다 피운 후 누름쇠라 불리는 곰방대의 특정한 부분을 건드리면 원통은 자동으로 육분의 일 회전한다. 그리고 다음 구멍의 연초가 '장전'되며 동시에 '점화'된다. 여섯 번을 다 피운 후에는 물론 다시 연초를 채워 넣어야 하지만 대단히 편리한 물건임에는 분명하다. 실제로 탈해는 곰방대 아랫부분의 꼭지를 잡아당김으로써 연초 피울 준비를 다 끝냈다.

연기를 한 모금 빨아들인 다음 탈해는 코와 입으로 동시에 연기를 뿜었다. 그 곰방대의 이름이 뻐끔이라는 것을 떠올린 엘시는 정말 정직한 이름이라고 생각했다. 탈해가 말했다.

"제가 방금 마신 물에서는 그 집안 주인이 입맛을 잃어버린 흔적이 보이더군요. 집주인이 물로 허기를 달래고 있음이 분명했습니다. 성실한 물독은 그럴 경우 물에 자양분을 담으려 애씁니다."

엘시는 미소를 떠올렸다.

"성실한 물독이라고 했나?"

"예. 잘 구워지고 정성껏 관리된 물독은 집안 식구들에게 성실하려 애씁니다. 그런 물독에 담긴 물은 여름에 시원하고 겨울에 따스하지요. 몹쓸 벌레가 꾀거나 상하는 일도 드뭅니다. 한편, 대충 구워지고 아무렇게나 관리된 물독은 집안 사람들에게 별다른 책임감을 느끼지 못하지요. 그런 물독의 물을 마시는 식구들은 성정을 상하게 됩니다. 따라서 물독은 성질 모진 식구들에게 더 궂은 대우를 받게 되는 악순환이 일어납니다. 이 댁의 물독은 칼리도에서 가져온 것이지요?"

"맞아. 내 기억으로도 조부님 대까지 올라가는 물건인 것 같아. 더 오래되었을지도 모르고."

"그런 해묵은 물독은 입맛을 잃어버린 집안 식구를 위해 물을 진하게 만드는 재주도 가지고 있습니다. 물맛이 변한 것은 그 때문이지요."

"자네의 넘겨짚는 버릇이 더욱 심해질 것 같지만, 요즘 식사가 좀 부실했다는 것은 인정하겠어."

"그분의 일에 대해서는 유감으로 생각합니다. 각하."

"고마워."

그리고 엘시는 더 이상 말하지 않았다. 탈해는 화제를 바꿔야겠다고 생각했다.

"대승을 거두셨다고 들었습니다. 축하드립니다."

엘시 또한 화제가 바뀌길 기다렸던 듯 빠르게 밀했다.

"축하하러 온 것은 아니겠지. 자네가 며칠 전에 하늘누리에 나타난 것을 가지고 사람들은 온갖 흉흉한 이야기를 다 꾸며 대더군. 즈믄누리의 무사장이 전쟁터에 나타나다니 긴장할 일 아닌가? 하지만 나는 자네의 관심이 어디에 있는지 짐작할 수 있을 것 같군. 비셀스 규리하지?"

탈해는 더 이상 자제력을 발휘할 수 없었다.

"정우는 어떻게 되었습니까?"

"조금 전 만나고 오는 길이야."

"만나고 오셨다고요!"

"그래. 아무 데도 상한 곳이 없이 안전하게 잘 있어."

"자신을 죽이는 신이여, 감사합니다!"

탈해는 고함을 지르는 것으로도 모자란 듯 박수까지 쳤다. 다섯 번 빠르게 박수를 친 탈해는 주먹을 불끈 쥐며 말했다.

"됐습니다. 정우가 안전하다면, 전쟁도 이제 끝났으니 즈믄누리로 데려가도 되겠군요?"

"즈믄누리로?"

"예. 물론 정우가 동의해야겠지만."

엘시 에더리는 팔짱을 끼고 잠시 할 말을 골랐다. 그동안 탈해는 입에 물고 있던 뼈끔이를 한 번 더 맛있게 빨아들였다. 엘시는 잠시 후 투구를 바라보며 말했다.

"자네도 그녀도 그쪽을 선호하는 것 같으니 정우라고 부르지. 정우의 동의는 무의미해. 폐하께서 어떻게 생각하시는지가 중요하지."

"아, 예. 하지만 폐하께서 아버지가 불러서 여기 왔을 뿐인 정우에게 설마 벌을 내리시겠습니까."

"자네들이 정말 정우를 보호하고 싶었다면 애초에 규리하로 보내지 말았어야지."

"그런 이야기가 많았습니다. 사실 제가 그렇게 주장했습니다."

"사태가 이렇게 될 것을 짐작했군."

"예. 하지만 성주님께서 돌려보내야 한다고 결정하셨습니다."

엘시는 눈을 조금 크게 뜨며 탈해를 바라보았다. 모든 사람들과 마찬가지로 백작 또한 즈믄누리의 성주들이 내리는 결정에 대한 신비한 이야기를 잘 알고 있었다. 즈믄누리의 성주들이 내리는 결정의 독특한 성격을 잘 나타내는 다음과 같은 이야기가 있다. '황제가 태양이 두 개라고 말하면 조신들은 걱정할 것이다. 황제가 미친 것이 분명하기에. 즈믄누리의 성주가 태양이 두 개라고 말하면 도깨비들은 걱정할 것이다. 태양 하나를 잃어버린 것이 분명하기에.' 엘시는 다짐하듯 질문했다.

"바우 성주님께서 그렇게 결정하셨다는 건가? 정우를 규리하로 보내야 한다고?"

"예. 오래전 정우를 즈믄누리로 데려왔을 때와 마찬가지로 성주님께서 결정을 내리셨습니다. 변경백이 연락을 보냈을 때 정우는 자신이 어떻게 해야 하는지 성주님께 여쭤 봤습니다. 성주님은 가라고 하셨고. 그래서 정우는 그 결정을 따른 겁니다. 정우 자신은 이곳에 오고 싶은 생각이 별로 없었습니다."

"그녀가 부친과 변경백령에 큰 책임감을 느끼지 못하는 것을 바르지 못하다 하긴 어렵겠지. 그렇다면 이 시점에서 정우가 즈믄누리로 되돌아가야 한다는 것도 바우 성주님의 결정인가?"

"아닙니다. 각하. 성주님께서는 그 문제에 대해 아무런 결정도 내리지 않으셨습니다."

엘시는 미미한 안도감을 느꼈다. 물론 그 또한 도깨비가 아닌 자들이 흔히 그러하듯 즈믄누리의 성주가 내리는 결정보다는 자기 자신의 결정을 따를 것이다. 하지만 그것을 완전히 무시할 수 없는 것 또한 다른 자들과 마찬가지였다. 탈해가 말했다.

"정우를 되돌려받는 것은 도깨비들의 소망입니다. 그녀는 킴이지만 우리 가족입니다. 그래서 여쭙고 싶습니다. 폐하의 의중이 어떠한지 알 수 있을까요?"

"이봐. 탈해. 나는 조금 전에 전쟁터를 떠나 이곳으로 올라왔어. 물론 승전 보고는 이미 황궁으로 보냈지만 아직 폐하를 알현하지는 못했네. 자네가 좀 일찍 왔군."

"그렇다면 혹 비스그라쥬 백 데라시는 만나 보셨습니까?"

엘시는 잠깐 동안 말을 멈췄다가 나직하게 질문했다.

"탈해, 왜 비스그라쥬 백을 거론하는 건가?"

"예? 폐하께선 현명한 데라시 백작의 의견을 높이 사신다고 들었습니다."

"폐하께서는 물론 비스그라쥬 백의 현명함을 귀하게 여기시지만, 동시에 모든 이의 의견을 존중하는 분이기도 하시지. 미안하지만 나는 백작 또한 아직 만나지 못했어."

탈해는 실망한 표정으로 다시 뻐꾹이를 들어 올렸다. 그는 누름쇠를 누르려 하다가 생각을 바꿔 뻐꾹이를 품속에 집어넣었다.

"각하. 저는 몽화각에 머물고 있습니다. 몽화각도 좋지만 거기선 도깨비들밖에 볼 수가 없지요. 괜찮으시다면 이 댁에 머물면서 정우의 구명을 도모해도 되겠습니까? 정우의 일을 잘 풀기 위해선 아무래도 각하의 도움이 절실할 것 같습니다."

"내 집이 자네 집이야."

엘시는 그의 하나뿐인 몸종이 비명을 지를 말을 태연히 꺼낸 다음 말했다.

"하지만 구명에 대해서는 좀 기다려 보라고 권하고 싶군. 정우 규리하의 신병을 확보하는 과정에 좀 괴상한 일이 발생했어."

엘시는 시카트 규리하와 정우 규리하 사이에서 일어난 일을 설명했다. 소름 끼친다는 표정으로 이야기를 듣던 탈해는 잠시 침묵하다가 곧 표정을 밝혔다.

"알겠습니다! 시카트 규리하는 일부러 그랬을 겁니다. 제국군 병사가 다가오길 기다려 그런 모습을 보여 준 거지요. 누나가 자신들의 적임을 보여 주기 위해서 말입니다. 참 영리한 행동입니다."

엘시는 씁쓸한 기분을 느꼈지만 탈해의 호의 어린 넘겨짚기를 반대하지는 않았다. 실제로 그럴지도 모르는 일이다. 가능성은 낮지만. 탈해의 낙관적인 해석은 계속되었다.

"애초에 변경백이 정우를 이곳으로 불러들인 것도 그 때문인지 모르겠군요. 정우가 즈믄누리에 있으면 그녀를 반란자의 혈육이라는 신분에서 헤어나게 할 방법이 없지요. 그렇다면 성주님의 결정은 역시 옳았던 겁니다! 이제 이해가 되는군요."

"그런지도 모르겠군. 어쨌든 그런 일 때문에 정우의 신분을 규정하는 일에 변수가 발생했지. 그러니 구명에 대해서는 조금 기다려 보게. 어쩌면 자네가 애쓰지 않아도 좋은 결과가 있을지 모르니까."

"성주님이 결정하신 일이니까 꼭 잘될 겁니다. 그렇다면 조만간 정우를 만날 수 있겠군요. 그때까지 신세를 좀 지겠습니다."

"얼마든지 그래도 좋아. 다만 한 가지는 유념해 둬. 이래 잎에서는 그길 좀 소심스럽게 사용하도록 해."

"빼끔이 말씀이지요? 알겠습니다."

"다행이군. 그럼 쉬고 있어. 나는 다시 나가 봐야겠어."

"어디 가십니까? 혹 황궁의 고관들을 만나는 자리라면 제가 좀 따라가면 안 될까요?"

엘시 에더리는 좀 기묘한 표정으로 탈해를 바라보다가 고개를 가로저었다.

"고관들도 있긴 하지만 그들과 이야기를 나누긴 어려울 거야."


하늘누리에는 무덤이 없다. 물론 제국 수도에서 사람이 죽지 않는 것은 아니시만 황제는 하늘누리에서 장례 의식을 금했다. 그리고 거기엔 합리적인 이유가 있다. 아래를 파면 시체를 묻을 수 있는 공간을 확보할 수 있다는 것은 매우 유서 깊은 상식이지만, 하늘누리에서는 같은 일을 시도할 경우 제국 수도를 멸망시킬 수도 있다. 하늘누리는 하늘을 떠다니며 결코 땅에 내려오는 일이 없는 거대한 생물 하늘치의 등에 건설되어 있기 때문이다.

하늘누리에서 누군가가 사망할 경우 시체는 지상으로 운구되며 그곳에서 장례 의식이 거행된다. 제국의 아름다운 수도에 따라다니는 악평이 생긴 이유 중의 하나가 그것이다. '하늘누리가 지나간 곳에는 무덤만 남는다.' 풍경화가와 시인을 행복하게 하는 제국 수도의 아름다운 모습에는 어울리지 않는 흉흉한 말이지만 도리가 없다. 한편, 그 악평이 생긴 또 다른 이유는 훨씬 끔찍하다. 합리적인 이유에 의해 하늘누리는 지상의 도시 상공을 피한다. 그런 일은 지상의 신민에게 너무 많은 영향을 끼친다. 따라서 하늘누리가 사람들이 많은 곳에 나타난다는 것은, 규리하 변경백령에 대한 공격처럼 황제의 친정을 의미할 확률이 높다. 참혹한 학살이 뒤따르며 남는 것은 무덤뿐이다.

누구나 하늘누리와 지상을 잇는 계단을 만들어 낼 수 있다는 사실에 비춰 보면 놀랍지만, 시체를 아래로 운구하는 일은 좀 까다롭다. 하늘누리의 계단은 그것을 상상할 수 있는 사람에게만 나타나며 그 사람에게만 작용한다. 하늘누리에 말이나 노새, 나귀 같은 전통적인 사역 동물이 없는 이유는 그것이다. 그 동물들은 계단을 상상할 능력이 없으며 설령 하늘누리에 데려다 놓더라도 추락 사고의 위험이 높다. 여러 가지 크기의 승강기가 있기는 하지만 대부분은 사람들이 이용하는 조그마한 것이거나 곡물을 실어 나르는 것들이며, 당연한 일이지만 황제는 곡물 운반용 승강기로 시체를 운반하는 일을 허락하지 않았다. 그래서 운구는 순수하게 인력에 의해 실시된다. 이런 상황 때문에 하늘누리에 하나밖에 없는 장의 기관은 상당한 전문가 집단이다. 똑같은 형태의 계단을 상상할 수 있는 운구자들이 있으며(계단 모양이 달라지면 서로 보조할 수가 없다.) 시체를 오랜 시간 보존할 수 있는 냉동 장치를 갖추고 있다.

염사장 두이만 길토 또한 그런 전문가의 자부심을 실력으로 보여 주는 일에 아무런 어려움을 느끼지 않는 기술자였다. 하지만 그의 고객들은 그의 섬세한 기술을 평가해 줄 수 없으며 두이만 또한 고객들의 비위를 맞추려고 애쓸 필요가 없었다. 죽은 자들만 고객으로 받으니 당연하다. 그 때문에 두이만은 약간 재미없는 사람으로 알려져 있었다.

그래서 두이만은 늦은 오후 찾아온 방문객에게 히뉴부미이 니든 수빈이라면 보여 줬을 반응을 전혀 보이지 않았다.

"부냐 헨로를 만나고 싶다고 하셨습니까?"

엘시는 입술을 굳게 다문 채 고개를 끄덕였다. 엘시 에더리에게 '그분'이라든가 '염사 보조인'이 아닌 '부냐 헨로'라고 담담하게 이야기할 수 있는 사람은 두이만 길토뿐일 것이다. 곁에서 듣고 있던 다른 염사들이 바람이 일어날 정도로 눈을 깜빡거렸지만 두이만은 사무적이라는 표현 이상으로 퉁명스럽게 말을 이었다.

"저희에겐 적당한 면회 시설이 없습니다, 각하. 또한 죄인을 응접실로 불러올 수도 없고요."

"안 된다는 말인가?"

"아니요. 염습실에서 만나도 괜찮으시겠냐는 질문입니다."

또다시 한여름 오후 벌통을 연상시킬 만큼 맹렬한 눈 끔뻑임이 있었다. 하지만 엘시는 안도했다.

"만날 수만 있다면 나는 어디라도 상관없다."

"알겠습니다. 잠시만 기다리십시오."

다른 염사들이 보내는 '기회를 포착할 줄 모르는 바보'라든가 '당연히 깨끗한 옷을 입혀 응접실에서 만나게 해 줘야 함'에 해당하는 눈빛을 무시하며 염사장 두이만은 천천히 일어났다. 두이만이 조금도 서두르는 기색이 없이 밖으로 나가자 염사들은 의리 때문에라도 칼리도 백을 달래야겠다고 마음먹었다. 불행한 사실은 그들 중 누구도 제국 만병장에게 말을 걸 배짱이 없었다는 사실이다. 그래서 얼마 후 두이만이 돌아와 엘시에게 "따라오십시오."라고 말했을 때 불쌍한 염사들은 의리를 저버린 자신들에 대한 자괴감에 빠지고 말았다.

염사장은 긴 통로로 엘시를 안내했다. 통로 좌우에는 문들이 규칙적으로 배열되어 있었다. 감옥을 연상시키는 복도를 따라 걸으며 엘시는 얼굴이 구겨지는 것을 애써 참았다. 두이만은 다른 문과 다를 것이 하나도 없는 문 앞에서 걸음을 멈추고 엘시에게 말했다.

"저는 밖에 있겠습니다. 안에 의자를 가져다 놓았습니다."

엘시는 두이만에게 감사의 의미로 고개를 끄덕였다. 엘시가 문을 조심스럽게 당기자 잠겨 있지 않은 문은 간단히 열렸다. 순간 독한 약 냄새와 끔찍한 악취가 뒤섞여 밖으로 새어 나왔다. 엘시는 신음이 터져 나오는 것을 가까스로 억누르고 안으로 들어서서 문을 도로 닫았다.

창문이 없는 대신 꽤 밝은 등롱이 있었지만 방 안은 답답했다. 육중한 돌벽은 당장이라도 방 안으로 쏟아질 것 같았다. 엘시는 눈을 몇 번 깜빡이고 조심스럽게 방 안을 살폈다. 커다란 석조 작업대 같은 것이 방 가운데에 놓여 있었고 그 옆에 물통 같은 것이 몇 개 놓여 있었다. 그리고 그 앞쪽으로 두이만이 말한 의자 두 개가 놓여 있었다. 하지만 의자들은 비어 있었고 방 안 어디에도 엘시가 찾는 사람은 보이지 않았다. 엘시가 뭔가 잘못된 것이 아닌가 하는 생각을 했을 때 작업대 뒤에서 무엇인가가 천천히 올라왔다.

그것은 앙상한 손가락들이었다. 석조 작업대 위를 거미처럼 움직이던 손가락들은 그것을 할퀴듯 움켜쥐었다. 조금 후 그 손 뒤로 인간의 형체가 따라 올라왔다. 헝클어진 머리와 땟국으로 찌든 얼굴은 두억시니 같았다. 늘어난 목깃 너머로 드러난 가슴팍 때문에 가까스로 인간 여자라는 것을 알 수 있었다. 넝마 같은 옷을 힘없이 움켜쥐어 가슴을 가리는 그녀의 무릎을 보며 엘시는 숨이 꽉 막히는 것 같았다.

부냐 헨로가 쉰 목소리로 말했다.

"엘시."

엘시는 아무 말 없이 걸어갔다. 의자로 다가간 엘시는 자신의 웃옷을 뜯어내듯 벗었다. 그리고 의자 위에 웃옷을 정성스럽게 깔아 놓고 부냐에게 다가가 그녀를 번쩍 안아 들었다. 그녀의 가벼움에 일순 움찔했지만 엘시는 아무 말 없이 부냐를 의자 위에 앉혔다.

그리고 엘시는 작업대 옆의 물통을 끌어당겼다. 그는 물통에 걸려 있던 수건을 집어 들다가 문득 생각났다는 듯이 부냐를 바라보았다. 부냐는 고개를 끄덕이며 말했다.

"예. 시체 닦은 물이죠."

엘시는 수건을 도로 물통에 걸어 놓았다. 그리고 소맷자락을 끌어당겨 손에 쥐었다. 그는 그곳에 조심스럽게 침을 뱉은 다음 의자 옆에서 허리를 구부렸다. 그리고 소맷자락으로 부냐의 얼굴을 조심스럽게 닦아 내기 시작했다.
 오랫동안 부냐와 엘시는 아무 말도 하지 않았다. 엘시는 깨지기 쉬운 것인 양 조심스럽게 부냐의 얼굴을 닦았고 그녀는 눈을 감은 채 꼼짝도 하지 않았다. 그러다가 엘시의 손이 이마 주위로 옮겨 가자 부냐가 입을 열었다.
 "무서워서 숨어 있었어요. 함께 있는 다른 죄수들이 경고했어요. 염사들이 저에게 이상한 짓을 할 거라고. 저 혼자 이곳으로 불려 왔을 때 저는 그 말이 사실이라고 생각했어요."
 부냐는 작업대 뒤에 숨어 있었던 일에 대해 설명하고 싶은 듯했다. 입술을 꽉 깨물었던 엘시는 조금 후에야 낮은 목소리로 말했다.
 "잘 알지도 못하는 사람들이 떠드는 허언일 뿐입니다. 만약 그런 일이 발생한다면 폐하의 법에 따라 하늘누리에서 바깥으로 집어던져질 겁니다."
 "그런가요?"
 "그렇습니다. 그렇게 집어던져진 시체는 짐승이 뜯어먹도록 내버려둡니다."
 엘시는 부냐의 얼굴을 다 닦은 후 맞은편 의자에 앉아 그녀를 바라보았다. 하지만 그는 곧 다시 일어나 부냐의 뺨을 닦았다. 부냐가 그런 엘시의 손목을 가만히 붙잡았다.
 "그만둬요, 엘시. 곧 더러워질 거예요. 옷만 상하게 하는군요."
 "옷은 상관없습니다."
 "제가 만들어 드린 옷이잖아요. 함부로 다루지 마세요."
 엘시는 가만히 고개를 끄덕이며 손을 끌어당겼다. 그때 그의 눈이 부냐의 손에 이르렀다. 엘시의 시선을 따라간 부냐는 자신의 손을 보고 무심하게 말했다.

"자꾸 얼어서 그래요. 어쩌면 동상에 걸릴지도 모르겠어요."

"동상이오?"

"냉동실 근무가 많아졌어요. 전쟁 때문에. 사체를 냉동시켜야 하니까요."

엘시는 입을 다물었다. 부냐는 생기 없는 목소리로 설명했다.

"한꺼번에 많은 시체가 들어와서 지금 정신이 없어요. 냉동실에서는 장갑을 끼고 작업해야 하지만 그런 손으로는 사체를 제대로 다룰 수 없어요. 이렇게 볼품없는 모습도 제대로 씻을 틈이 없어서 그래요. 실망하셨지요? 하지만 제 모습이 보기 싫으시더라도 조금만 더 계셔 주시면 좋겠어요. 며칠 동안 대여섯 시간밖에 못 잔 것 같아요. 계속 시체를 염했지요. 견디기 힘들어요. 조금만 길게 이야기를……."

"그러겠습니다."

"고마워요, 엘시."

부냐는 졸린 듯 두 손에 자신의 얼굴을 담아 보였다. 엘시는 시체를 염하는 부냐의 모습을 상상해 보려 했지만 잘되지 않았다. 황제의 대장군은 더듬거리며 말했다.

"큰…… 큰 승리였습니다."

부냐는 별다른 반응을 보이지 않았다. 전쟁은 그녀에게 더 많은 냉동실 근무 외에 아무것도 아닌 듯했다. 엘시는 자꾸 메말라 가는 목을 힘겹게 적셔 말했다.

"역도의 수괴는 체포하지 못했습니다만 그의 가솔들 대부분을 주살하거나 체포했으며 근거지를 완전히 장악했습니다. 폐하께서 크게 기뻐하시리라 생각합니다. 어쩌면 폐하께서 대사면령을 내려 주실지도 모릅니다."

부냐는 고개를 들어 올렸다.

"대사면이라고 하셨어요?"

엘시는 희망적으로 들리도록 애쓰며 말했다.

"그렇습니다. 저의 작은 노고를 크게 치하받고 싶은 생각은 추호도 없습니다만, 마지막 대사면이 타이모 사건이 있었던 6년 전이니 그리 빠른 것은 아니라고 생각합니다. 어쩌면 좋은 소식이 있을지도 모릅니다, 부냐."

엘시의 부드러운 말을 듣던 부냐가 툭 던지듯 대답했다.

"제 방면을 요청하지 않으셨다는 것이군요."

엘시는 입을 다물었다. 부냐는 헝클어진 머리카락 사이로 두 손을 찔러 넣어 머리를 힘껏 움켜쥐었다. 그러나 그 손은 곧 힘없이 무릎 위에 떨어졌다.

"엘시, 당신은 칼리도의 백작이고 황제의 대장군이며 제국의 유일무이한 만병장이세요. 폐하를 위해 당신이 한 일을 흉내라도 낼 수 있는 사람은 세상에 아무도 없을 거예요. 그런 당신이 놀라운 대승을 거두고도 폐하께 한 명의 죄수를 풀어 달라는 요청도 못하시는 건가요?"

"부냐."

"극악무도한 범죄자도 아니고 인류을 저버린 패륜자도 아니에요. 저는 그저 편지 한 장을 전달해 준 죄밖에 없어요. 예의를 지키기 위해 그 내용을 훔쳐보지 않았던 것이 제 잘못이지요. 그 때문에 이런 끔찍한 벌을 받는 것이 당연하다는 건가요?"

부냐는 무릎 위에 놓아둔 두 손을 서로 얽었다.

"그저 요청 한마디면 될 것을, 그 부탁 한 말씀 하시는 대신에 칼 한 자루 들고 달려들어 규리하를 박살 내셨다는 건가요? 그러고는 폐하께서 혹 즐거운 마음에 대사면령을 내려 주시지 않을까 기대하세요? 엘시, 저는 가끔 당신을 도무지 이해할 수 없어요."

"죄송합니다."

"뭐가 죄송하시다는 거죠? 당신은 자기가 옳은 일을 한다고 믿지 않으신다는 건가요?"

"죄송합니다."

부냐가 갑자기 앞으로 쓰러졌다. 그녀가 기절하는 줄 알고 깜짝 놀란 엘시는 일어서려 했다. 하지만 부냐는 엘시의 다리를 붙잡으며 그를 올려다보았다.

"엘시! 제발……."

엘시는 무릎을 꿇고 부냐의 어깨를 움켜쥐었다. 하지만 그녀의 눈을 들여다볼 수는 없었다. 고개를 떨어뜨린 엘시에게 부냐는 눈을 맞추려 애쓰며 말했다.

"아시잖아요? 전 소란스러운 곳을 싫어했어요. 애초에 가고 싶지도 않았어요. 하지만 당신이 대장군이기에 저는 위문단에도 참가하고 그 사람의 편지도 받아 준 거예요. 당신 부하의 고민을 들어주는 일이 곧 당신을 돕는 일이 될 거라고 믿었어요. 그 사람이 간자라는 것을 제가 어떻게 알았겠어요? 제발…… 엘시. 한 번만, 제발 폐하께 한 말씀만 해 주세요. 당신은 황제의 대장군이에요. 한 번쯤은 폐하께 부탁할 수 있어요!"

엘시는 아무 말도 할 수 없었다. 부냐는 엘시의 몸을 흔들려 했지만 흔들리는 것은 그녀의 팔뿐이었다. 부냐는 울먹이며 외쳤다.

"제발 제 마루나래가 되어 주세요!"

엘시는 연서에 인용되곤 하는 이 낡은 관용구가 이토록 무섭게 들릴 수 있으리라고는 상상할 수 없었다. 그때 밖에서 문을 두드리는 소리가 났다. 부냐는 소스라치며 엘시의 어깨 너머를 바라보았다.

안으로 들어선 두이만 길토는 서로를 붙잡고 있는 남녀를 닭 두 마리나 되는 양 무심하게 바라보다가 면회가 끝났다고 말했다. 부냐는 절망적인 동작으로 엘시를 꽉 움켜쥐었다. 엘시가 황급하게 말했다.

"조금만 더 시간을 주면 안 되겠나?"

"미안합니다만 일이 많습니다, 각하. 그리고 이 방에서도 일을 해야 합니다. 이미 말씀드렸지만 여긴 면회실이 아니라 염습실입니다."

그리고 두이만은 더 이상 기다리지도 않고 부냐의 팔을 붙잡으려 했다. 엘시는 손을 내뻗어 두이만의 손을 밀어냈다. 그리고 정신 나간 듯이 보이는 부냐를 부축하여 일어나게 했다. 부냐를 일으켜 세운 엘시는 그녀의 귓가에 입을 가져가 속삭였다.

"당신을 위해 제가 할 수 있는 일은 뭐든 다하겠습니다."

부냐는 희열에 찬 표정으로 엘시를 바라보았다. 그러나 곧 그녀의 눈에 의혹이 떠올랐다. 그 의혹을 말로 풀어내기 전 두이만이 다가와 부냐에게 문을 가리켰다. 그녀는 마치 보이지 않는 쇠사슬에 끌려 걸어가는 것처럼 문으로 걸어갔다. 그러다가 갑자기 몸을 돌렸다. 그리고 엘시에게 몸을 던졌다.

엘시는 부냐를 꼭 끌어안았다.

부냐는 물에 빠진 사람처럼 엘시를 끌어안은 채 숨 막히는 소리를 냈다. 울음을 참는 소리가 분명했다. 조금 후 부냐는 애써 엘시의 품에서 빠져나왔다. 그리고 뒤돌아보지 않은 채 밖으로 걸어갔다.

부냐와 두이만을 따라 엘시는 밖으로 나왔다. 두이만은 따라가려는 백작에게 기다리라는 손짓을 했다. 엘시는 복도 벽에 기대어 섰다. 부냐와 두이만이 떠나고 난 뒤로 한참 동안 엘시는 그렇게 서서 멍하니 바닥을 바라보았다.

복도 저편에서 울음소리 같은 것이 들려오는 것 같았다. 그 소리를 들은 순간 엘시는 갑작스러운 현기증을 느꼈다. 그는 자신이 지상 수백 미터 상공에 있다는 것을 절실하게 느꼈다. 그리고 바닥은 느껴지지 않았다.

엘시는 두 손으로 벽을 짚으며 가까스로 주저앉으려는 몸을 지탱했다. 그는 슬픔이나 분노가 아닌 어지러움만 느꼈다. 아직까지도 현실감을 느낄 수 없었던 것이다. 헨로 가의 영애 부냐가 죄수 부냐로 불린다는 사실을 믿을 수 없었다. 맵시 있는 옷을 지어 내던 손길이 시체를 닦는다는 사실을 믿을 수 없었다. 그리고 그런 어처구니없는 일이 자신의 반려가 되리라 믿었던 사람에게 일어났다는 것조차 믿을 수 없었다.

엘시는 벽에 기대선 채 갈고리처럼 구부린 손가락으로 머리를 짓눌렀다.

부냐를 데려갔던 염사장 두이만 길토가 돌아왔다. 두이만은 복도 바닥에 병자 같은 모습으로 서 있는 황제의 대장군을 보면서도 전혀 동요하지 않았다.

"나가시죠, 각하."

엘시는 두이만을 쳐다보지 않았다. 두이만이 약간 성난 어조로 다시 말했다.

"이러고 계시면 우리가 일을 못합니다, 각하."

엘시는 한숨을 내쉬었다. 그는 벽을 밀며 똑바로 선 다음 두이만을 쳐다보지 않은 채 걸음을 옮겼다. 그러다가 갑자기 생각났다는 듯이 말했다.

"혹 염사들이 여자 보조인을 상대로 바르지 못한 일을 하는 경우가 있나?"

두이만은 멀뚱히 백작의 등을 바라보다가 침을 뱉듯 말했다.

"각하, 그런 놈이 있다면 제 손으로 직접 염했을 겁니다."

"알겠다."

하지만 두이만은 그로선 드문 일이지만 길게 말했다.

"각하. 저는 이 하늘누리를 좋아합니다. 하늘누리는 근사합니다만 손이 많이 필요하죠. 그래서 죄수들도 이렇게 일하는 겁니다. 좋은 일이지요. 그래서 저는 제 관할에 있는 죄수들도 함께 하늘누리를 위해 일하는 동료라고 생각합니다. 어쨌든 저는 간수도 법의 대리인도 아니니까요. 죄수를 굶겨 줄 의무 같은 것은 없습니다."

"옳은 말이군, 염사장. 불쾌한 질문을 한 것을 사과하겠다."

"됐습니다. 매일 송장 대하는 놈이니 산 사람들이 하는 말은 불쾌한지 어떤지도 모르겠습니다. 왼쪽으로 가십시오."

엘시는 안도감을 느꼈다. 뒤에서 따라오는 퉁명스러운 염사장 두이만이 속으로는 상냥한 사람이라는 것을 알았기 때문이다. 이곳에서 부냐가 원래 받았던 대접은 기대할 수 없겠지만, 최소한 부당한 대접은 당하지 않을 것이다.

그리고 엘시는 그런 자신의 생각이 얼마나 근시안적인가에 다시 생각이 미쳤다. 그는 부냐가 이미 부당한 대접을 받고 있다는 생각을 떨치기 어려웠다. 부냐의 언 손을 떠올린 엘시는 뒤따라

오는 염사장에게 염사 보조인들의 냉동실 근무가 과한 것이 아닌가 물으려 했다. 하지만 백작의 입에선 엉뚱한 말이 나왔다.

"제국을 지키면서 자기 여자 한 명을 지키지 못하는 남자를 뭐라 부르겠나?"

말을 끝냈을 때 엘시는 부끄러움을 느꼈다. 황제의 대장군에게 어울리지 않는 넋두리로 이보다 더 적절한 말도 없을 것이다. 말을 주워담는 것이 더 창피한 일이겠기에 그는 더 이상 말하지 않았다. 어쩌다가 자신이 이런 지경에까지 이르렀는지 생각하며 엘시는 등 뒤에 모든 신경을 집중했다. 조금 후 투덜거리는 듯한 두이만의 말이 들려왔다.

"세세 질문하신 거라면 대답하지요. 그건 병신입니다."

엘시는 입을 다물려던 결심을 잊었다.

"어째서 그렇지?"

"제국은 다른 사람들이 지킬 수 있습니다. 그렇지 않으면 그건 제국도 아니죠. 하지만 그 여자는 그 남자가 아니면 아무도 지킬 수 없겠지요."

엘시는 실망했다.

"그 남자의 제국이 그 여자를 싫어한다면 어떻게 해야 하는가?"

"제국이 여자를 싫어한다고요?"

"그래."

두이만은 대답이 없었다. 엘시는 어느새 입구가 다가온 것을 보았다. 그가 부질없고 창피스럽기까지 한 대화를 잊으려 했을 때였다. 두이만이 말했다.

"제국이 여자를 좋아하게 해야겠군요."

아실은 투덜거리며 이끼 뭉치를 움켜쥐었다. 그것으로 즈라더의 도끼를 닦으면서도 투덜거림은 멈추지 않았다.

지멘이 그녀에게 요청한 일은 아니다. 아실이 누구보다 잘 알고 있듯 지멘은 아실에게 아무것도 요청할 수 없다. 지멘은 단지 즈라더의 도끼를 내려놓고 "이 피와 흙먼지를 닦아야겠군."이라고 혼잣말을 중얼거렸을 뿐이다. 아실이 견디지 못하고 물가로 걸어갈 때까지 계속해서 반복적으로. 아실이 한쪽 면을 다 닦은 후 도끼를 뒤집을 때도 지멘은 혼잣말을 했다. "반대쪽도 닦아야겠군."

아실은 이것이 그녀가 그에게 저지른 일의 복수라고 생각하지는 않았다. 지멘은 그런 졸렬한 복수를 시행하기엔 지나치게 자부심 강한 사람이었다. 결국 지멘은 물을 견딜 수 없었던 것뿐이다. 즈라더의 도끼에 엉겨붙은 피딱지는 물을 대지 않고서는 닦아 낼 수 없을 만큼 굳어 있었다. 자신의 능력이 닿지 않아 다른 자에게 조력을 구해야 하는 상황이 더 불만스러운 것은 지멘일 거라는 사실을 알기에 아실은 화를 내지 않기로 했다. 하지만 투덜거릴 권리는 포기하지 않았다. 즈라더의 도끼는 너무 컸다. 그녀가 그 도끼날 위를 기어다니며 닦아야 할 만큼.

나무 꼬챙이와 젖은 이끼 뭉치를 이용하여 마지막 피딱지를 긁어내고 나자 아실은 녹초가 되었다.

"다 닦았어요."

"나는 이 일을 해 준 누군가에 대해 고맙게 생각한다. 즈라더 또한 그자에게 고마워할 거다."

"천만에요. 맡길 거 또 없어요? 이제 슬슬 재미가 붙는 참이거든."

지멘은 별 대답 없이. 그리고 아실 쪽은 쳐다보지도 않은 채로 즈라더의 도끼를 집어 들었다. 아실은 이끼 뭉치와 나무 꼬챙이들을 집어던지고는 허리를 뒤로 젖혔다. 허리에서 들려오는 우두둑 하는 소리에 기겁하며 그녀는 다시 말했다.

"즈라더는 어떻게 이 빌어먹을 물건을 닦은 거지요? 납병하기 전엔 다른 사람이 만질 수도 없으니까 나 같은 사람이 대신 닦아 준 것도 아닐 텐데."

지멘은 대답하지 않았고 아실은 그 질문을 반복했다. 지멘은 또다시 무시했고, 곧 그 사실을 후회했다. 아실이 세 번째로 같은 질문을 던졌기 때문이다. 지멘 자신이 사용했던 빙빕이다. 그는 두께에 밧줄을 묶어 자신의 가슴 앞에 걸며 맥없이 말했다.

"도끼는 인병(刃兵)에 속하니 즈라더는 아마도 기름을 사용했겠군. 나에겐 그런 기름이 없지만."

"아하! 그러니까 당신이 망치를 쓰기 때문에 제가 이 개고생을 한 거군요. 알았어요. 그런데 제국병들이 즈라더의 곁에 무기가 없는 것을 보면 우리가 마지막 대장간으로 가는 것을 짐작하지 않을까요?"

지멘은 자신에게 실망했다. 자신이 그 생각을 떠올리지 못했기 때문이다. 그런 속마음을 뻔히 아는 아실은 빙그레 웃으며 지멘의 허벅지 옆을 지나쳐 걸어갔다.

"조심하자고요, 지멘. 규리하에서 전쟁 중이니 엘시가 올 리는 없지만 그래도 그 작자에게 우리가 어디로 향하고 있는지 알려지는 건 기분 나빠요."

지멘은 앞서 걸어가는 소녀의 뒤통수를 가만히 바라보았다. 그 시선이 아실의 머리 뒤를 가로지른 안대의 끈에 이르렀을 때 지멘은 수염볏을 조금 흔들었다.
 레콘 지멘에겐 죽기 전에 반드시 성취해야 할 두 가지 사명이 있었다. 성숙한 모든 레콘들처럼 지멘 또한 평생을 던져 추구할 하나의 숙원을 가지고 있었다. 황제의 제거. 설령 용이라 하더라도 어떤 레콘이 자신을 대상으로 그런 종류의 숙원을 가졌다는 것을 알게 된다면 마음 편하게 살긴 힘들 것이다. 황제의 안위를 걱정하는 사람들 또한 지멘의 숙원을 안 이후로 인생의 즐거움이 반 이상 사라져 버린 기분을 맛봤다.
 황제 자신은 지멘의 숙원에 대해 특별히 언급한 바가 없었다. 지멘이 기상천외한 방법으로 하늘누리를 침입한 이후에도 황제는 그 사실에 대해 특별히 가타부타하지 않았다. 대신 즈라더와 그의 도끼를 보냈다. 그것은 황제가 지멘을 가볍게 생각하지 않는다는 명확한 증거였다. 그리고 지멘은 그 사실에 고무되거나 흥분하지 않았다. 지멘은 어쨌든 황제를 죽일 것이고 그 사실에 대해 황제가 어떻게 생각하든 관심이 없었다.
 그래서 지멘은 황제가 아니라 앞에서 걸어가는 조그마한 소녀를 생각했다.
 지멘의 두 번째 사명은 애꾸눈 소녀 아실에 대한 것이었다. 그리고 그 사명은 지멘이 원한 것이 아니었다. 만약 단 한 번 시간을 되돌릴 수 있는 기회가 주어진다면 지멘은 주저 없이 아실을 만나게 된 날 이전으로 돌아갈 것이다. 하지만 레콘의 가공할 힘으로도 시간의 화살을 역전시키는 것은 불가능하다. 언젠가 아실은 마음대로 걸어 왔던 말 대신 다른 것을 그에게 줄 것이고, 그것을 받으면 지멘은 가차없이 사명을 달성할 것이다.
 지멘은 그것을 원하지 않았다.

무익한 후회에 자신을 내맡기는 대신, 지멘은 앞으로 성큼 걸어가 두 손가락으로 아실의 옷 뒤를 붙잡아 달랑 들어 올렸다.

아실은 놀라지 않았고 무례에 직면한 숙녀의 포효를 내지르지도 않았다. 그녀에게 말을 할 수 없기에 행동에 곧장 돌입하는 지멘에게 익숙해 있었기 때문이다. 두 손가락에 붙잡혀 허공에서 대롱거리면서도 아실은 태평한 얼굴로 무슨 일이냐는 듯이 지멘을 바라보았다. 그녀를 자신의 배낭 속에 집어넣기 전 지멘은 뭐라도 말해야겠다고 생각했다. 물론 직접 말할 수는 없었다. 지멘은 허공을 향해 혼잣말처럼 말했다.

"아무래도 황제의 병졸들이 앞길을 가로막기 전에 넓은 거리를 벗어나야 할 것 같군."

아실은 빙그레 웃으며 지멘의 배낭에 다리를 파묻었다. 배낭 속의 온갖 잡동사니들을 피해 용케 하반신을 고정시킨 그녀는 두 손으로 배낭끈을 꼭 붙들었다. 마지막으로 머리를 가슴 쪽으로 잔뜩 끌어당긴 다음 말했다.

"됐어요. 가요!"

지멘은 부리를 한 번 탁 부딪친 다음 달리기 시작했다.

대비하고 있었지만 아실은 몸이 뒤로 휙 젖혀지는 느낌을 피할 수 없었다. 위험한 일이다. 지멘의 볏은 물론 말랑말랑하지만 표면은 거칠다. 지멘이 빠르게 달리면 그 볏은 거세게 나풀거린다. 아실의 입장에서는 머리 바로 위에서 부드러운 칼이 춤추는 깃과 다름없다. 아실은 턱을 더욱 강하게 끌어당겨 정수리로 지멘의 뒤통수를 찍어 누르듯이 했다.

얼마쯤 달리자 아실은 지루해졌다. 그녀는 지멘의 깃털 속에 얼굴을 묻은 채 아무 말이나 중얼거렸다.

잠든 불씨 93

"아이저 규리하가 박살 난다면 규리하 땅은 누가 가질까요? 규리하의 깡패들이 가지고 놀려고 덤빌 테니까 얼간이를 보낼 수는 없을 거예요. 하지만 대가리 지나치게 잘 굴리는 친구도 안 되겠지요. 규리하를 가지면 엄청나게 힘이 세질 테니까. 조건이 까다롭군요. 얼간이가 아니면서 대가리 굴릴 줄 모르는 영주. 퍼스? 안 돼요. 얼간이예요. 락토? 황제가 바보가 아닌 이상은 그러지 않을 거예요. 그리고 그년은 바보가 아니죠. 데라시? 그 개자식이 잘나긴 했지만 통치 전문은 아니에요. 가장 괜찮은 선택은 역시 엘시 에더리인데, 글쎄요. 만병장이 규리하까지 가진다면 지나치게 위험해요. 아마 그러기는 어렵겠지요. 하지만 그년이 머리가 돌아서 엘시에게 규리하를 주면 좋겠군요. 그럼 최소한 엘시가 우리에게 올 가능성은 없어질 테니까."

지멘은 아실이 쏟아내는 정보들에 놀라지 않았다. 아실 또한 지멘처럼 한 가지 목표를 가지고 있었고 제국 정세에 대한 그녀의 지식들은 그 목표에 도달하기 위한 노력으로 획득된 것이다. 때론 지멘 자신이 그런 정보 습득에 도움을 주기도 했다. 정보 제공자와 대화 중인 아실의 등 뒤에서 조용히 내려다보는 방식으로. 그런 응시는 정보 제공자를 협조적으로 만드는 효과가 충분했다……. 하지만 지멘 자신은 그런 정보들에 관심이 없었다. 아실 또한 지멘이 관심 없다는 것을 알고 있으므로 그런 중얼거림은 스스로 상황을 정리해 두려는 목적밖에 없었다.

그나마도 곧 멈춰야 했다. 지멘이 30미터쯤 되는 절벽을 그냥 뛰어내렸기 때문이다. 아실은 잠시 숨이 막혔다가 조금 후에야 호흡을 회복했다.

그리고 아실은 다른 말을 꺼내었다.

"저 죽일 땐 그 망치 쓰지 않았으면 좋겠어요."

외견상 지멘에게선 아무런 변화도 찾아볼 수 없었다. 아실이 볼 수 없는 그의 눈에서만 잠시 모호한 빛이 일렁거렸을 뿐이다. 튀어오르는 돌멩이와 아우성치며 찢기는 풀잎들이 그를 대변하는 듯했다.

"즈라더는 레콘인데도 머리가 거의 깨져 버렸지요. 제기랄. 저는 그걸로 맞으면 으스러질 거예요."

지멘은 두 손으로 망치를 움켜쥐고는 머리 위로 들어 올렸다. 그리고 달리는 기세 그대로 집어던졌다. 벼락처럼 날아간 망치는 그의 앞쪽에 있던 거목을 일격에 부미뜨렸다. 망치기 땅에 빌어지기 전 그것을 낚아챈 지멘은 속도를 조금도 늦추지 않은 채 쓰러진 나무 위를 뛰어넘었다. 그런 식으로 지멘은 시냇물 위를 통과했다. 시냇물은 충분히 뛰어넘을 수 있는 넓이였지만 발아래 뭔가 딱딱한 것을 만들어 두지 않는 이상 지멘은 물 위에서 모험할 생각이 없었다. 밟지 않을 나무라도 쓰러뜨려야 했다.

길을 만들면서 달리는 형국이었고, 아실에겐 놀랄 가치도 없는 일상사였다. 좀 냉정했다면 지멘이 평소보다 과격하다는 생각도 할 수 있었겠지만 아실은 자신의 생각에 몰두해 있었다.

"죽으면 알지도 못하겠지만, 그래도 지저분하게 죽는 건 싫어요. 목을 졸라 줘요. 당신이 엄지와 검지로 내 목 잡고 힘만 좀 주면 될 거예요. 그렇게 죽여 주세요. 피 한 방울 흘리지 않게. 부탁이에요."

아실은 지멘의 깃털 속 깊이 머리를 파묻었다.

"그리고 저 죽인 후에도 안대는 벗기지 마세요."

다섯 시간 후, 출발한 지점에서 300킬로미터 이상 떨어진 곳에서 무시무시한 질주는 끝났다. 나나본 남쪽의 이름 없는 분지에 멈춰 선 지멘은 광활한 대지 위에서 모아들인 온갖 먼지를 털어 낸 후 천천히 부리를 열었다.

"그러지."

지멘의 예상대로 잠들어 있던 아실은 듣지 못했다. 대신 다른 사람이 말했다.

"무슨 말입니까?"

지멘은 대답하지 않은 채 말을 걸어 온 사람을 쳐다보았다.

몇 명의 인간들이 그곳에 앉아 지멘을 물끄러미 바라보고 있었다. 어지간히 험한 꼴에 익숙한 자라도 동정심에 마음이 흔들릴 모습들이었다. 그들이 걸친 더러운 옷엔 핏물과 먼지가 기괴한 무늬를 그리고 있었고 옷 아래에 완전한 사지를 가지고 있는 자들은 찾기 어려웠다. 어두운 숲 가장자리에서 그들은 모닥불을 피워 고기를 굽고 있었다. 하지만 충분한 장작을 모을 수 없었던 듯 불은 작았고 부족한 화력 때문에 고기는 구워지기보다는 그을리고 있었다. 한 인간이 그걸 입에 넣고 두 손으로 잡아당기고 있었다. 날고기를 씹는 것보다 별로 나을 것이 없어 보였다.

지멘에게 말을 건 것은 찢어진 망토로 몸을 감싼 채 무리에서 약간 떨어져 앉아 있던 남자였다. 흐트러진 머리카락 아래 움푹 팬 볼에 짙은 그림자가 드리워져 있고 원래 훌륭했던 수염은 손질하지 않아 제멋대로였다. 남자는 왼손으로 망토 자락을 움켜쥔 채 서서히 일어났다. 똑바로 선 남자는 잠시 몸을 떨었다. 모닥불 주위의 다른 인간들은 긴장하려 애쓰는 듯했지만 그보다는 피로감에 굴복하는 것이 나을 것 같은 얼굴들이었다.

남자를 마주 보던 지멘은 불에 얹혀 그을리는 고기를 가리켰다.

"그건 뭔가?"

남자가 고개를 한참 들어 지멘을 올려다보았다. 메말라 갈라진 입술이 부스럭거리는 나뭇잎처럼 움직여 말을 빚었다.

"내 말입니다."

고기를 굽던 인간들이 모두 고개를 숙였다. 남자는 오른손으로 수염을 쓸어내리려다가 포기하곤 말했다.

"저녁 드셨습니까?"

"아니."

"함께 듭시다."

지멘은 부리를 다문 채 도끼의 망치를 내려놓았다. 그리고 배낭을 조심스럽게 벗어 내려놓은 다음 그 속에서 아실을 꺼내었다. 아실은 실눈을 뜬 채 몇 번 웅얼거렸지만 상황을 이해하지 못한 듯 다시 지멘의 품 안에서 잠들었다. 지멘은 바닥에 앉은 채 한 팔로 아실을 안아 들고 다른 손을 뻗어 고깃덩이 하나를 집었다. 그의 날카로운 부리는 덜 익은 고기를 단숨에 뜯어내었다. 그 모습을 멍하니 바라보던 남자가 천천히 앉았고 다른 자들 또한 다시 고기를 뜯기 시작했다.

침묵 속에서 진행된 식사는 해가 저물고 별이 떠오를 때 끝났다. 인간들은 모닥불의 불빛을 낮추고 오래 탈 수 있도록 조처한 다음 적당히 쓰러져 잠들었다. 그들이 가벼운 콧소리를 내며 잠들고도 한참 후에야 남자가 입을 열었다.

"나는 패했습니다."

두 시간 동안 기다리고 있던 지멘은 천천히 남자에게 고개를 돌렸다. 남자는 모닥불을 바라보며 말했다.

"황제는 나를 짓밟고 내 선조들이 가꾸어 물려준 땅을 빼앗았습니다. 왜 그랬는지 아십니까? 내가 그녀에게 충성을 맹세하겠다고 고집 부렸기 때문이지요."

남자는 더 이상 말을 잇기 힘들다는 듯 긴 한숨을 내쉬었다. 지멘은 대답하지 않았다. 그리고 남자가 울고 있는지 확인하지도 않았다.

짧지 않은 시간이 흐른 다음 남자가 다시 말했다.

"내 땅, 내 성, 내 옷과 내 소지품들. 언제나 그런 것들을 은근히 무시하며 살았습니다. 쩨쩨하다는 말을 듣고 싶지 않았고, 그런 것보다 내 백성들에게 더 신경 쓰는 지배자로 보이길 원했기 때문에. 그런데 나는 지금 빌어먹을 내 그릇이 지독하게 그립습니다."

"그릇?"

"그래요. 그릇. 내 식기 말입니다. 발란카 도자기지요. 다른 무엇보다도 그것이 그립군요. 왜 그런지 모르겠습니다. 나는 소인배인 겁니까? 다른 사람들과 자신을 속여 왔지만, 사실은 사소한 위락물들을 숭배하며 살아온 얕은 작자일까요?"

지멘은 남자를 꾸짖지 않았다. 지멘이 아는 남자는 절대로 그런 약한 말을 입 밖에 꺼낼 사람이 아니다. 상대방이 지멘이었기에 남자는 그런 말을 할 수 있는 것이다. 자신이 좀 더 위로에 능숙했으면 좋겠다고 생각하며 지멘은 부리를 열었다.

"이제 어찌할 텐가, 아이저."

전(前) 규리하 변경백 아이저 규리하는 괴로운 표정으로 지멘을 올려다보았다. 지멘은 냉랭하게 말했다.

"황제는 불시의 공격으로 규리하가 서약 지지파의 구심점이 되는 것을 막았고 동시에 그들에게 강력한 경고를 보내는 데 성공했다. 서약 지지파들은 급속히 움츠러들겠지. 상금에 눈먼 누군가의 칼에 목을 내주는 것이 네 계획은 아니겠지."

아이저는 그것이 지멘의 고찰일 거라고 생각하진 않았다. 그래서 지멘의 품 안에서 잠든 아실을 바라보았다. 지멘의 풍성한 깃털 속에 파묻힌 채 아실은 가볍게 코를 골고 있었다. 아이저는 다시 고개를 돌려 모닥불 주위에 쓰러져 잠든 사람들을 쳐다보았다.

모두 규리하의 용장들이었으며 아이저의 충실한 가신들이었다. 누구보다도 빛나던 이들이었지만 지금은 지치고 두려워하는 모습으로 웅크린 채 잠들어 있었다. 아이저는 미어지는 가슴을 움켜쥐었다. 그곳에는 다 타 버린 것이 아닌데 의심스러운 가슴 외에 다른 것도 만져졌다. 그것이 아이저를 진정시켰다. 자신의 품속에 넣어 둔 물건을 조심스럽게 쓸어 만지며 아이저는 질문했다.

"그렇다면 어떻게 하면 좋겠습니까?"

지멘은 아실이 중얼거렸던 말 중 마음에 담아 두었던 것을 꺼냈다.

"즈믄누리로 가라. 바우 성주는 너를 보호해 줄 거다. 그리고 황제 또한 네가 즈믄누리에 있다면 눈감아 줄 거다."

"그럴 테지요. 그렇기에 나는 즈믄누리로 가진 않을 겁니다."

"무슨 말이냐?"

"황제는 내게서 모든 것을 가져갔지만 나도 황제에게서 얻은 것이 있습니다. 황제는 아무도 그녀가 규리하를 칠 수는 없을 거라 생각할 때 규리하를 쳤습니다. 배울 만한 일 처리 방식입니다. 나도 그녀가 예상할 수 있는 일은 하지 않을 작정입니다."

"그렇다면?"

"서약 지지파 중에는 안전을 위해 자신의 믿음을 드러내지 않은 사람들도 있습니다. 당분간은 그들 가운데 스며들어야겠지요. 당신의 경고대로 목을 조심하면서.”
"알았다.”
“나와 함께 가지 않겠습니까?"
지멘은 장작을 부러뜨려 모닥불 속에 꽂아 넣었다. 불티가 분수처럼 피어올랐다. 손바닥을 들어 얼굴을 가렸던 아이저는 눈살을 찌푸린 채 말했다.
"패배자의 제안이니 매력 있을 리 없겠지요. 이해합니다. 하지만 당신과 나의 뜻은 같습니다. 지멘. 당신의 망치를 모욕할 생각은 추호도 없지만, 그 망치로 황제의 머리를 부수려면 일단 가까이 갈 수 있어야 합니다. 하지만 당신은 그러지 못했습니다.”
지멘은 얼마 전 상당히 가까이 갔다는 이야기는 하지 않았다. 실패한 시도이기 때문이다.
"그래서?"
"당신의 숙원을 성취하기 위해서 도움이 필요하다고 말하는 겁니다. 옛날 티나한은 혼자 하늘치 위에 올라가려고 하지 않았습니다. 그러는 대신 하늘치 발굴대를 조직했지요. 당신도 동료들을 찾아야 합니다. 혼자 황제를 잡을 수는 없습니다.”
"그래서 내 동료가 되어 주겠다는 거냐?"
“셋이 하나를 상대한다는 옛말이 있습니다.”
“지금은 너와 함께할 수 없다.”
“왜 그렇습니까?"
지멘은 배낭 옆에 놓인 도끼를 가리켜 보였다. 물론 아이저는 그 도끼를 알고 있었다.
"즈라더의 도끼군요. 그러잖아도 질문하고 싶었습니다. 즈라더가 당신을 찾아갔던 모양이군요. 당신이 살아 있다면 즈라더가 죽은 것일 텐데. 왜 그의 도끼를 가져온 겁니까?"

"죽기 전 즈라더는 납병례를 했다. 나는 그의 도끼를 최후의 대장간에 가져가야 한다."

"그렇군요. 그곳은……."

"그래. 넌 갈 수 없어. 최후의 대장간을 방문 중인 녀석들 중 하나가 무기뿐만 아니라 숙원을 이룰 밑천까지 구하게 되었다고 좋아하면서 네 목을 가져가려 할지도 모르니까. 나에 대해서도 똑같은 생각을 품는 녀석이 있을지 모르는 상황에서 너까지 지켜줄 순 없다."

"꼭 가야 합니까? 아니. 아닙니다. 당신은 반드시 가겠지요."

아이저는 확신했고 그래서 지멘은 굳이 대답할 필요를 느끼지 못했다. 아이저는 쓰러져 잠든 부하들을 죽 둘러보았다. 용기를 얻기 위한 행동이었지만 소득은 별로 없었다. 그들의 처참한 모습에서는 동정심을 느끼는 것이 고작이었다. 다행히도 아이저는 동정심 외에 책임감도 느꼈다. 그들을 데리고 최후의 대장간으로 갈 수는 없었다.

"알겠습니다. 부디 조심하길 바랍니다."

"너도."

아이저는 흙을 집어 들어 모닥불 위에 뿌렸다. 마치 꺼지지 않아도 상관없다는 듯 무성의하게 그 동작을 반복하며 이이지는 깊은 생각에 빠졌다. 그를 도와주기 위해 지멘이 땅에 손을 뻗었을 때 아이저가 갑작스럽게 말했다.

"다시 당신을 찾겠습니다. 내가 직접 당신을 찾아갈 가능성은 없겠지만 어떤 형태로든 연락을 보낼 겁니다. 식기를 그리워하는 남자의 이야기를 가지고 찾아가는 사람이 있다면, 부디 그 사람의 말에 귀 기울여 주십시오."

어두워지는 불빛 속에서 지멘은 고개를 한 번 끄덕였다. 분지의 품 안을 비추던 모닥불이 몇 번 하품하다가 깊은 잠에 빠져들었다.

잠 속에서 불씨는 대화재를 꿈꾸었다.

# 제 2 장

"독신자 친목회."
― 전쟁의 본질이 뭐냐는 질문에 대한 라수 규리하의 대답

## 돌과 바람

이레 달비는 격분했다. 그리고 자신이 무엇 때문에 화가 났는지 알 수 없었다.

만물의 지배자인 황제는 도깨비들이 연초를 피우는 일에 아무런 제지도 내리지 않았다. 하지만 그것은 분명히 시늉을 대워 쾌감을 얻는 일이며 예의 바른 도깨비라면 나가 앞에서 그런 일을 삼가는 법이다. 그리고 즈믄누리의 무사장 탈해 머리돌은, 다른 이들이 흔히 그렇듯 특정 악우들에겐 예의를 베풀지도 얻지도 못하고 있지만, 대체적으로는 예의를 가볍게 여기지 않는 도깨비였다. 하지만 탈해가 뻐끔이라는 이름을 붙인 곰방대를 빨다가 이레에게 목격된 직후 그는 뻐끔이를 황급히 치우지도 자결하고 싶다는 표정을 짓지도 않았다. 그는 그저 겸연쩍은 표정을 지어 보이고는 다시 뻐끔이를 입으로 가져갔다.

이레 달비는 자신을 억누르려 애썼다. 그는 시모그라쥬에서 태어난 인간이 나가들처럼 연초를 태우는 도깨비에게 불쾌감을 느껴야 되는 건지 확신할 수 없었다. 그리고 나가들조차도 불쾌감 이상의 감정은 표현할 수 없을 것이다. 연초는 불법이 아니니까. 하지만 탈해가 왜 거기 서 있느냐는 표정으로 멀뚱히 바라보자 이레는 더 자제하지 못했다. 이레는 가져온 술동이를 툇마루에 내려놓고 술잔과 안줏거리들을 늘어놓으며 말했다.

"어찌 그리 평안하십니까, 무사장님?"

"무슨 말이지요, 이레? 연초를 피우는 것이 괴롭다면 왜 피우겠습니까?"

"그것 때문에 말씀드린 것이 아닙니다." 세상의 거짓말 하나가 늘어났다. "지금 가주님께서 겪고 계신 고충을 아신다면 위로의 말씀이라도 드리는 것이 좋지 않겠습니까? 어찌 그리 유유자적하십니까?"

탈해는 이레가 예상한 반응은 보이지 않았다. 그는 멍한 얼굴로 말했다.

"고충이라니요? 각하가 무슨 고충을 겪는다는 말입니까?"

"그럼 부냐 아가씨의 일에 대해 가주님이 즐거워하셔야 한다는 말씀입니까?"

연초 한 대를 다 피운 탈해는 뻐끔이의 누름쇠를 누르려다가 이레의 살벌한 시선을 받고는 그것을 포기했다. 그는 백작의 유명한 몸종이 연초 때문에 화난 것이라 짐작하고 투덜거렸다.

"물론 즐겁지야 않으시겠지만 이젠 다 잘 해결되지 않았습니까? 그래서 축하할 겸 한잔하자고 모신 것이고."

이번엔 이레가 멍한 표정을 지을 차례였다.

"해결되다니, 뭐가 해결되었다는 말씀입니까? 부냐 아가씨는 여전히 그곳에 계신데."

"예? 엊그제 각하께서 백화각에 가셨잖습니까. 그건 부냐를 데리러 간 것이 아닙니까?"

이레는 뭐가 잘못되었는지 깨달았다. 그는 참담한 심정으로 부냐가 여전히 백화각에 있으며 백작이 그곳에 간 것은 면회를 위한 것임을 탈해에게 알려 주었다. 엘시가 부냐의 석방 허가를 받고 백화각으로 달려간 거라 넘겨짚었던 탈해는 크게 당황했다.

그때 탈해의 초청을 받았던 엘시 백작이 탈해가 앉아 있던 뒤뜰 툇마루 쪽으로 걸어왔다. 이레는 백작에게 목례한 다음 탈해를 한 번 째려보고 물러났다. 엘시는 그 태도에 조금 놀랐지만 아마 뻐끔이 때문이리라 생각하며 탈해의 맞은편에 걸터앉았다.

"좋은 꿈 꾸셨습니까, 각하."

"어젯밤 꿈은 기억이 안 나는군. 많이 늦진 않았겠지?"

탈해는 생각에 잠긴 표정으로 술동이를 바라보았다. 그 동작을 오해한 엘시는 부드럽게 웃었다.

"몽화각의 술만큼 좋지는 않을 거야. 칼리드의 집엔 괜찮은 술이 있지만 여기엔 그런 것이 없어. 이레가 쿠스의 술도가에 가서 급히 한 동이 사 온 거야. 하지만 쿠스의 술도가와 몽화각은 같은 누룩을 쓴다고 알고 있어. 그러니 그렇게 수상하다는 표정으로 바라보지 않아도 될 거야."

그렇게 말하며 엘시는 소매를 걷어쥐고 술잔을 동이에 담갔다. 백작은 크게 술 한 잔을 퍼서 탈해 앞에 내려놓고 자신의 잔을 집어 들었다. 그때 탈해가 말했다.

"각하, 부냐 헨로가 왜 아직도 백화각에 있는 겁니까?"

엘시의 손이 잠깐 멈췄다. 하지만 곧 자신의 술잔을 채워 입가로 가져갔다. 술 한 모금을 비운 엘시는 잔을 내려놓고 입가를 닦았다.

"내 생각엔 몽화각의 술에 비해도 그다지 떨어지지 않는 것 같아."

"저는 여태까지 모르고 있었습니다. 부냐가 왜 풀려나지 않은 겁니까? 폐하께서는 어떻게 대승을 거둔 대장군의 연인을 풀어주지 않는 겁니까? 너무하잖습니까."
"비록 술자리의 허물은 탓하지 않는다지만 말을 조심해, 탈해."
탈해는 뚱한 표정으로 술잔을 들어 올리더니 벌컥벌컥 들이켰다. 그는 탁 소리 나게 술잔을 내려놓고 팔짱을 꼈다.
"이건 대장군의 품위에 관련된 문제입니다. 도저히 만병장에 대한 예우가 아닙니다. 하물며 그런 대승을 거두었는데······. 부냐는 겨우 편지 한 장을 전했을 뿐입니다."
"간자의 서신이었어."
"부냐는 몰랐습니다."
"몰랐다 해도 검열받지 않은 서신을 반출시킨 죄는 남아. 바로 그런 일이 일어날 것을 대비하기 위해 검열이 있는 거야. 자네가 그걸 모르지는 않을 것 아닌가."
"저도 그 서신의 내용은 알고 있습니다. 규리하로 진군 중인 토벌군의 규모에 대한 것이었지요. 대단한 정보인 것 같지만, 사실 별것 아닙니다. 토벌군의 규모가 규리하에 알려진다 해서 전황이 바뀔 것은 아무것도 없었습니다. 누구든 짐작할 수 있는 거니까요. 게다가 그 서신은 규리하에 도달하지도 못했잖습니까. 그런데 왜 폐하께서 각하의 계청을 거부하셨는지 저는 이해가 되지 않습니다."
"계청이라니? 난 그러지 않았어."
탈해는 넘겨짚길 좋아하는 자신의 버릇에 대한 무수한 지적이나 질책을 떠올리지는 않았다. 다만 어처구니없어 했다.
"계청하지 않으셨다고요? 왜죠?"
"바르지 못한 일이니까. 부냐의 죄는 명명백백해."
"죄라니요!"

엘시는 대답하지 않았다. 묵묵히 술잔만 비우는 백작을 보며 탈해는 답답한 기분을 느꼈다.

"부냐를 위해 아무것도 하지 않으실 작정입니까?"

잔을 내려놓은 엘시는 약간 풀죽은 어투로 부냐에게 들려주었던 말을 반복했다.

"어쩌면 폐하께서 승전을 축하하기 위해 대사면을 명하실지도 모르지."

"그건 불확실하잖습니까. 좀 더 적극적인 일을 해 볼 생각은 없으십니까? 그렇게 폐하께 계청드리기 싫으시다면 제가 대신하면 어떻겠습니까?"

엘시는 다시 입을 다물었다. 탈해는 그만 가슴을 쾅쾅 두드리고 싶어졌다.

"좋습니다. 제가 하지요. 정우의 일엔 아직 손쓸 수 없으니 부냐부터 나서야겠군요. 세상에, 저는 각하께서 당연히 손을 쓰셨을 거라고 믿었습니다."

"그러지 마, 탈해."

"예? 왜 하지 말라시는 겁니까?"

"하지 마."

탈해는 아랫입술을 깨물었다. 그는 못마땅한 심정이 뚝뚝 떨어지는 얼굴로 엘시를 바라보다가 갑작스럽게 질문했다.

"부냐 헨로를 사랑하지 않으십니까?"

엘시의 호흡이 일순 멎었다. 그의 눈꺼풀도 갑자기 움직임을 멈췄다. 그렇게 엘시는 미동도 없이 조각처럼 앉아 있었다. 바라보던 탈해가 뭔가 잘못된 것이 아닌가 걱정하여 몸을 일으키려 했을 때 엘시의 눈꺼풀이 움직였다. 엘시는 눈을 감으며 긴 숨을 내쉬었다.

"그랬다면 이토록 괴롭진 않겠지."

"죄송합니다, 각하."

"아니, 탈해. 자네 사과는 받지 않겠어. 그 사과는 내 제국이 부냐를 사랑하게 되었을 때 듣도록 하지. 그때까지는 나를 병신이라 부르든 가식 덩어리라 부르든 부냐를 사랑하지 않는다고 하든 반대하지 않겠어."

탈해는 '내 제국이 부냐를 사랑한다.'는 말이 무슨 뜻인지 알 수 없었다. 그 말에 대해 질문하려 했을 때 엘시는 갑자기 잔을 비우고 몸을 일으켰다. 그리고 마루 위 시렁에 얹힌 목검을 보지도 않고 집어 들고는 마당으로 내려갔다.

"탈해, 내 주사로 자네 눈을 좀 어지럽혀도 되겠나?"

탈해가 무사였다면 반가워했을 것이다. 즈믄누리의 무사장이지만 무사는 아닌 탈해는 아쉬워하며 말했다.

"각하, 아시겠지만 저는 검에 대한 식견이 없습니다. 아무래도 나가 앞에 명창일 것 같군요."

"다행이군. 덜 부끄러울 테니."

엘시는 그렇게 말하며 검을 서서히 끌어당겼다. 탈해가 자신에게 갑자기 검술에 대한 조예가 생겨났으면 좋겠다고 생각하며 바라보는 가운데 엘시는 몸을 던졌다. 탈해가 보기에도 그것은 기묘한 시작이었다. 검이 아닌 몸으로 상대를 베는 것 같은 동작을 보며 탈해는 고개를 갸웃했다. 그러나 곧 그보다 더 기이한 움직임들이 뒤를 이었다.

그 후 반 시간 동안 탈해는 백작의 취검을 감상했다.

나비가 미칠 수 있을까? 아마도 어려울 것이다. 그 작디작은 머리에 미칠 정도로 고급한 지성이 있다고는 여기기 어렵다. 그러나 만약 나비가 미친다면 그 날갯짓은 백작의 취검을 닮았을 것이다. 완전히 쓸모없어 보이는 동작이지만 6년 전 군단 하나의 명령 체계가 완전히 붕괴된 상황에서 무명 교위가 휘두른 취검은 군단 셋의 와해를 막았다. 엘시는 진중에서 취해 있던 일을 씻을 수 없는 불명예로 생각하며 당대에 이미 전설이 되어 버린 그 이야기가 거론될 때마다 안색을 바꾸지만, 탈해는 다시 그 시절로 돌아간다 해도 군단장이 강권하는 술을 엘시가 거절하기는 어려울 거라 생각했다. 직접 목격한 것은 아니지만 탈해는 그 장면을 어렵잖게 상상할 수 있었다 스카리 빌파의 엘시 에더리를 모두 알기 때문이다. 그날 이후로 스카리 빌파와 엘시 에더리의 운명은 완전히 바뀌었고 스카리가 마흔 살이 되기 전에 가지리라 공언했던 대장군의 자리마저 엘시에게 돌아갔다. 그리고 탈해는, 스카리와 암살공을 제외한 모든 사람들이 생각하듯 그것이 잘된 일이라고 생각했다.

　상념에 잠겨 있던 탈해는 백작의 취검이 멈춘 것을 조금 늦게 깨달았다.

　엘시는 두 손으로 목검을 짚은 채 꼿꼿이 서서 광대한 하늘을 바라보고 있었다. 옷은 땀으로 젖어 있고 얼굴은 취기와 열 때문에 약간 상기되어 있었지만 백작의 서 있는 모습에는 흐트러짐이 없었다. 구름들이 훨씬 낮게 떠 있는 하늘누리의 하늘은 지독하게 푸르렀다. 탈해는 이유 모를 허탈감을 느꼈다.

　이레 달비가 손에 수건을 든 채 나타났다. 이레는 엘시 곁에 서서 수건을 내밀며 말했다.

　"손님이 오셨습니다, 가주님."

엘시는 무슨 말인지 모르겠다는 얼굴로 이레를 돌아보다가 조금 후 수건을 집어 들었다.
"나는 가주가 아니야, 이레. 누가 온 거지?"
"아, 죄송합니다. 주인님."
호칭을 시정한 이레는 곧 찾아온 손에 대해 말했다. 엘시는 탈해에게 양해를 구하고 말했다.
"이곳으로 모셔 와."
이레는 곧 앞마당 쪽으로 갔다. 잠시 후 남자가 뒤뜰 쪽으로 걸어왔다. 남자의 덩치가 얼마나 좋은지 탈해는 잠깐 동안 동족이 온 것이 아닌가 하는 착각을 느꼈다. 하지만 그것은 인간이었고, 이십이금군의 일원인 구레였다.
"안녕하십니까, 각하. 전승을 축하드립니다."
"고맙군, 구레."
"안녕하세요, 구레?"
탈해는 반갑게 손을 들어 보였고 구레는 거기에 대해 목례했다. 그리고 구레는 품속에 손을 집어넣어 서신 봉투 하나를 꺼냈다.
"비스그라쥬 백 데라시의 서신입니다."
엘시는 봉투를 받아 들며 의아하다는 표정으로 말했다.
"왜 자네가 비스그라쥬 백의 편지를 가져온 거지?"
"예? 나가인 백작님은 이런 날씨엔 밖으로 나올 수 없습니다."
"알고 있어. 나는 왜 자네냐고 물은 건데."
구레는 약간 어리둥절한 표정으로 엘시를 마주 보았다. 엘시는 부드럽게 말했다.
"구레, 내 뜻을 제대로 전달하지 못해 애먹은 적은 별로 없지만 앞으로는 좀 더 주의해야겠군. 나는 왜 폐하께 봉사해야 하는 금군이 비스그라쥬 백의 편지 심부름을 하는지 물었던 것이야."

구레의 얼굴에 당혹한 표정이 떠올랐다.

"네…… 맞습니다. 하지만 저희들은…… 음. 폐하께서는 백작의 말씀, 아니, 니름입니까? 어쨌든 그걸 잘 들으시니까…… 폐하의 뜻에 맞는 일이라 생각하기에…… 폐하께서도 그걸 원하시는 것 같고……."

엘시는 봉투를 물끄러미 바라보다가 고개를 들어 구레를 똑바로 바라보았다.

"다음부터는 그러지 않았으면 좋겠군. 자네와 자네 동료들은 폐하의 안위만 신경 쓰면 돼. 백작의 편지 심부름 같은 걸 하기 위해 자네의 의무를 소홀히하는 것은 바르지 못한 일이야."

구레는 이제 완전히 당황한 모습이었다. 그 덩치 큰 인간이 당혹하는 모습은 탈해에게 동정심을 불러일으켰다. 엘시 또한 더 이상 금군의 처신에 대한 구레의 생각을 추궁할 생각이 없는 듯 가볍게 말했다.

"백작이 답을 받아 오라고 했나?"

"아닙니다."

"알겠어. 수고했네."

구레는 황망히 고개를 숙인 다음 탈해에게도 인사하고서 물러났다. 탈해는 따뜻하게 그를 전송한 다음 엘시를 쳐다보았다.

"음. 그때 비스그라쥬 백을 만나 보셨냐는 질문에 왜 지체하셨는지 알겠군요. 각하께선 데라시 백작이 건방지다고 생각하십니까?"

"나는 백작이 건방지다고는 생각하지 않아."

"하지만 조금 전에는 데라시 백작이 폐하의 권위를 함부로 침

범하는 것처럼 말씀하셨는데요."

"봉사의 영역을 침범한 거지."

"그게 무슨 말씀이지요?"

"자기 주인에게 좋은 음식을 드리기 위해 마부에게 요리를 하라고 요청하는 하인을 생각해 봐. 자네는 그 하인이 건방지다고는 생각하지 않을 거야."

탈해는 무슨 말인지 알 것 같았다. 그리고 그의 상상력은 언제나처럼 자신을 가속시켰다.

"혹 각하께선 자신의 일이 폐하의 적을 토벌하는 것이라고 생각하십니까? 그래서 폐하의 사법에 관여하는 것은 자신의 영역이 아니라고 생각하시는 겁니까?"

"내 대장군 임명장을 보여 줄까?"

"아니요. 제국 만병장의 권검을 보고 싶군요."

엘시는 입을 다물었다. 탈해는 타이르듯 말했다.

"각하, 각하께선 만병장입니다. 순전히 원칙대로 말한다면, 만약 각하께서 백화각을 습격해서 부냐 헨로를 구출한다 해도 동원된 인력이 만 명을 넘지 않는다면 그건 위법이 아닙니다. 그렇잖습니까? 그렇다면 바꿔 말해서 각하께서는 병사 만 명이 필요한 일 이내의 일이라면 폐하께 무엇을 요청하든 상관없습니다. 절대로 주제넘은 일이 아닙니다."

"그 이야기는 그만하지."

탈해는 더 말하겠다는 듯한 동작을 취했지만 엘시는 도깨비를 완강하게 외면하며 툇마루에 걸터앉아 봉투에서 편지를 꺼냈다. 자신을 달래야겠다고 생각한 탈해는 방법을 모색했고 술잔을 집어 드는 것이 가장 좋은 방법이라는 결론을 내렸다.

탈해는 서신이 그렇게 길지 않을 거라 짐작했다. 서신은 도깨비지 한 장뿐이었고 나가들은 글씨를 크게 쓰므로 엘시가 읽고 있는 편지에 담길 수 있는 내용은 그렇게 많을 수 없었다. 탈해의 예상대로 엘시는 금방 편지를 다 읽고는 그것을 접어 피봉에 집어넣었다. 하지만 곧 생각이 바뀐 듯 편지를 다시 빼 탈해에게 내밀었다. 탈해는 손을 닦고 의아해하며 그것을 받아 들었다.

"왜 이걸 제게?"

"비셀스. 그러니까 정우 규리하에 대한 이야기야."

탈해는 긴장하며 도깨비지를 펼쳤다. 역시 큼직큼직한 글씨들이 보기 좋게 적혀 있었다. 엘시가 그것을 이미 읽었는데도 탈해는 소리 내어 또박또박 읽었다.

"근계. 나 비스그라쥬 백 데라시는 고금에 짝을 찾기 어려운 영용한 지혜와 불굴의 기상으로 압도적이며 완벽한 승리를 거두신 황제의 대장군 엘시 에더리에게 진심으로 감탄과 경애의 마음을 느끼며……"

"건너뛰면 좋겠군."

"처우를 결정하기 위해 그녀를 면담하라는 폐하의 하교에 따라 비셀스 규리하를 만나 보려 합니다. 그녀의 신분에 걸맞은 대우가 있어야 하니 백작께서 그녀를 호위해 주셨으면 좋겠습니다? 이게 무슨 말이지요?"

"나가들의 관습이야. 여인이 집 밖으로 나올 땐 남지가 호위해야 하지. 호위사가 없으면 여인의 품위가 깎인다고 생각하지."

"그 관습은 저도 들어 봤습니다. 하지만 정우는 나가가 아닌데요. 그리고 왜 각하지요?"

"정우는 나가가 아니지만 데라시 백작은 나가지. 그리고 왜 나냐는 질문에 대해서는…… 나가들이라면 그것은 방문자들 중 몇 명이 나서야 하는 일인데 지금 규리하 성에는 방문자 같은 것이 없군. 그렇다면 최근에 그곳을 방문한 것은 나로군."

탈해는 헛웃음을 터뜨렸다.

"방문자가 아니라 점령자 아닙니까?"

"내 생각에도 그래."

"그런데 왜 각하지요? 그냥 호위라면 병사들이 해도 무방할 텐데."

"데라시 백작은 그녀의 신분에 걸맞은 호위자가 나라고 말했지. 그렇다면 백작이 그녀를 좋게 보는 거라고 추측해도 되겠지. 그걸 알려 주고 싶어서 편지를 보여 준 거야."

탈해는 환한 얼굴이 되었다.

"그렇군요! 그렇다면 폐하께서도 그럴까요?"

"폐하의 의중이야 아직 알 수 없지. 백작이 정우를 만난 후에 그녀에 대한 인상을 폐하께 보고하지 않겠나?"

"아아, 예. 그렇겠군요. 어쨌든 잘된 일입니다. 데라시 백작에게 정우를 해칠 생각은 없다는 것이 분명하니까요."

"그럴 수도 있겠지. 그건 그렇고 이제 자리를 슬슬 작파해야겠군. 나는 다시 내려갈 생각이네."

"아, 이런. 전후 처리로 바쁘신데 제가 괜히 불렀군요."

"좀 바쁘긴 하지만 보다시피 자네와 담소 나눌 시간도 못 내는 것은 아니야. 나는 내려가서 정우에게 준비하라고 말할 생각인데, 혹 정우에게 전할 말이라도 있나?"

"할 말이 아주 많은데요. 죄송합니다만 편지 한 장 쓸 시간이 있습니까?"

"그렇게 해."

탈해는 지필묵을 챙기러 달려갔다. 엘시는 탈해가 두고 간 데라시의 편지를 집어 다시 천천히 읽었다. 엘시의 얼굴에 잠깐 동안 어두운 빛이 스쳤다. 하지만 그는 편지를 피봉 속에 집어넣으며 동시에 어둠도 얼굴 아래로 가라앉혔다.


정우 규리하는 주위를 둘러보며 주눅이 드는 것을 느꼈다. 규리하 성을 이루는 뼈대들은 말할 것도 없겠지만 그 안에 있는 가구들 중에도 자기보다 어린 지구에 하나도 없다는 사실로 불편했다.

정우는 그런 자신이 이상했다. 그녀가 자란 즈믄누리 또한 지상에서 짝을 찾을 수 없을 만큼 오래된 건물이었다. 하지만 정우는 곧 즈믄누리와 규리하의 거성은 크게 다름을 깨달았다. 밤의 다섯 딸인 혼란, 매혹, 감금, 은닉, 꿈의 도움을 받아 건설된 도깨비의 거성 즈믄누리는 반쯤은 현실적이고 반쯤은 관념적인 건물이다. 그리고 전체적으로 보면 정신 나간 건물이었다. 규리하 성에 왔을 때 정우는 방으로 돌아가려면 나왔던 문으로 다시 들어가야 한다는 사실에 당황했고 계단을 올라가면 위층이 나타난다는 사실에 충격을 받았다. 그런 당황과 충격 속에서 정우는 자신이 식당을 찾지 못해 굶어죽거나 화장실을 찾지 못해 민망한 꼴을 보이고 말 거라고 굳게 믿었다. 다행히 그녀 또한 정상적인 방향 감각을 가진 보통 사람이었기에 그런 일은 일어나지 않았다. 규리하 성은 지극히 무겁게 현실에 밀착하여 있었고 그런 단단한 현실감은 즈믄누리에선 볼 수 없는 것이다. 그래서 규리하의 거성을 이루는 모든 부분들은 지나쳐 온 시간의 얼룩들을 하나 빠짐없이 간직하고 있었다. 그것은 장엄했지만 따스하지는 않았다.

결국 주위의 무거운 풍경에서 안정감을 얻지 못한 정우는 자신의 비녀를 만지작거렸다. 그것은 즈믄누리에서 가져온 물건이기에 즈믄누리의 기분을 전해 주었다. 하지만 그것만으로는 부족했다. 정우는 한숨을 내쉬고는 품속으로 손을 집어넣었다.

"한 번만 더야."

정우는 몇 번째인지 기억도 나지 않는 다짐을 하며 품에서 편지를 꺼내어 펼쳤다. 종이 위로 뛰쳐 오를 것 같은 탈해의 글씨를 보자 채 읽기도 전에 그녀의 얼굴에 미소가 떠올랐다.

서신의 내용은 별다른 것이 없었다. 격려와 위로의 말들이 재치 있는 단어들로 표현되어 있었고 정우가 생각하기에도 황당하기 짝이 없는 조언들이 있었다. 정우는 비스그라쥬 백에게 말할 때는 고함을 지르라는 탈해의 조언에서 과민성 이외에 다른 것을 발견할 수 없었다. 하지만 그것을 비웃지는 않았다. 나가들이 귀머거리가 아니라는 사실을 잘 알고 있는 탈해가 그렇게 쓸데없는 조언을 하는 것은 정우의 안위를 몹시 염려하기 때문이다.

서신을 다 읽은 정우는 그것을 조심스럽게 접어 다시 품속에 넣었다. 그때 문 두드리는 소리가 들려왔다.

정우는 들어오라는 소리를 하기 직전에 비녀를 다시 만지고 옷깃을 쓸어내리고 뺨도 두 번 쓰다듬을 수 있었던 자신에 감탄했다. 그래서 문을 열고 들어온 부위 틸러 달비는 꽤 만족스러운 표정의 정우를 볼 수 있었다.

"준비가 되었습니다, 규리하 공 아가씨. 가실까요?"

정우는 일어섰다. 틸러는 그녀를 밖으로 안내했다.

그 시간, 밖에서는 엘시 백작이 정우를 기다리며 제국군 수교위 한 명과 이야기를 나누고 있었다.

엘시는 수교위의 보고에 대해 생각하고 있었으므로 수교위는 잠깐 동안 대장군의 모습을 관찰했다. 대장군은 자신의 지위를 나타낼 수 있는 장신구는 아무것도 착용하지 않은 채 평범한 옷을 입고 있었다. 다만 허리에 화려한 검대를 차고 있었고 그곳에는 황궁에서 빌려 온 의전용 사이커가 매달려 있었다. 대장군에게 검이 없지는 않았지만 엘시는 나가의 예법을 따르려면 나가의 검을 차는 것이 좋다고 판단했다. 그런 옷차림을 본 수교위는 약간의 분노를 느꼈다.

"각하, 무례한 말일지도 모르겠습니다만 이 일을 각하께서 하실 필요는 없습니다. 데라시 백작의 요구는 부당합니다. 황제의 대장군이신 각하께서 전쟁 포로의 수행원 노릇을 한다는 것은 어불성설입니다. 제게 맡겨 주십시오."

"우리의 전쟁 포로는 장차 규리하를 다스리게 될지도 모른다. 그리고 이미 내가 수락한 일이다. 경거망동이 없도록 해라."

수교위는 불만스럽다는 표정을 애써 감추었다. 하지만 엘시의 다음 말이 이어지자 수교위의 표정이 바뀌었다.

"그리고 그 요청에 대해서는 불허한다고 전해라. 아직 작전이 종료되지 않은 만큼 민간인의 출입을 허락할 수는 없다."

수교위는 희희낙락했다. 건방진 데라시 백작이 또 다른 요청이 기각되는 것은 수교위를 즐겁게 했다. 그때 엘시의 고개가 옆으로 돌아갔다. 덩달아 고개를 돌린 수교위는 계단 위에 나타난 정우를 발견했다.

정우와 눈이 마주친 엘시는 목례했다. 정우 또한 목례한 다음 계단을 내려갔다. 수교위는 엘시에게 경례한 다음 달려갔다.
엘시 앞에 선 정우는 달려가는 수교위의 뒷모습을 잠깐 쳐다보았다.
"좋은 꿈 꾸셨어요, 대장군님? 이번에도 대장군님의 명령을 들어야 하는 많은 부하들을 남겨 두고 제게 시간을 내셨나 보군요. 점령군 총지휘관이시니 바쁘시겠지요."
"당신을 호위하는 것 또한 내 일입니다."
정우는 엘시의 옷차림을 관찰하고 나서 자신의 옷을 내려다보았다.
"황궁에 들어가는 거라서 화려한 옷을 입어야 하는 줄 알았어요. 그런데 대장군님의 옷을 보니 그러지 않아도 되나 보군요."
"아닙니다. 내 역할이 호위자이기 때문에 이렇게 입은 것입니다. 이 칼도 그 때문에 황궁에서 빌려 온 것이지요. 그런데 그 복장은 도깨비의 것입니까?"
정우의 옷차림은 낙낙했다. 그녀보다 큰 사람에게 맞을 것 같은 옷이었다. 하지만 소매 끝과 바지 끝, 겨드랑이와 허리 등은 단단하고 맵시 있게 조여 있었다. 품이 커서 위엄 있으면서도 거추장스럽지 않은 옷차림이었다.
"예. 즈믄누리에 있는 친구가 도깨비보다 작은 제 몸에 맞도록 만들어 준 거죠. 점잖은 자리에서 입으라고 선물해 줬어요. 킴의 옷을 입어야 하나요?"
"아닙니다. 그렇게 바꾸니 색다르고 보기 좋군요."
정우는 감사의 의미로 목례했다. 엘시는 조금 주저하다가 말했다.
"승강기를 이용해서 하늘누리에 올라가면 좋겠지만 승강기는 꽤 느립니다. 무거운 승강기를 적은 힘으로 끌어올리기 위해 여러 개의 아륜을 쓰다 보니 속도가 느릴 수밖에 없습니다."
"전 천천히 올라가도 상관없는데요. 물론 비스그라쥬 백을 기다리게 하고 싶지는 않지만."
"저격의 위험이 있습니다."
자신이 왜 저격당하는지 이해할 수 없었던 정우는 질문하려 했다. 하지만 그 순간 시카트 규리하의 일이 떠올랐다. 얼굴이 굳어진 정우를 본 엘시는 고개를 끄덕였다.
"이 땅엔 아직 아이저를 지지하는 사람들이 많을 겁니다."
"네…… 네."
"승강기들은 가볍게 만들어졌기 때문에 안전성이 취약한 편입니다. 그래서 하늘누리의 환상 계단을 쓰고 싶습니다. 빠르게 움직이는 계단을 상상하실 수 있겠습니까?"
"자신이 없는데요."
"부끄러워할 일은 아닙니다. 하늘누리에 사는 사람들 중에도 그것을 제대로 상상하는 사람은 드뭅니다. 다행히 내가 상상할 수 있지만 그 계단은 내게만 작용합니다. 그래서 내가 상상한 환상 계단에 당신을 태울 수는 없습니다."
"그러면 소용이 없잖아요?"
"그렇지 않습니다. 내 옷은 나와 함께 올라갈 수 있다는 것을 생각해 보십시오."
정우는 그 말에 대해 생각해 보았다.
"설마 저를 업으실 건가요?"
"아닙니다. 내 발등을 밟으십시오."
어리둥절해하던 정우는 조금 후에야 킥 웃으며 고개를 끄덕였다. 정우가 이해했음을 알게 된 엘시는 특별한 계단을 상상했다.
 저 높은 곳에 있는 하늘누리에서 엘시의 발 앞까지 이어진 경사로 같은 것이 나타났다. 엘시는 장식 같은 것에는 관심이 없었기에 경사로의 모습은 무미건조했다. 그가 주의를 기울인 것은 경사로 제일 아래쪽에 돌출된 단이었다. 그것은 엘시가 앉을 수 있는 크기였고 아래쪽엔 발판도 있었다. 단에 앉은 엘시는 발판 위에 놓인 자신의 발등을 가리켰다. 엘시의 동작을 정신없이 바라보던 정우는 약간 불안한 목소리로 말했다.
 "허공에 앉아 계신 것 같아요."
 "예. 이 계단이 내게만 작용한다는 것은 내 눈에만 보인다는 뜻이기도 합니다. 하지만 안전하니 걱정하지 않아도 됩니다."
 엘시는 두 손을 내밀었다. 엘시의 앉음새를 관찰한 정우는 실제로 그가 편안하게 앉아 있다는 것을 확인했다. 그래서 정우는 주저하지 않고 엘시에게 걸어가 그의 손을 맞잡았다. 그리고 엘시의 두 발등 위에 자신의 발을 하나씩 얹었다.
 "발 아프시죠?"
 "괜찮습니다. 혹 높은 곳을 싫어하면 눈을 감으십시오."
 "전 도깨비들과 함께 딱정벌레도 타고 다녔어요, 대장군님."
 "알겠습니다. 빠를 테니 조심하십시오."
 그리고 엘시는 자신이 앉은 단이 경사로를 따라 움직이는 모습을 상상했다. 상상은 그대로 현실이 되었다. 물론 엘시에게만. 하지만 엘시의 발등 위에 선 정우는 엘시와 같이 상승할 수 있었다. 몸이 뒤로 홱 쏠리는 것을 느낀 정우는 겁먹은 소리를 냈지만 엘시의 손이 그녀를 단단히 붙잡고 있었다. 곧 정우의 목소리가 탄성으로 바뀌었다.

엘시가 상상한 것 중 어느 것도 정우의 눈에는 보이지 않았기에 정우의 감각에서 그것은 하늘을 나는 사람의 발등에 서 있는 일이었다. 하지만 그녀는 자신이 의지하고 있는 사람이 단단하게 고정되어 있다는 것을 느낄 수 있었다. 정우는 엘시가 앉아 있는 계단을 상상해 보려 했지만 곧 포기했다. 자신이 상상한 계단이 엘시의 계단과 교란이라도 일으키지 않을까 걱정스러웠기 때문이다. 물론 그런 일을 했더라도 상관없었을 것이다. 정우가 상상한 계단은 정우에게만 영향을 미쳤을 것이다. 그래서 환상 계단에 대한 이해가 아직 충분하지 않은 정우는 계단에 대해 생각하는 대신 비행에 대해서만 생각하기로 했다. 그것은 어렵지 않은 일이었다. 독특하기 짝이 없는 비행이었으니까.

규리하는 추운 지방이었고 상승은 빨랐다. 바람은 정우의 볼을 세차게 문질러 빨간 손자국을 남겨 놓았다. 그러나 정우는 별로 괴로워하지 않았고 심지어 상쾌하다고 여겼다. 진귀한 경험에 흠뻑 빠져 있던 정우는 상승 속도가 급격하게 줄어들자 아쉬움을 느꼈다.

하지만 위를 쳐다보고 정우는 아쉬움을 까맣게 잊었다.

거대한 하늘치가 하늘을 모조리 뒤덮은 채 그녀의 앞을 가로막고 있었다.

지상에서 볼 때도 거대했지만 이 높은 고도에서 바라본 하늘치의 모습은 압도적이었다. 끝이 제대로 보이지 않는 광대한 하늘치의 아래쪽을 보며 정우는 땅을 향해 거꾸로 내려가는 것 같은 착각을 느꼈다. 그런 생각을 하자 그녀는 불안해졌다. 하늘치의 아래쪽에 전속력으로 부딪혀 죽은 것도 추락사라고 불러야 하는 건지 질문하려 했을 때 정우는 나루터를 보았다.

나루터는 하늘치의 옆구리 쪽에 돌출된 구조물이었다. 50미터는 됨 직한 길이였지만 하늘치의 터무니없는 크기 때문에 그렇게 길어 보이지 않았다. 방향을 가늠한 정우는 자신들이 그곳에 도달할 것을 짐작했다. 정우는 안심했다. 그녀의 생각대로 얼마 후 엘시는 부드럽게 나루터 위에 도달해서 정우가 그 위에 내려서도록 도와주었다. 그리고 정우의 곁에 선 엘시는 자신이 상상했던 계단을 없앴다.

"환상 계단은 하늘치 위 어디로든 이어질 수 있지만 그렇게 하면 혼란이 일어날지도 모릅니다. 그래서 천경유수는 이런 나루터에 이어지는 형태로만 상상하도록 제한하고 있습니다."

"이걸 나루터라고 부르는군요. 어울리네요."

주위를 둘러본 정우는 먼 곳에 낮은 위치로 가설되어 있는 나루터를 몇 개 더 발견했다. 어지간한 산꼭대기보다 훨씬 더 높은 곳에서 허공을 향해 불쑥 튀어나와 있는 모습들은 마치 부러진 교각처럼 보여 불안했지만 딱정벌레를 타곤 했던 정우는 당황하지 않았다. 엘시는 나루터 반대쪽의 계단으로 그녀를 안내했다.

엘시와 정우가 도착한 나루터는 황궁에 부속된 것이어서 다른 통행인은 만날 수 없었다. 계단 끝에 올라선 정우는 거대한 담장을 발견했다. 담장의 높이는 상당했고 그 중간에는 레콘이라면 거북함을 느낄 작은 문이 있었다. 문 안에 들어서자 익숙한, 하지만 이곳에서 볼 수 있을 거라 예상할 수 없는 것이 나타났다.

그것은 흙더미 사이의 골에 자연석들이 쌓여 이루어진 돌계단이었다. 정우는 기가 막힌 표정으로 엘시를 돌아보는 계단을 빠르게 올라갔다. 몇 미터쯤 올라가 그녀는 감탄사를 터뜨렸다.

그곳에는 숲이 있었다.

색채가 가득한 숲이었다. 순박한 초록과 교태 어린 금빛, 근엄한 붉은빛과 따스한 검은색이 범람하고 있었다. 그 흘러넘치는 빛깔들 사이에서 위풍당당한 거목들이 풍성한 그림자를 부드러운 풀 위에 던지고 있었다. 하지만 거목들은 햇빛을 나눠 쓸 아량도 가지고 있었다. 결과적으로 바닥에는 눈이 아프도록 선명한 음영들이 잔뜩 흩어져 있었다. 이미 풍부한 색채를 지니고 있는 숲은 그 음영들과 어우러져 빛의 급류 속에서 첨벙였다. 목향을 가슴 가득히 들이켠 정우는 약간 어지러운 기분을 느꼈다. 그녀는 눈을 몇 번 깜빡여 자신을 추스르고 뒤를 돌아보았다.

"저 담장은?"

"시선은 난상이 아니라 흙이 쏟아지지 않도록 막아 둔 제방입니다. 혹은 화분의 바깥 면이라고 생각해도 됩니다."

"어떻게 이곳에 숲을 만들었죠? 설마 하늘치의 등 위에 원래부터 숲이 있었던 것은 아닐 텐데."

"예. 흙과 나무를 지상에서 옮겨 와 만든 것입니다."

정우는 가까이 있는 나무로 다가가 확인해 보고 싶다는 듯이 줄기를 쓸어 만졌다. 그것은 분명히 나무였다. 정우는 또다시 감탄사를 터뜨리고는 엘시를 돌아보았다.

"보기 좋기는 하지만 이렇게 힘든 일을 해야 할 이유가 있나요? 환상 계단이라는 것이 있으니 숲을 보고 싶은 사람은 언제든 내려갈 수 있을 텐데요."

"그렇긴 합니다만 이 숲에는 미관 이외에도 장점이 있습니다."

"무슨 말씀이죠?"

엘시는 돌계단을 오르며 설명했다.

"이 하늘누리는 어떻게 보면 대단히 불안정한 도시입니다. 구조적으로 하늘누리는 떠 있는 셈이나 다름없습니다. 하늘치의 등에 기둥을 박거나 할 수는 없으니 하늘누리는 그냥 얹혀 있을 뿐입니다. 따라서 무게가 중요한 요소입니다."

"무게요?"

"매끄러운 탁자 위에 놓인 가벼운 도깨비지는 잘 미끄러지지만 도깨비지 위에 서진을 올려두면 잘 미끄러지지 않습니다."

정우는 이해했다. 무거운 것이 잘 미끄러지지 않는다는 것은 상식이다.

"그러면 하늘누리의 무게를 늘리려고 숲을 만든 건가요?"

"이 숲에는 그런 장점도 있다는 겁니다. 초기의 하늘누리는 꽤 불안정했다고 합니다. 하지만 그런 불안정을 무릅쓰고 건물들을 계속 늘렸습니다. 물론 하늘누리의 모든 건물들은 바닥 아래에서 서로 연결되어 있습니다. 그렇게 하늘누리의 무게를 늘리자 오히려 안정되었다고 합니다. 그 이후로는 하늘누리 유수부 사람들은 이 위로 무거운 것을 올리는 일에 거부감을 느끼기보다 반가워하게 되었습니다."

정우는 고개를 끄덕였다.

"레콘 같네요."

"예?"

"세상에서 가장 무거운 도시가 가장 높은 곳에 있다는 것. 보통은 가벼운 것들이 높이 올라가잖아요? 하지만 네 선민 종족 중에서 가장 높이 뛰어오르는 것은 가장 무거운 레콘이죠."

"하늘누리가 가장 무거운 도시는 아닐 텐데요."

엘시의 지적대로 지상에 있는 도시 중에는 하늘누리보다 더 큰 도시도 많았다. 하지만 정우는 좋은 대답을 가지고 있었다.

"황제 폐하가 계시잖아요."

엘시는 고개를 끄덕였다. 정우가 말한 무거움은 형이상학적인 것이었다.

"그렇군요. 그럼 가실까요."

엘시는 정우를 오솔길로 안내했다.

오솔길 끝에는 나루터에 면한 것보다 훨씬 낮은 담장이 있었다. 문 앞에는 네 명의 경비병들이 패검한 채 서 있었다. 정우는 그들의 표정을 보고는 불안했다. 경비병들의 표정은 사나웠다. 자신의 신분이 전쟁 포로라는 것을 떠올린 정우는 그런 신분의 사람이 하늘누리에 오리는 것에 경비병들을 화나게 한 것일지도 모르겠다고 생각했다. 하지만 경비병 중 한 명이 엘시에게 말했을 때 정우는 자신의 생각이 잘못된 것임을 알았다.

"웬 행차이신가, 에더리."

정우는 깜짝 놀라서 경비병을 자세히 바라보았다. 그리고 방자한 태도로 말한 사람이 인간이며 레콘이 아니라는 것을 알자 정우는 또 다른 가설을 검토해 보았다. 하지만 그녀는 왜 정신병자가 하늘누리의 경비를 서고 있는지 알 수 없었다. 놀란 정우와 달리 엘시는 그런 태도에 별로 구애되지 않는 듯 평온하게 말했다.

"평안하셨습니까, 스카리."

스카리라는 남자의 얼굴에 승리감이 떠올랐다. 그는 갑자기 고개를 홱 돌리더니 다른 경비병들에게 외쳤다.

"내가 뭐랬어! 엘시 에더리는 대장군의 옷만 벗겨 놓으면 대장군 노릇도 못할 거라고 했지? 내 말대로잖아!"

경비병들은 거친 웃음을 터뜨렸다. 스카리는 분노의 미소로 정우를 쳐다보았다. 그 무서운 눈빛을 본 정우는 다시 스카리를 정신병자로 규정하고픈 충동을 느꼈다. 스카리는 비아냥거림이 가득한 태도로 말했다.

"승리는 병사들이 낚도록 내버려두고 자신은 여자를 낚았군. 마루나래라 하지 않을 수 없군. 왜 부냐를 시체나 닭게 내버려뒀는지 알겠어."

엘시는 스카리의 발언에 아무런 논평도 하지 않았다. 그는 담담하게 용건을 말했다.

"이분은 규리하 공 비셀스 규리하이며 비스그라쥬 백 데라시와 만나기 위해 황궁으로 들어가려 합니다. 이분의 신원은 내가 보증합니다. 연락이 있었을 거라 생각합니다. 통과를 허락해 주십시오."

엘시의 건조한 태도는 스카리를 더욱 흥분시켰다. 밉살스러워 견딜 수 없다는 눈빛으로 엘시를 노려보던 스카리는 갑작스레 앞으로 한 발 다가섰다. 그리고 물러나지 않은 엘시의 얼굴 앞에 자신의 얼굴을 바짝 붙였다.

스카리는 목숨의 위협을 당하는 뱀이 쉿쉿거리는 태도로 속삭였다.

"이 야비하기 짝이 없는 자식아. 내 지위를 도둑질한 것까지는 참을 수 있다. 내게는 네가 감히 손댈 수도 없는 지위가 남아있으니까."

스카리의 얼굴에 분명한 우월감이 떠올랐다. 자신이 상대보다 고귀하고 우수한 사람임을 확신하는 자의 표정이었다. 그 때문에 스카리의 말에는 약간 훈계 같은 어조가 묻어났다.

"하지만 내 사랑까지 강탈했다면, 최소한 내게 행복해하는 모습을 보여 줘야 해. 네깟 녀석은 모르겠지만 그게 사나이의 의리다. 이건 내 사랑을 두 번 짓밟는 짓거리야! 최소한의 명예도 모르는 이 추잡한 소인배 녀석아!"

서로의 눈이 채 한 뼘도 떨어지지 않은 상태에서 엘시와 스카리는 서로를 직시했다. 갑자기 정우는 엘시가 칼을 뽑아 들지도 모른다는 예감을 느꼈다. 엘시의 몸 어디에도 그런 징조는 나타나지 않았지만 정우의 예감은 뚜렷했다. 엘시 에더리는 만병장이며, 한 사람을 죽이는 일은 이만 개의 팔이 아닌 하나의 팔로도 할 수 있는 일이다. 결국 엘시는 아무 이유 없이 언제든 사람을 죽여도 되는…….

"지나가게 해 주시시오."

스카리는 엘시의 뺨이라도 후려칠 것같이 어깨를 경직시켰다. 하지만 스카리는 결국 한담가들을 격분시키는 결정을 했다. 불미스러워서 흥미로운 뒷이야깃거리를 제공하지 않은 것이다. 그는 옆으로 물러나며 경멸이 가득한 눈으로 엘시를 노려보았다.

엘시는 정우에게 걸어가자는 손짓을 했다. 그 손짓을 본 정우가 황급히 걸음을 떼자 엘시는 그 뒤를 조용히 따라 걸었다. 그들이 몇 걸음 걸어갔을 때 뒤쪽에서 젖은 칼날 같은 목소리가 들려왔다.

"부탁한다, 에더리."

엘시의 걸음이 멈췄다. 목소리는 계속되었다.

"더러운 비겁자가 나를 몰락시켰다고 생각하면 견딜 수 없어. 내가 사내다운 사내에게 패배했다고 느끼게 해 줘. 부냐를 그곳에서 꺼내!"

엘시는 미동도 하지 않았다. 정우는 난처한 기분을 느끼며 엘시의 옆얼굴을 바라보았다. 엘시가 다시 걸음을 뗐을 때 정우는 안도의 한숨을 내쉬고 싶었다.

두 사람은 경비병들 사이를 지나쳐 담 안으로 들어섰다. 담 안 쪽에는 판석들이 정교하게 깔려 있었고 앞쪽으로는 거대한 건물이 있었다. 정우는 그것이 황궁임을 깨달았지만 한동안은 그것을 제대로 볼 수 없었다. 정우는 엘시에게 뭐라고 말을 해야 한다고 생각했다. 하지만 먼저 입을 연 것은 엘시였다.

"죄송합니다. 당신의 호위자 때문에 당신이 불필요하게 지체했습니다."

"아니요. 저는 괜찮아요. 그런데 대장군님, 왜 그런 폭언을 감수하신 거죠?"

엘시는 두 호흡쯤 침묵했다가 담담하게 말했다.

"스카리 빌파는 과거 내 상관이었습니다. 그리고 지금은 내 지휘 하에 있는 사람이 아니라 유수부 산하에 있습니다. 또한 발케네 공 락토 빌파의 최우선 계승권자로 락토 공작과 마찬가지로 발케네 공의 호칭을 허용받고 있습니다. 그가 나를 하대하는 것은 바르지 못한 일이 아닙니다."

정우는 그 엄청난 신분에 놀랐다. 정우 또한 규리하 공의 호칭을 사용할 수 있지만 그것은 공작에 버금가는 변경백의 권위에 대한 예우일 뿐, 공작가의 최우선 계승권자와 그녀가 사용하는 호칭에는 많은 차이가 있다. 그리고 아이저 규리하가 도주한 지금 규리하 공이라는 호칭에는 농담 같은 분위기만 남아 있을 뿐이다. 하지만 발케네 공의 경우엔 그렇지 않다.

"그런 분이 왜 하늘누리에서 경비병을 하고 있죠? 발케네에 가면 황제처럼 살 수 있을 텐데."

"그의 거취에 대해서는 스카리 본인이 대답해야겠군요. 들어가

실까요."

 황궁 안으로 들어선 후에야 정우는 자신이 황궁의 외관을 제대로 보지 못했음을 깨달았다.


 문 안으로 들어서는 엘시를 보며 데라시는 흡족한 기분을 느꼈다. 엘시가 선택한 평복은 그가 데라시의 요구를 정확히 이해했음을 웅변적으로 나타내고 있었다. 데라시는 만족한 기분으로 정우를 쳐다보았다. 데라시의 얼굴을 정신없이 바라보던 정우는 그의 눈길을 마주치고는 황급히 외쳤다.
 "좋은 꿈 꾸셨습니까, 데라시 백작님! 규리하 공 비셀스 규리하입니다! 정우라고 불러 주시면 좋겠습니다!"
 "저는 비스그라쥬 백 데라시입니다. 고함치실 필요는 없습니다."
 정우는 데라시의 목소리에 크게 놀랐다. 그리고 고함칠 필요가 없다는 말에 다시 놀랐다.
 "이 정도로 말해도 들리세요?"
 "예."
 "그럼 이 정도로 말해도……."
 "들립니다만 조금 전의 높이가 좋군요. 앉으시지요."
 정우가 자리에 앉자 데라시는 엘시에게도 의자에 앉도록 권했다. 나가들의 예법상 호위자가 있어야 하는 곳이 어딘지 알지 못했던 엘시는 그 제안을 그대로 받아들였다. 데라시는 두 사람의 맞은편에 앉아 탁자 위에 두 손을 얹었다. 그리고 여전히 밀도 높은 관찰을 하고 있는 정우에게 미소 지었다.

"나가를 처음 보십니까, 규리하 공?"

"예, 백작님. 제가 자란 즈믄누리도 이곳 규리하도 비늘 덮인 분들께는 추운 곳이니까요."

"그 점을 이해하신다면 영빈각이 아닌 이곳에서 맞이한 점, 그리고 제가 저렇게 벽난로에 불을 피워 두는 점 등을 양해해 주실 수 있겠군요. 하늘누리가 좀 더 남쪽으로 내려가기 전까지 저는 이 방에 유폐된 것이나 다름없습니다. 그런 처지인지라 손님이 두 분이나 찾아 주시니 대단히 즐겁군요. 그래서 오랫동안 이야기하고 싶습니다만 두 분께는 이 방이 좀 더우시겠지요."

데라시는 곧장 본론에 들어가겠다는 의미로 말했다. 하지만 정우는 자신이 받은 감명을 표현하고 싶어했다.

"백작님의 목소리는 정말 아름답군요. 다른 나가들의 목소리도 다 아름다운가요?"

"우리들의 목소리가 다른 세 선민 종족의 목소리와 좀 다르다는 것은 알고 있습니다. 하지만 나가가 목소리의 미추에 대해 잘 아는 척하면 우스꽝스러운 일이겠지요. 저는 잘 모르겠습니다."

"아름답게 들려요. 그래서 좋은 말씀을 해 주실 거라고 생각되어요."

"저도 그렇게 되면 좋겠습니다. 그럼 시작할까요."

그리고 데라시는 시작했다.

"현재 제국 형법은 개별 인격체임이 분명한 직계 혈족의 연좌를 인정하지 않습니다. 그리고 제국 형법 제87조 내란죄에 의하면 내란 범죄자에게 수여된 작위는 몰수됩니다. 상실이 아니라 몰수인 까닭은 작위가 원래 황제 폐하로부터 나오는 것이기 때문입니다. 그런데 기왕의 사실들을 놓고 볼 때 내란죄에 소추되지 않은 작위 계승권자의 계승권은 그대로 인정된다는 유권 해석이 가능합니다. 이 점은 아라짓력 4년 황은에 의해 반포된 '친권에 대한 원시제 그리미 폐하의 칙령'에 의해서 뒷받침됩니다. 계승권은 피계승자의 권리로 이해되어야 하는 거지요. 이것은 또한 제국 민법의 상속법이 상속권자에게 부여하는 상속 포기권에 관한 조항을 통해서도 유추 해석할 수 있습니다. 이해하셨습니까?"

정우는 생글생글 웃었다. 그 웃음을 보던 데라시는 문득 익숙함을 느꼈다. 곧 데라시는 그 웃음이 도깨비들이 특정한 경우에 짓곤 하는 웃음이라는 것을 떠올렸다.

"당신이 아버님의 자위를 계승하는 데에 법적인 문제는 그리 많지 않습니다. 폐하의 결정이 중요할 뿐입니다. 이해하셨습니까?"

"이해했습니다. 죄송해요. 목소리가 대단히 고우신 데다 말씀이 어려워서 음악 듣는 것 같아요. 그런데 그 계승 이야기는 이미 여기 계신 대장군님께서 제안하셨고 저는 그걸 사양했어요."

"알고 있습니다. 그럼 두 번째 질문을 드리겠습니다. 결혼하고 싶은 생각이 있으십니까?"

예상치 못한 질문에 정우는 당황했다. 그리고 그 당황은 도깨비 식으로 표현되었다.

"부족한 제게 주신 마음은 대단히 감사합니다만 저와 백작님 사이엔 넘을 수 없는 장벽이 있군요."

"농담하시는 걸 보니 당황하셨군요. 죄송합니다. 좀 갑작스러웠지요? 천천히 대답하셔도 좋습니다."

"음, 음. 결혼을 마음에 둔 상대는 없어요. 아시겠지만 저는 즈믄누리에서 자라서…… 아주 어릴 적엔 도깨비와 결혼해도 되는 줄 알았지만 지금은 그렇게 생각하지 않아요. 그리고 아버님은 제 결혼에 대해 아무런 언급도 하시지 않으셨고요."

"결혼에 거부감이 있으십니까?"

"그렇지는 않아요. 아이를 가지고 싶으니까. 저는 아이를 좋아해요."

데라시는 만족스럽다는 표정을 지어 보였다.

"좋습니다. 그럼 이제부터 잘 들어 주십시오. 대장군은 당신이 변경백위 계승을 거부할 경우 어떤 어려움이 있는지 이미 설명드렸습니다. 들으셨지요?"

정우는 황급히 고개를 끄덕였다.

"예."

"또 당신은 결혼에 거부감이 없다고 하셨습니다. 따라서 저는 이렇게 제안하겠습니다. 결혼해서 남편에게 변경백위를 이양하라고. 어떻습니까?"

정우는 눈을 크게 뜬 채 데라시를 바라보았다. 잠시 후 그 눈이 촉촉하게 젖어 들었다. 데라시는 재빨리 손사래를 쳤다.

"아뇨, 아닙니다. 규리하 공. 그런 의심을 하고 있으신 것 같습니다만 당신을 강제로 누군가와 결혼시키겠다는 말이 아닙니다."

"그러면?"

"당신이 그런 제안에 관심 있다면 당신의 아버지가 해야 할 일을 대신하겠다는 겁니다. 괜찮은 배우잣감을 물색하고 청혼서를 보내고 결혼식을 치르는 모든 일을 말입니다. 물론 배우자를 선택하는 것은 당신이 해야겠지요. 당신이 이미 마음에 두고 있는 사람이 있다면 그 사람을 우선적으로 고려하겠습니다. 물론 당신의 연인이 즈믄누리의 잘생긴 도깨비라면 좀 난감하겠지요."

데라시의 농담에 정우는 큰 웃음을 터뜨렸다. 별것 아닌 농담이었지만 감정적으로 동요해 있던 그녀는 배를 잡고 웃었다. 한참 후 정우는 가까스로 허리를 펼 수 있었다. 그녀는 눈 주위를 훔치다가 갑자기 힘이 빠진 듯 손을 내렸다. 그리고 무릎 위에 두 손을 얹고 바짓자락을 조몰락거렸다.

"저는 즈믄누리로 돌아가고 싶어요."

데라시는 손끝을 마주한 채 참을성 있게 정우의 말을 기다렸다. 지금은 정우가 말할 때였다. 과연 그녀는 입을 열었다. 하지만 그 말은 데라시가 예산한 말이 아니었다.

"왜 꼭 규리하에 지배자가 있어야 하지요?"

"예? 무슨 말씀입니까?"

"폐하의 행정관이 이 땅을 다스리면 안 되나요?"

"아아, 예. 제국령으로 귀속시키면 어떠냐는 말씀이군요."

데라시는 이 정치적 순진함에 미소를 머금었다. 황제에게 규리하를 황제령으로 삼으면 어떻겠냐고 제안했던 데라시마저도 규리하를 제국령으로 귀속시킨다는 생각은 차마 하지 못했다.

"규리하 공, 그것이 불가능한 일이라고 말하지는 않겠지만, 매우 어려운 일이며 많은 사람을 불행하게 만드는 일이라고는 할 수 있을 겁니다."

"누가 불행해지지요?"

데라시는 정우가 즈믄누리에서 자랐음을 다시 되새겼다. 그래서 어린애에게 설명하듯 말했다.

"춘부장께 봉토를 받은 소영주들이지요."

"아아."

"물론 그 소영주들 중 많은 수가 아이저 규리하의 소환에 응해 반란군에 가담했습니다만, 그렇지 않은 자들도 있습니다. 변경백령을 제국령으로 귀속시킨다면 그들 전부에게서 재산을 몰수해야 합니다. 반란에 가담하지 않은 소영주들의 입장에선 부당하기 짝이 없는 일이겠지요."

"모르겠어요. 제가 혹 무례한 말을 하더라도 잘 몰라서 그런 것이니 탓하지 마세요. 그 소영주들은 의리를 저버렸어요. 아버님께서는 당신께서 필요로 할 때 그들이 도와주길 바랐기 때문에 그들에게 영지를 나눠 준 것이잖아요? 아버님의 소환에 응하지 않았다면 그들은 자기가 받은 땅에 대한 권리를 주장할 수 없을 텐데요."

"아닙니다. 춘부장께서 그들에게 봉여한 땅 자체가 이미 폐하께서 춘부장께 봉여한 땅입니다. 춘부장께서는 폐하께 봉여받은 영지를 그들에게 재봉했을 뿐입니다. 그들의 처신은 틀리지 않았습니다. 하인이 집사의 명령을 따르기 위해 주인을 해칠 수는 없잖습니까."

"그렇군요. 그렇다면 황제 폐하께서는 그들에게 새 집사를 주려는 것이군요."

"맞습니다. 그것이 새 하인들을 데려와서 처음부터 다시 일을 배우게 하는 것보다는 훨씬 나은 일이기도 합니다."

데라시의 설명은 순수하게 원론적인 것일 뿐, 영주에게 봉여된 영지를 제국령으로 귀속시키는 일에는 그보다 훨씬 복잡하고 미묘한 문제들이 개입되어 있었다. 데라시는 그 모든 것을 다 설명해 주면 어떨까 하는 생각을 했다. 결혼하기 전까지 규리하의 지배자 노릇을 해야 하는 정우에겐 그런 사실들을 알고 있어야 할 필요가 있었다. 하지만 데라시는 정치적인 감각이 나은 남편감을 주선하는 편이 낫다고 판단했다.

그런데 정우의 정치적 감각은 데라시가 예측하는 것보다는 나았다. 정우가 말했다.

"시카트는 안 되나요?"

"네? 시카트 규리하 말씀입니까?"

"예. 저와 함께 체포되었어요. 시카트는 저와 달리 규리하에서 자랐으니 규리하에 대해서도 더 잘 알 거예요. 시카트가 변경백위를 계승하면 어떨까요."

데라시는 어이없다는 표정으로 엘시를 쳐다보았다. 엘시에게 감성적 동의를 얻고 싶어서 취한 동작이지만 엘시는 벽난로 쪽을 바라보고 있었기에 그다지 도움이 되지 못했다. 데라시는 정우를 바보 취급하지 않으려 애쓰며 말했다.

"시카트 규리하는 반란에 적극적으로 가담했습니다. 당신의 경우와는 다르지요. 그런 그가 변경백위를 계승한다는 것은 불가능한 일입니다."

"그렇겠지요. 하지만 시카트는 열다섯 살이에요. 미성년자이고 자식이 부모를 거역하기는 어려우니까 시카트의 죄는 상당히 경감되지 않을까요? 그렇다 해도 시카트의 죄가 쉽게 용서받을 수 있는 것은 아닐 거예요. 하지만 제게 제안하셨던 해결책을 시카트에게도 적용할 수 있지 않을까요? 물론 시카트는 어리니 시카트만큼 어린 아내에게 규리하를 맡기긴 어렵겠지요. 하지만 시카트가 어느 덕망 있는 분의 양자가 된다면 어떨까요?"

데라시는 정우를 바보 취급하지 않으려 애쓸 필요가 없다는 것을 알았다. 정우는 바보가 아니었다. 실제로 시카트 규리하는 미

돌과 바람 137

성년자라는 이유로 규리하 토벌령에 그 이름이 올라 있지 않다. 그 사실을 생각하며 데라시는 조심스럽게 말했다.

"규리하 공, 시카트는 당신을 살해하려 했다고 들었습니다만."

"제가 미워서 그런 것은 아닐 거예요. 그래서 저도 시카트가 한 일을 미워하지 않아요."

"저는 시카트가 혈육을 죽이려 한 악한이라고 말하는 겁니다. 이 넓은 제국에 그런 악한을 양자로 들일 사람이 있을진 모르겠지만, 그런 자에게 유서 깊은 규리하를 넘겨준다는 것은 역시 문제가 아닐 수 없습니다. 그리고 어차피 시카트의 계승권 순위는 당신보다 낮습니다."

정우는 난처한 표정을 지었다.

"제가 멍청하게 보일 것 같네요. 죄송합니다만 저는 그 순위라는 것을 이해하지 못하겠어요. 도깨비들은 그런 것을 따지지 않아요. 단지 먼저 태어났다는 이유로 더 현명할 거라 믿을 수는 없잖아요?"

"도깨비들은 사망 후 어르신이 됩니다. 그래서 오랫동안 후손들을 지도할 수 있습니다. 바우 성주님께서도 어르신이 된 지금까지 즈믄누리를 통치하고 계시잖습니까? 그래서 도깨비들은 승계 순위 같은 것에 큰 관심이 없는 겁니다."

바우 성주의 이름을 들은 정우는 애틋한 그리움과 터져 나오려는 웃음을 동시에 느꼈다. 데라시가 말했다.

"하지만 인간이나 나가들은 그렇지 못하니 순위를 따져야 합니다. 나이가 많은 자가 더 현명하진 못하더라도 경험은 더 많지 않겠습니까. 최연장자에게 우선적으로 가문을 맡겨 온 저희 나가들은 대체적으로 만족스러운 결과를 얻었다는 말로 계승권 순위에 대한 변호를 대신하겠습니다."

"그렇다면 제가 계승권을 포기하면 어떻게 되지요?"

"포기하신다고요?"

"예."

"그럴 경우 다음 계승권자는 이이타 규리하지만, 이이타는 춘부장과 함께 도주했지요. 그리고 미성년자가 아니므로 반역죄는 유효합니다. 따라서 시카트가 다음 계승권자이긴 합니다. 당신이 계승권을 포기하면 이론상 폐하께서는 시카트 규리하에게 규리하의 통치권을 위임하실 수는 있습니다. 하지만 그 소년은 지금껏 지배자의 자질 대신 비행 청소년의 자질만 키워 보여 주었습니다. 따라서 여전히 당신 이외엔 합당한 계승권자가 없습니다. 규리하 공. 시카트를 돕고 싶으시다면 오히려 당신이 규리하를 계승하는 편이 낫습니다. 당신이 규리하의 통치자로서 시카트의 교육을 책임진다면 폐하께서는 그것을 허락하실 겁니다."

정우는 어떻게 해야 할지 알 수 없는 혼란을 느꼈다. 그러자 그녀에게 보다 익숙한 도깨비다운 감성이 대신 말했다.

"성주님께 물어볼 수 있을까요?"

"바우 성주님께 말씀입니까?"

"백작님께서 하신 제안에 대해 저는 결정을 내리기 어려워요. 미처 생각해 보지 못한 거라서. 그러니 성주님께 조언을 청해도 될까요? 탈해가 여기에 있다고 알고 있어요. 틀림없이 번뜩이를 타고 왔을 테니, 금방 즈믄누리에 다녀올 수 있을 거예요."

데라시는 탈해가 즈믄누리의 무사장 탈해 머리돌을 말하는 것임은 짐작했지만 번뜩이가 무엇인지는 알 수 없었다. 그리고 그것이 탈해의 딱정벌레 이름이라는 정우의 설명을 듣고는 미소를

돌과 바람 139

머금었다.
"글쎄요, 규리하 공. 이 제안이 수치스러운 것은 아닙니다만 그렇다고 해서 공공연히 말할 성질의 것도 아닙니다. 아는 사람이 적었으면 하는데요."
"도깨비는 그럴 경우 아는 사람이 많으면 도와줄 사람도 많다고 말해요."
"그리고 도깨비가 아닌 사람들은 훼방을 할 사람도 많을 거라고 대꾸하지요. 저도 그런 의견에 동의하는 편입니다. 이 건에 크고 작은 영향을 받는 사람은 아주 많습니다. 하지만 바우 성주님은 당신의 후견인이라 할 수 있는 분이니, 좋습니다. 서한을 보내십시오."
"감사합니다, 백작님."
"물론 서신 전달자가 서신을 열어 보거나 하는 일은 없어야 합니다. 피봉에 친전이라고 쓰십시오."
도깨비에 대한 보안 수단으로 데라시는 그 정도면 충분하다고 생각했다. 그리고 정우는 가혹하다고 생각했으며 괴로워하게 될 탈해를 동정했다.
"바우 성주님께 조언을 구하고 당신 스스로도 이 제안에 대해 생각해 보려면 아무래도 시간이 좀 필요하겠지요. 두 달 후 다시 만나서 당신의 결정을 말해 주면 어떻겠습니까?"
즈믄누리까지의 거리와 딱정벌레의 속도를 고려한 데라시는 그 정도의 기간이 필요하다고 생각했다. 하지만 정우의 대답은 그를 놀라게 했다.
"한 달이면 충분해요."
데라시는 눈을 크게 떴다.

"무사장의 딱정벌레가 제국을 보름만에 횡단할 수 있다는 겁니까?"

"여기에 올 때 그 정도 걸렸어요. 그때 아버님은 최대한 빨리 오라고 하셨거든요. 그래서 탈해가 태워 줬어요."

"놀랍군요. 그렇다면 여유를 좀 두어서 사순 정도면 어떻겠습니까?"

"말씀대로 하지요."

"알겠습니다. 그리고 한 가지 더 여쭐 것이 있습니다. 규리하 성 지하에 있는 금고방에 대해 아십니까?"

"라수의 방 말씀인가요?"

"예. 규리 사람들은 그렇게 부른다지요. 아시는가 보군요."

"직접 본 적은 없지만 그것이 있다는 것은 알아요. 제가 열다섯 살 되던 해에 아버님께서 장녀이니까 알아야 한다시면서 서신으로 알려 주셨어요."

"그럼 그걸 여는 방법도 아십니까?"

"예. 거기 들어가려면……."

"말하지 마십시오."

정우와 데라시는 모두 깜짝 놀라서 황제의 대장군을 돌아보았다. 그들은 침묵과 대화 중이던 엘시의 존재를 잊고 있었다. 벽난로를 바라보고 있던 엘시는 어느새 데라시를 똑바로 바라보고 있었다. 데라시는 그 시선에 불안감을 느꼈다. 눈길을 비스그라쥬 백에게 고정시켜 둔 채 엘시는 정우에게 말했다.

"정우, 당신에겐 그 방의 비밀을 말할 의무가 없습니다."

정우조차도 그 말이 터무니없다고 느꼈다. 승리자가 패배자의 것을 뺏는 것은 상식이다. 승패가 이미 갈린 상황에서 비밀을 지켜 주겠다는 엘시의 발언을 정우는 이해할 수 없었다. 그리고 데라시의 충격은 정우보다 더 컸다.

"아니, 엘시?"

이름을 듣자 엘시는 데라시에게 말했다.

"비스그라쥬 백, 그러잖아도 올라오기 전에 보고를 받았습니다. 규리하 성 지하의 금고방으로 통하는 통로에 자물쇠 전문가를 들여보내도록 허락해 달라고 하셨지요. 거기에 대해 나는 아직 작전 구역이니만큼 민간인의 출입을 허락할 수 없다고 답했습니다."

"엘시, 그 안에는 반역자들의 중요 물건들이 들어 있을 겁니다. 반역자들의 재산과 서류 등에 대한 완벽한 조사를 하는 것은 총지휘관인 당신의 의무이기도 합니다."

"충고 감사합니다만 내 의무에 대해서는 잘 알고 있습니다, 비스그라쥬 백. 하지만 내가 비셀스 규리하에게 지하 금고방 개방을 요구한다면 그것은 바르지 못한 일입니다. 내가 가지고 있는 권리는 비셀스 규리하가 선의로써 지하 금고방을 공개할 경우 그걸 구경할 정도의 권한뿐입니다."

"그게 무슨 말입니까? 그것은 반역자의 사유재산······."

"아니요. 반역자의 사유재산은 그 방으로 이어진 통로까지입니다."

"예?"

반문한 데라시와 달리 정우는 그제야 알겠다는 표정을 지었다. 정우가 말했다.

"대장군님의 말씀이 맞아요, 데라시 백작님. 라수의 방은 즈믄누리의 재산이에요."

데라시는 어처구니없는 심정을 겉으로 드러내지 않으려 애쓰며 정우의 설명을 들었다. 그 결과 데라시는 지하 금고방이 원래는 즈믄누리의 일부였으며 과거 정우의 종증조부인 라수 규리하의 요청에 따라 규리하의 지하로 옮겨진 것을 알게 되었다. 그 방의 이름이 그렇게 불리는 것은 그런 사실에 기인한다.

"즈믄누리의 방 하나를 통째로 떼서 옮겨 지었다는 겁니까?"

"예. 그렇게 해도 즈믄누리와 같은 효과가 날지는 알 수 없었지요. 아마 바우 성주님도 그것이 궁금해서 종증조부님의 요청을 받아들이셨을 거예요. 그리고 실제로 같은 효과가 났지요. 제 생각에 어두운 기회이지 때문에 아섯 씨님의 도움이 어선히 있을 수 있는 것이 아닌가 싶어요. 어쨌든, 킴 자물쇠 기술자는 거기 내려가 봐야 어떻게 여는지 알 수 없을 거예요."

데라시는 성 안 어디에서든 모퉁이를 오른쪽으로 세 번만 돌면 대식당으로 이어지고 동쪽탑 꼭대기에 서서 왼쪽으로 두 바퀴를 돌면 반드시 성주의 서재에 엉덩방아를 찧게 되는, 그 짝을 찾을 수 없을 만큼 해괴한 성을 생각했다. 그러자 반갑지 않게도 기운이 빠졌다.

"그 방이 여전히 즈믄누리의 재산이라는 말입니까?"

"예. 규리하 성에 있지만 소유주는 즈믄누리로 되어 있어요."

"하지만 그 안에 들어 있는 것은 규리하 가문의 사유재산일 텐데요."

정우는 주춤했다. 엘시가 대답했다.

"그 안에 반역자의 사유재산이 들어 있다는 명백한 증거가 있다면 머리돌 성주에게 방의 개방을 요구할 수 있겠지요. 하지만 나는 그런 증거를 찾지 못했습니다. 당신은 증거를 가지고 있습니까?"

데라시는 이것이 키탈저 사냥꾼의 저주라는 것을 알았다. 규리하의 사유재산이 들어 있다는 것을 증명하지 못하면 금고방을 열 수 없다. 그런데 금고방에 들어가기 전에는 그 안에 규리하의 사유재산이 들어 있다는 것을 증명할 수 없다. 엘시는 계속 말했다.

"당신이 증명하지 못한다면 규리하 공 비셀스는 당신에게 즈믄누리의 비밀을 말할 필요가 없습니다."

"내가 모르고 있었던 것을 보니 그건 즈믄누리와 규리하만 알고 있었던 일인 것 같은데, 엘시 당신은 그것이 즈믄누리의 일부라는 것을 어떻게 알았습니까?"

엘시는 무감동하게 대답했다.

"내 의무를 수행하던 도중 알게 되었습니다. 변경백령의 문서를 조사하다가 그 방을 옮긴 날짜와 동원된 인원, 소요된 경비 등을 기록한 의궤를 발견했습니다. 그리고 그 의궤에는 지하 금고방이 즈믄누리의 소유임이 명백히 기록되어 있더군요. 규리하 가문은 기록을 대단히 꼼꼼하게 하는 가풍을 가졌던 것 같습니다."

정우가 말했다.

"그건 과텔과 케나린 이후로 가문이 지켜야 할 의무였어요. 물론 가문의 가장 중요한 의무는……."

"상무지요."

엘시의 말에 정우는 기쁘게 고개를 끄덕였다. 그리고 조금 후 그녀는 정면 대결로 규리하의 상무를 격파한 사람에게 고개를 끄덕인 것이 잘한 일인지 궁금해졌다. 데라시는 턱을 쓸며 말했다.

"믿을 수 없군요. 거기서 여기까지 거리가 얼마인데 방 하나를 통째로 옮기다니…….”

"종증조부님께는 레콘 친구들이 많이 있었지요."

교양 수준의 역사 지식만 가지고 있는 데라시도 라수 규리하가 제2차 대확장 전쟁과 천일 전쟁 당시 북부군의 참모장이었으며 대호왕의 사도로 봉직했다는 것을 알고 있었다. 정우의 말대로 라수 규리하에겐 그런 니름도 안 되는 일에 동원할 수 있는 레콘 지인들이 분명 많이 있었을 것이다. 데라시는 항복하는 기분으로 말했다.

"좋습니다. 그렇다면 이 건은 즈믄누리의 바우 성주에게 부탁해 봐야 하 무제군요. 만리지의 세세네에 있나는 승기를 세시하지 못한다 하더라도 엘시 백작의 말대로 바우 성주가 선의로 그 문을 열어 줄지도 모르니까요."

데라시의 말에는 대화를 끝내자는 분위기가 담겨 있었다. 정우는 자리에서 일어나려 했다. 하지만 데라시는 회담 종결을 선언하는 대신 다른 요청을 했다.

"규리하 공, 혹 황궁 미술실을 구경할 생각이 있으십니까?"

정우는 데라시를 바라보다가 엘시를 돌아보았다.

"대장군님과 나눌 말씀이 있으세요?"

"예. 제가 이 방에서 나가는 것이 지나치게 번거롭다 보니 무례한 부탁을 할 수밖에 없군요."

"아뇨. 괜찮아요. 그 미술실이라는 곳에 가 보죠. 그림을 못 보시는 폐하께 미술실이 있다는 게 굉장히 재미있게 느껴지네요."

"나가의 시각에 대해 알고 계시는군요. 하긴 나가 잡는 것은 도깨비라는 속언이 있지요. 예, 폐하께선 회화를 즐기지 않으십니다. 하지만 조각품들이 있습니다."

"아아, 그렇군요. 알겠습니다."

데라시는 시종을 불러 정우를 안내하게 했다. 방문까지 정우를 배웅한 데라시는 다시 엘시 앞으로 돌아왔다. 엘시는 고개를 숙인 채 생각에 잠겨 있었다. 의자에 앉은 데라시는 잠시 그런 엘시를 바라보았다.

탁자를 향하고 있는 엘시의 눈엔 쓸쓸함이 가득했다. 데라시는 그 모습에 동정심을 느꼈다.

〈엘시, 당신은 참 바보입니다.〉

인간인 엘시는 들은 내색을 하지 않았다. 데라시는 차마 말로 할 수 없는 내용을 마음껏 닐렀다.

〈당신은 무향(武鄕) 규리하를 거꾸러뜨렸습니다. 폐하를 기쁘게 해서 대사면령을 유도하기 위해. 당신은 반역자의 딸을 규리하의 지배자로 만들고 싶어합니다. 그렇게 될 경우 실수로 반역자를 도운 다른 여자 또한 용서받는 것이 공평하니까. 고달픈 사람. 당신은 떡이 먹고 싶어지면 농업을 번창시킬 사람입니다. 농민들은 즐거워하겠지요. 하지만 당신은 떡을 먹지 못할 수도 있습니다.〉

"옳은 이야기입니다."

다른 성인 나가들과 마찬가지로 스물두 살 되던 해에 심장을 적출했기에, 데라시는 심장이 철렁 내려앉는 기분을 느끼지는 않았다. 하지만 심장이 있는 자들이 느끼는 기분과 거의 똑같은 기분을 느꼈다.

"예?"

엘시는 고개를 들어 데라시를 바라보았다. 데라시는 공포 속에서 엘시의 말을 기다렸다.

"옳은 이야기일 거라 믿습니다. 비스그라쥬 백. 하지만 니르셨기에 아쉽게도 나는 듣지 못했습니다."

"아, 미안합니다. 엘시. 말로 해야 할 것을 실수로 니르고 말았군요. 그런데 들리지 않았다면 당신은 내가 닐렀다는 것을 어떻게 알았습니까?"

"당신은 시간 낭비를 좋아하지 않으니 무슨 말이든 했을 텐데, 그게 내 귀에 들리지 않았다면 니름일 수밖에 없습니다. 번거롭겠지만 당신의 고견을 말로 다시 들려주길 바랍니다."

"고견이랄 것은 없습니다. 엘시. 사실 말하기 어려운 것이라 저도 모르게 닐렀습니다. 급고 지내사 사망했습니다."

엘시는 충격을 받았다.

"즈라더가요?"

"예. 보고된 정황을 보니 예상대로 일대일로 붙었나 봅니다. 제발 그러지 말라고 부탁했습니다만 지금 생각해 보니 부탁이 부족하지 않았나 후회스럽군요. 즈라더는 제가 그의 용맹을 못 미더워한다고 생각했던 것 같습니다. 하지만 싸움이라는 것은 불확실한 것이잖습니까."

"레콘은 그렇기에 싸울 이유가 있다고 말할 겁니다."

"그렇게 생각할 수도 있겠지요. 하지만 저는 지고 돌아오는 것은 백번이라도 용서하지만 이기고 죽어 버리는 것은 절대 용서할 수 없다고 하셨던 대호왕 폐하의 말씀이 떠오르는군요. 쉽게 하는 말로 최선을 다한 사람은 모두 승리자라지요. 즈라더는 당연히 최선을 다했을 겁니다. 그는 승리자입니다. 하지만 죽은 승리자입니다."

엘시는 거부감을 느끼며 몸을 약간 뒤로 젖혔다.

"비스그라쥬 백. 나는 아까운 이의 죽음 앞에서 희언을 나누고 싶지 않습니다. 즈라더가 승리자였는지 패배자였는지를 그토록 성급하게 규정하고 싶다면, 그런 것을 참아 주는 사람을 찾아가 십시오. 내게는 바르지 못한 일로 여겨집니다."

데라시는 두 손을 조금 펼쳐 보였다.

"엘시, 나는 왜 당신들이 죽은 자들을 다루기 까다로운 인물처럼 대하는지 모르겠습니다. 하지만 당신이 불쾌하다면 그만두도록 하겠습니다. 실용적인 이야기를 하지요."

"좋습니다."

"즈라더의 순직에 대해 제국 정부는 정당한 예우를 갖출 것입니다. 물론 레콘이라서 유가족이 없다는 점이 문제이긴 합니다만 율형부에서 합리적인 해결책을 찾아내겠지요. 아마도 충무나 충장의 시호가 증시될 것 같습니다. 백작에게 부탁하고 싶은 것은 그 살해자를 체포하는 문제입니다. 이미 하늘누리를 침입하기까지 한 그 극악무도한 자가 이제 제국 공신을 살해했습니다. 마땅히 잡아들여 주살해야 할 것입니다."

엘시는 눈끝을 약간 찌푸렸다.

"지멘의 체포를 군에 정식으로 요청하는 겁니까?"

"아니요. 그럴 수는 없지요. 한 명의 레콘을 붙잡기 위해 제국군이 움직인다는 것은 어불성설입니다. 그리고 현실적인 문제도 있습니다. 그 영리한 자는 걸핏하면 봉신들의 영토로 달아납니다. 즈라더는 금군이기에 추적에 나설 수 있었지만 제국군은 그 땅으로 들어갈 수 없습니다."

"알고 있습니다. 그래서?"

"그래서 당신에게 부탁하는 겁니다, 엘시. 지멘을 잡기 위해서는 역시 레콘이 아니면 안 됩니다. 조금 전 레콘들을 많이 알던 라수 규리하에 대한 이야기가 나왔는데, 당신도 레콘들 사이에서 많은 인맥을 가지고 있지 않습니까?"

"그다지 많지는 않습니다."

"하지만 폐하의 조신들 중엔 당신을 따를 자가 없지요. 제국군에서 예편한 레콘들 중 많은 이들이 아직 당신과 친교를 나누고 있다고 알고 있습니다. 그들 중 추적대를 조직할 만한 사람들이 없습니까?"

엘시는 잠시 생각에 잠겼다.

"무슨 말인지 알겠습니다. 새떼 빙장 내납하긴 어렵군요. 당신도 짐작하겠지만 그들은 숙원에 도전 중이거나 신부 탐색 중입니다. 그리고 그 일은 레콘에게 가장 중요한 일입니다. 그들이 제국군에 입대했던 것도 그 일에 필요한 기술을 익히고 자금을 얻기 위해서지요. 쉽지 않을 것 같습니다. 일단 알아보기는 하겠습니다."

"좋습니다. 수고해 주시기 바랍니다. 그럼 두 번째 이야기를 하지요. 조금 전 거론된 비셀스 규리하의 결혼 이야기를 어떻게 생각합니까?"

"그것은 비셀스 규리하 자신이 결정할 문제이지 내 생각은 중요하지 않습니다."

"그렇지만 의견을 말해 줄 순 있겠지요."

엘시는 잠깐 침묵했다가 말했다.

"나는 찬성합니다. 굴도하 남작 부인이나 세퀴라도의 지테를 당주는 이번 전쟁에서 침묵을 지켰지만 끝까지 침묵하진 않을 겁니다. 그들 모두를 잠잠하게 할 수 있는 방법은 비셀스가 변경백

돌과 바람

위를 계승하는 것입니다. 하지만 결혼을 통해 남편에게 이양하는 것도 괜찮은 차선책이 될 수 있습니다. 그 외의 경우라면 분란의 소지가 많습니다."

"굴도하 남작 부인과 지테를 당주에 대해서는 크게 염려하지 않아도 됩니다."

데라시의 말에서 자신감을 읽은 엘시는 상대방의 눈을 똑바로 들여다보았다.

"비스그라쥬 백, 당신은 과거에도 그렇게 말했지요. 이제 전쟁이 끝났으니 말해 주십시오. 아이저 규리하의 여동생과 장인이 끝까지 침묵한 이유가 뭡니까?"

"이젠 말해도 되겠지요. 그들 각자는 거부하기 힘든 제안을 받았습니다. 굴도하 남작 부인이 꿈에도 원하는 것은 강병의 육성이지요. 이 전쟁에서 한 발 물러나 있는 대신 남작 부인은 예비역 수교위 열 명을 지원받게 되었습니다. 그들은 신분을 감춘 채 남작에게 고용되어 1년 동안 교관으로 복무할 겁니다."

"지테를 당주는?"

"자유무역당은 연초를 취급할 수 있게 되었습니다."

엘시는 이해했다.

"아이저 규리하의 팔다리를 잘라 놓고 전쟁을 시작한 셈이군요."

"그렇다 해도 당신의 전과는 대단한 것입니다, 엘시. 당신이 이렇게 빨리 전쟁을 끝냈으니 설령 그들을 내버려뒀다 해도 아이저를 배후 지원할 시간은 없었을 겁니다. 나는 오히려 그런 배려를 조금 후회하고 있습니다. 하지만 두 사람의 호의를 얻어 두었으니 만족해야겠지요."

"알겠습니다. 그들이 규리하에 참견하지 않기로 했다면 비셀스 규리하가 결혼해야 하는 이유는 많이 줄어드는군요."

"하지만 두 사람 이외에도 규리하 가문과 직간접적으로 연관 있는 사람은 많지요. 워낙 유서 깊은 가문이니까요. 예를 들어 살인 기사(殺人棋士) 같은 이의 흉중이 어떤지는 아무도 모릅니다."

예상외의 이름에 엘시는 고개를 갸웃했다.

"제이어 솔한 말입니까?"

"예, 그 사람 말입니다. 제이어가 철저한 야인으로 행세하고 있지만, 저는 즈믄누리에서 유혈 사태가 일어났다는 이야기를 전해 들으면 정황은 듣기도 전에 세니어가 그곳에 제재 중이라고 단정해 버릴 겁니다."

엘시는 제이어 솔한에 대한 데라시의 우려를 이해할 수 없었다. 그래서 솔직하게 감상을 말했다.

"그가 벼락을 끌어내리는 능력이 대단하다는 것은 누구나 인정하겠지만 벼락의 빛으로는 책 한 줄도 읽을 수 없습니다. 이루 말할 수 없이 파괴적이지만 순간적입니다. 제이어는 그 무엇에도 한 달 이상 집중할 수 없는 성격입니다. 걱정하지 않아도 될 겁니다."

"동감입니다. 저도 제이어가 한 달쯤 폭음을 일삼으며 아이저 규리하의 몰락에 바치는 장시라도 쓸 거라는, 그러다가 실수로 우리 시대의 명작을 내놓을지도 모른다는 쪽이 훨씬 있음 직한 일이라고 생각합니다. 하지만 작은 위험도 감수하고 싶지 않습니다. 따라서 일족의 최우선 계승권자인 비셀스가 결혼하여 남편에게 변경백위를 이양하는 것은 여전히 매력적인 제안입니다. 당신이 그 계획에 찬성한다면, 부탁 한 가지 하고 싶습니다."

"무슨 부탁입니까?"
"눈치 챘겠지만 나는 나가입니다." 엘시는 미소 비슷한 것도 짓지 않았다. 기대하지 않았기에 데라시는 실망하지 않았다. "많이 노력하고 있지만 난 여전히 당신들의 결혼이라는 것에 대해 머리로만 알 뿐입니다. 그러니 비셀스의 혼례를 주관하는 일은 아무래도 인간이 맡는 것이 좋겠습니다."
"그렇겠군요."
"예."
"내가?"
"그렇습니다."
"역시 잘 모르는군요. 그런 일은 연만하시고 경험도 많으신 분이 맡는 편이 좋습니다. 귀족원의 원로들이나 규리하 가문의 어른들에게 맡기십시오. 그것이 어렵다면 바우 성주가 할 수도 있겠지요. 하지만 나는 안 됩니다."
"당신이 거론한 사람들 중 광대한 규리하의 지배권이 걸린 일에 휘둘리지 않고 소신 있게 일을 처리할 수 있는 사람은 드문 형편입니다, 엘시. 나는 혼례 주관자가 자신의 친족들을 우선적으로 신랑 후보에 올리거나 경쟁자의 아들들을 우선적으로 제외시키는 추태를 보고 싶지는 않습니다."
"바우 성주는? 도깨비와 인간의 혼례식은 비슷합니다. 그리고 바우 성주가 고른 신랑감이라면 비셀스도 쉽게 받아들일 겁니다."
데라시는 두 손을 펼쳐 보였다.
"엘시, 그 경우 비셀스를 만족시킬 수는 있겠지만 신랑 측을 만족시킬 수는 없을 겁니다. 이 결혼은 쉽지 않은 결혼입니다. 친 규리하 세력과 서약 지지파 측으로부터 미움을 살 수도 있는 신랑 측에서는 당연히 안전 보장이 필요할 겁니다. 황제의 대장군이 혼례를 주관한다면 그보다 더 큰 보증은 없습니다."

엘시는 데라시의 말을 이해했다.

"알겠습니다. 그녀가 결혼하기로 결정한다면 내가 그것을 주관하겠습니다."

데라시는 만족감 속에서 짧은 유혹을 느꼈다. 그는 엘시에게 라수의 방에 출입하는 방법까지 알아내라고 하면 어떨까 하고 생각했다. 하지만 데라시는 곧 그런 유혹을 억눌렀다. 세 번째 용건이 남아 있었기 때문이다. 도저히 다른 사람에게 맡길 수 없지만 달갑게 수행할 수 없는 용건이.

"그럼 마지막 용건을 말씀드리겠습니다, 엘시. 당신의 대사면 요청 말인데, 불가능합니다."

나가는 네 선민 종족 중 가장 독특한 시각을 가지고 있다. 물론 네 종족은 모두 개성적인 방식으로 세상을 본다. 하지만 나가는 독자적인 세계관에 덧붙여 실제적인 시각차도 가지고 있다. 나가들은 사물의 뜨겁고 차가움을 본다.

그것은 때론 불편하고 때론 유리한데, 치천제의 미술실을 보면 알 수 있듯 회화를 즐기기 어렵다는 것은 불편함에 해당한다. 하지만 나가들이 상대방의, 특히 나가가 아닌 종족들의 감정 변화를 독특한 방식으로 알아낼 수 있다는 것은 유리함에 속한다 할 것이다. 속마음을 드러내지 않는 것에 능한 이들도 감정의 변화에 따른 체열 변화까지 조절할 수는 없기에 인간이나 레콘, 도깨비에게 충분히 익숙한 나가는 상대방이 무표정한 것인지 무표정을 가장하는 것인지 구분할 수 있다.

그런데도 데라시는 엘시에게서 아무런 변화도 느낄 수 없었다.

데라시는 엘시가 이미 예상하고 있었기에 심적 충격을 느끼지 않은 것인지, 그렇지 않으면 그가 인간에게 익숙한 것만큼 엘시 또한 열을 보는 나가에게 익숙해서 자신을 잘 감추는 것인지 판단할 수 없었다. 데라시는 니를 수 없는 상대에 대한 아쉬움 속에서 말했다.

"큰 승리의 영광을 많은 이와 나누고 싶은 당신의 뜻은 저도 존중합니다만 아무래도 여건이 좋지 않습니다."

엘시는 무표정한 얼굴만큼이나 건조한 목소리로 말했다.

"마지막 대사면이 있었던 것은 6년 전입니다. 지나치게 빠르다고 생각되지 않습니다."

"그렇습니다. 늦은 것은 아니지만 빠른 것도 아니지요. 시기적으로 크게 무리인 것 같지는 않습니다. 하지만 내용이 좋지 않습니다. 6년 전 분리주의자들의 난과 규리하 정벌은 경우가 다릅니다. 대사면과 같은 행사는 오히려 당신이 거둔 승리의 효과를 반감시킬 수 있습니다."

"효과라고 했습니까?"

"그렇습니다. 원론적으로 따져 본다면 분리주의자들은 제국에 대항한 것입니다. 따라서 그 승리의 기쁨은 모든 제국민과 나눌 수 있는 것이었지요. 하지만 아이저 규리하는 황제 폐하께 대항했습니다. 이 전쟁은 폐하의 위엄을 보이는 전쟁이었습니다. 그런데 폐하의 위엄을 보인 직후에, 그 의미가 제대로 전달되기도 전에 폐하의 자비를 보여 준다면 결국 위엄도 자비도 전달되지 않을 겁니다."

엘시는 잠시 아무 말 없이 데라시를 바라보다가 말했다.

"나는 폐하의 위엄과 자비를 폐하 아닌 누군가가 관리해야 한다는 식으로 생각해 본 적은 없습니다."

데라시는 몸을 뒤로 조금 젖혔다. 그는 무거운 눈길로 황제의 대장군을 바라보다가 말했다.

"저를 싫어하시죠?"

엘시는 무슨 말이냐는 표정으로 설명을 요청했다. 데라시는 방어적으로 팔짱을 꼈다.

"아무런 지위도 없고 어떤 책임도 지지 않는 주제에 모든 것에 머리를 내미는 황제의 첩이 황제의 대장군과 대등하게 이야기를 나누는 이런 상황이 마음에 들지 않으시겠지요. 더군다나 그자가 감히 폐하를 관리하는 듯이 막핸다면."

엘시는 데라시를 물끄러미 바라보았다. 같은 인간이라도 엘시의 얼굴에서 어떤 의미가 담긴 표정을 읽어 내긴 어려웠을 것이다. 엘시는 차분하게 말했다.

"내 아버님께서는 지위란 칼과 같다고 말씀하셨습니다."

"무슨 뜻입니까?"

"싸우는 이가 쥔 칼, 요리하는 이가 쥔 칼, 조각하는 이가 쥔 칼은 모두 쓰임이 다릅니다. 따라서 칼을 보는 것은 무의미합니다. 그 사람이 어떤 사람인지 아는 것이 중요합니다. 나는 당신이 폐하와 제국의 복리를 위해서만 행동하는 사람이며 또한 그럴 수 있는 능력을 지닌 사람임을 알고 있습니다. 그렇기에 당신의 지위나 신분 같은 것은 내게 큰 의미가 없습니다."

데라시는 정말이냐고 묻고 싶었다. 그러나 엘시가 먼저 말했다.

"또한 내가 당신을 싫어한다는 사실도 큰 의미는 없습니다."

데라시는 웃음을 터뜨릴 뻔했다. 즐겁지 않게.

"저를 싫어하지만 그 때문에 제 쓸모를 부정하지는 않는다는 말씀입니까?"

"내가 당신과의 대화에 두고 있는 확고한 진정성을 그렇게 표현할 수도 있겠군요."

"좋습니다. 저도 당신이 저를 멸시하건 말건 상관하지 않겠다고 오래전에 결심했으니까요. 당신이 저를 대등한 대화 상대로 인정하고 있다니 오히려 기쁘군요. 그런데 폐하의 위엄이나 자비를 다른 사람이 관리하는 것을 거부하십니까?"

"내 말은 자비를 아끼기로 한 결정이 당신의 것인지 폐하의 것인지 알고 싶다는 의미입니다."

데라시는 대답했다.

"폐하의 뜻입니다."

물론 엘시는 진짜냐고 묻는 바보짓은 하지 않았다.

"알겠습니다."

"모처럼의 제안이신데, 서운하시겠군요. 아마 폐하께서는 당신의 봉사를 다른 방식으로 치하하실 겁니다. 틀림없이 무향의 정복자에게 합당한 방식으로요."

"나는 상을 바라서 폐하를 섬기는 것이 아닙니다."

데라시가 기다리던 순간이었다. 그리고 절대로 오지 않았으면 하고 바라기도 한 순간이었다. 자기 모순의 흔적을 조금도 드러내지 않으며 데라시는 차분하게 말했다.

"잘 알고 있습니다. 하지만 당신 주변에는 폐하의 은총이 필요한 누군가가 있을 수도 있지요."

데라시의 말을 듣자 엘시는 갈망에 찬 눈으로 그를 바라보았다. 아주 조금이지만 황제의 대장군 엘시는 더듬으며 말했다.

"그……럴 수도 있지요. 불민한 나로 말미암아 폐하의 은총이 더 널리 퍼진다면 더할 나위 없는 광영일 겁니다."

"물론이겠지요. 규리하 공이 많이 기다릴 테니 이만 이야기를 끝내도록 하지요."

엘시는 자리에서 일어났다. 데라시는 기대감 속에서 엘시가 걸음을 멈추고 다시 말하길 기다렸지만 엘시는 그러지 않았다. 쉽게 기대감을 버리기 어려웠던 데라시는 문을 닫은 후에도 엘시가 돌아와 문을 열기를 기다렸다. 하지만 그런 일은 일어나지 않았다.

데라시는 빙긋 웃으며 따스한 난롯가로 다가갔다. 몸을 뜨겁게 하며 그는 엘시에게 고마움을 느꼈다.

비스그라쥬 백 데라시는 자고 있을 때 거세게 방심적인 사람은 아니었다. 하시만 만약 엘시가 부냐에 대한 이야기를 한마디라도 꺼냈다면 데라시는 기분이 좋진 않았을 것이다.


황궁 미술실로 걸어가며 엘시 에더리는 번민을 느꼈다.

황제의 대장군은 낭만주의자는 아니었다. 하지만 나가 현실주의자도 때론 맹랑한 환상에 빠질 때가 있는 법이다. 엘시는 데라시가 마지막으로 건넨 말을 어떻게 해석해야 할지 알 수 없었다. 보다 긍정적이고 무책임한 희망을 즐기는 엘시의 작은 일부분은 데라시의 말을 이렇게 해석했다. '엘시, 전승을 축하하는 대사면은 어렵겠지만 결혼을 축하하기 위한 대사면은 가능할지도 모릅니다.'

가능할까? 데라시는 위엄을 보인 직후에 자비를 보일 수는 없다고 했다. 그 말은 황제의 자비를 보이기 적당한 시점은 흉사가 아닌 길사가 있을 때라고 해석할 수도 있을 것이다. 하지만 황제가 대사면을 베풀어 축하할 만큼 비셀스 규리하의 결혼이 중요한 의미를 지닐 수 있을까? 물론 규리하 변경백위는 제국의 중요한 작위이지만 최고위 서열이라고 할 수는 없다. 생각할수록 엘시는 자신의 희망이 말도 안 되는 것처럼 보여 의기소침해졌다.

그렇다면 희망을 품기를 권하는 듯한 데라시의 말은 도대체 무슨 의미일까? 엘시는 데라시가 그저 자신을 희롱하기 위해 그렇게 말했다고 생각할 수는 없었다. 데라시를 좋아하지는 않지만 엘시는 비스그라쥬 백이 그렇게 유치한 자가 아님을 알고 있었다. 데라시가 누군가를 희롱한다면 그보다 훨씬 고급스러우면서도 잔인한 방법을 사용했을 것이다.

'파악하기는 어렵지만, 그 말에는 어떤 의미가 있다.'

하지만 도대체 무슨 의미인가?

엘시는 어느새 자신이 황궁 미술실에 도달한 것을 깨달았다. 그는 상념을 멈추고 정우를 찾았다. 회화보다는 조각이 주를 이루는 황궁 미술실은 시야를 가리는 부분이 많았다. 몇 걸음 움직인 후에야 엘시는 정우를 발견했다.

그리고 엘시는 시간이 조금 흐른 후에야 눈앞의 광경에 적응할 수 있었다.

정우는 기묘한 동작을 취하고 있었다. 한쪽 팔을 멀리 던지고 다른 팔은 귀 쪽으로 구부린 모습이었다. 엘시에게는 그것이 정지된 춤처럼 보였다. 대장군이 바라보는 동안 정우는 어깨를 으쓱이며 옆으로 폴짝폴짝 뛰어갔다. 그리고 또다시 기묘한 동작을 취했다. 정우는 앞쪽을 흘끔흘끔 바라보며 손이나 발, 허리의 각도를 변화시키고 있었다. 대장군은 조금 후에야 정우 규리하가 조각상을 흉내 내고 있다는 것을 깨달았다. 상황을 깨달은 엘시는 곧 우려를 느꼈다. 다음 조각상은 도약하는 티나한을 묘사한 마루젤의 작품이었다. 티나한이 승천하기 직전에 제작된 가장 유명한 작품이었고, 의문의 여지 없이 훌륭한 예술품이지만 흉내내기가 쉽지 않은 자세를 취하고 있었다.

티나한의 상 앞에 선 정우 또한 자신이 난관에 봉착했음을 깨달은 듯했다. 정우는 한참 동안 조각을 바라보았다. 엘시는 인기척을 내는 것이 정우를 돕는 것이라고 판단했다. 하지만 다음 순간 정우가 뛰어오르는 바람에 그는 숨을 들이마시고 말았다.

뛰어오른 정우는 일순간 티나한의 모습을 완벽하게 재현했다. 비록 기념석인 티나한의 신장이 없긴 했지만 내뻗은 두 팔만큼은 박력으로 가득했다. 앞으로 내뻗은 다리나 뒤로 크게 휜 허리 또한 영웅의 재현으로 부족함이 없었다. 또한 그녀는 마루젤의 조각엔 나타나 있지 않은 시간 경과까지 재현했다. 땅에 착지한 정우는 가공의 창을 회수하며 우아하게 몸을 돌렸다.

결과적으로, 정우와 엘시의 눈이 마주쳤다.

가공의 창으로 겨냥당한 남자와 남자를 겨냥한 여자는 잠깐 동안 얼어붙은 모습으로 서로를 쳐다보았다.

정우는 눈만 깜빡이며 엘시를 뚫어져라 바라보았다. 엘시가 익힌 예절에는 이런 경우의 처신이 포함되어 있지 않았기에 그는 아무 행동도 할 수 없었다. 멍한 정신 속에서 엘시는 정우가 저렇게 똑바로 바라보고 있지 않았으면 좋겠다는 생각밖에 할 수 없었다.

정우가 갑자기 움직였다.

엘시는 주춤할 뻔했다. 정우는 흔들림 없는 걸음으로 그에게 척척 걸어왔다. 엘시 앞에 도달한 정우는 곧 오른손을 들어 올렸다. 엘시가 따귀라도 맞는 것이 아닌가 하는 황당한 생각을 했을 때였다.

정우의 손이 그의 눈을 덮었다.

엘시는 이해할 수 없었기에 꼼짝도 하지 못한 채 굳어 버렸다. 짧은 시간 동안 그는 온갖 생각을 다했고 그것들 대부분이 말도 안 되는 생각들이었다. 엘시는 귓불이 뜨거워지는 것을 느꼈다. 그때 암흑 속에 있는 엘시에게 정우의 속삭임이 들려왔다.

"잊으세요."

그 말을 채 이해하기도 전에 엘시는 암흑에서 해방되었다. 그는 눈을 몇 번 깜빡이고 주저하며 아래를 내려다보았다. 다른 곳을 보고 있던 정우가 천천히 고개를 돌렸다. 그리고 엘시를 처음 봤다는 표정을 지었다.

"어머, 대장군님. 오셨어요?"

입을 열자마자 엄청난 실언이 나올 것 같았기에 엘시는 입을 꽉 다물었다. 엘시가 아무 말도 하지 않자 정우는 고개를 약간 갸웃했다.

"방금 오셨죠?"

가까스로 엘시의 입이 열렸다.

"예, 지금 오는 길입니다. 많이 기다리게 해서 미안합니다. 지루하셨지요?"

"아니요, 지루하지 않았어요."

"조각들을 감상하셨군요."

"아니요, 흉내 냈어요."

엘시는 입을 딱 벌린 채 정우를 바라보았다. 그 얼굴을 마주 보던 정우의 볼이 부풀었다. 그녀는 입술을 떨더니 마침내 폭소를 터뜨렸다.

정우는 허리를 구부린 채 웃었다. 엘시는 넋을 잃은 채 그녀를 바라보았다. 가까스로 웃음을 멈춘 정우는 눈물을 닦으며 엘시를 바라보았다. 엘시의 딱딱한 얼굴을 보고 그녀는 주춤했다.

"죄송해요. 스스럼없이 굴어서 화나셨어요?"

"네? 아니요. 그냥 조금 당황했습니다."

"당황하셨어요?"

정우는 그 말에 대해 조금 생각하다가 고개를 끄덕였다.

"그렇군요. 황제의 대장군이시며 제국의 유일무이한 만병장이신 어려운 분께 장난을 치는 기운 없겠군요. 제가 시나지게 도깨비처럼 굴었나 보군요."

엘시는 정우의 판단이 정확하지는 않다고 생각했지만 부연하지 않았다. 정우는 두 손을 뒷짐지고 조각들을 돌아보았다.

"굉장히 많네요. 폐하는 조각을 좋아하시나 보지요?"

엘시는 좀 평범한 대화로 바뀐 것에 안도했다.

"그렇긴 합니다만 각 영지의 통치자들이 많은 조각을 보냈기 때문입니다."

"제국에 조각가가 그렇게 많나요?"

"그런 것은 아닙니다. 폐하께선 음주도 하지 않고 잡수시는 것 또한 제한되어 있습니다. 먹을거리가 제외되는 것만으로도 특산품의 상당수가 제외됩니다. 그래서 폐하께 진상되는 물건은 대부분 공예품입니다. 물론 폐하께서 이런 선물을 즐기시는 것에는 공예인들을 간접 후원하시려는 의지가 포함되어 있기도 합니다."

"죄송해요."

엘시는 다시 암담함을 느꼈다. 정우의 말이 다시 평범의 울타리를 넘었기 때문이다. 그녀는 빙글 돌아서 대장군을 바라보았다.
"처음 뵀을 때 제게 상황을 설명해 주신 것, 쾌히 제 호위를 맡아 주신 것, 데라시 백작 앞에서 저를 거들어 주신 것 때문에 제게 호의를 가지셨다고 생각했어요. 그래서 저도 모르게 대장군님을 친근하게 생각했나 봐요. 당치 않은 생각이겠죠."
"괜찮습니다."
"아뇨, 괜찮지 않아요. 대장군님은 제 원수니까요."
엘시는 정우의 화법을 따라가길 포기했다.
"대장군님은 제 아버지를 무찔렀어요. 그러니까 원수가 맞을 거예요. 그런데 애써 봐도 화가 나지 않아요. 저도 아버지의 적이잖아요. 대장군님도 제 적이고 아버지도 제 적이라면, 저는 도대체 뭐죠? 아무것도 한 일이 없는데 왜 이렇게 되었는지 모르겠어요. 괜찮다면 저는 두 분과 친하고 싶어요. 아버지는 저를 낳아 주신 분이니 당연히 그렇고, 대장군님과도 적이 되고 싶진 않아요. 탈해와 친하시다고요?"
"부족한 나에게 많은 가르침을 주는 친구입니다."
"아뇨, 탈해 머리돌 말이에요."
엘시는 즈믄누리에서 탈해가 어떤 평가를 받고 있는지 궁금해졌다. 자신 또한 즈믄누리의 무사장을 거론한 것이라는 엘시의 말에 정우는 혼란스러워 했다.
"제가 말하는 탈해와 대장군님이 말씀하신 탈해가 정말 같은 도깨비인지 확신은 안 가지만, 만약 같은 사람이라면 지금 대장군님 댁에 머물고 있겠군요. 그를 만날 수 있을까요?"
"장차 그럴 시간이 오겠지만 지금 당장은 어렵습니다. 딩신은 난방이 되는 방을 나오기 힘든 비스그라쥬 백의 특수한 사정 때문에 이곳에 올 수 있었던 겁니다. 회담이 끝난 이상 당신은 다시 규리하 성으로 돌아가야 합니다. 그것은 당신의 안전을 위한 일이기도 합니다."

정우는 두 팔로 자신을 감싸고 검지를 까딱거렸다.

"아버지의 지지자들 중 누군가가 저를 공격할지도 모른다는 말씀이죠?"

"유감입니다만 가능성은 있습니다."

정우는 한숨을 내쉬었다.

"제가 만약 결혼한다면 아주 무시무시한 혼례식이 되겠군요. 혹 전투가 벌어지진 않을까요?"

"책임지고 안전하게 치르겠습니다."

"예? 대장군님께서 책임을 지신다고요?"

"만약 당신이 혼례를 치르기로 결심한다면 내가 그 일을 주관하게 될 겁니다."

정우는 입술을 둥글게 만든 채 엘시를 바라보았다.

"그건, 그러니까 대장군님이 제 신랑감을 물색하고 대장군님의 이름으로 혼서를 보낸다는 뜻인가요?"

"그 외의 일도."

"외람될지 모르겠지만, 저를 잘 아시지도 못하잖아요?"

"무슨 말인지 알겠습니다. 정우. 처음부터 잘 아는 두 사람은 없을 겁니다. 당신은 도깨비들 사이에서 자랐고 나는 나가 황제를 모시고 있지만, 어쨌든 우리는 같은 인간입니다. 다른 종족 사이에서도 가능한 대화가 우리 둘 사이에서만 불가능할 거라고는 생각하지 않습니다. 서로 의논해서 좋은 결혼 상대자를 찾아보도록 하면 어떻겠습니까."

정우는 입술을 밀어 올렸다. 그런 얼굴로 생각에 잠겨 있다가 조금 후 입술을 내리며 입술 양쪽 끝은 위로 올렸다.
"아직 결혼을 결심한 것은 아니에요."
"예."
"하지만 결혼해도 후회하지 않을 것 같다는 생각은 조금 드네요."
엘시는 희미하게 웃으며 목례했다. 그때 정우가 말했다.
"그리고 잊어 주세요."
한참 후에야 엘시는 무엇을 잊어야 하는지 알았다.


규리하 성의 방으로 돌아온 정우는 잠깐 동안 어디에도 앉지 않은 채 왔다 갔다 했다. 흥분이 채 가시지 않아서 앉기가 힘들었다.
하늘누리에서 내려오기 전 정우는 용기를 내어 어떤 제안을 했고 엘시는 약간 주저한 다음 그것을 받아들였다. 그래서 정우는 올라갈 때와 반대 방향으로 엘시의 발 위에 섰다. 뒤로 뻗은 두 손을 엘시에게 맡긴 채 정우는 허공을 똑바로 응시하며 하늘을 날아 내려왔다.
정우는 그 느낌이 마음에 들었다. 딱정벌레를 탈 때와 전혀 다른 느낌이었다. 인간 기준으로 보통에 조금 못 미치는 체구를 가진 정우는 도깨비들 기준으로는 굉장히 작은 축에 속했고, 그런 체구로는 즈믄누리의 거대한 딱정벌레들을 완전히 통제하기 힘들었다. 물론 인간들 중에서 정우만큼 딱정벌레를 잘 타는 사람은 드물 것이다. 하지만 즈믄누리에서 그녀는 그저 그런 수준의 딱정벌레 기수였다. 정우는 그제야 딱정벌레를 탈 때는 그것을 통제하느라 비행 자체에 완전히 몰입하지 못했다는 것을 깨달았다. 물론 엘시가 상상한 계단은 딱정벌레와 달리 직선으로밖에 움직이지 못했지만, 정우는 자신이 그보다 더 멋지게 움직이는 계단을 상상할 수 있을 것 같았다. 정우는 그 가능성에 흥분했다.

'계단을 상상하는 법을 배워야겠어. 난 어쩌면 하늘누리에서 가장 복잡한 계단을 상상할 수 있을지도 몰라.'

정우는 자신의 생각이 허황하다고 여기지 않았다. 비행에 대해 잘 모르는 킴들과 달리 그녀는 이미 비행에 익숙했다. 자신의 계획을 좀 더 검토하기 위해 김우는 의자에 앉았다.

정우의 생각 속에서 차례차례 떠오르는 계단들은 그림으로 표현하기조차 어려운 것이었다. 거기엔 세상에서 가장 황당한 건물에 익숙하고 자유로이 하늘을 날아다녔던 사람이 떠올릴 수 있는 개념이 덧붙여져 있었기 때문이다. 즐거운 상상에 푹 빠져 있던 정우가 현실을 인지한 것은 방문을 두드리는 소리가 났을 때였다.

정우는 약간 어리둥절한 기분 속에서 방문을 열고 들어오는 제국군 부위를 바라보았다. 틸러 달비 부위는 경례하고 말했다.

"규리하 공 아가씨. 편지를 받으러 왔습니다."

정우는 입을 틀어막았다. 바우 성주에게 보낼 편지를 쓰는 것을 까맣게 잊고 있었던 것이다. 정우는 틸러에게 몇 번이나 사과한 다음 한 시간쯤 후에 다시 와 달라고 부탁했다. 틸리가 나가자 그녀는 자신의 머리를 한 번 쥐어박고는 서둘러 지필묵을 챙겼다.

먹을 갈자 송연묵의 향긋한 냄새가 퍼져 나갔다. 제국 대부분의 지역에서는 제조가 쉬운 유연묵을 쓰지만 즈믄누리에서는 나가들의 못마땅한 시선에도 불구하고 송연묵을 제조해 쓴다. 다행히도 비늘 덮인 수목 애호가들에겐 위로가 될 만한 사실이 있었다. 도깨비들은 효율적으로 그을음을 만들어 내기 때문에 소나무를 남벌하지 않는다.

먹을 다 갈자 정우는 붓을 풀었다. 그녀는 도깨비지 위에 글을 쓰면서 어린애처럼 자신이 쓰는 글을 읽었다.

"존경하는 바우 성주님, 좋은 꿈 꾸셨는지요. 건강하시죠?"

정우는 킥 웃었다. 죽은 지 오래된 바우 성주에게 건강하냐고 묻는 것은 당연히 농담이다. 정우는 즐거운 기분으로 붓을 놀렸다.

"온갖 일을 다 겪었지만, 심려해 주시는 덕분에 저는 잘 있습니다. 지금 저는 제국군에게 붙잡힌 포로의 처지이긴 합니다만 규리하 성의 제 방에서 자유롭게 이 서신을 쓰고 있습니다. 감옥이라는 곳에 있거나 하지는 않습니다. 사실, 그 감옥이라는 것을 구경해 봤으면 좋겠다는 생각도 조금은 했어요. 진짜 감옥에 갇혀 있는 사람들이 제 말을 들으면 화를 내겠지요.

제국군이 성을 점령하기 직전 아버님께서는 이이타와 몇몇 가신들과 함께 어딘가로 도주하셨습니다. 시카트는 도주하지 못했습니다. 놀라지 마세요, 성주님. 시카트는 저를 죽이려고 남았다가 제국군에게 붙잡혔습니다. 이해하기 어려우시죠? 저도 이해를 못했지만 몇몇 분들이 설명해 주셨습니다. 그분들의 말에 의하면 저는 아무래도 아버님께 해가 되는 존재인 것 같습니다.

아버님의 친구 분들은 아버님의 땅이 다른 사람에게 주어지면 화를 낼 거랍니다. 하지만 아버님의 땅이 아버님의 장녀인 제게 주어지면 그 친구 분들은 화를 낼 명분이 없습니다. 그런데 아버님은 황제 폐하에 대한 분노를 공유해 줄 사람이 필요하답니다.

그래서 아버님은 아버님의 땅이 제게 주어지는 것을 원하지 않으십니다. 또한 제가 죽을 경우 아버지는 그것을 제국군의 소행으로 위장하여 제국군에 대한 악평이 퍼지게 할 수도 있다고 합니다. 그럴 경우에도 아버지의 친구 분들은 화를 내겠지요. 제가 이해하는 상황은 대충 이렇습니다. 그 때문에 저는 아버지의 지지자들이 가할지도 모르는 공격을 피해 제국군의 보호를 받는, 좀 우스꽝스러운 처지에 처해 있습니다.

그런데 아버님은 당신의 친구들뿐만 아니라 당신의 딸 또한 화나게 만드셨어요. 바우 성주님, 저는 정말 화가 나요. 저는 아버님의 땅을 위한 적이 없어요. 제가 아버님의 땅을 세습하는 것이 두려우셨다면, 아버님은 왜 저를 이곳으로 불러들이신 거죠? 애초에 저를 원하지 않으셔서 즈믄누리로 보내신 거라면 끝까지 즈믄누리에서 살게끔 내버려둬도 될 텐데요. 혹 아버님은 필요할 때 저를 간단히 제거하기 위해 이곳으로 저를······."

정우는 먹물이 번지는 것을 보았다. 그 먹물을 번지게 하는 것은 눈물이었다. 정우는 붓을 벼루에 내려놓고 눈 주위를 만져 보았다. 손가락이 금세 젖어 들었다.

정우는 오른손 손등으로 눈 주위를 슥슥 닦았다. 하지만 눈앞은 다시 부옇게 바뀌었다. 정우는 왼손으로 눈을 닦았다. 눈물은 계속 흘러나왔다. 그녀는 양손의 손바닥을 차례로 들어 눈을 닦았다. 두 손이 눈물로 흠뻑 젖었다. 목에서 오리 우는 소리 같은 것이 났다. 그녀는 두 손을 주먹 쥐어 눈을 힘껏 눌렀다. 눈이 아팠다.

정우는 의자 등받이에 머리를 얹었다. 두 팔이 힘없이 좌우로 떨어졌다. 젖은 볼이 차갑게 느껴졌다. 쉼 없이 솟아 나오는 눈물은 정우의 양쪽 귀를 타고 흘렀다. 그녀는 입을 열었다.
"하하하."
정우는 오른손으로 비녀를 뽑고 머리를 흔들었다. 출렁 하며 일어났던 머리카락들이 등받이 뒤쪽으로 너울치며 흘러내렸다. 정우는 두 손으로 비녀 양쪽을 붙잡고 얼굴 앞으로 들어 올렸다. 그리고 그것으로 두 눈을 가렸다. 콧등 위에 비녀를 올려놓은 채 정우는 두 손을 놓았다.
볼을 타고 흘러 들어온 빛이 비녀 표면의 복잡한 문양을 문질러 광을 내었다. 정우는 고개를 미세하게 좌우로 까딱거렸다. 흔들리는 비녀가 눈꺼풀을 부드럽게 두드렸다. 그 서늘한 느낌이 좋았다.
긴 시간 그렇게 앉아 있던 정우가 고개를 숙였다.
비녀는 코를 타고 흘러내려 턱에서 아래로 떨어졌다. 기다리던 손으로 비녀를 받은 정우는 의자에서 일어났다. 그녀는 자신이 무엇을 원하는지 알고 있었다. 문을 두드린 다음 누군가가 오면 즈믄누리로 가는 가장 빠른 수단을 준비하라고 외칠 작정이었다.
하지만 문 앞에서 정우는 걸음을 멈췄다. 엉망으로 젖은 눈가와 두 볼을 소매로 쓱 훔치고는 분한 표정으로 문을 바라보았다. 그들이 요청을 들어줄 리 없다.
손끝이 아팠다. 손을 들어 보고서야 자신이 손가락이 하얘지도록 비녀를 꽉 움켜쥐고 있다는 것을 알았다. 정우는 그것을 가슴에 붙였다. 그러자 머릿속에 좋은 생각이 떠올랐다.
허벅지까지 미치는 긴 머리채가 거추장스러웠다. 정우는 그것을 두 손으로 쥐어 올려 목 주위에 감았다. 그리고 보편 상식의 눈으로 보기엔 무의미해 보이는 일련의 행동을 취했다. 행동을 끝낸 정우는 확신을 가지고 손잡이를 붙잡았다. 심호흡을 하고 문을 힘있게 잡아당겼다.

그곳에 있어야 하는 복도 대신 그녀가 바라던 것이 나타났다.

정우는 짧은 비명 같은 탄성을 질렀다. 문을 꼭 붙잡은 채 좌우를 돌아보았다. 방 안에는 물론 아무도 없었다. 그녀는 씩 웃으며 문 안으로 들어섰다. 그리고 문을 닫았다.

방은 고요함에 잠겨 들었다.

조금 후 문이 다시 열렸다.

안으로 들어선 것은 제국군의 부위 틸러 달비였다. 틸러는 들어서자마자 절도 있게 경례를 했다. 이찌빈 신예비 낱마무리는 좀 어정쩡했는데, 자신의 경례를 받아 줄 사람이 아무도 없다는 것을 발견했기 때문이다. 틸러는 고개를 갸웃거리며 조금 전 정우가 했던 행동을 되풀이했다. 좌우를 둘러본 것이다. 그러나 틸러는 아무도 발견할 수 없었다.

틸러는 방 안으로 성큼 들어와 작게 말했다.

"규리하 공 아가씨?"

대답이 없었다. 틸러는 방 안을 돌아다니며 정우를 찾았다. 창문을 내다보고 부속실을 열어 보았지만 어디에서도 정우를 찾을 수 없었다. 다시 방 가운데로 돌아온 틸러는 덜컥 겁을 집어먹었다. 그리고 그런 자신이 의아했다. 틸러는 자신이 왜 겁을 집어먹었는지 생각했다. 대답은 단순했다. 틸러는 들어왔던 문을 부술 듯한 기세로 뛰쳐나갔다.

제국군은 발칵 뒤집어졌다. 성을 점령하고 있던 가시나무 군단의 군단장 시허릭 마지오 상장군에게까지 그 소식이 전달되는 데 채 10분도 소요되지 않았다는 것은 가시나무 군단의 의사 전달

체계가 효율적이라는 증거일 수도 있고 그 소식의 중대함을 나타내는 증거일 수도 있다. 마지오 상장군은 즉각 규리하 성의 모든 출입구를 봉쇄시키고 수색을 명령했다. 그 즈음 규리하 성의 출입은 이미 엄격하게 통제되고 있었으므로 정우가 밖으로 나갔을 가능성은 희박했다. 마지오 상장군은 정우가 반드시 성 안 어딘가에 있을 것이라고 판단했다.

마지오 상장군에겐 안된 일이지만, 하늘누리에 있던 엘시는 정우의 서신이 오지 않는 것에 궁금함을 느꼈다. 서신을 받으러 온 엘시의 몸종 이레 달비에게 마지오 상장군은 못을 씹는 기분을 느끼며 정우가 사라졌음을 알렸다. 이레는 황급히 하늘누리로 올라가 엘시에게 그 사실을 보고했다. 엘시가 정우의 방에 도달한 것은 틸러가 정우의 부재를 확인했을 때부터 한 시간이 조금 지났을 무렵이었다.

엘시는 시허릭과 몇몇 교위, 그리고 최초 발견자인 틸러 달비 부위와 함께 정우의 방에 들어섰다. 방 안을 일별한 엘시는 탁자 위에 놓인 서신을 발견했다.

"저것은 뭐지?"

시허릭은 떫은 표정으로 말했다.

"정우 규리하가 쓰던 편지입니다. 쓰던 도중에 그만둔 것 같습니다."

엘시는 탁자로 다가가 서신을 들여다보았다. 내용을 읽고 나서 그는 눈살을 조금 찡그렸다. 정우가 흘린 눈물은 이미 말라 있었지만 먹이 번진 자국이나 종이가 운 자국은 선명했다. 엘시는 그것을 그대로 놓아둔 채 사람들을 돌아보았다.

"편지를 쓰던 도중에 사라졌다면 계획적인 것은 아니겠군. 즉

홍적으로 결심한 것일 수도 있고, 그렇잖으면 침입자가 있었을 수도 있군. 시허릭?"

"절대로 침입자는 없었습니다, 대장군님. 문밖에는 병사들이 경계하고 있었습니다. 창문을 통해 들어왔을 가능성은 없다고 생각합니다."

당연한 말이기에 엘시는 미소를 지었다. 규리하 성은 전투 성이었고 창문은 활이나 쏠 수 있을 정도지 사람이 드나들 넓이는 아니었다. 하지만 시허릭 마지오 상장군은 모든 것을 명확하게 해 두고 싶어했다. 언제나 말(馬) 냄새와 양파 냄새를 풍기고 다니며 아내에게조차 매력적이라는 말을 듣지 못하는 사내지만, 일 처리에 있어서는 빈틈이라고 찾아낼 수 없는 사람이었다. 그의 아내가 떠날 결심한 것도, 엘시 에더리가 규리하 토벌군을 구성하며 참나무 군단과 더불어 가시나무 군단을 주축으로 삼은 까닭도 그런 성격 때문이다. 시허릭의 성격을 알기에 엘시는 별 기대 없이 질문했다.

"비밀 통로는?"

"이 방의 벽 두께라든지 천장, 바닥을 모두 검사했습니다. 이 방에는 비밀 통로가 없습니다."

예상대로였다. 엘시는 방을 죽 둘러보았다.

"그렇다면 정우는 이 방에 있어야 해. 그런데 사라졌단 말이군. 정우가 어르신이 아닌 바에야 홀연히 사라질 수는 없지 않은가."

"저도 영문을 모르겠습니다만, 지금 수색 중이니 곧 발견될 거라 믿습니다."

"퀼칸에겐 연락했나?"

시허릭의 얼굴이 굳었다.

규리하 토벌군에는 가시나무 군단과 참나무 군단 이외에 몇몇 독립 여단이 참여하고 있었고 그중 쥘칸 장군의 지휘를 받는 엉겅퀴 여단은 케나린 요새를 점령, 주둔하고 있었다. 그리고 케나린 요새는 규리하령의 대도시들로 이어지는 교통의 요충지에 위치했다. 따라서 규리하령의 완벽한 통제를 위해선 시허릭 마지오 상장군과 쥘칸 장군의 관계가 돈독해야 할 터이다. 하지만 현실은 그렇지 못하다. 물론 시허릭과 쥘칸이 서로를 자신이 아는 최악의 인물이라고 생각하지는 않는다. 하지만 상대방의 불명예에 대해 가장 크게 웃어 줄 용의는 똑같이 가지고 있다. 시허릭은 볼멘소리로 말했다.

"대장군님. 정우 규리하가 성을 빠져나갔을 가능성은 결코 없습니다."

"시허릭. 만약 두 시간 전이라면 자네는 정우가 이 방을 빠져나갈 가능성도 결코 없다고 말했겠지. 물론 정우에게는 우리만큼이나 이 성이 낯설겠지만, 그래도 그녀는 규리하 가문의 장녀야. 혹 비상 수단 같은 것을 알고 있을지도 모르지. 쥘칸에게 연락해서 수색대를 조직하라고 해. 물론 자네도 그래야 할 테고. 서두르게."

시허릭은 마지못한 표정으로 수긍했다. 엘시는 다시 방 안을 둘러보고 문 쪽으로 걸어갔다. 그가 손잡이를 쥐려 했을 때였다.

문이 갑자기 열렸다.

엘시는 뒤로 두어 걸음 물러나 문을 바라보았다. 열린 문을 통해 안으로 들어온 것은 머리카락을 치렁치렁하게 늘어뜨린 여자였다. 한눈에 알아볼 수 없었기에 누구냐고 물으려 하다가 엘시는 그녀의 옷이 눈에 익다는 것을 깨달았다.

"정우?"

방 안에 있던 사람들이 일제히 신음이나 약한 비명을 질렀다. 하지만 엘시는 입을 다문 채 정우의 뒤편을 응시했다. 그곳은 그가 조금 전 걸어왔던 복도가 아니었다. 그보다 훨씬 넓고 깊은 것이 있었다. 그리고 한번에 알아볼 수 없는 많은 물건들이 있었다. 엘시가 정우의 뒤쪽을 좀 더 자세히 관찰하려 했을 때 정우가 문을 닫았다. 정우는 엘시를 올려다보았다.

"예. 저예요."

엘시는 정우를 바라보다가 손짓으로 그녀를 비켜서게 했다. 정우가 옆으로 물러난 후 그는 자기 모습을 열었니. 내정군의 입에서 신음이 흘러나왔다.

문 뒤에는 복도가 있었다. 현실 감각을 잃어버리지 않기 위해 엘시는 잠깐 동안 아무 일도 하지 않은 채 서 있었다. 어느 정도 자신이 안정되었다고 생각한 엘시는 정우에게로 몸을 돌렸다.

"라수의 방입니까?"

"예?"

"정우, 당신은 라수의 방에서 여기로 온 겁니까?"

"네, 그래요."

제국군의 장교들은 다시 신음을 흘렸다. 엘시는 흥분하지 않으려 애쓰며 말했다.

"이 방에서 라수의 방으로 바로 갈 수 있습니까?"

정우는 엘시를 물끄러미 바라보다가 그의 곁을 지나쳐 걸어갔다. 시허릭과 다른 사람들 사이를 태연하게 걸어간 정우는 서신이 놓여 있던 탁자 앞에 앉았다. 그리고 탁자 위에 팔꿈치를 얹고 두 손을 깍지 껴 그 위에 턱을 얹었다. 잠시 그 모습을 보던

돌과 바람 173

엘시가 말했다.

"모두 밖으로 나가서 기다리도록."

시허릭 마지오 상장군과 수교위들, 틸러 달비 부위는 궁금해 못 견디겠다는 표정을 지었지만 대장군의 명령을 따랐다. 그들이 모두 밖으로 나간 다음 엘시는 문을 닫고 정우에게 걸어갔다.

"정우."

정우는 엘시를 쳐다보지 않은 채 말했다.

"예."

"이해하긴 어렵지만, 이 방에서 지하 금고방으로 바로 갈 수 있습니까?"

"예. 성안이라면 어디에서든 라수의 방으로 갈 수 있어요. 그런데 나올 때는 들어간 곳으로만 나올 수 있더군요. 킴의 건물처럼. 그래서 즈믄누리로는 갈 수 없었나 봐요."

엘시는 당황했다.

"즈믄누리로 간다고요?"

정우는 깍지 낀 두 손을 앞으로 죽 내밀며 몸을 의자 등받이에 파묻었다. 그리고 두 손을 무릎 위에 떨어뜨렸다.

"온갖 방법을 다 써 봤어요. 성주님 서재로 가는 방법, 3층 손님방으로 가는 방법, 딱정벌렛간으로 가는 방법, 도서실로 가는 방법. 생각나는 방법은 다 써 봤는데 갈 수 없더군요."

"여기서 즈믄누리로 곧장 가려고 했다는 겁니까? 제국을 횡단해서?"

엘시의 머릿속이 급박하게 움직였다. 그것이 가능하다면 아이저 규리하는 즈믄누리로 도망친 것일지도 모른다. 딱정벌레로 날아가도 한 달은 걸리는 즈믄누리로 곧장 이동한다는 것은 상식적으로 말이 안 되지만, 즈믄누리 자체가 이미 상식적인 장소가 아니다. 하지만 정우는 부정했다.

"그런 방법은 없나 봐요."

"정리해 보겠습니다. 당신은 이 성 안의 어느 곳에서든 곧장 라수의 방으로 갈 수 있습니다. 그리고 그곳에서 나올 때는 들어간 곳으로 나오게 됩니다. 맞습니까?"

"생각해 보니 어느 곳에서든 가능한 것은 아니군요. 문이 있는 곳이라고 해야겠군요."

"정말 놀랍군요."

"그 정도는 즈믄누리에선 아무것도 아니에요, 대상군님."

"알고 있습니다. 그래도 놀랍군요."

정우는 엘시를 돌아보았다.

"어떻게 하는지 알고 싶으세요?"

"아니요. 듣고 싶지 않습니다."

"궁금하실 것 같은데."

"궁금합니다. 하지만 말하지 마십시오. 하늘누리에서 말했듯이 당신이 그것을 다른 사람에게 말할 의무는 없습니다. 그리고 이제는 다른 이유에서 당신이 그 비밀을 간직하길 바랍니다."

"그 다른 이유가 뭐죠?"

"당신은 언제든 다른 사람들은 갈 수 없는 곳으로 갈 수 있습니다. 그렇다면 만에 하나 불측한 습격이 일어난다 하더라도 당신에겐 피신처가 있는 셈입니다."

정우는 두어 번 눈을 깜빡거렸다. 그녀는 그런 식으로 생각해 보진 못했다. 그리고 새로 안 사실에 환호하지도 않았다.

"예. 무슨 일이 생기면 곧장 라수의 방으로 도망치겠어요."

"기분이 상하셨군요."

"도망칠 곳이 있다는 것에 기뻐할 수는 없군요."

"동감입니다. 도망칠 일 자체가 없어야겠지요. 되도록 그런 일이 발생하지 않도록 하겠습니다. 그런데 왜 그런 일을 하셨습니까?"

"왜냐니요?"

"왜 즈믄누리로 가려 한 겁니까? 탈해가 당신의 서신을 가지고 바우 성주님께 가기로 했잖습니까."

정우는 탁자를 밀며 의자에서 일어났다. 그리고 똑바로 서서 엘시를 바라보았다.

"대장군님, 지금 저를 놀리시는 거예요?"

"네?"

"제가 결혼하지 않겠다고 말하면 비스그라쥬 백이 알았다고 말하고 저를 즈믄누리로 보내 주실 거라고 정말 믿으세요? 그럴 리가 없다는 것을 잘 알고 계시잖아요."

"무슨 말인지 모르겠군요."

"모르세요? 즈믄누리에서 나온 지 얼마 안 된 저도 다 알겠는데요. 편지를 쓰다가 이 바깥에서 어떤 식으로 행동하는지 깨달았어요. 제 아버지는 괴물이 아니에요. 아버지를 잘 안다고 말할 수는 없지만 괴물이 변경백령을 지배할 수는 없겠지요. 아버지는 다른 사람들과 크게 다르지 않을 거예요. 그렇다면 이곳에서는, 즈믄누리 바깥에서는 자기 것을 빼앗길 것 같으면 그 상대가 딸이라도 주저 않고 죽인다는 말이에요. 그게 이 세상의 방식이죠. 그렇다면 자기와 아무 관련도 없는 여자 한 명 결혼시키는 것쯤이야 일도 아니겠지요. 데라시 백작님은 제가 뭐라고 하건 반드시 저를 결혼시킬 거예요."

"당신이 겪어야 했던 일에 큰 유감을 느낍니다. 하지만 백작이 당신의 생각에 신경 쓰지 않을 작정이라면 당신이 숙고할 시간을 사십 일이나 줄 리는 없잖습니까."

"사순이건 팔순이건 줄 수 있지요. 혼례 준비에는 그보다 더 많은 시간이 필요할 테니까."

"그렇게 여길 수도 있겠군요. 하지만 당신의 혼례를 관장할 사람은 비스그라쥬 백이 아니라 납니다. 그리고 나는 사십 일 후 당신의 답변을 듣기 전까지는 어떤 준비에도 착수하지 않을 작정입니다."

정우는 엘시의 두 눈을 뚫어지게 바라보았다. 인간보다는 도깨비의 눈빛에 더 익숙한 그녀였지만 엘시의 눈에서 거짓된 점을 찾을 수 없었다. 정우는 조심스럽게 말했다.

"정말 제 의견을 존중하실 건가요?"

"그럴 겁니다."

"비스그라쥬 백이 아니라 폐하께서 저를 결혼시키라고 명령하셔도 제 의견을 더 존중하실 건가요?"

"정우."

"아니군요."

엘시는 곤혹스러웠다. 그 곤혹스러움은 익숙했다. 갑작스러운 분노를 느낀 엘시는 자신을 다스리기 위해 주먹을 꾁 움켜쥐었다. 그리고 낮은 목소리로 말했다.

"바르지 못합니다."

"네?"

"규리하 공. 그런 부당한 조건을 걸어서 당신을 존중하려는 사람을 곤경에 빠트리는 일은 바르지 못합니다. 왜 성의를 가지고 당신을 대하려는 사람을 괴롭힙니까. 당신의 조력자에게 불가능한 일을 부탁하여 그를 좌절시키는 것이 재미있지도, 당신에게 도움되지도 않을 텐데요."

"어머, 대장군님?"

"다른 사람과 마찬가지로 나도 한계를 가진 사람입니다. 내 도움을 얻고 싶다면 우선 내 현실적 한계를 인정하십시오. 그런 것을 인정하지 못하는 저 무수한 바보들처럼 굴지 마십시오. 그런 바보들이 오해를 만들어 내고, 그런 바보들이 세상이 원래 각박한 것인 양 착각하게 만듭니다."

"대장군님, 죄송해요. 폐하를 거론한 것은 그냥 해 본 소리였을 뿐이에요. 제 무력하고 답답한 심정을 말하고 싶어서…… 전 정말이지 대장군님이 폐하께 대항하면서까지 제 뜻을 따라 주길 바란 적이 없어요."

엘시는 아무 대답도 하지 않았다. 정우는 그가 화가 났다고 생각했다. 틀린 생각은 아니었다. 하지만 그녀는 그 분노의 대상을 오해하고 있었다. 그 순간 엘시는 정우에게 화를 내고 있는 것이 아니라 자신에게 화를 내고 있었다.

엘시는 자신이 한 말을 들을 대상이 정우가 아니라는 것을 알고 있었다. 사과해야 한다고 느꼈지만 설명이 지나치게 많이 필요했다. 엘시는 고개를 조금 떨어뜨렸다. 인사 같기도 하고 외면 같기도 한 모호한 동작이었다.

"쉬십시오. 화환을 받을 사람을 있다가 보내겠습니다."

엘시는 뒤로 돌아섰다. 방문 앞에 선 그는 잠깐 뒤를 돌아보았다. 정우는 똑같은 자세로 서서 그를 바라보고 있었다. 엘시는 문을 열고 나갔다.

아라짓 제국의 지배자인 치천제는 몸단장을 끝냈다. 제국의 통치자는 자신의 손으로 몸단장을 한다. 하늘누리의 무게를 늘리는 것에 열심인 유수부 사람들도 하늘누리의 거주민을 늘리는 데는 난색을 표하며, 황제 또한 그들의 의견에 동의했다. 한 명의 사용인만 둔 칼리도 백 같은 경우는 좀 극단적인 경우에 속하지만 대부분의 하늘누리 고위 인사들은 적은 수의 사용인만 두며 그것은 황제 또한 마찬가지다

지천제가 몸단장을 끝내길 기다리던 황제의 시종장 블레드 백작은 쟁반에 받쳐 든 물건들을 들고 황제에게 다가갔다. 황제는 쟁반 위에 놓인 물건들 중 하나를 잠시 바라보았다. 차갑고 뜨거움을 시각적으로 볼 수 있는 나가의 눈으로 본 황제는 그 물건이 뜨겁다는 것을 잘 알 수 있었다. 황제는 그것을 집어 올렸다.

검은 모피가 아래로 축 늘어졌다. 군데군데 구멍이 나고 가장자리는 거칠었지만, 어떤 물건이 가지는 권위에서 이 망토를 따를 만한 물건은 드넓은 제국 내에도 별로 없다. 그것이야말로 대호왕의 흑사자 모피였다.

하지만 황제가 그 망토를 걸칠 때는 단지 권위만 걸치는 것이 아니다. 망토를 몸에 두른 황제는 몸이 따스해지는 것을 느꼈다. 도깨비감투만큼이나 신비한 그 망토는 자체에서 열을 낸다. 원칙적으로 한계선을 넘을 수 없는 나가인 황제가 한계선 이북에서도 자유롭게 활동할 수 있는 것은 그 망토 덕분이다. 망토를 덮은 황제는 쟁반 위에 놓인 두 번째 물건을 집어 들었다.

그것은 쉬크톨이었다. 육친을 베기 위해 제작되는 포악한 검 쉬크톨은 바로 그런 사명 때문에 치명적으로 예리하다. 달인의 손에 쥐어진 쉬크톨은 돌을 베어 낸다. 검에 관심 있는 자라면 누구든 탐내는 칼이지만, 손에 넣는 것은 불가능하다. 자신의 비극적인 사명을 달성한 직후 쉬크톨은 소유자에 의해 부러지기 때문이다. 하지만 쉬크톨의 어두운 역사에서 단 한 자루 부러지지 않고 남은 검이 있었다. 바로 황제가 집어 든 대호왕의 쉬크톨이었다.

황제는 그 유서 깊은 검을 허리에 착용했다. 실로 위엄에 찬 모습이라는 평가는, 아마도 역사학자만이 내릴 수 있을 것이다. 그리고 역사학자가 아닌 블레드 백작은 위통을 느꼈다. 황제가 가진 놀라운 두 개의 장신구는 그 한없는 권위와 경이적인 기능과 함께 착용자를 무뢰배로 보이게 하는 환상적인 효과도 가지고 있었던 것이다. 방금 탈영한 병사가 안심하고 말을 걸 것 같은 모습이 된 아라짓 제국의 통치자는, 존경하는 황제의 존경스럽지 못한 모습에 괴로워하는 시종장 블레드의 보필을 받으며 대전으로 향했다.

블레드의 고통은 다행히 길지 않았다. 황제와 그의 최측근, 이 경우엔 블레드 백작만이 이용할 수 있는 통로를 통해 대전으로 나아간 블레드는 자긍심이 충족되는 광경을 보게 되었다.

옥좌가 놓인 단 아래로는 넓은 방 가득히 많은 관료들이 서 있었다. 산적 두목 같은 황제의 모습에 비하면 오히려 황제처럼 보이는 화려한 복장의 관료들은 모두 머리를 숙이고 있었다. 많은 사람이 똑같은 모습을 취하면 사람의 숫자가 많다는 것 이상의 감동을 불러일으키는 법이다. 대전 1층뿐만 아니라 복층으로 되어 있는 2층에도 많은 사람들이 있어 얼핏 보아도 백 명은 족히 넘을 듯했으나 숨소리 하나 들리지 않았다. 나가 황제가 소음에 그다지 신경 쓰지 않는다는 사실을 놓고 본다면 그들의 공경심을 짐작할 수 있다.

치천제가 화려한 옥좌에 앉고 사람들이 고개를 든 후에도 소음은 전혀 들리지 않았다. 블레드가 준비했던 목록을 들어 첫 번째 접견자의 이름을 불렀을 때 비로소 낮은 소음이 들려왔다.

사람들 사이를 조용히 걸어 나온 첫 번째 접견자는 머리를 박박 깎은 승려였다. 어디에도 없는 신을 섬기는 사찰들의 총본산인 하인샤 대사원에서 온 니준 대덕은 쥬다의 예에 따라 합장하고 고개를 숙였다. 치천제가 말했다.

"듣겠다."

니존 대덕은 의례적인 인사를 한 다음 가지고 온 문제를 차분하게 설명했다. 대전에서 황제는 과도한 수사를 용납하지 않았다. 다른 접견자들에게 피해를 주기 때문이다. 수사에 대한 황제의 혐오감은 퍽이나 유명해서 접견을 앞둔 사람들은 요점을 빨리 말하는 방법을 따로 연습해야 할 정도였다. 그래서 니존 대덕은 자유무역당원이나 쓸 만한 어투로 자신의 요구 사항을 설명했다.

니존 대덕은 먼저 발케네 공이 건설 중인 스카리 요새에 대해 간략히 거론했다. 암살공이 자기 땅에 요새를 짓는 일이 하인샤 대사원과 무슨 관련이 있는지 궁금해하던 치천제는 그 요새가 수원을 확보하기 위한 수로 공사 때문에 하인샤 대사원의 소유지를 침범했음을 듣고는 사태를 이해했다. 발케네 공은 하인샤 대사원이 보낸 항의를 무시했고, 대사원은 황제에게 그 사실을 탄원하기 위해 하늘누리로 온 것이다.

치천제는 하인샤 대사원이 자기 재산을 보호받길 원한다고 착각하지는 않았다. 그렇다면 황제에게 오지 않았을 것이다. 지나치게 많은 토지 때문에 무거운 세금을 부과당하는 하인샤 대사원에게 그 먼 곳에 있는 땅은 아무런 매력이 없을 것이다. 따라서 하인샤 대사원이 원하는 것은 적당한 값을 받고 발케네 공에게 그 땅을 파는 일일 것이다. 틀림없이 거래가 오갔을 텐데도 이 문제가 황제의 대전까지 왔다면 이유는 한 가지밖에 없다. 발케네 공이 구매에 관심 없는 것이다. 암살공에게 그 땅이 필요하다는 점, 하인샤 대사원이 부당한 가격을 요구했을 리 없다는 점 등을 고려해 본 치천제는 그것이 이상한 일이라고 생각했다. 그 모든 고려에도 불구하고 치천제가 대답했을 때, 사람들은 니존 대덕의 말이 끝났을 때와의 시간 간격을 느끼지 못했다.

"명백한 재산권 침해가 인정된다. 발케네 공은 하인샤 대사원의 땅을 구입하든지, 토지 이용료를 지불하든지, 그렇지 않으면 우회로를 건설해야 할 것이다. 수로 공사는 즉각 중단하며 하인샤 대사원과 발케네 공 양자가 만족할 수 있는 시점까지 재개될 수 없다. 이것이 황제의 권고다."

언제나 빠른 치천제의 대답은 사람들에게 황제가 즉흥적이라는 인상마저 주었다. 황제의 일 처리 또한 빨랐기에 그런 인상은 어쩔 수 없었다. 사람들은 그 순간 자신들이 들은 황제의 권고를 천오백 킬로미터 이상 떨어진 곳에 있는 암살공 또한 듣고 있을 것임을 알고 있었다. 황제의 '즉각'이라는 표현은 말 그대로 즉각이었다.

니존 대덕 또한 그런 경이적인 일을 가능하게 하는 비밀이 무엇인지 알고 있었다. 하지만 그 비밀이 어디에 있는지는 몰랐다.

니존 대덕은 많은 사람들이 비밀이 있으리라 자신 있게 지목하는 단을 바라보았다. '정말 저 아래쪽이 비어 있고 거기에 세 번째 벽난로가 있는 것일까?'

상념에 잠기는 바람에 니존 대덕은 황제를 약간 언짢게 했다. 그리고 그런 경우 치천제는 직설적이다.

"물러가라."

니존 대덕은 화들짝 놀라 예를 표하고 물러났다.

비스그라쥬 백 데라시가 니존 대덕의 의심을 알았다면 즐거워했을 것이다. 세 번째 벽난로 방이 황제의 발아래에 있다는 소문을 조장한 사람이 바로 그였기 때문이다. 그러니 다른 이에 대한 데라시의 우위는 거기까지이나. 황세가 접견자들과 만나던 시각에 대내시는 벽난로 방에 있었지만 그가 있는 곳은 두 번째 벽난로 방이라 불리는 자신의 방이었다. 첫 번째 벽난로 방은 물론 황제의 거처였고, 비밀에 싸인 세 번째 벽난로 방의 소재에 대해서는 데라시도 다른 사람들과 비슷한 정도밖에 알지 못했다. 무슨 일이 일어나는지, 어떻게 생겼는지, 거기에 어떤 사람들이 있는지는 잘 알고 있지만 그 소재는 모르는 것이다.

데라시는 세 번째 벽난로 방에서 일어나는 일들을 상상해 보았다.

세 번째 벽난로 방은 탁자들이 많이 놓여 있는 어마어마하게 넓은 방이다. 여상히 볼 수 있는 방과 비교가 불가능할 정도로 큰 방이지만 그 방에서 처리하고 있는 업무를 생각하면 오히려 작다 할 수 있디. 서대한 벽난로가 있는 벽을 제외한 다른 벽에는 단지들이 가득 놓인 선반들이 설치되어 있다. 벽난로 이외에는 조명이라 할 것이 없어서 나가가 아니고선 그 모든 시설을 알아보기 힘들 것이다. 다행히도 그 방에 있는 자들 중 인간이나 도깨비, 레콘은 한 명도 없다.

데라시는 계속 상상했다. 황제가 니존 대덕에게 말한 직후 세 번째 벽난로 방에서는 한 명의 나가가 벽으로 다가갈 것이다. 그리고 단지 하나를 방 가득히 놓인 탁자들 중 하나로 가져온다. 나가는 주저 없이 단지의 내용물을 탁자 위에 쏟아 놓는다.

단지 안에서는 뱀들이 쏟아져 나온다.

뒤엉켜 쏟아져 나온 뱀들은 꿈틀거리며 흩어지고 그중 몇몇은 목을 빳빳하게 쳐든 채 주위를 경계한다. 당장이라도 뱀들이 탁자 아래로 쏟아질 것 같지만 방 안에 있는 나가들은 별로 걱정하지 않는다. 단지를 가져온 나가조차 태연한 동작으로 빈 단지를 탁자 가장자리에 내려놓는다. 그리고 그 나가는 탁자 위에서 구불거리는 뱀들을 응시한다. 강력한 정신 억압이 시작되자마자 뱀들은 움직임을 멈춘다.

한자리에서 미세하게 떨던 뱀들은 잠시 후 기묘하게 움직인다. 빠르게 움직였다가 멈추고, 다시 뒤엉켜 탁자 위에 무늬를 그리는 뱀들의 모습은 마치 명필가가 휘둘러 대는 붓자국처럼 보인다. 실제로 그것은 일종의 문자다.

데라시는 상상의 영역을 바꿨다.

비스그라쥬 백은 멀리, 암살공이 지배하는 엄혹한 땅 발케네를 상상했다. 암살공의 성 모처에서는 세 번째 벽난로 방에서 일어나는 일과 비슷한 일이 일어나고 있을 것이다. 그곳에 모인 자들 또한 탁자 위에 놓인 뱀들의 움직임을 바라보고 있다. 그리고 두 무리의 뱀들은 똑같이 움직인다. 세 번째 벽난로 방의 율모기가 몸을 뒤틀 때 발케네에서는 밀뱀이 몸을 뒤트는 것처럼 약간의 세부 사항은 다를 수 있지만 뱀들이 그려 내는 무늬는 똑같다. 읽을 수 있는 자들에게 그 무늬는 명확한 의미를 드러낸다. 그리하여 발케네에 있는 자들은 뱀의 무늬를 보며 황제의 권고를 알게 된다.

데라시는 비늘이 약간 부딪치는 것을 느꼈다. 데라시는 뱀부리미들이 아무렇지도 않게 그런 기적을 행하는 모습을 이해할 수는 있었지만 동감하긴 어려웠다. 뱀부리미들의 일과 직업 정신에 대해 고민하는 대신, 데라시는 자신에게 보내는 황제의 니름에 집중했다.

〈락토가 그 땅을 원하면서 니름을 끼빈나면 내답은 하나다. 그가 구입한 땅은 봉지가 아닌 락토 빌파의 사유지가 될 테이니 짐의 행정관이 락토 빌파의 재산 파악을 위해 들어가야 한다. 즉 락토는 발케네에 짐의 사람이 들어가는 것을 꺼리고 있다는 의미다. 자기 땅에 상전의 대리인을 들이지 않는 것이 락토에게 자존심의 만족 이외에 무엇을 주는지 고려해 봐야 할 것이다.〉

데라시는 붓을 들어 치천제의 니름을 받아 적었다. 세 번째 벽난로 방의 뱀부리미들이 전령의 역할을 담당한다면 두 번째 벽난로 방의 데라시는 비망록 기자의 역할을 담당하고 있었다.

그 뒤로도 계속 황제의 니름이 전달되었다. 대전의 옥좌에 앉은 황제는 접견자들의 탄원이나 요청, 제안 등에 대해 필요한 권고나 황명을 결정했고 그것들은 곧 뱀부리미들에 의해 사어(蛇語)로 바뀌어 제국 전역으로 전달되었다.

그 광경의 모식도 같은 것을 그려 본다면 굉장한 장관일 것이다. 그 모식도는 세 번째 벽난로 방으로부터 제국 곳곳을 향해 뻗어 있는 무수한 거미줄을 그리는 것으로 시작해야 할 것이다.

거미줄들의 길이는 수십에서 수천 킬로미터까지 다양하다. 황제의 의지는 그 거미줄을 흔들고 거미줄의 반대편 끝에 있는 영주와 행정관들은 황제의 의지를 즉각 실체화시킨다. 무려 수천 킬로미터의 거리에서! 따라서 제국의 모든 신민들은 황제와의 정치적 거리감을 느낄 필요가 없다. 황제는 제국 전체를 동시에 다스리므로.

'아냐.' 데라시는 생각했다. '동시는 아니야. 그렇다면 접견자들은 필요 없겠지.' 비스그라쥬 백의 생각대로였다. 사어를 읽을 수 있는 사람은 충분했다. 사어 해독은 교육으로 터득할 수 있는 능력이므로. 하지만 사어를 쓸 수 있는 사람은 적었다. 사어를 쓰는 뱀부리미가 되기 위해선 나가들 가운데서도 희귀한 정신 억압의 능력을 선천적으로 갖춰야 한다. 그런 능력을 갖추었으며 동시에 뱀부리미에게 필요한 다른 자질도 갖추고 있는 자들 중 벽난로의 온기에 의지하여 한계선을 넘을 수 있었던 자는 극히 드물다. 그리고 그 소수의 뱀부리미들은 모두 세 번째 벽난로 방에 있다. 따라서 거미줄을 흔드는 쪽은 황제뿐이다. 거미줄 반대편의 신민들은 황제의 뜻을 읽을 수는 있지만 자신의 뜻을 황제에게 보낼 수는 없다. 그 때문에 접견자들이 황제에게 찾아와야 하는 것이다.

그런데도 정치적 거리감은 여전히 없다. 제국의 수도는 이동할 수 있기 때문이다. 그래서 제국에는 변두리가 없다. 어느 지점을 변두리라 명명한다 해도 그곳은 언제든 수도 인접 도시가 될 수 있다.

비스그라쥬 백 데라시는 깊은 만족감을 느꼈다. 뱀부리미도 아닌 그가 한계선을 넘어 나가들이 살 수 없는 땅까지 와서 확인한 것은 그를 실망시키지 않았다. 데라시가 보는 아라짓 제국의 모습은 완벽했다. 제국은 자신의 의지를 세상 모든 곳에 순식간에 전달할 수 있으며, 또한 필요한 곳 어디라도 자신의 중심을 보낼 능력을 가지고 있다. 그런 체제를 달성할 수 있었던 집단이 유사 이래 오직 하나뿐이기에 아라짓 제국 체제라고 부를 수밖에 없는 그 체제는 무한한 가능성을 약속하고 있었다.

그러나 황궁의 대전에 선 도르 헨로 자작은 제국에서 아무런 가능성도 발견할 수 없었다.

대전에서 무기로 사용될 수도 있는 물건을 소지하는 것이 불가능했지만 황제는 도르 헨로 자작에게 기팡이 쓰시늘 허사했다. 도르 헨로 사삭은 지팡이 없이는 서 있지도 못할 상황이었다. 사나운 산지니를 팔뚝에 얹고 말을 달리거나 호쾌하게 바둑돌을 내리치던 자작의 모습을 또렷하게 기억하던 사람들은 떨리는 몸을 지팡이에 의지하여 힘겹게 걸어가는 자작을 보며 동정심을 느꼈다. 사람들 사이에서 산공부사 파라말 아이솔이 속삭였다.

"도르 자작 기절하겠는데요, 형님. 끝까지 걷지도 못할 것 같습니다."

파라말 아이솔의 형이자 율형부사인 사라말 아이솔은 진지하게 말했다.

"내 생각에도 기절한 채 걸으면 이상할 것 같아."

언제나처럼 파라말은 고개를 홰홰 내둘렀다. 사람들의 기대 섞인 오해에도 불구하고 파라말은 사라말과 대화가 가능한 유일한 사람이 아니었다. 하지만 사람들은 율형부사와 말이 통하는 사람이 세상에 한 사람쯤은 있다고 믿고 싶어했다. 그들의 바람이 잘못된 게 아님을 증명하기 위해서는 아니지만, 파라말은 다시 사라말에게 말을 걸어 보았다.

"옹골차기가 차돌 같던 이가 저렇게 한순간에 썩은 허수아비 꼴이 되는군요. 자식이란 그런 건가 봅니다. 부냐 헨로에 대한 재심 청구가 기각된 이상 도르 자작에겐 이것이 마지막 수단일 겁니다. 어떻게든 성심을 움직여 주면 좋겠군요."

"아아, 맞아. 기절한 채 걸으면 폐하께서도 동요하실 거야. 그런 뜻이었구나?"

파라말은 속으로 욕설을 중얼거리며 도르 헨로를 돌아보았다. 파라말 이외의 많은 사람들이 걱정했지만 다행히 도르 자작은 끝까지 쓰러지지 않고 걸어갔다. 황제가 말했다.

"듣겠다."

하지만 자작은 곧장 말하지 못하고 가쁜 숨을 몰아쉬었다. 그의 딱한 처지를 고려한 듯 치천제는 예외적으로 기다렸다. 간신히 호흡을 가다듬은 도르 헨로는 떨리는 두 손을 지팡이 위에 얹은 채 힘겹게 말했다.

"지극히 고귀하신 폐하. 폐하의 미천한 종복 도르 헨로가 돈수백배코 아뢰옵니다."

치천제는 또다시 예외적인 모습을 보여 주었다. 수사어에 대한 거부감을 보이지 않은 것이다. 도르는 한마디 한마디가 유언인 양 힘겹게 말했다.

"폐하, 감히 한 말씀 올리겠습니다. 사람의 인생이 한 번이라 말하는 자 많사옵니다만, 제가 보기엔 도깨비가 아니라도 사람의 인생은 두 번입니다. 처음에는 자식으로 살고, 그 다음엔 부모로 살게 됩니다. 그 둘은 한 사람의 두 가지 모습이 아니라 완전히 다른 두 사람입니다."

주위를 둘러본 파라말은 그들 중 누가 자식을 가진 사람인지 구분할 수 있을 것 같았다. 공감 어린 부모들의 시선 속에서 도르가 말했다.

"존경하는 폐하. 제 여식이 참으로 씻지 못할 대죄를 범했사옵니다. 제 손으로 직접 중벌을 내리도록 윤허하여 주시길 간청드리는 것이 폐하를 섬기는 신하된 도리일 것입니다. 그러나 나약한 아비의 마음이 저를 옹졸하게 만듭니다. 평생을 부끄러움 없이 살길 바랐건만, 이제 저는 부끄러움 속에서 천박해진 자신을 보게 되었사옵니다. 제 여식이 태위청에 끌려간 후 저는 매일처럼 뼈가 부서지고 장이 끊어지는 고통을 맛보았사옵니다. 이제 저는 옹졸하고 천박한 아비일 뿐입니다. 그리고 그런 아비로서 말하겠사옵니다. 제 여식은 제 목숨입니다."

도르 자작의 눈에 눈물이 영글었다. 도르는 흐느끼며 말했다.

"제 여식이 저지른 죄를 사해 달라 청하지는 않겠습니다. 하지만 죄를 논하기 위해서는 그 근원을 따져야 할 것입니다. 자녀의 죄는 결국 부모의 가르침이 잘못되었기 때문일 것입니다. 부디, 폐하, 저로 하여금 제 여식의 벌을 대신하게끔 허락하소서. 부디 제 것일 수 없는 작위와 봉급을 반납하고 딸을 잘못 가르친 죄수로서 벌을 받도록 하여 주소서."

파라말은 코가 시큰해지는 것을 느꼈다. 산공부사가 아는 도르는 자신의 작위를 사랑했다. 그것은 명예욕이나 권력욕과 달랐다. 명예욕이나 권력욕은 타인을 필요로 한다. 하지만 도르에게 타인은 필요없었다. 도르는 자작으로서 행동하고 사고하는 것을 즐겼을 뿐이다. 그런 도르 헬로가 작위를 포기하고 딸의 벌을 대신하게 해 달라고 간청하고 있었다.

황제는 세 번째의 예외를 보여 주진 않았다. 도르의 말이 끝나자마자 치천제의 대답이 시작되었다.

"비록 짐에게 자식이 없으나, 그대의 말에 담겨 있는 절절한 진심은 짐에게도 부모와 자식 간의 비할 데 없이 귀중한 인연의 무게를 짐작케 하는 바가 크다, 도르 헨로."

도르의 얼굴에 희망이 떠올랐다. 그러나 황제는 준열하게 말했다.

"그러나 신상필벌은 치도의 처음이고 마지막이다. 상을 대신 받는 자가 있을 수 없듯 벌을 대신하는 것 또한 부당하다. 그대가 딸을 사랑하는 아버지의 마음을 이야기한다면, 짐은 그대의 철없는 딸이 가벼이 위험에 빠트린 무수한 장병들의 어머니들을 말하겠다. 그대의 딸이 그대의 목숨이라면, 장병들 또한 그 어머니들에겐 목숨이다."

도르 헨로의 얼굴이 허옇게 질렸다. 황제는 그를 똑바로 바라보며 선고했다.

"따라서 짐은 그대의 해괴하기까지 한 요청을 거부한다. 물러가 근신해라. 이것이 황제의 대답이다."

"폐하!"

"물러가라."

도르는 물러나지 않았다. 금방이라도 쓰러질 듯 몸을 휘청거리면서 도르는 외쳤다.

"폐하, 부디 허락하여 주소서. 딸의 벌을 대신케 하여 주소서!"

치천제는 두 번 말하지 않았다. 대신 손을 들어 문을 가리켰다.

파라말 아이솔의 몸이 움찔했다. 치천제의 농삿은 격하지 않았지만 그 안에는 분노가 담겨 있었다. 문득 파라말은 치천제가 진짜 화를 낼 이유가 있음을 깨달았다. '폐하께서는 도르 헨로가 자신의 사사로운 정을 제국법 위에 놓으려 한다고 여기실 수 있다.' 위험했다. 시대착오적인 충성 서약을 고집하다가 죽은 자들의 피가 채 마르지도 않은 시점이었다.

도르 헨로 또한 치천제의 분노를 느낀 듯했다. 그는 힘없이 고개를 떨어뜨렸다. 그러나 몸을 돌리지는 않았다. 애타는 심정으로 바라보던 파라말의 시선이 도르 헨로의 지팡이에 멈추었다. 지팡이를 쥔 도르의 손 모양새가 좀 이상했다. 그 모양새를 살피던 파라말의 가슴이 철렁했다.

'지팡이 안에 수상한 짓이 들어 있나!'

파라말 아이솔은 앞으로 달려가려 했다. 그러나 그때 누군가의 손이 파라말의 어깨를 움켜쥐었다. 뒤를 돌아본 파라말은 형이 붙잡은 것을 알았다. 파라말이 황제 시해라는 말을 외치려 했을 때 사라말이 실로 우렁찬 목소리로 외쳤다.

"폐하 만세!"

사라말은 동생의 손을 낚아채어 앞으로 돌진했다. 파라말은 발목을 접질릴 뻔하며 그 뒤를 따랐지만 똑바로 서지는 못했다. 사라말이 다시 그를 내팽개쳤기 때문이다. 파라말은 쓰러질 것을 각오하고 눈을 질끈 감았다. 하지만 기대했던 충격은 오지 않았다. 파라말은 눈을 떴고 형의 손이 자신의 손을 붙잡고 있음을 깨달았다. 사리말은 양팔을 옆으로 쭉 뻗고 오른손으로 동생의 손을 움켜쥐고 있었다. 자신이 처한 상황을 힘겹게 깨달은 파라말은 비명을 지를 뻔했다. 그러나 사라말이 급하게 손을 잡아당겼기에 파라말의 비명은 삼켜지고 말았다.

노르 헨로는 자신의 옆에서 춤을 추는 아이솔 형제를 보며 다른 사람과 마찬가지로 기겁했다.

사라말은 파라말의 두 손에 깍지를 껴 그가 빠져나가지 못하도록 한 채 빙글빙글 돌았다. 꽤 즐거워 보였지만 파라말은 그 감정을 공유할 수 없었다. 잠깐이라도 멈췄다간 손등이 뒤로 꺾일 판국이었다. 어쩔 수 없이 형을 따라 돌며 파라말은 애처롭게 말했다.

"형님! 대관절······."

"살아야 딸을 구합니다."

파라말은 흠칫 놀라서 사라말을 바라보았다. 사라말은 옆을 보고 있었다. 형의 눈길을 따라간 파라말은 뻣뻣하게 굳은 모습으로 서 있는 도르 헨로 자작을 발견했다. 파라말은 뭔가를 알 것 같았으나 그것이 무엇인지는 알 수 없었다. 곧 형의 손이 그의 허리를 낚아챘기 때문이다. 그리고 또다시 쩌렁쩌렁 울리는 율형부사의 목소리가 들려왔다.

"제국 만세! 오오, 아라짓 만세!"

가까스로 정신을 차린 사람들은 온갖 소리를 내지르며 형제에게 달려들었다. 그때 그의 머리 위로 뭔가 엄청난 것이 휙 날아갔다.

코뿔소가 머리 위로 날아간다면 비슷한 느낌일 것이다. 아이솔 형제들을 뜯어말리려 애쓰던 사람들뿐만 아니라 대전에 서 있던 사람들 모두가 그 엄청난 기운에 놀라 머리를 감싸고 비명을 지르며 엎드렸다.

돌풍처럼 사람들의 머리 위를 날아 황제 앞에 사뿐히 내려선 것은 금군 부악타였다. 오뢰사수의 일원인 그 용맹한 레콘은 대전에서 소음이 들리자마자 지체 없이 뛰어든 참이었다. 벼슬을 꼿꼿이 세운 부악타는 우람한 두 팔을 벌린 채 황제에게 다가오는 어떤 위협이라도 막아 내겠다는 듯이 눈을 부라리며 대전을 훑어보았다. 그러나 부악타는 곧 어리둥절해졌다. 그의 시야 어디에서도 위험의 징후는 보이지 않았다. 다만 애처롭기까지 한 모습으로 엎어져 있는 사람들과, 그 가운데서 동생의 몸을 이리저리 흔들며 춤추고 있는 율형부사의 모습이 있을 뿐이었다. 그리고 그 광경은 부악타의 상상력을 가혹하게 고문했다. 어쩔 줄 몰라하는 부악타에게 황제의 명령이 들려왔다.

"부악타, 말려."

부악타는 황명을 듣자마기 앞으로 신발 볼이있나. 하지만 그는 이 존경받는 대신들의 광태를 어떻게 저지해야 할지 알 수 없었다. 그래서 부악타는 아무렇게나 행동했다. 그는 물건 들어 올리듯 율형부사와 산공부사의 뒷덜미를 낚아챘다. 한 손에 한 명씩 대신을 들어 올린 부악타는 황제에게 돌아섰다. 사라말은 그때까지도 기쁨에 겨워 황제와 제국의 영광을 말하고 있었다. 부악타는 그가 울음을 터뜨리지나 않을까 걱정했다.

치천제는 왼손으로 턱을 받치고 한숨을 내쉬었다.

"흔들어."

꼿꼿하게 서 있던 부악타의 벼슬이 수그러들었다. 그는 자신을 이해해 달라는 표정으로 사라말을 한 번 본 다음 그를 위아래로 흔들었다. 곧 사라말이 조용해졌다 삐뚜름한 모습으로 두 사람을 바라보던 치천제가 말했다.

"율형부사."

대전에 엎드려 있던 사람들도 하나 둘 일어서서 두 형제를 바라보았다. 사라말은 어지러움 때문에 조금 늦게 대답했다.

"예, 폐하."

"상황을 알고 싶군."

"황제 폐하와 같은 시대를 살고 있다는 사실이 기뻤습니다."

"짐에 대한 그대의 애정에 감동하고 싶지만, 그걸 꼭 지금 춤으로 표현해야 했나?"

"노래를 못 부릅니다."

사람들의 침묵 사이에서 익살맞은 표정의 소음들이 하나 둘 비어져 나왔다.

그 소음들은 뒤엉켜 알아듣기 힘든 불협화음을 구성했고 조금 후 어떤 유서 깊은 동작도 참여시켰다. 주위를 둘러본 파라말은 머리 옆에 손가락을 가져가 빙글빙글 돌리는 사람들을 꽤 많이 볼 수 있었다. 황제가 말했다.

"춤으로 표현해 줘서 고맙군. 짐도 노래엔 조예가 없으니까."

사람들은 이제 창의력을 시험당하게 되었다. 당장이라도 터져 나오려는 웃음을 참기 위해 사람들은 떠올릴 수 있는 모든 방법을 동원했다. 시뻘겋게 변한 얼굴 위로 핏줄이 탱탱 솟아오른 모습들은 어찌 보면 좀 괴기스럽기까지 했다. 황제가 말했다.

"기쁨조차도 표현하지 않으면 심화가 되는 법. 짐은 제국에 대한 참을 수 없는 애정을 거침없이 표현한 율형부사의 용기와 실행력에 찬사를 보낸다."

이제 사람들의 얼굴은 거무죽죽하게 바뀌었다. 몇 명은 당장 쓰러질 것 같았다.

"그러나 유감스럽게도 율형부사와 산공부사가 대신의 체통과 대전의 위엄을 손상시켰음을 묵과하긴 어렵다. 각자 태오회, 그리고 다음 번 지급되는 봉급을 절반으로 삭감한다. 태형은 금군 구레가 맡도록. 부악타는 구레에게 두 부사를 데려가라. 두 부사의 형벌은 기록에 남기지 않는다. 이것이 황제의 명령이다."

그리고 치천제는 옥좌에서 일어났다. 접견이 끝났으니 대전 회의를 시작해야 할 터이지만, 황제는 중요한 대신 두 명에게 피치 못할 사정이 생겼기에 대전 회의를 잠시 연기하기로 했다. 치천제는 다 죽어 가는 블레드 백작의 보필을 받으며 떠났다. 황제가 대전을 떠나자마자 여기저기서 엉덩방아 찧는 소리가 들려왔다.

율형부사와 산공부사는 폭소와 야유, 엄청난 질문들을 받으며 대전 밖으로 끌려갔다. 부악타가 베풀 수 있는 최선의 친절은 아무도 못 따라올 만큼 빠르게 달리는 일이었니, 때문에 아이솔 형제는 멀미를 일으켰다. 주위가 좀 조용해진 것을 깨달은 파라말은 힘겹게 입을 열었다.

"대단하십니다, 형님."

사라말은 멀미 때문에 반쯤 혼절한 상태여서 동생의 말에 대답하지 못했다. 파라말이 계속 말했다.

"조금 전에 깨달았습니다."

듣고 있는 부악타를 고려하여 파라말은 더 말하지 않았다. 하지만 사라말은 파라말이 뭘 깨달았는지 알 수 있었다. 파라말이 그제야 깨달은 것은 황제 시해가 불가능하다는 사실이었다. 다른 모든 성인 나가와 마찬가지로 심장을 적출한 치천제를 죽이는 것은 매우 힘들다. 최소한 쇠약한 인간 노인의 칼에 치천제가 죽을 일은 없다. 도르 자작 또한 그 사실을 알고 있으며, 사라말은 황제 시해가 아니라 자살 시위를 막기 위해 난동을 부린 것이다.

파라말은 형의 상황 판단에 감탄했다. 하지만 투덜거림을 억누르긴 힘들었다.

"그렇더라도 이게 무슨 개망신입니까. 좀 상식적인 방법을 쓰실 순 없었습니까? 아버님께서 이 소식을 전해 들으면 형님을 가만두지 않으실 겁니다. 그리고, 젠장. 봉급도 삭감당했잖습니까."

사라말 아이솔은 누군가에게 허리를 붙잡혀 들려 가는 사람이 지을 수 있는 가장 준엄한 얼굴로 동생을 노려보았다.

"아우야. 네 봉급이 그리도 중요하더냐? 내 생각에 더 중요한 것은 따로 있는 것 같다."

파라말은 당황했다. 그는 몇 푼의 돈보다 자작의 목숨이 훨씬 중요하다고 여기는 것은 자신 또한 마찬가지이며 다만 불평을 좀 해 본 것에 불과하다고 말하려 했다. 하지만 사라말은 동생이 변명하도록 내버려두지 않았다.

"넌 당연히 내 봉급부터 생각했어야 해. 그러니 네 봉급을 나한테 다오. 간신히 원상복구되겠군."

"형님!"



탈해 머리돌은 뼈끔이의 누름쇠를 눌러 연초를 점화시켰다. 연기를 가득 빨아들인 탈해는 볼을 부풀린 채 한동안 가만히 있었다. 잠시 후 즈믄누리의 무사장은 큰 입을 벌려 연기를 뭉게뭉게 뿜어내었다. 탈해는 연기들 중 일부가 부서져 촛불에 휘말려 들어가는 것을 보면서 말했다.

"불가능합니다."

엘시 백작은 고개를 들어 탈해를 바라보다가 다시 서탁을 내려다보았다. 그곳에는 대장군에게 보내진 보고서들과 함께 정우 규리하가 보낸 서신이 놓여 있었다. 엘시는 좀 전에 그것을 탈해에게 내놓았고 탈해는 아직 그것을 집어 들지 않았다. 엘시는 손가락들을 엮어 서탁 위에 얹었다.

"왜 확신하는 거지?"

"저도 그런 생각을 했으니까요."

"자네도 했다고?"

"예. 정우가 즈믄누리를 떠난 직후였을 겁니다. 정우가 보고 싶어서 성주님께 여쭤 본 적이 있습니다. 혹 즈믄누리에서 라수의 방으로 이동하는 방법이 없냐고. 라수의 방도 한때는 즈믄누리의 일부분이었으니까 제 생각엔 가능할 것 같았거든요."

"그렇다면 정우는 역시 도깨비처럼 새파란 셋이군. 그렇지 않으면 사에시림 생각한 것일지도 모르겠군. 그래서 바우 성주님은 뭐라고 하셨지?"

탈해는 다시 연기를 잔뜩 뿜어내었다.

"안 된다고 하시더군요. 모든 이보다 낮은 여신의 허락이 없고서는 그런 일은 불가능하다고 하셨습니다. 그리고 여신께서 그런 일을 허락해 주실 리가 없다고 덧붙이셨지요."

엘시는 의아해했다. 탈해가 거론하는 여신은 도깨비를 돌보는 신이 아니다.

"왜 레콘의 여신께서 허락하셔야 된다는 거지?"

"그건 저도 모릅니다. 성주님께서 그렇게만 말씀하셨으니까요."

엘시는 조금 고민하다가 곧 그것을 떨쳐 내었다. 신학은 그의 최대 관심사기 아니었고 엘시는 실제적인 일에 대해 생각했다. 규리하 성의 지하 금고방과 즈믄누리가 연관이 없다면 아이저 규리하가 즈믄누리로 도피했을 가능성은 없다. 그때 탈해가 툭 던지듯 말했다.

"그렇다면 정우는 즈믄누리로 가고 싶어했다는 말이군요. 결혼하고 싶어하는 것이 아니고요."

투명하게 흘러내리던 촛농이 하얗게 굳었다. 엘시는 흔들리는 촛불이 서탁 위에 어지러이 뿌리는 그림자를 바라보았다.

"정우는 강압에 의해 결혼할까 봐 걱정한 거야. 나는 그런 일이 없을 거라고 설명했고."

"강압에 의한 것이 아니라면 결혼할 마음이 있다고 생각하십니까?"

"어쨌든 그녀도 결혼할 나이가 되지 않았나. 아이를 가지고 싶다고 하더군."

"그 이야기를 했군요. 정우는 자기가 아이를 좋아한다고 착각하고 있습니다."

엘시는 의아한 표정으로 말했다.

"그게 무슨 말이지?"

탈해는 무의미해 보이는 손짓을 하며 말했다.

"실제로 아이를 겪어 본 다음에 내린 결론이 아니라는 겁니다. 뭐, 정우가 아이들을 겪은 후에도 좋아할지도 모르지요. 하지만 지금 정우가 아이를 좋아한다고 말한다면 그건 일종의 환상입니다. 저희는 정우가 아이들을 가까이하지 못하도록 했습니다."

"왜지?"

"도깨비불 때문이지요."

"아. 그렇군."

"예. 말하는 법을 갓 터득한 아이들이 얼마나 말을 많이하는지는 각하께서도 아실 겁니다. 불을 다루는 법을 터득한 도깨비의 아이들도 마찬가지지요. 불장난이 한이 없습니다. 도깨비들끼리야 아무 위험이 없습니다만. 정우가 그런 불장난을 당한다면 끔찍한 일이 일어나겠지요."

탈해의 음색이 어두웠다. 아이들과 놀고 싶어하면서도 접근을 금지당한 정우에 대해 생각해 보자 엘시도 동정심을 느꼈다.

"안됐군. 하지만 자기 아이를 키우는 일에 환상을 품는 것은 처녀들의 권리일 테지. 정우가 결혼과 자녀에 대한 환상을 가지고 있다는 게 결혼할 수 없는 이유가 되지는 않아. 하지만 결국 결정을 내리는 것은 그녀야. 그러니 자네는 이 편지를 바우 성주님께 가져가야 해."

탈해는 엘시가 가리킨 서신의 피봉을 바라보았다. 거기엔 탈해에게 익숙한 글씨로 친전이라 적혀 있었다. 그의 눈썹이 좌우로 처졌다.

"솔직히. 성주님께서 정우가 결혼해야 한다는 결정을 내리실까 봐 겁납니다."

"그런가."

"폐하께서는 도대체 왜 그러시는 거죠? 누구는 억지로 결혼시키고 정인이 있는 누구는……."

탈해는 자신의 입을 원망하며 엘시의 안색을 살폈다. 엘시는 굳은 얼굴로 자신의 손을 내려다보고 있었다.

"죄송합니다. 각하. 경박하게 입을 놀렸습니다."

"탈해. 사과는 내 제국이 부냐를 사랑하게 되었을 때 듣겠다고 했어."

"제국이 어떻게 부냐를 사랑할 수 있단 말입니까? 부냐는 지금 제국을 위해 아무것도 할 수 없습니다. 풀려나야 제국을 위해 봉사하든지 말든지 할 수 있는 것 아닙니까. 그러니 더욱 풀려나야지요. 기회를 줘야 합니다."

"나는 갇혀 있지 않아. 부냐가 제국에 봉사하지 못한다면 내가 하면 돼."

탈해는 문득 어떤 의심을 느꼈다. 탈해는 솔직하게 그 의심을 말해보았다.

"정우가 결혼하는 것이 제국에 도움되는 일입니까?"

"주인을 잃은 이 땅에 가장 도움되는 일은 조속히 새 주인을 주는 것 아니겠나? 정우가 통치에 관심 있었다면 폐하께선 그녀를 규리하의 통치자로 임명하셨을 거야. 하지만 정우가 원하지 않으니 그 남편에게 맡길 수밖에 없지. 정우가 통치도 거부하고 결혼도 거부한다면 도대체 의무를 뭘로 생각하는 거냐는 비난을 받을 수도 있겠지. 안 그런가?"

"그게 왜 정우의 의무입니까? 정우가 이 땅과 가진 인연은 여기서 태어났다는 것뿐입니다. 정우가 책임감을 느껴야 한다면 그 대상은 오히려 즈믄누리일 겁니다."

"즈믄누리는 정우를 규리하로 보냈어."

"그건 바우 성주님께서……."

"바우 성주님이 즈믄누리의 의지를 대표하지 않는다고 말할 건가?"

탈해는 할 말이 없어졌다. 신경질적으로 뼈끔이를 빨던 탈해는 이미 연초를 다 태웠음을 알았다. 누름쇠를 눌렀지만 뼈끔이는 쇠 부딪치는 소리로 딸꾹질을 할 뿐이었다. 여섯 대를 다 피운 것이다. 탈해는 섬세하지 못한 동작으로 뼈끔이를 품 안에 쑤셔 넣었다. 그 모습을 바라보던 엘시가 말했다.

"탈해. 종족이나 성별, 부모나 고향 등을 선택할 수 있는 사람은 없어. 그것들은 그냥 받아들여야 해. 그것들이 주는 이익과 마찬가지로 손해도. 그런 손해들에 괴로워할 시간이 있다면 차라리 그 손해를 줄이거나 손해를 이익으로 바꾸는 일을 생각하는 쪽이 낫지. 정우도 마찬가지야. 정우는 반역자가 될 아버지의 딸로 태어났어. 하지만 나는 정우에게 그것에 대해 괴로워하거나 다른 이들을 원망할 시간이 있다면 차라리 그 시간에 상황을 개선하도록 애쓰라고 말하고 싶어. 그리고 자네에게도 정우가 그럴 수 있도록 도와주라고 말하고 싶군. 아버지를 부정하고 즈믄누리로 돌아가는 것도 방법이겠지만, 규리하의 차기 지배자의 아내가 되어 폐하께 봉사하는 것도 또한 방법이니. 나는 후자를 지지하네. 선사가 바르지 못한 일이라고 믿기 때문은 아니야. 전자의 경우 정우가 서약 지지파처럼 보일 수 있기 때문이야."

"네? 정우는 충성 서약에 대해서는 아무 의견도 없을 겁니다."

"그럴 수도 있겠지. 하지만 자기가 보고 싶은 것만 보려는 사람들의 눈에는 규리하의 통치자라는 엄청난 지위를 포기하는 정우가 이상하게 보이겠지. 그리고 그런 이들은 정우가 그 부친처럼 서약을 지지하기 때문에 황제가 내린 지위를 거부하는 것이라고 설명하겠지. 그렇게 된다면 정우는 물론이거니와 정우를 후원하는 즈믄누리에까지 피해가 갈 거야."

"어이구, 말도 안 됩니다!"

"맞아. 하지만 일어날 수 있는 일이지. 공정하게 말하고 싶으니 전자의 좋은 점도 거론해야겠군. 결혼을 거절하고 즈믄누리로 간다면 정우는 그 아버지에게 공격당하지는 않겠지."

탈해는 기가 찬다는 얼굴로 말했다.

"그게 장점이라는 겁니까?"

엘시는 대답하지 않았다. 대신 손을 뻗어 서신을 집어 들었다. 엘시는 그것을 탈해에게 내밀었다.

"가게. 결정은 정우가 할 거야. 우리가 그녀의 결정까지 대신해 줄 필요는 없어. 그래서도 안 되고. 다만 정우가 요구하는 정보들을 제공하려 애써야 할 거야. 그것이 바른 일이겠지."

거부감이 완전히 가신 것은 아니었지만 탈해는 상당히 수긍하게 되었다.

"그 말씀이 맞군요. 결정을 대신하려 해서는 안 되겠지요."

탈해는 서신을 받아 들었다.


깊은 밤. 갈바마리 로를 따라 걷고 있는 두 남자가 있었다. 그 걷고 있는 모양새가 꽤 독특했다. 보폭이 채 한 뼘이 될까 말까 했고 발 디딤은 한없이 조심스러웠다. 쇠못을 잔뜩 뿌린 바닥을 걷는다면 비슷한 모습일 테지만 갈바마리 로에는 쇠못은커녕 보행자들에게 긴장을 요구하는 가축의 배설물조차 없었다. 따라서 그 걸음걸이를 수상하게 여긴 유수부의 야경꾼들이 계속 접근하는 것은 당연했다.

하지만 의문을 해소하기 위해 접근했던 야경꾼들은 더 큰 의문만 가지고 물러났다. 그 묘한 걸음걸이의 주인공들은 자신들의 걸음걸이가 국정의 미묘한 운영에 의해 발생한 부득이한 결과라고 설명했다. 야경꾼들은 도무지 그 말을 이해할 수 없었지만 그들 중 율형부의 수장과 산공부의 수장을 의심할 수 있는 자들은 아무도 없었다.

다섯 번째의 야경꾼들이 예를 표하고 물러나자 산공부사 파라말 아이솔은 한숨을 내쉬었다.

  자랑스럽게 말하기는 힘든 체험 때문에 의자에 앉기 힘들어진 두 형제는 그날의 남은 업무를 서서 처리했다. 그리고 그들의 책상은 서서 일하는 사람들을 위한 것이 아니었다. 집중력을 저하시키는 그런 조건들에 시시때때로 머리끝을 쭈뼛하게 만드는 신체 어느 곳의 불쾌한 감각까지 더해지자 그들의 귀가는 꽤 늦어졌다.

  다시 걸음을 떼려던 산공부사 파라말은 형이 움직이지 않는 것을 깨달았다. 파라말은 묻는 표정으로 사라말을 바라보았다. 그러자 사라말이 손을 들어 하늘 한 곳을 가니셨다.

  달이 밝았고 밤하늘은 푸르렀다. 형이 가리킨 곳을 보니 딱정벌레 한 마리가 하늘로 솟아오르고 있었다. 몽화각의 도깨비들 중 한 명이 야간 비행에 나서는가 보다 생각한 파라말은 형을 다시 쳐다보았다. 그러자 사라말은 딱정벌레의 움직임이 범상치 않다는 것을 지적했다. 다시 딱정벌레를 돌아본 파라말은 그 상승속도가 굉장하다는 것을 깨달았다.

  율형부사와 산공부사가 몸의 고통도 잊은 채 난생처음 보는 딱정벌레의 속도에 감탄하고 있을 때 그들의 발아래 수백 길을 내려간 곳에서는 제국군 부위 틸러 달비가 성벽을 걷고 있었다.

  틸러 달비 부위의 원래 임무는 가시나무 군단 3대대 1중대 2소대를 지휘하는 것이었다. 제국군 편제에서 인간 보병을 기준으로 할 때 소대는 200명으로 구성되며, 그것은 4개 분대, 20개 반에 해당한다. 따라서 틸러 달비 소대장의 휘하엔 네 명의 수전사와 스무 명의 상전사가 있다. 이 인원은 교위급까지 올라갈 필요가 없는 사소한 업무들을 충분히 처리할 만한 인력이다. 따라서 다른 제국군의 부위들과 마찬가지로, 전투 상황에서 최일선의 돌격대장인 틸러 달비는 비전투 상황에선 가용 시간이 많은 편이다. 물론 군대는 조직원들을 절대로 무위도식하게 내버려두지 않는다. '노는 부위를 돌려라.'라는 은어로 표현되는 제국군의 전통적인 불문율에 따라 틸러 달비는 원래 임무 이외의 다른 임무를 맡고 있었다. 틸러의 현재 임무는 스스로 체포한 중요 포로인 비셀스 규리하를 보좌하는 일이었다.

하지만 규리하 성이 상냥한 달빛과 부드러운 고요 속에 잠든 시각. 틸러는 제국군의 또 다른 불문율인 '열심히 도는 놈이 바보.'에 따라 농땡이를 부리기로 결정했다. 물론 틸러는 누군가에게 들려줄 일이 없길 바라는 이유 하나쯤은 가지고 있었다. 틸러의 소대는 그날 밤 성벽의 경계 근무를 서고 있었다. 틸러는 소대장으로서 소대의 근무 태도를 점검해야겠다고 생각했다. 다른 말로 하면 야식거리 징발이 아니냐는 지적이 틸러를 많이 당황하게 하지는 않을 것이다.

아무도 올 리 없는 성벽 위에서 한가롭게 야참을 먹으려 했던 하전사들에겐 봉변이라 할 수 있을 것이다. 먹고 돌아서면 배가 고파지는 병사들의 생리를 잘 알고 차가운 바람을 맞으며 성벽 위에 서 있어야 하는 고충도 짐작하기에 틸러는 일부러 수색을 대충 했다. 하전사들이 자신을 욕하며 씹을 것을 남겨 두기 위해서였다. 그런데도 틸러는 성벽을 반도 돌지 않은 시점에 상당량의 군것질거리를 획득했다. 틸러는 걸음을 멈추고 즐거운 마음으로 그것들을 먹기 시작했다.

구운 옥수수를 입 안 가득히 집어넣고 우물거리던 틸러는 묘한 소리를 들었다.

그는 씹던 동작을 멈추고 소리에 귀를 기울였다. 조금 후 그 소리가 누군가가 시험 삼아 부는 대금 소리라는 것을 깨달았다. 기묘한 일이었다. 제국군은 취침 시간에 소음을 내도록 허락하지 않는다. 소리가 들려오던 곳을 가늠하던 틸러는 소스라치게 놀랐다. 다음 순간 틸러는 계단을 향해 맹렬하게 달려갔다. 소리가 들려온 곳은 정우의 방이었다. 그리고 틸러가 알기로 정우에겐 분명히 대금이 없었다.

틸러 달비가 제국군 정규 훈련 과정에 없는 '옥수수알 뿜으며 달리기'라는 기술을 연마하던 시각, 정우는 입에서 대금을 떼어 그것을 내려다보았다.

시험 삼아 불어 본 대금의 음색은 훌륭했다. 사실인즉 잠이 오지 않았던 정우는 마음을 달랠 만한 물건이 있나 찾아보려고 라수의 방으로 갔고, 그곳에서 유래를 알 수 없는 대금 한 자루를 발견했다. 좋은 악기였지만 보물이라고 할 만한 물건 같지는 않았기에 정우는 선조들 중 누군가가 쓰던 악기일 거라 짐작했다.

정우의 손은 대금 연주에 유리할 만큼 크지 않았지만 손가락들은 대단히 유연했다. 체구가 훨씬 큰 도깨비들의 도구에 적응했기 때문이다. 그녀는 자신이 어렵잖게 그 대금을 다룰 수 있다는 것을 알았다. 다만 오랫동안 사용되지 않았던 탓인지 갈대청의 성능이 좋지 않았다. 제대로 쓰려면 청을 갈아 줘야 할 것 같았다. 청가리개를 이리저리 움직여 보던 정우는 달빛이 새어 들어오는 창문으로 다가갔다.

창문은 시허릭 마지오 상장군이 안심할 만큼 좁았지만 세로 방향으로는 충분히 길었다. 창문을 열고 얼굴을 바짝 붙이면 바깥의 풍경을 상당히 넓게 볼 수 있었다. 정우는 푸른 달빛이 쏟아지는 규리하 성과 성벽을 바라보았다.

희푸른 달빛 속에 성벽은 커다란 얼음덩이처럼 보였다. 성벽 너머에 산재한 농토들은 전쟁 때문에 관리가 되지 않아 황무지로 바뀌고 있었다. 새파란 달빛 아래 황무지는 아름다워 보였지만 정우는 규리하령의 주민들에게 이번 겨울이 꽤 가혹할 것 같다고 생각했다. 그들을 보살펴 줄 아버지가 도주해 버린 지금 누가 그들을 보살필 것인지 궁금해하던 그녀는 아마도 엘시 대장군과 제국군이 그 일을 맡으리라고 추측했다.

그리고 정우는 흠칫 놀랐다. 자기도 모르게 그녀는 규리하를 다스릴 책임이 있는 사람처럼 생각하고 있었다.

책임이라는 단어는 정우를 혼란스럽게 했다. 그녀는 자신이 이 전쟁에 대해 정말 아무것도 모른다는 사실을 깨달았다. 그녀가 아는 것은 황제가 거부한 충성 서약을 그녀의 아버지인 아이저 규리하가 고집스럽게 지지했다는 사실, 그 때문에 황제와 아이저 규리하의 사이가 전쟁을 통해 견해차를 조절해야 할 정도로 악화되었다는 사실, 그리고 황제 측의 견해를 대변하기 위해 규리하로 온 대장군 엘시 에더리 백작이 무향이라고까지 불리는 이 땅의 견해를 간단히 묵살해 버렸다는 사실뿐이었다.

그리고 그런 사실들은 누구나 다 아는 사실이었다. 정우는 아이저 규리하의 장녀가 이토록이나 아는 것이 없다는 사실에 놀랐다. 자신이 모르는 일에 책임을 지지 않는 것은 당연한 일이다. 하지만 정우는 아이저 규리하의 장녀에게 규리하령의 사정이 몰라도 되는 일인지 확신할 수 없었다.

정우는 손에 쥔 대금이 그런 혼란을 야기하고 있음을 서서히 인지했다.

그녀의 선조 중 한 명이며 그녀와 마찬가지로 과텔 규리하와 케나린 규리하의 후예였을 누군가가 썼을 대금. 정우는 케나린에 대해 생각했다. 물론 자신과 케나린을 동일시하기 힘들었다. 케나린은 태어나자마자 이 땅을 떠나 도깨비들 사이에서 자라지 않았다. 하지만 케나린 규리하 또한 아버지가 없는 상태에서 결혼에 직면했다. 케나린의 선택은 아버지의 심복 중 한 명과 결혼하여 직접 이 땅을 다스리는 것이었다.

심회가 번잡했다. 정우는 대금을 움켜쥐며 하늘을 올려다보았다.

그 순간 정우는 하늘누리의 율형부사와 산공부사를 감탄케 했던 것을 보았다.

딱정벌레는 세차게 움직이는 속날개와 반들거리는 외피로 달빛을 조각내어 흩뿌리고 있었다. 두 번 생각할 것도 없이 정우는 그것이 번뜩이임을 확신했다. 기수까지 확인할 수는 없었지만, 정우의 편지를 가진 탈해가 그 위에 타고 있으리라는 것은 분명했다.

정우는 뜨거운 그리움을 느꼈다. 소리쳐 부르고 싶었지만 그런 충동을 억눌렀다. 계명성을 내뿜는 레콘이라 하더라도 저 고도에서 딱정벌레 날갯소리에 감싸인 기수를 불러 내리는 일은 만만치 않을 것이다. 애틋하고 서럽기까지 한 감정 속에서 정우는 번뜩이를 향해 손을 흔들었다. 볼 수 없을 테지만 그녀는 손을 흔들어야 했다.

그러나 번뜩이는 곧장 즈믄누리로 날아가지 않았다. 번뜩이가 크게 선회하는 것을 본 정우는 어리둥절해졌다. 그러나 곧 그녀는 탈해의 마음을 깨달았다. 탈해 또한 정우를 볼 수 없다. 하지만 탈해는 정우가 있는 규리하 성의 상공을 한 바퀴 돌지 않고서는 떠나기 힘들었을 것이다. 정우가 볼 수 없는 탈해에게 손을 흔든 것처럼.

정우는 기쁨의 신음을 흘렸다. 탈해가 그녀를 잊을 리 없다는 것을 잘 알고 있었지만, 그런데도 정우는 그런 행동이 고마웠다. 북받치는 고마움과 그리움 속에서 그녀는 대금을 들어 올렸다.

서로 볼 수 없어도 보여 줄 수 있다면 들을 수 없어도 들려줄 수 있다. 정우는 탈해가 잘 있으라는 안부를 말하고 있다는 것을 직감했다. 그 화답을 보내야 했다. 정우는 취구에 입술을 대고 잠시 호흡을 멈췄다. 그리고 천천히 입김을 불어넣었다. 입김에 자극받은 갈대청이 몸을 떨었다.

고대를 꿈꾸는 규리하의 돌들 위로 대금의 징철한 소리가 흘렀다.

# 제 3 장

"여기 있잖아."
— 레콘에겐 왜 성(姓)이 없냐는 질문에 자신의 철창을 들어 보이며 티나한이 한 말

## 기적을 감상하는 태도

나나본의 중앙 시장은 열기와 소음으로 들끓었다.

주막에 앉아 있던 지멘은 조용히 술잔을 들어 올렸다. 장터에 가설된 주막에는 레콘이 마음 편히 몸을 맡길 의자 같은 것은 없었지만 주막 주인은 떼버디에 멍석을 쓸아 두었다. 그리고 장터를 흘러 다닐 수 있는 물기에 대비하여 멍석 아래에는 짚더미도 깔아 두었다. 지금 그 멍석에는 지멘이 홀로 앉아 있었다. 레콘과 동석할 수 있는 배짱을 가진 자들도 공성병기 같은 두 자루 병기와 동석할 용기까지는 끌어내지 못했던 모양이다. 그 결과로 주위의 다른 멍석들은 포화 상태였다.

주막 주인은 그 사실에 대해 짜증을 내지 않기로 했다. 그 또한 지멘이 옆에 놓아둔 무시무시한 망치와 압도적인 도끼에 질린 것은 마찬가지였거니와, 지멘은 상당량의 음식을 주문했기에 주인이 입은 손해도 별로 없었다. 그래서 주막 주인은 손들의 수발을 들며 그 무기들의 유래를 고민했다. 두 가지 무기를 쓰는 레콘은 없기에 그것은 이상한 일이었다. 필요에 따라 가지고 다니는 단검 같은 것을 제외하면 모든 레콘은 최후의 대장간에서 받은 한 가지 무기만을 평생 지닌다.

그때 저편에서 낭랑한 외침이 들렸다. 건방지기까지 한 쾌활한 목소리였다.

"저는 버릇없이 자랐어요. 아저씨 때문에 제가 철 들어 버리면 책임질 거예요?"

주막의 손들이 피식거렸다. 주인 또한 얼굴을 기분 좋게 찡그리며 외침이 들려온 곳을 바라보았다. 거기엔 지멘의 동행이 서 있었다. 두 자루의 무기만큼이나 기묘한 동행이었다.

거침없는 화법과 무례한 흥정 기술로 피혁상을 곤경에 몰아넣고 있는 것은 인간 기준으로도 꽤 작은 키의 애꾸눈 소녀였다. 한쪽 눈을 덮은 큼직한 안대, 비뚤어진 코, 뭉개진 귓바퀴 등은 굉장한 불균형을 이루고 있었지만 그 불균형이 용케도 떠받치고 있는 것은 싱그러운 생기다. 선량하다는 평가를 받고 싶어하는 보통 사람들이라면 그 소녀에게 동정 어린 눈빛을 보낼 것 같지만, 정작 그 생기 가득한 소녀는 자신을 별로 동정하지 않는 듯했다. 소녀가 자신의 안대를 손가락질하며 외쳤을 때 그 사실은 분명해졌다.

"몰라요! 저는 반밖에 안 보이니까 반값!"

"그럼 장님한텐 공짜로 줄까!"

꽤 수학적인 대답이다. 그리고 소녀는 그 논리를 간단히 격파했다.

"그러니까 저한테 고맙다고 해요. 그 꼴사나운 모피에 반값이라도 준다잖아요."

"젠장, 그 가격으론 무두질하는 데 쓴 백반 값도 안 돼, 아가씨."

"그 말 물정 모르는 바보한테 또 써먹고 싶으면 저한테 잘 보여야 할 거예요. 아저씨. 그렇지 않으면 여기서 반나절도 걸리지 않는 곳에 명반석 광산이 있다는 거 온 장터에 다 떠들고 다닐지도 모르니까."

 피혁상은 '허!' 하는 소리를 내뱉었지만 속으로는 당황했다. 명반의 희귀성으로 으름장을 놓는 최후의, 그리고 가장 성공률 높았던 수단이 쓸모없어진 이상 그는 다른 수단을 바삐 강구해야 했다.

 피혁상은 자신의 게으름을 탓할 수밖에 없었다. 다른 수단이 떠오르지 않았다. 결국 애꾸눈 소녀 아실은 자신이 정한 가격으로 털가죽을 사들일 수 있었다. 그녀는 당당하게 전리품을 끌어안고 가설 주막을 향해 걸어왔다.

 주막 사람들은 모두 흥미진진하게 지멘도 아실과 시멘을 훔쳐보았다.

 아실은 끌어안고 온 털가죽을 멍석에 내려놓고는 그 위에 털썩 주저앉아 숨을 몰아쉬었다. 지멘은 아무 말 없이 술잔만 비웠지만 아실은 무슨 질문을 들은 양 천연덕스럽게 대답했다.

 "아, 이거요? 옷 만들려고. 제대로 만들려면 시간이 꽤 걸리겠지만 그럴 시간은 없고, 아무래도 둘둘 말 것보다 좀 나은 정도밖에 안 되겠네."

 지멘이 질문하는 것을 듣지 못했기에 주막에 있던 이들은 좀 어리둥절해졌다. 그때 아실이 다시 말했다.

 "걱정 마요. 금방이니까."

 주막의 손들과 주인은 더욱 곤혹스러운 기분을 느꼈다. 그들 사이에서는 지멘이 혹 니른 것이 아닌가 하는 종족적 특성을 무시하는 가설까지 오갔다. 하지만 지멘도 아실도 주위에서 일어나는 동요에 대해서는 신경 쓰지 않았다. 지멘은 한결같이 술잔을 비웠고 아실은 지멘의 배낭에 머리를 집어넣었다.

기적을 감상하는 태도 213

조금 후 배낭으로부터 다급한 구조 요청이 흘러나왔다. 지멘은 옆을 돌아보지 않은 채 왼손을 뻗었다. 그리고 배낭에 처박혀 버둥거리고 있는 아실의 발목을 붙잡아 들어 올렸다. 멍석 위에 똑바로 앉혀진 아실은 한참 동안 가쁘게 숨을 몰아쉬었다.

"씨, 배낭인지 뒤주인지."

지멘은 들은 척도 하지 않았다. 그리고 아실은 지멘이 들은 척해 주길 바라는 척하지도 않았다. 지멘은 술잔에, 그리고 아실은 꺼내 든 반짇고리에만 주의를 기울였다.

다른 옷도 마찬가지지만 털가죽 옷을 만드는 일은 매우 까다롭다. 마름질도 힘들거니와 가끔 송곳이 필요해지는 바느질은 숙련공의 기술이 아니고선 감당할 엄두도 내기 어렵다. 자신의 재능이 어느 쪽에 있는지 분명히 알고 있던 아실은 세련미 따위는 고려하지도 않았다.

아실은 자신의 옷 한 벌을 꺼낸 다음 거기에 털가죽을 잘라 붙이는 방법을 썼다. 옷본도 필요 없고 정교한 마름질도 필요 없는 영리한 방법이다. 그리고 빠르기도 했다. 짧은 시간 동안 아실은 방한복 한 벌을 완성했다. 도저히 튼튼하다고는 할 수 없지만 아실은 자신의 다리로 움직여야 할 일은 별로 없을 거라 생각했다. 직접 입고서 팔다리를 놀려 본 아실은 만족했다는 듯이 고개를 끄덕였다.

"자, 이제 출발해도 돼요."

지멘은 움직이지 않았다.

붙잡혀 들어 올려지길 기다리던 아실은 눈을 동그랗게 뜨며 지멘을 바라보았다. 그는 팔짱을 낀 채 장터 한쪽을 물끄러미 바라보고 있었다. 아실은 의아해하며 그쪽을 쳐다보았다.

저 멀리서 젊은 레콘 한 명이 누군가를 향해 이야기하고 있었다. 오가는 사람들과 천막들 때문에 레콘의 상대는 잘 보이지 않았지만 사람들의 머리 위로 불쑥 올라와 있는 레콘의 모습은 탑처럼 잘 보였다. 그 때문에 아래를 향해 이야기하는 레콘 젊은이의 모습은 마치 일인극을 보는 듯했다.

아실은 그 젊은이에게 뭔가 문제가 있다고 생각했다. 소음 때문에 정확하게 무슨 말이 오가는지는 알 수 없었지만 젊은이는 노기를 억누르는 기색이 역력했다. 목 뒤편의 깃털이 부풀어 올랐다가 눕기를 반복했고 수염볏이 자꾸 뻣뻣해지고 있었다. 레콘을 감성적이라고 말하긴 어렵겠지만, 비쨌든 그들의 감성 표현은 대단히 명확하다.

주막 주인에게 셈을 치른 지멘은 그 청년을 향해 곧장 걸어갔다. 아실은 그 뒤를 따랐다. 가까이 다가가자 조금씩 젊은 레콘의 목소리가 들려왔다.

"제기랄, 그런 법이 어디 있어?"

그러자 인간의 것으로 짐작되는 칼칼한 목소리가 그 말을 받았다.

"사람 말을 제멋대로 이해해 놓고 억지를 부리면 곤란하지요."

아직 그 모습을 보기 전부터 아실은 상대편의 용기가 대단하다고 생각했다. 사람들 사이를 빠져나와 현장을 목격한 아실은 그 용감한 인간이 앞뒤 없이 무모해도 무방한 젊은이가 아니라 불정밝을 중늙은이라는 사실에 놀랐다.

중년 남자는 괜찮은 옷을 입고 있지만 어떻게 봐도 투사라고 보긴 힘든 모습이었다. 레콘 청년의 얼굴을 보기 위해 고개를 한껏 젖히고 있기 때문에 목 뒤의 살들이 옷깃 너머로 비어져 나와 벌게져 있었다. 그를 상대하고 있는 레콘은 호리호리한 체구의, 그다지 잘 먹지는 못한 것 같은 모습의 청년이었다. 물론 레콘의 기준으로 날씬하다는 것이지 상대편의 인간은 비교도 될 수 없을 만큼 거대했다. 하지만 중년 남자는 주눅 든 기색도 없이 그들 사이에 놓여 있는 뭔가를 가리키며 말하고 있었다.

아실은 잠깐 동안 남자가 가리키는 것이 뭔지 알 수 없었다. 자세히 바라본 후에야 그것이 원래 얼룩곰이라 불리는 동물임을 알 수 있었다. 뚜렷한 얼룩무늬인데도 알아보기 어려운 것은 그 얼룩곰이 참 희한한 모습을 하고 있었기 때문이다. 잔뜩 으스러진 부위는 한참 본 후에야 머리라는 것을 알 수 있었고 네 다리 또한 온전한 것이 별로 없었다. 그리고 갈비뼈는 부러진 채 피부를 뚫고 튀어나와 있었다. 어떤 가공할 힘을 가진 작자가 그 얼룩곰을 부서져도 별로 상관없는 장난감 취급을 한 듯했다. 그리고 아실은 누가 그런 일을 했는지 짐작할 수 있었다. 아실의 짐작을 뒷받침하듯 레콘 청년이 손을 내리며 말했다.

"네 말대로 칼 안 댔잖아. 화살도 안 댔고. 한번 살펴보라고. 어디에 그런 자국이 있는지."

무기는 어디다 뒀는지 젊은이는 빈손이었다. 젊은 레콘은 그 빈손으로 얼룩곰의 상당히 망가진 사체를 들어 넝마 조각처럼 흔들었다. 위협적인 광경이었기에 인간은 뒤로 한두 걸음 물러나서 찌푸린 얼굴로 말했다.

"무기를 써선 안 된다고 말한 건 온전한 상태이길 원했기 때문입니다. 하지만 이게 뭡니까? 다 뭉개지고 박살 났잖아요. 이런 꼬락서니로 어떻게 박제를 만든다는 겁니까?"

"젠장. 네가 이걸 구워 먹을지 튀겨 먹을지 알게 뭐야. 무기

쓰지 말라고 해서 때려잡았잖아. 너 하라는 대로 다했어. 그러니 내 돈 내놔."

인간은 기어코 울화통이 터진 듯했다.

"말 좀 제대로 들으란 말입니다! 온전한 모습이 필요한 거라고요. 이건 못 씁니다. 돈은 줄 수 없어요."

"이 조그만 날강도 새끼 같으니, 뭐? 돈을 못 준다고? 못 줘? 야, 이 조그만 새끼야. 네 녀석 뼈대가 이 얼룩곰보다 더 단단한지 한번 확인해 볼까?"

인간은 섬뜩한 표정으로 손을 허리로 가져갔다. 거기에 칼이라도 있나 생각했던 아실은 맥이 빠졌다. 그곳에는 수통이 있었다. 아실처럼 수통을 확인한 레콘의 몸이 당장 부풀어올랐다.

"너, 거기서 손 안 떼면 네 엉덩이 볼 수 있게 해 준다."

"협박하지 마시오. 젠장. 날강도라니. 부리 함부로 놀릴 거요? 누가 누구한테 강도라는 거야? 어디서 제 놈 머릿속 같은 꼴을 한 얼룩곰 한 마리 가져와서는 돈 내놓으라고?"

"너 이 새끼, 진짜 끝까지 한번 가 볼래?"

비무장의 레콘이 있을 리 없다. 아실은 그 청년의 무기가 어디에 있는지 알게 되었다. 레콘 청년은 등 뒤에서 자신의 병기를 꺼내어 들었다.

젊은 레콘이 꺼내어 든 것은 접칼이었다. 레콘이 익숙한 손놀림으로 손목을 가볍게 던지자 새파란 칼날이 옆으로 튀어나왔다. 그런데 칼날의 형태가 특이했다. 칼과 끌, 톱, 낫, 손도끼 등을 뒤섞어 놓은 듯한 복잡한 모습에 아실은 놀랐다. 자세히 보자 접칼의 손잡이 부분도 망치나 못뽑이, 지렛대 등으로 쓰일 수 있는 부분들을 가지고 있었다. 어쨌든 그 크기는 레콘에게 맞는 거대한 크기였으므로 레콘이 그걸 앞으로 내밀자 꽤 무시무시했다.

"이 자식아, 이걸로 혀 좀 다져 준 후에도 그따위 소리를 지껄일 수 있는지 한번 볼까?"

그 시점에서 지멘이 앞으로 걸어 나갔다.

접칼을 든 청년은 누군가가 자신의 어깨를 짚는 것을 느끼자 고개를 조금 돌렸다. 그리고 곧 머리 전체를 돌려 지멘을 바라보았다. 지멘의 모습은 같은 레콘에게도 상당히 인상적이었다. 게다가 거대한 도끼와 망치는 청년을 놀라게 했다. 지멘은 낮은 목소리로 말했다.

"끼어들어 미안하지만, 좀 참지."

레콘 청년은 주눅 든 것을 들키지 않기 위해 어깨를 긴장시키며 말했다.

"댁이 무슨 상관이오?"

"그런 걸로 장난치면 저 사람 죽어. 이봐, 인간. 당신은 박제할 얼룩곰을 이 친구에게 부탁한 것 같은데, 맞나?"

평생 한 번 볼까 말까 한 우악스러운 거병이 한꺼번에 두 자루나 등장하는 바람에 넋이 나가 있던 인간이 황급히 고개를 끄덕였다. 지멘은 나직하게 말했다.

"저걸로는 박제 만들기 어렵겠군. 그러니 당신은 돈 낼 필요 없어. 돌아가."

레콘 청년이 벼슬을 곤두세웠다. 지멘이 곧 말을 이었다.

"저 곰은 내가 사지. 나는 박제용이 아니라 먹을거리가 필요한 거니 고깃값 정도는 쳐 줄 수 있어."

"저놈은 은편 열 닢 내기로 했는데? 당신이 그 값쳐 줄 거요?"

"인간 시체가 필요한 게 아니라면 다섯 닢 받고 나한테 팔아."

레콘 청년은 조금 고민하다가 인간을 향해 말했다.

"너 이 자식, 이 어른이 끊어진 네놈 명줄 붙여 준 줄 알아라. 꺼져! 그리고 다시는 나한테 뭐 부탁할 생각하지 마!"

인간은 하늘이 두 쪽 나도 그럴 일은 없을 거라는 표정을 지었지만 말로 표현하지는 않았다. 그는 투덜거리며 그 자리를 떠났다. 접칼을 접어 어딘가로 집어넣은 청년은 어쩔 작정이냐는 듯이 지멘을 바라보았다. 지멘은 얼룩곰을 가리켰다.

"들고 따라와."

그리고 지멘은 소지품 챙겨들듯 아실을 배낭에 주워 담았다. 레콘 청년은 그 보냉이 재미있다는 듯이 웃고는 얼룩곰을 주워 들었다. 지멘은 떠나왔던 주막에 돌아가 술 한 통을 구입했다. 그리고 아무 말 없이 장터 외곽 쪽으로 빠져나갔다. 레콘 청년은 약간 의아해하며 그 뒤를 따라 걸었다.

반 시간쯤 걸어 상당히 한적한 곳에 도달한 지멘은 배낭과 망치, 도끼, 아실, 술통 등을 내려놓았다. 그는 은편 다섯 닢을 꺼내어 청년에게 건네며 말했다.

"보다시피 짐이 많아서 그것 들고 다닐 수 없어. 여기서 먹어 치우도록 하지. 자네도 좀 들게."

"어, 저요?"

"그럼 이 술 나 혼자 다 마실까."

지멘은 술통을 툭 쳐 보였다. 레콘은 기분 좋다는 듯이 웃었.

"아주 좋은 의견입니다! 아, 내 이름은 뭄토입니다."

"후치야. 자네가 고기 다듬게. 내가 땔감을 하지."

뭄토는 자신의 접칼을 꺼내어 들었다. 뭄토가 그 복잡한 칼날의 이곳저곳을 사용하여 가죽을 벗기고 뼈를 추리고 고기를 다듬는 동안 지멘은 나무를 몇 그루 부러뜨려 가져왔다. 평평한 돌을 찾아낸 두 레콘은 그것을 불판 삼아 모닥불 위에 얹었다. 그리고 썩썩 잘라 낸 곰 고기를 구웠다. 곰 고기가 익는 모습을 보던 뭄토가 말했다.

"그런데 이 아가씨는 언제 소개해 줄 겁니까?"

지멘은 갑자기 하늘을 쏘아보기 시작했다. 아실은 빙긋 웃고는 손을 가슴에 얹고 스스로 소개했다.

"안녕하세요, 뭄토. 저는 제미니라고 해요. 후치는 제가 없는 것처럼 굴 거예요. 좀 이상하게 보이겠지만 신경 쓰지 마세요."

"음? 서로 다투기라도 했나?"

"비슷해요."

뭄토는 레콘과 인간이 다투고 말도 하지 않는다니 별 희한한 일도 다 있다는 듯이 고개를 갸웃거렸지만 지멘이 적절하게도 술통을 따자 더 이상 따져 물을 마음이 없어졌다. 지멘은 배낭에서 두 개의 큼직한 그릇을 꺼내어 하나는 뭄토에게 주었다. 그리고 작은 그릇을 꺼내어 아실에게 건넸다. 세 사람은 술통에서 술을 떠 마시기 시작했다.

술은 그리 좋은 것이 아니었지만 풍경은 그럴싸했다. 아실에겐 좀 자극적인 풍경이었는데, 물을 쓰지 않는 뭄토는 해체한 곰에서 흘러나온 피를 그냥 내버려뒀기 때문이다. 하지만 두 잔째의 술을 들이켜자 그것도 별로 신경 쓰이지 않게 되었다.

대화의 주체는 처음부터 아실과 뭄토였다. 아실은 뭄토가 최근에 들은 모든 풍문을 듣고 싶어했다. 뭄토는 지멘을 무시해도 되는지 알 수 없어 조금 머뭇거렸지만 아실은 말주변이 좋았고 지멘이 고요를 선호하는 쪽이라는 것은 분명했기에 곧 뭄토는 아실과 더불어 수다를 떨었다. 얼마 있지 않아 뭄토가 세상 돌아가는 일에 별로 관심 없다는 것이 분명해졌다. 하지만 아실은 실망한 기색 없이 뭄토가 떠벌리는 모든 이야기를 경청하고 계속 이야기를 끌어내었다. 결과적으로 아실은 뭄토가 최근까지 나포츠에 있었다는 사실, 발케네로 가기 위해 그곳을 떠나왔다는 사실, 그리고 떨어진 여비를 보충하기 위해 온갖 잡일을 하고 있다는 등의 아무 짝에도 쓸모 없는 사실들을 알게 되었다. 아실이 알 수 없었던 것은 뭄토의 숙원뿐이었다. 뭄토가 신부 탐색자가 아닌 숙원 추구자라는 것은 분명했다. 하지만 뭄토는 자신의 숙원에 대해서는 말을 얼버무렸다. 이것은 자기 주변에 대해 나는 사람이 어떻게 생각하든 신경 쓰지 않는 레콘의 성격으로 볼 때 꽤 독특한 일이라고 생각했지만 다그쳐 묻지는 않았다.

어느새 고기도 사라지고 술도 없어져 술자리를 끝낼 때가 되었다. 거의 대화에 참여하지 않던 지멘은 조용히 일어나 말했다.

"즐거웠네, 뭄토. 난 이만 떠나야겠군."

뭄토는 조금씩 꼬부라지려는 혀를 애써 진정시켰다. 지멘은 대화에 참가하지 않은 것뿐만 아니라 술도 별로 마시지 않았기에 한 통의 술은 뭄토와 아실이 다 처리하다시피 했다.

"천만에! 나야말로 간만에 호호탕탕한 레콘을 만나 즐거웠습니다. 되바라진 인간들하고만 어울리다 보니 사람 참 못쓰게 변하는 것 같았어요. 아, 미안, 제미니. 아가씨 동포들을 도매금으로 비난할 생각은 아니지만, 주위에서 부딪혀 오는 것들이 좀 예의 없는 것들이라서."

아실은 빙긋 웃으며 짐들을 배낭에 던져 넣었다. 뭄토는 허리를 펴 잠시 하늘을 바라보았다. 지멘과 아실이 불을 끄고 다시

길 떠날 준비를 마쳤는데도 뭄토는 그대로 서 있었다. 지멘이 그의 주의를 끌어 볼까 하고 생각했을 때 뭄토는 비로소 고개를 숙였다.

"고맙습니다, 지멘."

지멘은 오른쪽 눈꺼풀을 조금 올렸지만 부리는 열지 않았다. 뭄토는 허리를 좀 숙이더니 눈에 띄게 긴장하고 있는 아실에게도 눈인사를 보내었다.

"잘 지내, 아실."

"어, 저, 예, 고마워요."

뭄토는 수염벳이 출렁일 만큼 활기차게 고개를 끄덕이고는 다시 지멘을 쳐다보았다. 잠시 지체하던 뭄토는 곧 아무 상관 없다는 투로 몸을 돌렸다. 약간씩 흔들리는 발걸음이었지만 불안하다기보다는 흥겨운 발걸음으로 뭄토는 마을을 향해 걸어갔다. 오후의 햇살을 성큼성큼 밟으며 멀어지던 뭄토는 곧 조그마한 점이 되었다. 주위가 탁 트인 위치였기에 지멘과 아실은 오랫동안 뭄토의 흔들리는 뒷모습을 볼 수 있었다.

아실은 팔짱을 끼고 왼쪽 볼을 한껏 추켜올렸다.

"우리가 꽤 유명해졌나 봐요, 지멘. 세상이 어떻게 돌아가는지 도통 모르는 저 청년도 우리 정체를 짐작하는 걸 보니."

지멘은 아무 말 없이 뭄토를 바라보았다. 아실은 다시 말했다.

"저도 몇 가지는 짐작할 수 있어요. 아까는 일부러 나서 준 거죠? 무기를 꺼내 들고도 말을 계속하는 레콘이라니, 뻔하잖아요. 누가 나서서 말려 주길 원했던 거예요. 하지만 그건 동포를 도와주는 것이 아니에요, 지멘. 버릇 돼요. 결국 아무도 나서 주지 않는 날이 올 테고, 그때 저 얼간이는 참 곤란한 처지에 빠지게 될 거예요."

아실에게 말을 걸 수 없는 지멘은 자신을 변호할 수 없었다. 그리고 변호하고 싶은 생각도 없었다. 하지만 계속 이어진 아실의 말은 지멘을 놀라게 했다.

"빨리 튀죠. 그래도 양심은 있어서 밀고할 것을 미리 알려 줬으니까."

지멘은 고개를 숙여 아실을 내려다보았다. 아실은 오른팔로 왼쪽 팔꿈치를 쥔 채 기지개를 켜고 있었다. 지멘과 눈이 맞은 아실은 그 자세 그대로 지멘을 바라보며 말했다.

"뭐, 뭄토에요? 뭄토는 모든 밀시 소기 전에 까까운 세국군에 우릴 밀고할 거예요. 우리 정체를 알고 있다는 것을 알려 줬잖아요. 발케네로 갈 여비 벌겠네요."

지멘은 고개를 들어 혼잣말처럼 말했다.

"뭄토는 자신이 못쓰게 변했다고 했지. 그렇다면……."

"그런 의미죠. 나쁜 자식. 뭐, 저 얼간이가 알아차릴 정도면 아까 그 장터에 있던 사람들 중 반은 짐작하고 있었을 거예요. 어차피 가만 있어도 다른 사람들이 밀고할 테니 자기가 먼저 해서 현상금이나 벌자는 생각일 거예요."

지멘의 벼슬이 약간 꿈틀거렸다. 지멘은 부리를 단단히 닫은 채 배낭을 둘러매었다. 아실을 집어 들어 배낭에 넣은 지멘은 도끼와 망치를 양손에 움켜쥐었다. 아실은 지멘의 깃털을 움켜쥐며 충격에 대비했다. 하지만 지멘은 곧 몸을 돌리지는 않았다. 대신 뭄토가 사라져 간 방향을 물끄러미 바라보았다.

지멘의 오른팔이 서서히 위로 올라갔다. 그는 고기를 굽던 돌을 망치로 내리쳤다.

땅이 울리는 굉음과 함께 넓적한 돌이 자갈 무더기로 바뀌어 사방으로 날았다. 다시 망치를 들어 올린 지멘은 빈 술통을 후려쳤다. 나뭇조각이 폭풍처럼 흩어졌다. 몸을 돌린 지멘은 모닥불을 피웠던 자리를 걷어찼다. 사납게 날아간 잿더미가 앞쪽 수십 미터의 땅을 검게 뒤덮었다.

이우는 햇빛이 사물들을 전조하다가 스러져 갔다. 많은 그림자들이 서로를 뒤덮은 가운데 지멘은 망치와 도끼를 늘어뜨린 채 똑바로 섰다. 그의 목 뒤에서 작은 한숨이 들려왔다.

지멘은 배낭에 담겨 있는 입이 매운 소녀가 아무 말도 하지 말기를 원했다. 그는 만족했다. 아실은 동포의 배신에 분노하는 전사에게 아무 말도 건네지 않았다.

뭄토는 접칼을 접었다 폈다 했다. 그걸로 책상 모서리라도 깎아 볼까 하는 생각을 억누르기 위해서였다. 그를 이곳으로 안내한 제국군 수전사는 얌전히 앉아 기다리라고만 했지 언제까지 기다려야 하는지는 말해 주지 않았다.

초조함이 동반된 무료함이 뭄토를 괴롭혔다. 뭄토는 짜증스러운 눈길로 주위를 둘러보았다. 그에겐 약간 답답하게 느껴지는 그리 크지 않은 방 안에는 오밀조밀한 물건들이 많았다. 뭄토는 갑작스럽게 심술이 치솟는 것을 느꼈다. 화려하다기보다는 오히려 간소한 물건들이었지만, 뭄토의 눈에 그것들은 어떤 질서와 어떤 힘을 상징하고 있는 것처럼 보였다. 제국군 일개 중대를 지휘하는 자에게 필요한 모든 물품들이 빠짐없이 갖춰져 있는 셈이니 뭄토의 인상이 그리 틀리진 않았다. 그리고 뭄토는 그 광경에서 희미한 시기심을 느꼈다. 뭄토가 그 느낌을 지우려고 애쓰고 있을 때 문이 열렸다.

뭄토는 문 쪽을 쳐다보았다. 제국군 수교위 한 명이 들어섰다. 인간 여자였다.

뭄토는 언젠가 예편한 제국병에게 들은 이야기를 떠올렸다. 그 이야기를 들려준 자는 제국군을 사람의 몸에 비유했다. 장군은 머리이고 전사들은 무기다. 부위는 무기를 휘두르는 팔이고 교위들은 다리다. 다리에는 무시무시하다거나 맹포한 느낌은 없다. 하지만 다리가 없으면 꼼짝도 할 수 없다. 제국군에 교위들은 바로 그러한 존재니. 민ㄱ글 수행하는 부위와 전쟁을 나스리는 장군들 사이에서 교위들은 전투와 전쟁을 연결하며 드러나지 않게 제국군을 움직인다.

하지만 뭄토는 멍석을 깔고 바닥에 앉아 있는 그보다 별로 크지 않은 조그마한 여자를 보며 자신이 뭘 잘못 들었던 것이 아닌가 생각했다.

이십 대 후반쯤으로 보이는 여자의 모습 어디에도 그런 수교위의 굳건함은 찾기 어려웠다. 한 장만 걸친 윗옷을 떨어지지 않게 만들고 있는 것은 단추가 아니라 어깨인 듯했고 바지는 앞뒤가 바뀌어 있었다. 얼굴은 침 자국으로 가득했고 그 위의 머리카락은 사자처럼 일어나 있을 듯했다. 가정형인 것은 왜 쓰고 있는지 이해할 수 없는 투구가 머리카락을 감추고 있었기 때문이다. 비틀거리며 걸어 들어오는 여자의 손엔 반쯤 베어 먹은 무가 들려 있었다.

어디를 봐도 숙취에 고통스러워 하는 주정뱅이였다. 뭄토는 어이가 없었다.

책상 뒤로 돌아간 수교위는 갑자기 고개를 앞으로 숙였다. 절이라도 하는가 하고 놀랐던 뭄토는 수교위의 머리에서 투구가 쿵 떨어지자 뭐라 말할 수 없이 복잡한 심회를 느꼈다. 수교위는 빙글빙글 돌던 투구를 손으로 눌러 고정시키고 의자에 털썩 주저앉았다. 그리고 입에 들어 있는 무를 대충 삼키고 뭄토를 멍하니 바라보다가 느닷없이 말했다.

"제국군은 언제나 승리합니다."

"상대가 술일 경우만 빼고 말이지."

"제국군의 군사 기밀을 알고 있는 당신은 누굽니까?"

"뭄토다."

수교위는 자신 있는 동작으로 자신의 가슴을 탕 쳤다. 그 손에 무가 들려 있다는 것을 잊었던 모양이다. 수교위는 책상에 고꾸라져 한동안 고통스러워 했다. 뭄토는 왜 자신이 일어나 밖으로 나가지 않는지 알 수 없었다.

조금 후 가까스로 호흡을 회복한 수교위가 말했다.

"죽는 줄 알았네. 이건 뭐야? 아, 무. 저는 니어엘 헨로 수교위입니다. 뭐 하시는 분입니까?"

"정해 놓고 하는 일은 아직 없어."

"그렇습니까. 그럼 무슨 용건으로 오셨습니까?"

"말해도 되는지 모르겠군."

"비밀은 지켜 드리죠."

"너에게 말해 봐야 무슨 소용이 있을지 모르겠다는 뜻이야. 하지만 이왕 만났으니 이야기는 하지. 내가 검은 깃털의 레콘을 보았는데."

니어엘 헨로 수교위의 눈이 조금 커졌다. 그제야 손에 든 무의

용도를 떠올린 듯 니어엘은 그것을 와삭 깨물었다. 무를 질겅거리다가 니어엘이 타이르는 어조로 말했다.

"검은 레콘이 포악하다는 속설은 알지만 그렇다고 해서 검은 레콘이 곧 범죄자인 것은 아닙니다, 뭄토. 사실 저는 레콘이 다른 레콘에게 포악하다고 말하는 것이 무슨 의미가 있는지 모르겠습니다. 그런 쓸데없는 모색 차별은 버리세요."

뭄토는 한 번만 더 참기로 했다. 제국군 장교를 살해하는 것보다는 그게 나을 것 같았다.

"게다가 그 녀석은 살벌한 망치를 들고 있었어."

니어엘은 고개를 끄덕였다. 시야 뭄토의 암시를 이해한 것 같았다.

"흠. 황제 사냥꾼 지멘이군요."

"그래. 음, 그 친구에게 현상금이 걸려 있다던데?"

"현상금? 예. 현상금이 있지요. 금편 삼백 닢입니다."

뭄토는 애써 깜짝 놀란 표정을 숨겼다. 그가 아는 현상금 액수는 백 닢이었다. 언제 올랐을까? 뭄토는 시시하다는 표정으로 말했다.

"푼돈이네."

"응? 관심이 없습니까?"

"공돈이 싫을 리야 없지."

"공돈이라니요?"

니어엘 헨로 수교위는 이상하다는 표정으로 뭄토를 바라보았다. 뭄토는 자신이 뭔가 실수를 저질렀나 생각했지만 아무것도 떠오르지 않았다. 니어엘이 무청을 창밖으로 집어던지고 다시 말했다.

"협조를 요청하러 온 것 아닙니까?"

"협조라니. 무슨 말이야?"

"그럼 여기에 뭐 하러 왔습니까?"

"현상금 받으러."

니어엘은 알았다는 표정을 지었다. 그리고 뭄토는 뭔가 잘못 돌아간다는 느낌을 받으며 초조하게 상대의 말을 기다렸다. 니어엘이 말했다.

"아아. 모르셨군요. 그자는 맹랑하게도 자신의 거취를 숨기지 않습니다. 자신감이 대단한 모양입니다. 그러니 그의 소재를 알리는 자에게 지급하는 금액은 별 의미가 없겠지요? 그래서 현상금 규정이 바뀌었습니다. 액수를 세 배로 올리는 대신 체포한 자에게 지급하도록 말입니다."

뭄토는 당황했다.

"뭐야. 그럼 붙잡아 와야 현상금을 준다는 거야?"

"본인이라는 것을 증명할 수 있다면 시체를 가져와도 상관은 없습니다. 꺼억. 저는 당신이 그를 체포하기 위해 군의 지원을 얻으러 온 것이라 짐작했습니다."

지멘을 체포할 생각 같은 것은 해 보지도 않았던 뭄토는 낭패감을 느꼈다. 모르는 척했지만 뭄토는 지멘이 가지고 있던 도끼를 눈여겨보았다. 그 도끼는 분명히 레콘만 쓸 수 있는 것이었다. 그것도 용력이 대단한 레콘이었을 것이다. 날폭이 2미터쯤 되는 물건이니. 자신의 무기를 타인에게 맡기는 레콘은 없으므로 그 원 소유자는 분명히 죽었을 것이다. 그리고 뭄토는 지멘이 그 죽음과 무관하다고 믿기 어려웠다.

니어엘은 입 주위를 쓱쓱 닦으며 곤혹스러워하는 뭄토를 바라보았다. 뭄토가 한동안 말이 없자 니어엘은 어깨를 으쓱이며 말했다.

"이제 상황을 알았으니, 어떻게 하겠습니까? 군의 지원을 요청하겠습니까?"

"잠깐만. 내가 지멘을 잡을 수 있도록 당신들이 도와준다는 거야?"

"아니, 아니지요. 엄밀하게 말하면 당신이 군을 돕는 것입니다. 지멘이 이 근방에 출현했다는 것을 안 이상 저는 그를 붙잡을 생각이니까요. 당신이 제 작전에 협조한다면 현상금 중 백 닢을 나눠 드리겠습니다."

"백 닢? 말도 안 되는 소리하지 마."

니어엘은 킬킬 웃었다. 뭄토는 화가 치미는 것을 느꼈지만 꾹 참았다. 니어엘이 말했다.

"말도 안 되는 소리하고 있는 건 그쪽입니다. 어, 이름이 뭐라고 하셨더라? 아, 그래. 뭄토. 당신은 한 명이지만 우리는 천 명입니다. 이백 닢 가지고 천 명이 나눠야 한단 말입니다. 그게 싫다면 혼자 가서 지멘과 놀아 보십시오. 그렇게 한다 해도 저는 아무 불만이 없습니다. 하지만 권고하겠는데, 저와 경쟁하는 것보다는 제게 협조해서 백 닢을 얻는 편이 나을 겁니다. 분명히 그쪽이 훨씬 현실적이니까요."

뭄토는 앉아 있는 멍석을 가리켰다.

"여기 변변한 의자도 없는 걸 보니 당신 졸병들 중엔 레콘이 없는 것 같은데."

"없습니다. 혹 인간으로 위장하고 있는 레콘이 있다면 모르겠지만. 그런 의심이 가는 녀석들이 몇몇 있어요. 지독하게 썻지 않는 놈들이……."
"그만해. 제국군 수교위는 허풍 잘 치는 순서로 뽑나? 레콘 졸병도 없는 주제에 어떻게 지멘을 잡겠다는 거야?"
"끄윽. 젠장. 웬 트림이. 그건 당신이 걱정할 문제가 아닙니다. 협조할 의사가 있습니까, 없습니까?"
뭄토는 일단 못마땅한 표정을 지은 채 머리를 굴려 보았다. 뭄토는 얼핏 보기에 몹시 헐렁해 보이는 니어엘 헨로라는 수교위가 겉보기와 다른 인물이라는 것을 눈치 챘다. 술에 취해 횡설수설하는 것처럼 보이는 모습이었지만 대화는 논리적이었고 진행 속도도 빨랐다. 교위들에 대해 뭄토가 들은 이야기는 역시 사실이었던 것이다. 그렇다면 만약 협조 하에 지멘을 붙잡는다 해도 니어엘은 현상금을 몽땅 가로채는 약아빠진 짓을 할 수도 있었다. 하지만 뭄토는 그런 권리가 자신에게도 있다는 것을 간과할 수 없었다.
그렇다면 관건이 되는 문제는 하나다. 뭄토는 자신이 지멘을 상대할 수 있는지 곰곰이 생각해 보았다.
길게 생각할 것도 없었다. 지멘은 그보다 크고 강했다. 무엇보다 그보다 나이가 많았다. 쉽게 쇠약해지지 않고 성정이 폭력적인 레콘에게 나이는 강력함을 추정하는 중요한 척도다. 나이는 경험이고 동시에 투쟁에서 살아남을 수 있는 강력함의 증거다. 치천제를 모시는 저 즈라더 같은 강대한 레콘의 나이는…….
뭄토는 벼슬이 뻣뻣하게 서는 것을 느꼈다.
그제야 그는 지멘이 가지고 있던 도끼가 누구의 것인지 알아차렸다. 뭄토가 그 유명한 도끼를 미처 인식하지 못했던 것은 누군가가 즈라더를 죽일 수 있다는 사실을 떠올리기 어려웠기 때문이다. 뭄토는 망연하게 말했다.

"도끼를 가지고 있었어."

"네?"

"지멘 말이야. 이런 미꾸라지에게 따귀 맞을 멍청이. 그걸 왜 깨닫지 못했지? 망치 말고 도끼를 하나 가지고 있었어."

"아. 금군 즈라더의 도끼 말씀이군요. 알고 있습니다."

뭄토는 충격을 받았다.

"알고 있었다고?"

니어엘 헨로 수교위는 손을 입으로 가져갔다. 그러고는 자신이 무를 다 먹었음을 깨달았다. 니어엘은 몹시 번쩍한 얼굴로 빈손을 바라보다가 입맛은 니시버 말했다.

"예. 상부에서 연락을 받았습니다. 얼마 전 지멘은 판사이 호반에서 그를 추적하던 즈라더와 조우했습니다. 도끼와 망치의 격투가 어떤 결과로 끝났는지는 당신도 짐작하겠군요."

"그렇다면 지멘이 즈라더를 죽인 거야?"

"망치로 머리를 때려 부수었지요. 쯧쯧. 당신들이라면 멋진 죽음이라고 할지 모르겠습니다만 저는 그런 죽음이라면 사양하겠습니다. 그런데 즈라더의 곁에는 그분의 도끼가 없었습니다. 그래서 상부에서는 지멘이 즈라더의 도끼를 최후의 대장간으로 가져간 것이라고 추정했고 발케네 이남 지역의 제국군에 경계령을 내렸습니다. 그 추정이 맞았군요. 하긴 지멘이 아니면 누가 그 무거운 도끼를 들고 가겠습니까? 팔아먹지도 못하는 건데."

"그렇다면 이 근처로 올 줄 알고 있었다는 거야?"

"제가 많이 놀라는 것처럼 보였습니까?"

"아니었어."

품토는 희비가 교차하는 것을 느꼈다. 지멘을 잡겠다는 니어엘 헨로 수교위의 선언이 취중의 결심이 아니라 시간을 두고 고민한 결론이라는 것은 좋은 소식이었다. 하지만 지멘이 즈라더를 격퇴했다는 것은 나쁜 소식이었다. 승천한 티나한 외엔 아무도 죽일 수 없고, 티나한이 돌아온다 해도 즈라더와 약속한 철의 침묵 때문에 공격하지 않을 것이므로 결과적으로 무적이라고 말해지던 즈라더였다. 그런데 지멘이 그를 거꾸러뜨린 것이다. 품토는 새삼스럽다는 얼굴로 니어엘을 바라보았다.

"이봐, 수교위. 당신 정말 그 지멘을 잡을 작정이야? 군인들 허풍이 아니고?"

"당신에게 돈 빌린 것도 없는데 제가 왜 허세를 부립니까."

"즈라더도 죽었어."

"즈라더도 기뻐할 겁니다. 제 작전에 협조하겠습니까?"

어쩐지 결정을 강요당하는 것 같다는 생각을 하며 품토는 결정했다.

"이백 닢 내놔."

"백 닢입니다."

"젠장. 당신이 유료도로당원이야? 그럼 시원하게 반씩 가르자고. 백오십 닢."

"백 닢."

"누가 군인 아니랄까 봐. 그만둬!"

"즐거운 대화였습니다."

품토는 멍석 위에서 벌떡 일어섰다. 하지만 그는 주춤거리며 니어엘을 내려다보았다. 니어엘은 턱으로 문을 가리켰다.

품토는 수염볏을 벅벅 긁으며 말했다.

"거 고집 진짜 세네. 나 없어도 자신 있는 거야? 후회할 고집은 부리지 마."

"협조할 겁니까?"

"백 닢은 꼭 내놔야 해! 제하는 거 없이!"

니어엘은 동의했고 협정이 맺어졌다. 하지만 뭄토는 그때까지도 의구심을 떨칠 수 없었다. 니어엘 헨로 수교위가 농담이나 불가능한 도전을 즐기는 것처럼 보이지는 않았다. 하지만 뭄토는 지멘을 잡을 수 있는 방법이 무엇인지 알 수 없었다. 불안 속에서 뭄토는 니어엘이 취중의 흥분 때문에 장렬한 옥쇄로 자신의 군인다움을 증명하고 싶어하는 것이 아닌가 하는 의심마저도 느꼈다.

하지만 니어엘이 그런 낭만적 군인상을 추구하고 있지 않음은 곧 명확해졌다. 니어엘은 부위 한 명을 불러들여 몇 가지 명령을 하달했다. 그중 첫 번째는 숙취 해소를 위해 무보다 더 진한 것을 준비하라는 명령이었다. 그리고 두 번째 명령을 듣던 뭄토는 그만 지멘을 동정하고 말았다.


시구리아트 산맥을 향해 동으로 달리던 지러쿼터 산맥이 기력을 잃고 대지의 등뼈에 대한 집념처럼 던져 둔 조그마한 산들. 토박이들에게만 의미가 있는 이름이 붙어 있을 터였지만, 그중 한 산의 등성이에 선 레콘은 자신이 딛고 선 산의 이름을 궁금해하지 않았다. 레콘의 기준으로는 산이라 부르기 어려운 수준이었다. 따라서 지멘이 걸음을 멈춘 것은 자신의 진로에 산이 끼치는 영향을 고려하기 위해서는 아니다. 지멘은 그보다 더 멀리 있는 것에 관심이 있었다.

지멘이 몸을 돌렸고, 그래서 그의 등 뒤에 있던 아실은 지멘이 보고 있던 것을 볼 수 있게 되었다.

넓은 강이 산 아래의 평지를 가로질러 조용히 흘렀다. 강 저편은 발케네지만, 당장은 닿을 수 있을 것 같지 않다. 강폭을 가늠해 본 아실은 지멘이 뛰어넘을 수 없다고 판단했다. 그러나 아실은 왜 이런 길로 왔는지 지멘에게 묻지 않았다. 이 근방의 지리를 아는 지멘이 아무 생각 없이 오진 않았을 테니까.

지멘은 지금까지 걷던 길 비슷한 지형을 벗어났다.

그가 택한 것은 옆 산으로 이어지는 산마룻길이었다. 주위를 살피며 산마루를 따라 걷던 지멘은 곧 계곡 하나를 택해 그 안으로 접어들었다. 의외로 깊은 계곡 내에는 나무들이 가득했다. 지멘은 밀생한 자작나무들 사이로 걸어 들어갔다.

훤칠한 자작나무는 지멘의 머리보다 훨씬 높은 곳에서 가지를 퍼뜨리고 있었다. 숲 아래를 뒤덮은 관목들도 와삭거리는 기분 좋은 소리를 낼 뿐 큰 장애가 되지 않았다. 주렴처럼 늘어선 자작나무들의 보얀 목피에서 흘러나온 흰 빛이 숲 가득히 는지럭댄다.

고요함이 맵싸하게 자리한 숲을 둘러보던 아실은 물소리를 들었다.

아실은 놀랐다. 지멘은 그 물소리를 향해 걸어가고 있었다. 그것은 보편적인 레콘의 행동이 아니다. 물보다 무거워서 수영이라는 것이 애초에 불가능한 몸을 가진 이 최강 종족은 날카로운 검이나 예리한 창, 흉포한 악의보다 물을 더 두려워한다. 결코 반추하고 싶지 않은 기억이었지만 아실은 물에 빠진 레콘을 본 적이 있었다. 쇳덩이처럼 그저 물 아래로 끝없이 가라앉는 모습은 레콘이 아닌 그녀에게도 소름 끼치도록 무서운 광경이었다.

물소리가 본격적으로 커지자 아실은 손을 뻗지 않을 수 없었다. 그녀는 지멘의 벼슬을 꼬집으며 말했다.

"지멘, 저 소리 안 들려요?"

지멘은 대답하지 않았다. 대신 잠깐 멈춰 섰다가 다시 걸어갔다. 아실은 그 몸짓을 지멘이 제정신이라는 의미로 받아들이기로 했다. 호기심이 동한 아실은 배낭 끈을 붙잡았다.

등반과 비슷한 일이 지멘의 등 뒤에서 벌어졌다. 아실은 지멘의 어깨 위로 자신의 몸을 끌어올렸다. 지멘은 목과 얼굴 옆 부분의 깃털들이 차례로 당겨지는 것을 느꼈지만 돌아서 보지는 않았다. 지멘의 어깨에 엉덩이를 얹고 왼손으로는 배낭 끈을, 오른손으로는 지멘의 깃털을 붙잡은 아실은 그 불안한 자세로 전방을 바라보았다.

그들을 둘러싸고 있는 자작나무들 때문에 아직 시계는 짧았다. 하지만 지형을 살피고 세찬 물소리를 들어 본 아실은 상황을 짐작할 수 있었다. 지멘은 평야에 있던 강의 상류 지점으로 다가가고 있는 것이다. 물론 상류 지점은 물 위에서 도약력이 형편없어지는 레콘도 뛰어넘을 수 있는 너비일 것이다. 아실이 배낭 속으로 다시 들어가려 했을 때 그 강물이 나타났다.

그리고 아실은 배낭 속으로 돌아가야 한다는 사실을 잊어버렸다.

황제 사냥꾼 지멘이 제국 일등공신이자 금군인 즈라더를 살해했다는 소식과 함께 발케네 이남 지역의 제국군 전체에 경계령이 내려졌을 때, 그 의미를 지멘에게 애먼 제국병을 잃거나 기습당하지 않도록 주의하라는 경고로 받아들인 지휘관들과 달리, 니어엘 헨로 수교위는 지멘을 붙잡으라는 의미로 받아들이기로 했다. 고지식하거나 만용을 즐기는 성벽 때문은 아니다. 그 결정을 내렸을 때 니어엘은 잠을 자기로 결정하는 것만큼의 결단력도 필요없었다. 니어엘에겐 이유도 있고 자신도 있었다. 따라서 뭄토의 협조는 니어엘에게 곤란한 상황을 해결할 타개책이 아니라 말 그대로 협조에 지나지 않았다. 이제는 술이 깬 상태에서 세찬 강물 속에 다리를 담근 채 활을 들어 올리며 니어엘은 무척이나 담담했다.

니어엘은 강의 중심부에 서 있었지만 강물의 깊이는 고작 그녀의 무릎 위를 적실 정도였다. 상류라서 물이 세찼지만 니어엘이 중심을 잡기에는 별 문제가 없었다. 빈 활을 몇 번 퉁겨 본 니어엘은 활을 쏘는 것이 가능하다는 것을 알았다. 그녀는 활을 내리고 오른손 엄지에 낀 깍지를 만지작거리며 흰 자작나무 사이에 서 있는 검은 레콘을 바라보았다.

지멘은 잠깐 주위를 둘러보았다. 자갈과 바위가 깔린 강변에도, 그 너머 두껍게 자리한 숲에서도 시선을 끄는 것을 찾을 수 없었다. 하지만 그는 주위에 병사들이 있다는 것을 직감적으로 느꼈다. 지멘은 그들 중에 레콘이 섞여 있을지 궁금했다. 하지만 레콘 부하가 있다면 굳이 그들이 활약하기 힘든 강변으로 끌고 오진 않았을 것이다.

상황을 이해하기 힘들었기에 지멘은 일단 부딪혀 보기로 했다. 지멘은 어깨를 꿈틀했다. 신호를 알아차린 아실이 다시 배낭 속으로 몸을 숨겼다. 작은 동반자가 배낭 속에 자리한 것을 느낀 지멘은 두 번 생각하지 않고 자갈이 깔린 강변으로 내려섰다.

거대한 레콘의 발아래 자갈들이 신음했다.

검은 산사태처럼 거침없이 내려서는 지멘을 보며 니어엘은 감명을 느꼈다. 하지만 니어엘은 그 산사태가 강물에서 20미터쯤 떨어진 거리에 멈춰 설 것이라 예상했다. 지멘은 그녀가 예상한 지점에 멈춰 섰다. 니어엘은 곧 입을 열었다.

"저는 제국군 수교위 니어엘 헨로입니다. 당신은 지멘입니까?"

질문이 아니라 확인을 요구하는 말투였다. 지멘은 확인해 주었다.

"그렇다."

니어엘은 하늘을 잠깐 올려다보았다. 강물 위의 하늘은 넓게 열려 있었고 따뜻하게 반짝였다. 사삭나무의 잎사귀들이 비비적거리는 소리가 졸졸거리는 물소리와 어우러졌다. 니어엘은 산마루에 걸린 하얀 구름을 보며 말했다.

"폐하께서 제게 주신 권한에 의하여 살인, 강도, 방화 등의 죄목으로 당신을 체포하겠습니다. 무기를 내려놓고 체포에 응하십시오."

지멘은 자신의 죄목들 중 하나에 의문을 느꼈다.

"방화는 무슨 말이지?"

"메헴 태수관에 불을 지른 것을 말합니다. 자보로 사람들은 정말 좋아했다지만, 그래도 그건 범죄지요."

"그건 내가 떠난 후 메헴 태수가 놓은 불이다. 비밀 창고가 있었다는 증거를 없애기 위해서지."

니어엘은 눈을 내려 지멘을 쳐다보았다.

"그렇습니까? 물론 당신은 폐하의 법정에서 그렇게 주장할 수 있습니다."

"내가 여기로 올 것을 알고 있었나?"

"이 근방을 지나는 레콘들 중 많은 이들이 여기서 도강한다는 것을 알고 있었습니다."

"준비하고 왔다는 것인데, 무슨 준비가 되어 있는지 말해 봐."

니어엘은 허리로 손을 뻗었다.

그곳에는 보통의 전통보다 훨씬 짧은 전통과 긴 대롱 같은 것이 꽂혀 있었다. 니어엘은 대롱 끝에 달린 고리에 오른쪽 손목을 끼워 잡아당겼다. 그러자 대롱은 니어엘의 팔목에 매달려 대롱거렸다. 대롱은 완전한 원통이 아니라 한쪽이 열린 반원통이었다. 지멘은 그것이 무엇인지 깨달았고 그 순간 짧은 전통이 무엇인지도 이해했다.

오묘한 궁술의 세계에서도 가장 경이적인 기술 중 하나를 접하게 되었음을 안 지멘은 벼슬을 약간 곤두세웠다.

지멘의 예상대로 니어엘이 꺼낸 것은 인간의 손으로도 채 두 뼘이 되지 않을 짧은 화살이었다. 니어엘은 그 짧은 화살을 보통 화살처럼 활에 먹였다. 그대로 시위를 당긴다면 짧은 화살은 활 몸에서 벗어날 것이다. 하지만 니어엘은 시위를 당기는 대신 오른쪽 손목에 걸고 있던 대롱을 짧은 화살에 씌웠다. 그런 후에야 그녀는 시위를 잡아당겼다. 그러자 활몸을 벗어나 얼굴을 때려야 할 화살은 대롱의 품에 안긴 채 고정되었다. 지멘은 희미한 미소를 지으며 무릎을 조금 굽혔다.

니어엘이 시위를 놓은 순간 지멘은 몸을 세차게 뒤틀었다.

굉음이 숲을 뒤흔들었다.

상체를 뒤로 젖혀 쓰러질 것 같은 자세로 선 지멘은 뒤쪽을 바라보았다. 자작나무에 깊숙이 박힌 짧은 화살이 깃을 흔들고 있었다. 지멘은 고개를 당겨 가슴을 내려다보았고 선혈에 젖어 있는 깃털을 발견하곤 더 큰 미소를 지었다. 지멘의 부리가 니어엘을 향하여 다시 움직였다.

"아기살이라도 피할 수 있을 줄 알았는데, 긁혔는걸."

활개를 쫙 펼치고 있던 니어엘 또한 미소를 지었다. 그녀가 활을 내리고 말했다.

"보였습니까?"

"몇 번 더 보면 볼 수 있을 것 같지만, 이번엔 못 봤어."

"못 봤다면 어떻게 피했죠?"

"감이지."

"그렇게 말하는 케곤이 숲 의의 부머을 배기 있죠."

"한 번 더 쏴 봐."

니어엘은 그 요청을 받아들이지 않았다. 니어엘은 대롱을 손목에서 풀어 다시 허리춤에 끼워 넣었다. 지멘은 기억을 더듬어 그 대롱의 이름을 떠올렸다.

"덧살을 왜 집어넣는 거야?"

"제 비장의 기술이니까요. 당신에게 어느 정도 효과가 있는지는 확인했으니 더 쏴서 당신이 아기살에 익숙해지게 하고 싶진 않습니다."

지멘은 아쉬움을 느꼈다. 화살을 감싸는 긴 덧살을 이용하여 활몸에 걸리지도 않는 짧은 아기살을 날려 보내는 전설적인 기술은 지멘이 예상했던 것보다 더 인상적이었다. 같은 힘으로 발사되지만 화살의 무게가 반밖에 되지 않기 때문에 속도가 훨씬 빨랐고, 그 속도에 길이까지 짧아 도저히 볼 수가 없었다. 깊은 인상을 받은 지멘은 니어엘의 다음 시도를 기대감 속에서 기다렸다. 니어엘은 활을 어깨에 걸며 말했다.

"대신 이걸 보여 드리죠."

그리고 니어엘은 허리를 숙여 강물 속에 손을 집어넣었다. 그녀가 다시 허리를 폈을 때 지멘의 몸은 세 배로 부풀었다. 아기살의 위협에도 맨몸으로 맞섰지만, 지멘은 니어엘이 똑바로 선 순간 본능적으로 즈라더의 도끼를 잡아당겨 자신의 가슴을 가렸다. 니어엘은 그 모습을 똑바로 바라보며 히죽 웃었다. 지멘은 그 웃음을 보지 않았다. 대신 눈이 튀어나올 듯 긴장하여 그녀의 손을 바라보았다. 니어엘은 손을 앞뒤로 천천히 흔들었다. 진폭을 서서히 증가시키며 팔을 흔들던 니어엘은 어느 순간 팔을 힘껏 잡아당겼다. 그녀의 팔이 완전히 한 바퀴 돌았다.

그리고 니어엘의 손에 쥐어진 물통 또한 한 바퀴 돌았다.

원심력에 관한 실험이라도 하듯 니어엘은 경쾌하게 물통을 회전시켰다. 같은 일을 시도하는 사내아이는 그 행동에 아무 의미가 없는데도 자주 황홀경에 빠진다. 니어엘도 그런 것 같았다. 점점 커지는 웃음을 얼굴에서 뚝뚝 흘리며 니어엘은 물통을 세차게 회전시켰다. 그 회전을 보며 지멘은 눈을 부릅떴다. 그리고 자신의 내면을 향해서는 그것이 철퇴도 아니고 공성추도 아닌, 그저 어느 집 부엌에서나 볼 수 있는 나무통일 뿐이라고 외쳤다. 그것이 날아와 부딪힌다 해도 큰 해가 되진 않는다. 빳빳하게 일어선 그의 깃털이 충분한 완충 작용을 해 줄 테고 레콘이 같은 부피의 물보다 더 무거운 몸을 가지게 되는 이유인 튼튼한 뼈대는 그 정도의 충격을 아무렇지도 않게 버텨 낼 것이다. 그저 깃털들이 조금 젖을 뿐인…….

니어엘이 물통을 놓은 순간 지멘의 모습이 사라졌다.

맹렬하게 날아오르는 자갈들 위를 통과한 물통은 요란한 소리를 내며 자작나무에 부딪혔다. 물이 사방으로 튀었고 물통은 한쪽이 부서진 채 바닥에 떨어져 다시 튕겼다. 니어엘은 고개를 왼쪽으로 돌렸다. 바닥에 자갈 팬 자국을 따라가니 원래 위치에서 5미터는 떨어진 곳에서 지멘이 벼슬을 시뻘겋게 물들인 채 서 있었다.

니어엘은 부드러운 미소를 지었을 뿐 지멘을 조롱하지는 않았다. 통제할 수 없는 심리적 거부감 때문에 어떤 이를 비난하는 것은 정당하지 않다. 니어엘은 지멘을 이해했다. 그리고 그런 이해 속에서 다시 허리를 숙였다. 그녀의 손이 강물 속에서 또 하나의 물통을 꺼냈다.

지멘은 신음을 흘리며 허리를 숙였다. 계속된 급격한 이동 때문에 정신이 없었던 아실은 하마터면 배낭 밖으로 튕겨 나올 뻔했다. 다행히 지멘이 재빨리 허리를 폈기 때문에 아실은 그런 낭패를 겪지 않았다. 니어엘의 머리통만 한 돌멩이를 주워 든 지멘은 팔을 뒤로 힘껏 끌어당겼다. 꼿꼿이 세운 벼슬 아래에서 지멘의 눈이 사납게 빛났다.

"하지 마."

니어엘은 지멘의 손에 쥐어진 돌멩이를 물끄러미 바라보았다. 그것이 지멘의 힘으로 던져진다면 니어엘의 몸을 부수고 말 것이다. 하지만 그녀의 손은 어느새 회전하고 있었다. 지멘은 믿을 수 없다는 표정으로 회전하는 물통을 바라보았다. 지멘이 다시 경고의 말을 하려 할 때 니어엘이 말했다.

"싫어."

니어엘의 손이 물통을 놓았다.

절망적인 신음과 함께 지멘은 옆으로 몸을 날려 물통을 피했다. 그리고 돌을 집어던졌다. 어차피 물속에서 몸을 빠르게 놀릴 수도 없었지만, 니어엘은 날아오는 돌을 피하려는 시늉조차 하지 않았다.

돌은 어이없을 정도로 높이 날아갔다.

니어엘의 머리보다 한참 높은 곳을 지난 돌은 강 건너편의 숲으로 날아들었다. 관목 부서지는 소리가 요란하게 울렸다. 지멘은 격분하여 벼슬을 꿈틀거렸다. 고개를 돌려 그 모습을 본 니어엘은 어깨를 으쓱였다. 그리고 다시 허리를 구부리며 말했다.

"물이 튈까 봐 겁나지?"

벼슬 찢어지는 지적이었다. 니어엘의 손이 세 번째 물통을 꺼냈지만 지멘은 두 번째 돌을 집어 들지 않았다. 니어엘은 지멘보다 훨씬 작았고 게다가 강물 속에 서 있었다. 니어엘을 맞추기 위해선 낮게 던져야 하지만 지멘은 그럴 수 없었다. 니어엘을 맞추지 못할 경우 그의 힘이 담긴 큼직한 돌은 굉장한 물보라를 일으킬 것이다.

지멘은 이 강의 상류가 건너뛰기 불편할 만큼 급격한 계곡으로 이어진다는 사실과 하류는 지나치게 넓다는 사실을 떠올렸다. 니어엘은 정상적인 레콘이 뛰어넘는 것을 감수할 수 있는 유일한 위치에 서 있었다. 물론 지멘은 니어엘의 머리 위를 건너뛰는 것을 고려할 수도 없었다. 뛰는 동안에는 물통을 피할 수 없고 혹 균형을 잃으면 곧장 물속으로 곤두박질칠 것이다. 지멘은 비통함마저 느끼며 물이 튀지 않을 거리까지 물러나 돌을 던지는 것을 고려해 보았다. 무의미했다. 빽빽한 자작나무들 사이로 돌을 던지는 것은 불가능했다.

더 이상 고려할 방법이 떠오르지 않았기 때문인지, 그렇지 않으면 니어엘이 물통을 회전시키기 시작했기 때문인지는 불확실했지만 지멘은 튀는 동작으로 두어 걸음 물러났다. 니어엘은 팔의 회전을 유지하며 지멘을 응시했다. 지멘은 그보다 더할 수 없는 미움을 담은 채 니어엘을 쏘아보았다.

"니어엘 헨로?"

"수교위."

"니어엘 헨로 수교위. 기억했다."

지멘은 숨을 크게 들이마셨다. 거대하게 부풀어 오르는 지멘을 보던 니어엘은 황급히 한쪽 귀를 틀어막았다. 두 귀를 모두 막아버렸시만 물능 때문에 힌쪽 귀는 지멘의 폭발적인 함성을 고스란히 받아들여야 했다.

"편하게 죽지는 못할 것이다—!"

니어엘은 막지 못한 귀 쪽에서 통증을 느꼈다. 쓰러지지 않기 위해 재빨리 손을 흔들며 균형을 잡아야 했다. 그녀가 쓰러지기라도 한다면 지멘은 강을 뛰어넘을 것이고 니어엘은 절대로 그것을 용납할 수 없었다. 그녀가 정신을 추스르고 다시 바라보았을 때 지멘의 모습은 이미 보이지 않았다. 다만 자작나무들 사이에서 엄청난 소음이 들렸다.

지멘이 떠났다는 것을 확신할 수 있을 때까지 기다린 다음, 니어엘은 회전시키던 물통을 다시 강물 속에 내려놓았다. 물을 뚝뚝 떨어뜨리며 강 밖으로 걸어 나온 니어엘은 숲을 향해 말했다.

"모존 상전사."

숲 여기저기에서 해쓱하게 질린 상전사 한 명과 몇 명의 하전사들이 나타났다. 그들은 할 말을 잃고 그저 감탄에 찬 눈으로 그들의 지휘관을 바라보았다.

"그럼 작전대로 이곳을 지켜라. 지멘은 너를 향해 돌을 던지지 못한다. 지멘을 통과시키지 마라."

모존 상전사는 굳은 얼굴로 명령을 받았다. 상전사와 나머지 하전사들의 경례를 받은 다음 니어엘은 숲으로 걸어 들어갔다. 거기엔 말 한 필과 뭄토가 있었다.

뭄토는 물을 떨어뜨리며 다가오는 니어엘을 보며 깃털을 부풀렸다.

자존심과 힘겹게 싸우던 뭄토는 결국 마지막 순간에 옆으로 두어 걸음 물러났다. 니어엘은 뭄토에게 위협적으로 보이지 않게끔 조심하며 말고삐를 끌어당겼다. 니어엘이 말에 오르는 모습을 바라보던 뭄토가 부리를 열었다.

"야, 수교위. 넌 죽었어."

니어엘은 손을 들어 자신의 손가락을 움직여 보았다. 손가락이 잘 움직이는 것을 확인한 니어엘은 뭄토를 돌아보며 의심스럽다는 듯이 말했다.

"확실한 정보입니까?"

"농담할 때가 아니야. 말투는 왜 그 모양이었어?"

니어엘은 빙긋 웃으며 활을 쏘는 시늉을 해 보였다.

"이런 짓을 한 판국에 경어 써 주는 것이 더 우습지 않습니까?"

"맞아. 그래. 레콘에게 그런 짓을 하면 죽는다는 거 몰라?"

"그 전에 제가 체포할 겁니다."

"허! 그 배짱 마음에 든다. 어, 혹시 그 때문에 여기 왔나?"

"네?"

뭄토는 얼마나 기다려야 니어엘의 바지가 마를지 궁금해하며 말했다.

"여기를 지키는 건 아까 그 상전사랑 몇 명이면 되잖아. 네 계획도 그런 것이고. 그런데 다른 부하들을 내버려두고 일부러 여기까지 함께 온 것은 활 쏘는 일을 네가 하려고 한 거 아냐?"

"제 생각엔 그것이 지휘관의 도리인 것 같습니다."

"착하군. 하지만 그 때문에 다른 부하들이 제때 준비하지 못하는 거 아냐?"

"제 휘하에 그런 부하는 없습니다. 다만 더 지체할 경우엔 약간 곤란해질 수도 있습니다. 질문할 것이 더 있다면 달리면서 하면 안 되겠습니까?"

"내가 먼저 가겠어! 그거 뿌에냐 날리는 놈 뒤를 따라가고 싶진 않아!"

"좋을 대로 하십시오. 어디로 가야 하는지는 알지요?"

뭄토는 고개를 한 번 끄덕이고 앞장서서 달렸다. 니어엘은 물을 묻힌 채 추적하는 것처럼 보이지 않을 정도까지 기다린 다음 말을 출발시켰다.

지멘은 몸을 세 배로 부풀린 채 내려왔던 계곡을 몇 배의 속도로 올라갔다. 무참하게 꺾인 관목들이 좌우로 쪼개져 길을 만들었다. 산마루로 다시 접어들었을 때 지멘은 잠시 멈춰 섰다. 숨이 차거나 힘들었기 때문은 아니다. 견디기 힘들 정도의 흥분을 다스려야겠다는 희미한 자각이 들었기 때문이다.

"이상해요, 지멘."

하마터면 지멘은 그 말에 대답할 뻔했다. 자신이 얼마나 흐트러져 있는지 깨닫고 그는 부리를 꽉 다문 채 아실의 말을 기다렸다. 숨이 찼던 아실은 조금 후에야 말을 이었다.

"아까 그 방법으로는 당신을 잡을 수 없어요. 그곳으로 지나가지 못하게 하는 것이 고작이지요."
　지멘은 그걸로 부족하냐고 외치고 싶었다. 그런 끔찍한 수모에 대해 어떻게 '고작'이라는 말을 사용할 수 있냐고 다그치고도 싶었다. 그러나 지멘은 아실에게 말할 수 없었다. 그래서 그는 격노 속에서 아실의 말을 생각해 보았다.
　흥분이 가라앉았다. 지멘은 아실의 지적이 정확하다는 것을 깨달았다. 상대를 이해하는 가장 좋은 길은 상대에게 말을 하지 않는 것인지도 모른다고 생각하며 지멘은 부풀어 올랐던 깃털들을 누그러뜨렸다. 그의 부리에서 혼잣말이 흘러나왔다.
　"그 수교위는 함정을 만든 것일까?"
　다르게 생각할 수 없었다. 지멘은 자신의 가설을 확신했다. 그래서 온 길을 되짚어 가다가 소화차와 맞닥뜨렸을 때 지멘은 분노했지만 당황하지는 않았다.
　소화차에는 말이 매어져 있지 않았다. 지멘이 말을 겁줘서 도망치게 하는 것을 방지하기 위해 말들을 어딘가에 풀어 둔 모양이다. 제국병들이 두꺼워 보이는 방패를 든 채 소화차 주위를 둘러싸고 있었다. 그들 스스로도 방패를 신뢰하지는 않겠지만 어쨌든 그런 것이라도 들어야 했을 것이다. 그리고 소화차 위에는 힘세어 보이는 제국병들이 양수 손잡이를 붙잡은 채 서 있었다. 소화차 앞쪽에 굳은 표정의 상전사 한 명이 들고 있는 것은 살수관이었다. 상전사는 창처럼 움켜쥔 살수관으로 지멘을 겨냥하며 말했다.
　"무기를 내려놓고 항복하시오."
　지멘은 상대방이 상당히 좋은 자리를 차지하고 있음을 인정해야 했다. 소화차는 그보다 높은 곳에 있었다. 그 위치는 물줄기를 상당히 멀리까지 쏘아 보낼 수 있다는 장점 이외에 지멘에게 공격당하지 않는다는 장점도 있었다. 접근할 수 없는 지멘이 선택할 수 있는 공격 수단은 조금 전 강가에서와 마찬가지로 돌을 집어던지는 것뿐이지만 돌에 명중당한 소화차가 파괴된다면 지멘은 곧 쏟아져 내려오는 물줄기에 직면할 것이다.

  소화차가 있는 곳을 제외하면 갈 길은 둘이었다. 반대쪽 산등성이로 올라가는 길과 강이 있는 평야 쪽으로 내려가는 길이었다. 지멘은 고민에게 시간을 나눠 주진 않았다. 두려움보다 시간 낭비를 피하기 위해 지멘은 곧장 몸을 돌렸다. 그가 향한 곳은 따아 쪽이며여. 신중신시를 뻬긴 지멘은 한동안 공중을 날았다. 몇 십 미터는 떨어진 곳에서 다시 땅에 발을 디딘 지멘은 그대로 산 아래를 향해 달음박질쳤다.

  상전사는 한숨을 내쉬고는 살수관을 다시 소화차 옆의 고리에 걸었다. 그의 짧은 명령이 떨어지자 방패를 들고 있던 하전사들이 달려갔다. 조금 후 하전사들은 말들을 끌고 돌아와서 소화차에 연결했다. 다시 움직일 수 있게 된 소화차는 지멘의 뒤를 따라 천천히 움직였다. 따라잡기엔 형편없이 느렸지만 상전사는 걱정하지 않았다. 지멘이 달아날 길은 없었다. 그래서, 그토록 위험한 인물에게 가까이 접근하고 싶지 않다는 거부감도 함께 작용하여, 상전사가 이끄는 소화차는 꽤 느긋한 속도로 지멘을 추적했다.

  산 아래로 내려서던 지멘은 다시 한번 높이 도약했다. 앞쪽의 나무들을 피하고 지형을 살펴 두기 위해서였다. 곧장 달리면 강과 맞닥뜨릴 터였으므로 지멘은 어느 쪽으로든 방향을 바꿔야 했다. 강의 상류로 이어지는 서쪽은 마음에 들지 않았다. 그곳으로 가는 길도 나빴거니와 상류로 계속 올라가다간 니어엘이 활을 들고 기다리고 있는 장소에 도달할지도 몰랐다. 도약을 끝내고 지상에 도달했을 때 지멘의 몸은 동쪽을 향해 있었다.

하지만 지멘은 달리지 않았다. 선택할 수 있는 길은 산을 따라 동쪽으로 가는 길과 강을 따라 동북쪽으로 가는 길 두 가지가 있었다. 어차피 강을 건너야 한다면 강을 따라가는 편이 좋을 것이다. 하지만 지멘은 이 강의 하류 쪽에 레콘이 건널 만한 장소가 있는지 알지 못했다. 강을 따라가지 않는다면 산을 따라 동쪽으로 간 다음 산 남쪽으로 크게 돌아가는 길이 있었다. 그것은 왔던 길을 엄청나게 돌아가는 길이었다. 어느 쪽도 선택하기 쉽지 않았다.

둘 중 하나를 선택하는 대신, 지멘은 망치와 도끼 끝으로 땅바닥을 짚은 채 자신이 곤란한 처지에 빠졌다는 사실을 인정하려 노력했다. 상황을 타개하려면 먼저 상황을 인정해야 한다. 당연한 일이지만 그것은 대부분의 사람들이 쉽게 행하지 못하는 일이며, 지멘 또한 분노의 표출 쪽에 더 매력을 느꼈다. 하지만 그는 애써 자신을 달랬다.

노력의 결실이 있었다. 지멘은 미소를 지을 수 있게 되었다. 그는 혼잣말을 중얼거렸다.

"난감한데."

자신이 미력한 인간에 의해 난관에 봉착했음을 인정하는, 참으로 극기의 결과라 할 수 있는 아름다운 토로에 대해 별로 아름답지 않은 대답이 들려왔다.

"토할 것 같아요."

지멘은 황급히 배낭을 벗어 땅에 내려놓았다. 아실은 감사의 의미로 목례하고는 배낭에서 기어나왔다. 두 무릎과 두 손으로 땅을 짚은 채 아실은 한동안 숨을 몰아쉬었다. 하지만 구토하지는 않았다. 그녀는 땅바닥에 주저앉아 머리를 내둘렀다.

"다른 사람이라면 기절했을 거예요. 당신 등에 오래 탄 저니까 버텼지."

지멘은 아실의 투덜거림을 못 들은 체하며 주위를 살폈다. 그리고 지멘은 조금 전에 찾지 못했던 뾰족한 수가 새로 등장하지는 않았다는 것을 확인했다. 강을 따라가거나 산을 따라가는 수밖에 없었다. 배낭을 붙잡으며 일어난 아실도 같은 결론을 내렸다.

"신을 빠리가보록 해요. 굉장히 많이 돌아가야겠지만 그래도 그쪽이 확실한 길이군요. 수교위라면 중대를 지휘하고 있을 테니까 소화차는 한 대뿐일 테고, 그러니 그쪽을 또 막지는 못할 거예요."

지멘 또한 그 의견에 동의했다. 하지만 그 계획에는 그들이 알지 못하는 한 가지 판단 착오가 내포되어 있었다. 동쪽을 향해 한 시간쯤 달렸을 때 지멘은 급하게 멈춰 섰다. 아실은 의아해하며 지멘의 어깨 너머로 앞을 바라보았다. 그리고 자신의 판단 착오가 서서히 모습을 드러내는 것을 보며 숨소리를 낮췄다.

그들 앞의 언덕 위로 소화차가 나타났다. 소화차를 따르던 제국병들은 아실과 지멘의 모습을 확인하자 즉각 소화차를 멈추고 말을 풀었다. 그리고 소화차 주위를 둘러쌌다. 그늘이 공격 태세를 갖추는 것은 분명했지만 지멘은 그 사실에 반응할 수 없었다. 그가 인지할 수 있는 사실은 그 소화차가 한 시간 전에 본 것과 다른 것이라는 사실뿐이었다. 그 사실이 의미하는 것은 분명했다. 지멘의 곁에 서서 언덕 위를 바라보던 아실도 약간 흥분한 목소리로 말했다.

"소화차를 두 대 가지고 있었군요. 그렇다면 세 대나 네 대일 수도 있겠는데요."

품토의 벼슬이 뻣뻣해졌다. 니어엘을 노려보던 품토는 나직하게 속삭였다.

"서른한 대라고?"

"예. 원래 가지고 있던 것도 있고 근방의 중대들로부터 지원받은 것도 있습니다. 또 나나본의 태수께서 쾌히 빌려 주신 것도 있고…… 아, 예. 자유무역당에게서 급히 빌려 온 것도 있습니다. 그들이 규리하에 납품하기 위해 수송하던 물건이었습니다."

니어엘은 야영지 끄트머리 쪽에 있는 소화차 중 하나를 가리켰다. 그 소화차에는 군용임을 밝히는 식별 기호가 붙어 있지 않았다. 니어엘이 말한 빌려 온 물건임에 분명하지만 품토는 그쪽을 쳐다보지 않았다. 그 소화차는 야영지 옆을 흐르는 시냇물을 퍼 담고 있는 중이었다.

품토가 돌아보지 않자 니어엘은 손을 내리고 말을 마무리 지었다.

"규리하의 정세는 뒤숭숭합니다. 그래서 그곳을 점령하고 있는 가시나무 군단이 자유무역당에게 소화차 열 대를 주문했습니다. 방화에 대처하기 위해서, 혹은 저와 비슷한 이유에서 필요한 모양입니다. 가시나무 군단의 양해를 얻어 그들보다 먼저 사용하게 되었습니다."

품토가 질문했다.

"규리하의 정세가 왜 뒤숭숭한데?"

니어엘은 잠깐 동안 얼빠진 표정으로 뭄토를 바라보느라 시간을 소비했다. 그리고 상대방이 정말 몰라서 묻는 것이라는 판단을 내리기까지 더 많은 시간을 소비했다. 그런 후에 니어엘은 제국군이 규리하를 공격했고 승리했음을 간단히 알려 주었다.

뭄토는 자신이 벼락을 맞거나 그에 준하는 재난을 당하지 않는 이상 정치에 관심을 둘 리 없다는 것을 잘 알고 있었다. 하지만 서약 지지파에 대한 이야기는 피상적으로나마 알고 있었다. 인상적일 만큼 어처구니없었기 때문이다. 뭄토는 황제에게 충성을 맹세하려 했던 아이저 규리하가 폐세에게 기답을 빈다는 이야기를 들었을 때 그것이 자신이 이해할 수 없는 농담일 거라고 생각했다.

하지만 그것은 농담이 아니었던 모양이다. 뭄토는 투덜거렸다.

"모든 이보다 낮은 여신이여. 이건 미친 짓거리라고밖에 생각이 안 되는군. 충성하기 위해 싸운다는 놈이나 충성하려고 고집 피우기 때문에 공격하는 황제나. 그런데 누가 아이저 규리하를 잡았는데? 그 사람 세다고 들었는데."

"에더리 교위님이지요."

"에더리 교위님?"

"아니, 이런. 지금은 대장군님이시죠. 폐하의 대장군이신 칼리도 백 엘시 에더리를 말한 겁니다. 교위님이라고 부른 긴 버릇이 되어서입니다. 6년 전 타이모 사건 때 저는 그분을 모시던 부위였습니다."

뭄토는 되묻지 않을 수 없었다.

"진짜야?"

"예."

"허! 온갖 허풍선이들을 다 봤지만 유명한 사람과 이렇게 가까운 사람은 처음 보는데?"

니어엘은 뭄토의 순박한 탄성에 미소 지었다. 하지만 니어엘은 곧 더 큰 미소를 지을 수밖에 없었다. 일어나 앉은 뭄토가 제국 만병장 엘시 에더리가 정말로 최후의 대장간에서 무기를 받았는지 질문했기 때문이다.

"아뇨. 그건 헛소문입니다. 제가 알기로 그분이 가진 칼은 세 자루입니다. 그중 제국 만병장의 권검과 에더리 가문의 보검은 거의 쓰시지 않습니다. 그분이 주로 패검하시는 것은 제가 차고 있는 이것과 똑같은 제국검입니다."

"그럴 거라고 생각했어. 인간이 최후의 대장간에서 무기를 받다니, 말도 안 되잖아. 하지만 너무 말이 안 되니까 혹시나 하는 마음이 들더라고."

니어엘은 고개를 끄덕이며 말을 마무리 지었다.

"아이저 규리하는 패하여 도망쳤고, 그래서 현재 규리하가 뒤숭숭한 겁니다. 아직 그 소식을 접하지 못하셨다니 조금 놀랍군요."

"난 그런 일엔 관심이 별로 없어서. 하지만 이상하네. 규리하가 여기서 가까운 거리는 아닌데, 너 뱀단지 가지고 있냐?"

"뱀단지는 군단 사령부에만 있습니다."

"그러면 거기 있는 사람들한테 어떻게 양해를 구했다는 거야?"

"제 말은 가시나무 군단에 양해 요구서를 보냈다는 의미입니다. 며칠 후에 도달하겠지요."

뭄토는 웃음을 터뜨렸다. 보급에 함부로 개입할 경우 받게 되는 중징계를 안다면 니어엘을 동정했겠지만, 그런 것을 모르는 뭄토는 대신 다른 말을 꺼냈다.

"정말 지멘을 잡으려고 작정했군?"

"물론입니다."

"너 지멘에게 무슨 원한 있냐?"

"그를 체포하는 것은 제 의무입니다."

"바른 소리 듣고 싶다는 것이 아냐. 그리고 쓸데없는 위험을 피하는 것도 네 의무일 텐데? 인간밖에 없는 네 알량한 부대로 지멘에게 도전하는 건 모험 아냐?"

의외로 날카로운 뭄투의 지적에 니어엘은 입을 다물었다. 잠시 후 그녀는 뭄토의 질문에 대한 대답이 아닌 다른 말을 꺼냈다.

"당신에게 요청할 것은 간단합니다, 뭄토. 작전이 진행되는 동안 곁에서 저를 보호해 주십시오. 지멘이 저를 기습할 가능성은 없다고 믿습니다만 대비해서 나쁠 것은 없죠. 그리고 작전의 최종 단계에서 지멘의 구금 및 호송을 맡아 주십시오. 원래는 제 부하들에게 맡길까 했습니다만 아무래도 레콘에게 더 쉬운 일이겠지요. 지멘을 결박한 다음 센시엣 특수 수용소까지 호송해 주십시오. 괜찮겠습니까?"

"센시엣 특수 수용소? 그게 뭔데?"

"절망도라는 말 들어 봤습니까?"

뭄토의 벼슬이 꼿꼿해졌다. 그는 그 이름을 알고 있었다. 이름만 아는 것이지만 그것으로도 뭄토의 대답에 살의가 담길 이유가 충분했다.

"절망도에 들어가라고!"

니어엘은 검손한 표정과 어투를 사용했다.

"거기에 들어가라는 말이 아닙니다. 뭄토. 그곳에 가면 특수 수용소의 관리들이 지멘을 인수할 겁니다. 지멘을 섬으로 데리고 들어가는 것은 그들의 일입니다. 당신이 할 일은 지멘을 그들에게 넘겨주고 인수증을 받아 오는 일뿐입니다. 제가 알기론 그 과정에서 바다를 눈으로 볼 일도 없습니다."

뭄토는 조금 안도했다. 불안을 떨칠 만큼은 아니었지만.

"나는 그게 어디 있는지 몰라. 다른 레콘들도 마찬가지일걸. 젠장. 알고 싶지도 않은 곳이니까. 그게 어디 있는데? 쟁룡해?"

터무니없는 바다의 이름을 대는 뭄토를 보며 니어엘은 센시엣 특수 수용소에 대한 레콘의 의도적 무관심이 어느 정도인지 짐작할 수 있었다. 혹 해양학에 대한 의도적 무관심일지도 모른다.

"다행히 그렇게 먼 곳은 아닙니다. 선조해입니다."

"선조해면, 그게 어디인데?"

니어엘은 두 손을 조금 펼쳐 보였다.

"시구리아트 산맥을 넘어 호라이체, 단탐, 나로드를 거쳐 키준 산맥을 돌아 북상하면 됩니다. 여기서부터 말을 타고 가면 사순이면 충분히 닿을 수 있습니다. 제 장병들이 동행할 테니 당신이 지멘과 붙어 있어야 하는 기간은 최대 사순입니다."

뭄토는 사십 일 동안 지멘의 곁에 붙어 있어야 하는 것과 절망도에 가까이 가는 일 중 어느 것이 더 꺼림칙한지 결론을 내릴 수 없었다. 둘 모두 그를 위축시키기에 충분한 소식이었다. 하지만 뭄토는 지멘을 붙잡을 결심을 하고 있는 인간 앞에서 약한 모습을 보이고 싶지 않았다. 그래서 그는 니어엘을 자극해 보기로 했다.

"네 졸병들이 따라오면, 너는 안 가냐?"

"아, 유감스럽지만 저는 중대 본부를 오래 떠날 수 없습니다. 왕복 백여 일이나 되니 어렵군요."

겁이 나서 안 따라가는 것 아니냐는 식으로 대화를 이끌어 보려 했던 뭄토는 좌절하고 말았다. 니어엘은 빈말을 하는 것이 아니었다. 그래서 뭄토는 질문했다.

"이렇게 술술 대답하는 걸 보면 적지 않은 시간을 들여 지멘 체포를 생각했다는 의미군. 무슨 원한인지 읊어 봐."

니어엘에겐 유감스럽게도 뭄토의 기억력은 나쁘지 않았다. 니어엘은 조금 지체한 다음 말했다.

"저는 그가 싫습니다."

"싫다고? 그게 이유야?"

"예."

뭄토는 그것만이 이유는 아닐 거라고 생각했다. 하지만 그때 저편에서 부위 한 명이 낭랑한 목소리로 소화차의 수조가 찼음을 알려 왔기에 뭄토는 더 질문할 수 없었다. 니어엘은 뭄토에게 양해를 구하고 일어났다. 그녀는 하늘을 잠깐 올려다보고 나서 부위에게 말했다.

"약간 빨리 행군해야겠군. 도착하는 대로 무슨 일을 해야 하는지 말해 봐."

"소화차를 서로 엄호할 수 있는 위치에 배치시키고 지멘을 목격할 때까지 함정을 팝니다."

"어쩌면 지멘은 몸을 숨길지도 모른다. 그 커다란 몸도 숨기기 불가능한 것은 아니니까. 하지만 네 구역에 반드시 나타날 거야. 그러니 지멘을 혹 목격하지 못하더라도 달이 뜰 무렵엔 다음 단계로 넘어가도록 해라."

부위는 경례하고 나서 두 대의 소화차와 자신의 소대원 이백 명과 함께 출발했다. 니어엘은 말에서 내린 다음 뭄토에게 말했다.

"잠깐 식사할 시간이 있습니다. 저녁 시간은 멀었습니다만, 밤에는 아무래도 좀 바쁠 테니 지금 드셔야겠습니다."

뭄토는 그 의견에 동의했다.

야영지의 취사장에서 제공된 음식은 거칠었지만 양이 많았다. 뭄토에게 적당한 그릇은 없었지만 다행히 뭄토는 떠돌이 레콘들이 흔히 그러하듯 자기 그릇을 가지고 있었다. 어린애 한 명이라도 들어갈 것 같은 뭄토의 그릇에 삽으로 음식을 퍼담으며 취사병은 재미있어 했다.

식사를 하며, 니어엘 헨로 수교위는 작전을 설명해 달라는 뭄토에게 비유를 들어 설명했다. 하지만 니어엘이 든 비유는 뭄토를 약간 곤혹스럽게 했다. 뭄토는 도대체 '회돌이'라는 것이 무슨 말인지 알 수 없었다. 뭄토가 바둑을 전혀 모른다는 것을 알고 니어엘은 비유를 포기했다.

"간단히 말하죠. 저는 지멘을 포위할 병력을 가지고 있지 않습니다. 그래서 지멘에게서 병력을 빌릴 작정입니다."

"무슨 소리야?"

니어엘은 나무 숟가락으로 그릇을 긁으며 말했다.

"저는 지멘이 선택할 수 있는 길 중 하나를 계속 없애고 있습니다."

"아, 몰아붙인다고? 몰이?"

"음. 그것과는 약간 다릅니다. 몬다는 것은 한 길을 선택하게끔 유도하는 것이지요. 하지만 저는 다른 길을 포기하게 하는 것에 관심이 있습니다."

뭄토는 커다란 물잔을 두 손으로 단단히 붙잡은 다음 상체를 앞으로 크게 숙였다. 그리고 물잔에 부리를 박고 물을 빨아들였다. 몸에 물이 묻지 않게끔 하는 레콘 특유의 방법이다. 그렇게 물잔을 고정시켜 둔 채 물을 마신 뭄토는 다시 상체를 들어 올리고 말했다.

"야, 수교위. 그거 말장난처럼 들린다. 이 길로 가게 하는 것과 다른 길을 포기하게 하는 것은 같은 말이잖아."

"그래서 하나의 길을 없앤다고 말했습니다. 제가 가진 병력이 부족하다고 이미 말했습니다. 그래서 저는 지멘이 선택할 수 있는 길이 둘이라면 내버려둡니다. 그가 선택할 수 있는 셋 이상일 경우에만 그중 하나를 막을 겁니다. 그러면 지멘은 남은 길들 중 하나를 선택할 겁니다. 그런데, 당연한 말이지만 한 가지 길을 선택하면 다른 길은 포기하게 됩니다. 그러면 다른 길은 제가 막지 않아도 막은 거나 다름없어집니다. 포기하는 길이 점점 많아지면 결국 지멘이 포기한 길들이 지멘 자신을 포위하게 될 겁니다. 결국 지멘은 어디로도 갈 수 없다고 생각하게 될 겁니다. 실제로는 갈 길이 많은데도 말입니다. 스스로 우형(愚形)을 짓게 하여 곤마(困馬)가 되게 하는, 아니, 그러니까 지멘에게서 병력을 빌린다는 것은 그런 말입니다."

"음. 그럴듯하게 들리는데. 하지만 지멘이 자기가 포기한 길로 다시 돌아가면 어쩔 건데?"

빈 그릇과 숟가락을 내려놓은 니어엘은 걱정스러운 표정을 지었다. 뭄토는 자신의 날카로운 지적에 니어엘이 당황했다고 생각했다. 하지만 조금 더 생각해 본 뭄토는 자신의 지적이 누구나 할 수 있는 지적임을 깨달았다. 어리둥절해진 뭄토는 궁금하다는 표정으로 니어엘의 대답을 촉구했다. 니어엘이 말했다.

"당신이 그렇게 말하니 좀 걱정스럽군요. 저는 지멘이 레콘이라고 생각했습니다."

"무슨 소리야? 레콘 맞는데."

"예. 자기가 선택한 길을 평생 추구하는 레콘 말입니다."

"어, 맞아. 지금 그러고 있잖아?"

"예. 맞습니다. 안심해도 될 것 같습니다."

"안심했어? 그런데 조금 전엔 왜 걱정했는데?"

"또 다른 레콘이 선택을 번복할 수도 있다는 식으로 말해서 조금 걱정스러웠습니다."

니어엘의 말에 대해 생각해 본 뭄토는 기분이 나빠지는 것을 느꼈다. 뭄토는 손가락을 펴 니어엘을 겨냥했다.

"그거 무슨 의미야? 그러니까 내가 우유부단하다는 말이야?"

니어엘은 두 손바닥을 펼쳐 뭄토에게 보였다.

"아아, 저는 레콘의 부리에서 자기가 포기한 길로 다시 돌아간다는 말이 나올 거라곤 생각하지 않았습니다. 제 작전은 레콘이 그런 생각을 할 수도 없다는 가정 하에 세운 작전입니다. 그래서 조금 놀랐던 겁니다. 기분 나쁘다면 사과하죠."

"그 말은 레콘을 바보 취급하는 거야?"

"아니요. 가당찮은 숙원에 매달리고 있는 지멘의 고집스러움을 염두에 둔 겁니다."

니어엘의 정성스러운 대답에도 뭄토의 기분이 완전히 풀리진 않았다. 하지만 뭄토는 지멘의 숙원이 가당찮다는 것에 동의했기에 더 이상 따지지 않기로 했다. 레콘이 다른 레콘의 숙원을 평가하는 것은 매우 드문 일이지만, 뭄토는 지멘의 숙원에 대해서는 그런 취급도 어쩔 수 없다고 생각했다.
 그리고 뭄토는 자신이 배신을 정당화하기 위해 지멘의 숙원을 비웃는 것인지도 모른다는 의심은 잊기로 했다.


 지멘은 자신의 눈앞에 있는 광경이 황혼 녘에 볼 수 있는 가장 끔찍한 풍경이라고 단정했다.
 지멘이 보고 있는 것은 넓은 선상지였다. 선상지 위쪽, 무슨 수를 써도 지멘이 단숨에 접근하기 힘든 암석 지대에는 두 대의 소화차가 서로를 엄호하는 모습으로 서 있었다. 그 모습도 꽤 많은 우려를 불러일으키는 모습이었지만 정작 지멘으로 하여금 부리를 떨게 만드는 모습은 선상지 아래쪽에 있었다. 그곳에서는 많은 수의 제국병들이 넓게 펼쳐져 땅을 파고 있었다.
 그들이 만들고 있는 것은 함정이었다. 하지만 함정이라는 거창한 이름에 어울리지 않게 제국병들이 만들고 있는 것은 겨우 무릎이나 빠질까 싶은 구덩이에 불과했다. 가벼운 여흥 거리 삼아 뒷산에 허방다리를 놓는 농가의 소년이 보더라도 비웃음을 금하기 어려운 조잡한 수준이었지만 지멘은 그럴 수 없었다. 아실이 그의 생각을 읽은 것처럼 말했다.
 "저런 걸로 당신 잡을 생각은 없을 테고, 아무래도 그걸 채우겠군요."
 아실이 말한 '그것'은 물론 물이었다. 물구덩이 위를 흙이나 풀잎 쪼가리 등으로 위장한다면, 밝은 대낮이라면 눈으로 보면서 피할 수 있겠지만 밤에는 꼼짝없이 빠질 것이다. 실로 소름 끼치는 함정이었다. 화가 머리끝까지 치미는 것을 느끼면서도 지멘은

기적을 감상하는 태도 **259**

그쪽으로 다가갈 생각을 포기해 버렸다. 결과적으로 산을 넘는 것이 힘들어졌다. 지멘이 목표한 선상지는 산을 넘기 위한 최적의 장소였다.

지멘은 몸을 숨기고 있던 언덕에서 조심스럽게 뒷걸음쳤다. 그는 언덕 아래까지 내려와 바닥에 주저앉아 한 손으로 벼슬을 움켜쥐었다. 조금 늦게 비탈을 내려온 아실이 맥 빠지는 목소리로 말했다.

"일부러 저러는 거예요. 시야가 탁 트인 곳에서 보라는 듯이."

지멘은 부리를 완강하게 잠근 채 아무 말도 하지 않았다. 땅바닥에 앉은 아실은 지멘의 무릎에 뒤통수를 기대었다.

"이 근처 여기저기에 저런 함정을 파 뒀다고 생각하길 바라는 거예요. 사실 하나도 안 팠을지 모르지요. 하지만 확신할 수가 없네요. 그 수교위, 니어엘 헨로라고 했지요? 엘시 에더리 외에 유념해 둬야 할 사람이 한 명 더 늘어난 것 같군요."

지멘과 아실의 크고 작은 모습에도 비탈을 흠뻑 적신 낙조가 물들기 시작했다. 풀잎들이 검붉게 타오르고 흙냄새 풍기던 바람은 조용히 잦아들었다. 그리고 밤을 기다리던 것들이 차가운 체취를 뿜기 시작했다.

아실은 하루가 마감되는 우울한 방식이라고 생각했다. 추적자들의 존재가 확인된 이상 밤을 틈타 움직여야 하겠지만 지멘은 절대로 움직이지 않으려 할 것이다. 물론 지멘은 어둠 저편에 별보다 많은 함정들이 있을 거라고 주장하지는 않을 것이다. 아실에게 말을 할 수 없으니까. 하지만 아실은 지멘이 그렇게 생각하리라는 것을 잘 알고 있었다. 니어엘 헨로 또한 잘 알고 있을 것이다.

아실은 지멘을 돌아보았다.
고개를 떨어뜨리고 오른손으로 벼슬을 움켜쥔 모습을 한 채 지멘은 미동도 하지 않았다. 검은 깃털 사이를 파고든 마지막 햇살이 그의 몸을 불붙은 숯덩이처럼 바꿔 놓았다. 만약 좋은 바람을 탄다면 맹렬한 불길을 일으킬 수 있는 거대한 숯덩이. 하지만 바람은 없고 냉혹한 물만 가득하다. 해가 졌다. 저녁이 밤으로 바뀌는 미묘한 시각. 빛이 사라지고 지멘의 검은 몸은 어둠 속으로 잠겨들었다. 사그라지는 불잉걸을 보는 것 같은 느낌에 아실은 속이 상했다.

아실은 지멘의 다리 사이고 짐멘까 ㄱ녀 부리를 똑똑 누드렀다.

지멘은 꿈쩍도 하지 않은 채 눈만 치켜떠 아실을 바라보았다. 이미 서로의 눈을 찾기 어려운 어둠이었지만 두 사람은 정확하게 서로의 눈이 있는 곳을 바라보고 있었다. 아실은 지멘의 왼쪽 무릎에 팔꿈치를 괴고 비스듬하게 기대섰다.

"지멘, 저는 아마 열여덟 살쯤 되었을 거예요. 저를 주웠을 때 타이모는 제가 다섯 살이라고 말했거든요."

그 서두는 지멘의 관심을 끌었다. 그는 눈을 돌리지 않은 채 아실의 말에 집중했다.

"타이모 성격 기억나죠? 사소한 건 신경 안 쓰죠. 인간 아이에 대해 알지도 못하면서 타이모는 누가 다섯 살쯤일 거라고 말하자마자 내 나이를 다섯 살로 결정했어요. 그렇게 틀린 것 같지는 않으니 다행이지요."

아실의 설명은 지멘이 기억하는 타이모와 정확하게 부합하는 것이다. 지멘은 추억의 상호 확인에서 느낄 수 있는 평범한 즐거움을 느꼈다. 그리고 아실도 지멘이 즐거워하고 있다는 것을 믿감하게 느꼈다. 서로를 볼 수 없었지만 그들에게 그것은 그리 큰 장애가 아니었다.

"나이야 특별히 중요할 건 없지요. 중요한 건 이 땅에 있는 모든 열여덟 살짜리 인간들 중에 매일 제국군에게 쫓기고 한 달에 대여섯 도시를 떠돌고 반년에 한 번씩 황제의 세금 수송대를 습격하고 3년에 한 번꼴로 지붕 밑에서 자는 사람은 그리 많지 않다는 사실이에요."

지멘은 벼슬을 움켜쥐었던 손을 풀었다. 오랫동안 움켜쥐었던 벼슬이 약간 저렸다. 아실이 억누른 목소리로 말했다.

"다른 열여덟 살짜리들은 이렇지 않아요. 사람은 열여덟 살 때 이렇게 살지 않을 거예요. 팔다리가 온전한 열여덟 살짜리가 옷에서 자기 똥 냄새를 맡을 수 있는 것은 정상이 아닐 거예요. 미치지도 않은 열여덟 살짜리에게 아프면 신경 써 주고 우울한 것 같으면 농담 걸어 주는 사람이 하나도 없다는 것은 당연한 일이 아닐 거라고요. 언젠가 자신을 죽일 사람 외엔 아무도 믿지 못하면서 사는 것은 제대로 된 열여덟 살짜리의 삶이 아니에요."

아실은 지멘의 무릎에 얹어 둔 팔꿈치를 뗐다.

"하지만 저는 이렇게 살아요."

분노가 아실의 목소리를 갈아 날을 세웠다. 아실이 외쳤다.

"빌어먹을, 단 한 번뿐이에요! 한 번뿐인 열여덟 살을 이따위로 산다고요. 저는 당신처럼 해 볼 거 다해 보고 이 미친 짓을 하는 것이 아니에요. 다른 방식으로는 살아 본 적도 없다고요!"

아실이 손을 뻗었다. 그 손은 어둠 속을 거침없이 뻗어가 지멘의 수염볏을 할퀴듯 움켜쥐었다.

"그러니 약한 척하지 마요. 화가 나서 미칠 것 같으니까! 무서워요? 물이 무서워요?"

지멘의 몸이 굳었다. 그의 몸에서 깃털이 부풀어 오르며 아실의 볼을 때렸다. 아실은 그것을 피하지 않았다. 대신 그 깃털을 깨물었다. 아실은 지멘의 깃털을 깨문 채 속삭였다.

"좋아요."

아실은 깃털을 잎에 문 채 급하게 몸을 뺐고 그 때문에 지멘의 깃털들이 몇 개 빠졌다. 지멘의 품에서 뛰쳐나온 아실은 어둠 속을 더듬어 그의 등 뒤로 돌아갔다. 아실은 배낭을 뒤져 곧 밧줄을 찾아내었다. 그리고 다시 지멘의 앞쪽으로 걸어 나오며 밧줄의 한쪽 끝을 자기의 허리에 묶었다. 맷듭을 잡아당겨 잘 묶였는지 확인한 다음 밧줄 사리를 지멘에게 던졌다. 밧줄 사리는 지멘의 가슴팍에 부딪혔다.

"붙잡아요."

지멘은 몸을 부풀린 채 꼼짝도 하지 않았다. 아실은 볼에 깃털을 붙인 채 발을 쾅쾅 굴렀다. 소녀는 자신의 허리에서 밧줄을 잡아채어 지멘에게 내밀었다.

"붙잡아요! 그 줄을 붙잡고 따라와요! 저 앞에 있는 건 쟁룡해도 아니고 엘시 에더리도 아니에요. 물구덩이일 뿐이라고요. 그러니 저를 따라와요! 제가 물에 빠지지 않으면 당신도 빠지지 않아요. 당신이 그랬죠? 레콘은 거기에 익숙해져야 한다고 잘난 척하며 떠들었죠? 부리로만 떠드는 것은 아무 소용이 없어요. 몸으로 보여요!"

지멘은 움직이지 않았다.

아실은 밧줄을 움켜쥔 손끝이 아파 오는 것을 느꼈다. 긴장한 근육들이 팔 속에서 뒤틀리는 것 같았다. 자신의 목에서 흘러나

오는 기괴한 흐느낌에 놀라 아실은 황급히 팔을 끌어당겼다. 좌절감이 그녀의 팔을 훔쳤고 아실은 자신의 의지와 상관없이 손가락 사이로 빠져나가는 밧줄을 느꼈다. 손바닥이 아팠다.

아실은 무릎을 꿇었다. 의지의 매듭이 풀렸고, 아실은 자신의 주의력이 아무렇게나 흘러가도록 내버려두었다.

방기된 시간들이 소녀와 거인 주위를 흘러갔다.

그리고 무엇인가가 아실을 불렀다.

아실은 고개를 들었다. 캄캄한 밤. 달은 지평선 이쪽에 도달하지 못했고 자폐적으로 번득이는 별빛들은 땅에 아무런 빛도 보내지 않았다. 아실을 자극한 것은 시각이 아니었다. 그녀의 피부를 쓸어 만진 것은 거대한 공기의 움직임이었다. 크고 육중한 것의 움직임에 휘말려 든 공기가 내뿜는 불평이 그녀의 주의를 끈 것이다.

아실은 밧줄이 당겨지는 것을 느꼈다. 믿을 수 없는 기분을 느끼며 그녀는 황급히 일어섰다. 낮은 목소리가 들려왔다.

"이 애를 따라가야겠어."

아실은 보이지 않는 지멘을 똑바로 바라보았다.

"이 애가 나를 이끌어 준다면."

아실은 두 주먹으로 눈을 눌렀다. 눈꺼풀 속에서 빛이 폭발하고 그 잔영이 그을음에 뒤덮일 때까지 그렇게 누르던 아실은 손을 뗐다. 그리고 코 먹은 소리로 말했다.

"함정들 사이를 돌파해서 산을 넘겠어요."

무거운 신음이 들려왔다. 그것을 동의로 받아들이기로 한 아실은 주저 없이 언덕을 오르기 시작했다. 줄이 잠깐 팽팽해졌다가 곧 느슨해졌다.

인간과 레콘은 산을 향해 걸어갔다.

사람은 낮에 기대어 사는 동물이다. 밤을 낮처럼 볼 수 있는 나가도, 불을 마음대로 부리는 도깨비들도 그 사실에서 자유롭지 못하다. 그리고 인간인 아실과 레콘인 지멘에게는 다른 두 부류의 사람과 달리 밤의 어둠에 대항할 수 있는 수단도 없었다. 주의력을 앗아 가는 암흑 속에서 아실은 불빛을 목표 삼아 걸었다. 함정을 파던 제국군들은 밤이 다가오자 횃불 같은 것을 피워 두고 있었다. 아실은 제국군과 접촉을 피하고 싶었지만 그 외에는 목표로 삼을 만한 것이 보이지 않았다. 그래서 나중 일은 나중에 생각하기로 했다. 아실에겐 걷는 것 말고는 다른 생각을 할 여유가 없었는데, 걷는 것이 지나치게 고통스러웠기 때문이다.

지멘의 발에 걸어차일까 봐 아실은 감히 밧줄을 느슨해지게 만들 수 없었다. 결과적으로 아실은 지멘의 몸을 끌듯 움직이고 있었다. 그것은 무익한 고행이었고 아실도 자신이 바보짓을 하고 있다는 것을 알았다. 하지만 아실은 지멘의 발길질이 무슨 짓을 저지를 수 있는지도 잘 알았다.

처음 얼마 동안은 참을 수 있었지만 결국 아실의 입에서 고통스러운 신음이 흘러나왔다. 일단 시작된 신음을 멈추기는 어려웠다.

문득 아실은 자신의 신음이 이중주처럼 들린다는 것을 깨달았다. 아실은 자신이 내뱉지 않은 신음에 귀를 기울였다. 그리고 그것이 지멘의 신음임을 알고는 놀랐다.

지멘 또한 힘겨워하고 있었다. 그는 물에 대한 원초적 공포와 싸우고 있을 뿐만 아니라 자신의 다리와도 싸우고 있었다. 지멘 또한 지나치게 빨리 걸으면 아실을 걸어찰 테고 느리게 걸으면 아실이 뒤로 나동그라질 것임을 알고 있었다. 그 때문에 지멘은 자신의 걸음을 통제하려 애썼다. 걷거나 숨쉬는 것과 같은 일은 통제하려 하면 더 힘들어지는 법이다.

지난 6년 동안 아실이 본 지멘은 멈춰 서 있는 시간보다 달리는 시간이 더 많았다. 그들이 아침과 점심, 저녁을 각기 다른 도시에서 맞이한 횟수는 헤아릴 수조차 없다. 그런 지멘이 걷는 행위에 고통스러워 하고 있다는 사실은 아실로 하여금 기묘한 기분에 젖어들게 했다. 살갗이 부풀어 오르면서 동시에 몸의 중심은 잔뜩 비틀려 짜여지는 느낌. 아실의 심장이 두근거렸다. 이유를 알 수 없었지만 아실은 울고 싶었다.

그러나 아실은 눈물로 볼을 적시는 감미로움을 즐길 수 없었다. 그녀가 걷고 있는 삶의 형태는 다른 가능성들을 단호하게 배제한 끝에 얻어진 유일한 것이고 후회나 절망의 무게를 짊어진 채 그 가느다란 경로 위를 걷는 것은 불가능했다. 그래서 멈춰서서 우는 대신 아실은 또다시 몸을 앞으로 내던졌다. 밧줄이 팽팽해졌다. 자신이 해가 뜨기 전에 기절할 것을 확신했지만 그래도 걸어야 했다.

불빛들이 움직이는 것을 보았을 때 아실은 헛것을 보았다고 생각했다.

아니었다. 아실은 몇 번이나 의심해 보았지만 그 광경은 압박감에 지친 정신이 제공하는 만화경이라고 보기 어려웠다. 햇불들은 분명히 움직이고 있었다. 아실은 황혼 녘에 보았던 제국군들의 모습에서 야영 장비가 있었는지 떠올려 보려고 애썼다. 그때 지멘이 말했다.

"야영지로 복귀하는 모양이군."

지멘의 목소리에 흠칫했던 아실은 다시 멀어져 가는 햇불들을 바라보았다. 아실은 이런 행운을 믿을 수 없었다. 지금껏 표적이 되어 주던 횃불이 접촉할 만큼 가까워지자 스스로 떠나고 있는 것이다.

그리고 얼마 있지 않아 아실은 더 큰 행운에 직면했다. 본격적으로 함정 지대에 들어섰기에 긴장하고 있던 아실은 그만 실소하고 말았다. 땅을 파헤친 흔적들이 뚜렷하게 보였다. 주위를 둘러보고 아실은 새파란 밤하늘과 지평선을 박차고 솟아오른 달을 발견했다. 상현에서 조금 더 부푼 달은 아실에게 상당한 시야를 확보해 주었다. 뒤를 돌아보니 지멘의 검은 모습과 달빛 속에 드러난 윤곽도 알아볼 수 있었다. 아실은 지멘에게 손을 흔들었다. 그리고 시멘이 고개를 가볍게 끄덕이는 것을 보고 기쁨의 탄성을 내질렀다. 지멘에게도 아실의 모습이 잘 보였던 것이다.

더 교묘하게 숨겨진 함정들이 있을지 모르지만, 아실은 그것들에 대해 걱정하지 않았다. 그녀는 발을 적시는 것을 두려워하지 않았고 혹 몸이 통째로 빠질 함정이 있다 해도 지멘과 연결된 밧줄이 있었기에 걱정할 필요가 없었다. 아실은 기쁨 속에서 외쳤다. "빨리 걸어요!" 그리고 달려갔다. 지멘은 보조를 맞춰 걷는 속도를 높였다. 아실은 지금껏 겪었던 고통과 불쾌한 감정들을 모두 잊었다.

"수문을 열어라!"

메아리를 동반한 고함소리가 들려왔을 때 아실은 앞으로 달려가는 중이었으므로 갑자기 팽팽해진 밧줄에 대응할 수 없었다. 몸이 붕 떠올랐을 때도 아실의 얼굴에선 미소가 사라지지 않았다. 뭔가가 잘못되었음을 깨달은 것은 뒤통수에 지독한 통증이 느껴졌을 때였다. 눈앞이 하얗게 변하는 것을 느끼며 아실은 지멘의 이름을 연거푸 불렀다. 도움을 요청하기 위해서가 아니라 저주를 퍼붓기 위해서.

"둑이 무너진다!"
"안 돼! 난 수영 못해!"
"뗏목에 타라! 쓸려 내려간다!"
발길질을 좀 세게 하면 먼지가 일어날 것 같은 바싹 마른 언덕 위에서, 눈동자와 입 안 외에 어느 곳도 젖어 있지 않은 모습으로 니어엘 헨로 수교위는 수난 사고에 동반될 법한 탄성들을 내뱉고 있었다. 킬킬거림은 이 경우 존경의 표시가 될 것이다. 그렇기에 수교위 주위에 있던 부위들과 수전사들은 마음놓고 킬킬거렸다. 니어엘은 빙긋 웃으며 몸을 돌렸다.
"그럼 이제 귀관들의 상상력을 점검해 볼까. 카루스 부위."
니어엘은 부위 한 명을 지적했다. 다른 부위와 수전사들의 환호를 받으며 머쓱한 표정으로 걸어 나온 카루스 부위에게 니어엘은 자리를 양보해 주었다. 언덕 정상에 선 카루스 부위는 힘껏 외쳤다.
"사람—려! 어푸!—람 살려!"
카루스 부위는 손바닥으로 입을 막았다 뗐다 하면서 실감나는 외침을 만들어 내었다. 좋은 상상력에 대한 찬사로 작은 박수가 터져 나왔다. 니어엘 또한 고개를 끄덕임으로써 찬사를 보냈다. 그리고 부하들에게 나머지를 맡겨 두고 그녀는 언덕을 내려갔다.
언덕 아래엔 그녀의 야영지가 있었다. 병사들의 경례를 받으며 자신의 천막으로 걸어간 니어엘은 지멘이 어떤 모습일지 짐작하게 도와주는 좋은 표본을 보았다.
 뭄토는 두 손으로 자신의 머리 양쪽을 짓누르며 무릎에 부리를 박고 있었다. 니어엘이 그 애처롭다 할 광경에서 눈을 돌린 까닭은 무정하기 때문이 아니다. 니어엘은 뭄토 근처에 있는 인간 남자들을 빨리 쫓아 버리는 편이 뭄토에게 더 도움될 거라 판단했다. 그래서 그녀는 남자들 곁에 털썩 주저앉았다.
 남자들은 일부러 그렇게 모아 놓은 것처럼 한결같이 체구가 크고 사나워 보이는 얼굴을 하고 있었다. 모두 갑옷을 입고 무장하고 있어 그 사나움이 더욱 두드러졌다. 하지만 한 가지 기묘한 점이 있었는데, 그들이 허리에 차고 있는 것은 분명히 칼을 맬 수 있는 허리띠였지만 어디에도 칼은 보이지 않았다. 그러나 그 때문에 이들의 신분을 혼동할 가능성은 다행히 없었다. 사내들이 옆에 놓아둔 방패들에는 유명한 문장이 새겨져 있었다. 그것은 발케네의 공작가를 나타내는 감투 문장이었다. 도깨비들은 자신들의 장난감이 사용된 이 문장에 재미를 느낄지 모르지만 도깨비가 아닌 사람들 중에 그럴 수 있는 사람은 별로 없다. 물론 암살공의 괴팍한 성미를 거스를 만한 요건을 가지고 있는 사람들은 절대로 그럴 수 없었다. 니어엘이 자리에 앉자 남자들 중 하나가 굵은 목소리로 말했다.
 "감탄했습니다. 헨로 수교위."
 "고맙습니다. 마바노 조장."
 마바노 조장이라 불린 남자는 목례하고 언덕 쪽을 잠깐 곁눈질했다.
 "하지만 저렇게 계속 고함을 지르면 지멘도 이것이 속임수라는 것을 알게 되지 않겠습니까? 이 근방은 물난리가 일어날 지형이 아닙니다. 어쩌면 지멘은 소리의 방향으로 야영지의 위치를 짐작할지도 모릅니다."

"지멘이 저런 말도 안 되는 이야기들에 속아 주기를 바라는 것은 턱없이 과분한 소망이겠지요. 저는 그저 지멘의 신경이 곤두서길 바랄 뿐입니다. 그리고 저 소리는 시간을 두고 각자 다른 곳에서 들릴 겁니다."

니어엘이 말을 맺을 때쯤 언덕 위의 소란이 끝났다. 그리고 어둠 속에서 말 달리는 소리가 들려왔다. 발케네 국경 수비대의 텡마바노 조장은 트집 잡을 것이 없으리라는 것을, 혹은 자신이 생각해 낼 만한 문제들은 니어엘이 이미 고려했으리라는 것을 인정했다. 그래서 텡은 원론적인 문제로 곧장 직행하기로 했다.

"당신이 드높은 열의로 이 작전에 임하고 있다는 것을 알게 되어 기쁩니다, 수교위. 지멘의 체포는 틀림없이 폐하의 기쁨일 테고 언제나 폐하의 안녕을 바라는 제 주군의 기쁨이기도 할 테니까요. 물론 저는 당신의 열의가 우리 모두의 존중을 받는 틀 안에서 펼쳐질 거라 믿습니다."

"정당한 믿음이십니다."

"혹 저희들이 도와드릴 것이 있다면 말씀하십시오. 기꺼이 도와드리겠습니다."

"친절한 말씀 감사합니다. 지금으로선 떠오르는 것이 없군요. 여러분의 귀한 조력이 있어야 하는 순간이 오면 잊지 않고 부탁드리도록 하겠습니다."

"알겠습니다. 그럼 무운을 빕니다."

텡 마바노는 시간을 지체하지 않았다. 용건이 끝나자마자 마바노는 곧장 자리에서 일어났다. 경례는 우스꽝스러운 행동이 될 터였으므로 니어엘은 손을 내밀었다. 텡은 그 손을 마주잡아 두어 번 흔들고는 자신의 부하들과 함께 모닥불 곁을 떠났다. 니어엘은 그들을 배웅하고 나서 다시 모닥불 곁으로 돌아왔다. 뭄토는 조금 전 그녀가 보았을 때와 똑같이 무정물처럼 웅크리고 있었다.

니어엘은 뭄토를 내버려두고 자신의 천막에 들어갔다. 어둠 속에서 자신의 사물을 뒤져 곧 동그란 술병 하나를 꺼내어 돌아 나왔다. 모닥불 옆으로 돌아온 니어엘은 병째 술을 마셨다. 제국병 하나가 황송해하며 잔을 들고 나타났지만 니어엘은 고개를 저어 그를 물러나게 했다.

니어엘이 세 모금째 마셨을 때 웅크리고 있던 뭄토가 말했다.

"그 자식 뭐 하러 온 거야?"

니어엘은 하마터면 당신을 놀리러 온 건 아니라고 말할 뻔했다.

"경고를 하러 온 겁니다."

"무슨 경고?"

"지멘을 체포하는 과정에서 발케네 경계선을 넘지 말라는 경고지요. 제국군이 국경 인접 지역에서 작전을 시작하면 항상 옵니다. 도대체 어떻게들 알고 오는지 모르겠습니다. 차라리 작전을 시작할 때 발케네 수비대에 공문을 보내는 편이 낫겠다고 생각될 때도 있습니다. 그러면 저편에서는 세작들에게 지급하는 돈을 아낄 수 있어 고마워할지도 모르시오."

뭄토가 천천히 고개를 들었다.

"존중하는 틀 어쩌고 하는 건 그 소리야?"

"그렇습니다."

"그거 좀 넘어가면 안 되냐? 그놈들은 넘어왔잖아."

기적을 감상하는 태도

니어엘은 모닥불을 헤쳐 불길을 살렸다.

"아, 저도 몇 명의 부하들만 데리고 칼 없이 넘어가려 한다면 그럴 수 있습니다. 다른 모든 사람들이 넘나드는 것처럼 말입니다. 하지만 발케네령 안에서 군사 행동을 일으키면 안 됩니다. 경계선을 넘나드는 것을 대충 눈감아 주는 영주들도 있다고 들었습니다만, 발케네 공은 자기 땅에 제국군이 들어오는 것을 자기 바지에 남의 손이 들어오는 것보다 더 싫어합니다."

뭄토는 고개를 갸웃했다.

"그럼 만약 지멘이 그 경계선을 넘어 도망치면 어떻게 되는데? 넌 못 쫓아가는 거야?"

"그렇습니다. 지멘도 그걸 알고 있을 겁니다. 그자는 자주 그런 식으로 제국군의 추적을 뿌리칩니다. 제가 화살을 쏘았던 강이 발케네와 제국령 나나본의 경계입니다. 지멘은 그 강을 건너려 애쓰겠지요. 물론 건널 수 없습니다. 저를 그가 붙잡을 테니까."

"뭐?"

"예? 제가 그를 붙잡는다고요."

"조금 전에 반대로 말했어."

"설마요. 그럴 리가 없지요. 그건 말도 안 됩니다."

뭄토는 도와줄 사람을 찾아 주위를 둘러보았다. 이상했다. 지휘관의 난행을 말리러 다가오는 사람이 아무도 없었다. 뭄토는 니어엘이 폭압적인 상관이라서 그렇다고 생각할 수는 없었다. 뭄토는 뒤통수를 조금 긁적거리다가 자신을 돕기로 했다.

"너 술주정뱅이냐? 혹 그렇다 해도 작전 중에 그렇게 퍼마셔도 돼?"

니어엘은 대답 없이 입 안에 술을 부어 넣었다. 짜증이 났지만 동시에 뭄토는 짜증을 부릴 근거가 희박하다고 생각했다. 니어엘은 해야 할 일을 말끔히 처리했으며 부과된 임무를 완수하면서 자기 즐거움을 찾는 사람을 탓할 수는 없다. 최소한 레콘인 뭄토는 그렇게 할 수 없었다. 그래서 뭄토는 눈이나 붙이자는 결심하에 땅에 누웠다. 그런데 니어엘이 말을 했다.

"저는 지멘이 싫습니다."

뭄토는 고개를 돌려 니어엘을 바라보았다. 니어엘은 술병을 든 팔을 세운 무릎 위에 얹고 다른 손으론 땅을 짚은 채 하늘을 바라보고 있었다.

뭄토가 질문했다.

"왜 싫은데?"

니어엘은 그 말에 대한 대답으로 술병을 확 들어 올렸다. 입에 술을 때려 붓는 니어엘을 보며 뭄토는 자신의 질문이 잘못된 것인가 생각했다. 하지만 딱히 짚이는 바가 없었다. 술병을 내린 니어엘은 숨이 막혔던지 몇 번 콜록거렸다.

"지멘은 미치광이입니다."

"미쳤다?"

"그럼요. 미쳤지요. 황제 폐하를 죽이겠다고요? 백 보 천 보 양보해서 그에게 그럴 권리가 있다고 치지요. 그러고 나서 어쩌겠다는 겁니까? 자기가 제국을 더 잘 다스릴 수 있다는 걸까요? 6억 명의 삶을 자기가 책임지겠답니까?"

니어엘은 헝클어트리듯 자신의 머리카락을 움켜쥐었다.

"백 명에 한 명이 어린애라고 쳐도 육백만 명입니다. 저는 한 명의 어린애도 저 때문에 괴로워하는 것을 바라지 않아요. 그런데 육백만 명의 어린애가 겪게 될 고통보다 자기 숙원이 더 중요하다는 겁니까?"

"그건……."

"대답해 보세요, 뭄토. 당신도 레콘입니다. 제가 당신 정체를 알고 있을 줄 몰랐죠?"

주정이라 생각했던 뭄토는 조금 후에야 농담임을 깨닫고 피식 웃었다. 니어엘은 검지와 엄지로 술병의 목을 붙잡은 채 이리저리 흔들었다.

"예. 당신도 뒤돌아볼 줄 모르고 옆길로 새지 않고 충고를 들으면 화를 내는 레콘이지요. 그런데 당신이라면 육백만 명의 아이들이 고통 당해도 자기 숙원을 추구할 겁니까?"

동족으로서 지멘을 변호하고 싶었지만, 뭄토는 지멘의 숙원이 황당하다고 생각했다. 뭄토가 선택한 타협안은 가만히 모닥불을 들여다보며 "나라면 애초에 그런 숙원을 가지지 않아."라고 말하는 것이었다.

그 대답은 니어엘을 만족시키지 못한 것 같았다. 니어엘은 술병을 기울여 남은 술을 모두 마셨다. 그리고 나서 몇 번 실패한 후에야 병뚜껑을 제자리에 끼워 넣었다.

"그럼 역시 지멘은 미쳤군요. 그래서 제가 내일 정오에 그를 붙잡는 겁니다."

"내일 정오?"

"지금쯤 지멘은 자기가 축에 몰렸다는 걸 느끼고 있을 테지요. 내일 아침은 지멘이 자유의 몸으로 맞이하는 마지막 아침이 될 겁니다. 그리고 내일 정오, 유료 나루터에서 저는 지멘을 붙잡을 겁니다. 그를 절망도에 처박아 버릴 겁니다. 기러기의 노래가 그를 기겁하게 하고 파도 소리가 그를 파괴하게 만들 겁니다."

벼슬 곤두서는 선언에 뭄토는 불쾌함을 느꼈다. 문득 뭄토는 지멘에 대한 니어엘의 증오가 다른 자에 대한 것에서 전이된 것이 아닌가 하는 의심을 느꼈다. 뭄토는 그 가설이 그럴듯하다고 생각했다. 지멘에 대한 니어엘의 혐오감에는 확실히 지나친 면이 있었다.

그러나 뭄토는 자신의 의문을 풀 기회를 얻지 못했다. 그가 듣게 된 니어엘의 다음 소리는 코 고는 소리였다. 조금 고민하던 뭄토는 자신의 의문과 제국군 수교위를 한꺼번에 천막 안에 던져넣었다. 스스로 생각해도 참 훌륭한 해결책이었다.


아실은 자신이 보고 있는 색깔에 이름을 붙이려 했다. 이름이 없는 색깔이기 때문이다. 적절한 이름을 떠올릴 때마다 빛깔은 바뀌었고, 그래서 아실은 또 다른 이름을 검토해 보았다. 그러나 오랫동안 가다듬어 본능이 되다시피 한 긴장감은 아실을 그런 유희에 빠져 있도록 내버려두지 않았다. 정신을 차려야겠다는 생각을 채 떠올리기도 전에 아실은 벌떡 일어났다.

짧은 시간 동안, 아실은 황량한 산중턱에 쓰러져 있음을 확인할 수 있었다. 하지만 주위를 제대로 살피기도 전에 통증이 찾아들었다. 아실은 엉겁결에 뒤통수를 만졌고 곧 비명에 가까운 신음을 흘렸다.

아실은 긴신히 눈을 떠 손바닥을 관찰했고 거기에 붉은 가루 같은 것이 붙어 있는 것을 발견하고는 욕설을 중얼거렸다. 그녀는 좀 더 조심스럽게 뒤통수를 만졌다. 조금 후 뾰족한 돌 같은 것에 머리를 부딪혔다는 것을 알았다. 아실은 그 상황을 어떻게 처리해야 할지 알 수 없었다. 그녀는 막막한 심정으로 주위를 둘러보았다.
 잿빛 들판과 푸르스름한 하늘, 척박한 산, 그리고 밧줄. 밧줄의 한쪽 끝은 아실의 허리에 묶여 있었다. 아실은 아무런 감정도 느끼지 못한 채 반대편 끝을 살폈다. 그곳에는 다른 모든 것들에 비해 별다른 인상을 주지 않는 거대한 레콘이 하나 있었다. 그래서 아실이 레콘에 집중하기 위해선 의도적인 노력이 필요했다.
 그는 지멘이었고, 이해할 수 없는 모습을 하고 있었다.
 지멘은 꼼짝도 하지 않은 채 서 있었다. 그 모습은 사람이 그냥 할 일이 없어 서 있는 것과 달랐다. 그렇게 보기엔 자세가 지나치게 곧았다. 하지만 그 모습은 예의의 요청에 부응하여 사람들이 취하곤 하는 부동 자세와도 달랐다. 그렇게 보기엔 체중 분포가 지나치게 불규칙했다. 지멘이 당장 쓰러지지 않는 것은 망치와 도끼 덕분인 것 같다. 지멘은 망치와 도끼로 땅을 짚은 채 서 있었다.
 아실은 지멘이 다른 자세를 취할 수 없어 그 자세를 유지하고 있다는 것을 깨달았다.
 갑작스럽게 아실은 추위를 느꼈다. 그녀는 두 팔로 자신을 감싼 채 조심스럽게 일어났다. 그러자 두통이 격해졌다. 현기증을 느낀 아실은 몇 번 휘청거렸다. 몇 걸음도 걷지 않아 다시 쓰러질 것을 직감하고서 자신의 몸을 지멘에게 던졌다. 아실은 용케도 쓰러지기 직전에 지멘의 무릎을 붙잡았다.
 지멘의 무릎에 의지하여 호흡을 가다듬은 아실은 조심스럽게 눈을 들어 올렸다.
 벼슬이 늘어져 지멘의 오른쪽 눈을 덮고 있었다. 그러나 왼쪽 눈은 아실을 정확하게 내려다보고 있었다. 붉게 충혈된 그 눈은 슬퍼 보였다.

아실은 일어났던 일들을 재구성해 보았다. 물을 상기시키는 외침에 지멘은 갑자기 멈춰 섰다. 그 때문에 낚아채어진 아실은 뇌진탕을 일으키고 혼절했다. 밧줄의 이끌림이 사라지자 지멘은 제자리에서 꼼짝도 하지 못했다. 밤과 바람과 추위와 맹목과 고독과 슬픔이 그들만의 기괴한 음색으로 우짖도록 내버려둔 채.

아실은 속눈썹의 떨림으로 말했다.

밤새도록 서 있었어요?

아실은 지멘의 무릎을 쥐 흔시나쁘로 밀냈나.

쓰러진 저에게 다가올 수도 없었어요?

아실은 일그러지려는 미간으로 말했다.

그런 자신을 어떻게 생각하죠?

아실은 입으로 말했다.

"안녕, 지멘?"

지멘은 눈을 부릅떴다. 아실은 떨리는 입술을 힘겹게 끌어올렸다. 별로 기대는 안 하지만 미소로 보이길 바라면서 아실이 말했다.

"오늘도 날씨가 좋을 것 같아요. 하지만 끔찍하게 춥네요. 으아, 와들와들 떨리네. 좀 움직이는 편이 좋겠어요. 해도 저만큼 떴으니까, 지멘! 우리, 움직여요."

지멘의 부리가 열렸다. 닫혔다. 지멘의 손이 올라왔다. 내려갔다. 지멘의 눈이 커졌다. 끔뻑였다. 재미있다는 듯이 그 모습을 바라보던 아실은 지멘의 무릎을 밀며 똑바로 섰다. 그리고 다시 주위를 살폈다.

"저 앞까지는 함정이 있어요. 거기까진 제가 이끌죠. 가요!"

아실은 자신의 말대로 했다. 그녀는 주저 없이 발을 뗐다. 아실의 뒤통수에 말라붙은 핏자국을 본 지멘이 벼슬을 떨었다. 아실은 거침없이 걸어갔다. 또다시 밧줄이 당겨질 거라 의심하는 기색은 조금도 보이지 않았다.

아실과 지멘을 잇는 밧줄 가운데 부분이 땅에서 떠올랐을 때 지멘은 두 손에 힘을 주었다. 망치와 도끼가 땅을 밀었고 다음 순간 지멘은 발을 뗐다.

지멘은 아실을 따라 걸었다.

한 발, 한 발. 거대한 세월이 다져 놓은 산등성이에 희미한 발자국을 남기며 두 사람이 걸었다. 아실이 중얼거렸다. 지멘은 아실이 왜 그러는지 이해했다. 다른 것에 주의를 돌리지 못하도록 하려는 아실의 배려였다. 눈 주위의 깃털들이 곤두서는 것을 느끼며 지멘은 아실의 말에 집중했다.

"충분한 난폭함을 가지고 있다면, 네 삶을 시련으로 만들어라."

타이모의 말이었다. 지멘은 벼슬을 곤두세웠다. 눈으로는 아실을 쫓았지만 귀로는 어젯밤 내내 들었던 외침들을 떠올렸다.

"충분한 난폭함을 가지고 있다면, 네 삶을 시련으로 만들어라."

니어엘 헨로의 부하들은 밤새도록 자리를 바꿔 가며 떠들었다. 지멘은 그 말의 백분의 일도 믿지 않았지만 그의 몸은 그 외침 전부를 수용했다. 자괴감과 혐오감으로 얼룩진 밤을 생각하며 지멘의 부리가 열렸다.

"충분한 난폭함을 가지고 있다면."

아실은 잠깐 멈춰 섰지만 뒤를 돌아보지는 않았다. 지멘이 지금 그 어느 때보다도 절실하게 혼잣말을 하고 싶어함을 직감한 그녀는 잠깐 멈춰 선 것을 후회하며 다시 발을 움직였다. 지멘이 쉰 목소리로 말했다.

"네 삶을 시련으로 만들어라."

한 시간 후 아실과 지멘은 산봉우리에 섰다.

지멘과 아실을 묶어 놓았던 밧줄이 다시 풀렸다. 아실은 지멘의 배낭 안에 들어섰다. 머리의 통증과 차가운 땅에 쓰러져 있었던 후유증 때문에 다시 졸도하고 싶은 기분이었지만 아실은 애써 비명을 삼켰다. 밤새도록 서 있었던 지멘 또한 무릎이 제대로 움직이지 않는 피로감을 느꼈다. 그러나 지멘은 두 팔을 억지로 벌렸다. 그리고 마치 외 도끼든 힘사에 누넜섰다. 섬광이 산봉우리를 확 불태웠다. 새하얀 빛의 잔영이 사라졌을 때 지멘은 몸을 움츠렸다. 그리고 힘차게 산봉우리를 걷어찼다. 지멘은 산등성이를 달렸다.

섬광은 너무나도 짧다.

지멘은 자신이 가야 할 길을 결정했다. 그는 강이 싫었고 이 근처의 산들도 더 이상 좋아할 수 없었다. 그래서 나나본 남쪽으로 크게 돌아가기로 했다. 엄청나게 돌아가는 길이었지만 지멘은 개념치 않기로 했다. 우기츠까지 가서 지러퀴터 산맥을 넘는 한이 있어도 이곳을 떠날 생각이었다.

하지만 니어엘 헨로가 깔아 둔 거미줄은 촘촘했다. 얼마 달리지 않아서 지멘은 소화차를 발견했다. 지멘의 딜리기가 정숙할 수는 없다. 소음을 들은 제국병들은 이미 지멘을 대비하고 있었다. 자신에게 겨냥되는 살수관을 본 지멘은 주저 없이 방향을 바꿨다.

오전 동안 지멘은 여덟 번 방향을 바꿔야 했다.

가중되는 피로감과 무력감이 지멘을 다시 옭아매었다. 지멘은 지나온 밤으로 되돌아간 듯한 기분을 느꼈다. 출발할 때 수립했던 계획은 망각되었고 그저 자신이 가지 않았던 길을 찾아 맹목적으로 달렸다. 스스로를 다잡기도 힘들었던 아실은 그런 지멘을 통제할 수 없었다.

정오 무렵, 지멘은 지친 눈으로 갈대밭을 바라보고 있었다.

지멘은 갈대를 좋아하지 않았다. 그에겐 습지에 자라나는 식물에 어떤 호감도 가질 이유가 없었다. 하지만 갈대밭 한쪽에 그의 지친 정신을 파고드는 인위적인 사물이 있었다. 지멘은 피로한 눈을 비비고 그것을 바라보았다. 그것은 움막보다 조금 나아 보이는 오두막이었다.

지멘은 잠시 쉴 수 있을지 의심하며 그 움막을 향해 걸어갔다.

탁월한 신장 때문에 전망을 확보하는 것은 지멘에게 쉬운 일이었다. 다가가면서 좀 더 많은 것이 보였다. 오두막은 작았지만 상당히 튼튼해 보였다. 그리고 그 뒤쪽으로 지멘이 여러 번 보았던 강이 흘렀다. 강폭은 꽤 넓었다. 지멘은 강에는 아무 관심이 없었다. 그는 오두막의 좀 특별한 부속 건물을 바라보았다.

그것은 강심을 향해 뻗어 있는 나루터였다.

나루터에는 꽤 큼직한 나룻배가 묶여 있었다. 그리고 나룻배를 묶어 둔 말뚝에는 한 명의 인간이 걸터앉아 있었다. 두툼한 옷을 두르고 있어 인간의 나이를 당장 알아보긴 힘들었다. 멍한 정신 속에서 지멘은 그가 사공일 거라 짐작했다. 강을 건너고자 하는 사람들을 배에 태워 주고, 아마도 오두막에서 기거할 것이다.

지멘이 좀 더 가까이 갔을 때 사공이 그를 발견했다. 사공은 고개를 갸웃했을 뿐 앉음새를 바꾸지는 않았다. 지멘이 나룻배에 관심이 없는 것처럼 사공은 레콘에게 관심이 없었다. 그래서 사공은 예비 고객을 바라보는 눈길이라기보다는 호기심으로 지멘을 바라보았다.

그때 지멘은 자신을 향해 다가오는 소리를 들었다.

지멘은 엉겁결에 오두막을 향해 달렸다. 그곳은 소리가 들려오지 않는 유일한 방향이었다. 사공이 놀라 벌떡 일어났다. 오두막의 마당에 도달했을 때 지멘은 홱 돌아섰다. 다가오는 소리에는 온갖 소리가 뒤섞여 있었다. 말발굽 소리, 발소리, 바퀴 소리. 지멘은 등 뒤의 사공은 완전히 잊은 채 갈대밭을 바라보았다.

사방에서 갑작스럽게 많은 것이 나타났다.

지멘은 좌에서 우로 죽 둘러보았다. 대략 오백 명쯤 되는 완전 무장한 제국병들이 갈대를 헤치며 나타났다. 그들 중간중간에는 말을 탄 지휘자들도 있었다. 오른쪽 끝에 이른 지멘은 다시 고개를 왼쪽으로 돌리며 지휘자들을 살펴보았다.

곧 니어엘 헨로를 발견했다. 찾는 것은 어렵지 않았다. 커다란 레콘 한 명과 서 있었기 때문이다. 지멘은 그 레콘을 바라보며 고통스럽게 말했다.

"뭄토."

뭄토는 지멘의 눈을 똑바로 바라보지 못했다. 하지만 니어엘은 지멘을 향해 빙긋 웃어 보였다. 그녀가 짧게 외치자 다가오던 오백 명의 병사들이 동시에 멈춰 섰다. 지멘에게서 몇 십 미터쯤 거리를 둔 채 제국병들은 그를 완전히 포위했다.

니어엘 헨로 수교위가 오른손을 들어 올렸다. 그 손목에는 덧살이 끼워져 있었다. 이토록 지친 상태에서는 니어엘의 '비장의 기술'을 피할 수 없으리라는 자각에 지멘은 통탄했다. 하지만 니어엘은 오른손을 전통으로 가져가지 않았다. 대신 덧살을 움켜쥐어 지휘봉처럼 흔들었다. 그 의미를 아는 뭄토는 몸을 부풀렸다.
바퀴 구르는 소리가 들려왔다. 지멘의 고개가 휙 돌았다. 제국병들의 뒤편에서 갈대들이 마구 쓰러졌다. 이윽고 소화차 한 대가 당당하게 굴러왔다. 지멘의 손가락들이 망치와 도끼를 꽉 움켜쥐었다. 두 번째, 세 번째 소화차가 나타난 것은 순식간이었다.
조금 후 지멘은 자신을 겨냥하고 있는 서른하나의 살수관을 확인했다.
니어엘이 다시 명령을 내렸다. 제국병들은 일사불란한 동작으로 소화차 주위를 에워쌌다. 소화차와 한 덩어리가 된 제국병들은 지멘을 향해 천천히 다가왔다. 지멘은 주춤거리며 물러났다. 재빨리 뒤를 돌아보니 나루터의 입구를 향하고 있었다. 더 물러날 수 없었다. 스스로 막다른 길로 걸어온 것을 저주하며 지멘은 앞을 돌아보았다. 소화차들과 제국병은 당장이라도 물을 뿜어낼 수 있는 거리까지 다가와 있었다. 그리고 그 가운데 말을 탄 니어엘이 서 있었다.
터질 듯 부풀어 오른 지멘을 보며 니어엘은 차분하게 말했다.
"단수."


뱃사공의 이름은 데무즈였다. 갈대밭 사이에서 갑작스럽게 검은 레콘이 나타났을 때 그는 꽤 놀랐다. 카지라와 러크, 우기츠와 함께 나나본 지역은 최후의 대장간으로 가는 레콘들이 통과해야 하는 지점이기 때문에 제국의 다른 장소보다 레콘을 볼 확률이 높은 곳이다. 하지만 그런 사정은 데무즈와 관련이 없었는데,

다름 아닌 그의 직업 때문이다. 비록 데무즈는 어떤 고객도 거부하지 않았지만 레콘들은 그가 제공하는 용역을 좋아하지 않았다. 그래서 데무즈는 상당한 호기심을 가지고 검은 레콘을 관찰했지만, 검은 레콘과 자신이 서로 연관될 거라는 생각은 조금도 하지 않았다.

뒤이어 일어난 일은 그의 호기심을 더욱 자극했다. 여전히 자신과 무관하다고 생각했기에 데무즈는 순수하게 호기심만을 추구할 수 있었다. 그의 눈앞의 광경은 독특했지만 이해하기 어렵진 않았다. 데무즈는 제국병들에게 쫓기던 레콘 범법자가 이곳까지 쫓겨온 거라 판단했다. 서글픈 매니피는 쇼께치에 감닝 받은 데무즈는 검은 레콘이 꼼짝 못하고 잡힐 거라 확신했다.

물론 데무즈는 자신이 인질이 될지도 모른다는 걱정은 하지 않았다. 레콘이 혹 그런 시도를 하려 한다면 그냥 배를 나루터에서 조금 떨어뜨리면 그만이었다.

하지만 그때 데무즈가 예상 못한 일이 일어났다.

강 건너편에서 희미한 소음이 들려왔다. 혹 뱃손이 부르나 싶어 돌아본 데무즈는 이상한 광경을 보게 되었다. 그곳에는 말을 탄 십여 명의 발케네 국경 수비 대원들이 서 있었다. 그들이 배를 부르고 있지는 않았다. 다만 똑바로 선 채 이쪽을 바라보고 있었다. 데무즈는 혹시나 싶어 자신의 배를 가리켜 보였지만 수비 대원들 중 한 명이 손을 가로저었다. 배를 보낼 필요가 없다는 뜻이었다. 데무즈는 어리둥절하여 다시 레콘과 대치 중인 제국병들을 돌아보았다.

니어엘 헨로 수교위도 강 건너편에 나타난 발케네 국경 수비 대원들을 확인했다. 그리고 니어엘은 그들 중 한 명이 텡 마바노 조장이라는 것도 알아보았다. 지멘이 체포되는 모습을 구경하러 온 것이라 판단한 니어엘은 극적인 모습을 연출해 볼까 하는 유혹을 느꼈다. 이를테면 말에서 내려 칼을 뽑아 들고 지멘에게 다가가는 것 같은. 하지만 니어엘은 자신을 억누르며 안장에 매달아 둔 활을 집었다. 자포자기한 지멘이 뭔가를 집어던질지도 모른다는 희박한 가능성을 고려해서 화살을 먹이지는 않았다. 비어 있는 손으로 말고삐를 움켜쥐며 니어엘이 말했다.
"무기를 내려놓고 땅에 엎드려라, 지멘."
데무즈는 움찔하며 새로운 눈빛으로 지멘의 등을 바라보았다. '지멘이라고?' 지멘은 아무 반응도 없었다. 지멘이 꿈쩍도 하지 않자 니어엘은 한숨을 내쉬었다.
"인정하기 싫더라도 받아들여, 지멘. 네겐 남은 팻감이 없어."
아실은 울고 싶었다. 통증도 피로감도 더 이상 느껴지지 않는 멍한 기분 속에서 아실은 자꾸만 울고 있는 자신의 모습을 떠올렸다. 6년 동안의 목숨을 건 노고가 물거품이 되었다면 더 이상 울지 않을 까닭도 없을 듯했다.
상상 속에서 아실은 처절하고 비장한 최후들을 꽤 예습했지만, 그 상상 속 어디에도 이런 경우는 포함되어 있지 않았다. 언덕을 이룬 인마의 사체도, 땅을 흠뻑 적신 피도, 붉게 타오르는 석양도 없다. 아무것도 없다. '황제를 죽이겠다고 떠들고 다녔지만 결국 일개 수교위도 당하지 못하는 조무래기라는 말이야?'
아실은 손을 뻗어 안을 수도 없는 지멘의 목을 끌어안으려 했다. 깃털들 속에 얼굴을 파묻은 아실은 소리 없이, 눈물 없이 울었다. 그때 지멘이 말했다.
"뭄토, 너를 용서하겠다."

니어엘은 뭄토를 돌아보았다. 뭄토는 움찔하며 벼슬을 세웠다. 그의 부리가 욕이라도 퍼부을 듯 열렸다. 하지만 뭄토는 아무 말도 하지 않았다. 니어엘은 어깨를 으쓱이고 다시 지멘을 바라보았다.

지멘이 몸을 돌렸다.

아실은 놀라서 깃털 속에서 머리를 들었다. 니어엘에게 등을 보인 지멘은 그대로 앞으로 걸어갔다. 아실은 흠칫 놀라 지멘의 벼슬을 움켜쥐었다. 니어엘 또한 당황했다. 뭄토를 용서하겠다는 지멘의 말이 그녀에게 새로운 의미로 다가왔다. 문득 니어엘은 뭄토가 말했던 바다의 이름을 새가맜다. 생8해. 마나에 관심을 둘 필요가 없는 레콘이 알고 있는 바다의 이름이라면 그것밖에 없다. 쟁룡해. 그 바다는 어느 유명한 레콘과 남다른 관련이 있다. 6년 전, 엘시 에더리와 함께 그녀 자신이 바로 그곳에 있었다. 쟁룡해.

타이모가 빠진 바다의 이름이다.

"지멘!"

니어엘은 다급하게 외쳤다. 지휘관의 당혹은 곧 병사들에게도 전파되었다. 제국병들은 수군거리며 서로를 쳐다보았다. 병사들이 혼란에 빠질지도 모른다는 자각은 니어엘을 진정시켰다. 그녀는 보다 단호한 어조로 외쳤다.

"지멘! 기다려! 네 마음대로 너를 처벌할 수는 없다. 너는 폐하께 처벌받아야 한다!"

걸음이 약간 느려지긴 했지만 지멘은 뒤돌아보지 않았다. 발케네 국경 수비 대원들도 당혹한 듯 강 건너편에서 아스라한 소음이 들려왔다. 아실은 겁먹은 얼굴로 지멘의 벼슬을 자꾸 끌어당졌다. 그러나 지멘의 걸음은 멈추지 않았다. 익숙하지 않은 무게에 나무들이 삐걱거렸다. 나루터의 기둥을 때리는 강물의 소리가 스산하다. 철썩, 철썩.

지멘은 나루터 끝에 섰다. 그의 부리에서 비장한 말이 흘러나왔다.

"태워 줘."

데무즈는 자신의 기분을 뭐라고 해야 할지 알 수 없었다.

제국령 나나본과 발케네령을 경계 짓는 강변에서, 제국의 역사는 물론이거니와 유사 이래 한번도 없었던 요구에 직면한 노인은 자신의 오랜 습관에 따라 무의식적으로 말했다.

"인간 여자, 은편 다섯 닢. 그런데 레콘 남자는 탄 적이 없어서 모르겠군요."

데무즈의 목소리는 그의 예상보다도 더 크게 들려서 자신을 놀라게 했다. 데무즈가 특별히 크게 말한 것은 아니었다. 하지만 강 이쪽을 소란스럽게 만들던 소음이 일시에 사라진 덕분에 그 소리는 꽤 잘 들렸다. 정신이 나가 있기로는 그곳에 있던 사람들 중 누구에게도 뒤지지 않은 상태였던 아실 또한 무의식적으로 질문했다.

"인간 여자? 레콘 남자? 유료도로당원 말투 같은데. 그러세요?"

데무즈는 허리춤에서 당원패를 꺼내 들어 보였다.

"그래, 당원이야. 여긴 유료도로당 나나본 지부 소속 유료 나루터고."

"아아. 그렇구나. 한번도 탄 적이 없다면 새로 요금을 결정하셔야…… 그런데 지멘? 탄다고요?"

아실의 말 끝부분은 숫제 비명이었다. 그 날카로운 목소리가 신호가 된 듯 제국병들 사이에서도 비명 같은 소리가 터져 나왔다. 그들을 통솔할 일차적인 책임이 있는 니어엘은 자신의 책임을 망각한 채 아실과 똑같은 질문을 던졌다.

"탄다고?"

몹시 당혹한 병사들에겐 그것도 일종의 지휘 행위가 된 모양이다. 병사들은 앵무새처럼 니어엘의 말을 반복했다. 탄다고? 타네? 탄대쇼이?! 될까? 바다고! 제발 타지 마! 삶에 대한 믿음을 잃을 것 같아!

세계가 그에게 질문을 던졌을 때 레콘은 언제나 행동으로 대답한다.

지멘은 천천히 발을 들었다. 그 광경을 보고 있는 모든 사람들의 눈이 휘둥그레졌다. 하지만 데무즈는 황급히 이물 쪽으로 물러났다. 이윽고 지멘의 발이 나룻배 위에 실렸다. 데무즈는 제발 배가 뒤집히지 않길 바라며 이물 바깥으로 몸을 한껏 내밀었다.

그리고 지멘은 배 위에 섰다.

"탔다."

니어엘의 얼빠진 목소리는 곧 오백 배로 증폭되었다. 오백 명이 동시에 같은 말을 중얼거리는 광경은 괴기스럽기까지 했다. 그 터무니없는 공포극에 정신을 차린 니어엘은 뭄토를 돌아보았다. 같은 레콘으로서 뭄토가 지멘의 행위를 어떻게 생각할지 궁금했기 때문이다. 니어엘은 만족했다. 뭄토는 두 손으로 눈을 가린 채 당장 부서질 듯이 떨고 있었다.

니어엘은 다시 나룻배를 돌아보았다.

배는 몇 번 무겁게 흔들렸지만 뒤집히지는 않았다. 지멘은 니어엘에게 등을 보인 자세 그대로 배 한가운데 조심스럽게 앉았다. 그리고 그의 등 뒤에서는 아실이 배낭 위로 몸을 쭉 뺀 채 지멘의 머리를 여기저기 만져 보고 있었다. 그 모습에 다시 혼란에 빠져 버린 니어엘은 촉진으로 정신 질환을 판별할 수 있다면 제국 의학계의 진일보가 아니고 무엇이랴 생각했다.

그 모든 광경 속에서 침착하게 배 바깥으로 손을 뻗고 있는 데무즈의 모습은 이채로웠다. 수면과 뱃전을 만진 데무즈는 나룻배가 거의 만재 흘수선이라 할 만한 깊이까지 잠겼음을 깨닫고 이맛살을 찌푸렸다. 자신이 태운 독특한 고객의 특성을 알고 있는 데무즈는 젖은 손을 바지에 문질러 닦았다.

"듣던 것보다 더 무겁네. 스무 닢."

데무즈의 말에 아실이 퍼뜩 정신을 차렸다. 아실은 재빨리 배낭 속으로 손을 집어넣었다. 조금 후 그녀는 돈주머니를 꺼내어 지멘의 어깨 너머로 던졌다.

"달라는 대로 드릴 테니까 출발해요!"

아실은 분통을 터뜨렸다. 곧장 출발하기는커녕 데무즈는 허리를 굽혀 뱃전에 떨어진 돈주머니를 주워 들었다. 주머니 안에서 은편 스물다섯 닢을 꼼꼼하게 세어 꺼낸 데무즈는 돈주머니를 다시 묶어 지멘에게 내밀었다. 하지만 지멘은 꼼짝도 하지 않았다. 데무즈는 어서 받으라는 듯이 손을 두어 번 흔들었다. 그 꼴을 보다 못한 아실이 배낭 밖으로 몸을 던지듯이 빠져나왔다. 배 바닥에 선 아실은 데무즈의 손에서 돈 주머니를 낚아챘다.

"영감님, 정말! 누가 유료도로당원 아니랄까 봐. 됐어요?"

데무즈는 고개를 끄덕이고 고물 쪽으로 걸어갔다. 그러고도 그는 태평스럽게 손바닥에 침을 뱉었다. 뒤쪽에서 퉤퉤 하는 소리가 들리자 지멘의 벼슬이 움찔했다. 손바닥을 비빈 데무즈는 나룻배 뒤에 달린 노를 움켜쥐었다.

나룻배가 움직이기 시작했다.

배가 제대로 움직인다는 사실에 안도하던 니어엘은 문득 자신이 말도 안 되는 지체를 하고 있음을 깨달았다. 그녀는 황급히 손을 들어 올렸다. 제국병들은 당장 달려나갈 듯이 몸을 긴장시켰다.

그러나 그들이 기다리던 명령은 떨어지지 않았다. 잔뜩 긴장하고 있던 제국병들은 침묵이 길어지자 흐트러지기 시작했다. 그들은 지휘자를 곁눈질했다.

노를 젓는 데무즈의 곁에 와 있던 아실도 의심스러운 눈빛으로 니어엘을 바라보았다. 제국군 수교위는 손을 높이 든 채 미동도 하지 않았다. 아실은 니어엘의 손끝에 집중하고 있던 터라 턱으로 물이 튀어 오르는 것을 보지 못했다. 턱을 적신 아실은 놀란 표정으로 데무즈를 돌아보았다.

"왜 그래요?"

"내가 아냐."

데무즈 또한 어리둥절한 표정으로 노를 멈추었다. 그때 쉭 하는 소리와 함께 물이 다시 튀어 올랐다. 당황하여 수위를 둘러보던 아실의 눈에 이상한 것이 포착되었다. 화살 하나가 물 위로 떠오르고 있었다. 아실은 황급히 몸을 돌렸다. 그때 강 건너편에서 세 번째 화살이 날아왔다.

"지멘!"

아실은 비명을 지르며 지멘에게 달려갔다. 그러나 아실은 자신이 제 시간에 도착하지 못할 것을 확신했다. 화살은 꿈쩍도 하지 않는 지멘의 머리를 향해 똑바로 날아들었다. 당장이라도 그 미간에 화살이 꽂힐 것이다.

지멘이 고개를 아주 조금, 세차게 비틀었다.

날아온 화살은 지멘의 부리에 맞았다. 파열음과 함께 튕겨 나간 화살이 빙글빙글 돌며 하늘로 치솟았다. 아실은 그 화살이 수면에 떨어질 때까지 멍한 표정으로 바라보았다.

다음 순간 아실이 몸을 날렸다.

어떤 명령도 받지 못했기에 그저 구경만 하고 있었지만, 제국군은 그 사실에 불만을 느끼지 못했다. 아실의 행동은 넋놓고 구경해도 허물이 되지 않을 만큼 인상적이었다. 거침없이 몸을 날린 아실이 떨어진 곳은 데무즈의 가슴이었다.

미처 대비하지 못했던 데무즈는 아실과 함께 나동그라졌다. 황급히 뱃전을 움켜쥔 덕에 데무즈는 배 바깥으로 떨어지지 않았다. 사공은 자신의 가슴을 내리누르고 있는 고객에게 외쳤다.

"무슨 짓이야! 왜 갑자기……."

"제기랄, 가만 있어요! 당신을 쏘고 있는 거라고요!"

데무즈의 입이 크게 벌어졌다. 조금 후 그는 속삭이듯 말했다.

"저 레콘이 아니고?"

아실은 데무즈를 인정사정없이 짓누르며 외쳤다.

"저 산만 한 덩치를 맞히는 데 세 발이나 필요하겠어요? 지멘이 얼어 죽을 화살에 맞기나 하고? 그럴 리 없죠. 당신을 쏘는 거예요!"

"귀 좀 그만 눌러. 귓바퀴 찢어지겠네. 왜 나를 쏜다는 거야?

나는 아무 짓도 하지 않았어."

"당신이 없어지면 이 나룻배는 그대로 바다까지 흘러가 버릴 테니까!"

지멘의 벼슬이 꼿꼿하게 곤두섰다.

강 저편, 발케네령에 서 있던 텡 마바노 조장은 천천히 활을 내렸다.

그는 자신의 궁술 실력에 낙심하고 있었다. 앉아 있었지만 그래도 지멘은 지나치게 큰 장애물이었다. 그를 지나쳐 그 뒤편에 있는 데무즈를 저격하는 것은 그에게 어려운 과제였다. 게다가 세 번째 화살이 날아갔을 때 이상이 보여 준 행동은 텡의 의도가 간파되었다는 증거였다. 씁쓸한 기분 속에서 텡이 외쳤다.

"데무즈! 데무즈! 그 소녀가 무슨 말을 했습니까?"

배 위에서 가냘픈 목소리가 들려왔다.

"마바노 조장님, 당신이 저를 쏘고 있다는데, 맞습니까?"

"설마요! 그럴 리가 있습니까? 나는 지멘을 쏘려고 한 겁니다. 하지만 당신이 좀 위험하군요. 내 불찰이었습니다. 배에서 뛰어내리십시오."

"배에서 뛰어내려요?"

"그래요. 그 소녀를 밀치고 강으로 뛰어들어요, 데무즈."

"내가 왜 그래야 합니까?"

"왜라니, 당신이 위험하다고 말했잖습니까? 이것은 기회입니다. 지멘은 꼼짝도 할 수 없어요. 거기 그렇게 서 있는 것이 고작입니다. 당신은 그냥 배를 버리고 뛰어들면 됩니다. 그러면 지멘은 바다까지 흘러갈 테고 당신은 지멘의 현상금을 받을 수 있어요. 현상금은 금편 삼백 닢입니다."

데무즈가 놀란 목소리로 중얼거렸다.

"금편 삼백 닢?"

"그렇습니다! 은편이 아니라 금편 삼백 닢입니다. 나와 니어엘 헨로 수교위가 증인이 되어 줄 테니까 당신은 틀림없이 그 돈을 받을 수 있습니다."

데무즈는 놀랐다는 얼굴로 지멘의 등을 바라보았다. 데무즈를 짓누르고 있던 아실은 얼굴을 일그러뜨렸다.

"그렇게 하세요."

"응? 뭐?"

"빌어먹을, 그렇게 하라고요! 배에서 뛰어내려요. 노 젓기를 터득할 수 있을진 모르겠지만, 어떻게 되겠죠."

어리둥절한 표정으로 아실의 말을 생각해 보던 데무즈의 얼굴이 곧 험악해졌다. 불쾌하기 짝이 없다는 표정을 짓는 데무즈를 보며 아실은 노 젓기가 대단히 어려운 기술인가 보다 생각했다. 그녀의 오해였다. 그가 아실을 밀어내고 일어나 노를 쥐었을 때 아실은 자신이 헛것을 보고 있는 줄 알았다.

데무즈는 헛기침을 두어 번 하고 나서 노를 잡고 다시 강물을 밀어붙였다. 잠깐 동안의 소동 때문에 나룻배는 통상의 궤도에서 밀려나 있었다. 데무즈는 투덜거리며 나룻배를 원래의 궤도로 밀어 넣었다. 선수를 정확히 텡 마바노 조장에게 고정시킨 데무즈는 그대로 나룻배를 전진시켰다. 아실은 눈을 부릅떴다.

"영감님?"

"왜 불러?"

"지금 뭐 하는 거예요? 왜 노를 젓는 거죠?"

"돈 받았으니까."

아실은 벌떡 일어났다. 그리고 집게손가락을 내밀어 데무즈를 겨냥했다.

"돈 돌려주고 뛰어내려요! 은편 몇 닢으로 영감님 목숨을 사고 싶진 않아요."

데무즈는 어처구니없다는 표정으로 아실을 노려보았다.

"얘가 미쳤나. 누구에게 뛰어내리라는 거야? 돈 돌려받고 싶으면 네가 뛰어내려. 이게 누구 배인데."

"뭐라고요?"

"못 알아듣겠어? 이건 내 배야. 돈 돌려받고 싶으면 이 배를 떠나. 하지만 나에게 떠나라는 건 말이 안 돼. 왜냐고? 이건 내 배니까."

아실이 폭발적인 웃음을 터뜨렸다. 시야가 닿는 곳에 있는 사람들 중 가장 크게 웃고 있었지만, 가장 즐거워 보이지는 않았다.

"영감님, 죽어요."

"파!"

데무즈는 괴상한 소리로 대답을 대신했고 아실의 웃음은 더욱 커졌다. 그녀는 자신을 통제할 수 없는 것처럼 보였다.

배에서 일어나는 일을 보며 텡은 씁쓸함을 느꼈다. 텡은 사태가 이렇게 진행될 것을 알고 있었다. 그가 경고나 부탁 없이 곧장 활을 쏜 것도 데무즈가 배에서 뛰어내리라는 권고를 받아들일 것 같지 않았기 때문이다. 텡은 고개를 내저었다.

"빌어먹을 유료도로당원. 역시 도로에서 죽겠다는군."

어느 부하가 불안한 얼굴로 말했다.

"어떻게 하죠? 지멘을 쏠까요?"

"못 봤냐? 눈앞까지 날아오도록 내버려뒀다가 부리로 쳐 내는 거? 지금 엄청나게 위축되어 있을 텐데도 그런 재주를 부리는 녀석이야. 역시 사공을 쏴야 해. 그러니까……."
"덧살 착용!"
우렁찬 외침에 텡 마바노는 찔끔했다. 고함이 들려온 곳을 쳐다보니 강 건너편에 있던 니어엘 헨로 수교위가 드디어 손을 내렸다. 그리고 니어엘 주위에 있던 병사들이 모두 전통으로 손을 뻗었다. 다시 당겨진 그들의 손목에는 덧살이 걸려 있었다.
텡은 말도 안 된다고 외치고 싶었다. 그리고 니어엘은 이번에도 그의 말을 가로챘다. 그녀의 짧은 외침이 떨어지자 오백 명의 제국병들이 일제히 화살을 먹였다. 그것은 텡이 예상한 화살이었고 또한 그가 절대로 볼 거라 믿지 않았던 화살이었다.
오백 발의 치명적인 아기살이 발케네령을 향해 겨냥되었다.

텡 마바노 조장은 자신의 머릿속 비망록에 있는 니어엘 헨로 수교위에 대한 항목을 떠올렸다. 그곳에는 아기살 쏘기의 명수라는 설명이 있었다. 그리고 지금 텡은 그 설명에 주석을 달아야 할 필요를 느꼈다. 또한 아기살 쏘기의 좋은 스승이기도 함.
텡은 니어엘 헨로가 자신의 중대원들에게 아기살을 가르쳤을 거라는 생각은 하지도 못했다. 그것은 군대에서 가르치기엔 위험한 기술이다. 덧살이 벗겨지거나 할 경우 아무렇게 날아간 아기살은 옆에 있는 동료를 죽일지도 모른다. 텡은 지휘자였고, 부하를 사랑한다는 말의 의미를 그들에게서 사고 발생 가능성을 편집증적으로 제거해 주어야 한다는 관념 정도로 받아들이고 있었다. 군대에서 무수히 발생하는 불가사의한 사고들을 놓고 볼 때 그것은 잘못된 관념이 아니다. 하지만 텡은 그 관념 때문에 자신이 또 다른 당연한 사실을 무시했음을 뼈저리게 느꼈다. 아기살 쏘기는 엽사나 활량보다는 병사에게 필요한 기술이다. 니어엘이 병사에게 필요한 좋은 기술을 가지고 있다면, 자신의 부하 외에 누구에게 가르치겠는가.

자신의 판단 착오에 이를 가는 텡을 향해 니어엘이 외쳤다.

"맞히기 힘든가 보군요. 도와드리겠습니다. 텡 마바노 조장!"

니어엘의 쾌활한 외침에 텡은 머리끝까지 화가 치밀었다. 오백 발이나 되는 아기살이 날아온다면 고집스러운 유료도로당원을 물귀신으로 만드는 것은 뭐 간단살 것이나. 어쩌면 지멘에게도 상당한 타격을 입힐 수 있을지 모른다. 하지만 텡은 자신과 수비대원들이 사선에 들어가 있음을 니어엘이 어찌 간과하고 있는지 믿을 수 없었다. 분노 속에서 텡은 지적 수준에 관련된 저속한 단어들을 남용해 가며 그 사실을 니어엘에게 지적해 주기로 결심했다.

그러나 텡의 입이 열렸을 때 거기에서는 말은커녕 계명성이나 니름도 흘러나오지 않았다. 후자의 두 가지는 물론 인간인 텡에게 불가능한 것이다. 하지만 텡이 말조차 하지 않는다는 사실은 발케네 국경 수비 대원들을 놀라게 했다. 수비 대원들은 의심스러운 눈으로 자기들의 조장을 바라보았.

텡은 분노와 경악, 의혹을 담은 눈으로 니어엘을 노려보고 있었다. 니어엘이 다시 쾌활하게 말했다.

"쏘십시오! 지원하겠습니다."

텡의 얼굴이 검붉게 변했다. 그는 눈을 내려 배를 보았다. 희망을 찾는 것이라면 소용없는 행동이었다. 꾸준히 다가오고 있는 나룻배 안에는 텡이 아는 최고 수준의 유언 청취 전문가가 무시무시한 눈으로 그를 노려보고 있었다. 텡은 결정을 내릴 시간이 거의 없음을 깨달았다.

"뒤로 돌아."

수비 대원들은 당황했다. 그러자 텡은 몸소 뒤로 도는 행동의 시범을 보여 주었다. 발케네 방향으로 말머리를 돌린 텡은 활과 화살을 안장에 고정시켰다.

"전속력으로 귀환한다."

도망간다는 말은 수비 대원들에게도 금지어였다. 그리고 수비 대원들은 텡의 말을 오해하지 않았다.

텡과 수비 대원들이 부리나케 도망치는 모습을 보던 니어엘은 빙긋 웃으며 마지막 명령을 내렸다. 활에 걸렸던 덧살과 아기살이 치워졌다. 배가 나루터에 접근하는 모습을 보던 니어엘은 문득 생각나는 것이 있었다. 그녀는 뒤를 잠깐 돌아보았다.

"뭄토는 어디 있지?"

제국병들은 당황하여 뭄토가 있던 곳을 돌아보았다. 그곳은 물론이거니와 그들이 볼 수 있는 곳 어디에도 뭄토의 모습은 보이지 않았다. 니어엘은 고개를 갸웃하다가 말했다.

"도저히 볼 수 없어서 도망친 모습이군."

그렇게 설명하던 니어엘은 자신을 곁눈질하는 시선을 느꼈다.

"카루스 부위. 뭄토가 어디 갔는지 알고 있나?"

니어엘은 카루스 부위를 똑바로 바라보았다. 카루스 부위는 귀밑머리를 긁적거리며 미소를 지었다.

"아니요. 저도 뭄토가 어디 있는지는 모릅니다. 다만 드리고 싶은 질문이 있습니다."

"뭐지?"

"우선. 왜 한 대만 더 쏘면 다 죽여 버릴 거라고 위협하셨는지 궁금하군요."

니어엘은 조금 주춤한 표정으로 카루스 부위를 보다가 곧 고개를 끄덕였다.

"설명이 필요하겠지. 좋아. 텡이 사공을 죽여서라도 지멘의 월경을 저지하려는 이유가 뭘까? 이유는 하나다. 지멘을 추적한다는 명분으로 제국군이 발케네에 들어가는 상황을 미연에 저지하려는 거지."

"네? 제국군은 분지에 들어갈 수 없습니다."

"일반적으로는 그래. 하지만 지멘은 제국 공신을 살해했지. 그리고 제국군이 보는 앞에서 발케네에 들어갔고. 그 정도면 억지를 부려 볼 명분이 되지. 물론 폐하께 그런 억지를 부릴 생각이 있으신지 없으신지는 알 수 없지. 하지만 폐하의 의향과 관계 없이 발케네 공 락토 빌파에게는 그런 억지가 일어날지도 모른다고 의심할 자유가 있지."

"흐음. 그래서……."

"텡은 일부러 찾아와서 들어오지 말라고 강조했어. 그리고 오늘은 사공을 죽이려 드는군. 아마 오래전에 발케네 공으로부터 국경 수비 대원들에게 어떤 지시가 내려졌을 거야. 승천한 티나한이 돌아오기 전까지는 제국군이 발케내령에 늘어올 빌미를 주지 말라는 식이었겠지. 그런데 발케네 공이 왜 그렇게 우리를 싫어하는지야 모르지만 난 발케네 공의 까다로운 비위를 맞춰 주고 싶은 생각이 없어."

카루스는 다시 빙긋 웃었다.

"그렇다면, 아마도 수교위님께서는 지멘이 발케네령에 들어갔다는 사실을 보고하시면서 그것이 제국군의 발케네령 진입의 빌미로 이용될 수 있다는 강력한 암시를 담으시겠군요. 발케네 공이 자신의 땅을 지나치게 보호하려 애쓴다는 사실과 함께 말입니다."

"나는 물론 사실대로 보고할 거다. 내 의무니까."

니어엘의 약간 뻔뻔스러운 표정은 카루스를 즐겁게 했다. 카루스는 자신이 상관을 좋아한다는 사실을 다시 확인했다. 그래서 그는 어떤 대답을 들어도 마음 상하지 않을 자신감 속에서 두 번째 질문을 꺼냈다.

"마바노 조장이 활을 쏘기 전에도 수교위님께서는 명령을 내리지 않고 계셨습니다. 왜 그렇게 오랫동안 손을 들고 계셨습니까?"

"그거? 빚 갚음이지."

"예?"

"결국 레콘이 가장 무서워하는 것은 물에 빠지는 것이다. 물에 닿는 순간 허우적거릴 겨를도 없이 쇳덩이처럼 바로 가라앉지. 생물 중에 그런 식으로 물에 빠지는 건 레콘뿐일 거다. 절대로 보기 좋은 광경은 아니야. 그런데 소화차로 돌진하는 것과 배에 타는 것 중 어느 쪽이 물에 빠질 위험이 더 클까?"

니어엘의 말에 대해 생각해 본 카루스는 머리끝이 쭈뼛 서는 것을 느꼈다. 고삐를 쥔 손을 부들부들 떨며 카루스는 니어엘을 쳐다보았다. 니어엘은 한숨처럼 웃었다.

"글쎄. 모르지. 소화차로 돌진하면 반드시 젖지만 나룻배를 탈 경우에는 조심하면 젖지 않을 수 있다고 생각했는지도. 또 사공을 인질로 삼을 수 있다고 여긴 것일 수도 있고. 하지만……."

니어엘은 말끝을 흐렸다. 듣는 귀가 많았고 지휘관의 입장에서 아무 말이나 할 수는 없었다. 그래서 니어엘은 자신의 감정을 어떻게 표현해야 할지 조금 고민했다.

그동안 나룻배가 건너편 나루터에 도달했다.

먼저 지멘이 대단히 신중한 동작으로 나루터에 올라섰다. 두어 걸음을 점잖게 걸어간 지멘은 세 번째 걸음에서 앞으로 도약했다. 지멘은 수십 미터 저편의 단단한 땅에 무릎부터 떨어졌다. 두 무릎과 양손으로 땅을 짚은 지멘은 격한 호흡을 몰아쉬었다.

아실 또한 발작적인 웃음 때문에 호흡에 문제를 겪고 있었다. 나룻배에서 가까스로 내린 아실은 비틀거리며 지멘을 향해 걸어갔다. 그러나 채 반도 이르지 못해 땅바닥에 주저앉았다. 아실은 두 손으로 땅을 짚은 채 몸을 돌려 제국령 쪽을 바라보았다. 아실의 가슴이 크게 벌렁거리는 것은 제국군에게도 잘 보였다. 니어엘은 피식 웃었다.

'저 팻감을 쓸 줄은 몰랐는데.' 니어엘은 더 이상의 고민 없이 말했다.

"하지만. 무엇보다 기적을 일으키는 자들을 방해하고 싶지 않았다."

카루스 부위는 한숨을 내쉬었다. 니어엘이 손을 들어 올렸다.

"자! 저 숨 쉬기 어려워하는 남녀는 발케네 땅에 있고, 그렇다면 우리는 저들에게 볼일이 없다. 임시 훈련은 이만 끝내고 중대 본부로 복귀하자."

카루스는 이 체포 작전이 언제부터 임시 훈련이 되었는지 몹시 궁금했지만 안타깝게도 그것은 꺼낼 수 없는 질문이었다. 해답 없는 의문을 고민하는 대신 카루스 부위는 재빨리 수교위의 명령을 전달했다. 곧 제국군 전체가 강변에서 물러났다.

강을 건너오던 데무즈는 잠시 노를 멈추었다. 다시 제국군과 조우하는 것도 좀 점잖지 못한 일이라 생각한 데무즈는 노를 멈춘 채 마지막 제국병의 모습이 갈대 사이로 사라지기를 기다렸다. 이윽고 강변에서 모든 제국군이 떠났다. 노를 당기려던 데무즈는 발케네 쪽을 잠시 돌아보았다. 그곳에는 빈 나루터뿐이었다. 조금 전까지 숨도 제대로 쉬지 못하던 남녀의 모습은 더 이상 보이지 않았다.

유료도로당원들은 말하곤 한다. 길은 방랑자가 흘렸던 눈물을 기억할 수 있지만 방랑자를 따라갈 수는 없다고. 부족함 없는 유료도로당원답게, 데무즈는 길을 떠난 고객들의 신상에 대해 더 이상 고민하지 않기로 했다.

사공은 정오의 강물 속에 노를 쑤셔 넣어 떠다니던 햇빛을 부서뜨렸다.

# 제 4 장

"……와 같이 타이모의 실로 어처구니없는 주장을 요약해 볼 수 있다. 간략히 살펴보더라도 그 논리의 맹점들은 쉽게 포착된다.

첫째, 같은 목표에 도달하기 위해서는 보다 적은 단계를 거치는 쪽이 효율적이다. 이것은 공리다. 타이모의 제안을 염수 얻기라는 일에 비유해 보면 다음과 같다. 염전 건설 — 소금 채취 — 물에 소금 용해 — 염수 얻기. 하지만 염수가 필요하다면 그냥 바닷물을 한 그릇 떠 오는 것이 낫지 않을까? 내 견해로는 그것이 염수를 얻는 훨씬 간단한 방법이다. 타이모는 자신이 원하는 것이 소금이 아니라 염수임을 명백하게 말했다. 그렇다면 왜 제국에서 분리되었다가 다시 제국에 융합하는 과정이 필요한 것인가. 레콘들은 제국 내부에서 그렇게 할 수 있다.

둘째, 사람의 숫자가 많을수록 그들 모두가 똑같은 소리를 내는 것은 점점 어려워진다. 이것 또한 공리다. 백 보 양보해서 레콘 독립국의 건설이 가능할 수 있다고 가정하자. 우리 모두가 아는 레콘의 성격에 비추어 볼 때 아마도 지배자가 되는 것을 숙원으로 삼은 레콘이 그 독립국을 지배하려 할 것이다. 좋다. 나는 자신이 상정한 목표를 전력으로 추구하는 레콘들의 태도를 비웃지는 않겠다. 그러나 지배 행위가 성립하기 위해서는 지배받기를 원하는 자들이 존재해야 한다. 이것이 바로 정치적 정통성의 획득이다. 지배자보다는 피지배자의 숫자가 월등히 많으며, 따라서 정치의 문외한들이 착각하기 쉽지만, 더 중요한 쪽은 지배자의 의사가 아니라 피지배자의 의사다. 지배자가 되길 원하는 한두 명의 레콘은 존재할 수도 있다. 하지만 피지배자가 되길 원하는 절대다수의 레콘 집단을 구성하는 일은 불가능할 것이다. 안됐지만 타이모가 제안하는 국가는 성립할 수 없는 정치 집단이다.

셋째…….'

— 쥐딤 대학에서 개최된 강연회에서 비스그라쥬 백 데라시가 강연한 「타이모의 실수」 중

## 묻은 것과 믿은 것

"시카트, 많이 노력했지만 나는 종증조부님께서 집필하신 책 어디에서도 자신을 죽이고 싶어하는 남동생과 친해지는 방법을 찾아내지 못했어. 그게 우리 가문 사람들이 필수적으로 익혀야 하는 교양은 아닌 모양이지?"

시카트는 멍한 눈으로 누나를 바라보다가 헛 하는 소리를 내며 웃었다. 정우는 그것을 작은 성취라고 생각하며 기뻐했다. 하지만 시카트는 정우가 즐거워하도록 내버려두지 않았다.

"비셸스 규리하, 농담하는 재주 외에 도깨비들에게 뭐 다른 것은 배우지 못했나 보죠?"

"아니. 다른 것들도 많이 배웠어. 내가 가장 자신 있어하는 부분은 어르신들에게 길 물어보기야. 그 재주만은 도깨비들도 나를 못 따르지."

무시하려 했지만 시카트는 호기심을 느꼈다.

"길 물어보는 재주? 그게 뭐가 대단하다는 겁니까?"

"어르신들이 가르쳐 주는 대로 걷다간 오른쪽 세 번째 벽에 들어가려다가 기절할 수도 있거든."

어르신들이 벽이든 바닥이든 천장이든 거리낌 없이 뚫고 다닐 수 있다는 것을 떠올린 시카트는 겨우 정우의 말을 이해했다. 시카트는 다시 헛웃음을 터뜨렸다.

정오를 조금 지난 오후였다. 규리하 변경백령의 규리하 시에 있는 규리하 성에서 두 규리하가 규리하에 대한 각자의 견해를 교환하고 있었다. 이 정도면 혼란의 요건은 충분하다. 시카트 규리하는 그 모든 규리하를 아우르는 제유적인 규리하에 대한 자신의 책임을 무겁게 느끼고 있었지만, 정우 규리하가 거론하고 싶어하는 것은 남동생과 자신을 연결 짓고 하나로 묶어 주는 가문인 규리하였다. 그들의 견해차는 말투에도 그대로 드러나고 있었다. 시카트가 정색하며 말했다.

"비셀스 규리하, 당신이 이 회견을 요청했습니다. 그렇다면 당신에게 이 회담을 진행시킬 책임이 있다고 지적하는 것이 결례는 아니겠지요. 당신이 지향하는 회담 형식이 지금까지 드러난 것처럼 농담이나 나누는 것이라면, 나는 이만 회견을 끝내고 싶습니다."

"왜 모르는 척하니, 시카트? 너도 내가 애쓰고 있다는 것을 느꼈을 텐데."

직설적인 도깨비 화법에 시카트는 낭패감을 느꼈다. 이 상황에서 계속 '비셀스 규리하'라고 부르는 것은 스스로를 창피하게 만들 뿐이었다. 시카트는 어깨의 힘을 빼고 말했다.

"좋아, 누나. 나와 친해 보고 싶다는 거야?"

"맞아."

"내가 한 일은 남매들 사이에 농담 삼아 이야기할 수 있는 옛일 정도로 만들어 버리고?"

"싫어?"

"싫고 좋고의 문제가 아닌데. 왜냐하면 그건 옛일이 될 수 없어. 난 지금도 그럴 생각이거든."

시카트는 몸을 세차게 흔들었다. 그러자 의자가 그와 함께 들썩거렸다. 의자와 함께 앞으로 얼마쯤 전진한 시카트는 자신을 의자에 결박시켜 놓은 밧줄을 불만스럽게 내려다보았다.

"이 결박만 풀리면 말이야."

정우는 안타까운 눈으로 동생을 바라보았다. 그때 갑자기 시카트가 앉아 있던 의자의 앞쪽 다리가 들렸다. 의자는 시카트를 태운 채 뒤로 죽 밀려났다. 의자가 다시 똑바로 놓이자 시카트는 옆을 노려보았다. 틸러 달비 부위가 한 손으로 등받이를 짚은 채 그를 내려다보고 웃고 있었다.

"시카트 규리하. 다음엔 바닥에 엎어 놓고 깔고 앉겠습니다."

"몰상식하고 무례한 놈 같으니. 신났군. 귀족을 마음대로 다루니 기분이 아주 좋은가 보지?"

시카트의 희망과 달리 틸러는 화를 내지 않았다. 대신 틸러는 손을 뻗었다. 시카트는 흠칫하여 고개를 뒤로 젖혔다. 틸러는 검지로 재빨리 시카트의 볼을 찍었다가 그것을 자신의 입으로 가져갔다. 손가락 끝에 혀를 대어 본 틸러는 고개를 갸웃했다.

"귀족?"

시카트는 어처구니가 없어 말도 안 나온다는 표정으로 틸러를 바라보았다. 틸러는 소리 없이 웃으며 앉아 있던 의자로 돌아갔다. 그는 책을 집어 들고 정우에게 계속 대화하라는 몸짓을 해 보이고 의자에 앉았다. 시카트는 틸러가 책을 읽기 시작한 후에야 욕설을 내뱉을 수 있었다. 틸러는 아무 반응도 보이지 않았다. 정신없이 그 광경을 보던 정우는 쿡 소리를 내며 웃었지만 시카트가 사나운 눈으로 노려보자 재빨리 표정을 가다듬었다.

"시카트, 그만둬. 그런 욕설은 정말 귀족 맛이 안 나는 행동,

어머. 미안해. 그러니까 점잖게 행동하라는 거야."

불쌍한 시카트는 완전히 의기소침해졌다. 도깨비나 다름없는 자에게 점잖게 행동하라는 말을 듣다니.

"돌아가겠어. 누나와 할 말은 없어."

"시카트. 그럼 네가 원하는 것은 뭐야? 감옥에 갇혀 있는 것이 좋다는 거야?"

"그 어느 때보다도 좋아."

"거짓말."

"누나. 상대가 거짓임을 분명히 알 수 있는 거짓말을 할 때는 제정신이 없는 것이 친절의 예의야."

정우는 싱긋 웃었다.

"누나를 바보 취급하지 마. 시카트. 물론 나는 네가 익숙한 킴들과 다르겠지만 그건 말 그대로 다르다는 거지 더 멍청하다는 말은 아냐. 조금 전의 네 말은 농담에서 아주 중요한 요소거든? 그리고 도깨비들은 모두 농담을 좋아해. 내가 거짓말이라고 한 것은 누나의 도움이 필요 없다는 네 태도가 거짓이라는 거야. 네가 정말 도움이 필요 없다면 이 자리에 나오지도 않았을 거야."

시카트의 빗장 하나가 또 벗겨졌다. 그는 화난 목소리로 말했다.

"그래. 난 지금 처지가 마음에 들지 않아. 인정해. 하지만 누나가 뭘 해 줄 수 있지? 내가 좋은 말 한 필과 잘 드는 칼 한 자루, 그리고 식량을 주고 여길 떠나게 해 달라고 말하면 누나가 들어줄 수 있어?"

"그걸 들어주면 어떻게 할 건데? 아버님을 찾아갈 거야?"

"당연하잖아."

"아버님이 어디 계신지도 모르잖아."

"그건 문제가 안 돼."

정우는 검지로 관자놀이를 조금 누른 자세로 시카트를 바라보다가 말했다.

"일단 알려 주겠는데, 너는 그걸 받을 수 있어."

시카트는 움찔했다. 그는 틸러를 황급히 돌아보았지만 틸러는 책만 들여다보고 있었다. 시카트는 저도 모르게 낮은 목소리로 말했다.

"무슨 소리야?"

정우는 목소리를 낮추지 않았다.

"너 만나기 전에 설명을 들었어. 너는 반역죄로 잡혀 있는 것이 아니야. 반역죄에 대해서는 고발된 적이 없거든. 너는 살인 미수죄로 잡혀 있는 거지. 나를 공격한 것 말이야. 따라서, 어떤 특수한 상황에서 나는 너를 규리하령 바깥으로 내보낼 수 있다더라. 좋은 말 한 필과 잘 드는 칼 한 자루, 식량 외에 남자 애에게 꼭 필요한 많은 손수건까지 줘서. 내가 듣기론 킴 남자 애보다 더 지저분해지기 쉬운 생물은 지상에 없다더라고."

시카트는 당황 속에서 정우의 말을 생각했다. 비록 제국군 부위에게서 귀족 맛이 안 난다는 모욕적인 판정을 받았지만 시카트는 귀족이었다. 그는 곧 정우가 말한 특수한 상황이 무엇인지 깨달았다.

"규리하의 지배자가 누나일 경우…… 누나는 나를 영외 추방할 수 있다는 말이군."

"맞아."

"수락했어?"

"아직."

시카트는 안도했다. 그리고 곧 안도감을 내팽개쳤다.

"수락할 거야?"

"몰라. 아직 결정하지 않았어. 나는 즈믄누리의 바우 성주님께 편지를 보냈어. 답장이 오면 성주님의 조언을 고려해서 결정할 생각이야. 하늘누리 쪽에서도 그때까지 기다리기로 동의했고."

정우에게 몸을 내밀던 시카트는 밧줄의 방해를 받았다. 시카트는 정우와 눈을 맞추려 애쓰며 말했다.

"누나, 내 조언을 들어 볼 생각은 없어?"

"니에게 만나사고 한 이유 중의 하나는 그거야. 말해 줘."

"누나는 아버님의 자리를 훔치면 안 돼. 그건 아버님의 은혜에 대한 배신이야."

"아버님이 나에게 어떤 은혜를 주셨지? 배신할 은혜가 잘 안 떠오르는데."

정우는 원한의 토로가 될 수도 있는 말을 담담하게 말했고, 그래서 시카트는 정우가 화를 내는 건지 아닌지 알기 어려웠다. 시카트가 선택한 대답은 원론적인 것이었다.

"아버님은 누나를 태어나게 해 주셨어."

"그리고 곧 포기하셨지. 불과 얼마 전까지 나를 죽은 딸로 취급하다시피 하셨어. 그러고는 갑작스럽게 내가 아는 세상에서 가장 좋은 곳을 떠나라고 하셨고, 게다가 너에게 나를 죽이라고 명령하셨지."

말을 통해 드러나는 정우의 감정은 여전히 모호했다. 책을 들여다보고 있던 틸러가 정우를 훔쳐볼 정도였으니 대화 당사자인 시카트의 입장은 말할 것도 없었다. 시카트가 우물쭈물하는 것을 보던 정우가 천천히 미소를 머금어 보였다.
"시카트, 혹 내가 아버님을 원망하는 것이 아닌가 의심한다면, 그렇지 않아."
"아버님을 원망하지 않는다고?"
"나가는 나무를 베는 킴을 원망하진 않겠지. 도깨비는 무기부터 휘두르는 레콘을 원망하진 않아."
"그게 무슨 말이야?"
"나는 아버님이 즈믄누리 바깥의 사람들이 하는 행동대로 하셨을 거라고 믿는다는 말이야."
정우의 말을 이해한 시카트는 진퇴양난에 빠졌다. 그는 아버지를 위해 즈믄누리 바깥의 모든 사람을 친족 살해 애호가로 만들어야 하는지, 그 반대로 역설해야 하는지 판단할 수 없었다. 시카트는 혹 그 곤혹스러운 문제에 대신 뛰어들어 주지 않을까 하는 눈으로 틸러를 훔쳐보았지만 틸러는 그러지 않았다. 시카트는 힘겹게 말했다.
"다른 사람들이 하는 대로? 아버님은…… 그래. 사람다운 일을 하셨어. 영지와 재산을 보존하려면 그냥 황제의 비위만 맞추면 그만이야. 하지만 아버님께서는 대의를 지키기 위해 일신의 안녕은 물론이거니와 가족들의 목숨조차 돌보지 않으셨어. 잘난 척하면서 대의와 정의를 말하는 사람은 많아. 하지만 자기 재산에 눈곱만큼이라도 손상이 가면 그자들은 자기 입으로 말한 사실도 까맣게 잊어버리지. 아버님은 다르셨어. 아버님께서 다른 사람들과 마찬가지로 행동하셨다고? 아냐. 다른 사람들이 감히 할 수 없는 일을 하셨어."
말을 하면서 시카트는 점점 말하는 것이 쉬워지는 것을 느꼈다.

스스로의 입장을 정리할 수 있었던 시카트는 자신 있게 말했다.

"누나는 아버님을 원망하지 않는다고 했지? 당연히 그래야 해. 그리고 아버님의 뜻을 따라야 해. 황제에게 가서 규리하의 지배자는 아버님이라고 말해. 그리고 아버님의 충성 서약을 받아들이라고 말해."

"그 다음엔? 자결?"

"할 수 있겠어?"

정우는 어두운 얼굴로 시카트를 바라보다가 말했다.

"시카트, 일부러 그러는 거라고는 믿지 않지만, 너는 나를 화나게 하고 있어."

"그게 무슨 소리야?"

"돌아가, 시카트. 며칠 후에 다시 만나도록 하자."

"누나!"

"내가 부족해서 그런 거니 사과하겠어. 미안해. 돌아가서 쉬렴. 달비 부위?"

틸러가 책을 내려놓고 시카트에게 다가왔다. 아무 일도 할 수 없었던 시카트는 정우를 끝까지 바라보려고 했다. 하지만 틸러의 다음 행동은 시카트를 격분시켰다. 틸러는 의자를 뒤로 돌린 다음 그대로 손수레 밀듯 문 쪽으로 밀고 갔다. 어쩔 수 없이 시카트는 고함을 질렀다.

"누나! 사람다운 일을 할 수 있는 기회를 놓치지 마! 황제의 개가 되지 마! 누구도 서약 없이 다른 사람을 지배할 순 없어. 우리가 개돼지인 양 서약을 받지 않겠다는 황제의 태도를 용납해선 안 돼. 황제에겐 그럴 권리가 없어! 굴종 속에 사느니 자유로운 의지를 가진 사람으로서 죽어야 해!"

정우는 아무 대답도 하지 않았다. 시카트는 정우의 표정을 몹시 보고 싶었지만 틸러는 끝까지 그럴 기회를 주지 않았다. 틸러와 시카트는 그대로 문밖으로 사라졌다.

얼마의 시간이 지난 후 틸러는 빈 의자와 함께 방 안으로 돌아왔다. 정우는 창문 앞으로 옮겨 가 있었다. 의자를 제자리에 돌려놓은 틸러는 조금 기다렸다. 의자를 제자리에 가져다 놓는 것 외에도 용건이 있었지만 정우가 먼저 말할 수 있도록 하는 것이 좋겠다고 판단했다. 틸러는 자신이 좋은 대화 상대라는 평가를 내릴 수는 없었지만 정우가 자신의 사고무친함을 토로하고 싶어 한다면 들어 줄 수는 있을 것 같았다.

하지만 정우는 아무 말 없이 창밖만 바라보았다. 틸러는 헛기침을 했다.

"규리하 공 아가씨, 시키실 일이 없습니까?"

틸러의 예상대로 정우는 할 말이 있는 것 같았다. 그녀는 몸을 돌려 그를 바라보았다. 하지만 곧 말하지는 않았다. 틸러가 약간 초조함을 느낄 때까지 기다린 후에야 정우가 입을 열었다.

"제 동생에 대해 어떻게 생각해요, 틸러?"

"글쎄요. 부하로 두고 싶지는 않은 부류입니다. 혹 상관이라면 괜찮을지도 모르겠습니다만."

"왜 상관으로는 괜찮지요?"

"저는 제 상관들이 사실은 사람이 아닐지도 모른다는 의심을 느낄 때가 많거든요."

문득 틸러는 자신의 농담이 좀 과했나 걱정했다. 하지만 정우는 미소를 지었다.

"당신 부하들도 당신에 대해 비슷한 의심을 하고 있겠군요?"

"때때로 그 녀석들의 의심을 확인시켜 주면서 기쁨을 느끼곤 한다는 것을 고백해야겠군요."

정우는 다시 빙그레 웃었다. 틸러는 턱을 조금 긁적거리다가 말했다.

"규리하 공 아가씨, 제가 괜히 상관 이야기를 꺼낸 것은 아닙니다. 군인에게 상관의 언동은 판단의 대상이 아니지요. 마찬가지로 저는 시카트를 판단하고 싶지 않습니다."

정우는 알았다는 듯이 고개를 끄덕였다. 틸러는 그쯤에서 용건을 꺼내려 했다. 하지만 정우가 먼저 말했다.

"저는 충성 서약이 왜 문제인지 몰랐어요, 틸러."

"그러셨습니까."

"솔직히 말하자면 그보다 더 기묘한 일도 없다고 생각했죠. 자신에게 충성하겠다는 사람에게 화를 내시는 폐하도, 폐하께 충성하기 위해 폐하와 싸우던 아버지도 모두 제정신이 아닌 건가 하고 의심했어요. 그런데 이제 알겠어요. 시카트의 말이 맞아요. 우리가 개나 돼지에게 충성 서약을 요구하지는 않아요. 그냥 기를 뿐이죠. 하지만 우리는 짐승이 아니에요. 당신은 몰라도 저는 확실히 아니죠."

틸러는 내가 왜 짐승이냐고 반문하려 했지만 정우가 곧 설명했다.

"당신 부하들은 가끔 당신을 짐승이라고 생각할 테죠?"

"반론의 여지가 없군요."

"제가 사람으로 대접해 줄 테니 만족하면 좋겠군요. 어쨌든 사람들이 왜 서약을 원하는지는 알았어요. 그런데 폐하께서는 왜 충성 서약을 허용하지 않으시죠?"

"무의미하니까요."

"무의미? 왜? 무엇 때문에?"

틸러는 머리를 조금 긁적였다. 그런 행동으로 틸러는 자신의 말이 전문가의 견해가 아님을 분명히 해 두고 싶은 듯했다. 하지만 이어진 틸러의 말은 유창했다.

"규리하 공 아가씨. 제국에는 6억 명의 사람이 살고 있습니다. 충성 서약이 있어야만 폐하의 통치가 가능하다는 논리대로라면, 그 6억 명의 사람들도 모두 폐하와 서약을 맺어야 합니다. 하루에 백 명씩 만나셔도 폐하께선 서약을 끝내시는 데만 600만 일이 필요하시겠군요. 오늘 당장 서약을 시작하셔도 폐하께선 대충 1만 6000년 정도 지나야 통치를 시작하실 수 있는 셈입니다. 그때쯤이면 승천한 티나한이 돌아올지도 모르겠군요."

"아아."

"폐하께서 1만 6000년 동안 사실 수 있다 해도 그동안 죽거나 새로 태어나는 자들이 있을 테니 폐하께서 통치에 착수하실 수 있는 날은 요원합니다. 이 정도면 무의미하지 않을까요?"

"그렇군요. 그런데 서약 지지파 귀족들은 그런 단순한 계산을 못하나요?"

틸러는 방어적인 웃음을 지으며 말했다.

"오늘 제가 군인의 본분에 맞지 않는 말을 많이하게 되는군요, 규리하 공 아가씨. 제 말에 지나치게 신경 쓰지 않으시기를 바라면서 계속 말하겠습니다. 제가 아는 것은 일반 상식 수준이거든요. 서약 지지파 측에서도 그런 계산은 할 수 있습니다. 그래서 그분들은 폐하는 상위 귀족들과 서약하고 상위 귀족들은 하위 귀족들과 서약하는 식으로 서열에 따라 서약이 이루어져야 한다고 주장하는 것으로 알고 있습니다. 귀족이든 평민이든 똑같이 폐하와 서약한다면 계급의 구분이 무엇에 필요하냐는 것이지요."

"어. 그것도 타당한 말처럼 들리는데요. 그 주장에도 문제가 있나요?"

"예. 세상에는 두 가지 종류의 피지배자가 있거든요. 영주들의 통치를 받는 사람들과 황제 폐하의 행정관들의 통치를 받는 사람들. 전자의 경우에는 서약 지지파가 바라는 것처럼 충성 서약을 할 수 있을 겁니다. 하지만 후자가 충성 서약을 한다면 오직 황제 폐하께 하는 수밖에 없습니다. 그들을 다스리는 행정관에게 충성을 서약할 수는 없으니까요. 그런데 후자의 숫자도 만만찮게 많거든요."

"거기에 대한 서약 지지파의 해답은?"

"제국령의 점진적인 축소지요. 절대로 말처럼 쉬운 일이 아닙니다. 제 생각엔 서약을 포기하는 것이 훨씬 시간과 금전을 아끼는 일 같습니다."

"음. 이제 조금 이해가 되네요. 결국 시시한 이야기였군요."

"예?"

"아니에요. 이만 물러가도 좋아요, 틸러."

틸러는 무엇이 시시하다는 것인지 묻고 싶었지만 그 전에 자신이 방기해 두었던 일을 떠올렸다.

"그러잖아도 말씀드리려고 했는데, 규리하 공 아가씨, 잠시 가보실 곳이 있습니다. 조금 전에 시카트 규리하를 데려다 주다가 아가씨를 모셔 오라는 이야기를 들었습니다."

"어디로 가는 거죠?"

"대전입니다. 규리하 공을 만나러 온 사람이 있습니다."

아주 잠깐 동안 정우는 탈해가 즈믄누리에서 돌아온 것이 아닐까 생각했다. 하지만 정우는 시간적인 문제를 간과할 수 없었다. 탈해가 떠난 것은 나흘 전이었고 탈해의 딱정벌레인 번뜩이가 아무리 빠르다 한들 나흘 만에 제국을 왕복할 수는 없었다. 그래서 정우는 도대체 누가 찾아온 것인지 궁금해졌다. 대전을 향해 걸어가면서 정우는 질문했고, 틸러의 설명을 경청한 다음 혼란에 빠졌다.

"나라님? 그게 뭐죠?"

"이 경우엔 규리하 변경백령을 다스리는 규리하 공을 말하는 것이겠지요."

"아버님 말인가요?"

"글쎄요. 그 노인은 아마 자신이 찾고 있는 인물이 정확하게 누군지 모를 겁니다. 춘부장의 존함은 알지도 못하겠지요. 뭐, 자기가 살고 있는 땅의 주인을 모르는 사람이야 많습니다."

"도깨비는 다 알아요."

"네? 아, 도깨비에겐 딱정벌레도 있고 어르신도 있잖습니까. 게다가 자주 바뀌는 것도 아니고요. 하지만 인간은 자기 땅의 지배자가 누군지 알아보기 위해 며칠 동안 자기 땅을 떠날 여유 같은 것은 없지요. 규리하 공 아가씨, 그런 사람들은 나라에는 나라님이 있다는 것만 알면 만족합니다. 그 외의 다른 정보가 그들의 땅에 무슨 소용 있겠습니까? 나라님의 이름을 안다고 해서 콩이 더 크게 자라고 메밀이 실해지는 것도 아닌데요."

"틸러, 농부였어요?"

틸러는 싱긋 웃었다.

"아버님이 농부였습니다. 집에서 5킬로미터 바깥의 일에 대해서는 아무것도 모르시지만 자기 땅에 대해서는 토끼굴 하나까지 다 아시는 분이었지요. 무식하다고 말해지지만 사실은 아주 현명한, 그런 보통의 농부셨지요."

정우는 고개를 끄덕였다.

"그런데 나라님 이름보다 자기 땅의 곡식에 더 관심이 많을 노인이 왜 나라님을 찾아온 거죠?"

"직소입니다."

"어? 규리하 공도 규리하 성에서는 올바른 결정을 내릴 수 있어요? 저는 그런 느낌 못 받았는데요."

틸러는 당황했다.

"무슨 말씀입니까, 규리하 공 아가씨?"

"뭔가 자신이 도저히 결정을 내릴 수 없는 일이 있어서 찾아온 것 아닌가요? 즈믄누리에 직소하러 온 도깨비들은 그런 이유에서 오는데요."

틸러는 '직소'라는 의미가 도깨비들에게는 좀 다르게 쓰이고 있음을 눈치 챘다. 틸러는 그 노인이 자기 땅의 지배자와 모종의 갈등을 일으켰기 때문에 상급자에게 억울함을 호소하기 위해 찾아왔다는 사실을 알려 주었다. 정우는 그 이야기에 흥미를 느꼈다.

"그 노인이 어디서 왔다고 했지요?"

"아스캄입니다."

정우는 조금 고민하다가 말했다.

"웃지 말고 대답해 주세요, 틸러. 아스캄이 어디죠?"

"어…… 도보로 간다면 여기서 서쪽으로 대략 열이틀 거리쯤 되는 곳에 있습니다. 후사린 강 중류에 있는 도시입니다. 그 노인은 아흐레 만에 왔다고 했으니 정말 죽을 힘을 다해서 달려왔나 봅니다."

"와! 굉장히 분했나 보군요."

"그런가 봅니다. 그런데 왜 제가 웃을 거라고 생각하셨습니까?"

"정우 '규리하'가 규리하 땅에 대해 틸러 달비에게 묻는다면 좀 웃기지 않나요?"

"규리하 공 아가씨는 즈믄누리에서 자라셨으니 그건 웃을 일이 아니지요."

"이해해 줘서 고맙군요. 그렇다면 제가 왜 후사린 강이라고 불리는지 물어도 웃지 않겠지요? 그 이름이 제 선조인 후사린 규리하와 무슨 관련이 있나요?"

틸러는 까마득한 옛날 후사린 규리하가 남쪽으로 떠나기 전 그 강에서 무슨 일을 했는지에 대해 아는 대로 설명해 주었다. 결과적으로 정우는 틸러 달비가 규리하 출신이 아닌가 의심하게 되었다. 자신의 출생과 유년기 최악의 추억까지 늘어놓을 뻔한 틸러는 가까스로 본래의 화제로 돌아갔다.

"규리하 공 아가씨, 다가올 일을 준비하시려면 제 이야기를 들으시는 것보다는 그 노인의 이야기를 들으시는 편이 나을 것 같습니다."

"네? 아아, 좋아요. 그 아스캄에서 온 노인은 자기의 분함을 호소하기 위해 규리하의 지배자를 찾아왔다는 거죠. 그렇다면 대장군님이 만나 보시면 되지 않나요?"

"대장군께서도 그러려고 하셨습니다. 하지만 그 노인은 누구에게 전해 들었는지 규리하 공을 만나러 왔다고 했습니다. 그리고 대장군께서는 이 성에 규리하 공이 한 명 있다는 사실을 숨기지 않으셨습니다."

정우는 우스꽝스러운 노릇이라고 생각했다. 노인은 규리하의 지배자인 규리하 공을 만나러 온 것이고, 보통 때라면 그것은 불가능하지 않은 소원이다. 어쨌든 노인은 규리하의 지배자와 규리하 공이 서로 다른 사람일 경우는 상상도 못했을 것이다. 정우의 지적에 틸러 또한 동의했다.

"걱정하지는 마십시오, 규리하 공 아가씨. 대장군께서도 아가씨의 곁에 계실 겁니다. 대장군께서 도와주실 테니 어려운 점은 없을 겁니다."

"그럼 전 앉아 있기만 하면 된다는 건가요?"

"전 규리하 공 아가씨가 어떻게 행동해야 하는지에 대한 이야기는 듣지 못했습니다. 하지만 이 점을 말하고 싶군요. 대장군께서는 자신이 규리하 공이라고 말하셨을 수도 있습니다. 그래도 규리하의 지배자를 만나러 온 노인에게 큰 해가 되는 거짓말은 아니겠지요."

"아아, 무슨 말인지 알았어요. 그냥 앉혀 두려고 부르지는 않으셨을 거라는 말이군요."

틸러는 웃음으로써 대답을 대신했다. 그리고 두 사람은 대전으로 들어갔다.

대전의 보좌 앞에는 이미 제국군 장군들과 함께 엘시 에더리가 서 있었다. 엘시는 보좌 옆의 문으로 들어서는 정우에게 가볍게 목례해 보였다. 그 인사에 답례한 다음 정우는 아래쪽을 쳐다보았다. 그곳에는 틸러가 말한 노인이 있었다.

노인은 참으로 볼 만한 모습을 하고 있었다. 정우는 아흐레 동안 쉼 없이 달려온 노인이 정상적인 모습을 하고 있지 않으리라는 것은 예상하고 있었다. 하지만 노인의 옷차림은 정우의 예상을 뛰어넘는 것이었다. 그녀는 놀란 표정으로 뒤를 돌아보았다.

"틸러? 저분 옷 좀 봐요. 킴 옷이라서 확신은 못하지만 뒤집어진 것 같은데요?"

"뒤집어진 것 맞습니다."

"어머, 저 할아버지 정말 당황하셨나 보군요."

"음, 아가씨, 세상에는 두 종류의 사람들이 있지요. 옷을 똑바로 입는 사람과 뒤집어 입는 사람. 후자에 대해서는 술에 진탕으로 취했거나 정신이 이상하거나 철학자일 거라는 식으로 재미있는 추측을 해 볼 수 있지만, 이곳 규리하에서는 그에 덧붙여 직소하러 오는 사람이라고 추측해 볼 수도 있습니다. 제 생각엔 그게 맞을 것 같습니다."

"예? 직소하러 오는 옷차림이오?"

"그렇습니다. 자기가 직소하러 왔다는 것을 알리고 싶은 사람은 저렇게 옷을 뒤집어 입는다고 들었습니다. 자신의 분함이 풀릴 때까지 계속 저런 옷차림을 유지한다더군요."

정우는 고개를 끄덕이며 엘시에게 다가갔다. 바닥에 이마를 대고 있던 노인은 누군가가 들어오는 기색을 눈치 채고 고개를 들었다. 정우와 틸러의 모습을 번갈아 쳐다본 노인은 곧 결정을 내렸다.

"나라님! 이것의 지원극통함을 풀어 주소서!"

제국군 장군들은 빙긋 웃었고 엘시는 한숨을 내쉬었으며 정우는 머쓱한 표정을 지었다. 그리고 틸러는 손을 들어 정우를 가리켰다.

"이쪽입니다, 영감님."

고개를 든 노인은 당황하여 틸러를 바라보다가 정우를 쳐다보앉다. 정우가 고개를 끄덕이자 노인은 혼란에 빠졌다. 그러나 곧 노인은 바닥에 머리를 조아린 채 몸을 정우 쪽으로 틀었다.
"나라님! 이것의 지원극통함을 풀어 주소서!"
정우는 노인의 원통함보다 급회전의 축이 된 노인의 무릎이 더 염려된다고 생각했다. 정우가 그 사실에 대해 뭐라 말하려 할 때 엘시가 그녀에게 손짓을 보냈다. 정우는 곧 엘시가 보좌에 앉을 것을 권하고 있음을 알았다. 정우는 놀라서 입 모양으로 말했다.
'저기 앉으라고요? 하지만 저는 아직 규리하의 지배자가 되겠다고⋯⋯.'
'괜찮습니다. 무슨 특별한 의미가 있는 일은 아닙니다. 저 노인을 위해서입니다.'
정우는 조금 망설이다가 조심스럽게 보좌로 다가갔다. 그녀의 아버지가 앉아서 규리하를 지배하던 자리를 내려다보던 정우는 결국 그 끄트머리에 엉덩이를 살짝 걸쳤다. 누가 보아도 불편하기 짝이 없는 모습이었지만 엘시는 더 이상 요구하지 않았다. 그리고 정우는 엘시의 요구를 받아들이길 잘했다고 생각했다. 노인은 보좌에 앉은 정우를 보자 한결 안심하는 표정을 지었다. 하지만 정우의 다음 행동은 노인을 다시 혼란에 빠트렸다.
"좋은 꿈 꾸셨나요, 영감님. 제가 규리하 공인데요. 하실 말씀이 있으시다고요?"
노인은 어처구니없다는 표정을 지었다. 그리고 정우 이외의 모든 사람들은 노인의 심정을 이해했다. 바야흐로 노인이 불신의 감정을 얼굴에 드러내려는 찰나, 엘시가 입을 열었다.
"규리하 공 비셀스 규리하께서 친히 네 말을 들으러 오셨으니 어서 아뢰도록 해라."

엘시의 말투에는 권위가 있었다. 정우는 자신이 규리하 공이 아닌지도 모른다는 의심마저 느꼈다. 최소한 엘시가 말하는 '규리하 공'이 자신보다 터무니없이 위대한 인물처럼 느껴진다는 것은 분명했다.

어쨌든 그 말투가 피어오르던 노인의 의심을 잠식시킨 것은 분명했다. 노인은 다짜고짜 본론으로 들어갔다.

"살려 주십시오, 제 아들 놈을 살려 주십시오!"

보좌 아래쪽의 단에 서 있던 틸러는 정우가 난처할 거라 생각했다. 그의 생각대로였다. 다행히 노인은 정우의 대답을 기다리지 않았다.

"제 며늘아기는 진짜 제 며늘아기입니다. 정말입니다. 아들 놈 혼례를 치르느라 금편을 50닢이나 썼습니다. 제가 미치지 않고서야 가짜 결혼식을 올리는 데 그 돈을 썼겠습니까? 사람들은 저를 구두쇠라고 합니다. 자린고비라고 하지요. 하지만 저도 쓸 땐 쓰는 놈입니다. 자식 놈 평생 한 번 있을 혼례이기에 아깝다 생각 않고 죽을 고생을 해서 모은 돈을 쓴 겁니다. 그런데 가짜 결혼식이라니요. 위법이라니요! 분하고 원통해서 말이 안 나올 지경입니다."

틸러는 말이 안 나오는 상황에서 그 정도라면 말이 잘 나올 땐 레콘도 도망치게 할 수 있겠다고 생각했다. 정우는 황망함을 견딜 수 없는 듯한 얼굴을 해 보였다. 하지만 그녀는 틸러나 다른 사람들이 감탄할 만한 참을성을 발휘했다. 그녀는 끝없이 질문했고, 비록 정우가 사용하는 경어가 노인을 혼란스럽게 했지만 마침내 노인의 말이 논리적 색채를 띠기 시작했다. 그래서 틸러는 노인에게 무슨 일이 일어났는지 알 수 있게 되었다.

노인의 이름은 파노 긴시테였다. 긴시테 노인은 자유농이었고 평생에 걸쳐 개간한 밭과 아들을 인생에서 건진 최고의 보물로 여겼다. 아들의 혼기가 꽉 찼을 때 파노가 느꼈던 갈등은 실로 만만찮았다. 하지만 결국 파노는 아들의 결혼을 위해 자신의 농토 일부를 팔기로 결심했다. 파노가 언급한 금편 50닢은 그 농토 판매를 통해 받은 대금이었다. 파노에게서 땅을 구입한 자는 아스캄을 다스리는 골케 남작이라는 자였다.

한달 전 결혼식이 거행되었다. 당연하게도 파노의 아들과 며느리는 세상 만뭄이 자신들의 결혼을 축하하고 있다고 느꼈다. 하지만 그들의 견해는 정확한 것이 아니었다. 혼례식 후 사흘 뒤 골케 남작은 자신이 구입한 땅이 본래부터 남작령에 속한다고 주장했다. 그리고 골케 남작은 노인에게 금편 50닢을 되돌려 달라고 주장했다. 파노는 자신이 자유농임을 역설했지만 남작은 등기소의 등기부를 내보이며 그 땅이 원래부터 남작령에 속함을 입증했다.

파노는 혼란에 빠졌다. 그는 이웃들과 마찬가지로 문자와 문서를 존중하는 보통 사람이었다. 자신이 도깨비 장난에 빠진 것이 분명하다고 믿었던 파노에게 등기부가 위조된 것일지도 모른다고 가르쳐 준 사람은 그 고을에서 가장 현명하다는 평가를 받는 대장장이였다. 대장장이는 아스캄의 등기소장이 남작의 동생이라는 사실을 결정적 증거로 내세웠다.

하지만 파노 노인은 물론이거니와 다른 사람들도 그런 어처구니없는 일이 대명천지에 일어날 수 있다는 것을 믿지 못했다. 불행한 대장장이는 자신의 평판이 대폭 추락하는 것을 감수해야 했다. 파노가 이리지도 저리지도 못하는 동안 골케 남작은 실력 행사에 들어갔다. 금편 50닢을 통해 노인이 얻은 것은 며느리라는, 참으로 명쾌하기까지 한 설명을 들려주며 골케 남작의 병사들이 며느리를 납치해 간 것이다.

파노는 절망했고 새신랑은 격분했다. 괭이 한 자루와 눈이 뒤집힌 새신랑이 남작의 성에 진입했다. 그리고 골케 남작은 괭이를 벌하지는 않는 분별력을 보여 주었다. 죽지 않을 만큼 두드려 맞은 신랑은 남작의 감옥에 갇혀 버렸다. 혼절한 파노가 깨었을 때 이웃들이 조심스럽게 남작의 권고를 전달해 주었다. 골케 남작은 며느리에 대해 금편 50닢, 불손한 아들에 대해 금편 50닢을 내놓고 둘을 데려가라고 명령했다. 합이 백 닢이라고 친절하게 가르쳐 준 이웃은 파노의 주먹에 코피를 쏟았다고 한다.

그때 나선 사람이 정의로운 대장장이였다. 사람들이 보내는 비웃음에 화가 나서 불과 쇳덩이에게로 돌아갔던 대장장이는 파노의 소식을 듣고 망치를 내려놓았다. 그는 파노 긴시테와 고을의 유지들을 반강제로 끌고 나와 함께 남작을 찾아갔다. 그리고 미심쩍은 표정으로 바라보는 남작에게 이렇게 말했다. 남작에게 영지를 준 사람이 곧 나라님이니 나라님의 서류를 보면 남작의 거짓말을 격파할 수 있다고.

골케 남작이 껄껄 웃었을 때 파노 노인과 유지들은 대장장이가 미쳤다고 말할 준비를 갖췄다. 하지만 남작은 대장장이를 미치광이 취급하지 않았다.

"남작 각하님은 대장장이가 똑똑한 소리를 한다고 하셨습니다. 저는 남작 각하님이 미친 것이 아닌가 생각했습니다. 남작 각하님은 대장장이를 놀리시면서 나라님이 없어졌다고 말했습니다. 세상에 그런 헛소리가 어디 있습니까? 나라님이 없다니요? 대장장이는 물론이거니와 저희들도 너무나 황망하여 아무 말도 못했습니다. 그러자 남작 각하님은 나라님이 없으니 나라님의 서류도 없다고 말씀하시고 저희들을 쫓아내었습니다."

파노 노인은 또다시 원통함을 참지 못하는 투로 이마를 바닥에 찧었다.

"나라님이 없다니요! 어떻게 그런 막돼먹은 소릴 할 수 있습니까? 이 미욱한 놈은 너무 무서워서 아무 말도 못했습니다. 용서해 주십시오. 너무 무서워서 그런 것입니다."

"그래서 이렇게 찾아오셨어요?"

"그렇습니다, 나라님. 제발 이 늙은 놈을 용서해 주십시오. 하지만 그 전에 나라님의 서류를 잠깐만 확인해 주시면 안 되겠습니까? 정말로 골케 남작 각하님께서 감히 등기부를 위조한 것입니까? 제발 이 늙은이의 지원극통함을 풀어 주소서. 부탁합니다!"

틸러는 확인할 필요도 없다고 생각했다. 당연히 아스캄의 등기소장이 남작과 공모하여 장난을 친 것이다. 그것은 정권의 교체기에 일어나는 평범한 사건일 뿐이다. 그래서 틸러는 노인에게 '남작 각하님' 같은 이상한 경칭을 가르쳐 준 사람이 도대체 누구일지 궁금해했다. 정우는 엘시를 돌아보았다. 정우가 입을 열기 전에 엘시가 말했다.

"토지 대장을 확인하러 사람을 보냈습니다."

"벌써요?"

"이자는 규리하 공이 오시기 전부터 저 말을 반복했습니다."

엘시의 말대로 조금 후 수교위 한 명이 안으로 들어섰다. 규리하의 토지 대장을 조사하러 갔던 수교위는 틸러가 예상했던 대답을 가지고 돌아왔다. 정우는 커다란 한숨을 내쉬고 싶은 듯한 얼굴로 말했다.
"영감님, 그 남작님은 거짓말을 한 거예요."
파노 긴시테는 하늘이 무너졌다는 최신 소식을 전해 들은 것 같은 표정을 지었다. 기막힌 나머지 파노는 입을 빼끔거릴 뿐 아무 말도 못했다. 그런 노인을 바라보고 있던 정우가 고개를 숙였다. 그녀의 입에서 작은 중얼거림이 흘러나왔다.
"또 시시한 이야기야."
틸러는 약간의 익숙함을 느끼긴 했지만 전체적으로는 다른 사람들과 마찬가지로 어리둥절했다. 정우는 고개를 들어 엘시를 바라보았다.
"대장군님. 대장군님은 칼리도의 백작이시죠?"
"그렇습니다."
"그런데 대장군님은 여기 계시지요. 그럼 칼리도는 누가 다스리지요?"
"모친께서 섭정의 지위로 칼리도를 다스리고 있습니다."
엘시가 대장군의 지위 때문에 어쩔 수 없이 칼리도를 떠나 있다는 사실, 엘시가 칼리도를 잠깐이라도 본 것이 벌써 4년 전이라는 사실, 엘시와 그의 모친이 모두 그런 상황을 별로 좋아하지 않는다는 사실을 잘 아는 제국군의 장군들은 동정의 눈빛으로 엘시를 바라보았다. 그들 중 몇몇의 눈빛은 좀 더 애잔했는데, 엘시가 대장군의 지위를 반납하고 부녀 헨로와 함께 칼리도로 돌아갈 날을 꿈꾸었다는 것을 아는 자들이었다. 그런 사정을 모르는 정우는 단도직입적으로 말했다.
"그렇다면 대장군님이 칼리도에 계시지 않은 것을 틈타 누군가가 저분께 일어난 일과 비슷한 일을 저질렀다면 대장군님은 어떻게 하실 건가요? 제국법대로 처리하나요?"
"아닙니다. 제국법을 참조할 수는 있지만 이 경우엔 영주의 개인적 권한이 침해당한 일이니만큼 자의에 따라 처리할 겁니다."
"그런가요. 그럼 대장군님의 의향은 어떠세요?"
"공연한 무고인지 명백한 범죄인지 살핀 다음 범죄임이 확실하다면 조속히 사형을 언도할 것입니다."
정우는 눈을 동그랗게 떴다. 대전에 있던 다른 이들도 조금 당혹한 얼굴로 대장군을 바라보았고 파노 노인마저도 잔혹한 복수의 희열보다는 경악을 드러내었다. 다른 사람들의 동요를 눈치챈 정우는 질문을 해도 되겠다고 생각했다.
"그것이 목숨을 내놓아야 할 만큼 중한 범죄라고 생각하세요?"
"내 생각엔 그렇습니다. 권력을 오용하여 영민을 괴롭혔고 그에게 권력을 준 상급자를 욕보였습니다. 그것만으로도 큰 죄입니다. 하지만 무엇보다도 용서할 수 없는 것은 등기부를 위조했다는 것입니다."
"어…… 등기부 위조가…… 심각한 죄인가 보군요?"
엘시는 잠깐 아무도 없는 곳을 바라보다가 고개를 끄덕였다.
"흔히들 영주는 그 영민들의 복리를 증진시켜야 할 책임이 있다고 합니다. 옳은 말입니다. 하지만 영민의 생명과 재산을 보호하지도 못한다면 복리의 증진은 광언이 되고 말 겁니다. 생명과 재산의 보호는 치도에 있어 근본 중의 근본입니다. 등기부 위조는 그 기본적인 것을 파괴하는 범죄입니다."
엘시는 그대로 말을 멈추려는 것처럼 보였다. 그러나 갑자기 생각난 것처럼 덧붙였다.
"붓으로 이루어진 범죄라 하여 가볍게 여길 수는 없습니다. 붓이 칼보다 강하다고 말하는 문필가는 많습니다. 하지만 그들 중 적지 않은 이들이 붓으로 이루어진 범죄가 칼로 이루어진 범죄보다 더 큰 처벌을 받아야 한다고 말하면 억울해합니다. 바르지 못한 일입니다. 붓이 정녕 칼보다 강하다면, 그 책임 또한 더 무거워야 합니다. 등기부 위조는 붓으로 이루어지는 반역이라고 할 수 있으며, 나는 창검으로 이루어지는 반역에 비해 더 큰 처벌을 내리지는 못할망정 최소한 같은 처벌을 받아야 한다고 생각합니다. 그리고 그것을 붓에 보내는 칼의 경의로 생각할 것입니다."

제국군의 장수들은 약간 질린 표정으로 서로를 바라보았다. 틸러는 칼리도의 소영주들이 엘시 본인만큼 엘시의 귀향을 달가워하기는 힘들겠다는 심술궂은 생각을 하며 정우를 바라보았다.

정우는 긴장이 풀린 듯한 모습으로 바짓자락을 만지작거리고 있었다. 그러나 그녀의 얼굴은 뭔가 골똘한 생각에 잠긴 것처럼 진지했다. 정우는 표정을 바꾸지 않은 채 말했다.

"대장군님, 병사들을 좀 빌려 주시겠어요?"

엘시는 고개를 갸웃했다.

"무슨 말입니까?"

정우는 엘시의 말에 대답하지 않았다. 그리고 갑자기 몸을 뒤로 끌어당겼다. 규리하 변경백의 보좌에 똑바로 앉은 정우는 두 손으로 팔걸이를 움켜쥐었다. 틸러는 고개를 돌리고 싶은 충동을 참지 못했다. 그는 대전의 벽에 있는 케나린 규리하의 벽화를 훔쳐보고는 다시 정우를 바라보았다.

정우는 흘러내린 귀밑머리를 귀 뒤로 쓸어 넘기고 파노를 향해 또박또박 말했다.

"영감님, 머지않아 영감님은 손자를 볼 수 있을 거예요. 그 아이가 커서 이야기를 조를 나이가 되거든 말해 주세요. 나라님이 할아버지의 부탁을 받아 아스캄에 와서 나쁜 남작을 물리쳤던 이야기를."

더할 나위 없는 기쁨으로 파노 긴시테의 얼굴이 환해졌다. 그 순간 그가 대전에서 가장 행복한 사람임은 분명했다. 하지만 두 번째로 행복한 사람이 누구인지는 명확하지 않았다.


엘시 에더리와 정우 규리하는 참관자들을 혼란스럽게 하는 논쟁을 벌였다. 그 참관자 중에 놓친 식사를 하고 몸을 씻기 위해 물러난 파노 긴시테는 제외되어 있었는데, 그가 있었다 하더라도 혼란스럽기는 마찬가지였을 것이다. 참관자들은 그것이 논쟁인지도 알 수 없었다. 엘시 에더리와 정우 규리하는 한마디씩 말한 다음 아무 말도 없이 서로를 물끄러미 바라보았다.

물러가라는 명령을 받지 못했기에 어쩔 수 없이 한심한 참관자 대열에 속해 있던 틸러 달비가 두 사람이 니름을 나누고 있다는 가설을 거의 믿게 되었을 무렵, 엘시가 겨우 입을 열었다. 하지만 엘시의 발언은 참관자들에게 신선함을 주진 못했다. 그가 꺼낸 말은 앞서의 말과 같았다.

"안 됩니다."

"가고 싶어요."

정우 역시 같은 말로 대답했다. 참관자들은 또다시 침묵이 재개될까 두려웠다. 다행히 엘시는 그러지 않았다.

"왜 안 되는지 말할까요?"

"안전 문제나 제 포로 신분에 대한 이야기 외의 이야기라면 환영하겠어요."

엘시는 씁쓸하게 웃었다.

"당신이 그런 이유 정도는 이미 예상했을 거라 생각했습니다. 그래서 할 말이 없었습니다. 그리고 당신이 침묵한 것은, 아마도 내가 제시할 이유들에 대한 적절한 반론을 준비할 수 없었기 때문이라고 짐작합니다. 맞습니까?"

"맞아요."

참관자들은 그제야 침묵의 이유를 알았다. 그러나 새로운 지식이 그들을 즐겁게 하진 못했다. 결국 두 사람은 할 말이 없어서 서로를 물끄러미 바라보았던 것이다. 엘시가 말했다.

"적절하지 않은 이유라도 말해 주십시오."

"들어주지 않으실 테니 말하지 않겠어요. 그냥 부탁해요. 가게 해 주세요."

엘시는 정우가 고집을 부리는 이유를 알 수 없었다. 지금껏 정우는 수락되지 않을 요구로 심술을 표현한 일은 없었으므로 엘시는 정우가 정말로 아스캄에 가길 원한다고 생각했다. 쉽게 판단할 수 없었던 엘시는 자신이 확실히 아는 사실부터 시작하기로 했다.

"일단 한 가지 오류를 정정해야겠습니다. 규리하 공, 당신은 포로 신분이 아닙니다."

"아니라고요?"

"어제 말씀드렸듯이 당신은 군정 자문 위원회의 자문 위원입니다. 따라서 당신은 규리하 시찰을 위해 출장을 요구할 수도 있습니다."

정우는 분명히 그 말을 전해 들었다. 하지만 엘시가 원하는 방식으로 들은 것은 아니다.

"어, 그건 포로를 좀 고상하게 부르는 말이 아니었던 건가요?"

"당신이 규리하의 재건을 위해 애쓰는 사람들 중 한 명으로 등록되어 있다는 의미입니다. 자문 위원회는 규리하의 유력 인사들 중 많은 분이 소속되어 있는 뜻깊은 위원회이며 그 임무는 규리하를 원활하게 재건할 수 있도록 군정 당국을 자문하고 보좌하는 것입니다. 포로와는 완전히 의미가 다릅니다."

"그런가요. 죄송해요. 그런데 왜 제가 그곳에 소속되어 있는 거지요?"

"당신이 소속되어 있으면 규리하 가문에 호의적인 유력 인사들을 끌어들이기 쉽기 때문입니다. 나는 당신이 그런 사정을 이해하고 자문 위원직을 수락한 거라고 알고 있었습니다만, 지금 보니 이해를 못하셨군요. 결과적으로 당신의 동의 없이 당신의 이름을 무단으로 이용한 꼴이 되어 마음이 좋지 않습니다. 이제 이해하셨으니, 만일 사임하고 싶다면 그러셔도 무방합니다."

"그 자문 위원이라는 것을 계속하면 아스캄에 갈 수 있나요?"

"가능성이 있다고 하겠습니다."

"그럼 하죠."

그런 평가가 어려웠던 경우는 별로 없지만, 틸러 달비는 엘시와 정우를 영리하다고 보아야 할지 멍청하다고 보아야 할지 알 수 없었다. 대화의 전반부에서 두 사람은 서로의 말을 미리 짐작하는 영리함을 보여 주었다. 하지만 이어지는 후반부는 틸러가 아는 최고의 멍청이 한 쌍, 그러니까 그의 여동생과 그녀의 천생연분인 매제를 떠올리게 할 만큼 형편없었다. 편리할 것 같아서 당신 이름을 이용했다고 솔직하게 말하는 엘시와 이름을 이용하는 대신 아스캄에 보내 달라고 말하는 정우에게서 고도의 정치적 감각 같은 것을 찾기 어렵다는 것은 분명했다. 엘시가 말했다.

"그렇다면 자문 위원의 자격으로 위원회에 아스캄 현지 시찰을 요청할 겁니까?"

"네."

"위원장의 허락이 필요하겠군요."

"그게 누구죠?"

"여기 있는 시허릭 마지오 상장군입니다."

시허릭 마지오는 낭패감을 느꼈다. 임기응변을 좋아하는 사람이라도 이런 상황은 달갑지 않을 것이다. 하물며 시허릭 마지오 상장군은 순발력보다 신중함을 선호하는 사람이었다. 따라서 말을 끝낸 엘시가 몸을 돌렸을 때 시허릭은 자신이 그곳에 없었으면 좋겠다고 생각했다. 호기심 어린 눈으로 바라보던 정우는 시허릭이 아무 말도 하지 않자 질문했다.

"위원장님. 이렇게 부르면 되죠? 아스캄에서 뭔가가 잘못되고 있는 것 같으니, 그곳을 시찰하고 잘못된 것을 바로잡고 싶은데요. 허락하시겠어요?"

시허릭은 골치가 아팠다. 그는 엘시가 자신에게 거절하는 곤혹스러움을 떠넘긴 것인지, 그렇지 않으면 승낙하는 어려움을 떠넘긴 것인지 알 수 없었다. 정우의 아스캄행은 온갖 위험 요소를 무릅쓰는 일이다. 하지만 엘시가 그것에 동의하지 않는다면 갈 수 있는 방법을 알려 줄 리는 없다. 아니면 그저 사실을 숨기고 싶지 않은 솔직성인 것일까? 결국 시허릭은 평소의 생활 태도와 배치되는 행동을 했다. 그는 직관적으로 판단했다.

"거절할 이유가 없군요. 그렇게 하세요, 규리하 공."

시허릭은 말을 끝내자마자 엘시의 눈치를 살폈다. 하지만 엘시는 그에게 아무런 정보도 주지 않았다. 엘시는 그저 무표정하게 정우에게 필요한 주의 사항을 말했고 자문 위원의 출장을 보좌할 수행인을 결정할 때도 무표정한 얼굴은 바뀌지 않았다.

"엉겅퀴 여단 1대대로 하여금 당신을 수행하게 하겠습니다. 규리하 공, 바로 출발하십시오."

정우는 엘시의 마지막 말에 놀랐다.

"바로 출발하라고요?"

"그렇습니다. 가시기로 결정되었다면 이 정보가 다른 곳으로 새어 나가기 전에 바로 출발하는 것이 위험을 줄이는 방법일 겁니다. 곧장 출발하여 아스캄에서 일을 처리하고 바로 돌아오십시오."

"하지만 무슨 준비가 필요하지 않나요? 가까운 곳도 아닌데."

"수행인들이 모든 준비를 해 줄 겁니다."

정우는 그런가 보다 하고 고개를 끄덕였다. 그녀는 보좌에서 일어나 틸러와 함께 방으로 물러나려 했다. 하지만 엘시가 그녀를 지그시 쳐다보았다. 정우는 잠깐 동안 생각하다가 말했다.

"지금이오?"

"예."

정우는 황당하다는 얼굴로 스스로를 내려다보았다.

"지금 이대로 그냥 출발하라고요? 그래도 돼요?"

"예. 달비 부위, 마차로 규리하 공을 모시도록 해라. 밤이 오면 불을 크게 피우도록."

틸러는 싱긋 웃으며 우물쭈물하는 정우에게 허리를 숙였다. 정우는 한 번 더 의아한 표정으로 엘시를 바라보았지만 그는 어서

가라는 듯 고개만 끄덕였다. 정우는 뭐가 뭔지 모르겠다는 얼굴로 대전을 나섰다. 그녀의 뒤에서 틸러가 따라왔다.

틸러는 근처의 병사들에게 몇 마디를 중얼거린 것 외에는 별다른 말 없이 마구간까지 정우를 안내했다. 마구간 앞에 선 정우는 다시 한번 자신을 내려다보았다. 방에서 나온 모습 그대로였고 아무리 생각해 봐도 공무 수행을 위해 도보로 열이틀 거리나 떨어져 있다는 곳으로 출발하는 모습은커녕 산책 나가는 모습도 되지 못했다. 정우는 엘시가 혹 아주 괴팍한 방법의 거절을 시도하는 것이 아닌가 의심해 보았다. 하지만 그 의심은 곧이어 일어난 일들 때문에 더 체계화되지 못했다.

세 가지 사건이 거의 시간 차 없이 일어났다. 먼저 틸러가 마구간에서 육두 마차를 끌고 나타났고, 그 직후 커다란 바구니 두 개를 든 하전사 한 명이 숨이 턱에 닿아 달려왔으며, 마지막으로 목욕 도중에 끌려왔는지 아직까지도 김을 모락모락 피워 올리는 파노 긴시테 노인이 나타났다. 정우는 정신을 차릴 수 없었고 시간이 조금 흐른 후에야 자신이 파노와 함께 마차 안에 타고 있다는 것을 깨달았다. 그녀가 그 상황에 익숙해지려 애쓸 때 마차가 튕겨 나가듯 출발했고, 그래서 정우는 도대체 누가 마차를 몰고 있는지조차 몰랐다. 꽤 시간이 흐른 후에야 정우는 틸러 달비와 하전사 한 명이 마차를 몰고 있다는 사실을 알았다.

몇 달 만에 처음으로 규리하 성을 빠져나왔지만 정우는 그 사실에 아무런 감흥을 느끼지 못했다. 정우는 나라님과 같은 마차에 탔다는 사실에 잔뜩 긴장한 파노 노인을 달래기에 바빴고 마차의 속도에도 공포를 느꼈다. 분명 도로를 달리는 것이었지만 정우와 노인은 의자에 엉덩이를 붙이고 있기 힘들었다. 바퀴는 천둥 같은 소리를 내뿜었고 튀어나가는 돌이 내지르는 비명은 소름 끼쳤다. 힘이 남아 있는 동안 정우와 파노는 마차 벽을 부여잡고 버텼지만 곧 두 사람은 마차가 선회할 때마다 좌우로 튕겨 나갔다. 결국 정우와 파노는 마차나 자신들 중 하나가 부서질 거라 믿으며 울먹거렸다.

저녁 무렵이 되었을 때 겨우 질풍 같은 질주가 멎었다. 오후 내내 계속된 공포에서 해방된 정우와 파노는 크게 안도의 한숨을 내쉬었다. 그러나 정우는 곧 당혹감을 느꼈다. 마차 문을 열고 기다리던 틸러가 의아한 표정으로 마차 안을 들여다보았을 때 정우는 울상이 되어 자신의 무릎을 가리켰다.

"일어설 수가 없어요."

틸러는 씩 웃고는 하전사를 불렀다. 정우와 노인은 두 사람의 도움을 받아 마차 밖으로 나왔다. 후들거리는 무릎을 짚은 채 정우는 주위를 둘러보았다.

을씨년스러운 풍경이었다.

가장 가까이 있는 산도 최소 10킬로미터는 떨어진 것 같은 광막한 황야였고 어디에도 초록빛은 보이지 않았다. 움직이는 것이라곤 바람을 타고 출렁거리는 흙먼지뿐이었다. 저물어 가는 햇빛 속에서 흙먼지의 꿈틀거림은 그림자의 춤처럼 보였다. 우울해지는 광경이라 생각했을 때 정우는 마차가 구르는 소리를 들었다. 자신들을 태우고 온 마차가 떠나고 있었다. 틸러가 데려온 하전사가 마차를 천천히 몰고 있었다.

정우는 걱정스러웠다. 사방 어디에도 불빛이 보이지 않는 이런 벌판에 세 사람만 남겨졌으니 겁을 집어먹어도 당연하겠지만 그것은 도깨비가 느낄 감정은 아니었고, 정우가 느낀 것은 걱정이었다. 그녀는 틸러나 엘시가 뭘 제대로 알고 일을 하고 있는지 의심스러웠다. 잘 움직여지지 않는 무릎을 힘겹게 움직여 정우는 틸러에게 다가갔다.

틸러는 모닥불을 일으키고 있었다. 풀 한 포기 찾기 힘든 황야였기에 정우는 틸러가 쌓아 놓은 땔나무를 보고 놀랐다. 어렵게 모닥불을 피운 틸러는 정우와 파노를 불 주위에 앉혔다. 파노는 모닥불 옆으로 오자마자 쓰러져 코를 골았다.

정우 또한 그대로 잠들고 싶었다. 하지만 윗분들이 알아서 잘할 거라고 믿는 파노와 달리 그녀는 그럴 수 없었다. 그래서 자신의 시선에 압박감이 담기길 기원하며 틸러를 바라보았다. '자, 뭐가 어떻게 돌아가고 있는 건지 말해요.'

정우의 시선을 느낀 틸러는 빙그레 웃으며 바구니를 내밀었다. 바구니를 받아 든 정우는 자신의 시도가 실패했음을 알았다. 그것은 음식물이 담긴 바구니였다. 어쨌든 정우는 땔감이 어디서 났는지 알게 되었다. 또 다른 바구니에는 불 피울 것이 들어 있었던 것이다. 도무지 식욕을 돌볼 상태가 아니었던 정우는 바구니를 내버려둔 채 이번에는 말로써 질문했다.

"틸러, 왜 여기에 온 거죠?"

틸러는 불을 더 크게 피우려 애쓰며 말했다.

"여기서 엉겅퀴 여단 1대대 병사들을 기다릴 겁니다. 규리하 공 아가씨. 이 불빛을 보고 올 겁니다."

"예? 여기로 병사들이 온다고요?"

"예. 우리가 출발한 직후 대장군께서 뱀단지로 연락하셨을 겁니다. 불빛을 보기 쉽도록 밤이 될 때까지 기다린 겁니다."

정우는 규리하 성을 떠나기 직전을 떠올렸다. 몇 시간 전의 일이지만 마치 며칠 전이나 되는 것 같았기에 한참 생각해야 했다. 겨우 정우는 엘시가 밤이 오면 불을 크게 피우라고 말했던 것을 떠올렸다.

"기다린 것이 아니라 달린 거잖아요. 왜 그렇게 달린 거죠? 죽는 줄 알았어요."

"죄송합니다. 규리하 공 아가씨. 당연히 안전 문제 때문이지요. 규리하 공 아가씨가 규리하 성을 떠났다는 소식보다 더 빨리 달려야 했으니까요. 그리고 이곳으로 찾아올 병사들과 거리를 좁히기 위해서이기도 합니다."

정우는 감탄했다.

"이런 일이 일상사인 것처럼 말하네요? 혹시 이렇게 될 것을 알고 있었어요?"

"그럴 리가 있습니까. 아스캄으로 가겠다는 말을 하신 것은 규리하 공 아가씨인걸요. 시허릭 마지오 상장군께서 가도 좋다고 말하기 전까지는 저도 오늘 밤 이곳에 와 있을 줄 몰랐습니다. 그런데 저부터 좀 먹어도 될까요?"

틸러는 바구니를 가리켰다. 정우는 고개를 끄덕였다.

"마음대로 들어요. 그렇다면 당신도 제가 아는 것 정도밖에 모른다는 것이죠? 우리가 떠난 다음에 뱀단지로 연락이 가리라는 것, 그리고 아스캄까지 우리를 수행할 병사들이 이곳으로 오리라는 것은 당신이 짐작한 것이지요?"

"예. 다르게 짐작할 수 없지요."

정우는 어이없다는 듯 한숨을 내쉬었다.

"아버님이 진 것도 당연하군요. 제국군이 모두 당신처럼 밤에 불을 크게 피우라는 말만 듣고도 일아서 척척 행동할 수 있는 병사들로 이루어져 있다면."

틸러는 씹던 음식을 삼키고는 고개를 가로저었다.

"아닙니다, 규리하 공 아가씨. 전투가 벌어졌을 때 지레짐작이나 개인적인 판단은 절대 금물입니다. 지휘관은 명확하게 명령해야 하고 병사들은 받은 명령만 정확하게 시행해야 합니다. 만약 이것이 전투 행동이었다면 상황은 전혀 달랐을 겁니다. 대장군께선 시각을 말씀해 주시고, 장소를 말씀해 주시고, 교환해야 할 암호를 알려 주시고, 제가 소대 지휘권을 잠시 이양하도록 하셨을 것이며, 전체 계획서를 여러 부 만들어 필요한 모든 곳에 보내도록 하셨을 겁니다. 그리고 규리하 공 아가씨는 빨라도 열흘 뒤에나 출발할 수 있었겠지요."

"와."

"예, '와'죠. 하지만 이것은 전투 행동이 아니고 남작을 빨리 해치울수록 안전한 규리하 성으로 빨리 돌아갈 수 있기 때문에 대장군께선 간단하게 처리하신 것입니다. 그래서 저는 대장군님이 뱀단지로 수행병들을 보내 주실 거라 짐작하고, 제가 떠난 뒤에 제 직속 상관인 데시마스 수교위님에게 제 소대 지휘를 잠시 대행하라고 전달해 주셨을 거라 짐작하는 겁니다. 또한 저는 데시마스 수교위님이 놀라지도 않으리라는 것까지 짐작합니다. 노는 부위를 돌리는 일이야 자주 있는 일이니까요."

"그렇군요. 그런데 남작을 해치워요? 당신도 남작의 피를 원하는가요?"

술병을 들어 올리던 틸러는 그것을 잠시 내버려두고 정우를 바라보았다.

"저도 원한다고요? 무슨 말씀인가요, 규리하 공 아가씨?"

"대장군님은 남작을 사형시키겠다고 하셨잖아요."

"아아. 저는 그저 점심을 해치운다거나 일을 해치운다는 것과 같은 의미로 말한 겁니다. 남작을 어떻게 처리할지는 규리하 공 아가씨가 결정할 문제입니다."

"그럼 당신은 어떻게 처리하면 좋을 것 같나요?"

틸러는 어깨를 으쓱이며 다시 술병을 끌어당겼다. 그는 잔에 술을 부어 정우에게 건넨 다음 마차를 모는 동안 떠올렸던 가설을 말했다.

"혹시 공 아가씨, 혹 남자을 사형시키고 싶지 않으셔서 직접 오신 건가요?"

정우는 말없이 술잔 속을 들여다보았다. 틸러는 헛기침을 하고 말했다.

"골케 남작이 알면 정말 고마워하겠군요. 하지만 세상에는 두 종류의 사람이 있지요. 때리지 않아도 철없는 짓을 스스로 피하는 사람과 때려야만 철없는 짓을 포기하는 사람. 그런데 전자는 참 드물지요. 그래서 때론 폭력이 유일한 해결책이 될 때도 있습니다. 물론 남달리 비폭력적인 환경에서 자라나신 규리하 공 아가씨는 그 사실을 받아들이기 힘드시겠지만요."

정우는 고개를 들었다. 그리고 약간 짜증스럽다는 얼굴로 말했다.

"당신도 그 사실을 모르는 척하는군요, 틸러."

"네?"

"틸러. 유사 이래 최대의 학살극을 벌인 건 나가도 킴도 레콘도 아니에요. 그건 도깨비였어요."

틸러는 낭패스러웠다. 정우의 말대로였다. 페시론 섬과 아킨스로우 협곡에서 일어난 참극을 모르는 사람은 아무도 없다. 그것이 도깨비가 저지른 일이라는 사실도. 하지만 사람들은 그 지식과 자신이 아는 도깨비를 쉽게 연결 짓지 못한다. 정우는 고개를 숙여 자신의 무릎을 바라보았다.

"저 강대한 레콘들이 그런 일을 할 수 있을까요? 죽지 않는 나가들은? 못 가는 곳이 없는 킴들은? 전부 불가능하죠. 하지만 도깨비들은 더 이상 웃을 일이 없고 앞으로도 없을 거라는 사실이 분명해지면 그렇게 할 수 있어요. 당신뿐만 아니라 다른 모든 사람들이 도깨비의 어진 성품과 싹싹한 태도 때문에 쉽게 그 사실을 망각하지요. 아니, 망각하고 싶은 것일 거예요. 미안하지만 도깨비들이 피를 무조건적으로 거부하는 것은 아니에요."

"제 생각이 짧았습니다. 규리하 공 아가씨."

고개를 끄덕이던 틸러는 문득 위화감을 느꼈다. 그는 그것이 무엇인지 곧 깨달았다.

"어, 그런데 여쭙고 싶은 것이 있군요. 규리하 공 아가씨는 도깨비들 사이에서 자라셨는데…… 그 말을 잘하시는군요?"

"그 말?"

"도깨비들은 입에도 담지 않는 말이 있잖습니까?"

"네? 아, 피요? 저는 괜찮아요. 매달 보니까."

틸러는 술잔을 깨물 뻔했다. 가까스로 술을 삼킨 틸러는 그것을 내려놓는 일에 모든 정신을 집중했다. 그러면 정우의 얼굴을 보지 않아도 되기 때문이다. 틸러의 사정을 눈치 채지 못한 정우는 태평하게 말을 이었다.

"그 문제에 관해서는 주위의 어떤 도깨비들도 도와줄 수 없어서 제가 직접 처리해야 했지요."

틸러는 절대로 더듬지 않으리라 결심했다.

"그, 그, 그렇겠군요."

"물론 즈믄누리에서는 저도 그 말을 하지 않아요. 하지만 당신에겐 피 이야기를 해도 괜찮겠지요? 킴이니까."

"괘, 괘, 괜찮습니다."

"절대로 괜찮지 않다는 말투군요. 이상하네요. 당신 설마 킴처럼 생긴 도깨비인가요?"

틸러는 얼굴을 잔뜩 붉힌 채 가까스로 말했다.

"아, 씨, 피 이야기라서 그런 것은 아닙니다. 규리하 공 아가씨. 음. 다른 사람들도 그렇겠지만, 저는 상대방의 옷 아래에서 일어나는 신체 활동에 대한 이야기를 나누지 않는 것이 예절이라고 배웠습니다."

"옷 아래에서 일어나는 신체 활동?"

"예. 옷을 입는 이유가 없어지는 일이니까요."

"아하. 그거. 이해했어요. 고마워요."

틸러는 숨쉬기가 좀 쉬워졌다. 정우가 말했다.

"다시 말하죠. 도깨비들은 큰 소리로 웃을 줄밖에 모르는 바보들이 아니란 말이에요. 도깨비들도 폭력을 쓸 수 있어요. 하지만 누군가의 생명을 빼앗으려면 페시론 섬에 상륙했을 때 유리 기픈 골 무사장이 그랬던 것처럼 합당한 이유가 있어야 해요."

"당연한 말씀이십니다. 그러면 등기부 위조는 사형의 합당한 이유가 아니라고 생각하시는 건가요?"

"예."

"붓 한 자루 놀려서 어떤 사람이 평생에 걸쳐 이룩한 것을 뺏는 것은 가혹한 일입니다."

"칼 한 자루 놀려서 어떤 사람의 평생을 뺏는 일은?"
"그러면 어떻게 판결하실 생각이십니까?"
"가서 그러면 안 된다고 가르쳐 주고 앞으로 안 그러겠다는 약속을 받아야지요."
틸러는 어깨를 축 늘어뜨렸다.
"규리하 공 아가씨, 그렇게 설득해서 들을 사람 같으면 애초에 그런 일을 하지 않았을 것 같은데요."
"그래도 할 수 없죠. 남의 피를 마시면 오래 살 수 있지만 결국 지독한 피 냄새를 풍기게 되니까."
틸러는 눈을 끔뻑거릴 수밖에 없었다. 틸러의 표정을 본 정우가 활짝 웃었다.
"아, 미안, 미안해요. 이건 저를 귀여워해 주셨던 어르신이 들려주신 이야기지요. 당신도 어쩌면 그분의 성함을 알 거예요. 비형 스라블이라는 분인데, 알아요?"
"물론입니다. 굉장히 유명한 분이지요. 승천한 티나한의 친구 분이잖습니까."
"비형 어르신은 해몽서를 쓰고 계세요. 그 일 때문인지 모르겠지만 온갖 옛이야기를 많이 수집하셨어요. 어르신은 언젠가 제게 키탈저 사냥꾼의 옛이야기를 들려주신 적이 있지요."
"무슨 이야기입니까?"
정우는 새카만 밤하늘을 올려다보며 말했다.
"옛날에 네 마리의 형제 새가 있었어요. 네 마리의 식성은 모두 달랐지요. 한 마리는 눈물을, 한 마리는 피를, 한 마리는 물을, 그리고 한 마리는 독을 마셨어요. 그중 가장 빨리 죽는 것은 눈물을 마시는 새였대요. 눈물은 도저히 몸 안에 둘 수 없어서 밖으로 흘려보내는 것이니까. 그런 해로운 것을 마시기 때문에 눈물을 마시는 새는 가장 빨리 죽지요. 그렇다면 가장 오래 사는 건 어떤 새일까요?"

"글쎄요. 말씀하신 것들 중에 장수에 도움이 되는 것이 있나 의심스러운데요. 어떤 새지요?"

"피를 마시는 새. 아무도 흘리고 싶어하지 않는 것을 마시니까요. 하지만 그 피비린내 때문에 아무도 피를 마시는 새에겐 가까이 가지 않아요."

기민도하다고 생각한 틸러는 고개를 끄덕였다. 정우가 계속 말했다.

"비형 어르신께서는 그 이야기를 해 주시고 나서 제게 질문하셨지요. 피는 누구도 흘리고 싶어하지 않는 귀중한 것인데, 왜 몸 밖으로 나오면 누구도 좋아하기 힘든 피비린내를 풍기냐고. 틸러, 당신은 대답할 수 있겠어요?"

"모르겠습니다."

"그 이야기를 들은 이후로 몇 달 동안 저는 그날이 올 때마다 피를 마시는 새가 찾아오지 않을까 하는 상상을…… 어머, 미안해요. 옷 아래 이야기는 금기지요. 사과했으니 그렇게 제가 못 볼 물건이나 되는 것처럼 외면하는 일은 삼가 주세요. 고마워요. 저도 그 답은 잘 모르겠어요. 하지만 피를 마시면 오래 살 수 있어도 피비린내를 풍긴다는 것은 이해했어요."

틸러는 하품이 나올 만큼 평범한 윤리관이라고 생각했다. 이득을 위해 타인을 괴롭히지 말라. 모든 도덕의 기초가 될 수 있는 내용이지만, 그렇기에 거기에는 자극적인 면이 전혀 없었다. 틸러는 조심스럽게 웃었다.

"어떤 사람은 피비린내를 풍기더라도 오래 살고 싶어합니다. 그런 사람은 알고서 그러는 거니 설득할 수 없습니다."

정우는 물끄러미 틸러를 바라보았다. 틸러는 그녀의 얼굴에 떠오른 것이 무슨 표정인지 생각하다가 그것이 실망감에 가까운 것이라고 판단했다. 틸러는 자신의 현실적인 말이 정우의 이상주의를 상처 입힌 것이라고 생각했다. 하지만 그것은 오해였다.

"틸러, 당신도 시카트처럼 저를 가르치려고 드는군요."

"예?"

"물론 즈믄누리를 나와서 만난 모든 사람들이 저를 가르치려고 드는 것엔 익숙해졌어요. 하지만 자기가 확실히 아는 것만 가르쳐 주는 대장군님 같은 분은 정말 드물군요. 저는 당신도 대장군님 같은 사람이라고 생각했어요. 그런데 당신도 다른 사람들처럼 잘 모르면서 가르치려고 하네요. 전 그게 싫어지기 시작했어요."

틸러는 불쾌함을 느꼈다.

"규리하 공 아가씨, 죄송합니다만 전 잘 모르는 것을 아는 척한 적은 없다고 생각하는데요. 제가 어떤 점에서 그랬습니까?"

"틸러, 당신은 제가 무슨 말을 하는지 안다고 믿겠죠. 미안하지만 당신은 잘못 알고 있어요. 저는 어린애가 아니에요. 나쁜 짓 하지 말고 착하게 살아야 한다는 당연한 이야기를 하고 싶어서 이렇게 길게 말한 것은 아니란 말이에요."

틸러는 당황했다. 그리고 그 당황 때문에 사과할 기회를 놓쳤다. 스스로도 원하지 않는 논쟁에 뛰어들고 마는 자신의 버릇이 자존심 때문인지 호승심 때문인지 고민하며 틸러는 말했다.

"규리하 공 아가씨께서 말씀하시려는 것을 미처 짐작하지 못한 제 우둔함에 대한 질책은 얼마든지 받아들이겠습니다. 하지만 제가 짐작한 의미가 아니라면 규리하 공 아가씨께서는 무슨 이야기를 하신 겁니까? 골케 남작은 오래 살고 싶어서 파노의 피를 마셨습니다. 아가씨는 그런 일이 일어나서는 안 된다고 말씀하신 것 아닌가요?"

"아니죠. 저는 골케 남작이나 파노 영감님 때문에 길을 나선 것이 아니에요."

틸러는 완전히 어리둥절해졌다. 그는 그러면 누구 때문에 길을 나선 거냐고 정우에게 묻고 싶었다. 하지만 끝내 질문하지 못했다. 먼 곳에서 그가 기다리던 소리가 들려왔기 때문이다. 그 소리는 파노를 깨웠고 정우를 벌떡 일어나게 했다. 정우는 소리의 방향을 가늠하려 애쓰며 캄캄한 어둠을 바라보았다.

얼마 후 정우는 그녀의 시대에 속한 것들 중 후대에 전설이 될 가능성이 가장 높은 것들 중 하나를 보게 되었다.


산공부사 파라말 아이솔은 악랄한 싸움꾼이었다. 싸움이 최선책일 때도 싸웠지만 최악의 결과를 얻을 것이 뻔할 때도 싸웠다. 그는 싸움 자체를 즐겼다. 인정하지 않지만 파라말은 상대를 도발하여 격분시킬 때 쾌감을 느꼈고 상대의 급소를 단번에 내려칠 때 전율을 느꼈으며 상대가 비참하게 무너지는 것을 볼 때 황홀감을 느꼈다. 그런데도 파라말이 상종 못할 악한으로 취급되지 않는 까닭은, 그의 폭력성이 바둑판의 19로(路) 위에서만 발휘되기 때문이다.

그런 파라말에게 눈앞에 펼쳐진 바둑판은 심히 만족스럽지 못했다. 상대의 착점을 바라보던 파라말은 참을 수 없는 기분으로 바둑판을 가리켰다. 멍한 얼굴로 파라말의 손가락이 가리키는 곳을 바라보던 스카리는 욕설을 내뱉었다. 파라말이 말했다.

"안 되겠습니다. 공의 마음이 스무 번째 줄에서 방황하고 있으니 그만두도록 하지요."

스카리는 반대하지 않았다. 돌을 쓸어 모아 통에 담으며 스카리는 사과했다.

"미안하게 됐군, 파라말."

"아뇨. 괜찮습니다. 수담을 나눌 수 없으면 잡담이라도 나누지요. 무슨 생각에 그리 골똘히 빠져 계신 겁니까?"

파라말이 짐작한 것처럼 스카리는 자신의 생각을 입 밖으로 꺼내지 않으면 터질 것 같은 상태였다. 하지만 말하려는 내용이 좀 어려운 것인 듯했다. 스카리는 먼저 파라말과 자신의 친분을 재확인하려 했다.

"내가 자네에게 바둑 가르쳐 달라고 말한 것이 4년 전이었지? 그때 자넨 진짜 놀랐지. 쳇. 발케네 남자가 바둑을 배운다니 놀랄 일이긴 하지. 하지만 자네는 이유를 묻지 않았어. 그리고 4년 동안 재미도 없을 텐데 내 상대를 해 줬지. 경고하는데 그게 재미있었다고 말해서 나를 비참하게 만들지는 마."

"좋습니다. 가끔 바둑판으로 공의 머리를 내려치고 싶었습니다."

스카리는 웃었다.

"그런 정석은 배운 적이 없는데? 유용할 것 같으니 기억해 두겠어. 어쨌든 이젠 자네에게 바둑을 배우려고 한 이유를 말해 주지. 자네가 나보다 더 잘 알겠지만 헨로 가문 사람들이 바둑을 잘 두잖아."

"그 사람들이야 유명한 애기가들지요. 현재 문중에서 가장 강한 니어엘 헨로 수교위 같은 경우에는 칼리도 백과 호선으로 둔다더군요. 물론 승률은 높지 않지만."

무심히 엘시를 거론했던 파라말은 스카리의 얼굴이 확 변하는 것을 보고 찔끔했다. 파라말은 스카리가 조금 전에 배운 정석을 활용할지도 모르겠다고 걱정했다. 다행히 스카리는 그러지 않았다.

"에더리가 정말 그렇게 잘 두나? 난 그놈과 둬 봤다는 사람 본 적 없어. 자넨 둬 봤나?"

"아뇨. 백작의 집엔 바둑판도 없습니다. 칼리도의 본가에는 있을지 모르겠습니다만."

"그러면 그놈이 잘 둔다는 것을 어떻게 알아? 대장군에게 아첨하는 놈들이 지어낸 말 아냐?"

"그건 아닐 겁니다. 칼리도 백과 둘 기회는 없었지만 백작과 호선으로 둔다는 사람과 둬 본 적은 있거든요. 제가 정선으로 둬야 했습니다."

"자네가 정선으로? 그게 누군데?"

"시련의 아르키스 대수호자입니다."

스카리의 눈이 크게 떠졌다.

"잠깐! 그게 무슨 개소리야. 도시 연합에 있는 대수호자하고 어떻게? 에더리가 미라그라쥬에 가기라도 했다는 거야?"

스카리는 당장이라도 달려들듯한 기세였다. 파라말은 몸을 뒤로 조금 젖히며 말했다.

"천만에요. 대수호자와 바둑을 둘 때 칼리도 백은 미라그라쥬를 방문하지 않았습니다. 물론 저도 방문하지 않았고요."

"지금 농담하는 거야? 만나지도 않았는데 무슨 바둑을 뒀다는 거야? 설마 대수호자가 국경을 넘어왔다는 건가?"

파라말은 온화한 표정을 지으며 말했다.

"뱀단지로 두는 겁니다."

"뱀단지?"

"예. 뱀단지로 서로의 착점을 알려 주는 거죠. 그러면 거리가 떨어져 있어도 동시에 바둑을 둘 수 있습니다."

"허! 그런 방법이 있나? 그런데 폐하의 뱀단지를 그런 시시한 짓거리에 쓴다고?"

"물론 세 번째 벽난로 방을 이용한 것은 아닙니다. 한계선 남쪽으로 가면 이곳만큼 뱀부리미가 귀하지 않지요. 그런 자들의 도움을 받아 바둑을 두는 겁니다. 공께서야 바둑 둘 줄 안다는 사실을 비밀로 하셨으니 기계의 이야기를 별로 접하지 못하셨겠지만 기객들 사이에서는 널리 알려진 이야기입니다. 이름 높은 기객이 제국 남부에 가면 시련으로부터 아르키스 대수호자의 대국 요청이 국경을 넘어오는 일이 흔합니다. 저는 비스그라쥬에서 몇 번 그렇게 됐습니다. 백작도 그런 식으로 둔 적이 있다더군요."

스카리는 겨우 파라말의 말을 이해했다. 하지만 엘시를 이해할 생각은 없었다.

"폐하의 대장군이 적국의 수괴와 바둑이나 둔다는 것도 말이 안 돼. 넋 빠진 놈."

스카리를 당황에 빠트리고 싶지 않았기에 파라말은 그 비난이 자신에게도 해당된다는 것을 지적하지 않았다. 산공부사는 적당히 중립적으로 들리는 말을 한 다음 대화가 원래의 방향으로 돌아가도록 했다. 스카리가 말했다.

"그래. 헨로 가문 사람들이 바둑을 잘 둔다는 이야기를 듣고

난 바둑을 배우기로 결심했어. 내가 발케네의 무식하고 거친 남자가 아니라는 것을 부냐의 가족들에게도 보여 주고 싶었거든."

"대단한 결심을 하셨군요."

파라말은 진심으로 그렇게 생각했다. 스카리는 발케네 남자이기 때문이다. 스카리도 동의했다.

"빌어먹을. 발케네를 통틀어 바둑 둘 줄 아는 남자는 나밖에 없을 거야. 그런데 말이야, 내가 지금 헨로 가문에 찾아가서 대국을 하면 창피를 당하지 않을 수 있을까? 이길 수 있는지 묻는 것이 아냐. 내가 바둑 둘 줄 안다는 건 자네밖에 몰라. 그런 사람들에게 찾아가서 바둑 둘 줄 모르는 척하면서 바둑 좀 가르쳐 달라고 했을 때 그 사람들을 놀라게 할 수 있을까?"

"바둑 둘 줄 모르는 척하면서 상대를 놀라게 한다고요?"

"그래."

"왜 그러시려는지 모르겠습니다만 안 됩니다."

"뭐야? 내 기력이 그렇게 형편없나?"

"아니요. 음. 체이다 헨로 정도라면 공께서 두 점 치수 정도로 해 볼 만하실 겁니다. 문제는 공의 기력이 그 사람들의 상대가 안 될 만큼 낮은 것이 아니라 그들을 속일 정도로 높지 않다는 점입니다. 공이 말씀하시는 것 같은 일은 상대보다 몇 치수 이상 높을 때나 가능한 일입니다."

스카리는 주춤했다. 하지만 곧 손가락 하나를 펼쳐 보이며 말했다.

"처음 한두 판이면 돼! 자네가 가르쳐 줄 수 없나? 가르쳐 주고 싶을 정도의 재능으로 보이면 된다고. 무슨 말인지 알겠어?"

파라말은 스카리의 속셈을 이해하고 웃음을 터뜨렸다. 그저 기력 낮은 기객이라면 헨로 가문 기사들의 관심을 끌기 어렵다. 하지만 기재가 있어 보이는 문외한이라면 가까이 두어 가르치고 싶은 것이 또한 기사의 본성이다. 파라말은 발케네 남자가 좋아하는 치하의 말을 꺼냈다.

"교활하군요."

스카리는 흡족해했다.

"그런 식으로 그 가문에 접근하실 생각입니까?"

"부냐가 에더리와 약혼한 이후로 그놈들은 나와 모든 관계를 끊었어. 내가 초대해도 오지 않고 직접 찾아가면 사람 앉아 있질 못하게 해."

"그래서 천재인 척해서 관심을 끌어 보겠다는 것이군요. 하긴 그 가문은 바둑 잘 두는 것만 아니라 좋은 기사를 키워 내는 걸로도 유명하지요. 혁기에 재능이 있는 발케네 남자라면 호기심의 대상으로도 충분할 테고요. 하지만 안 됩니다."

"도저히 안 되겠어?"

"발케네 공. 다른 분야도 마찬가지지만 천재로 위장할 수는 없습니다. 엄청나게 운이 좋으면 성공할 수도 있겠지요. 하지만 실패했을 경우를 생각해 보세요. 이미 말씀드렸지만 헨로 가 사람들은 애기가들입니다. 당신의 계획이 탄로나면 그들은 당신을 기객이 아닌 사기꾼으로 생각해서 상종도 안 하려 들지 모릅니다."

스카리는 신음했다. 파라말은 빙긋 웃고 나서 질문했다.

"그런데 그들에게 접근하려는 이유가 뭡니까?"

질문을 받은 스카리는 파라말을 외면했다. 숨소리를 낮추고 싶어하는 것처럼 보였지만 그 때문에 스카리의 호흡은 더 부자연스러워 보였다. 스카리는 씹어 뱉듯이 말했다.

"자네가 짐작해 보지 그러나?"

"부냐 아가씨 때문이라는 것은 짐작할 수 있지만 무슨 계획을 가지신 건지는 모르겠군요."

"엉망이라잖아."

"예?"

"부냐가 그렇게 되고 나서 남작은 산송장이나 다름없어졌다고 들었어. 가장이 그 모양이니 집안이 제대로 돌아갈 까닭이 없지. 당연히 풍비박산 날 지경이야. 쳇! 헨로 가문에서 바둑꾼을 그렇게 키워 냈다면, 왜 어려울 때 코빼기 비치는 녀석이 하나도 없는 게야!"

"아니요. 모르셔서 하는 말씀입니다. 그 계보에 속한 기객들 중 몇몇이 찾아와 스승을 도우려 했습니다. 하지만 대부분 자기 연명하기도 바쁜 처지들인지라 남작이 사양하고 돌려보냈습니다."

"그럼 아무 쓸모가 없지. 그래서 내가 가서 그 집안을 좀 돌봐주고 싶은데, 빌어먹을. 나한테는 명분이 없잖아. 어차피 접근도 못하게 하고 말이야."

파라말은 잔잔한 미소를 지었다.

"그래서 제자가 되겠다는 겁니까?"

"바둑 배우려고 드나들면서 집안일 돌볼 수 있을 정도면 돼. 그런데 자네에게 배웠다고 말하면 제자가 될 수 없잖아."

파라말은 푸근한 미소를 지었다. 그가 사제 관계를 밝힐 수 없다는 기괴한 조건으로 4년 동안 스카리에게 바둑을 가르쳐 온 것은 스카리가 내놓는 지도료가 상당하기 때문이기도 하지만, 역시 스카리를 좋아했기 때문이다. 그가 아는 남자들 중에서 자신을 거부한 여자의 가족이 곤경에 빠졌을 때 돕겠다고 나설 수 있는 사람은, 그것도 상대가 불편하지 않도록 제자로 들어간다는 형식을 궁리해 낼 만한 사람은 극히 드물었다.
"고민을 많이하신 듯하군요, 발케네 공. 안타깝지만 모양이 안 좋습니다. 말씀하신 일은 칼리도 백이 해야 할 일입니다. 공께서 그러시면 주제넘게 나서는 것처럼 보일 수도 있습니다."
엘시의 이름은 스카리를 다시 흥분시켰다.
"그러잖아도 그놈 이야기를 하고 싶었어. 에더리가 해야 할 일은 그것이 아냐. 그놈은 당장 백화각에 가서 부냐를 꺼내야 해! 그 개새끼는 만병장이야. 그놈은 그렇게 할 수 있어! 그런데 안 하고 있다고! 내가 백병장이나, 아니면 십병장만 되었더라도 당장 그렇게 했을 거야. 애초에 그깟 고자 같은 놈에게 만병장이라는 것은 어울리지도 않아!"
바로 그렇기에 스카리에게는 백병장도 십병장도 주어지지 않을 거라고 생각했지만 파라말은 그 생각을 말로 바꾸지는 않았다. 파라말은 달래듯이 말했다.
"칼리도 백은 삼가고 조심하는 미덕을 보이는 것입니다. 만병장에 대해서 우리는 만 명의 귀감이 될 수 있는 처신을 기대하니까요."
"자기 앞가림 못하는 바둑꾼들도 찾아와서 도우려고 하는데 약혼자 주제에 한번 들여다보지 않는 것이 삼가고 조심하는 건가?"
"발케네 공, 아시잖습니까? 백작은 대장군의 일만으로도 지쳐 쓰러질 정도로 바쁩니다. 이 전쟁 전에도 도망친 태위 때문에 백작은 제국군 전체를 통괄하다시피 하고 있었습니다. 그런 상태에서 전쟁을 준비했고, 승리했으며, 전후 처리까지 하고 있습니다. 저는 칼리도 백이 잠잘 시간이나 있는지 의심스럽습니다. 어쨌든 백작은 지금으로서 헨로 가문을 보살필 시간까지는 도저히 낼 수 없을 겁니다. 백작이 좀 더 여유가 생기면 헨로 가를 보살필 수 있을 겁니다."

"그래서 에더리가 나설 때까지 구경이나 하고 있으라고? 난 그렇게 못해."

"조금만 기다려 보시지요. 어쩌면 파혼이 있을지도 모르니까."

스카리는 확연히 볼 수 있을 정도로 찔끔했다. 그는 매섭게 파라말을 노려보았다.

"그게 무슨 말이야? 그런 이야기가 있어?"

"아니요. 세 후속이 그렇다는 겁니다. 여러 사정상 백작은 죄수 신분의 약혼자를 무한정 기다릴 수 없지요. 설령 그가 그리길 원하더라도 주위에서 가만두지 않을 겁니다. 그의 주위에 여자가 없는 것도 아니고요."

"뭐? 여자라니? 그 멍청이에게 칭찬할 점은 난봉질을 안 한다는 것뿐인데. 그것도 지조가 있어서가 아니라 배짱이 없어서 그러는 것이겠지만."

"저는 적당한 여자가 있다는 의미로 한 말입니다. 정우 규리하지요."

말을 꺼낸 파라말은 스카리의 표정이 변하는 것을 보고 조금 의아해했다. 스카리는 당황과 충격이 뒤범벅된 얼굴로 파라말의 말을 재확인했다.

"정우? 비셀스 규리하? 아이저 규리하의 딸 말인가?"

"예. 사정이 급하기로는 칼리도 백에 못지않은 그 처녀 말입니다."

"설명해 봐."

"그녀는 권력을 얻기 위해서가 아니라 살아남기 위해서라도 변경백위를 계승하는 편이 좋습니다. 그런데 그녀가 가진 인맥은 별 도움이 안 되는 도깨비들과의 친분이거나 당장은 쓸모 없는 규리하 가문의 인맥뿐입니다. 그런 꼴로 규리하령을 계승할 수는 없지요. 따라서 든든한 남편을 구해야 할 겁니다. 작금의 제국에서 좋은 남편감의 목록을 뽑아 본다면 역시 첫 줄에는 칼리도 백이 들어가겠지요. 물론 락토 공께서 찬성하실 리 없지만."

"응? 우리 아버지가?"

"예. 락토 공께서 엘시 백작을 어떻게 생각하시는지는 아시죠? 그런데 발케네의 목전에 엘시 백작이 온다면 춘부장께서 그 사실에 감사하기는 어려우시겠지요."

"아아. 무슨 말인지 알겠어. 그래, 분기탱천하겠지. 하지만 그건 우리 아버지가 에더리를 몰라서 그래. 그 녀석이 넋 빠진 얼간이라고 내가 아무리 말해도 믿으려 하지 않아. 황제의 대장군? 유일한 제국 만병장? 쳇. 자기 약혼자 한 명도 구하지 못하고 황제의 눈치나 보는 옹졸한 놈이야. 가진 재주는 바둑돌 깔짝거리는 재주와 칼 들고 주정 부리는 재주뿐이고. 그런 조무래기를 왜 무서워하시는지 모르겠어."

파라말은 쓴웃음을 지었다. 무향의 정복자에 대한 평으로는 지나치게 유치해서 맞장구를 치기조차 어려운 수준이었다. 물론 파라말은 스카리의 그런 순진함도 좋아했다.

"어쨌든 엘시 백작과 정우가 결합하는 것이 쉽지는 않을 거라고 말씀드리는 겁니다. 하지만 그런 난점이 해결된다면 두 사람은 서로 어울리는 짝입니다. 그리고 두 사람의 지위를 생각한다면 귀족원에서도 결혼을 반대할 명분이 없으니 락토 공께서도 적극적으로 거부하기 어려우시겠지요."

스카리는 팔짱을 끼고 파라말의 말을 숙고했다. 파라말은 크지는 않지만 잘 꾸며진 정원을 바라보았다. 토양이라는 것이 없는 하늘누리에서 개인적인 정원이라는 것은 유수부의 일개 경비병의 입장에서는 상상할 수 없는 사치다. 물론 발케네 공의 입장에서는 검약의 절정이라 해야겠지만.

조금 후 스카리가 약간 낮은 목소리로 말했다.

"파라말."

"예."

"자네는 내 친구지?"

"아뇨, 스승입니다."

스카리는 웃음을 머금었다.

"좋아. 스승. 사실 비셀스 규리하가 좋은 신붓감이라는 것을 내게 말해 준 사람이 자네가 처음은 아니었어. 그런데 신랑 후보에 대해서는 좀 다른 말을 들었지."

파라말은 '아'라고 말하듯 입을 조금 벌렸다.

"혹시 발케네에서 연락이 온 겁니까?"

스카리는 어디까지 말해야 좋을지 모르겠다는 얼굴이었다. 파라말은 그가 고민하도록 내버려두었지만 대답이 긍정일 것은 의심하지 않았다. 스카리는 긍정했다.

"맞아. 아버지께서 그리시더군. 비셀스 규리하를 며느리로 선택했다고."

파라말은 쓴웃음을 지었다. 보나마나 일방적인 통고였을 것이다. 암살공은 아들에게 너의 짝을 찾으라고 말하는 사람이 아니라 내 며느리를 데려오라고 말하는 사람이다. 그리고 스카리 또한 소심한 아들은 아니다. 파라말은 얼굴 비출 곳이 없으면 락토와 스카리가 서로를 바라보며 면도할 수 있을 거라 확신했다. 스카리가 말했다.

"네가 말한 대로 에더리가 비셀스와 결혼하는 꼴을 볼 수 없어서 그런 걸 수도 있지. 에더리와 그 여자가 결혼하는 걸 거부할 수는 없으니 대신 나를 밀어 넣는 거라고."

"그렇게 생각할 수도 있겠군요."

"하지만 다른 이유도 있을 거야. 며느리의 지참금이 탐난다는 거지. 쳇. 노인네 과욕이야. 황제나 다른 대귀족들이 절대로 좌시하지 않을걸. 어쨌든 그 녀석과 나는 도대체 무슨 악연인지 모르겠군. 항상 한 여자를 놓고 부딪히게 되니. 그런데 말이야. 폐하께서도 에더리와 비셀스가 결혼하길 원할까?"

"용인도 아닌 제가 폐하의 흉중을 짚을 수 있을 리는 없지요. 하지만 재미있는 이야기를 하나 듣긴 했습니다."

"뭔데?"

파라말은 자신의 말이 스카리에게 미치는 영향을 조심스럽게 즐기며 말했다.

"폐하께서 부냐를 용서하지 않으시는 것은, 백작의 짝으로 다른 사람을 염두에 두고 계시기 때문이라는 거죠."


엘시는 서류를 책상 저편으로 밀었다. 같은 줄을 일곱 번째 읽는 것보다는 그것이 나을 것 같았다.

눈 주위를 문지르며 엘시는 자신의 상태가 최악이라는 것을 인정했다. 그러나 자신의 나태함에 정당성을 제공하기 위해 그러는 사람들과 달리 엘시가 그것을 인정한 것은 솔직함 때문이었다. 그래서 엘시는 집중력이 회복되기를 바라며 좀 간단한 일감부터 손대기로 했다.

그러나 서류를 뒤적거리던 엘시는 울화가 치밀었다. 서류 더미 아래쪽에서 그는 태위청의 서류들을 잔뜩 발견했다. 그는 규리하 토벌군의 서류들을 위에 덮어 살짝 위장해 둔 솜씨가 태위청의 어느 관리의 것인지 짐작할 수 있었다. 태위 본인보다 더 태위청의 관리들을 자주 만나니 그렇게 되는 것이 당연하다.

엘시는 당번병을 부르는 것을 고려해 보았다. 태위청에 보내는 경고문을 쓰는 셋이나. '나는 대장군이 태위를 대신할 수 있다는 말은 듣지 못했다. 따라서 까다로운 상관을 설득하는 대신 대장군에게 전결을 요청하는 편이 더 수월하다는 여러분의 판단과 행동에 정당성은 없다. 심지어 여러분의 행동에는 황제의 대장군을 얕보는 의도조차 엿보인다. 여러분은 태위만 두렵고 제국 만병장은 두렵지 않다는 것인가? 그런 의혹이 부당하다면 나에게 더 이상 태위의 일을 가져오지 마라. 그것은 바르지 못하다……'

물론 꿈에서나 가능한 상황이다. 엘시가 보기에 그것은 지나치게 품위 없는 일이었다. 만에 하나 불평을 한다면 태위청의 가엾은 관리들이 아니라 태위 레이헬 라보 자신에게 해야 할 것이다.

그러니까. 도망친 라보 태위가 불평을 듣기 위해 엘시를 찾아와 주기만 한다면.

큰 붓으로 집무실 벽에 사임 요청문을 써갈겨 놓고 홀연히 태위청을 떠난 노장은 현재 행방이 묘연하다. 그러나 그가 제국을 주유하고 있다는 것은 분명한데, 각종 동물의 몸에 쓴 사임 요청서가 계속 도착하고 있기 때문이다. 가장 최근에 도착한 사임 요청서는 푸른 물수리의 날개에 씌어 있었고 그래서 사람들은 태위가 황금해에 인접한 휘포리나 섬버 또는 카라보라 같은 지방을 돌아다니고 있다는 것을 알 수 있었다. 살아 있는 동물의 몸에 씌어 있는 태위의 글은 명필로 소문난 태위의 작품을 감상하고 싶어하는 사람들을 차치하더라도 많은 사람들을 당혹시켰지만 황제는 아무 반응도 보이지 않았다. 치천제의 무반응은 포괄적인 것이었기 때문에 레이헬 라보는 여전히 태위이며, 태위청의 관리들은 대장군의 책상에 서류를 던져 놓고 도망치는 술래잡기 같은 상황을 연출하고 있는 것이다.

'바르지 않습니다, 태위님.'

엘시는 레이헬의 모습을 상상해 보았다. 아마도 간편한 복장. 가지고 있는 물건은 문방구와 장죽 하나. 긴 세월 맺어 둔 은원이 두터우니 발등에 먼지 쌓일 일은 별로 없을 것이다. 먼지를 털고 쉴 곳도 많을 테고, 먼지 쌓일 틈 없이 황급히 지나쳐야 할 곳도 많을 테니까. 한밤중에 레이헬 라보가 왔노라고 외치며 죽마고우의 대문을 걷어차는 태위를 눈으로 보는 듯하다. 레이헬 라보라는 이름을 난생처음 들어 봤다는 듯이 눈을 둥그렇게 뜨는 태위를 보지 않고서도 짐작할 수 있다.

엘시는 상상을 즐기고 있는 자신을 발견하고 당황했다.

엘시는 자신이 레이헬의 여행을 명확한 이유 없이 미화하는 이유가 대리 만족감에 있음을 깨달았다. 문방구와 장죽을 바둑판과 무딘 칼 한 자루로 바꿔 놓으면 그것은 바로 엘시 자신이 원하는 일이었다. 엘시는 거부감 속에서 그것이 도피라고 생각했다.

하지만 무엇으로부터의 도피인가?

아라짓 제국의 가상 적국 1호는 원칙적으로 한계선 남부의 도시 연합이다. 하지만 도시 연합은 그 이름에서도 알 수 있듯 자신들의 존속을 첫 번째 가치로 여기는 도시들의 느슨한 집합체다. 그들이 연합을 유지하는 까닭은 북진의 가능성을 위해서가 아니라 오히려 제국의 남진을 예방하기 위해서다. 도시 연합에서 아라짓 제국으로 보내는 문서에는 오래전부터 '북부의 지배자'나 '아라짓의 지도자' 같은 기묘한 말 대신 '아라짓 제국 황제 폐하'와 같은 정확한 명칭이 사용되고 있으며, 그것은 아라짓 제국의 통치자가 곧 세계의 패권자임을 도시 연합의 나가들이 인정하고 있다는 증거다. (물론 나가들이 공문서를 서파에 써서 보내는 관례는 포기하지 않았지만.) 하물며 현재 도시 연합을 대표하고 있는 대수호자는 바둑판 위에서만 제국인들에게 호전적인 아르키스. 대수호자는 언젠가 엘시에게 자신과 바둑의 관계를 넌지시 고백한 적이 있다. 그가 바둑을 두는 까닭은 물론 그것을 좋아하기 때문이다. 하지만 제국의 기사들을 격파하면 나가들이 좋아하는 것도 그에겐 무시할 수 없는 이유다. 대수호자의 말에서 엘시는 도저히 실전으로 겨룰 수 없는 상대에 대한 승리감을 대리 체험코자 하는 나가들의 심리를 엿볼 수 있었다.

만약 도시 연합이 아라짓 제국을 도저히 참아 넘길 수 없어서 공멸을 각오하는 때가 온다 해도 그것은 각오로 그칠 수밖에 없다. 비스그라쥬 백 데라시의 모습을 보면 알 수 있듯 하루 종일 난로에 불을 지펴 고온을 유지하는 귀찮은 방법이 아니고서 나가들은 한계선을 넘을 수 없다. 물리적으로 불가능한 것이다. 그러므로 제국에는 적이 없다. 그렇다면 제국의 장수가 꿈속에서도 경계를 늦추지 않아야 하는 적수는 누구인가?

인정하기 싫었지만 '솔직하게' 엘시는 자신이 제국의 대장군이 아니라 황제의 대장군임을 인정했다. 그는 적이 없는 제국의 수호자가 아니라 하늘의 대행자다. 지상의 땅에 대해 완고하게 거리감을 두고 있는 치천제, 즉 하늘을 다스리는 황제의 대장군이다. 그는 군대를 몰아 하늘의 뜻을 거역하는 자들을 격파한다. 감히 하늘에게 요구하는 분리주의자? 주살하라. 감히 하늘과 계약을 논하는 서약 지지파? 격파하라. 감히 하늘의 비밀을 빼돌린 여인? 그 여인은?
엘시의 속에서 오랫동안 힘겹게 쌓아 올린 무엇인가가 무너지는 것 같았다.
겉모습만 볼 때 대장군의 모습에는 아무 변화가 없었지만 엘시는 자신이 빈사의 지경에 빠졌음을 깨달았다. 오랫동안 상처 입어 왔기에 더 이상 새 살이 돋지도 않는 마음의 한 부분이 무참하게 파헤쳐지는 것을 느끼며 엘시는 필사적으로 기도했다.
'어디에도 없는 신이여. 바른 길을 찾도록 허락하소서. 제 지혜가 부족하고 제 인내가 부족하다면, 어디에도 없는 신이여, 위엄이라도 지킬 수 있게 하여 주옵소서. 도망치지 않도록 하여 주옵소서.'
안타깝게도 기도는 엘시의 내부에서 흔적 없이 흩어져 버릴 뿐이었다. 엘시는 자신의 내부에서 들려오는 어떤 반향도 느낄 수 없었다. 그 때문에 자신이 무엇을 원하는지도 잘 모르는 것 같았다. 그래서 엘시는 자신이 아닌 다른 사람에 대해 생각했다. '그 허영심으로 가득 찬 우둔한 여자만 없었다면……'
생각의 끝에서 그는 혼란에 빠졌다.
그게 누구지? 그 허영심으로 가득 찬 우둔한 여자가 누구지? 병사의 고충 같은 것에는 관심도 없는 주제에 동행한 귀부인들에게 약혼자가 대장군이라는 것을 자랑하기 위해 위문단에 참가하는 허영심을, 그리고 작은 쪽지 한 장도 엄중히 검열되는 병영에 들어와서 뱃심 좋게 편지를 받아드는 우둔함을 가진 그 여자는?

엘시는 죽음과 같은 자기 환멸을 느꼈다.

마지막으로 그런 충동을 느낀 것이 언제인지 기억나지도 않았지만 울고 싶다는 생각이 들었다. 그러나 엘시는 그러지 않았다. 그것은 너무 간단한 타협이다. 자기 읍소다. 얼굴을 감싸고 울음을 터뜨리는 대신 엘시는 굳은 얼굴로 자리에서 일어났다. 그리고 차가로 다가가 바람을 향해 얼굴을 내밀었다.

규리하의 바람은 칼리도의 바람과 달랐다. 쟁룡해에서 불어오는 관능적이기까지 한 남국의 바람과 달리 이 북쪽의 무향에 부는 바람은 그 주민들과 마찬가지로 사나웠다. 피부에 얼음이 맺히는 듯한 혹독한 느낌은 엘시를 진정시켰다.

엘시는 긴 한숨을 내쉬고 두 손으로 세차게 볼을 비볐다. 얼어붙은 볼이 화끈거렸다. 엘시는 하늘누리가 떠 있는 밤하늘을 올려다보았다.

지상에 발을 딛지 않는 지상의 통치자가 있는 곳.

모든 사람들이 지상에 대한 치천제의 거부감을 의아해하지만 엘시는 자신이 그것을 설명할 수 있을 것 같았다. 치천제가 황제령을 두지 않는 것은 다른 땅보다 자신에 가까운 땅을 두지 않으려는 것이다. 치천제는 자신의 직접 통치를 받는 자들과 그렇지 않은 자들이 구분되도록, 그리하여 전자와 후자가 반목하도록 내버려둘 생각이 없는 것이다. 치천제가 충성 서약을 거부하는 것 또한 다른 사람보다 자신에 가까운 사람을 두지 않으려는 것이다. 자신에게 서약할 수 있는 자들과 그럴 수 없는 자들을 구분하지 않기 위해 치천제는 모든 사람으로부터 서약을 받지 않으려는 것이다. 따라서 서약 지지파 측이 원하는 단계적 충성 서약은 바로 그 본질부터 치천제의 바람에 위배된다. 한편, 치천제가 분리주의자들을 엄단한 것은 다른 자들보다 자신에게서 더 멀어지려는 자들도 용납할 수 없기 때문이다.

산에 오르면 태양에 더 가까워져서 더 따뜻할까?

동쪽으로 달리면 서쪽으로 가는 태양에서 멀어질 수 있을까?

엘시는 자신이 황제에게 부냐의 방면을 요청할 수 없음을 다시 깨달았다. 생각 얕은 이들이 황제를 무한한 권능을 가지고 있는 절대자로 볼 때 엘시는 스스로에게 가혹한 고독을 강요하고 있는 치열한 여인을 볼 수 있었다. 한계선 이북, 나가에게 허락되지 않은 땅에서 나가 황제는 제국을 다스리고 있다. 등극한 이후 치천제가 하늘누리를 한계선 이남으로 움직인 것은 단 두 번뿐이며, 그때조차도 땅에 발을 딛지는 않았다. 황제가 곁에 두고 있는 첩조차 고독을 달래기 위해서가 아니라 그 능력을 귀히 여기기 때문이다. 만약 데라시가 무능한 인물이었다면 치천제는 동포의 얼굴을 하나도 볼 수 없는 환경을 거리낌 없이 선택했을 것이다. 그런 사람에게 어떻게 이기적인 부탁을 할 수 있단 말인가.

엘시는 자신이 걸을 수 있는 길이 외길임을 인정했다.

'부냐.'

엘시는 하늘누리를 바라보았다. 백화각에서 곱은 손을 가슴에 끌어안은 채 웅크리고 자는 부냐의 모습이 보이는 듯했다.

'제 제국은 당신을 더 사랑하게 될 겁니다. 제가 그렇게 만들겠습니다. 언젠가 제국이, 그리고 폐하가 당신에게 따스한 가슴을 열어 보일 겁니다. 그 온기는 당신의 곱은 손을……'

나가인 치천제에겐 따스한 가슴이 없다.

엘시는 주춤했다. 사소한 말실수에 지나지 않았지만 그것이 그를 묘하게 동요시켰다. 그것을 무시하려 애쓸 때 갑자기 문 두드리는 소리가 들렸다.

문을 열고 들어선 엘시의 당번병은 발케네 공 스카리 빌파가 찾아왔음을 알렸다.

아무도 만나고 싶지 않은 순간에 가장 만나기 싫은 남자가 찾아왔다. 엘시는 면담을 거절하고 싶은 강렬한 충동을 느꼈다. 스카리는 군인이 아니며 면담 약속이 있는 것도 아니다. 하지만 스카리 빌파는 약속 같은 것을 할 위인도 아니다. 암살공의 최우선 계승권자인 이 젊은 발케네 공을 수하에 두고 있는 지알데 락바이도 참 힘들겠다고 생각하며 엘시는 모셔 오라고 말했다.

옛날 상관에 대한 예의를 지키기 위해 엘시는 책상 앞에 선 채 스카리 빌파를 맞이했다. 스카리 빌파는 격분한 얼굴로 들어섰다. 엘시는 자신을 만나는 것이 그렇게 싫다면 왜 찾아온 거냐고 생각했지만 스카리가 화난 이유는 따로 있었다.

"에더리! 네 졸병이 내 검을 가져갔다. 그걸 당장 돌려받아야겠어!"

"이곳에 패검하고 오셨습니까?"

"발케네 남자는 절대로 칼을 놓지 않아."

엘시는 불명예 제대가 군규의 망각을 야기할 것 같지는 않다고 말하지 않았다. 대신 6년 전까지는 제국군의 군단장이었던 사람에게 차분하게 말했다.

"미안하지만 당신은 발케네 남자이며 동시에 민간인입니다. 무장한 채 작전 구역에 들어선 자는 적으로 간주하여 주견할 수도 있습니다."

스카리는 눈빛으로 엘시를 죽일 작정인 것 같았다. 순수한 발케네 남자답게 스카리는 그것을 죽이겠다는 협박으로 알아들었다. 그가 거친 호흡을 몰아쉬며 패악스러운 말을 준비했을 때 엘시가 의자를 가리켰다.

"제 부하가 당신을 존중하기 위해 칼을 받아 간 것으로 생각합니다. 돌아가실 때 틀림없이 돌려드릴 겁니다. 그리고 당신에겐 어차피 숨겨 둔 무기가 있을 테지요. 그걸로 만족하십시오."

스카리는 찔끔했다.

"무슨 근거로 내게 다른 무기가 있을 거라 믿지?"

"발케네 남자는 절대로 칼을 놓지 않으니까요. 앉으십시오."

스카리는 더 이상 뺏긴 칼에 대해 떠들어선 안 되겠다고 판단했다. 그랬다간 품속의 다른 무기까지 뺏길지 모를 판국이다. 포기했지만 승복하기는 어려워하며 스카리는 의자에 앉았다.

엘시는 당번병에게 마실 것을 가져오라고 명령했다. 그러나 스카리가 거절했다.

"필요 없어. 오래 있을 것 아니니까. 군대 곡차 같은 건 입도 대기 싫고."

엘시는 불명예 제대가 군인의 입맛에 대한 변경까지 가져오는 건 아닐 것 같다고도 말하지 않았다. 하긴 그날 스카리를 취하게 만든 것은 군대의 술은 아니었다.

"알겠습니다. 무슨 용건으로 오셨습니까?"

"중신 서러 왔다."

"네?"

"비셀스 규리하와 결혼해."

그날 밤 두 번째로 엘시는 당번병을 부르는 일을 진지하게 고민해 보았다. 스카리에게 칼을 가져다주게 하기 위해서였다. 그리고 스카리가 손에 칼을 들면 그때 베어 버리는 것이다.

엘시는 첫 번째 충동을 느꼈을 때와 똑같은 결론을 내렸다. '품위가 없다.' 엘시는 충분히 진정될 때까지 기다린 다음 차갑게 말했다.

"유쾌하지 않은 희언이시군요."

"네가 사내 구실을 할 수 있는 기회를 주는 거야, 에더리."

"설명할 논리가 있으실 거라 생각되지 않지만, 그래도 설명해 보시지요."

스카리는 턱을 앞으로 내밀었다. 엘시는 그의 자신만만한 태도가 마음에 들지 않았다. 스카리가 말했다.

"폐하께서 너를 좋아한다는 건 알지?"

"폐하께서는 모든 이를 사랑하십니다."

"따분한 소리는 그만둬. 내 밑에서 빌빌거리던 교위가 어떻게 대장군까지 되었지? 어떻게 제국 만병장이라는 말도 안 되는 권한이 한 사람에게 내려졌지? 네가 잘나서 그렇다고 말하지는 못하겠지."

엘시는 한층 더 차가운 목소리로 말했다.

"그 말씀이 제 부족함을 돌보라는 뜻이라면 겸허하게 받아들이겠습니다. 하지만 폐하의 안목을 폄하하려는 의도이거나 그분의 편협함을 증명하고자 하는 것이라면 수용하기 어렵습니다."

"제기랄, 그만두자고. 폐하는 너를 좋아해. 그렇게 넘어가."

"그렇다고 가정하지요. 그래서?"

"뇌룡공에게 아스화리탈을 주는 거지. 폐하께서는 대장군과 제국 만병장에 이어 너에게 규리하를 줄 작정이신 거야. 그러기 위해선 네가 비셀스 규리하와 결혼해야 하지."

엘시는 허무맹랑하다고 말하려 했다. 하지만 뒤이은 스카리의 말은 놀라웠다.

"그래서 폐하께서 부냐를 풀어 주시지 않는 거야! 알겠냐? 부냐는 네가 비셀스 규리하와 결혼하기 전까지 풀려날 수 없어!"

엘시는 숨이 막힐 것 같았다. 스카리는 엘시의 얼굴에서 그의 심정을 정확하게 읽었다. 스카리는 추궁하듯 얼굴을 엘시에게 가까이 가져갔다. 뒤로 물러서고 싶은 것을 억누르며 엘시는 가까스로 말했다.

"부냐가 염사 보조인으로 노역하고 있는 것은 그녀의 명백한 죄에 대한 공정한 처벌입니다, 스카리. 신상필벌의 엄정함을 왜곡하지 마십시오."

스카리는 경멸적으로 말했다.

"신상필벌의 엄정함 좋아하네."

"도대체 그게 무슨 무례한⋯⋯."

"너는 만병장이야, 에더리. 너는 언제든 합법적으로 부냐를 꺼낼 수 있어. 언제든 합법적으로 풀려날 수 있는 죄인을 억지로 가둬 두는 것에 무슨 엄정함이 있다는 거냐?"

엘시는 눈앞에 있는 사람이 그가 알던 스카리 빌파가 맞는지 의심스러웠다. 그가 아는 스카리는 기르는 개에게도 논리라는 이름을 붙이지 않을 사람이다. 만약 그가 그런 이름을 붙였다면 그건 개를 걷어차고 때리고 꼬리를 자르겠다는 의사 표시다. 그런데 그 스카리가 논리적인 반박을 하고 있었다. 엘시는 무의식적으로 말했다.

"폐하께서 제게 만병장의 권검을 주신 까닭은 부족한 제 능력을 그것으로 보충하길 바라셨기 때문이라고 생각합니다. 폐하의 법질서를 교란하는 것에 그것을 쓰는 것은……."

"그만둬! 묻는 것에만 대답해. 네가 백화각에 가서 부냐를 꺼내 오면 그건 정당한 일이야, 아니야?"

"저는 그런 일을 하지…….'

"정당해? 정당하지 않아? 그것만 말해!"

엘시는 대답하면 안 된다고 생각했다. 스카리에게 그 대답을 들려줄 수 없거니와 자신도 그 말을 들으면 안 된다. 하지만 질문에 대답해야 한다는 예의 때문에, 또는 그보다 더 깊은 곳에서 기원한 어떤 충동 때문에 엘시는 말했다.

"정당합니다."

스카리는 얼굴 전체로 정신적 포만감을 표시했다. 극심한 모멸감을 느끼며 엘시는 자신의 무릎 쪽을 바라보았다. 무릎을 움켜쥐고 있는 손을 발견한 엘시는 그것을 힘들게 떼어 냈다. 스카리가 말했다.

"그러고도 네가 부냐를 사랑한다고?"

엘시는 스카리의 말을 더 이상 듣고 싶지 않았다. 불행하게도 눈과 달리 귀는 감을 수 없다.

"사랑이 뭔지 알아?"

갑자기 엘시가 알던 스카리가 돌아왔다. 그는 혐오감에 차서 스카리를 쳐다보았다. 무례하고 거칠면서 묘하게 감상적인, 그러나 자기애라는 방식으로만 그 감상적인 면을 드러내는 남자.

"사랑은 말이야, 그녀가 내 목숨을 원하면 목숨이 하나뿐이라는 걸 안타까워하는 거라고."

엘시는 흐린 눈으로 스카리를 바라보았다. 초점이 맞지 않아 스카리가 두 명, 세 명으로 보였다. 청중의 미지근한 반응은 스카리에게 문제가 되지 않는 것 같았다. 자신을 유일한 청중으로 삼아 스카리는 열변을 토했다.

"나는 아버지를 배신하고 있어. 알아? 아버지를 배신하고 있다고."

엘시는 암살공을 배신하는 게 가능한 일인가 생각했다. 배신하려면 신뢰가 있어야 한다. 하지만 암살공은 아무도 믿지 않는다.

"아버지는 너를 싫어해. 발케네의 턱밑에 네가 주저앉으면 노인네 미쳐 버릴지도 몰라. 나도 너를 규리하 공이라고 부를 것을 생각하면 나가처럼 껍질이 벗겨질 듯한 기분이야. 하지만 나는 부냐를 사랑해. 그러니 네가 규리하 공이 되는 걸 용납하겠어. 비셀스와 결혼해. 부냐를 놔줘. 너는 부냐를 놓아줌으로써만 그녀를 도울 수 있어."

엘시는 믿을 수 없었다. 스카리는 자신을 경애하고 있었다! 자신을 존경하고 자신에게 찬사를 보내고 있었다.

스카리는 엘시에게 떠오른 혼란이 자신의 날카로운 지적에 대한 반응이라고 생각했다. 만족감 속에서 젊은 발케네 공은 벌떡 일어섰다. 여전히 앉아 있는 엘시를 내려다보며 스카리가 말했다.

"내 말에 대해 생각해 봐. 계속 생각해 보면 결국 이해할 수 있을 거야. 네가 뭘 해야 하는지."

스카리는 문 쪽으로 걸어갔다. 엘시는 그의 모습을 좇았다. 스카리는 문 앞에서 한 번 더 외칠 사람이니까. 그의 기대대로 스카리는 외쳤다.

"사내가 되라고!"

스카리가 떠났다. 닫힌 문을 바라보던 엘시는 천천히 고개를 떨어뜨렸다.

물방울이 철판을 뚫는 것 같은 형국으로, 엘시의 눈에서 눈물이 흘러나왔다.


규리하 성의 한쪽에서 대장군이 기묘하고 불쾌한 경험에 시달리던 시각, 성의 다른 곳에서는 비스그라쥬 백 데라시가 문으로 다가서고 있었다.

그가 그곳에 있다는 것을 아는 사람은 거의 없었다. 혹 누군가가 그 사실을 알았다 하더라도 믿을 수 없었을 것이다. 다른 종족에겐 그저 쌀쌀한 정도였지만 나가인 데라시에겐 열까지 세기도 전에 혼수 상태에 빠질 만큼 추운 기온이었다. 하지만 데라시는 아무 어려움 없이 움직이고 있었다.

그러나 문 바로 앞에 섰을 때 데라시는 몸이 둔해지는 것을 느꼈다. 긴장하고 있었기 때문에 짜증을 느꼈지만 그는 차분하게 뒤를 돌아보았다. 그곳에는 커다란 도깨비 한 명이 어리둥절한 표정을 짓고 있었다.

"기유? 어. 제 몸이 둔해지고 있군요. 당신의 도깨비불에 뭔가 문제가 생긴 것 같습니다."

기유 구마리는 아차 하는 표정으로 뭔가를 했고 그러자 데라시의 몸이 다시 더워졌다. 기유는 고개를 꾸벅하며 사과했다.

"미안합니다. 백작님. 라수의 방에 들어가는 방법을 궁리하다가 잠깐 불을 놓쳤습니다."

데라시는 한숨을 내쉬고 싶었다. 물론 그러지는 않았다. 데라시가 벽난로가 있는 자신의 방에서 이렇게 먼, 즉 보온복에 든 더운 물마저 식을 정도로 먼 규리하 성까지 무사히 도달할 수 있었던 것은 기유가 붙여 준 도깨비불 덕분이다. 기유는 나가에게 가장 쾌적한 온도의 도깨비불을 만들어 데라시의 몸에 붙여 주었고 그래서 데라시는 한계선 이남에 있는 것처럼 자유롭게 움직일 수 있었다. 하지만 데라시가 불평하는 기색을 보이지 않은 것은 그런 고마움 때문이 아니다. 기유 구마리는 이 야행을 유쾌한 장난의 일부로 알고 있었고 그것은 데라시가 조장하고 싶어하는 착각이었다. 그래서 데라시는 공모자의 미소를 지으며 말했다.
"그래, 무슨 좋은 생각이 떠올랐습니까?"
"예! 라수의 방도 지하 창고라고 할 수 있으니까 즈믄누리의 지하 저장고에 도달하는 방법과 비슷할 가능성이 높습니다. 미닫이처럼 열어 보세요."
"이건 여닫이문인데요?"
"그렇지요. 여닫이문을 미닫이문처럼 통과해야 합니다."
데라시는 좀 어처구니없는 심정을 느끼며 기유의 말처럼 해 보려 했다. 문 손잡이를 붙잡고 옆으로 민 것이다. 그러자 여닫이문에 대해 그런 행동을 취했을 때의 당연한 반응이 일어났다. 문은 꼼짝도 하지 않았다. 데라시는 다시 기유를 돌아볼 수밖에 없었다.
기유는 뒤통수를 조금 긁적였다.
"제 설명이 잘못됐나 보군요. 그러니까 여닫이문이지만 미닫이문처럼 여는…… 으으, 아무래도 말로 설명하기는 어렵지요. 잠깐만 옆으로 비켜 보세요."
데라시는 순순히 그렇게 했다. 데라시의 자리에 선 기유는 여닫이문을 열 때와 같은 방향으로 손잡이를 잡아당겼다. 자신에게 한 말과 다르지 않느냐고 항의하려 했을 때 데라시는 말문이 막히는 광경을 보았다.

문짝은 열리는 대신 통째로 끌려 나왔다.

마치 커다란 서랍을 잡아당긴 것 같았다. 문은 아래쪽을 바닥에 붙인 채 슥 미끄러져 나왔다. 데라시는 그 문이 어떻게 서 있을 수 있는지도 알 수 없었다. 그것은 여닫이도 아니고 미닫이도 아니었다. 그야말로 즈믄누리 식이었다.

문 너머의 공간을 살펴본 기유는 문을 도로 밀었고 그러자 서랍을 닫는 모습을 연상시키며 문이 제자리로 밀려 들어갔다. 그 광경에 매혹된 데라시에게 기유가 머쓱한 표정으로 말했다.

"아무것도 없는데요. 이 방법은 아닌가 봅니다."

데라시는 항복하는 기분으로 말했다.

"시도해 볼 만한 다른 방법을 궁리하는 일은 당신에게 일임하겠습니다. 저는 그 다른 방법이라는 것을 떠올릴 수조차 없을 것 같으니까."

데라시는 자신이 잘 포기했다고 생각했다. 왜냐하면 기유가 중얼거린 말은 "나가는 방법으로 들어가 보면 어떨까."였기 때문이다. 데라시는 나가는 것과 들어가는 것에 동작 상의 무슨 차이가 있는지 알 수 없었다.

기유가 도깨비만 떠올릴 수 있는 갖가지 괴상한 방법을 시도하는 것을 보며 데라시는 잠시 엘시에 대해 생각했다.

엘시는 정말 이 비밀이 지켜지리라 믿은 걸까? 도깨비들의 다른 창조물들이 그러하듯 몽화각의 성격을 한 가지로 규정 지을 수는 없지만 그곳에 가장 영리한 도깨비들이 있다는 것은 분명한 사실이다. 도깨비들의 비밀을 알아낼 수 있는 가장 유력한 집단이 데라시의 영향권이라 할 수 있는 하늘누리에 있는 것이다. 그리고 데라시는 엘시가 몽화각의 존재를 간과했으리라고 믿을 수는 없었다.

따라서 엘시가 알지 못한 것은 데라시가 어느 정도로 필사적인가 하는 것이다. 데라시는 라수의 방에 반드시 들어갈 작정이었고 수단의 정당성에 대해서는 큰 관심이 없었다. 아이저 규리하는 붙잡히지 않았고 따라서 그가 '그 물건'을 가지고 도망쳤는지, 그렇지 않으면 놔두고 갔는지 알 수 있는 방법은 그 물건이 있는 라수의 방에 들어가 보는 방법뿐이었다. 그것도 되도록 빨리. 만약 낙성 당시 아이저 규리하가 그 물건을 가지고 도망쳤다면 지금 그것이 어디까지 흘러갔을지는 짐작할 수도 없다. 그것이 규리하 성을 빠져나갔다는 것만이라도 알아야…….

데라시는 사고가 흐려지는 것을 느끼고 퍼뜩 정신을 차렸다. 어느새 몸이 차가워져 있었다. 라수의 방으로 들어가는 일에 열중한 기유가 또다시 데라시의 몸에 붙여 둔 도깨비불을 잊어버린 것이다. 데라시는 불평했다.

"기유, 제 몸이…….”

"열었습니다!"

데라시는 말 그대로 펄쩍 뛸 뻔했다. 기쁨 때문이 아니다. 데라시는 소리를 잘 듣는 종족들에게 배운 손짓을 해 보였다. 데라시가 입 앞에 손가락을 세우는 것을 본 기유는 커다란 손으로 자신의 입을 틀어막았다.

"아, 죄송합니다. 저도 모르게 큰 소리를 냈네요.”

하지만 기유는 자신의 부주의에 당황하기보다는 나가에게 소리에 대한 주의를 듣는 것에 재미를 느꼈다. 낄낄거리는 기유를 보며 데라시는 다시 한숨을 내쉬고 싶은 충동을 느꼈다. 속으로 불평을 니르면서 데라시는 문으로 다가갔다.

그리고 데라시는 기유를 용서하게 되었다.

하늘누리에서 환상 계단을 이용하여 은밀히 내려왔기 때문에 데라시와 기유는 규리하 성의 꼭대기 층에 있었다. 그리고 지금 기유가 연 문 뒤에는 라수의 방이 있었다. 이전에 본 적이 없었지만 데라시는 작은 박물관을 연상시키는 그 방이 라수의 방임을 확신할 수 있었다. 지하에 있는 라수의 방이 최상층 밤과 같은 높이로 이어져 있다는 사실은 데라시를 혼란스러운 기분에 젖게 했다. 고개를 돌려 창문을 확인하고 싶은 충동을 억누르며 데라시는 방 안으로 걸어 들어갔다.

방 안이 어두운 것을 본 기유는 작은 도깨비불들을 몇 개 만들어 여기저기 띄워 보냈다. 도깨비불 아래 드러나는 광경은 더욱 인상적이었다. 규리하 가문의 유구한 역사가 방 안 가득 퇴적되어 있었다. 그리고 역사학자가 아닌 데라시는 낭패감을 느꼈다. 자신이 찾는 물건이 어디에 있을지 백작은 짐작도 할 수 없었다.

즐비한 서가엔 서책과 장부, 두루마리 이외에 나가들이 사용하는 서판도 꽤 쌓여 있었다. 그리고 무수한 상자들은 놓을 공간이 부족하여 겹쳐 쌓여 있었다. 그 공간 사이사이에 목공예품이나 도기, 문방구, 악기, 족자, 편액, 그리고 무향의 지배자들이 사용했던 것이라 짐작되는 무구들이 잔뜩 놓여 있었다. 멍한 심정으로 후사린 규리하의 무기라도 볼 수 있을까 생각하던 데라시는 잠시 후 그것이 말도 안 되는 소망임을 깨달았다. 이 방에서 가장 오래된 물건이라도 규리하 가문을 재건한 파텔 규리하의 시대 이상은 올라가지 않을 것이다.

그때 기유가 가져온 물건을 잘 보이는 곳에 내려놓았다. 그것은 새장이었고 안에는 새가 있었지만, 새는 진짜가 아니었다. 어쨌든 금속으로 된 몸을 가지고 있는 새는 없다. 도깨비 대장장이들이 만들어 낸 기발한 물건들 중에서도 특기할 만한 그 인조새는 알을 낳거나 노래를 부르거나 고양이를 애타게 하는 등의 일반적인 새가 가지고 있는 능력은 없지만 그 대신 풍부한 어휘력을 가지고 완벽하게 부적합한 말을 늘어놓을 수 있는 비상한 능력을 가지고 있었다. 그것을 만든 도깨비 대장장이는 자랑스럽게 황제에게 선물했고 황제는 그것을 다시 데라시에게 선물했다. 데라시는 평소 소유자의 인내력 향상 이외엔 그 인조새에 아무 쓸모가 없다고 생각하고 있었지만 도깨비나 도깨비의 감성을 가지고 있는 인간은 그것을 재미있어 할 거라고 판단했다. 더 정확하게 니른다면 데라시는 라수의 방 잠입에 기유를 동원하기 위한 핑계가 된다고 판단했다.

새장을 내려놓은 기유는 도깨비지를 꺼내었다. 거기엔 '햇빛이 잘 드는 창가에 가져갈 것'이라는 지시가 적혀 있었다. 도깨비들은 자신들의 공예품에 동력이 필요할 경우 도깨비불을 이용하는 경우가 많지만 그 인조새는 도깨비불 대신 하늘에 떠 있는 불을 이용한다. 그래서 태양이 없는 이 시각 새는 잠들어 있었다. 새장으로 도깨비지를 눌러 놓은 기유는 그것을 바라보며 만족스럽게 고개를 끄덕였다.

"다시 생각해 봐도 정말 괜찮은 생각이십니다, 백작님. 정우가 여기 들어와서 이걸 보면 깜짝 놀라며 좋아할 겁니다. 정우를 달래는 일은 저희들이 먼저 생각했어야 하는 일인데 백작님께 신세를 졌군요."

데라시는 퍼뜩 정신을 차렸다. 아직 목표하던 물건의 소재를 확인하지 못한 비스그라쥬 백은 시간을 끌기로 했다.

"당신이 도와주었기 때문에 가능한 일이지요. 그러잖아도 푹 주무셔야 할 이런 시각에 불러내서 정말 미안하게 생각합니다." 잘 자는 일은 도깨비에게 대단히 중요한 일로 취급된다. "하지만 제 몸에 불을 붙여 주고 이 방에 들어오는 방법을 알아내는 건 도깨비가 아니면 안 되기 때문에 불편을 끼쳐 드려야 했습니다."

"비노. 이런 일이라면 언제든지 불러 주십시오. 아 물론 다른 경우라도 백작님이 부탁하시면 언제든지 도와드릴 테지요."

데라시는 더 이상 시간을 끌 방법이 떠오르지 않았다. 낭패였다. 도깨비불이 없으면 방에서 나올 수 없는 처지이기에 기유와 함께 돌아간 다음 혼자 되돌아온다거나 하는 방법은 불가능했다.

데라시에겐 고맙게도 거기엔 시간을 끌고 싶어하는 사람이 한 명이 아니었다. 어쨌든 그 밤 그의 동행자는 중요 사망 원인에 호기심이 포함되어도 이상할 게 하나도 없는 종족의 일원이었다.

"그런데, 저, 백작님, 바쁘시죠?"

"아니요. 특별히 바쁜 일은 없습니다."

"그럼 구경 좀 하고 가도 될까요? 물론 백작님께서 돌아가셔야 한다면 도깨비불을 유지해야 하니 저도 따라가겠습니다."

"괜찮습니다. 이런 구경을 항상 할 수 있는 것은 아니지요. 저도 구경 좀 하고 싶군요."

기유는 기뻐하며 규리하 성의 보물들에게 다가갔다. 그 모습을 충분히 관찰하며 데라시는 마음속으로 정해 둔 위치로 천천히 움직여 갔다.

조금 후 데라시는 기유에 대해 조금도 신경 쓰지 않게 되었다. 기유의 주의력은 라수의 방에 가득한 기념품과 보화들이 가져가 버렸고 데라시에게 할애될 주의력은 남지 않았다. 그러잖아도 다른 사람에게 신경 쓸 여유가 없던 데라시에겐 다행이었다.

〈그게 도대체 어디에 있을까? 오레놀 선사는 라수 규리하가 그것을 대수롭잖은 것처럼 취급한다고 적어 뒀지. 선사의 눈이 정확했다면…… 아냐, 아니다. 이 방을 관리한 사람들은 규리하 가문의 사람들이다. 선사의 입장보다는 이 방을 직접 관리한 사람들의 입장에서 생각해 보는 것이 타당하겠지. 그래, 아마도 라수의 물건들은 한곳에 모여 있을 것이다. 그렇다면 라수의 소지품이었던 물건을 찾으면 되는데, 라수의 소지품 중에서 유명한 것은? 물론 책이지. 저술량이 엄청나니까. 하지만 그것은 모두 규리하 성의 도서실에 있으니 다른 물건을 떠올려야 해.〉

그때 기유가 데라시의 어깨를 툭 쳤다. 데라시는 화들짝 놀랐고 그 모습을 본 기유는 고개를 꾸벅했다.

"미안합니다, 백작님. 제 말을 듣지 못하셔서요."

"아, 이런. 사과하겠습니다. 잘 알겠지만 저는 신경을 쓰고 있지 않을 땐 귀머거리나 다름없지요. 무슨 말을 했지요?"

"괜찮습니다. 저는 유감이라고 말했습니다."

"유감? 왜죠?"

"찾으시는 물건이 여기 없는 것 같아서요."

엘시에게 한 번 당한 일이지만 데라시는 다시 경악했다. 데라시는 니를 줄 아냐고 묻고 싶은 것을 간신히 억누르며 말했다.

"무슨 말이죠?"

기유는 대답 대신 도깨비지를 내밀었다. 데라시는 인조새에 대한 지시 사항이 왜 자신의 질문에 대한 대답이 되는지 알 수 없었다. 어리둥절한 기색의 백작을 본 기유는 자신의 머리를 탁 쳤다.

"이런. 이 글씨는 백작님이 보시기엔 좀 작군요. 제가 읽어 드리겠습니다. 여기엔 '나는 졌지만 너는 이기지 못했다. 데라시. 그 물건을 내가 가져가니까.'라고 적혀 있습니다. 작은 글씨로 쓴 걸 보니 규리하 공께서는 아마도 백작님이 직접 오실 줄은 몰랐던 모양이군요. 하긴 그렇게 생각하는 것이 당연하지요."

그리고 기유는 뭐라고 더 떠들었지만 데라시의 귀에는 하나도 들려오지 않았다. 그것은 만 그대로의 의미인데, 기유의 말에 집중하지 않았기 때문에 나가의 귀에는 아무것도 들리지 않았다. 자신의 동행자가 호기심을 만족시키기 위해서는 무슨 일이라도 할 도깨비라는 사실을 저주하며 데라시는 이 상황을 어떻게 처리해야 할지 생각했다. 결국 데라시는 그 상황을 웃기는 것으로 만들기로 했다.

"아이저 규리하가 그 물건을 가져갔다는 것을 알게 된 건 잘됐지만, 이왕이면 그 물건이 뭔지도 적어 뒀으면 더 좋았을 텐데요. 아이저에겐 미안하지만 그가 그렇게 귀하게 여기는 물건이 무엇인지 저는 도통 짐작되지 않는군요."

데라시의 바람대로 기유는 재미있어 하는 것 같았다. 기유가 아이저의 서신을 데라시의 손에 쥐어 주고 문 쪽으로 걸어갈 때까지 데라시는 그렇게 생각했다. 기유는 문 앞에서 데라시를 돌아보았다.

"그럼 돌아갈까요?"

데라시는 눈을 크게 뜬 채 기유를 바라보았다.

아이저 규리하의 서신이 발견된 이상 데라시에겐 이 방에 머물

이유가 없었다. 하지만 기유가 바로 떠나는 것은? 기유 구마리의 목적 또한 구경이 아니기 때문이다. 기유는 데라시가 라수의 방을 찾은 진짜 이유를 알고 있었다! 기유가 재미있어 한 것은 시치미를 떼려 하는 데라시의 능청스러운 모습이었다. 그렇다면 데라시의 목적에 대해 기유는 어떻게 생각하고 있는 것일까?

데라시는 일단 기유가 호의적이라고 생각하기로 했다. 도깨비에게 기대할 수 있는 가장 가능성 높은 반응이 그것이기 때문은 아니다. 데라시가 그 물건을 찾는 것을 기유가 원하지 않았다면 동행하지 않았을 것이다. 혹은 새장을 놓고 바로 돌아갔을 것이다. 그렇지 않으면 아이저의 서신을 몰래 빼돌렸을 수도 있다. 하지만 기유는 그와 동행하여 라수의 방으로 들어오는 방법을 찾아 주었으며, 구경하고 싶다는 핑계를 대어 데라시가 그것을 찾을 시간을 주었으며, 데라시가 읽을 수 없는 서신을 대신 읽어 주기까지 했다. 기유는 분명히 호의적이었다. 그러나 데라시는 그 호의를 어디까지 받아들여야 하는지 알 수 없었다.

한 가지는 확실했다. 데라시에겐 재확인이라 할 수 있다. 몽화각에는 사람들이 알고 있는 것 이상의 의미가 있었다. 데라시는 몽화각의 도깨비들이 어디까지 관찰하고 어디까지 해석하는지, 그리고 무엇보다도 그 관찰과 해석을 통해 무엇을 하려는 것인지 꼭 확인해 두어야겠다고 결심했다.

그 모든 추측과 판단, 결심을 조금도 드러내지 않으면서 데라시는 고개를 끄덕였다.

"예. 올라가지요."

데라시의 몸에 붙인 도깨비불을 계속 유지해야 하기 때문에 기유는 황궁까지 동행했다. 데라시의 방 앞에서 기유는 좋은 꿈 꾸라는 인사를 남기고 데라시의 몸에서 도깨비불을 거뒀다. 떠나는 기유의 모습을 보기엔 규리하의 날씨가 너무 추웠으므로 데라시는 간략한 인사만 건네고 황급히 방으로 들어섰다.

방 안에는 기대하던 것과 기대하지 않았던 것이 기다리고 있었다. 불이 활활 타오르고 있는 벽난로는 데라시가 기대하던 것이었다. 하지만 부지깽이로 벽난로를 헤집고 있는 사람은 데라시의 시종이 아니었다.

치천제는 문 소리에 고개를 돌렸다. 데라시는 당황하여 뭐라니르려 했지만 그 전에 치천제가 고개를 돌렸다. 황제는 부지깽이를 치우며 닐렀다.

〈도깨비는 돌아갔나?〉

데라시는 자신이 도깨비와 함께 외출했다는 것을 황제가 어떻게 짐작했는지 궁금해하지 않았다. 벽난로 곁에 그의 보온복이 걸려 있었으니까.

〈예. 문 앞까지 바래다 주고 돌아갔습니다.〉

〈몽화각의 도깨비들은 여간내기들이 아니지. 어떻게 눈을 피했지?〉

〈그럴 필요도 없었습니다. 제 목적이 뭔지 짐작하고 있더군요.〉

황제는 고개를 끄덕이고 의자를 가리켰다. 데라시는 의자에 앉았다. 그리고 황제가 맞은편 의자에 앉길 기다렸다. 하지만 치천제는 선 채 닐렀다.

〈그렇다면 도깨비들도 이 전쟁의 또 다른 중요한 이유를 알고 있다는 니름이군. 그리고 네가 그걸 찾도록 도와주었다면 일단 방해하지는 않겠다는 의사 표시로 받아들여야겠군.〉

〈그런 것 같습니다, 폐하. 하지만 도깨비들은 누구의 일도 방해하지 않으니 특별한 의미를 두긴 어렵습니다.〉

〈그건 어디 있지?〉

〈가져오지 못했습니다. 아이저 규리하가 가지고 갔습니다.〉

〈그렇다면 아이저 규리하도 알고 있었다는 것이군.〉

〈그렇습니다. 이런 서신을 남겨 두었더군요.〉

데라시는 아이저의 서신을 꺼내었다. 그와 마찬가지로 나가인 치천제는 그것을 읽을 수 없었기에 데라시는 기유가 그것을 읽어주었을 때의 기억을 치천제에게 보냈다. 치천제는 팔짱을 꼈다.

〈도깨비들도 알고 아이저도 알고 있다면 모르는 사람이 아무도 없나 보군.〉

〈한 사람은 있을 겁니다, 폐하.〉

〈엘시를 니르는 것이군.〉

〈이 전쟁을 승리로 이끈 당사자만 이 전쟁의 중요한 이유를 모른다는 것은 어찌 보면 비극적이군요.〉

〈비극이라고? 천만에. 엘시에겐 엘시 자신의 이유가 있어. 부나를 석방시키기 위해 싸웠지. 그리고 짐을 만족시키기 위해 싸웠고. 그는 그 두 가지를 자기 식으로 결합시켰고, 다른 사람들의 이유에 대해서는 신경 쓰지 않을 거야. 만약 알았다면 그것도 결합시켰겠지만.〉

〈잘 모르겠습니다, 폐하. 엘시가 우유부단하다고 니르시는 겁니까?〉

〈엘시가 우유부단하다면 세상에 엄격한 사람은 아무도 없다는 니름이 되겠지.〉

데라시는 그것이 과장이라고 생각했지만 더 이상 니르지는 않앉다. 치천제가 닐렀다.

〈그건 그렇고. 아이저가 그것을 가져갔다고 했지? 지금 그의 처지에선 사용할 수 없을 테니 아마도 비싼 값에 팔려고 하겠군. 구매자를 예상해 볼까.〉

〈상식적으로는 폐하께 팔아야 합니다.〉

〈아이저가 짐에게 그걸 양도할 작정이라면 전쟁이 발발하자마자 그랬을 텐데.〉

〈그때와 지금은 상황이 다르다고 생각합니다. 폐하. 아이저는 서약 지지파가 그들 기인에게 주긴 기다렸을 수도 있습니다. 하지만 지원은 없었고 아이저는 모든 것을 잃었습니다. 그렇다면 아이저는 서약 지지파에 대한 의리를 지킬 필요가 없지요.〉

〈하지만 짐에 대한 증오는 더욱 커졌겠지. 너는 지금 나가처럼 생각하고 있어. 데라시. 아이저는 인간이지. 그리고 규리하고. 아이저는 그것을 이 땅을 되찾기 위한 수단으로 생각하겠지만 거래 수단이 아닌 투쟁 수단으로 생각하고 있을 거다.〉

〈그렇다면 목록의 두 번째 이름은 어떨까요? 시련입니다.〉

치천제는 정신으로 데라시를 툭 치는 것과 유사한 니름을 닐렀다.

〈농담하는 건가. 아니면 두 번째 이름을 니르기 싫어서 일곱 번째나 여덟 번째 이름을 끌어온 건가? 만약 아이저가 분별력을 완전히 상실하여 미라그라쥬에 그걸 들고 간다면 아르키스는 당장 그를 붙잡은 다음 잘 묶어서 짐에게 보낼 거다. 데라시. 왜 락토를 니르지 않는 거지?〉

데라시는 비늘을 살짝 부딪쳤다. 무례하지 않지만 자신의 부정적인 견해는 전달할 수 있을 만큼.

〈폐하. 쇼자인테쉬크톨은 일단 시작되면 암살자와 암살 대상 중 한 사람이 죽기 전에는 끝나지 않습니다.〉

〈그것이 쉬크톨이라는 건가?〉

〈암살공은 그것을 알 겁니다. 그것을 가지고 있던 아이저 규리하가 어떻게 되었는지 똑똑히 보았으니까요. 암살공이 야심가이긴 하지만 멍청하지는 않습니다.〉

〈아이저의 분노가 락토를 설득할 수도 있지. 그가 그 '쉬크톨'을 락토에게 주어 짐을 암살하게끔 획책할 가능성은 많아. 암살이라면 암살공 외에 누가 전문가라 자칭하겠나.〉

〈니르시는 것처럼 아이저는 그렇게 되길 바라겠지요. 하지만 암살공은 바라지 않을 겁니다. 폐하.〉

〈확신하나?〉

이런 일에 확신이라는 것은 없다고 니르려던 데라시는 문득 치천제의 눈빛을 보았다. 치천제는 고개를 조금 끄덕였다.

〈나나본에서 한 수교위가 재미있는 보고를 보내왔다.〉

〈니어엘 헨로 수교위군요.〉

어떤 사람들은 그렇게 추측하지만, 치천제는 데라시가 수천 명이나 되는 제국군 수교위의 이름과 임지를 다 외고 있을 거라 생각하지 않았다.

〈짐이 알아두어야 하는 사람인가?〉

〈부냐 헨로의 언니입니다.〉

〈그리고?〉

치천제가 부냐의 이름에 아무 반응을 보이지 않자 데라시는 약간 당황하여 다른 정보들을 꺼냈다.

〈아마도 가장 젊은 수교위들 중 한 명일 가능성이 높고, 국수

급의 기사들 중에서도 가장 젊은 편입니다. 군사와 혁기 양쪽으로 그 나이에 그 정도의 성취를 보였다는 건 놀랄 만한 일이라고 사료됩니다. 같은 분야들에서 그보다 더 대단한 성취를 이룬 사람의 영향을 받은 것일지도 모르겠습니다만.〉

〈엘시?〉

〈예. 수교위로 진급하여 독립 중대를 지휘하면서 떠나게 되었지만, 그 이전까지 니어엘 헨로는 칼리도 백의 수하에 있었습니다. 아마 엘시가 부냐와 만난 것도 그녀 때문일 겁니다.〉

무심히 대사의 별명을 던던 함께는 엘시의 이름에 반응을 보였다. 치천제는 고개를 끄덕였다.

〈엘시의 부하였다면 이해가 되는군. 영민한 사람 같더군.〉

치천제는 니어엘 헨로의 보고서에 대한 기억을 데라시에게 통째로 보냈다. 잠시 후 데라시는 한숨을 내쉬었다.

〈자유무역당에서 또 항의가 들어오겠군요. 범죄자와 무법자의 친구, 패륜의 수호자, 배금주의의 왕 유료도로당주를 규탄한다…….〉

〈만일 그런다면 이번에야말로 그 배은망덕한 것들에게 준엄한 훈계가 내릴 것이다. 그들이 무역을 할 수 있는 것이 누구의 도로 때문인가? 그런데도 무역로를 공짜로 쓰겠다는 욕심을 포기하지 못하고 있으니, 금편에 눈이 어두워 도리를 소홀히하는 것들이 누구인지는 분명하지 않은가.〉

데라시는 치천제의 반응을 잘 기억해 두었다가 자유무역당주 지테에게 전해야겠다고 생각했다. 유료도로당에 대한 황제의 애정은 변함이 없으니, 아무래도 자유무역당이 유료도로당에 지불하는 막대한 도로 사용료가 축소될 날은 오지 않을 것 같다.

지테를 당주는 항의를 포기해야 할 것이다.
그리고 황제는 데라시를 당황하게 했다.
〈그렇다고. 네 선에서 은밀히 전해. 그러면 귀찮은 항의서는 보내지 않겠지.〉
데라시는 비늘을 눕히려 애쓰며 황제를 조심스럽게 바라보았다. 황제는 무심하게 닐렀다.
〈황제는 유료도로당을 편애하니 비스그라쥬 백은 자유무역당에게 친근한 척하는 것이 좋겠지. 그러면 지테를은 짐에게 화를 낼 수 있고 게라임은 너를 경멸할 수 있을 테니 공평하겠군. 그리고 우리는 필요할 때 그들을 긴장시킬 수도, 고분고분하게 할 수도 있겠지. 네가 이미 그랬던 것처럼.〉
데라시는 당혹감과 동시에 만족감을 느꼈다. 그가 지테를에게 은밀한 호의를 보낸 까닭은 황제가 니른 이유 때문이다. 황제가 유료도로당에게 무조건적인 애정을 보내고 있는 이상 앙숙이라 할 수 있는 자유무역당에게도 누군가가 호의를 보내지 않는다면 자유무역당은 피해 의식에 빠질지도 모른다. 물론 단순히 자유무역당을 안심시키기 위해서만은 아니다. 황제가 지적했듯 연초 교역권과 아이저 규리하를 맞바꾸는 거래를 데라시가 쉽게 성사시킬 수 있었던 것은 그가 자유무역당과 쌓아 둔 관계 때문이다.
황제는 데라시의 그런 공작을 다 알고 있었으면서도 필요한 일이라고 생각했기에 내버려둔 것이다. 데라시는 갑자기 자신에게 비밀이라는 것이 있는지 모르겠다는 생각을 했다. 몽화각의 도깨비들도 황제도 데라시가 하는 일을 다 꿰뚫어 보고 있었다. 데라시는 그 사실에 대해 잠깐 불평하려다가 그만두기로 했다. 어쨌든 황제에게 미리 니르지 않았다는 사실은 엄존했고 황제가 쾌히 사후 승인을 해 준 시점에 자신이 독단적으로 일을 꾸몄다는 사실을 부각시키는 것은 현명한 일이 아닐 것이다. 그래서 데라시는 다른 화제를 꺼냈다.

〈일전의 하인샤 대사원의 일도 그렇고, 아무래도 암살공은 다른 사람들의 눈을 피해야 하는 뭔가가 있는 모양이군요. 폐하. 그것이 아이저 규리하라고 생각하십니까?〉

치천제는 데라시의 질문에 대답하지 않았다. 황제는 벽난로로 다가가 손수 장작을 집어 불에게 먹였다. 시련의 나가들이 참을 수 없는 배신으로 여기고 아예 기근조차 하지 않으려 하는 행동이다. 불길이 가벼운 액체처럼 나무 껍질 위로 흐르는 것을 보던 황제가 갑작스럽게 닐렀다.

〈짐의 주의를 끄는 것은 니어엘 헨로 또한 지적한 바로 그 부분이다. 락토는 제국군이 들어갈 빌미를 주지 않기 위해 지멘이 들어오는 것을 막으려 했지. 지멘이 어떻게 보면 한낱 부랑자에 불과하다는 사실을 고려한다면 그건 아주 약한 빌미야. 짐이 락토의 시의라면 편집증이라고 진단했을 만큼. 그렇다면 락토는 반역자 아이저 규리하가 발케네에 들어오는 것에 대해서는 어떻게 생각할까?〉

〈무슨 니름이신지 알겠습니다. 제국군이 따라 들어오면 안 되니 결사적으로 막겠군요.〉

〈아니지. 손이 하나 더 있다면 세 손 들어 환영하겠지.〉

데라시는 턱을 약간 앞으로 내민 채 황제의 뒷모습을 바라보았다. 열을 보는 그의 눈은 벽난로 주위에서 춤추는 열류를 볼 수 있었으므로 황제가 가만히 서 있는데도 계속 움직이는 것 같은 느낌을 받았다.

황제가 닐렀다.

〈자기가 비밀을 가지고 있노라고 만천하에 알리는 바보는 없다. 락토는 바보가 아니지. 짐에겐 그가 제발 자기 영지에 관심을 가져 달라고 애원하는 것처럼 느껴지는군. 그 이유는 모르겠지만. 아마 그곳에 황제 전용 덫이라도 만들어 뒀나 보지. 그렇다면 왜 지멘은 안 되는 것일까? 간단하지. 지멘은 짐을 노리는 암살자며, 한 번이지만 천경에 그 더러운 발을 딛기까지 했지. 따라서 락토는 지멘이 발케네에 있다면 짐이 그곳으로 가지 않으리라 생각한 거지. 하나 아이저는 다르지. 아이저 규리하를 받아들인다면 그보다 더 확실하게 짐의 관심을 끌 수 있는 방법은 없을 것이다.〉

데라시는 황제의 설명에 대해 생각했다. 앞뒤가 맞지 않는 니름은 아니었지만 데라시는 거기에서 직관과 비약의 흔적을 발견할 수 있었다. 데라시는 지나친 단정이 아니냐고 정중하게 니를 방법에 대해 생각했다. 하지만 쉽지 않았다. 치천제가 단정적으로 니르거나 말할 때는 그것이 정말 직관적 사유의 끝에서 나온 것인지 그렇지 않으면 귀찮다는 이유에서 니르거나 말하지 않은 사유가 허다하게 있었던 것인지 구분하기 어렵기 때문이다.

게다가 다음 순간 치천제는 그 어느 때보다 단정적으로 닐렀다.

〈아이저 규리하와 라수의 『천경비록(天京秘錄)』은 발케네로 갔다. 데라시.〉

데라시는 반론을 포기했다. 치천제는 몸을 돌려 데라시를 똑바로 바라보았다.

〈그것들을 짐에게 가져오너라.〉

데라시는 치천제가 아이저 규리하에 대한 경멸 때문에 무정물을 지칭하는 대명사를 썼다고 착각할 사람이 아니었다. 그가 황제에게 바쳐야 하는 것은 『천경비록』과 아이저 규리하의 시체인 것이다. 데라시는 머리를 조아렸다.
〈니르신 대로 시행하겠습니다. 폐하.〉


지러쿼터 산맥의 험한 산세에서 격렬하게 쏟아져 나오는 상류를 보면 짐작하기 어렵지만, 후사린 강도 그 중류에 이르면 바다가 될 때가 다가온 것을 인시인 듯 흐름이 자못 점잖게 바뀐다. 그러나 구헬 협곡이라 불리는 복잡한 단층 지대에서 후사린 강은 갑작스럽게 찾아오는 유년기에 대한 회귀처럼 사나운 기세를 드러낸다. 좁은 협곡을 쾅쾅 울리며 흐른 후사린 강이 크게 굽이치며 덧없는 회귀의 충동을 포기하고 마침내 인자함을 되찾는 곳에 아스캄이 있었다.

아스캄은 규리하 변경백령의 중심에 있었지만 정치적으로는 변두리에 해당한다. 과텔 규리하의 시대 이후로 규리하의 중심은 그 이름만으로도 짐작할 수 있듯 '과텔', '규리하', '케나린' 등 규리하 동부의 세 도시에 집중되어 있었다. 규리하가 세계의 다른 부분과 접한 곳은 지러쿼터 산맥으로 막혀 있는 동쪽뿐이기 때문에 산맥 동쪽으로부터의 공격을 방어하고 동시에 교류를 수행하기 위해 규리하의 중심이 동쪽으로 치우치는 것은 자연스러운 일이었다. 따라서 변경백령의 중앙에 위치하고 있는데도 아스캄은 풍요롭고 인심 넉넉한 전원 도시의 분위기를 띠었다.

누군가가 아스캄에 대해 그렇게 설명했다면 지노피 말티는 격분했을 것이다.

"그 사마귀 자지 같은 남작 새끼가 진짜 그 미친 짓을 한다는 거야?"

지노피 말티의 패악스러운 말투에 사람들의 얼굴이 허옇게 질렸다. 물론 그들도 좀 더 부담 없는 자리에서는 자신들의 지배자가 지닌 개탄스러운 악덕들에 대한 놀랄 만한 비판 의식을 드러내곤 했지만, 칼을 뽑아 들고 있는 남작의 병사 정면은 부담 없는 자리라 하기 어렵다. 경악한 병사는 자신이 뭘 잘못 들었다고 생각해 버리는 쪽을 택했다.

"자네 방금 뭐라고 했나?"

병사에겐 안됐지만 대장장이 지노피 말티는 그를 도와주지 않았다.

"코딱지 파서 귓구멍에 쑤셔 넣었냐? 왜 사람 두 번씩 말하게 하는 거야. 남작 새끼가 정말 그 미친 짓을 하려는 거냐고 물었어. 히다."

병사는 한참 동안 어깨로 숨을 쉬며 대장장이를 노려보았다. 그리고 지노피는 밋밋한 턱을 한껏 내민 채 그 시선을 받아 내었다. 결국 히다 켄은 긴 한숨을 내쉬고는 수십년지기 친구로 말하기로 했다.

"그래. 할 거야. 지노피."

"입이 얼어서 잘못 말했다고 어서 말해."

"쭉정이 바람인데 입이 얼기는. 남작님은 몸이 달아 있어. 새댁이 썩 곱잖아."

"그게 무슨 소리야?"

"무슨 소리냐면, 남작님은 자기 몸의 일부와 새댁의 몸 일부가 잘 맞는지 맞춰 보고 싶어 안달이 나 있다는 거지."

지노피의 눈에서 불이 철철 흘러넘쳤다. 히다는 칼끝으로 장화 옆에 말라붙은 흙덩이를 긁적거렸다.

  "남작님이 앞뒤 없는 성격이지만 희한하게 원칙은 있어. 왜 그런 사람 있잖나? 무슨 말이냐 하면, 남편이 죽어야 정식으로 그 여자를 이불 속으로 끌어들일 수 있다는 거지. 그렇다고 해서 정식으로 결혼할 것도 아니면서 말이야. 쳇. 새댁 처지에선 그럴 바에는 눈 한번 질끈 감고 하룻밤 자 주고는 남편과 함께 집에 돌아가는 편이 훨씬 나을 텐데. 집사 양반 알지? 포우티 말이야. 그이도 그런 식으로 넌지시 긴해 봤나 봐. 하지만 안 통해. 간통은 절대로 안 된다는 거야."

  "그래서 그 불쌍한 녀석의 목에 예쁜 매듭을 매 준다는 거야? 간통질 안 하려고?"

  히다는 고개를 끄덕이고 생각났다는 표정으로 교수대 쪽을 돌아보았다. 광장 가운데 만들어진 교수대는 꽤나 훌륭한 모습이었다. 물론 아스캄의 목수들이 교수대 제작에 특기를 가지고 있기 때문은 아니다. 교수대 쓰일 일이 워낙 없는 곳이라 모든 부품들을 새로 제작했기 때문이다. 그 용도를 고려한다면 그렇게 보기 어렵지만 광장 가운데 선 교수대는 산뜻하게 보이기까지 했다. 특히나 주위를 둘러싸고 있는 사람들의 난처하고 어색한 모습 때문에 교수대의 깔끔한 모습은 더욱 두드러졌다. 히다 켄은 구경꾼들을 통제하고 있는 동료 병사들을 바라보았지만 그다지 의욕이 고취되지 않았다. 다른 병사들도 그와 마찬가지로 손에 들고 있는 칼을 도대체 어떻게 해야 할지 몰랐다. 다가오는 구경꾼이 칼에 다칠까 봐 황급히 칼을 뒤로 치우며 다른 손을 맹렬하게 내미는 병사를 본 히다는 한숨을 푹 내쉬었다.

차라리 자신을 위로해 달라는 얼굴로 친구를 돌아본 히다는 고개를 갸웃했다. 지노피 말티가 기묘한 표정을 짓고 있었다. 히다가 묻는 눈으로 바라보자 지노피가 공모자의 어투로 속삭였다.
"히다."
"왜? 말하게."
"있다가 내가 한 대 때릴 거야. 슬쩍 칠 테지만 그냥 넘어져. 그때 그 칼 꼭 떨어뜨리라고."
"뭐라고?"
"더럽게 되묻기는. 맞고 자빠지라고. 자빠지는 거 몰라? 진탕 취했을 때 하는 그거 말이야. 칼은 놓고. 넌 그것만 하면 돼. 나머지는 내가 알아서 할 테니까."
기막힌 얼굴로 대장장이를 바라보던 병사는 곧 고개를 심하게 가로저었다.
"안 돼. 절대로 안 돼."
"신호 없이 때릴 거니까 입 꽉 다물고 있어. 혀 깨물지도 모르니까."
"허튼짓 하면 당장 자넬 때려눕힐 거야."
"칼 너무 멀리 던지지 마. 그냥 떨어뜨려."
"며칠 누워 있게 해 주겠어. 틀림없이 살려 줘서 고맙다고 하게 될걸."
"아, 참. 너무 티 나게 쓰러지면 안 돼. 잘해 볼 생각 말고 그냥 고꾸라져. 네가 잘해 보려고 하면 틀림없이 바보짓한다는 건 알고 있지? 그냥 얌전히……."
히다는 더 이상 못 참겠다는 얼굴로 지노피의 발을 꽉 밟았다. 지노피가 입을 다물자 히다는 친구의 얼굴에 자기 얼굴을 바짝 가져가서 사납게 속삭였다.

"젠장. 하지 마! 이 노망난 뚱보 녀석아!"

부루퉁한 얼굴로 히다를 바라보던 지노피는 갑자기 히다에게 입을 맞췄다. 히다는 황급히 뒤로 물러나서 어이없다는 표정으로 지노피를 바라보았다. 지노피는 한쪽 눈을 찡긋했다. 히다는 욕설을 퍼부어 주려고 했지만 입을 닦으면서 말을 하는 것은 불가능하다는 것을 알았을 뿐이다. 결국 히다는 엄한 얼굴로 지노피를 노려보곤 몸을 홱 돌렸다.

히죽거리며 이다늘 보닌 시노피는 히다가 몸을 돌리자 곧 웃음을 거뒀다. 늙은 대장장이는 미간을 찡그린 채 사람들과 교수대를 바라보았다. 지노피는 개 뛰어든 닭장 같은 물건이라고 생각했다. 저기에 파노의 아들 놈을 매단단 말이지. 파노 긴시테를 떠올린 지노피는 다시 울화가 치밀었다. 지렁이한테 흰소리 들을 노인네. 나라님을 만나러 가겠다고? 높은 사람들이 언제 우리 같은 것들 신경 써 주는 거 봤나? 남작이 거짓말을 한 것이 아니라면 진짜 전쟁이 좀 이상하게 흘러간 모양이고, 그렇다면 그런 난리통에 나타나서 나라님을 만나겠다고 설치는 촌노인은 문전박대나 당하면 다행이다. 자칫하면 더 험한 꼴을 볼지도 모르고. 그렇게 가지 말라고, 여기 있어야 아들을 구하든 아들 장사를 치르든 할 테니 일이 벌어지고 있는 곳에 있으라고 말했지만 그 고집 세기가 기르는 황소와 똑같은 노인은 기어코 떠나 버렸다. 상황이 이러하니 도망친 것이나 다름없다.

'멍청한 아비와 얼빠진 아들 놈. 부자지간에 작당해서 지노피 말티를 잡아먹는구나. 퉤!'

긴시테 부자에 대한 촌평을 마친 지노피는 큼직한 손을 들어 올려 손가락을 꺾었다. 큼직하고 화상 자국이 가득한 우악스러운 손이었으며 지노피가 자신의 머리보다 더 신뢰하는 것이기도 했다. 관절염이 있는 왼쪽 무릎은 약간 염려가 되었지만 지노피는 달릴 때 좀 뻑뻑할 뿐 아직 뛰는 것은 충분히 가능하다고 판단했다. 문득 지노피는 앞쪽에 있는 히다가 당장이라도 돌아서고 싶어하는, 그래서 제발 하지 말라고 애원하고 싶어하는 것을 느꼈다. 오랜 친구였기에 뒤통수만 보고도 알 수 있었다. 장난기가 동한 지노피는 히다의 목을 쿡 찔러 보고 싶은 충동을 느꼈지만 때마침 외침이 들려왔기에 그 계획은 무위로 돌아갔다.

광장에 접한 골목에서 건장한 병사들이 수레를 끌고 나타났다. 수레에는 파노의 아들 햄 긴시테가 꽁꽁 묶인 채 타고 있었다. 그리고 그 뒤편에는 수레의 주인인 세파티가 몹시 언짢은 얼굴을 하고서 걸어오고 있었다. 세파티는 몇 닢의 은편을 받고 수레를 빌려 주기는 했지만 자신 또한 햄의 처형에 동조하는 것은 아니라는 것을 그런 얼굴로 알리고 싶은 듯했다. 하지만 몰려선 구경꾼들 중에 세파티에게 동정적인 시선은 별로 없었다.

햄의 모습은 사형수치고 꽤 깔끔했다. 골케 남작은 햄이 동정의 대상이 되는 것을 원하지 않은 듯했다. 그리고 햄 또한 동정을 끌어 모으고 싶은 생각은 없는 것 같았다. 잔뜩 흥분해 있는 햄에게 어떤 냉철한 기획력이 있을 것 같지는 않아 보였지만, 만약 뭔가를 꾸미고 있다면 햄은 아마도 사람들의 공분을 끌어내고 싶어하는 것 같았다. 햄 긴시테는 골케 남작은 물론이거니와 수레를 끌고 있는 병사들, 교수대를 만든 목수들까지 모조리 욕하고 있었다. 그리고 광장에 모여 있는 구경꾼들 또한 햄의 욕설을 피할 수 없었다.

지노피는 화나고 불안한 심정으로 사람들의 반응을 살폈다. 당장이라도 누군가가 그 시끄러운 녀석 빨리 매달라고 외칠 것만 같았다. 그리고 그런 외침이 터져 나오면 잔혹한 것에 매혹되는 군중의 본성이 곧 깨어날 것이다.

그때 수레가 교수대 앞에 멈췄다.

그와 동시에 햄의 폭언도 중단되었다.

조금 전까지 무례한 말들을 거리낌 없이 쏟아 내던 입을 꽉 다문 채 햄은 교수대를 올려다보았다. 그리고 차츰 사람들도 햄이 보는 것을 보게 되었다. 신맛 핀 꽁에품이라는 인상 때문에 그들은 망각하고 있었지만 그 물건은 만인의 눈 앞에 내놓기엔 수치스러운 물건, 사람을 죽이는 물건이었다. 사람들은 갑작스럽게 부끄러움과 당황을 느꼈다.

햄 긴시테는 넋이 나간 듯했다. 그의 몸에서 모든 힘이 빠져나갔기에 병사들은 그를 수레에서 교수대 위로 옮기느라 상당히 고생했다. 병사들의 지휘자이자 처형식을 주관하게 된 버르 대장은 불측한 의도를 품고 남작의 저택을 침입한 햄의 죄상을 나열하면서도 햄이 그 선고를 잘 듣고 있는지보다 그가 제풀에 죽어 버리지 않나 더 염려하는 기색이었다. 다행이라고 해야 할지 불행이라고 해야 할지 버르 대장이 사형을 집행한다는 말을 끝낼 때까지 햄은 살아 있었다. 버르 대장은 준비한 자루를 꺼냈다.

"눈을 가리겠나?"

햄은 그 말을 이해하지 못했다. 알 수 없는 말들을 중얼거릴 뿐이었다. 대답을 들을 수 없다고 판단한 버르 대장은 지체 없이 햄의 머리에 자루를 씌웠다. 햄은 잠깐 움찔했지만 그것은 동물적인 반응일 뿐 그때까지도 자신에게 무슨 일이 벌어지고 있는지 모르는 것 같았다.

지노피 말티가 고향에 대해 어떤 견해를 가지고 있건 아스캄은 평화로운 지방이고, 그래서 머리에 자루를 쓴 채 교수대에 서 있는 사람의 모습은 목격자들에게 상당한 충격을 주었다. 어떤 의미에서 그 모습은 교수형 자체보다 더 무서웠다. 더불어 농담을 나눌 수 있고 악담을 나눌 수 있던 한 생명체가 무시무시한 익명성 아래에서 예비 시체로, 뼈와 근육과 살을 가지고 있지만 무정물에 불과한 무엇으로 바뀌는 모습은 사람들을 전율케 했다.

그리고 그 모습은 어떤 고집 센 대장장이로 하여금 죽마고우의 뒤통수를 후려치게 했다.

흉한 모습으로 쓰러지면서 노병 히다 켄은 무수한 갈등을 느꼈다. 물려받은 땅도 없고 장사할 밑천도 없었던, 그리고 너무 이른 나이에 사지육신 튼튼한 것에 만족하며 적당히 체면 깎이지 않을 정도로 살다가 조용히 사라지자는 결심을 내린 젊은이가 아스캄 수비대의 머릿수를 채워 주기로 결심한 이후로 근30년, 히다는 이토록 큰 무사의 갈등을 느낀 적이 없었다. 뒤돌아서서 저 빌어먹을 악우의 불알을 걷어차야 하나? 아니면 그냥 쓰러져야 하나? 나는 한번도 지노피에게 반대한 적이 없었어. 비겁해서 그랬나? 아냐. 귀찮아서 그랬던 거야. 망할 녀석. 오냐오냐 하니까 내가 제 편 들어주는 것이 당연한 것처럼 굴고 있어. 다른 사람 생각은 눈곱만큼도 못하는 못된 자식. 나 아니면 누가 그 성질 받아 주나. 하지만 나쁘지는 않았지. 저놈은 좋은 놈이야. 굶주린 곰보다 조금 괜찮다는 의미지만, 어쨌든 좋은 놈이지. 그래도 이건 너무하잖아.

결국 히다는 어떤 결정을 내렸기 때문이 아니라 머리가 아파서 아무 짓도 못했다. 그는 자신이 칼을 놓친 것인지도 알지 못했다. 그리고 땅에서 쓰린 턱을 들어 올렸을 때 히다는 자신의 칼을 주워 들다가 놓치고 다시 주워 드느라 비틀거리는 지노피를 보곤 욕설을 퍼붓고 싶은 참을 수 없는 충동을 느꼈다. 망할 놈, 똑바로 하지도 못하면서!

지노피 역시 자신이 좀 우스꽝스러운 모습임을 자각했다. 사람들 모두가 어처구니없다는 표정으로 쳐다보고 있으니 인정하기 싫어도 어쩔 수 없었다. 가까스로 칼을 주워 들기는 했지만 그 때문에 속도는 형편없이 줄어들었고, 지노피는 원래 계획처럼 교수대를 향해 전속력으로 달려가는 대신 천천히 걸으며 외치기로 했다.

"버르, 이 못된 자식! 곰덫에 자지 치인 사냥개 같은 놈! 당장 그 짓을 그만두지 못해?"

사람들은 그제야 지노피가 오랜 친구와 무슨 어이없는 장난을 치고 있는 것이 아니라는 것을 깨달았다. 새로운 상황에 대해 아직 평가를 내릴 순 없었지만 사람들은 흥분해서 버르 대장을 쳐다보았다. 버르는 얼굴을 심하게 찡그렸다.

"말티, 이건 교수형입니다. 물러나세요. 더 이상 행패를 부리면 봐드릴 수 없습니다."

"너야말로 그 장난을 멈추지 않으면 봐주지 않겠다! 도대체 무슨 생각이야, 사람을 죽이다니! 막둥이 버르가 사람을 죽이다니!"

버르의 부모들도 오래전에 포기한 애칭을 꺼낸 지노피의 행위는 다분히 전략적인 것이었다. 하지만 조금 지나친 시도였다. 버르 대장은 붉으락푸르락하며 외쳤다.

"멈춰! 이 미친 노인네. 어디서 노망질이야! 이놈 옆에 나란히 매달리고 싶어서 그래?"

뜻밖의 반응에 지노피는 주춤했다. 버르는 계속 외쳤다.

"병사들! 저 정신 나간 영감을 당장 붙잡아! 칼을 뺏어! 누가 피 보기 전에!"

병사들은 그제야 지노피가 들고 있는 칼의 의미를 깨달았다. 누군가를 다치게 할지도 모르는 물건이 괴팍한 노인의 손에 들려 있으며, 그 누군가는 바로 그들 자신이 될 수도 있다. 병사들은 자기 보존 본능에 의거한 분노를 느끼며 칼을 꼬나들었다.

'칼을 던져, 이 바보야!' 히다는 속으로 외쳤다. 하지만 좌우를 두리번거리던 지노피는 오히려 칼을 더 높이 들어 올렸다. 히다가 보기엔 무슨 생각이 있어서 그런 것이 아니라 그냥 손을 들어 올렸고 그 손에 칼이 쥐어져 있는 것에 불과했지만 병사들은 그렇게 여기지 않았다. 그들은 더욱 사나운 기색으로 칼을 앞으로 내밀었다. 히다는 그들이 지노피의 몸에 칼자국을 내 줄 작정이라는 것을 확신했다.

지노피 또한 느리게나마 사태를 이해했다. 하지만 그 반응은 히다와 정반대였다.

"이 새끼들이!"

지노피는 칼을 두 손으로 단단히 움켜쥐었다. 칼부림보다는 메질에 적합한 모습이었지만 그 기백만큼은 훌륭했다. 칼끝으로 좌우를 번갈아 겨냥하던 지노피는 갑자기 생각난 것처럼 교수대를 바라보았다.

완고한 대장장이는 교수대를 향해 달렸다.

놀랍게도 왼쪽 무릎은 기름칠이라도 한 것처럼 부드럽게 움직였다. 지노피는 유쾌함을 느꼈다. 양쪽에서 병사들이 낭패한 얼굴로 달려오고 있는데도 그는 노래라도 부르고 싶은 기분이었다. 지노피는 버르와 햄의 위치를 재빨리 살폈다. 햄은 자루를 쓴 채 비틀거렸고 버르는 얼굴을 벌겋게 물들인 채 계단을 내려오고 있었다. 계단에서 주춤거리다간 다가온 병사들에게 붙잡힐 수 있다고 생각한 지노피는 교수대의 높이를 살폈다. 그리고 그 어느 때보다도 자신감에 차 있던 지노피에게 2미터쯤 되는 교수대의 높이는 아무것도 아닌 것처럼 보였다. 뛰어오를 수 있다! 끝에 매달려서 단번에 뛰어오르던 왜! 지노피는 자신이 그럴 수 있다고 생각했다. 확고한 믿음 속에서 그는 땅을 박찼다.

중력에 대한 사람들의 천진한 믿음을 비웃으며, 새들에 대한 사람들의 애수를 무시하며, 지노피의 거대한 몸이 하늘로 날아올랐다.

높이, 더욱더 높이. 버르 대장의 입가에서 침 줄기가 영롱하게 반짝였다. 사람들의 경악한 얼굴에서 허연 각질들이 꽃잎처럼 떨어져 내렸다. 높이, 더욱더 높이. 지노피는 하늘을 날고 있었다. 새들의 영토를 걷고 바람의 호흡을 훔치고……

발이 땅에 닿지 않았다.

이르다 하기 어려운 시점에 지노피는 당황하여 자기 발을 내려다보았다. 그의 발은 교수대 윗부분에서 한참 떨어진 허공에 떠 있었다. 그리고 당장은 내려갈 기미가 보이지 않았다. 어이없는 상황에 지노피는 부끄러움마저 느꼈다. 내가 어떻게 된 거지? 왜 허공에 떠 있지?

그때 그의 귓가에서 굵은 목소리가 들려왔다.

"이봐, 얼굴 깨질 뻔했잖아."

고개를 돌린 지노피는 엄청난 위압감을 느꼈고, 그 때문에 자신이 뭘 보고 있는지도 몰랐다. 조금 후에야 지노피는 그것이 어떤 레콘의 얼굴임을 깨달았다. 하지만 지노피는 그런 각도에서 레콘의 얼굴을 본 적이 없었다. 신체 구조상 불가능하기 때문이다. 그는 어떤 레콘의 얼굴에서 겨우 몇 뼘밖에 떨어지지 않는 거리에 떠 있었다.

그때 지노피의 몸이 내려갔다. 몇 번 비틀거리다가 똑바로 선 지노피는 그제야 레콘이 허공에서 자신을 붙잡아 교수대 위까지 끌어 올려준 것임을 깨달았다. 지노피를 내려놓은 레콘은 햄에게 돌아섰다. 그때까지 충격 때문에 말을 못하고 있던 버르 대장이 힘겹게 외쳤다.

"이보시오! 뭐 하는 거요?"

레콘은 버르의 말에 아무 반응도 보이지 않았다. 큼직한 손가락들을 교묘하게 놀려 햄의 자루를 벗겨 낸 레콘은 그를 지노피 쪽으로 툭 밀었다. 살짝 건드린 것처럼 보였지만 햄은 쓰러질 뻔했고 지노피는 간신히 그를 붙잡아 부축했다. 레콘이 말했다.

"묶은 거 풀어 줘."

그것이 무슨 말인지 알 수 없었지만 지노피의 손은 벌써 햄의 포박을 붙잡고 있었다. 손에 대한 그의 편애는 정당한 것인 듯했다. 그때 버르 대장이 대단한 용기를 보였다.

"무슨 짓을 하는 거요? 이건 사형······."

벼락이 쳤다.

버르는 고막이 터질 것 같은 굉음에 눈을 감았다가 조심스럽게 떴다. 그리고 그의 앞쪽에서 계단이 사라진 것을 발견했다. 도대체 무엇이 그런 일을 저질렀는지 찾던 버르는 계단이 사라진 부분 아래쪽에서 추악하게 생긴 쇳덩이를 발견했다. 불규칙하게 가시와 칼날 같은 것이 돋아 있는 쇳덩이는 땅을 몇 센티미터는 파고든 모습이었고 그 뒤쪽으로 도개교 들어 올릴 때나 쓸 것 같은 쇠사슬이 이어져 있었다. 레콘은 그 쇠사슬의 반대쪽을 쥐고 있었다. 버르는 그것이 일종의 유성추라는 것을 깨달았지만 그 엄청난 크기 때문에 도저히 납득할 수 없었다. 그때 레콘이 쇠사슬을 훌쩍 잡아당겼다. 쇳덩이가 천둥 같은 소리를 내며 레콘의 손으로 회수되는 것을 보던 버르는 그제야 오줌을 쌀 것 같은 기분을 느꼈다. 레콘이 말했다.

"시끄럽다."

버르는 뒤로 물러났다. 자신의 발로 움직인 것인지, 달려온 병사들이 그를 끌어내린 것인지는 알 수 없었지만 어쨌든 버르는 조금 후 교수대에서 꽤 떨어진 위치에 서 있었다. 레콘은 버르에겐 크게 신경 쓰지 않은 채 지노피와 햄을 집어 차례로 교수대 아래쪽에 내려 주었다. 마지막으로 교수대에 내려온 레콘은 병사들을 흘끔 쳐다보았다. 그리고 이번에는 부리로 벼락을 쳤다.

"이것들은 어떻게 할까. 규리하 공—?"

맹렬한 계명성에 혼이 나갔던 버르는 잠시 후에야 그 내용에 주의를 기울였다. 그리고 버르는 왜 사람에게 마음먹었을 때 기절할 수 있는 능력이 없는지 안타까워했다. 비록 나라님이라는 호칭이 더 익숙하긴 했지만 그래도 그는 규리하의 통치자가 규리하 공이라고 불린다는 사실 정도는 알고 있었다. 까마득히 먼 저편에서 대답이 들려왔다.

"여기서는 하장군께서 말하는 이것들이 뭔지 안 보인다고 합니다—!"

"그럼 와—!"

사람들은 그제야 상황을 깨달았다. 부리로 폭풍을 만들어 낼 수 있는 레콘들이 수백 미터 이상 떨어져 '대화를 나누고' 있는 것이다. 그것은 옆 마을에 있는 사람과 대화를 나누는 것과 다름없었기에 사람들에겐 굉장히 기이했다. 사람들은 두려움에 차서 소리가 들려온 곳을 돌아보았다.

그리고 조금 후 일대 난동이 벌어졌다.

인파의 저편에서부터 비명이 터져 나왔다. 사람들이 다급하게 달리는 소리와 무엇인가가 넘어지는 소리가 뒤섞여 형언키 어려운 소음들이 들려왔다. 그때까지도 땅에 쓰러져 있던 히다 켄은 그 소란에 넋이 나갔다가 문득 누군가가 손을 내미는 것을 보았다. 그것이 지노피 말티의 손이라는 것을 깨달은 히다는 그 손에 의지하여 일어났다.

"뭐가 어떻게 된 거지?"

지노피가 떨리는 목소리로 말했다.

"나라님이야."

"뭐?"

"못 들었어? 규리하 공이라잖아. 나라님이야. 나라님이 오신 거야. 파노가 일을 저지른 거라고! 그 조용한 친구가 언젠가는 세상을 놀라게 할 줄 내 알고 있었지!"

히다는 지노피에게 평소 파노에 대해 하던 말과 좀 다른 발언 아니냐고 묻고 싶었다. 하지만 지노피 곁에서 반쯤 죽은 얼굴을 하고 있던 햄이 아버지의 이름에 퍼뜩 정신을 차렸고, 무엇보다도 군중 속에서 일어나던 소란이 최대로 치닫고 있었기에 말을 꺼낼 수 없었다. 히다는 겁먹은 얼굴로 군중들을 바라보았다.

그리고 히다는 군중의 머리 위로 그것이 다가오는 것을 보았다.
처음에 히다는 아스캄의 건물들이 갑자기 움직이기 시작한 것으로 알았다. 아니었다. 히다는 땅이 흔들리는 것을 느꼈고 비로소 우렁차게 울리는 일사불란한 발소리를 들었다. 그때까지 왜 그 소리를 듣지 못했는지 알 수 없었다. 지붕을 흔들고 벽을 춤추게 하는 굉음인데도.
숙원을 걸머지고 오만하게 걷는 거인들. 수백 명의 레콘들이 그들에게 다가오고 있었다.


틸러 달비는 맥이 풀리는 것만 같았다.
그는 폭정에 시달리는 불쌍한 이들의 구원자였지만 열렬한 환영으로 그 사실을 확인시켜 주는 아스캄 사람은 아무도 없었다. 사람들은 모두 가까운 집으로 도망쳤거나 도망치는 중이었고 넓은 광장에 서 있는 아스캄 사람은 극소수였다. 하지만 정우 규리하는 수백 명이나 되는 레콘들의 출현이 사람들을 두렵게 한 것은 당연하다고 생각했고 레콘 병사들 또한 익숙한 반응이었기에 개의치 않았다. 군대와 무관한 자들에게 엉겅퀴 여단이 어떻게 보일지 상상해 본 틸러 달비는 아스캄 사람들에 대한 섭섭함을 잊기로 했다.
물론 노련한 군인의 감각에도 엉겅퀴 여단은 껄끄러운 대상이다. 전원이 레콘으로 구성된 엉겅퀴 여단에서는 최하위 계급이 수전사다. 이곳에 하루에 보아도 좋다고 생각하는 숫자 이상의 교위나 수교위가 득시글거린다는 것을 떠올린 틸러 달비 부위는 속이 거북해지는 것을 느꼈다. 틸러는 수전사든 장군이든 모든 레콘은 어차피 오만하다는 것을 되새긴 후에야 겨우 진정할 수 있었다.

그렇지만 파노 긴시테와 햄 긴시테는 주위에 무엇이 있건 아랑곳하지 않았다. 부자는 서로를 끌어안고 목을 놓아 울고 있었다. 그 모습을 흐뭇하게 바라보던 정우는 누군가가 자신을 쳐다보고 있다는 것을 깨달았다.

"팡탄 하장군님?"

팡탄 하장군은 유성추 자루로 어떤 인간의 등을 쿡 찔러 앞으로 나서게 했다. 그 사람은 히다 켄이었고 그 곁에는 지노피 말티가 히다를 부축하고 있었다. 팡탄이 말했다.

"이 녀석이 아스캄 수비 대원이야, 규리하 공."

"한 명뿐이에요? 다른 병사들은 어디로 갔지요?"

"아까 물었는데 대답 안 했잖아. 그래서 놔뒀어."

"그 '이것들'이라는 것이 병사들이었군요."

"맞아. 잡아 올까?"

정우는 어쩔까 생각하면서 히다를 바라보았다. 그러나 그녀가 무슨 말을 꺼내기도 전에 지노피가 갑자기 땅에 엎드렸다.

"나라님 만세! 만세! 이놈은 아닙니다. 이 친구는 히다 켄이고 제 친구입니다. 아, 그리고 저는 지노피 말티라고 합니다. 우리는 햄 긴시테를 구하려고 했습니다. 이 친구야, 무릎 꿇어!"

지노피는 히다의 허리춤을 확 잡아챘고 히다는 하마터면 땅에 코를 부딪힐 뻔했다. 정우는 오른쪽 뺨을 손으로 받친 채 팡탄을 올려다보았다. 팡탄 하장군은 부리를 슬쩍 부딪쳤다.

"맞아. 구하려고 했어. 교수대에 박치기를 해서 무너뜨리려고 하더군."

정우는 고개를 갸웃했고 지노피는 못마땅한 소리를 내었다. 몇 마디 설명이 더 오간 후에야 정우는 무슨 일이 있었는지 알게 되었다. 그녀는 환하게 웃으며 지노피와 히다에게 손을 내밀었다. 지노피와 히다의 손을 하나씩 붙잡은 채 정우는 호의 가득한 표정으로 말했다.

"와, 정말 용감해요! 레콘도 아닌데."

기분이 나쁜 것은 아니었지만 지노피와 히다는 앞에 있는 소녀가 정말 나라님이 맞는지 의심스러웠다. 어쨌든 그들은 존귀한 나라님이 사신들을 이렇게 스스럼 없이 대할 수 있다고 여기기 어려웠다. 하지만 그녀의 명령을 따르는 것 같은 수백 명이나 되는 레콘들은? 상식이 온갖 방향으로 공격당하는 것을 느끼며 지노피와 히다는 똑같은 결론을 내렸다. 그들은 말수를 줄이기로 했다. 정우는 두 사람이 갑자기 과묵해진 것이 아직 충격에서 헤어나지 못했기 때문이라 여기고 팡탄 하장군에게 말했다.

"그럼 골케 남작한테 가죠. 병사들도 거기 있겠지요?"

"뭐 그렇겠지. 이봐, 수비 대원, 안내해."

히다는 골케 남작의 성으로 향하는 길을 가리켰다. 히다는 그것으로 안내를 마치고 어딘가로 도망치고 싶었지만 레콘들이 곧 움직였기에 물러가고 싶다고 말할 기회를 놓쳤다. 어쩔 수 없이 히다는 그들과 함께 걸었다. 그에게 좀 위안이 된 것은 지노피 또한 물러가지 않고 함께 걸어 준다는 사실이었다. 지노피는 일부러 찾아와서라도 구경할 모습이니 물러가라는 말을 듣기 전에는 떠나지 않을 작정이었다. 그리고 파노 노인과 햄 또한 남작에게 억류되어 있는 새댁을 되찾기 위해 동행했다.

자연스럽게 레콘이 아닌 사람들은 한자리에 모였다. 인간인 틸러 달비를 발견한 지노피는 그에게 말이라도 붙여 보고 싶었다. 그는 틸러에게 도대체 왜 나라님의 언동이 저렇게 이상한지 묻고 싶었다. 하지만 바로 곁에 정우가 걷고 있기에 말을 꺼내기 쉽지 않았다. 그때 히다가 갑작스럽게 외쳤다.

"즈믄누리에 계신 공녀님!"

지노피는 기겁하여 히다를 돌아보았다. 히다는 열정적인 얼굴로 정우를 바라보고 고개를 끄덕였다.

"이제 떠올리다니, 세상에! 즈믄누리에 계신다는 공녀님이 맞지요? 규리하로 돌아오셨군요!"

정우는 방글방글 웃다가 결국 틸러를 돌아보았다.

"제가 공녀예요?"

"그렇긴 합니다, 규리하 공 아가씨. 하지만 거기에는 규리하 공의 영애라는 뜻밖에 없습니다. 아가씨께서는 규리하 공의 호칭을 사용할 수 있는 장녀이시니 적절하지는 않군요."

"하지만 제가 아버지의 딸인 것은 맞잖아요. 그래서 속상하기도 하지만 어쨌든 그건 사실이에요. 공녀가 훨씬 짧은데요. 당신도 '규리하 공 아가씨' 같은 긴 호칭 대신 그걸 쓰는 것이 어때요?"

"말씀드렸듯이 공녀님은 적절하지 않은 것 같군요."

"그럼 각하는?"

여유 있게 대답하던 틸러의 입이 갑자기 다물어졌다. 히다와 지노피, 파노와 햄은 갑작스러운 침묵에 주눅 들어 두 사람을 훔쳐보았다. 틸러가 조용하게 말했다.

"규리하 공 아가씨라고 부르는 것이 마음에 안 드십니까?"

"아뇨. 하지만 왜 짧은 말을 놔두고 긴 말을 쓰는지 궁금했어요."

 정우가 즉흥적으로 떠올린 의문이 아니라는 것을 알게 된 틸러는 사실대로 말해야 함을 직감했다.

 "죄송합니다. 각하의 지위가 제겐 명실상부하지 않은 것으로 여겨졌기 때문이었습니다."

 틸러의 예상대로 정우는 가벼운 미소로 화답했다. 그리고 그녀는 소외되어 있던 사람들에게 밝게 말했다.

 "그래요. 제가 그 공녀예요. 태어나자마자 규리하를 떠났는데 제 이미지를 쉽신 준은 몰랐고요."

 낯선 이와 억지로 어울려야 하는 사람이 상대방과 공통점을 발견하면 흔히 그러듯이 히다는 매우 기뻐하며 정우의 이야기를 잘 알고 있노라고 말했다. 그리고 몹시 궁금해하는 지노피와 햄, 파노 등을 위해 히다가 들려준 이야기를 통해 그것이 애석한 오해임이 밝혀졌다. 정우는 자신의 탄생이 규리하 변경백의 멸망을 의미한다는 예언을 한 사람이 누군지 궁금했다. 하지만 이어지는 히다의 이야기, 즉 변경백이 차마 딸을 죽일 수 없어 대신 아무도 빠져나올 수 없는 미궁인 즈믄누리로 보냈다는 이야기는 정우를 그만 매료시켰다. 다른 도깨비와 마찬가지로 정우는 즈믄누리를 미궁이라 생각해 본 적이 없지만 인간의 눈에는 그렇게 보일 수도 있고, 따라서 그것은 꽤 앞뒤가 맞는 이야기였다. 그래서 정우는 어이없는 허구인데도 히다의 이야기를 경청했다. 결국 예언이 이루어져 변경백은 멸망했으니 그것이 바로 풍문으로 전해 듣던 이번 전쟁이라는 히다의 설명은 정우를 포함한 모든 사람들을 감탄하게 했다. 히다는 억울하게 갇혀 있던 공녀가 마침내 규리하로 돌아와 선정을 펼치게 되었으며, 우리의 못된 남작을 처벌하는 것은 약속된 선정의 첫걸음이라는 해석으로 끝을 맺었다. 그래서 정우는 난처한 처지에 빠졌다. 이야기를 실컷 즐긴 다음에 그것이 헛소문이라고 말해야 하기 때문이다.

되도록 히다의 기분이 상하지 않도록 애쓰며 조심스럽게 이야기의 잘못된 부분들을 수정하는 정우를 보며 틸러 달비는 상념에 잠겼다.

틸러 달비에게 정우는 자신이 감당할 수도 없는 상황에 빠져 동생의 칼에 목숨을 잃을 뻔한 무력한 여인으로 나타났다. 도깨비들 사이에서 자라난 정우에게 틸러는 인간 귀족들에게서 기대할 수 있는 교활함이나 사람을 압도하는 오만을 기대할 수 없었다. 정우의 처지가 유쾌하진 못했기에 틸러는 정우에게 상냥하려고 애썼으며 실제로 그러했지만, 상냥함의 이면에는 간혹 거론키 어려운 오만한 감정이 숨어 있는 법이다. '상냥한 사람들이 사는 마을은 모든 사람이 서로를 깔보는 마을이라고 말했던 것이 가이너 카쉬냅이었던가, 라수 규리하였던가?' 틸러는 얕볼 수 있는 사람에게만 친절할 수 있는 사람에 대해 말하는 그 경구가 좀 극단적이라고 생각했지만 자신이 정우를 존경했다고 말할 수는 없었다. 그런데 그녀는 아무렇지도 않게 '그럼 각하는?'이라고 물었다.

틸러 달비는 진짜 상냥함을 발휘한 사람이 누구인지 의심스러웠다. 각하라는 호칭을 사용하는 대신 규리하 공 아가씨 같은 이상한 호칭을 쓰는 방식으로 당신이 전쟁 포로인지 변경백령의 정통 계승자인지 잘 모르겠다는 의사를 드러내는 사람을 가만히 참아 준 사람은 누구인가. 도깨비에게서나 기대할 수 있는 오만함 없는 상냥함을 참을성 있게 보인 사람은 누구인가.

'당신을 진작 각하라 불렀어야 했던 것인지도 모르겠군요.'

그때 아스캄 사람들과 수다를 떨던 정우가 지나가는 말처럼 말했다.

"아, 참. 틸러? 긴말 써요."

틸러는 눈을 조금 크게 뜬 채 정우를 바라보았다. 정우가 말했다.

"당신이 괜찮다면 앞으로도 규리하 공 아가씨라고 불러요. 어쩐지 특별한 느낌이 나니까 좋아요. 물론 여러분이 공녀라고 부르는 것도 좋아요. 세세기 높은 사람들이 얼마나 딱딱하게 서로를 부르는지 아세요? 정우라고 불린 지 너무 오래되어서 제가 정우가 맞는지조차 의심스러웠어요. 정우라고 불러 달라고 부탁하니까 바로 들어주신 분은 대장군님뿐인데, 아, 미안해요. 정우는 즈믄누리의 도깨비들이 붙여 준 이름이에요. 정우 규리하. 도깨비들이 고향 이름을 쓴다는 것은 아시죠? 예, 맞아요. 바우 머리돌은 머리돌에서 태어난 바우. 비형 스라블은 스라블에서 태어난 비형이라는 식이죠. 그렇죠! 지노피, 저는 고향 이름과 실제 성이 같았던 거예요. 도깨비 식으로는 규리하에서 태어난 정우니까 정우 규리하. 킴 식으로는 규리하 가문에서 태어난 정우니까 역시 정우 규리하. 기막히죠?"

잠깐 틸러에게 향했던 정우의 주의가 다시 아스캄 사람들에게 옮겨 갔다. 하지만 그녀의 말은 틸러에게 오래도록 남았다.

남작의 성이 가까워졌다.

언덕 위쪽에 있는 성을 대충 훑어본 틸러는 어렵잖게 성이 전투 준비에 들어가 있음을 알 수 있었다. 성문은 굳게 닫혀 있었고 성루 위에는 창검의 빛이 번득였다. 골케 남작은 아스캄에 어떤 자들이 나타난 것인지에 대해서는 제대로 전해 들은 모양이다. 하지만 그 반응은 무모했다. 틸러는 자신이 참가했던 전투에서 오뢰사수의 다섯 레콘의 공격 앞에 규리하 성이 어떤 꼴을 당했는지 똑똑히 목격했다. 또한 아스캄으로 오면서 엉겅퀴 여단의 공격 앞에 케나린 요새가 어떻게 무너졌는지에 대해서도 들을 기회가 있었다. 남작의 성은, 물론 성이라는 이름에 못 미치는 건물은 아니었지만, 규리하 성이나 케나린 요새에 비하면 좀 튼튼한 집에 지나지 않았다. 성의 분위기를 보던 정우가 콧잔등을 긁적거렸다.

"틸러, 골케 남작이 전투 준비를 하고 있는 것 같은데, 맞나요?"

"그런 것 같습니다." 틸러는 잠깐 고민한 다음 말했다. "규리하 공 아가씨."

정우는 방긋 웃으며 신뢰감 담긴 눈으로 틸러를 바라보았다. 그리고 다시 골케 남작의 성을 쳐다보았다.

"남작도 정말 용감하군요. 아스캄 사람들은 다 용감한가요? 진짜 이 많은 레콘을 상대할 수 있다고 생각하는 걸까요?"

틸러는 팡탄 하장군을 흘끔 쳐다보고 말했다.

"제 생각엔 엉겅퀴 세 송이면 골케 남작의 착오를 바로잡아 줄 수 있습니다."

"세 송이? 세 명이오?"

"예. 싸울 사람 한 명, 그 사람이 너무 흥분했을 경우 말릴 사람 두 명입니다."

정우와 아스캄 사람들은 놀란 눈으로 틸러를 바라보았지만 팡탄 하장군은 퉁명스럽게 고개를 끄덕였다. 사람들이 그를 쳐다보자 팡탄은 설명했다.

"맞아. 300명이나 끌고 왔는데 저런 새둥지라니. 대장군이 호들갑 떠는 성격은 아닌데. 그렇다면 우리를 출동시킨 건 여기 있는 녀석이 대단해서가 아니라 규리하 공 너를 잘 보호하라는 뜻이었나 보군. 너, 중요한가 보지?"

정우는 자신이 중요한지 잘 모르겠다는 말을 하려다가 얼핏 틸러를 돌아보았다. 틸러는 이렇게 말하라는 눈짓을 보냈다. '팡탄 하장군은 같잖은 적 때문에 화가 나 있습니다. 자기가 중요한 사람 때문에 움직였다고 믿게 하세요.'

"글쎄요. 부담스럽게도 대장군님은 그렇게 여기시나 봐요. 저는 잘 모르겠지만."

"중요할 거야."

팡탄은 만족했고 틸러도 만족했다. 그리고 조금 후 틸러는 자신의 눈짓이 좀 과했던 것이 아닌가 의심하게 되었다. 정우가 꺼낸 충격적인 말 때문이었다.

"하지만 삼백 분이 오신 것은 잘됐어요. 여러분 모두가 필요할 것 같으니까."

불과 얼마 전 정우를 무시한 자신에 대해 질책을 보냈던 것을 잊고, 틸러는 믿을 수 없다는 얼굴로 정우를 노려보았다. 그는 정우에게 레콘 300명이 일으키는 파괴력이 어떤 건지 짐작한다고 믿는다면 큰 오산이라고 외치고 싶었다. 단지 그들에게 헛수고했다는 기분을 느끼게 하기 싫어서 그런 파괴력을 해방하는 것은 더없이 무책임한 일이라고도 외치고 싶었다. 하지만 틸러는 그러지 못했다. 거대한 레콘이 파괴 본능에 눈을 빛내며 상체를 확 숙이는 것은 침묵의 충분조건이 되기 때문이다.

"다 필요하다고 했나?"

정우는 미소 지으며 고개를 끄덕였다. 그 천진한 미소를 본 틸러는 갑작스러운 깨달음에 소름이 쫙 돋는 것을 느꼈다. 도깨비는 상냥하지만 죽음에 대해서는 다른 선민 종족들과 공유하기 힘든 견해를 가지고 있다. 어쨌든 그들은 가족이 죽었을 경우 그 죽음에 대해 다른 사람도 아닌 사망자 자신과 담소할 수 있는 자들이다. 물론 피에 대한 비가역적인 거부감 때문에 도깨비들 사이에서 무차별 살인광이 나타날 수는 없다. 하지만 틸러는 정우에게 들었던 이야기를 잊을 수 없었다.

'저는 괜찮아요. 매달 보니까.'

이미 알고 있었지만 조합할 생각은 해 보지 않았던 정보들을 서로 맞춰 본 틸러는 눈앞에 있는 여인이 얼마나 끔찍한 존재가 될 수 있는지 깨달았다. 죽음을 대수롭지 않게 여기고 피를 두려워하지 않는 자. 자신에게 그렇게 대하는 사람은 용감하다고 일컬어진다. 하지만 타인에게 그렇게 대하는 사람은 괴물이라고 불린다. 틸러는 정우의 얼굴을 유심히 바라보았다. 정우가 싱긋 웃었을 때 틸러는 오싹함을 느꼈다.

그 후 16시간 동안 아스캄의 지배자 골케 남작은 페시론 섬에 떨어진 기분을 느꼈다.


기괴하고 무서운 밤이었다.

사람들이 대지의 그 지점을 아스캄이라 부르기로 합의한 이래 그런 밤은 한번도 없었다. 아스캄의 주민들은 물론이거니와 그들이 키우는 가축, 아니 아스캄에 있는 생명체 중 그 어떤 것도 그날 밤 잘 수 없었다. 밤이 살해당하며 내지르는 비명 같은 굉음 때문이었다.

모든 폭풍이 아스캄에 모여 회동을 가진 것 같았다. 수십 킬로미터 바깥에서도 세상의 구조가 바뀌는 것 같은 소리를 들을 수 있었다. 그러나 불빛은 없었다. 그리고 두려움에 떨며 깨어 있어야 했던 사람들은 그 이유를 짐작했다. 방화는 인간의 폭력이다. 불을 자유로이 다루는 도깨비는 비폭력적이고 나가들은 나무를 태우는 일에 질색한다. 그리고 아스캄에 닥친 전대미문의 밤을 시배하는 데콘은 불을 끄크는 일은 째째하다고 여기는 종족이다. 그들은 가지고 태어난 몸과 최후의 대장간에서 받은 무기로 직접 부딪치는 쪽을 훨씬 선호한다. 그 때문에 엉겅퀴 여단의 레콘 병사들이 저지른 일이 명백하게 드러난 것은 다음 날 아침이 찾아왔을 때였다.

틸러는 정신을 질식시키는 광경이라고 생각했다. 그리고 그렇게 생각하는 것이 그만은 아닌 것 같았다.

틸러는 멍한 얼굴로 뒤를 돌아보았다. 아스캄 사람들이 모여들고 있었다. 어린애는 하나도 없었고 다섯 명 이하의 무리도 없었다. 이곳이 바로 그들에게는 고향임을 떠올린 틸러는 갑자기 그들이 어떤 느낌일까 궁금했다. 물론 물어본다 해서 대답을 들을 수도 없을 것이다 그들도 어떻게 표현해야 할지 알 수 없을 테니까. 그래서 틸러는 자신의 인상을 정리할 수 있기를 바라며 다시 역사적 사건의 현장을 돌아보았다.

아무 생각도 들지 않았다.

차라리 정우가 레콘들에게 남작의 병사들을 주살하라고 명령했다면, 성벽을 부수고 기둥을 꺾고 대들보를 모조리 주춧돌 아래로 쑤셔 넣으라고 명령했다면 틸러는 분노와 슬픔 속에서 그 행위를 평가할 수 있었을 것이다. 하지만 골케 남작의 성이 지난 밤에 당한 일은……

"실례합니다, 장군님."

틸러는 화들짝 놀라 뒤를 돌아보았다. 그리고 곧 자신의 행동을 후회했다. 틸러의 다급한 동작에 놀라 굳은 얼굴을 하고 있는 사람은 대단히 늙은 인간 노인이었다. 노인의 등 뒤로 꽤 먼 곳에 사람들이 모여 웅성이고 있었다. 틸러는 노인이 사람들을 대신해 자신에게 온 것임을 곧 깨달았다. 틸러는 부드럽게 말했다.

"놀라시게 해서 죄송합니다, 영감님. 저는 장군이 아니라 부위입니다. 장군이 돌리면 열심히 도는 부위지요. 무슨 일입니까?"

"아, 예. 그러신가요? 바쁘지 않으시다면 여쭐 것이 있어서요, 부위님."

"말씀하세요."

"저, 도대체 남작님의 성이 어떻게 된 겁니까? 그리고 저건, 저건 도대체 뭐죠?"

틸러는 쓴웃음을 지었다.

"영감님이 보시기에는 어떻습니까?"

"예?"

"영감님, 믿기 싫으시겠지만 무슨 일이 일어난 건지 아시잖습니까. 보면 누구나 알 수 있는 거지요. 그렇지 않습니까?"

노인은 고개를 끄덕였다. 하지만 그것은 틸러의 타이르는 듯한 어조에 대한 반사적인 동작일 뿐 그때까지 노인은 자신이 무엇을 아는지 알지 못했다. 그러다가 노인의 머릿속에 어떤 단어가 떠올랐다. '생매장.' 노인은 왜 그런 끔찍한 단어가 떠올랐는지 의아해하다가 마침내 자신이 알고 있다는 것을 깨달았다. 노인은 황급히 숨을 들이마셨다. 사레가 들렸는지 몇 번 기침을 한 노인은 많이 낮아진 음정으로 말했다.

"정말입니까?"

"그렇습니다."

"정말…… 정말 저 아래에…… 그러니까…… 생매장한 겁니까!"

틸러는 고마움을 느꼈다. 그가 정확하게 표현할 수 없었던 것을 노인이 정확하게 알려 주었다.

"네, 이니번의 니피님께서 곧게 낮잠을 범하기 위해 그의 성을 묻었습니다."

노인은 틸러가 배가 고파서 하늘치를 구워 먹었다고 말한 것 같은 표정을 지어 보였다. 틸러 자신도 스스로의 말에서 비슷한 인상을 받았다. 자신에 대한 확신을 얻기 위해 틸러는 고개를 돌렸고, 원하던 것을 얻었다. 틸러는 맥없이 생각했다. '그럼 저건 성 무덤이라고 불러야 하나?'

그 안에 성이 묻혀 있는 흙더미라면 성 무덤이라고 불러도 될 것이다.

골케 남작의 성이 있던 언덕에는 지금 성보다 조금 큰 규모의 흙더미가 쌓여 있었다. 정우의 명령에 따라 팡탄 하장군과 300명의 레콘들은 16시간 만에 성을 깨끗이 묻어 버린 것이다. 그 말도 되지 않는 짓을 위해 언덕 뒤편에 있던 산의 형태가 일부 변경되었다.

앞으로 모든 역사가들이 특기하고 모든 호사가들이 찾아와 구경할 위업을 달성한 영웅들은 지금 노동 후의 나른한 피로 속에 드러누워 있거나, 몸에 묻은 흙을 툭툭 털고 있거나, 땅바닥에 앉은 채 옆사람과 담소하고 있었다. 간혹 웃음이 들려오기는 했지만 전체적으로 언덕 아래쪽의 그들은 틸러와 다른 계절, 좀 더 느긋한 계절에 속해 있는 것 같았다. 틸러는 그들이 왜 통제가 불가능할 정도로 흥분하지 않았는지 알 수 없었다. 그가 보기에 엉겅퀴 여단 1대대의 병사들은 상대의 짜증 나는 장광설을 묵묵히 들어 주다가 지나가는 말처럼 '옛날에 성 하나를 묻었지.'라고 말할 수 있는 권리를 획득한 것이다. 하지만 지금 그 레콘들은 옛친구와 함께 이야기할 추억 거리를 하나 만들었다는 기쁨밖에 보여 주지 않았다.

틸러의 의문을 풀어 준 것은 두어 시간 후 깨어난 정우였다.

한밤의 대역사가 종료되어 비로소 고요함이 찾아들었을 때 정우는 어떤 교위에게 뭔가를 부탁했다. 교위는 자신의 배낭을 비운 다음 그 안에 나무 막대기를 세워 간단한 천막을 만들었다. 몸에 난 풍성한 깃털 때문에 레콘들은 천막은커녕 모포도 제대로 가지고 다니지 않지만 그 배낭 천막은 정우의 체구에 알맞았다. 정우는 두 번 생각하지 않고 그 안에 기어 들어가 잠들었다. 다른 사람과 마찬가지로 틸러는 도깨비들이 잘 자는 것을 높은 덕의 증거로 생각한다는 것을 알고 있었다. 하지만 틸러가 보기엔 저런 일을 저질러 놓고도 태평한 레콘이나 그런 충격적인 풍경 앞에서 태연히 잠드는 정우나 똑같이 이해 불가능한 자들이었다.

두 명의 레콘 병사들이 지키던 배낭에서 정우가 눈을 비비며 걸어 나왔을 때 틸러는 자신의 표정이 지나치게 의문스럽지 않기만을 바랐다. 주위의 레콘들 중 누군가가 그런 말을 할 리는 없기에 틸러는 정우에게 씻을 곳으로 안내하겠다고 말했다. 정우는 고마워하며 그를 따라나섰다. 그것은 조금 위험한 광경이었다.

정우가 두 손으로 얼굴을 가린 채 걷겠다고 고집했기 때문에 틸러는 장님을 인도하는 기분을 느꼈다.

"미안해요. 하지만 불로 깨끗이 씻는 도깨비들 사이에서 자란 여자가 지저분하게 보이는 것을 싫어한다는 것은 이해하겠죠?"

"이해합니다. 규리하 공 아가씨."

틸러가 미리 수배해 둔 집으로 걸어가며 레콘들에 대한 이야기가 나왔다. 정우는 레콘들이 흥분하지 않는 것이 하나도 이상하지 않다고 생각했다.

"저것이 서분들의 숙원이있다면 지분들도 스스로에게 자랑스럽겠지요. 하지만 아니잖아요?"

"스스로에게 자랑스럽지 않을지는 모르겠지만 다른 사람들에게 자랑할 일은 충분히 되잖습니까."

정우는 이상하다는 듯이 고개를 갸웃했다. 얼굴을 가린 채 그렇게 했기 때문에 몇 걸음 비틀거렸다. 중심을 회복한 정우는 고집스럽게 손을 얼굴에 붙인 채 말했다.

"비형 어르신께서 승천한 티나한에 대해 들려주신 이야기가 생각나네요. 티나한은 하늘치에 오르고 싶어했지만 다른 사람보다 먼저 올라가려고 애쓰지는 않았대요. 결국 가장 먼저 하늘치에 오른 사람은 알다시피 막타드 신뷰레와 킬소 펜, 주키 네미……."

"그리고 참관하러 갔다가 바강제로 올라가게 된 오레놀 선사였지요. 그리고 티나한은 그 사실에 대해 유감스러워 하지 않았고요. 저도 레콘이 자기 숙원을 다른 사람이 먼저 이루는 일에 신경 쓰지 않는다는 것은 압니다. 그런데요?"

"레콘들이 다른 사람이 이룬 일에 관심 없다면, 다른 사람이 성을 파묻었다 해도 부러워하거나 약올라 하지는 않을 거예요.

재미있어 할지는 몰라도요. 다른 레콘들이 그럴 것을 아는데 저분들이 왜 자랑하겠어요?"

틸러는 아버지를 동정했다. 멍청한 아들을 두셨으니까. 정우의 말이 옳았다. 레콘은 개인주의자다. 그들이 뭔가를 자랑한다면 그 대상은 자기 자신밖에 없다. 그리고 다른 사람이 아니라 스스로를 감동시키기 위해 숙원에 도전한다.

정우의 세면은 틸러의 기대대로 굉장했다. 틸러는 정우의 세면법에서 도깨비불로 씻기에 물로 씻는 일에 대해서는 잘 모르는 도깨비들이 어린 그녀에게 경쟁적으로 건넸을 기상천외한 조언의 흔적들을 많이 찾아볼 수 있었다. 그나마도 아이저 규리하가 파견한 교사가 많이 교정시켜 준 것이라니 틸러는 보다 어린 시절의 정우를 보지 못한 것이 안타까울 따름이었다. 세면을 마친 정우를 다시 언덕으로 안내하면서 틸러는 자신이 레콘이 아닌 것에 감사했다. 굉장한 것을 보았노라고 자랑할 수 있으니까.

땅에 앉아 있던 골케 남작은 넋이 빠진 얼굴로 자신의 주군을 올려다보았다.

골케 남작과 그의 가솔들, 성을 지키던 아스캄 수비 대원들이 성을 뛰쳐나온 것은 성의 1층 부분이 반쯤 묻혔을 때였다. 뛰쳐나가야 한다는 기분을 느낀 것은 훨씬 이른 시점이었지만 성안의 사람들은 자신들이 겪는 일이 장난이나 거짓 위협이 아니라는 것을 확신하는 데 많은 시간을 소모했다. 상식이 포용할 수 있는 수준을 넘어서는 일이었기 때문이다. 마침내 바깥의 레콘들이 정말로 성을 묻어 버릴 작정이라는 확신이 모든 사람을 덮쳤을 때 그들은 어떤 전망이나 계획도 없이 동시에 성을 뛰쳐나왔다. 따라서 체포는 간단했다. 엉겅퀴 여단의 병사들은 방을 치우는 정도의 노고만으로 그들을 한자리에 말끔하게 정리할 수 있었다. 밤새도록 땅에 앉아 있어야 했지만 그들 중 300명의 레콘을 뚫고 탈주할 수 있다는 과대망상을 가지고 있는 사람은 없었다.

골케 남작은 원망하거나 분노를 터뜨릴 생각도 들지 않는다는 얼굴로 정우를 멍하니 올려다보았다. 정우는 어깨를 으쓱이고 틸러에게 물었다.

"아스캄의 등기소장은 어느 분이지요?"

"어젯밤에 말을 타고 도망쳤습니다."

"어머? 왜 말을 타고 도망친 거죠? 급 스피디라도 당연히 감옥 따라 도망쳐야 할 텐데."

"일반적으로는 그렇지요. 하지만 구헬 협곡 때문에 상류로는 갈 수 없고 하류로 도망친다면 중간에 배에서 내려야 합니다. 스지우나 데린보트로 가려면……." 문득 틸러는 정우가 규리하의 지리를 모른다는 사실을 떠올렸다. "그러니까, 그럴 수밖에 없습니다. 조금 전 네 명의 병사가 붙잡으러 갔으니 늦어도 저녁까지는 잡아 올 겁니다."

"그렇군요. 파노 영감님의 자부는 어느 분이죠?"

"그 여인은 집으로 보냈습니다. 몸이 상한 것은 아니지만 정신적 고초가 심해서 빨리 쉬게 하는 것이 좋을 것 같아서요. 나라님이 깨실 때까지 기다렸다가 꼭 인사를 하겠다고, 그리고 남작의 따귀를 한 대 치기 전에는 돌아갈 수 없다고 고집을 부리는 것을 겨우 돌려보냈지요. 파노와 그 아들은 그녀를 집에 데려다 놓자마자 돌아오겠다고 했습니다."

"그런가요? 잘하셨어요, 틸러."

주위의 레콘들이 조금씩 이쪽을 향해 몸을 움직이거나 고개를 돌렸다. 레콘들의 모습에 질려 감히 다가오지는 못하지만 아스캄의 사람들도 멀찌감치 떨어진 곳에서 신경을 곤두세운 채 바라보고 있었다. 정우가 말했다.

"도깨비들은 저를 정우라고 부르지요. 킴 식으로 말씀드리자면 저는 변경백 아이저 규리하의 딸 비셀스입니다."

골케 남작은 아무 말도 하지 않았다. 정우는 두 손을 모아 배 앞에 붙였다.

"보시는 것처럼 남작님의 집이 사라졌어요. 그러니 이젠 아스캄 사람들의 집에서 사세요."

틸러는 흠칫했다. 조금 떨어진 곳에서 남작이나 그의 병사가 무슨 짓을 하는지 빈틈없이 바라보던 팡탄 하장군도 벼슬을 약간 꿈틀하며 정우를 바라보았다. 남작이 궁금하기 짝이 없다는 얼굴로 말했다.

"뭐……?"

"아스캄 사람들의 집에서 살라고 했어요. 한곳에 너무 오래 머물지는 마세요. 폐가 되니까. 사흘 넘게 한집에 머무시면 안 돼요. 물론 어떤 아스캄 사람들도 남작님을 머물지 못하게 해선 안 돼요. 같은 음식을 먹고 같은 잠자리에서 자며 사흘 동안은 머물게 해 줘야 해요."

골케 남작은 혼란스러운 얼굴로 말했다.

"왜……?"

"열심히 일해서 남작님을 먹이고 입히는 사람들이 누군지 잘 모르시는 것 같으니 알게 해 드리려는 거예요. 그렇게 직접적으로 가르쳐 드려도 모른다면 남작님은 바보겠지요. 스스로와 아스캄을 위해 바보가 되지 않는 것이 좋을 거예요. 바보가 아스캄을 지배할 수는 없으니까."

 남작은 정신이 번쩍 드는 것 같았다. 골케 남작은 처음으로 완전한 문장을 말했다.

 "그게 무슨 말씀이십니까, 규리하 공?"

 "남작님은 지금까지 그랬던 것처럼 앞으로도 아스캄의 통치자예요."

 "제가 아스캄의 통치자라고요? 제가요?"

 "그래요. 아스캄 사람들에게 밥을 얻어먹고 잠자리를 제공받고, 그 대신 아스캄을 농사지으세요. 나중에 돌아와서 남작님이 잘하고 계신다면 저 성을 도로 파내 드리지요. 만일 보수가 어려울 정도로 망가졌다면 다른 성을 짓도록 도와드리고요. 하지만 그렇지 않다면 남작님에게서 다른 것을 뺏겠어요."

 대취한 레콘이 골케 남작의 목을 술병으로 착각하고 꽉 움켜쥔 것처럼 남작의 얼굴이 하얗게 바뀌었다.

 "다른 것? 다른 것이오? 어떤 것 말씀이십니까?"

 "그건 모르겠어요. 하지만 아스캄에 대한 통치권 외에는 모든 것이 대상이 될 수 있겠지요. 통치권만은 끝까지 남아 있을 거예요. 남작님은 계속해서 아스캄을 통치해야 하니까. 통치에 필요하지 않은 것이라면 무엇이든 뭍을 수 있겠지요."

 틸러는 그 무엇이든이라는 말이 정말 무서우면서도 적절한 말이라고 생각했다. 성채 한 기를 통째로 묻었는데 무엇이든 못 묻겠는가. 아스캄 수비 대원들은 다음에 묻힐 것이 남작의 군대가 되고 말 거라는 확신 속에 영을 흘린 것 같은 표정을 지었다. 골케 남작 또한 비슷한 생각을 하는 듯했다. 창백한 얼굴로 바라보는 골케 남작에게 정우는 방긋 미소를 지었다.

"잘해 보세요. 팡탄 하장군님?"

정우의 말에 대해 생각하고 있던 팡탄 하장군은 갑작스러운 호출에 놀라 정우를 바라보았다. 정우가 말했다.

"죄송하지만 제 말을 다시 외쳐 주시겠어요? 다른 분들도 알아야 하니까."

팡탄 하장군은 고개를 끄덕였다. 그는 숨을 크게 들이쉬었다. 세 배로 늘어날 때까지 몸을 부풀렸던 팡탄은 곧 계명성을 뿜어내었다.

아스캄의 모든 사람들에게 정우의 선고가 울려 퍼지기 시작했다. 자신의 선고였지만 정우는 주저 없이 두 손으로 귀를 막았다. 틸러는 꽤나 실용적인 태도라고 생각했지만 꼭 묻고 싶은 것이 있었기에 정우를 방해할 수밖에 없었다. 틸러가 자신의 입을 가리키는 것을 본 정우는 조금 고민하다가 결심한 듯 오른쪽 귀를 막은 손을 뗐다. 그리고 그 귀를 틸러의 입 앞으로 가져갔다. 틸러는 손나팔을 만들고 외쳤다.

"규리하 공 아가씨! 그러면 안 된다고 가르쳐 주고 앞으로 안 그러겠다는 약속을 받겠다고 하신 건 이런 뜻이셨습니까?"

그리고 틸러는 자신의 귀를 정우의 입 앞으로 가져갔다. 정우 또한 손나팔을 만들었다.

"네! 남작님이 이해할 수 있는 방법으로 알려 드릴 생각이었어요!"

"그런데 출발하실 땐 호위자가 레콘 300명이라는 것을 모르셨잖습니까?"

"예! 몰랐어요! 갑자기 출발했으니까! 그런데요?"

"그러면 그때는 무슨 방법을 쓰실 생각이셨습니까?"

"아무 생각 없었는데요? 남작님이 어떤 분인지도 모르는데 그분을 어떻게 이해시킬지 미리 알 수 있었겠어요!"

틸러는 곧 대답하려다가 잠깐 멈추고 고함지르느라 새빨개진 정우의 얼굴을 바라보았다. 그 사람을 알지도 못하면서 그 사람을 이해시킨다는 것은 어불성설이다. 정우는 이곳에 와서 남작을 보았고 그가 성에 기대어 끝까지 싸울 것을 결심한 것을 확인한 다음 그에게서 성을 제거했다. 할 일이 없어진 레콘 300명이 때마침 가까이 있었으니. 정우의 말이 옳았다. 하지만…… 갑작스럽게 틸러는 웃음이 흘러나오는 것을 느꼈다. 채 수습하지 못한 미소를 입가에 문힌 채 틸러는 손나팔로 외쳤다.

"그게 누구라도 그 사람을 알면 그 사람을 이해시킬 수 있다고 믿으세요?"

정우는 틸러가 왜 웃는지 알지 못했다. 하지만 어진 도깨비들이 흔히 그렇듯 그녀는 상대가 웃으니 덩달아 웃으며 외쳤다. 바로 그때 팡탄의 계명성이 끝났다. 그래서 갑작스럽게 찾아온 고요 속에 정우의 외침이 크게 울렸다.

"믿고 싶어요!"

# 제 5 장

"아마도 이런 오해에는 레콘에 대한 비스그라쥬 백의 잘못된 선입견 또한 작용한 바가 클 것이다. 나는 비스그라쥬 백 데라시의 무지몽매함을 유감스러워하며 다음과 같이 그의 주장을 논박한다.

비스그라쥬 백 데라시의 첫 번째 실수는 아무런 논리적 근거 없이 타이모의 최종 목표와 자신의 최종 목표가 동일하다고 단정한 것이다. 타이모가 원한 것은 비스그라쥬 백이 그러리라 믿는 것과 절대적으로 다른 것이다. 백작이 타이모의 철학을 일부라도 이해했다면 우스꽝스럽기 짝이 없는 염수의 비유는 들지 않았을 것이다. 나는 타이모의 목표를 잘 차려진 요리상에 비유하고 싶다. 타이모가 원한 것은 인간이 인간답게, 도깨비가 도깨비답게, 레콘이 레콘답게 행동하면서 그 모든 행위가 조화를 이루는 제국이다. 절대로 비스그라쥬 백이 상상하는 것처럼 모든 것을 한데 뒤섞어 뭐가 뭔지도 모르게 되는 잡탕 찌개 같은 것이 아니다. 보다 적은 단계를 지향하는 것이 공리라고 말하는 비스그라쥬 백 데라시는 요리사에게 하나의 솥에 모든 음식 재료를 집어넣고 한꺼번에 요리하라고 조언할 사람이다. 그를 이해 못하는 바는 아니다. 비스그라쥬 백 데라시는 나가이며, 그가 태어나 자란 사회에는 요리사가 없다.

   비스그라쥬 백 데라시의 두 번째 주장을 보자. 지배권은 지배자가 아닌 피지배자들에게서 나온다는 그의 분석에는 이의가 없다. 피지배자의 능동적이거나 수동적인 동의 없이는 어떤 자도 다른 사람들을 지배할 수 없다. 그런데 비스그라쥬 백 데라시는, 고의로 그런 것인지는 알 수 없지만 능동적 동의만을 신세히고 있다. 비스그라쥬 백은 지배자가 되길 원하는 한두 명의 레콘은 존재할 수도 있지만 피지배자가 되길 원하는 절대다수의 레콘 집단을 구성하는 일은 불가능하다는 이유에서 타이모를 비웃었다. 물론 그것은 불가능하다. 하지만 전술했듯이 동의에는 능동적인 동의뿐만 아니라 수동적인 동의도 있다. 레콘이 왜 수동적인 동의를 하지 못한다는 말인가? 능동적이라는 말의 예로써 부족함이 없는 레콘들도 자신의 숙원에 관계된 일이 아니라면 얼마든지 수동적일 수 있으며, 실제로 현재 레콘들은 치천제의 지배권을 수동적으로 인정하고 있다. 만약 비스그라쥬 백 데라시가 능동적인 동의만을 동의로 인정하겠다면, 나는 그에게 충성 서약에 대한 치천제의 반감을 설명해 보라고 말하겠다. 충성 서약이야말로 황제의 지배권에 대한 영주들의 능동적인 동의 수단이다. 하지만 치천제는 그런 능동적 동의를 부정하고 있으며 오히려 수동적인 동의만을 요구하고 있다.
 셋째…….″

 ― 쥐딤 선언문 중 일부. 쥐딤 선언문에 따르는 전설은 다음과 같다. 비스그라쥬 백 데라시의 강연이 있은 날로부터 닷새 뒤 쥐딤 대학 출판부는 지멘과 아실의 방문을 받았다. 책상 하나와 지필묵을 요구한 아실은 한 시간 만에 선언문을 써 버렸고 지멘은 출판부원들에게 정중히 인쇄를 요청했다. 이틀 뒤 제국군이 쥐딤 대학 정문에 도착할 때까지 오천 매가량의 선언문이 인쇄되었다. 지멘과 아실은 두둠한 선언문 묶음과 함께 사라졌고 이후 제국 곳곳에서 쥐딤 선언문이 발견되었다. 덧붙여 말한다면, 쥐딤 대학장은 쥐딤 선언문이라는 이름의 원인이 된 '쥐딤 대학 출판부의 도움으로 인쇄되었음.'이라는 문구를 빼지 못한 출판부원들에게 어떤 견책 처분도 내리지 않았다고 한다. 지멘의 정중한 요청이 어떤 것인지 알았기 때문이다.

## 깨어난 불씨

"아직도 따라오고 있네요. 이젠 숨지도 않아요."

지멘은 아실의 말에 약간의 우려를 느꼈다. 그 내용 때문에 그런 것은 아니다. 아실이 추격자를 보고 있다면 그것은 기녀가 배낭에서 머리를 내밀고 있다는 뜻이다. 지멘은 이 혹독한 추위가 인간에게 얼마나 해로운 것인지 짐작할 수도 없었다. 아실이 다시 말했다.

"돈이 없다면 야외 생활하는 재주라도 좋아야 할 텐데. 혹시 쫄쫄 굶고 있는 것 아닐까?"

아실의 말투는 염려라기보다는 고소하다는 기색이었다. 지멘은 어찌할까 하다가 몸을 돌리기로 했다. 그러면 추격자의 모습을 직접 확인할 수도 있고 더 이상 추격자를 볼 수 없게 된 아실이 배낭 속으로 들어갈지 모른다. 그래서 지멘은 몸을 돌려 그가 걸어왔던 빙원을 바라보았다.

사람이 거주할 수 있는 최북단 지역 라호친에서도 다시 북쪽으로 며칠을 걸어야 도달할 수 있는 이 땅의 나이는 한 살. 한 번도 봄이나 여름, 가을을 겪지 못했으니까. 이 늙은 신생아는 연륜 깊은 화가와 이제 막 그림을 배우기 시작한 미술학도가 비슷한 수준의 초상화를 내놓을 수 있을 법한 얼굴을 가지고 있다. 아무것도 그리지 않은 하얀 도깨비지만으로 표현될 수 있을 것 같은 지독하게 하얀 풍경.

지멘은 그 백색의 세계 속에 움직이는 하나의 점을 바라보았다.

발케네에 들어선 지 이틀이 되었을 때 지멘과 아실은 그 점을 발견했다. 그리고 또 이틀이 지났을 때 지멘과 아실은 그것이 누구인지에 대해 이견을 보이지 않게 되었다. 그것은 나나본과 발케네의 경계선에서 그들을 괴롭혔던 뭄토였다.

그 순간부터 아실은 지멘의 반응을 유심히 살폈다. 그러나 지멘은 아실이 유념할 만한 반응을 보이지 않았다. 역설적이게도 지멘은 추적자의 존재가 확인된 이후부터 추적자가 존재하지 않는 것처럼 행동했다.

아실은 뭄토에 대해서 걱정하지 않았다. 다만 지멘의 무관심이 마음에 걸렸다. 발케네로 입국하기 전에 겪은 일련의 사건들을 통해 지멘에게 어떤 변화가 생긴 듯했다. 지멘이 그녀에게 말을 하지 않기 때문에 아실은 그 변화가 정확히 무엇인지 알 수 없었다. 하지만 아실은 지멘의 변화와 뭄토에 대한 무관심은 어떤 연관이 있는 것 같다고 생각했다. 그래서 기회가 닿을 때마다 아실은 추적자의 존재를 환기시키는 말들을 지멘에게 건넸다. 무반응으로 일관하던 지멘이 단 한 번 반응을 보인 것은 하루 전의 일이었다.

최후의 대장간까지 하루를 남겨 둔 시점에서, 아실은 최후의 대장간에 무기를 받으러 온 젊은 레콘들이 있다는 이야기를 꺼냈다. 하지만 지멘은 누구나 다 아는 그 사실이 어쨌냐는 눈으로 아실을 쳐다볼 뿐이었다. 아실은 한숨을 내쉬고 싶은 것을 애써 참았다.

"물론 뭄토는 최후의 대장간에 있는 젊은이들을 규합해서 우리에게 덤비려고 시도할 수 있어요. 그곳에 있는 젊은 레콘들은 무기를 받은 다음 숙원 사업에 뛰어들거나 신부 탐색에 도전할 테니 돈이 필요할 거예요. 그렇잖아요? 뭄토는 그런 계획 때문에 다른 곳에서 일 벌이지 않고 여기까지 그냥 따라온 것인지도 몰라요."

지멘은 팔짱을 끼고 아실의 지적에 대해 숙고했다. 그 숙고는 지나치게 길었다. 견디다 못한 아실이 괜한 지적을 한 번 해 본 것에 불과하다는 것을 고백하려 했을 때 지멘이 말했다.

"뭄토에겐 돈이 없다. 그러나 니에겐 돈이 있다."

바로 아실이 하려 했던 말이다. 아실은 지멘을 유심히 살피며 말했다.

"예, 맞아요. 뭄토가 마지막 대장간에서 다른 레콘들을 규합한다면 현상금을 담보로 한 외상이 될 수밖에 없지요. 하지만 우리는 현금 박치기로 다른 레콘들을 유혹할 수 있겠지요. 마지막 대장간에 있는 젊은이들이 바보가 아니라면 우리에게 붙을 거예요. 뭄토 쪽에 붙으면 당장 돈이 생기는 것도 아니고 당신과 싸우느라 다치거나 죽을지도 모르니까. 혹 성공한다 해도 현상금을 독식하려는 녀석이 나타나서 개판이 될지도 모르고요."

아실은 그런 대답을 통해 자신이 이미 그 대답을 고려해 둔 의문을 말했다는 것, 즉 지멘을 떠보려 했다는 것을 지멘이 알아차리길 바랐다. 하지만 지멘은 해답이 나왔으니 그 문제에 대해서는 더 고민할 필요가 없다는 듯 뭄토를 의식 저편으로 날려 보냈다. 그가 중얼거린 말은 최후의 대장간을 마지막 대장간이라고 부르는 아실의 말버릇에 대한 혼잣말뿐이었다. 그것은 타이모의 버릇이기도 했다.

아실은 그런 미지근한 반응이 마음에 들지 않았다. 어쨌거나 아실과 지멘은 수배자이며 긴장감을 대가로 호흡을 버는 자들이었다. 그런 지멘이, 비록 위험이 될 가능성이 적은 뭄토가 대상이지만, 무관심으로 일관한다는 것은 아실에게 꽤 위험하게 보였다. 아실은 그 나룻배 위에서 지멘에게 도대체 무슨 변화가 일어난 것인지 궁금했다. 그러나 아실은 레콘이 아니었고 물웅덩이로 가득한 땅에서 보낸 하룻밤과 강 위에서 보낸 몇 분의 시간이 지멘에게 끼친 영향을 짐작할 수 없었다. 그렇다고 해서 그것을 화제로 꺼낼 수도 없었다. 그런 화제를 레콘에게 건네는 것보다 더 무례한 일도 별로 없을 것이다.

아실은 결국 시간을 더 두고 지멘을 관찰하기로 결정했다. 최후의 대장간을 지척에 둔 거리에서 아실이 한 번 더 뭄토에 대해 거론한 것은 그런 관찰의 일환이었다.

그러나 지멘은 아실이 배낭 속으로 들어가자 곧 몸을 돌렸다. 최후의 대장간으로 이어지는 그날의 남은 여정 동안 아실은 그것이 무슨 의미인지 고민해 보았다.

어떤 레콘이든 고향이 어디냐고 물어본다면 태어난 장소를 알려 줄 것이다. 하지만 레콘에게 바람에서 익숙한 냄새가 나고 만물의 빛깔이 원래 그러해야 하는 색을 띠는 장소가 어디냐고 물어보면 레콘은 당황하거나 화를 낼 것이다. 레콘의 성정을 고려한다면 화를 낼 가능성이 더 높다. 레콘에게 고향은 사전적 의미의 뜻밖에 없다. 따라서 인간이나 나가가 레콘에게 향수를 설명하기 위해 출생지를 생각해 보라고 말하는 것은 소용이 없다. 재치 있는 사람이라면 레콘에게 최후의 대장간을 생각해 보라고 요구할 것이다. 레콘은 상대가 말하고자 하는 느낌이 무엇인지 여전히 이해하지 못하겠지만, 어렴풋이 느낄 수는 있을 것이다.

 사람이 거주하는 최북단의 도시에서도 다시 북쪽으로 한참 올라간 곳에, 빙원 한가운데 느닷없이 솟아난 거대한 산 아랫부분에 웅장한 건물이 있다. 대부분은 얼음산 내부에 있어 앞쪽에서 보면 전면의 일부밖에 보이지 않지만 그 모습만으로도 건물 전체의 거대한 규모를 짐작하기에 무리가 없다. 구름에게 지도받은 채식가가 그려 넣은 듯한 희미한 얼룩 무늬로 뒤덮여 있는 건물이 바로 최후의 대장간이다. 레콘들의 평생 반려가 되는 무기들이 내어나는 곳이니.

 그 자신이 즈라더의 죽음을 집행했지만, 지멘은 즈라더의 도끼가 최후의 대장간에 도달한 이 시점에야 비로소 즈라더가 죽었음을 실감했다. 모순된 감정은 계속 떠올랐다. 지멘은 자신이 죽인 즈라더가 부러웠다. 납병을 하면 다시는 무기를 쥘 수 없고, 죽음이 임박한다 해도 무기를 휘두를 마지막 호흡을 남겨 두려 애쓰는 것이 레콘이기에 납병례는 거의 시행되지 않는다. 납병을 할 기회가 온다 해도 미련 때문에 무기를 포기하지 못하는 것이다. 그리고 그런 기회는 아마도 지멘에겐 절대로 주어지지 않을 것이다.

 극연왕이 건설한 도로를 지나 거대한 계단을 올라가면서 지멘은 경외감과 친근함이 뒤섞인 복잡한 감정을 느꼈다. 그 순간의 지멘은 향수가 무엇인지 거의 이해할 수 있는 존재가 되어 있었다. 부드럽지만 크게 일렁이는 감정의 동요 속에서 지멘은 최후의 대장간 안으로 들어섰다.

 지멘의 벼슬이 꼿꼿하게 섰다.

 그의 검은 몸에서 눈과 얼음가루가 가볍게 튕겨 날아올랐다.

갑작스럽게 얼음을 뒤집어쓴 아실은 고개를 들었다. 그녀는 지멘의 호흡이 뚝 멈춘 것을 깨닫고 깜짝 놀라 그의 배낭 끈을 움켜쥐었다. 그리고 그의 어깨 위로 기어 올라가 무엇이 지멘을 놀라게 했는지 찾아보았다.

아실은 인간이었고 이전에 최후의 대장간을 본 적이 없었다. 그래서 무엇이 지멘을 경직시켰는지 알 수 없었다. 애써 잘못된 점을 찾아보려 애쓰던 아실은 자신이 성질 못된 트집쟁이가 된 것 같았다. 그도 그럴 것이, 그녀와 지멘의 앞쪽에 펼쳐진 광경은 대단히 활기찬 것이었다.

늘어선 열주들이 딱정벌레를 탄 도깨비가 어렵지 않게 비행할 수 있을 것 같은 높은 천장을 떠받치고 있었다. 열주들 사이에 묶인 화려한 장막들에는 큼직한 글씨들이 적혀 있었다. '테트모의 만능 도구', '기능성 단도 염가 판매', '방랑자의 길벗' 등 여러 가지 문구들이 장막을 수놓았고 그 아래에는 온갖 물건들이 쌓인 탁자가 놓여 있었다. 탁자 뒤편에는 상인들이 자신의 물건을 구매하지 않는 자에게 닥칠 다양한 비난을 맹렬한 기세로 암시하고 있었다. 물론 그 앞에서는 만만찮은 기세의 구매자들이 상품의 하자와 상인의 양심에 관계된 미지의 논리들을 박력 있게 설파하고 있었다. 다섯에 한 사람은 달리고 있었고 셋에 한 사람은 얼굴이 벌게져 있었다. 그리고 거의 모든 사람들이 목청껏 고함지르고 있었다. 어쩐지 취향에 맞는 곳이라는 느긋한 생각을 하던 아실은 문득 위화감을 느꼈다. 어떤 것이…….

'야하다.'

아실은 그렇게 생각했고 위화감의 정체를 깨달았다. 그녀 앞의 풍경은 활기차다 못해 천박했다. 아실이 타이모에게 들었던 것들을 통해 예측한 최후의 대장간은 훨씬 재미없는 장소였다. 지멘이 최후의 대장간에 대해 취하는 태도는 경건한 것이었다. 그래서 아실은 최후의 대장간이 엄숙하고 근엄한 장소일 거라 생각했다. 하지만 눈앞에 보이는 광경은 전혀 그렇지 않았다. 아실은 의심의 눈을 떴다. 그제야 그녀는 지멘이 이미 느꼈던 충격을 느꼈다. 레콘의 깃털 덮인 얼굴은 붉게 변하지 않는다. 빨간 얼굴로 고함지르고 있는 사람들은 인간이었다.

최후의 대장간답게 평소에 볼 수 있는 것보다 훨씬 많은 레콘들이 있었지만 인간들 또한 적지 않았다. 하지만 그것은 있을 수 없는 일이었다. 무기를 제작하는 것도 레콘이고 그 무기를 필요로 하는 것도 레콘이니 최후의 대장간에 인간이 있을 이유가 없다. 아실은 지멘에게 인간이 여기서 무엇을 하는지 물어보려 했다. 그러나 지멘은 그를 향해 다가오는 어떤 인간 소년에게 주의를 뺏겼다.

"뭘 고르러 오셨습니까?"

인간 소년은 쾌활하게 말을 걸었다. 인간이라면 당연히 보일 법한 레콘에 대한 경계심은 손톱만큼도 보이지 않았다. 지멘은 놀랐지만 아실 또한 그녀 자신보다 더 레콘에게 익숙한 소년의 등장에 놀랐다. 두 사람이 아무 말 없자 소년은 다시 짜랑짜랑 울리는 목소리로 외쳤다.

"칼 좀 보시겠습니까? 손님 인상으로 보니 통칼이겠군요. 그렇지요?"

지멘의 부리가 겨우 열렸다.

"나는……."

"당연히 통칼이지요! 여기 좀 보세요. 구경만 해도 됩니다!"

깨어난 불씨 433

놀랍게도 소년은 지멘의 손을 붙잡아 끌려는 몸짓을 했다. 조그마한 인간 소년이 지멘을 끌고 다닐 수야 없겠지만 인간이 감히 그를 통제하려는 듯한 몸짓을 보인 것에 당황한 지멘은 저도 모르게 소년에게 끌려갔다. 소년은 가까이 놓인 탁자로 지멘을 끌고 갔다. 탁자 위에는 역시 화려한 장막이 걸려 있었고 거기엔 '헤치카의 만년검, 일인일인(一人一刃)'이라고 씌어 있었다. 아실은 소년이 탁자 위에서 장검 하나를 힘겹게 들어 올리는 것을 보았다. 그러나 그 칼은 장검치곤 지나치게 폭이 넓었고 아실은 곧 그것이 레콘의 단검임을 깨달았다. 하지만 삽과 톱과 도끼가 뒤섞여 있는 것 같은 그 단검을 쓰려면 아주 개성이 강한 레콘이어야 할 것 같았다. 소년은 단검의 무게에 버거워하며 외쳤다.

"어이쿠, 쓰러지겠네. 좀 들어 보세요!"

지멘은 엉겁결에 그 괴상한 단검을 집어 들었다. 소년은 반색하며 외쳤다.

"어떻습니까? 잡아 보신 기분이? 손에 착 달라붙지요?"

아실은 소년의 상술에 감탄했다. 지멘의 손에 칼을 쥐어 주기 위한 일련의 행위가 틀에 박힌 듯 매끄러웠다. 손에 쥔 단검을 바라보던 지멘은 이 가당찮은 상황에서 벗어나야겠다고 판단했다.

"그러니까 나는 납병을······."

"예! 납병하러 오셨겠지요. 가지고 계신 구식 무기는 눈을 감아도 보이겠네요. 어이쿠! 이건 도대체 무슨 괴물인지. 옛날 레콘들은 정말 이해하기 어렵지 않습니까, 손님?" 아실은 지멘이 어느새 손님이 된 것에 감동했다. "레콘은 자기 몸이 이미 무기인데 뭣 때문에 이렇게 부피 크고 무겁고 거북한 것을 가지고 다녔는지. 손님 손에 있는 단검을 보십시오! 어떤 상황에서도 신뢰

할 수 있는 최종 도구란 그런 것을 말하는 거지요. 접칼 같은 것은 못 써요. 건달들이나 한 손으로 홱 펼치면서 까부는 거지요."

"젠장. 그따위 헛소리 그만두지 못해!"

갑자기 뛰어든 날카로운 외침에 지멘과 아실은 고개를 돌렸다. 조금 떨어진 곳에서 어떤 체격 좋은 인간 여인이 우락부락한 팔을 흔들며 다가오고 있었다. 소년은 조금 긴장한 듯했지만 기가 꺾이긴 싫은 듯 턱을 빳빳하게 든 채 여자를 맞이했다.

"이봐요, 아줌마. 지금 흥정 중인 거 안 보이나? 서로 지킬 건 지키고 삽시다."

"누가 흥정에 뛰어들고 싶어서 뛰어드냐? 이 버릇없는 새끼. 접칼에 대한 말도 안 되는 소리 나불거린 녀석이 누구야!"

여자는 기세 좋게 뒤춤에서 접칼 하나를 꺼냈다. 그것 또한 레콘이 사용함 직한 큼직한 칼이었지만 여자는 어렵지 않게 날을 펼쳐 앞으로 내보였다. 그 칼을 보던 아실은 놀랐다. 그것은 뭄토가 가지고 다니던 접칼과 똑같은 물건이었다.

"눈썹에 고드름 달린 거 아니면 똑바로 보라고! 접칼이 뭐 어째?"

소년은 불만 가득한 얼굴로 투덜거렸다.

"긴말 안 하겠어요. 딱 한 가지만 물어보지. 그거 손잡이로 망치질 할 수 있어요? 손님도 좀 생각해 보십시오. 속이 텅 빈 접칼 손잡이로 망치질을 하면 칼이 어떻게 되겠습니까? 난리 나는 거죠."

지멘이 그 가상 실험에 대한 자신의 견해를 피력할 기회는 없었다. 여자가 악을 쓰듯 외쳤다.

"자랑할 것이 딱 그거 하나지!"

"어디 그것뿐이겠어? 통칼이 더 튼튼하다는 것은 상식이에요. 접었다 폈다 하는 물건이 튼튼해 봐야 통칼을 당하겠어요? 도구는 무조건 튼튼한 것이 최고라고."

"무식한 소리 하고 있네. 넌 도끼로 종이 자를 거냐? 연장은 작업에 딱 맞는 것이 최고라고. 그리고 칼이 아무리 튼튼해도 칼로 바위 자를 일 있냐? 쓰는 도중에 안 부서지면 충분히 튼튼한 거야. 무식한 꼬마 놈아. 그리고 통칼이 튼튼하다 해도 그 늙은 헤치카가 만든 물건이야 뻔하지."

이번에는 소년이 격분했다.

"말 다했어요! 우리 영감은 나무만 좀 쳐도 이빨 빠지는 그따위 장난감 파는 사람한테 그런 소리 들을 분이 아냐!"

"뭐? 장난감? 말 다했냐? 그럼 충돌 시험 해 봐!"

"그 말 진심이쇼? 칼 부서지고 나서 헛소리할 거 아니지?"

"헛소리는 네가 하게 될걸. 헤치카한테 맞기 싫으면 빨리 잘못했다고 해."

"내가 이게 무슨 복이야? 드디어 꼴 보기 싫은 아줌마 장사 치르는 꼴 보게 됐네. 합시다! 이 손님한테 부탁하지. 어때요?"

여자는 두 말 없이 자신의 칼을 지멘에게 내밀었다. 지멘은 엉거주춤하니 그것을 바라보다가 망치를 내려놓고 접칼을 받아 들었다. 영문을 알 수 없다는 표정으로 소년과 여자를 바라보던 아실은 지멘의 양손에 하나씩 들려 있는 단검을 보고서야 그들이 무엇을 원하는지 알았다. 그들은 단검을 서로 부딪쳐 어느 칼의 이가 빠지는지 시험해 보라고 권하고 있었다. 지멘이 물었다.

"충돌 시험?"

소년이 기운차게 외쳤다.

"그래요! 부딪쳐 보세요, 손님. 우리 힘으로는 못하니까. 그 접칼 부숴 버려요."

"끝까지 헛소리를. 통짜로 된 거니 튼튼하다고 믿는 건 네 자유지만, 부딪치는 것은 칼날이고 칼날 처리에는 우리 사후 따라올 대장장이 없어."

"두고 봅시다. 손님. 당장 그걸…… 지금 뭐 하십니까?"

소년을 윽박지르던 여자는 소년의 질문에 몸을 돌렸다. 그리고 두 단검이 모두 바닥에 놓여 있는 것을 발견했다. 단검들을 땅바닥에 내려놓은 지멘은 옆에 두었던 망치를 들어 올렸다. 그리고 바닥을 조심스럽게 겨냥했다. 여자의 얼굴이 부풀었고 반대로 소년의 얼굴은 홀쭉해졌다. 그들은 뭔가 말하려는 애처로운 시도를 했고, 성공하지 못했다.

지멘은 무자비하게 망치를 내리쳤다.

폭발적인 충돌음에 인파의 소음이 싹 사라졌다. 흥정 중이던 사람들도, 정신없이 달리던 사람들도 모두 하던 일을 멈추고 놀란 얼굴로 지멘 쪽을 바라보았다. 지멘은 천천히 망치를 들어 올렸다. 그 아래 박살 난 단검 조각들이 흩어져 있었다.

여자와 소년은 그대로 혼절해도 이상할 것이 하나도 없는 얼굴을 한 채 지멘을 올려다보았다. 지멘은 무감동하게 말했다.

"둘 다 약해."

소년이 비명을 질렀다. 뒤이어 여자 또한 비명을 질렀다. 아마도 똑같이 비명을 지르는 것 또한 공정 경쟁의 일환이라고 믿는 듯했다.

놀라운 소동과 함께 주위가 상당히 한적해졌다. 인간과 레콘들은 지멘과 아실을 중심으로 한 상당히 큰 원을 구성했다. 뭔가

끔찍한 일이 일어날 것은 분명했지만, 아실은 조그마한 인간 소년과 좀 크지만 역시 인간인 여자가 어떤 폭력을 이끌어 낼지 알 수 없었다. 하지만 뒤이어 터져 나온 외침은 구경꾼들의 처신이 올바른 것임을 알려 주었다. 여자와 소년이 째지는 목소리로 외쳤다.

"무우울! 사후, 물 끼얹어 줄 녀석이 나타났어요!"

"그래요! 헤치카 영감님, 물 가져와요!"

아실은 확신했다. 지멘이 물이라는 소리를 듣자마자 도망치지 않은 것은 '사후'와 '헤치카'가 어디서 나타날지 알 수 없었기 때문이다. 지멘은 두드리면 맑은 종소리를 낼 정도로 굳은 채 눈만 뒤룩거렸다. 조금 후 사후와 헤치카로 짐작되는 레콘들이 나타났을 때 아실 또한 충격으로 뻣뻣해졌다.

누가 사후이고 누가 헤치카인지 알 수 없었지만 한쪽은 나이가 많아 보이는 레콘이고 다른 쪽은 그보다 훨씬 더 늙은 레콘이었다. 두 레콘을 바라본 아실은 그들이 대장장이임을 직감했다. 깃털이 많이 빠진 팔뚝이나 하얗게 변한 부리 끝을 보고 깨달은 것은 아니다. 그들은 모두 물이 찰랑거리는 양동이를 들고 있었다. 아실의 견해로는 피투성이 시체를 끌고 나타난 도깨비만이 그들의 충격적인 모습에 감히 비교될 수 있을 것 같았다.

공교롭게도 두 레콘은 지멘을 가운데 둔 채 앞뒤에서 나타났다. 그들이 다가옴에 따라 구경꾼들 중에 있던 레콘들이 기겁하며 몸을 피했다. 멍한 기분 속에서 아실은 인간들이 깔려 죽지나 않았는지 걱정했다.

지멘에게서 몇 걸음 떨어진 곳에 도달한 두 대장장이는 동시에 걸음을 멈췄다. 아실은 지멘의 벼슬을 쥐어뜯을 듯이 움켜쥐었다. 두 대장장이는 합의나 한 것처럼 지멘의 모습을 위아래로 관찰했다.

둘 중 더 늙은 레콘이 소년에게 말했다.

"뭐지?"

"저 녀석이 상품을 부쉈어요, 헤치카!"

한쪽이 헤치카로 판명되자 다른 쪽이 누군지도 분명해졌다. 아실은 사후를 돌아보았다. 사후는 여자에게 질문했다.

"그런데 너는 왜 불렀냐?"

"우리 상품도 부쉈어요!"

사후는 노기를 띠며 몸을 부풀렸다. 그는 기운차게 물동이를 들어 올렸고 구경꾼들 사이에서 비명이 터져 나왔다. 아실은 구경꾼들 중 레콘의 모습이 상당히 줄어들었음을 깨달았다. 사후는 물동이를 위협적으로 내밀며 말했다.

"훔친 것도 아니고 부쉈다고? 도대체 이게 무슨 개떡 같은 소리야. 야, 검은 녀석. 설명해 봐."

그 순간 지멘이 몸을 옆으로 휙 틀었다.

아실은 자신의 하반신이 허공에 붕 떠오르는 것을 느꼈다. 결사적으로 지멘의 벼슬 끝에 매달린 덕분에 아실은 아래로 떨어지는 지경을 모면했다. 순식간에 사후와 헤치카를 양쪽에 오게 만든 지멘은 양손을 들어 올렸다. 그 손에는 어느새 망치와 도끼가 쥐어져 있었다. 지멘은 두 무기를 머리 위에서 교차시키듯 들었다. 사후는 검은 레콘이 항복의 의미로 그렇게 한 것이라 생각했지만 곧 생각을 바꿨다. 지멘이 고개를 조금 숙였기 때문이다. 두 팔 때문에 양쪽에 있는 대장장이들을 볼 수 없어서 그렇게 한 것이며, 그래서 사후는 지멘이 무기를 양쪽으로 던질 채비를 갖추었음을 깨달았다. 지멘은 고개를 떨어뜨리고 속삭이듯 말했다.
"손에 든 걸 내려놔라."
사후 쪽을 향하고 있는 것은 망치였다. 높은 곳에서 자신을 노리고 있는 대호의 모습에 사후는 약간 놀랐다. 최후의 대장간에서 대장장이로 일한 지 제법 되었지만 사후는 그런 망치를 보지 못했다. 그러나 사후 또한 레콘이었고 순순히 물동이를 내려놓을 생각은 없었다. 그때 바닥에 있던 단검의 잔해들을 보던 헤치카가 갑자기 소년에게 말했다.
"돔, 어떻게 된 거냐?"
"예?"
"너 혹시 이 친구에게 칼 골라 보라고 떼썼냐?"
돔은 입을 닫은 채 눈을 끔뻑거렸다. 헤치카는 고개를 끄덕였다.
"그랬군, 녀석. 너 저 친구가 다른 젊은이들처럼 무기 구하러 여기 오는 길에 납병례를 치른 늙은이들의 무기 두 자루를 맡아서 가져온 거라고 짐작했지? 그래서 납병은 천천히 해도 되니까 일단 무기부터 골라 보라고 떠든 거지?"
"다른 녀석들이 채가기 전에 빨리 손님 붙잡아야 하잖아요."
"널 너무 많이 칭찬한 것 같군. 돔, 이 녀석아, 반만 맞았다."
헤치카는 물동이를 내려놓았다. 사후는 찔끔했다. 그는 자신이 공격 목표가 되기 전에 물동이를 내려놓아야 하는지, 검은 레콘이 물이 없어진 쪽으로 도망칠 거라 믿고 그대로 물동이를 들고 있어야 하는지 알 수 없었다. 갈등하는 그와 달리 헤치카는 태평한 태도로 돔에게 설명했다.
"두 자루 중 한 자루는 납병 때문에 온 것이 맞지만 다른 한 자루는 저 친구의 무기다. 이미 무기를 가지고 있는데 무기를 골라 보라고 떼쓰니 짜증이 나서 부순 거잖아."

돔은 기가 막힌다는 듯이 팔을 쭉 내뻗어 지멘의 망치를 가리켰다.

"예? 늙은이 아니면 누가 저런 구닥다리 옛날 무기를 써요? 저 사람 그렇게 늙어 보이지는 않는데?"

"어린 너한테는 그렇게 느껴지겠지만 그렇게 옛날은 아니야. 너 태어나기 전까지만 해도 많은 레콘들이 저런 무기를 집병했다. 내가 제대로 기억하고 있는지 모르겠지만 저기 있는 황제 사냥꾼도 너 태어나기 전에 여기서 무기를 받아 갔을 거다."

자신이 태어나기 전이면 영웅왕 시대와 동일하다는 의미의 말을 꺼내려던 돔은 뜻밖의 이름에 경악했다. 갑자기 다리가 덜덜 떨리는 것을 느끼며 돔은 지멘을 바라보았다. 헤치카가 말했다.

"내 기억이 맞나, 지멘?"

무례한 일이었지만 지멘은 헤치카의 질문에 대답하지 않았다. 사후를 똑바로 노려보고 있었기 때문이다.

사후는 서서히 물동이를 내려놓았다.



돔은 생물학을 습득하던 무렵에 자신이 인간임을 깨달았고, 문화현상학을 습득하던 무렵에 자신의 이름이 좀 짧다는 인상을 받았다. 그 일이 일어난 것은 대략 그의 나이가 여덟 살쯤 되던 해였다. 만약 돔에게 아홉 살이 오지 않았다면 그 문제를 좀 더 생각해 볼 수도 있었을 것이다. 하지만 아홉 살은 찾아왔고, 돔은 자신이 익혀야 할 학문의 영역이 대폭 늘어났음을 알았다. 그래야만 하는 줄 알았기에 돔은 심리학과 언어학, 경제학, 수학 등을 익혔다. 흥정을 하고 호사스러운 말로 상품의 가치를 선전하고 돈을 받고 거스름돈을 내어 줄 수 있게 되자 돔은 자신이 인생의 정점에 서 있다는 느낌을 받았다. 물론 어정쩡한 열한 살과 괴로운 열두 살은 그런 생각이 황당한 오해임을 가르쳐 주었다. 열세 살이 되었을 때 돔은 여덟 살 때 자신을 의아하게 했던 문제에 다시 도전했다. 특별히 대단한 방법을 시도한 것은 아니다. 돔은 헤치카에게 질문했다.

헤치카는 돔이 고아이며 그의 아버지는 젖먹이를 키우는 아내와 함께 최후의 대장간에 장사하러 왔다가 추위 때문에 아내를 잃고 아이를 포기한 채 떠난 인간이라는 사실을 첨삭 없이 가르쳐 주었다. 돔에게 성이 없는 까닭은 그 아버지가 가르쳐 주지 않았기 때문이고 레콘인 헤치카에게 성이 없었기 때문이다. 헤치카는 돔에게 성이 필요하다고 생각하면 하나 만들어 가져도 좋지만 스무 살이 될 때까지는 기다리는 것이 좋을 거라고 조언했다. 성은 돔의 것이면서 동시에 돔의 자식들의 것이 될 텐데, 그렇다면 좀 더 머리가 큰 다음에 생각하는 것이 자식들에게 덜 잔인한 일이 아니겠느냐는 것이 헤치카의 설명이었다. 돔은 자식에 대해서는 좀 모호한 생각을 가지고 있었지만 설명 자체에는 만족하며 다른 질문을 꺼냈다.

"저를 왜 받으셨는데요?"

"너 지금 하는 일 시키려고."

돔은 헤치카의 판매 대리인이었다. 늙은 대장장이 헤치카가 뚝딱뚝딱, 쿵쿵탕탕 만들어 내는 단검들을 탁자 위에 늘어놓은 다음 '얍!' 하고 그것을 금편으로 바꾸는 자였다. 돔은 그것이 마음에 들었다.

얍, 얍, 얍! 열다섯 살이 되었고, 돔은 가끔 자신보다 우수한 사람을 평생 만나지 못할지도 모른다는 걱정에 빠지곤 했다. 그리고 돔에게 열다섯 살짜리는 누구나 그런 쓸데없는 걱정을 한다고 가르쳐 준 사람은 없었다. 그랬기에 돔은 아실이 자신의 존재를 숙고하는 것이 당연하다고 생각했다.

하지만 아실은 돔이 원하는 방식으로 그에 대해 생각하는 것은 아니었다. 만삭의 아내를 동반한 떠돌이 장사꾼이 들어올 정도라면 최후의 대장간은 오래전부터 다른 도시의 시장과 다를 것이 없어진 상태라고 생각하며 아실은 질문했다.

"그렇다면 요즘은 미리 무기를 만들어 두었다가 판다는 말인가요?"

헤치카는 고개를 끄덕였다.

"그래. 지멘이 그 망치를 가지게 된 시절에도 이미 그런 기운이 조금씩 있었지. 내가 처음 불 보는 일을 시작할 때는 일 년 동안 찾아오는 레콘들이 몇 만 명 단위였어. 그러던 것이 십 년 전쯤부터 몇 십만 명 단위로 늘어났어. 곧 백만 단위가 될 것 같아. 그렇게 되니 옛날처럼 무기 쓸 당사자를 관찰하고 그 사람과 토의해서 무기 만드는 것은 불가능해졌어. 그래서 미리 만들어 두는 거지. 그걸 저 녀석이 팔고. 옛날엔 무기를 받은 레콘이 알아서 성의껏 사례를 했지만, 이젠 그렇게 할 수 없으니 가격을 매겨서 파는 거지."

"그럼 여기 있는 인간들은 모두 판매인들인가요? 대장장이들이 만든 물건을 파는 사람?"

"그런 사람들도 있고 다른 장사꾼들도 있지. 많은 사람들이 모이는 곳엔 시장이 생기는 법이잖아. 그 장사꾼들은 무기를 구해서 여행을 떠날 레콘들에게 이런저런 잡다한 것을 팔려고 모인 거야. 여기까지 물건 가져오는 것이 지독하게 어렵긴 하지만 손님은 확실히 있으니까 강단 있는 장사꾼들이 제법 모였지."

"이상하네요. 왜 갑자기 레콘이 늘어났을까요?"

"한번 생각해 봐."

"잘 모르겠어요. 갑자기 레콘들이 좀 더 어릴 때 무기를 받기로 한 것은 아닐 텐데."

"그게 아니야. 레콘의 숫자 자체가 증가한 거야."

"레콘의 숫자가 늘어났다고요?"

"그래. 네가 태어나기 전 이야기를 조금 하지. 천일 전쟁이 끝나고 원시제가 황위에 오르자 여자 레콘들은 아이 낳는 일에 전념하게 되었어. 그 시절 무기를 받으러 오는 레콘들 중 열에 일고여덟은 신부 탐색 쪽에 관심을 가지고 있었어. 신붓감이 아주 많다는 거야. 그래서 많은 아이들이 태어났지. 게다가 원시제는 제국을 잘 다스렸지. 여긴 퍽 외진 곳이지만 전 세계에서 사람들이 찾아오기 때문에 세상 돌아가는 일을 제법 알 수 있어."

아실은 지겹게 들은 이야기라고 생각했다. 천일 전쟁이 끝나고 원시제가 붕어하기까지의 12년이 역사상 다시 오지 않을 황금시대인 것처럼 말하는 노인은 많았다. 때때로 아실은 그런 호평에 원시제의 뛰어난 통치력 외의 다른 요소가 개입한 것은 아닐까 하는 의심을 느꼈다. 천일 전쟁 때문에 적출식을 가질 수 없었던 원시제 그리미 마케로우는 천일 전쟁이 끝난 후에도 적출식을 계속 미뤘으며, 결국 심장을 가진 채 요절했다. 아실은 사람들이 원시제에 대한 죄책감 때문에, 즉 자신들 때문에 적출식도 받지 못하고 북부의 혹독한 추위 속에서 통치에 몰두하느라 수명까지 짧아진 나가에 대한 미안함 때문에 그녀와 그녀의 치세를 미화하는 것이 아닌가 하는 느낌을 받곤 했다.

아실에겐 고맙게도 헤치카는 좋았던 옛날에 대해 말하는 것에 머물지 않았다.

"살기 좋은 시절이 계속되었으니 태어난 아이들이 모두 잘 자란 거야. 그 세대의 아이들이 자라나서 슬슬 등장하게 된 거지. 그러니까 내 일이 이렇게 변한 건 원시제 때문이라는 거지."

헤치카는 잠깐 기다렸다가 말했다.

"또 나는 타이모의 일이 일어난 것도 치천제 때문이 아니라 본질적으로 따지고 보면 원시제 때문이 아닌가 하고 생각해."

아실은 눈을 부릅떴다.

"그 일이 그저 레콘의 숫자가 늘어났기 때문에 일어난 일이라는 말씀인가요?"

"나는 타이모는 알지만 분리주의는 몰라. 아는 척하지도 않겠어. 하지만 사람이 많으면 말썽도 많다는 것 정도는 알지. 타이모의 일은 내가 보기엔 아주 신기한 일이었어. 옛날 레콘들은 그렇게 무리 지어 사고를 치진 않았어. 뭐, 어쩌다 비슷한 숙원을 가진 레콘들이 서로 협력할 수는 있지. 그런 식으로 레콘 두세 명이 모일 수는 있어. 하지만 타이모의 일이 그런 식이었나? 쥐덤에 모였던 레콘들 중 독립국 건립을 숙원으로 삼은 레콘이 몇 명이었지?"

"전부 다는 아니었어요." 아실은 인정했다. "하지만 타이모의 사상이 훌륭한 것이었기에 사람들이 동조했다는 식으로는 생각해 보실 수 없어요?"

"레콘이 다른 사람들의 사상에 신경 쓰는 것들이라고?"

헤치카의 지적은 정확했다. 아실은 최후의 대장간에 있는 대장장이들이 업무 특성 때문에 물을 만질 수 있다는 것 외에도 다른 레콘들과 좀 다르다는 것을 느꼈다. 갑자기 아실은 그들이 교사와 비슷하다고 생각했다. 보통 사람들은 주위 사람들과 함께 늙어 가지만 교사들은 항상 젊은이들을 만난다. 하지만 그들은 언제나 가장 전통적인 것들에 대해 이야기해야 한다. 혼자 늙어 가는 것 같은 느낌을 받으면서도 그 느낌과 싸워야 하는, 하지만 또한 자신의 정신은 전통에 묶어 두어야 하는 교사들에게서는 언제나 엉뚱한 시대를 표류 중인 조난자의 냄새가 난다. 헤치카의 처지는 그보다 조금 더 극적이었다. 세계 곳곳에서 무기를 받으러 오는 젊은 레콘들을 만나며 그들에게 역사 이래로 계속된 의례를 베풀어 주는 점은 교사와 비슷하지만, 엄숙한 의례였던 그의 일은 평범한 상행위로 바뀌고 있는 것이다. 헤치카는 교사이자 의식 주관자이며 도구 제작자에 장사꾼인 셈이다. 교사들이 시간의 표류자라면 헤치카는 모든 시대로부터의 도망자처럼 보였다. 하지만 그는 위엄 있는 망명객이었다.

아실은 헤치카의 설명을 모두 받아들이고 싶은 충동을 느꼈다. 눈과 얼음의 땅에서 고집스럽게 망치를 휘둘러 왔을 노인의 설명은 매혹적이었다. 그러나 아실은 자신이 그럴 수 없다는 것도 잘 알았다.

"그런 레콘도 타이모의 사상에 동의했다는 거죠."

헤치카는 빙그레 웃었다. 아실은 갑작스러운 창피를 느꼈다. 헤치카는 어린 타이모를 바로 곁에서 보았을 것이다. 아마도 일하는 틈틈이 타이모와 놀아 주었을지도 모르고, 타이모가 어린 시절 저질렀을 온갖 실수와 유치한 장난을 기억할지도 모른다. 타이모의 유년기를 온전히 기억하는 사람에게 타이모의 사상이 위대하다고 말하는 것이 어떻게 들릴까?

헤치카는 아실을 감탄하게 했다.

"지멘이 돌아올 때까지 그 분리주의라는 것 좀 설명해 주겠어?"

아실은 최선을 다해 설명하기로 했다. 헤치카와 자신 둘 다를 위해.

아실이 헤치카의 처소에서 타이모의 사상과 분리주의 운동에 대해 설명하던 시각, 지멘은 최후의 대장장이를 만나고 있었다. 지멘 또한 아실이 헤치카에게 던졌던 것과 같은 질문을 최후의 대장장이에게 던졌고 그 대답에 대해 생각하며 최후의 대장장이를 관찰했다.

모든 레콘에게 무기를 주는 자이며 별빛로의 주인이자 타이모의 어머니인 여인은, 이곳의 다른 대장장이들과 좀 다른 모습을 하고 있었다. 최후의 대장장이는 부리의 빛깔이나 팔의 깃털 등이 온전했다. 그것은 그녀가 별빛로의 주인이기 때문일 것이다. 별빛로는 별빛을 모아 철을 용해시키기 때문에 그 주위에는 대장장이들의 깃털을 상하게 하고 부리의 빛깔을 변색시키는 살인적인 열기가 별로 없다. 그래서 최후의 대장장이에게 나타난 노쇠의 증거는 순전히 시간적인 것뿐이었다.

그 늙은 모습이 최후의 대장장이의 두 번째 특징이었다.

대장장이라는 말에서는 강인함이 느껴진다. 레콘에게서는 말할 것도 없다. 하지만 다른 레콘 대장장이들과 달리 최후의 대장장이는 그저 늙은 생명체일 뿐이었다. 그녀의 몸가짐은 꼿꼿하고 자신의 사지를 통제하는 것에도 아무런 무리가 없어 보였다. 하지만 지멘은 그녀에게서 어떤 강인함도 느낄 수 없었다.

지멘은 혹 타이모의 죽음이 최후의 대장장이에게 씻을 수 없는 상처를 남긴 것이 아닌가 의심해 보았다. 물론 아들을 때려죽인 사람에게 태연하게 농담을 걸었던 즈라더의 경우가 정상적인 레콘의 태도다. 하지만 즈라더의 아들과 타이모의 경우는 죽음의 방식이 다르다······.

지멘은 생각을 그만두기로 했다. 최후의 대장간은 지멘이 알던 모습이 아니었다. 지멘은 최후의 대장장이도 그가 알던 레콘이 아니라는 것을 확인하고 싶지 않았다.

그래서 지멘은 방 안에 있는 다른 사람을 바라보았다.

지멘은 왜 그 사람이 최후의 대장장이의 방에 있는지 알 수 없었다. 그가 무엇을 하고 있는지는 알 수 있었다. 그 사람 앞에는 커다란 바둑판이 놓여 있었고 바둑판 반대편은 조금 전까지 최후의 대장장이가 앉아 있던 자리였다. 지멘이 찾아갔을 때 그들은 바둑을 두고 있었다. 지멘은 그 사실이 좀 기묘했다. 언젠가 지멘은 국수가 되는 것을 숙원으로 삼은 레콘이 있다는 이야기를 들은 적이 있지만, 그 이야기는 농담을 나누는 상황에서 나온 것이었다. 레콘과 바둑은 어울리지 않는다는 것이 지멘의 생각이었다. 하지만 그곳에 놓여 있는 바둑판은 레콘이나 씀 직한 거대한 것이었고 돌 또한 육중해 보였다. 지멘은 좀 지나치게 육중한 것이 아닌가 생각했다. 지금 바둑판 앞에 앉아 있는 사람은 인간이었으니까.

오십 대쯤 되어 보이는 인간 남자의 머리는 뒤쪽이 희끗희끗하지만 다른 부분은 아직 새카맸다. 그리고 눈도 놀랄 정도로 짙은 검은색이었다. 하지만 남자의 검은색은 거기까지였다. 피부는 새하얗고 위아래 옷 또한 새하얀 색깔이었다. 탁자 아래에 있어 보이지 않았지만 신발도 하얀색일 것 같았다. 좀 관계가 없을지 모르지만 남자가 쥐고 있는 돌도 백돌이었다. 흰색에 대한 광적인 애호를 가진 것 같은 인간은 바둑판만 뚫어지게 바라볼 뿐 최후의 대장장이와 지멘에겐 눈길 한번 주지 않았다.

지멘이 하얀 인간에 대한 관찰을 대충 끝냈을 때 최후의 대장장이가 고개를 들었다.

"이 도끼는 일단 내가 보관할 걸세. 어떻게 처리할지 결정할 때까지."

"보통 어떻게 처리됩니까?"

"일반적으로는 녹여서 새로운 무기를 만드는 데 쓰이지. 주인이 놓아준 무기는 더 이상 무기가 아니니까. 하지만 가끔은 남겨두는 무기도 있어. 승천한 티나한의 철창 같은 경우가 그렇지."

전설적인 이름을 들은 지멘은 눈을 조금 크게 떴다. 별빛로의 주인은 박물관 안내인의 즐거움을 느끼고 싶은 것 같았다.

"티나한이 승천하기 전에 있었던 일에 대해서는 온갖 이야기를 들어 봤겠지만 그 이야기는 잊도록 하게. 내 이야기가 가장 정확한 거니까. 티나한의 승천에 관한 정확한 사실은 무슨 일이 있었는지 정확하게 아는 사람이 아무도 없다는 거야."

최후의 대장장이는 지멘이 웃기를 바라는 것 같았다. 하지만 지멘은 웃지 않은 채 그저 다음 말을 기다렸다. 바둑판을 응시하던 인간 역시 아무 소리도 안 들리는 것처럼 미동이 없었다. 소박한 희망의 좌절에 머쓱해하며 최후의 대장장이가 말했다.

"그날 밤 티나한도 취해 있었지만 다른 참석자들도 모두 대취해 있었어. 티나한이 자기 철창에 대해 뭔가 감상적인 이야기를 했던 것은 분명한 것 같아. 하지만 그것이 납병례인지는 확신할 수 없어. 당시의 참석자들 모두가 조금씩 다른 이야기를 했으니. 어쨌든 티나한은 뭔가 장황한 이야기를 끝낸 다음 일어섰어. 그런 상황 알지? 오래 계속된 술자리의 마지막 장면 말이야. 참석자 모두가 완전히 취한 상태. 몇몇은 이미 잠들어 있고 깨어 있는 사람들도 더 이상 떠들썩하게 굴고 싶은 충동을 느끼지 못한 채 잠긴 목소리로 두런두런 잡담을 나누는 때 말이야. 그럴 땐 꼭 누군가가 어이없는 짓을 하고 다른 사람들은 그저 빙긋이 웃으며 바라보지. 티나한이 허공으로 걸어 올라갈 때도 사람들은 그저 미소 지은 채 바라보고 있었을 거야. 환호나 비명에 대한 말은 꾸미기 좋아하는 인간들이 한 말일걸. 걸어 올라가는 티나한도, 그리고 그걸 바라보는 사람들도 그저 꿈처럼 느끼고 있었을 테지."

지멘도 그러리라 생각했다. 그 일이 일어난 하늘치가 어떤 하늘치인지 아무도 모르지만 어쨌든 티나한과 그의 지우들은 어떤 하늘치의 등 위에 모였다. 보름달이 시리도록 밝게 비치는 밤이었고 그들 외에 사람은커녕 동식물도 없는 하늘치의 등 위는 고요했다고 한다. 최후의 대장장이가 한 말처럼 모든 것은 꿈속의 일처럼 일어났을 것이다. 티나한이 상상한 것이 달로 향하는 계단인지 하늘의 끝까지 향하는 계단인지는 그가 돌아와서 알려 주지 않는 이상 알 수 없다. 그리고 그는 돌아오지 않았다.

"모든 것이 모호한 그런 상황에서 납병례가 확실하게 치러졌다고 말할 수는 없지. 물론 티나한이 철창을 손에서 놓은 것 자체가 확실한 납병의 증거라고 말하는 사람도 있지만 납병례를 그렇게 추측으로 처리할 수는 없어. 어쨌든 그건 티나한의 철창이고 티나한 외에 다른 사람은 그것에 대해 말할 자격이 없으니까. 그래서 그 철창은 보관되고 있어."

"티나한이 돌아올 때를 대비해서 말입니까?"

"나도 들었어. 재미있는 이야기더군. 하지만 이미 말했듯이 우리가 그것을 보관하는 것은 그것을 어떻게 처리해야 할지 모르기 때문이야."

"즈다디의 도끼에는 그런 의혹이 없습니다. 그는 면밀하게 납병례를 치렀습니다."

"맞아. 그러니까 그 도끼는 곧 녹일 거야."

"별빛로에서 녹입니까?"

"그래. 아마 곧 결정이 날 테니 원한다면 여기 머물렀다가 용해식에 참가하게."

"용해식? 의식이 있습니까?"

"대단한 것은 아니야. 바쁘지 않은 대장장이들이 모인 가운데 무기를 녹이지. 납병을 치른 무기는 좋은 무기야. 그 주인을 잘 지켜서 장수하게 했다는 의미니까. 그래서 한자리에 모여 그런 무기를 또 만들자는 다짐을 다지는 거야. 그냥 이곳의 대장장이들에게만 의미 있는 것이지만 그 도끼를 가져온 자네가 그것이 확실히 처리되는 것을 보고 싶다면 참관해도 좋아."

지멘은 자신이 그 일을 원하는지 생각해 보았다. 숙원에 도전 중인 레콘들이 그러하듯 지멘은 외도에 관심이 없었으므로 납병을 마치면 곧장 원래의 노정으로 복귀할 계획이었다. 용해식이 대장장이들에게만 의미 있는 일이라면 지멘은 거기에 참가할 이유가 없었다. 하지만 그의 원래 노정, 즉 황제 사냥의 다음 단계는 현재로선 개관도 세부 사항도 없는 상태였다. 아이저 규리하의 협조 요청을 잊은 것은 아니지만 진지하게 그 제안을 고려하지는 않았다. 전 규리하 변경백이 어디에 있는지 알지도 못하거니와 지멘은 도망자 신세인 아이저에게 기대할 만한 것이 있다고 믿기 어려웠다. 그가 가슴에 품은 비수가 있을지는 모르지만, 지멘은 자신에게 그 칼날을 벼릴 의무가 있다고 생각하지는 않았다. 따라서 그에겐 아무 계획이 없었다.

하지만 이곳에 머무는 것에는 많은 위험이 있었다. 여기 있는 젊은 레콘들은 아직 숙원이나 신부 탐색에 발을 들여놓지 않았다. 바로 옆을 지나가는 금편 삼백 냥짜리 현상범을 무시한 채 숙원 사업이나 신부 탐색에만 정진하는 일반적인 레콘과 좀 다른 것이다. 아실은 돈이 있는 한 두려움이 없다는 식으로 말했지만, 그 돈이 바로 젊은 레콘들을 유혹할 수 있다는 말을 아실이 고의적으로 생략했다는 것을 깨닫기 위해선 굳이 학자가 될 필요도…….

어떤 착상이 지멘을 주춤하게 했다.

대답을 기다리던 최후의 대장장이는 지멘의 동요를 깨닫지 못했다. 그러나 그 순간부터 최후의 대장장이나 납병례, 즈라더의 도끼 같은 것은 지멘의 의식에서 사라졌다. 지멘은 자신의 생각에 골몰했다.

'나에겐 황제의 세금 수송대를 습격하여 획득한 많은 금편이 있다. 그 돈으로 젊은 레콘들로 구성된 군대를 만들 수 없을까? 그리고 그들과 함께 하늘누리에 침입한다면?'

어떤 이에겐 닳고닳은 것처럼 느껴질 개념이 레콘인 지멘에겐 대단히 놀랍고 창의적인 것으로 느껴졌다. 지멘은 그 생각에 골몰하고 싶었다. 그러나 더 기다리지 못한 최후의 대장장이가 부리를 열었다.

"어떻게 할 건가, 지멘?"

지멘은 재빨리 생각을 정리했다.

"이곳까지의 여정이 짧은 것은 아니었으니, 잠깐 쉬도록 하겠습니다. 그 용해식이 곧 이루어진다면 참석할 수도 있겠군요."

"좋도록 하게. 여숙 시설은 많이 있네."

"여숙 시설이오?"

"그래. 옛날에는 무기를 받을 때까지 젊은 레콘들이 그냥 머물 수 있었지. 하지만 요즘은 그렇지 않아. 사람들이 워낙 많아야지. 게다가 이곳에서 장사 중인 인간들도 있고 말이야. 그래서 여숙업을 하는 이들도 들였네."

지멘은 자신이 북극의 땅에 와 있는지 시모그라쥬 한복판에 있는지 모르겠다고 생각했다. 세상에 하나뿐인 위대한 병기들을 만들어 내던 대장장이들은 이제 조그마하고 쓸모 많은 도구들을 만들어 팔고 있었다. 자신의 평생 반려가 될 무기를 기다리던 젊은 레콘들이 초조함을 가라앉히기 위해 담소하던 장소에는 여숙업자들이 들어섰다. 그가 아는 최후의 대장간은 이런 것이 아니었다.

지멘은 착잡한 심정으로 고개를 끄덕였다.

"알겠습니다. 한 가지만 더 여쭙겠습니다. 이곳에서 제 안전이 보장됩니까?"

"그게 무슨 말인가?"

"아실 겁니다. 제게는 현상금이 걸려 있습니다. 누군가가 저를 공격하지 않는다면 저도 지불할 것은 지불하고 요청받은 것은 따르며 얌전히 있을 겁니다. 하지만 제 현상금을 노린 누군가가 덤

벼든다면 그럴 수 없습니다. 만약 그런 일이 일어날 가능성이 있다면, 저는 이 방을 나서자마자 그대로 최후의 대장간을 떠나겠습니다. 최후의 대장간에서 소란을 부리고 싶지는 않으니까요."
최후의 대장장이는 수염볏을 쓸어내렸다.
"하지 않은 말이 무엇인지 알겠군. 이곳의 현재 모습이 마음에 들지 않는다는 것이군."
지멘은 말없이 최후의 대장장이를 응시했다. 최후의 대장장이가 말했다.
"최후의 대장간은 언제나 무기를 원하는 레콘에게 그것을 주었어. 그가 바깥에서 혐오스러운 범죄자로 취급된다 해도 우리는 신경 쓰지 않았지. 물론 그가 깊은 원한을 가지고 있어서 무기를 쥐자마자 당장 달려가 누군가를 살해할 거라 해도 신경 쓰지 않았어. 이곳에는 무기를 원하는 레콘과 그것을 만들어 주는 대장장이가 있을 뿐이야. 그리고 아무리 이곳의 모습이 바뀌었다 해도 그 사실은 변하지 않았네. 깃털은 빠진 곳에 남아 있을 거야. 그곳에서 빠진 깃털은 그곳에, 그리고 이곳에서 빠진 깃털은 이곳에 남을 걸세."
지멘은 고개를 끄덕였다. 사과의 말도 할까 하는 충동을 느꼈지만 관두기로 했다. 그는 인사를 남기고 일어섰다.
그때 바둑판만 들여다보던 인간이 처음으로 입을 열었다.
"괜찮다면 제가 머무는 곳에 당신을 초대하겠습니다."
지멘과 최후의 대장장이는 하얀 남자를 돌아보았다. 하얀 남자는 천천히 고개를 들어 지멘을 바라보았다. 그리고 깨끗한 미소를 지었다. 쉰은 넘겼을 것 같은 사람에게 어울리지 않게도 속된 구석이 없는 맑은 웃음이었다. 그때 남자의 손이 움직였다. 얼굴을 여전히 이쪽으로 향한 채 남자는 백돌을 바둑판 위에 내려놓았다.

바둑판을 보지도 않고 돌을 내려놓는 기묘한 동작에 지멘과 최후의 대장장이가 의아해하고 있을 때 인간은 자리에서 일어섰다. 지멘에게 다가온 인간은 갑자기 환한 표정을 지으며 최후의 대장장이를 돌아보았다.

"나란히 서 있으니 바둑판 같지 않습니까?"

최후의 대장장이는 너털웃음을 터뜨렸다. 인간의 말대로 온통 하얀 옷을 입고 있는 그와 검은 깃털의 지멘이 나란히 서 있으니 그렇게 보였다. 인간은 지멘에게 말했다.

"저도 이곳에 머물고 있습니다. 이곳의 여숙 주인들은 강도나 다름없지요. 가격이 마음에 들지 않으면 밖에 빈터는 많으니 노숙하라고 말하는 놈들입니다. 물론 최후의 대장장이께서 엄히 단속하십니다만 물정 모르고 찾아간 레콘은 깃털이 모조리 뽑혀 나올 지경이지요. 저와 함께 가신다면 걱정하실 필요가 없습니다. 제 초대를 받아들이시고. 그곳이 마음에 드신다면 머무시지요."

"나는 너를 처음 보는데."

"지금 그 말 하셔야지요. 다음번에는 그렇게 말씀하실 수 없을 테니까."

물론 두 번째 봤을 때는 처음 본다는 이야기를 할 수 없다. 하지만 지멘이 말하고 싶은 것은 그것이 아니었다.

"내가 왜 처음 보는 사람의 호의를 받아야 하지?"

"저는 당신과 아실에게 관심이 많습니다."

지멘은 자신이 방어적으로 바뀌는 것을 느꼈다. 뮴토도 자신과 아실의 정체를 곧장 알아본 만큼 다른 사람이 그렇다고 해서 이상할 것은 없다. 하지만 그것을 면전에 대고 말하는 것은 성격이 다르다. 지멘은 보다 심도 깊게 하얀 남자를 바라보았다.

하지만 어떻게 보아도 위협적으로 보이지는 않았다. 인간 기준으로는 후리후리한 체격이었지만 레콘 기준으로는 결코 크다고 할 수 없다. 무기 같은 것도 보이지 않았고 물통 같은 것을 차고 있지도 않았다. 어쨌든 겉으로 드러나는 위험성은 없었다. 지멘은 조금 전 최후의 대장장이가 안전 보장을 해 주었다는 것을 떠올리고 다시 최후의 대장장이를 바라보았다. 하지만 최후의 대장장이는 지멘을 도와주지 않았다.

"이봐, 두던 바둑은 어쩌고?"

지멘은 김빠지는 기분으로 남자를 쳐다보았다. 남자는 손으로 바둑판을 가리켰고 최후의 대장장이는 남자가 조금 전 내려놓은 돌을 유심히 바라보았다. 조금 후 최후의 대장장이의 벼슬이 뻣뻣해졌다.

"어떻게!"

비명 같은 외침을 들은 지멘은 승부가 났나 보다 싶었다. 하얀 남자는 겸손하게 말했다.

"두 분이 대화를 나누시는 동안 생각할 시간이 많았습니다. 간신히 찾아냈지요."

최후의 대장장이는 그 말에 별로 고무되지 않았다. 그는 깃털을 세웠다 눕혔다 하며 알 수 없는 신음을 흘렸다. 조금 후 최후의 대장장이는 포기하는 표정으로 말했다.

"젠장. 좋아. 가 봐. 아, 지멘, 그 친구 조심해. 미쳤거든."

지멘은 그 말을 어떻게 해석해야 할지 알 수 없었다. 남자는 그 말에 아랑곳하지 않는 것 같았고, 그래서 지멘은 최후의 대장장이에게 질문했다.

"어떻게 미쳤습니까?"

"잘."

그 짧은 부사어를 미쳤다는 말 앞에 붙여 봐야 이해가 넓어지는 것은 아니었다. 지멘은 이해를 포기하고 대신 감각에 의존했다. 지멘이 가진 수배자의 감각은 남자를 멀리하라고 말하고 있었다. 결국 지멘은 최후의 대장장이를 불쾌하게 하더라도 남자의 동행을 거절하기로 했다. 하지만 그때 남자가 말했다.

"아실도 서늘 보닌 충아힐 십니다, 지멘."

지멘은 남자를 똑바로 바라보았다. 그 눈에서는 거짓을 찾을 수 없었다.

"좋다. 이름이 뭐지?"

"제이어 솔한."

지멘은 그 이름이 어쩐지 낯익었다. 하지만 누군지는 알 수 없었다. 지멘은 최후의 대장장이가 혹 제이어의 정신 상태에 관한 정보 외에 다른 정보를 주지 않을까 생각하며 그녀를 바라보았다. 하지만 최후의 대장장이는 바둑판을 내려다보며 혼자 복기에 빠져 있었다.

다시 맥 빠지는 기분을 느끼려는 찰나, 문득 지멘은 고마움을 느꼈다.

최후의 대장장이는 딸에 대한 이야기를 한마디도 꺼내지 않았다. 딸의 끔찍한 죽음도. 지멘이 딸의 복수를 하려는 것도 잘 알고 있었지만 그것에 관해 어떤 논평도 하지 않았다. 그리고 지금 그녀는 방금 끝난 바둑을 검토하고 있었다. 그것은 즈라더가 보여 주었던 레콘의 모습이었다. 오만한 개인주의자. 그녀에겐 바둑판이 있고, 지멘은 그것을 방해할 수 없다.

지멘은 살짝 목례했다. 그녀가 보지 못했지만 상관없었다. 지멘도 개인주의자였으니까.

물론 지멘은 자신의 의문을 풀어 줄 사람을 알고 있었다. 그가 헤치카의 가게로 돌아가 아실에게 제이어를 소개하자 아실은 놀란 표정으로 말했다.

"살인 기사?"

제이어는 한숨을 내쉬었고 지멘은 그제야 당대의 유명한 기사의 이야기를 떠올렸다.

사람들이 그를 살인 기사라 부르는 것은 제이어와 바둑을 둔 사람 중 네 명이 대국 직후에 사망했기 때문이다. 그중 두 명은 오늘내일하는 노인이었고 한 명은 대국을 끝내고 귀가하다가 강도를 만나 죽었으며 심장마비를 일으켜 바둑판에 코를 박고 죽은 한 사람은 원래 심장이 튼튼하지 않았다. 하지만 그런 건조한 설명은 사람들을 만족시키지 못했다. 사람들은 두 명의 노기사가 제이어와 대국했기 때문에 수명이 단축되었으며 세 번째 기사는 패배의 충격 때문에 혼이 빠진 채 밤거리를 배회하다가 절명했으며 오만한 태도로 유명했던 마지막 기사의 경우는 제이어가 심장이 멎을 수밖에 없는 무서운 행마로 손수 살해한 거라 믿었다.

바둑에 대해서는 아는 것이 없는 지멘이었지만 사람을 넷이나 죽인, 말 그대로 살인적인 기사의 이야기는 듣지 않을 수 없었다. 제이어 본인은 그 호칭이 달갑지 않은 것 같았다.

"아실, 별 의미 없이 다른 사람들이 하는 말을 따라하는 것이라고 생각하지만, 그런 말을 듣는 사람의 기분을 생각해 봐."

"어, 미안해요. 레콘이라면 그런 별명을 좋아할 텐데. 강하고 거칠어 보이잖아요."

"나는 레콘이 아니야. 그리고 바둑을 살인 기술로 생각하는 사람도 아니고."

"그러면 왜 상복을 입고 있죠?"

제이어가 약간 동요했다. 아실은 씩 웃었다.

"그 하얀 옷. 죽은 네 기사를 복상하기 위해 입고 다닌다고 하더군요. 하지만 그 옷은 아저씨가 바둑 두다가 사람을 넷 죽였다고 광고하는 의미도 될 텐데요? 미안하지만 좀 유치하지 않아요?"

제이어는 다시 한숨을 쉬었다.

"그렇게 보여도 할 말은 없겠지. 하지만 내 의도는 순수해. 내가 그분들의 죽음에 책임이 있다고는 생각하지 않지만 그냥 잊어버리는 것도 예가 아니겠지. 나는 그분들을 기억하기 위해 이렇게 입고 다니는 거야. 자, 그 이야기는 그만하고 내가 머무는 곳으로 안내하지."

아실은 묻는 눈으로 지멘을 바라보았지만 지멘의 대답은 그녀를 집어 배낭 속에 넣는 것이었다. 배낭 속에서 아실은 처음 본 사람을 어떻게 따라가는 건지 궁금하게 여겼지만 별다른 반대는 하지 않았다. 제이어와 아이저의 관계를 고려한 아실은 그가 황세에게 유리한 일을 하지는 않을 거라고 추측했다. 물론 알려진 풍문의 반만 사실이라도 제이어 솔한은 예측이 불가능한 사람이겠지만.


제이어 솔한이 머물고 있는 여숙은 호화스럽지 않지만 꽤 안락해 보였다. 그리고 제이어는 그곳에서 호방한 숙박객으로 통하는 것 같았다. 지멘과 아실의 모습을 본 여숙의 종업원들은 '또 손님을 데려왔구나.' 하는 반응을 보이며 좋아했다. 음식을 차린 방으로 안내해 준 종업원에게 수고료를 듬뿍 주는 제이어의 모습을 본 아실은 그들이 좋아할 만도 하다고 생각했다.

종업원들이 물러가고 넓은 방에 세 사람만 남자 제이어는 함지에서 직접 술을 퍼 아실과 지멘에게 돌렸다. 그가 자신의 사발을 들어 올리고 말했다.

"괜찮다면 아이저 규리하의 건강을 위해 잔을 들도록 합시다."

짧은 순간 아실은 의혹의 눈으로 제이어를 관찰했다. 아직 역사가들은 아이저 규리하를 위해 먹을 갈지 않았으며, 반역자를 위한 건배를 제안하기엔 확실히 시기상조다. 하지만 그런 태도는 황제 사냥꾼을 자신의 거처로 초대한 대범함과 어울렸다. 받아주지 못할 것이 없다. 지멘이 이미 잔을 들어 올렸음을 확인한 아실은 씩 웃으며 제이어의 제안을 받아들였다. 그들은 반역자를 위해 건배했다.

잔을 내려놓은 제이어는 두 손을 깍지 껴서 그 위에 턱을 얹었다. 그리고 빙글빙글 웃으며 지멘과 아실을 바라보았다. 아무 말도 하지 않은 채 그저 신기하다는 듯이. 아실은 지멘을 한 번 바라본 다음 입을 열었다.

"아저씨는 이곳에서 뭐 하고 계시죠? 무기를 받으러 온 것은 아닐 텐데."

제이어는 기다렸다는 듯이 고개를 끄덕였다.

"음. 역시 대화를 담당하는 건 너로군. 건강에 해로운 망치를 들고 다니는 쪽이 아니라."

질문에 대한 답이 아니라는 것. 또한 둘을 잘 안다는 듯한 태도가 아실의 비위를 건드렸다.

"지멘과 대화하고 싶으세요?"

"아니. 내가 이야기하고 싶은 것은 너야. 다만 그 때문에 지멘이 화를 내지 않았으면 좋겠군."

"걱정 말고 하세요."

아실은 지멘을 쳐다보지도 않았다. 그리고 지멘 또한 자신의 의견을 개진하거나 하지 않았다. 지멘은 몸 전체로 자신이 말없는 참관인의 역할에 익숙함을 보여 주었다. 제이어는 그 상황에 흥미를 느끼면서 말했다.

"그럼 먼저 질문 하나 하지. 지금까지 모은 것이 삼백만은 넘었지?"

지멘은 제이어의 말을 이해할 수 없었다. 하지만 아실이 긴장하는 것은 느낄 수 있었다.

아실은 미심쩍은 표정으로 말했다.

"뭐가 삼백만이라는 거죠?"

"황제의 세금 수송대를 습격해서 모은 돈 말이야. 금편 삼백만 닢은 될 테지."

조금 전 그 돈에 대해 생각했던 지멘은 흥미로운 우연이라고 생각했다. 가용할 충분한 자금이 있는데도 아실은 일 년에 두 번 정례 행사처럼 세금 수송대에 대한 공격을 요구했다. 그것이 치천제를 곯려 주는 일이 될 거라 생각했기에 지멘은 동의했다. 물론 쉽지는 않았다. 레콘들이 지킬 때도 있었고 배로 세금을 실어 나르기도 했다. 하지만 넓은 제국에는 강이 이어져 있지 않은 곳이 분명히 있었고 모든 세금 수송대에 레콘 경비병들이 배치될 수는 없었다. 최초의 공격을 성공시켰을 때 그들은 이미 가지고 다닐 수도 없는 막대한 금편을 획득했고, 그 이후부터는 획득한 돈을 모처에 숨겨 두었다. 지멘에게 그곳은 필요할 때마다 찾아가서 쓸 돈을 가져오는 창고에 지나지 않았다. 그래서 지멘은 쌓여 있는 금편이 얼마나 되는지 몰랐다. '그게 삼백만이나 되나? 그 정도면 많은 병사를 살 수 있겠군.' 제이어는 계속 말했다.

"내 계산이 조금 틀렸을지 모르겠군. 하지만 하늘누리를 침입했으니 모을 만큼 모은 것은 분명하겠지."

지멘은 하늘누리 침입과 그들이 모은 돈이 무슨 관계가 있는지 알 수 없었다. 그 돈으로 병사를 산다는 생각을 지멘이 한 것은 반 시간 전이었다. 그런데 제이어는 훨씬 전에 있었던 하늘누리 침입에 대해 말하고 있었다. 하늘누리를 침입할 당시 지멘에게 필요했던 것은 그의 망치와 상상력뿐이었고 돈은 조금도 필요하지 않았다. 지멘은 아실 쪽을 쳐다보았다. 아실은 가면 같은 얼굴로 제이어를 마주 보며 말했다.

"후원자가 필요하세요? 아저씨와 검소한 생활이 관계 없는 것 같기는 하군요."

"아, 고맙지만 괜찮아. 요즘 나에겐 후원자가 있으니까. 나는 모 인사의 특사로 이곳에 와 있어. 얼마 동안은 지내기에 문제없을 것 같아."

아실은 눈을 가늘게 떴다.

"사람들은 당신이 철저한 야인이라고 하던데요."

"무슨 말을 하고 싶은지 알겠군. 하지만 철저한 주변인은 철저한 중앙인과 같아. 주변에 머물기 위해서는 중앙에 머물기 위한 것과 똑같은 적극성과 노력이 필요하지. 그렇지 않으면 사람들에게 떠밀려 다니게 돼. 주변에서 중앙으로, 중앙에서 주변으로. 아이저 규리하가 그랬듯이."

"지금 세상에서 가장 유서 깊은 가문의 수장이었던 사람을 말하는 건가요?"

"그 세상에서 가장 유서 깊다는 가문은 27년 전에 끝났다고 봐야 해. 충의공 괄하이드 규리하가 부러진 대도를 들고 죽은 채 싸웠던 날 말이야. 하지만 제국에게, 그리고 선황께 왕이 되지 않는 왕자들은 아직 필요한 존재였지. 그래서 찾아낸 것이 충의공의 새장난민 얼마 못 살피기 스녀이었어. 아이저 규리하는 어느 날 느닷없이 중앙으로 끌려 나온 거지. 생각해 보면 27년 전 그 날 충의공의 모습은 그 이후 규리하 가문의 모습을 예언한 것이나 다름없어. 규리하 가문은 죽은 상태로 제국을 위해 봉사했지. 그리고 27년이 지난 지금 그 봉사는 드디어 끝났어. 치천제께서는 아이저 규리하에게 서약 지지파의 우두머리라는 관을 씌운 다음 벼랑 끝에서 내치셨어. 아이저 규리하는 다시 주변으로 밀려난 거야. 자신이 무엇인지 알지 못했기 때문에 그는 현재 추락하고 있어. 하지만 어쩌면 아이저는 자신에게 날개가 있다는 것을 우리에게 보여 줄지도 모르지. 어쨌든 그도 규리하니까."

아실은 안대를 만지작거렸다. 그녀는 그 행동이 어떤 사람들을 당황하게 한다는 것을 안다. 하지만 제이어는 아실이 귀고리나 반지를 만지작거리는 것처럼 바라보았다. 아실은 안대에서 손을 뗐다.

"그래서 아저씨는 아이저 규리하와 다르다는 건가요? 다른 사람에게 등 떠밀려서 움직이지는 않았다는 거죠?"

"내가 야인이라고 해서 아무 일도 하지 않는 것은 아니라는 것을 설명했을 뿐이야."

"좋아요. 그러면 아저씨는 모 인사의 특사로 여기서 무슨 일을 하는 거죠?"

"당연한 말이겠지만 네가 모 인사의 동의를 받아 오기 전에는 내 임무에 대해 말해 줄 수 없군. 그리고 내가 너와 지멘을 만나려고 한 것은 모 인사와 상관없는 일이야."

"그럼 우리가 가진 돈에 대한 이야기는 뭐죠?"

"그건 그냥 내 호기심을 만족시키려는 거였어. 하고 싶은 이야기는 그게 아니야."

"하고 싶은 이야기가 뭔데요?"

"황제의 심장병에 대한 이야기. 관심 있을 것 같은데."

아실은 관심이 없다고 대답할 수 없었다. 지멘이 갑자기 몸을 세 배로 부풀렸기 때문이다.

아라짓의 황제를 가리키는 수식어 중에 '살아 있는 모든 것들의 주관자'라는 말이 있다. 이 거창한 말에는 황제의 드높은 권위에 대한 칭송의 의미 외에 평등주의자를 흥분시키는 고약한 의미가 숨어 있다. 비록 도시 연합의 나가들이 아라짓의 황제를 실질적인 세계의 지배자로 인정하고 있지만, 아라짓의 황제가 도시 연합을 직접 통치하는 것은 아니다. 그런 황제가 살아 있는 모든 것들의 주관자라면 도시 연합의 나가들은 살아 있는 것이 아니라는 의미가 된다.

이 맹랑한 중상의 근거는 모든 나가들이 스물두 살 되는 해에 치르는 심장 적출식이다. 심장을 적출한 나가는 그 이후로 불사에 가까운 존재가 된다. 어떤 생물도 감당할 수 없는 손상을 능히 견디며 적절한 환경과 시간이 주어지면 그 손상을 말끔히 복구시키는 것이다. 면밀하게 통제된 죽음을 한 번 경험함으로써 나가들은 그런 초인적인 능력을 획득한다. 심장병은 바로 적출된 나가의 심장을 담아 두는 병이며, 나가들은 그 심장병을 자신의 도시 중앙에 있는 심장탑에 보관한다.

치천제가 불사에 가까운 존재라는 사실은 그녀의 파멸을 원하는 지멘과 아실에겐 매우 유감스러운 일이 아닐 수 없다. 아실은 제이어 솔한이 자신들의 애로 점을 거론하는 이유를 알 수 없었다. 황제의 심장병이 애로 사항이 아닌 검토해 볼 만한 대상이 되게 되면서…… 아니, 아실은 그럼 희망은 감히 품을 수 없었다.

아실은 당장이라도 부리를 벌릴 것 같은 지멘에게 손을 뻗었다. 아실의 펼친 손바닥을 본 지멘은 깃털을 눕히려 애썼다. 제이어는 두 사람의 동작을 재미있다는 듯이 바라보았다.

아실은 화를 참으며 말했다.

"아저씨. 황제의 심장병에 대해 나눌 이야기가 있을 것 같지는 않은데요."

"이상하군. 너와 지멘의 목표는 황제를 죽이는 것인 줄 알았는데."

아실은 지멘이 더 참지 않으리라는 것을 깨달았다. 그녀 자신이 그랬으니까. 아실은 비명처럼 외쳤다.

"심장 파괴로는 치천제를 죽일 수 없어요!"

제이어는 아실이 폭발하기를 기다렸음이 분명하다. 그는 만족한 표정으로 아실을 쳐다보았다. 그녀를 손바닥에 올려놓고 희롱하는 것 같은 표정이 마음에 들지 않았지만 아실은 자신을 더 제어할 수 없었다. 아실은 벌떡 일어났다.

"오래전에 검토해 봤어요! 예, 지도그라쥬의 심장탑에 있는 치

깨어난 불씨 465

천제의 심장병을 깨트리면 그를 죽일 수 있어요. 하지만 바로 그런 이유 때문에 황제는 지도그라쥬에서 적출을 했어요. 한계선 이남의 최대 도시에서! 시련은 원시제의 요구를 받아들였고……지카그라쥬와 미라그라쥬의 모든 적출 대상자들이 지도그라쥬에 모였고…… 지도그라쥬의 적출 대상자들과 함께…… 황제도 적출했어요. 그중에서 그녀의 심장병을 찾을 수는 없어요!"

아실의 흥분은 지멘을 진정시켰다. 적어도 겉으로 지멘은 차분한 표정을 유지한 채 제이어를 쏘아보았다. 하지만 제이어는 지금 이 순간 위험한 자가 누군지 착각하지 않았다.

"당신 생각은 어떻습니까, 지멘?"

제이어가 말을 시켰기 때문에 지멘은 자신을 더욱 진정시켜야 했다. 지멘은 차분하게 말했다.

"내가 아는 어떤 소녀의 의견은 타당하다. 그런 방법은 없다."

제이어는 고개를 끄덕였다.

"예. 그런 방법은 없지요. 선황께서는 자신의 후계자에게 최고의 안전 보장을 선물했지요."

갑작스럽게 아실은 제이어가 무엇을 원하는지 깨달았다. 매우 단순하면서 저열한 이유. 그녀를 약 올리려는 것이다.

'아하, 너 같은 녀석 알아. 장난감을 원해? 가소로운 것들에 일희일비하는 사람들을 비웃고 세상을 은근히 경멸하는 사람처럼 비춰지고 싶어서? 원한다면 가져. 주겠어. 누가 누굴 가지고 노는지 보라고.'

아실은 펄쩍펄쩍 띌 듯이 흥분하여 말했다.

"그렇다면 도대체 황제의 심장병이 어쨌다는 거예요?"

제이어는 만족했고, 아실도 만족하게 되었다. 제이어는 배부른 표정으로 말했다.

"황제의 심장병은 지도그라쥬에 있지 않아."


제이어 솔한은 말술을 즐기는 축은 아니었고 아실과 지멘 또한 수배자답게 술을 절제했다. 술자리는 일찌감치 끝났고 지멘과 아실은 같은 여숙에 머물기로 했다. 그들이 안내받은 방은 정갈했다. 온기가 약간 부족했지만 견디기 어려울 정도는 아니었다. 또한 의미난 취기가 있었기에 지멘은 몸이 훈훈하다고 느꼈다. 깃털이 없는 아실의 경우에도 추위를 느끼지는 않았다. 바닥에 누운 지멘의 배 위에 누워 있었기 때문이다.

지멘은 아실이 조금 태평해졌나 보다고 생각했다. 아실이 그렇게 누워 있으면 지멘은 위급할 때 빠르게 일어날 수 없다. 상황이 위태로울 때 아실은 지멘이 곧장 들어 올릴 수 있도록 배낭 속에서 잠드는 것도 불사하곤 했다. 하지만 타이모가 태어난 곳으로 온 아실은 그것이 어떤 안전 보장이 된다고 생각하는 것 같았다. 아실은 완전히 긴장을 푼 상태였다. 지멘이 제이어에 대한 독백을 했을 때 아실은 편안하게 대답했다.

"정말 괜찮은 개새끼예요."

지멘은 아실의 이어질 설명을 기다렸다. 아실은 설명했다.

"전해 들은 것도 그랬고 만나서 이야기를 나눠 본 바도 그래요. 불쌍한 사상적 난봉꾼이에요. 난봉꾼이 이 여자, 저 여자 집적거리듯 제이어는 이 학문, 저 사상을 집적거리죠. 하지만 난봉꾼이 진짜 사랑을 못 찾듯 제이어도 자기를 확 불태울 분야를 못 찾았어요. 사람들이 왜 제이어를 살인 기사라고 부르는지 알아요? 뭐, 같이 바둑 둔 사람이 죽었기 때문이라고 간단하게 설명해도 되지만 제 생각은 조금 달라요. 기력이 보통 이상이라는 것은 분명하니까 경칭 같은 것을 붙여 줘야 하는데, 차마 국수라고 부를 기력은 아닌 거죠. 마침 유명한 일화가 있으니 '잘됐다, 살인 기사라고 부르자.' 이렇게 된 거죠. 제이어가 집적거리고 있는 다른 분야에서도 상황은 비슷해요. 괜찮은 시인이고 괜찮은 건축가지만 최고는 아니죠."

아실은 목소리를 조금 낮췄다.

"그런데 그런 제이어의 무서운 점이 뭔지 알아요? 뭐든 제대로 못한다는 자신감이지요."

불을 켜 두지 않은 방 안은 어두웠다. 먼 곳의 왁자한 소음과 병원을 할퀴며 치닫는 바람의 소리가 아스라이 들려왔다. 아실이 말했다.

"발목에 밧줄만 단단히 묶여 있으면 벼랑에서도 뛰어 보고 싶어하는 사람들이 있죠. 제이어가 그래요. 제이어의 밧줄은 우습게도 자기가 반드시 실패한다는 믿음이에요. 실패할 것이 뻔하니까 아주 미친 짓이라도 해 볼 수 있다는 거죠. 제이어가 아이저와 경쟁한 것도 잘 살펴보면 오직 실패하기 위해 그랬다는 것을 알 수 있어요. 오세느가 더 사랑했던 것은 아이저였어요. 그리고 지테를 당주가 제정신이라면 변경백을 제치고 근거 없는 떠돌이에게 자기 딸을 줄 리 없죠. 그런데도 제이어는 아이저 규리하에게 도전했지요. 왜 그랬을까요? 오세느를 사랑해서? 천만에요. 아이저와 오세느가 결혼한 이후 제이어와 아이저의 사이는 더 좋아졌어요. 그게 사내다운 태도라고 생각하는 바보도 있겠지만, 아니에요. 애초에 오세느를 사랑하지 않았던 거예요. 실패할 것이 뻔하니까 미친 짓 한 번 부담 없이 해 본 거죠. 그게 제이어예요."

지멘은 아실의 이야기를 이해하려고 애쓰지 않았다. 그는 오세느가 아이저 규리하의 아내라는 사실을 어렴풋이 떠올릴 수 있었다. 또한 아이저 규리하의 결혼에 뭔가 사람들이 이야기하는 것을 꺼리는 추문이 있는 것 같다고 느꼈던 기억도 떠올렸다. 지멘은 아실이 이야기하고 있는 것이 바로 그 추문이라고 짐작했다. 그러나 그는 그 이야기를 굳이 마음에 담아 두려고 하지 않았다. 세상이 흘러가는 모습을 관찰하고 그것을 해석한 다음 몇 가지 주석을 달아 정리하는 것은 아실의 일이었다. 지멘은 그것에 관심이 없었다. 또 관심을 두지도 않았다. 언젠가 자신의 손으로 살해해야 하는 소녀가 무엇을 알고 무엇을 좋아하고 무엇을 원하는지 세세하게 기억해 두는 짓은 지멘에겐 변태 같은 일처럼 느껴졌다.

그러나 아실이 제이어에 대해 말하기 때문에 지멘은 제이어에 대해 알게 되었다. 자신의 감각으로 포착한 정보들이 아닌 타인에 의해 가공된 정보를 받아들임으로써 직접 경험한 것보다 더 많은 것을 알게 되는 것. 누구나 당연시하기에 관심도 두지 않지만 그것은 사람이라 불리는 네 종류의 생물이 가진 놀라운 특징이다. 지멘의 세계는 지멘이 보고 느끼고 해석한 세계와 아실이 보고 느끼고 해석한 세계가 융합된 것이다. 짐승은 그럴 수 없다. 짐승이 아는 세상은 직접 느끼고 해석한 세상뿐이다. 물론 니름을 쓰는 나가들 중 몇몇 특이한 이들은 짐승에게 다른 종류의 해석을 강요할 수 있다. 그들을 정신 억압자라고 부른다. 지멘은 정신 억압을 당하는 짐승들이 무슨 기분을 느끼는지 알 것 같다는 생각을 했다.

지멘은 제이어 솔한에 대해 아무 관심이 없었다. 그러나 이제 그는 제이어 솔한에 대해 안다. 제이어 솔한의 좌우명은…….

"'다른 사람은 감히 못할 일이지만 나는 해도 돼. 나야 원래 실패하는 놈이니까 상관없잖아?' 이거죠. 그리고 실패에 좌절하는 척하면서 다른 실패 거리를 찾아 나서죠. 이번에 제이어가 찾아낸 실패 거리는 제국 멸망이에요."

아실은 피식 웃었다. 그 희미한 웃음이 어둠을 가득 채우는 것 같았다. 아실은 두 손으로 머리를 헝클었다. 그리고 갑자기 몸을 돌렸다. 지멘과 얼굴을 마주한 방향으로 엎드려 누운 아실은 어둠 속에서 살짝 반짝거리는 지멘의 눈을 찾으며 말했다.

"알겠어요? 비장한 투로. '아이저 규리하가 고꾸라졌다고? 이런 제기랄! 그는 내가 사랑한 여인의 남자였어. 좋아. 제국이여, 나의 복수를 받아라. 그대를 끝장내 버리겠도다.' 여기서부터는 속삭이듯. '괜찮아. 보나마나 실패할 테니까.' 이런 식이죠."

지멘과 아실이 짝을 지어 걸은 것은 6년이다. 타이모에게 딸려 있는 기괴한 장신구 정도의 의미밖에 둘 수 없었던 인간 소녀는 이제 지멘의 한 명뿐인 동료고 친구고 가족이다. 지멘과 아실은 그 셋 중 동료에만 약간의 무게를 둘 뿐 나머지 둘에 대해서는 언급하지 않지만 그것은 바뀔 수 없는 사실이다. 그들이 그 사실을 직시하지 않는 것은, 둘 다 그것을 통제할 자신이 없기 때문이다. 그러나 아실과 지멘은 어쩔 수 없이 서로를 자신의 몸에 묻히게 된다. 그래서 상대방의 냄새를 풍기게 된다.

"무서운 놈이에요. 정신이 제대로 박힌 사람이라면 제이어를 비웃을 수 없지요. 왜냐하면 그 개새끼는 아무거나 하는 놈이니까. 어떤 사람은 성공할까 봐 두려워서 못하는 일을 제이어는 내키는 대로 할 수 있지요. 용이지요. 용은 무엇이든 될 수 있고 어떤 제약도 없어요. 제이어 솔한도 그래요."

지멘은 제이어가 무서운 인물이라고 생각했다. 아실이 그렇게 말했기 때문에. 가슴 위에 엎드린 소녀의 얼굴을 바라보며 지멘은 독백했다.

"제이어 솔한은 황제의 심장병이 지도그라쥬에 있지 않다고 말했다."

"예. 그건로 이지한 셈이지요. 한길에 자기가 알고 있는 제국의 약점을 사방팔방에 떠들 생각이에요. 아마 마음속 깊은 곳에서는 자신이 실패할 테고 제국은 여전히 건재할 거라 믿겠지요. 하지만 저는 제이어의 믿음엔 관심 없어요. 그가 해 준 이야기에만 관심이 있어요. 황제의 심장병이 정말 지도그라쥬에 있는 것이 아니라면…… 원시제는 최고의 사기꾼이라는 거죠. 그때 기억나요? 난 너무 어릴 때라서 기억도 안 나요."

지멘은 원시제가 붕어했을 때의 기억을 더듬었다.

"사람들은 슬퍼하고 있었다."

지멘은 한 번 더 말했다.

"슬퍼하고 있었어."

아실은 빙긋 웃으며 지멘이 혼잣말을 정리할 때까지 기다렸다. 지멘이 말했다.

"존경하는 황제가 적출식을 받지 않아서 일찍 죽은 것 때문에 사람들은 슬퍼하고 있었지. 그래서 사람들은 후계자가 적출식을 받지 않은 나가라는 사실을 알고 걱정했다. 원시제가 지명한 사람이니 믿을 수 있지만 그래도 심장 적출은 받아야 한다고 생각했지. 그런데 이상한 이야기가 들려왔다. 원시제의 유언장에 후계자의 적출식에 관한 상세한 지침이 있었다는 거였다. 1년 후 그것은 사실임이 밝혀졌다. 그때까지 대관을 미루고 있던 황위 계승자가 갑자기 도시 연합에 가서 심장을 적출할 거라고 했다. 사람들은 많이 놀랐다."

지멘의 깃털이 아실의 코를 간질였다. 아실은 황급히 코를 막았다. 그녀가 잘 아는 이야기였지만 당시 사람들이 어떻게 느꼈는지 알고 싶었기에 지멘을 방해하지 않았다. 그의 이야기가 계속되었다.

"당시 제국의 분위기는 뒤숭숭하기 짝이 없었다. 내가 직접 본 것은 매일같이 남쪽으로 이동하는 군단들의 모습뿐이지만 그것만으로도 충분했지. 사람들은 누구나 전쟁이 일어나는 것이 당연하다는 식으로 행동하고 말했다. 하지만 그런 일은 일어나지 않았지. 그리고 몇 년쯤 지난 후에야 정확히 무슨 일이 일어난 건지 믿을 만한 사람으로부터 들었다. 군단들이 남쪽으로 이동하던 시절, 하늘누리는 한계선을 넘어 지카그라쥬로 간 다음 그곳에서 그해의 적출 대상자들을 모두 태웠다. 그리고 국경을 넘어 지도그라쥬로 향했지. 그곳에는 지도그라쥬의 적출 대상자들과 미라그라쥬에서 온 적출 대상자들이 기다리고 있었다 한다. 황위 계승자와 지카그라쥬의 나가들은 지도그라쥬와 미라그라쥬의 나가들과 함께 적출식을 가졌다. 적출식이 끝난 다음 2만 개의 심장병이 남았고, 제국과 시련의 대표자들이 그 병들을 수십 번 이상 뒤섞었다고 한다. 누구도 심장병의 주인을 알 수 없게 되었지. 그리고 심장병들은 지도그라쥬의 심장탑에 안치되었다. 일이 끝난 다음 황위 계승자는 직접 지도그라쥬의 의장에게 감사 인사를 했지. 그리고 열흘 동안 잔치가 계속되었다고 한다. 적출식 도중 무슨 일이 있을지 몰라서 제국군이 남쪽으로 이동하긴 했지만 결국 아무 일도 없이 훌륭한 잔치로 끝난 거지."

아실은 굉장한 장관이었을 거라 추측했다. 천일 전쟁이 끝난 지 13년밖에 되지 않았고, 아라짓 제국과 도시 연합이 협조하여 무슨 일을 한다는 것은 상상도 할 수 없는 시절이었다. 지도그라쥬의 나가들에게는 적국의 지배자가 그들의 도시에 와서 적출식을 받았다는 것이 경천동지할 일로 받아들여졌을 것이다. 물론 그것은 아라짓의 사람들도 마찬가지였을 것이다. 감탄할 만한 결단, 놀라운 화해의 시작, 새로운 시대의 출발…… 아실은 당시 지도그라쥬의 분위기를 본 것처럼 짐작할 수 있었다. 혼란과 서툰 농담과 초보 낙관주의자의 시간이었을 것이다. 물론 나가들의 도시니만큼 폭음은 없었겠지만. 지멘이 말했다.

"황위 계승자의 심장병을 적국에 보관한다는 것은 정말 선황 같은 사람이나 생각할 만한 대담한 발상이었다. 어느 것이 황제의 심장병인지 알 수 없는 이상 도시 연합의 나가들은 모험을 할 수 없다. 자칫하다가는 자기 측의 누군가를 죽일지도 모르니까. 아라짓 제국의 황제를 제거하고 싶은 도시 연합의 누군가는 먼저 자기 측 사람들의 분노부터 해결해야 할 것이다. 그리고 그런 분노는 절대로 해결할 수 없다. 한편 상당한 군사력을 동원하지 않고서는 심장탑을 공격하는 것은 불가능한데, 적국에 군사력을 가지고 들어갈 수는 없다. 따라서 황제의 심장병은 아라짓 제국 내부의 반역자로부터도 안전하다. 제이어의 말처럼 선황은 후계자에게 최고의 안전 보장을 해 준 셈이다."

지멘의 깃털이 계속 아실의 얼굴을 간질였다. 아실은 상체를 들어 올리고 두 손으로 턱을 받쳤다. 팔꿈치로 지멘의 가슴을 찌르며 중얼거렸다.

"맞아요. 그리고 제이어는 그것이 최고의 사기극이라고 주장했어요."

지멘은 부리를 딱 부딪쳤다. 아실이 말했다.

"그게 사기극이어야 할 이유가 있을까요? 당신이 말한 것처럼, 그리고 다른 사람들도 그렇게 생각하는 것처럼 지도그라쥬의 심장탑은 더할 나위 없이 안전해요. 그보다 더 안전한 곳이 있다는 걸까요? 또 굳이 위장을 위해 그런 거창하고 번거로운 일을 할 필요가 있을까요? 아무리 생각해 봐도 제이어의 말은 비합리적이에요. 그런데 제이어가 우리를 속이고 싶다면 합리적으로 들리는 거짓말을 했을 거예요. 타이모는 이런 경우엔 항상 동기를 생각해 보라고 했어요. 하지만, 젠장. 제이어의 동기는 장난질이라고요. 제국과 황제를 상대로 장난을 치고 싶은 거라고요."

"제이어의 말을 무시하는 것이 좋을까."

"그런데 무시하기엔 지나치게 유혹적이라고요. 아아, 제기랄!"

아실은 몸을 벌떡 일으켰다. 지멘의 배 위에 오도카니 앉은 아실은 증오에 찬 눈으로 어둠을 바라보았다.

"나이 처먹을 대로 처먹고도 인격이 미성숙한 작자의 헛소리에 이렇게 신경 쓰고 있어야 한다는 사실이 짜증 나요. 왜 나는 다른 사람들처럼 제이어 솔한을 화려한 실패자쯤으로 취급하며 살 수 없지? 미치광이는 미치광이를 동요시킬 수 있는 건가?"

지멘의 기분이 언짢아졌다. 타이모의 출생지로 온 아실은 신변에 대한 주의력 외에 마음에 대한 주의력까지 잃은 것 같았다. 아실에게서 6년의 피로가 새어 나오는 것은 그것이 아무리 미약한 것이라도 지멘을 불안하게 하기에 충분했다. 그리고 지멘은 아실 때문에 불안해하는 자신에 대해서도 불안감을 느꼈다. 아실이 있어도 그만 없어도 그만인 존재라면 불안할 까닭이 없다. 지멘의 숙원으로 향하는 노정에 아실이라는 길벗이 존재하지 않아도 된다면 불안할 까닭이 없다.

그러나 지멘은 불안했다.

지멘은 아실의 주의를 제이어에게서 다른 곳으로 돌려야겠다고 생각했다. 타인의 기분을 바꾸려 시도하는 것은 지멘에겐 신경을 곤두세게 하는 일이었다. 아마도 대부분의 레콘에게 그럴 것이다. 하지만 지멘은 시도했다.

그는 제이어 솔한을 무시해도 무방하다는 투의 혼잣말을 했다. 그 시도는 성공적이었다. 아실은 호기심을 나타내며 지멘의 말에 귀를 기울였다. 그는 최후의 대장장이와 만났을 때 떠올렸던 계획에 대해 독백했다. 나에게는 세금 수송대를 습격하여 모아 둔 자금이 있고, 이곳에는 평생 계속될 여정에 돌입하지 않은 레콘들이 있으니, 레콘 동료를 사면 어떨까. 그들은 하늘누리 침입에 대단한 힘이 되어 줄 것이다. 말을 하면서 지멘은 점점 확신을 느꼈다. 그것은 합리적이고 타당한 계획이었다. 우리는 그들에게 거대 계단에 대해 가르쳐 줄 수 있다. 수백 명의 레콘이 고공에서 하늘누리 위로 쏟아져 내려가는 광경을 상상해 보라. 그런 광경에 현실적이라는 표현을 사용한다는 것은 좀 우습지만, 제이어 솔한의 어처구니없는 말에 휘둘리는 것보다는 훨씬 현실적이다.

지멘의 독백이 끝나자 아실은 오랫동안 침묵했다. 지멘은 그녀가 자신의 계획에 대한 검토를 끝낼 때까지 차분하게 기다렸다. 잠시 후 아실은 열광적인 반응을 보였다.

지멘의 배 위에서 내려간 다음 레콘도 아니고 선민 종족도 아닌 생물의 이름으로 지멘을 지칭했을 때 그녀는 분명히 열광적이었다. 지멘이 그 포악한 폭언에 적응하지 못한 채 허둥대는 동안 아실은 겉옷을 집어 들고 방 밖으로 달려 나갔다.

아실은 자기 팔이 분노한다고 느꼈다. 자신의 다리가 분노한다고 느꼈다. 자신의 심장이, 머리가, 발가락이, 거추장스럽게 부푼 가슴이, 고양이 발톱이 긁어 내리는 것 같은 자궁이 분노한다고 느꼈다.

자신이 그대로 산산조각 날 것만 같은 기분에 아실은 걸음을 멈췄다. 그녀는 벽에 손을 짚고 세차게 숨을 몰아쉬었다.

이 계절의 극지에서 하루는 밤과 낮으로 구분되는 것이 아니라 잠깐씩 밝아지는 밤일 뿐이었다. 그러나 사람들은 낮과 밤의 세력이 보다 대등한 지방의 습관을 이곳에서도 유지하고 있었다. 아실이 서 있는 곳은 그녀가 처음 보았던 실내 시장이었다. 장막과 매대, 좌판 등은 그대로였지만 서로에게 고성을 지르고 팔이 닿지 않는 거리는 무조건 달리던 사람들의 모습이 보이지 않았다.

몇몇 사람들은 남아 있었다. 아실은 매장 뒤편 같은 곳에 옹색한 잠자리를 만들어 놓고 잠든 상인들을 볼 수 있었다. 어깨에 담요를 쓴 채 앉아 있는 사람들도 보였다. 그들도 아실을 발견했지만 그녀가 뭔가를 사지는 않을 거라 판단했는지 아무 반응이 없었다. 사람들이 잠든 틈에 찾아올 레콘을 기다리고 있는 걸까? 아니면 여숙에 묵을 돈이 없는 걸까? 아실은 그들이 왜 그곳에 있는지 알 수 없었다. 묘하게 죄인처럼 보이는 그들의 모습이 마음에 들지 않았다.

아실은 기지개를 켰다. 자다가 가위에 눌린 것 때문에 뛰쳐나왔다는 듯이, 갑자기 바뀐 잠자리 때문에 나타난 불면증을 토로하듯이. 사람들은 아무 반응도 보이지 않았다. 아실은 손을 바지 주머니에 꽂아 넣었다. 갑자기 그녀는 갈피를 잡을 수 없었다. 아실은 주머니 속의 손으로 허리를 세게 눌렀다. 자신의 몸이 아닌 것 같은 그 부분을 눌러 확인해야 했다. 반응은 신통찮았다. 아실은 억울했다. 참으로 오래간만에 지붕이 있는 곳에 쉬게 된 날 미지광이에게 칫소리를 듣고 돌르는 배신감우 서사해고, 그녀의 아랫배는 제멋대로 통증에 빠져 들었다. 제기랄!

아실은 걸었다.

잘 다듬은 포석들은 아무런 발소리도 울리지 않았다. 온갖 얼룩으로 지저분한 모습이었지만 원래 레콘들을 대상으로 놓인 것들이기에 포석들은 육중하고 튼튼했으며 들썩거리는 부분이나 깨진 부분, 이가 맞지 않는 부분은 찾아볼 수 없었다. 세상 어느 곳의 시장에도 이렇게 반반한 바닥은 없다. 조금도 미끄럽지 않았지만 아실은 빙판을 걷는 듯한 착각을 일으켰다. 그것은 그렇지 않아도 혼란스러운 아실을 더욱 불편하게 했다. 그녀의 눈길이 이리저리 표류했다. 그러다가 낯익은 기분을 느꼈다.

아실은 헤치카의 가게 앞에 서 있었다. 돔과 그의 자랑거리인 칼들은 보이지 않았다. 아실은 헤치카의 장막을 바라보았다.

헤치카의 만년검, 일인일인.

아실은 만년검이라는 말이 상품의 내구성을 자랑하는 말이라는 것은 알 수 있었지만 일인일인이라는 운율이 잘 맞는 말이 의미하는 것은 알 수 없었다. 아실은 초점이 맞지 않는 눈으로 그 문구를 바라보았다.

"일인일인이라는 건, 음, 한 사람에게 하나의 칼날이라는 의미야."

아실은 고개를 돌렸다. 그녀에게 말을 건 것은 레콘 남자였다. 그 레콘은 헤치카의 장막을 바라보며 말했다.

"헤치카라는 사람이 말하고 싶은 건 그거야. 그러니까, 목숨이 하나라면, 목숨은 하나잖아. 그렇다면 그걸 위해 필요한 도구도 하나여야 한다는 말이야. 엄청나게 큰 창고에 온갖 도구를 다 갖춰 놓는다 해도 등에 창고를 지고 다니지 못할 바에야 무슨 소용이 있나? 가지고 다닐 수 있는 도구가 하나라면, 그 하나의 도구가 모든 도구의 역할을 해야 한다는 의미지. 도끼도 되고 톱도 되고 송곳도 되는 칼 말이야."

아실은 이곳에서 판매되는 칼들이 왜 그렇게 온갖 도구가 뒤섞여 있는 듯한 모양인지 깨달았다. 레콘이 계속 말했다.

"그런데 저 말이 다른 의미를 가지고 있다고 말해 준 사람이 있었어. 일인일인이라는 건, 그러니까 어떤 사람에게든 칼날 하나는 있다는 말이라는 거야."

레콘의 목소리는 조금 떨렸다. 통제하고 싶지만 그러지 못하는 동요를 드러내며 레콘은 한숨 쉬듯 말했다.

"사람이라면 말이야. 누구나 평생 한 번쯤, 한 번쯤은 흐르는 시간을 찔러 멈추게 하거나 떨어지는 벼락을 두 동강 낼 수 있다고 하더라고. 가지고 태어난 칼날 하나가 있으니까."

아실의 목 뒤가 갑자기 서늘해졌다. 아실은 옷깃을 추슬렀다.

"재미있는 말이네요, 뭄토. 그래서?"

"나도 할 수 있어."

"뭘요?"

뭄토는 왜 이해하지 못하냐는 듯한 눈으로 아실을 바라보았다. 그는 말을 할 듯 두 손을 이리저리 움직였다. 하지만 말이 시작된 것은 조금 후의 일이었다.

"지멘은, 어, 지멘은, 그걸, 젠장. 배를 탔어. 배. 그래. 그걸 탔어. 나는 그걸 봤어. 이 눈으로 직접 봤어. 그런 일은 있을 수 없어. 그래서 알게 되었어. 알게 됐다고. 나는 알아차렸어. 지멘에겐 불가능이 없고 무엇이든 될 수 있어."

뭄토는 자신의 말에 압도된 것 같았다.

"사람들은 이것이 되겠다, 또는 저것이 되겠다라고 말하지. 그 중 어떤 건 시시하고 어떤 건 굉장해. 하지만 사실은 그것들과 비교도 안 되는 것이 있어. 무엇이든지 될 수 있는 것이 되는 거야. 그건 정말 굉장한 거야."

아실은 그 표현이 바로 제이어에 대한 자신의 평가임을 떠올렸다. 아실은 제이어의 패배자 근성이 그런 일을 가능하게 한다고 진단했다. 하지만 뭄토의 진단은 달랐다.

"왜 지멘이 그런 것이 되었는지 생각해 봐어. 정말 벼슬이 익을 정도로 생각해 봐어. 기어코 알아냈지. 그건 너 때문이야."

"나요?"

아실은 왜 추위를 느꼈는지 깨달았다. 그것은 공포의 예감이었나. 뭄토는 부리 부딪치는 소리를 심하게 내며 말했다.

"왜 지멘과 함께 다니는지 알아. 들은 적이 있어. 황제를 죽이려는 거지? 좋아. 하지만 꼭 지멘이어야 하는 건 아니지? 네 목적은 결국 황제니까, 도와줄 수만 있다면 동료가 누구든 상관없지? 그렇다면 나라도 되지? 나도 그럴 수 있어. 나한테도 칼날 하나가 있을 테니까. 나도 그럴 수 있다고. 지멘만 가능하다고 하려는 건 아니지? 몇 년 동안 성공하지 못했잖아. 나는 할 수 있어. 그러니까, 황제를 죽여 주겠어. 죽이겠어. 그러면 되는 거지?"

아실은 몸을 완전히 돌려 뭄토를 똑바로 올려다보았다. 호리호리하고 왜소한 모습의 뭄토였지만 그건 어디까지나 같은 레콘에게 비교했을 때 그렇다는 말일 뿐 조그마한 인간 소녀인 아실에게 그는 탑처럼 거대했다. 아실은 속삭였다.

"뭄토, 왜 우리를 따라왔죠?"

뭄토는 어리둥절하다는 듯이 고개를 갸웃거렸다. 그 눈이 서서히 흐려졌다. 그러다가 갑자기 몸을 부풀리며 그는 빠르게 말했다.

"너를 뺏으려고."

"뭐에 쓰려고?"

"너와 지멘을 보기 전에는 몰랐어. 아니, 그 배에 타는 지멘을 보기 전까지도 몰랐어. 내 숙원이 뭔지 말이야. 내가 뭔가를 바라고 있다는 것은 확실했는데, 그게 뭔지 말로 정리할 수 없었어. 하지만 이젠 난 내 숙원을 알아. 나는 뭐든지 될 수 있는 것이 되길 원해. 그것이 내 숙원이야. 그러기 위해선 네가 필요해."

갑자기 아실의 아랫배에서 찌르는 듯한 통증이 느껴졌다. 아실은 숨을 급히 들이쉬었다. 다시 숨을 내쉬었을 때 소녀는 자신을 향해 뻗어 오는 커다란 손을 보았다.


세수를 끝낸 제이어 솔한은 신음을 흘렸다.

최후의 대장간 주변에는 얼음과 눈밖에 없고 애석하게도 그것들은 아직 연료의 범주에 포함되지 않았다. 제이어는 언젠가 어떤 도깨비가 얼음 위에 정교하게 일렁거리는 도깨비불을 붙여 마치 얼음이 불타는 듯한 장면을 만들어 보인 것을 떠올렸다. 그것은 즈믄누리의 무사장 탓해 머리돌이었고, 그 역설적인 광경으로 많은 사람들을 즐겁게 했다. 하지만 즈믄누리의 무사장이라도 얼음과 눈을 직접 태우는 것은 불가능할 것이다.

그런데 최후의 대장간 또한 대장간이기 때문에 연료를 필요로 한다. 대해히 요괴구며 할 수 있는 범빛로는 허늘에서 쏟아지는 별빛만 이용하지만 그 외의 다른 과정에는 역시 자연적인 불이 필요하다. 그래서 최후의 대장간으로 실려 오는 막대한 연료들의 대부분은 대장장이들의 몫이다. 그 결과 제이어는 쌀쌀한 여숙에서 잠들고 얼음장 같은 세숫물을 얼굴에 문질러야 하는 것이다.

화끈거리는 얼굴을 문지르며 제이어는 인간은 왜 허물을 벗는 나가나 깃털갈이를 하는 레콘 또는 불로 몸을 씻는 도깨비들과 달리 자신의 몸을 청결히할 방법을 선천적으로 가지고 있지 않은지 고민했다. 인간은 원래 더러워지라고 태어난 종자인가? 그 정의의 뻐드러짐이 제이어의 마음에 들었다. 그렇군. 인간은 원래……. 

"깔끔히 닦고 나와라."

지멘의 목소리였다. 조금 초조한 목소리였다. 제이어는 어리둥절해하다가 얼굴을 꼼꼼하게 닦고 밖으로 나갔다. 투숙객 전부가 이용하는, 아니, 투숙객 중 인간 전부가 이용하는 욕실 밖으로 나간 제이어는 조금 떨어진 곳에 서 있는 지멘을 보았다. 저것이 레콘이 다가올 수 있는 최소 거리인가 생각하며 제이어는 아침 인사를 건넸다. 지멘은 성의 없이 목례하고 말했다.

"아실이 너에게 찾아갔나?"

"아실? 아니요. 아실이 없어졌습니까?"

지멘은 끙 하는 소리를 내며 몸을 돌렸다. 그가 그대로 떠날 작정임을 깨달은 제이어는 황급히 그 뒤를 따라가며 말했다.

"잠깐만요! 아실이 어떻게 됐습니까?"

"어젯밤에 방을 나갔는데 아직 돌아오지 않았다."

"걸음을 좀 멈춰요, 지멘."

지멘은 멈춰 서서 제이어를 내려다보았다. 지멘을 따르느라 달려야 했던 제이어는 숨을 조금 헐떡였다.

"아실이 돌아오지 않았다고요? 둘이 싸웠습니까? 아니, 잠깐. 당신들은 싸울 수 없잖아요. 아실이 공격하면 즉각 당신은 그 애를 죽여야 하니까…… 당신들, 철의 대화로 얽혀 있지요, 그렇지요?"

지멘은 이 대담함에 깊은 인상을 받았다. 물론 지멘은 그와 아실의 관계가 두 사람만의 비밀일 거라 믿은 적은 없었다. 하지만 그의 면전에서 그 사실을 직설적으로 언급한 사람은 아무도 없었다. '최후의 대장장이가 말한 대로군. 잘 미쳤어.' 제이어는 빳빳하게 선 지멘의 벼슬이 눈에 들어오지 않는지 계속 중얼거렸다.

"그럼 말싸움입니까? 그래서 화가 나서 당신 곁을 떠난 것이고? 그 애야 영리하다 해도 아직은 어리니까 그럴 수 있겠지만, 당신은 나이 먹을 만큼 먹었잖습니까. 애하고 무슨 싸움을……."

제이어는 갑자기 새로운 전망을 획득했다.

익숙한 높이보다 1미터는 더 높은 곳에서 세상을 보게 되니 전망이 참 낯설었다. 허공에서 흔들거리는 다리의 감각과 대호가 깨물고 있는 것 같은 목의 감각을 종합해 본 제이어는 지멘이 자신의 멱살을 움켜쥐어 들어 올렸다는 것을 알았다. 숨이 탁 막히는 기분에 제이어가 자신도 모르게 버둥거릴 때 지멘이 말했다.

"그럼 너하고 싸울까?"

제이어는 말을 하고 싶었지만 숨통이 꽉 조여진 상태인지라 불가능했다. 지멘은 싸늘하게 말했다.

"친한 척하지 마라. 함께한 시간은 반나절도 안 되고 함께한 일은 술자리 한 번이 고작이다. 그걸로 네가 나와 아실의 모든 것을 아는 척하는 것은 받아들이기 힘들다. 네가 장난꾼이라는 건 안다. 아무 곳에서 빌 들이밀이 문 못 닫게 한 게 나불거리는 놈이라는 것도 안다. 하지만 가끔은 그 문이 네 발목을 자를 수도 있다. 알았나?"

제이어는 가까스로 고개를 몇 번 끄덕였다. 지멘은 그를 놓아주었다. 요란하게 엉덩방아를 찧은 제이어는 얼굴을 일그러뜨리며 발목을 움켜쥐었다. 지멘은 바닥에 떨어진 인간을 무시하며 몸을 돌렸다. 당장 아실을 찾아야 한다. 최후의 대장장이의 보장을 믿은 것은 멍청한 일이었다. 그녀가 어떤 약속을 했는지 알지도 못하는 젊은 레콘들이 분명히 있을 테고 그들 중 누군가가 아실을 인질로 붙잡았을지 모른다. 지멘은 망치를 단단히 움켜쥐었다. 그러나 그가 두 걸음도 떼기 전에 제이어가 말했다.

"장난꾼이라는 것은 아실의 평가입니까?"

지멘은 기가 막히는 심정으로 고개를 돌렸다. 제이어는 발목을 조심스럽게 주무르며 말했다.

"그렇겠지요. 당신에겐 어울리지 않는 일이고, 아무래도 그 애가 나에 대해 내린 평가인가 보군요."

"내 경고가 부족했다면⋯⋯."

"싸운 것이 맞군요. 아실이 뭣 때문에 화가 난 겁니까?"

지멘은 부리를 닫았다. 그가 망치나 주먹을 사용할 경우 제이어는 절명하겠지만, 그런 끔찍한 방법이 아니라도 무례한 수다쟁이를 침묵하게 하는 것은 어렵지 않다. 손가락으로 흉골 아랫부분을 가볍게 튕겨 주면 제이어는 지멘에게 필요한 시간만큼은 침묵할 것이다. 하지만 그가 아직 얻지 못한 답을 제이어에게서 얻을 수 있다는 가능성에 지멘은 주춤했다.

"왜 화가 났는지 모르겠다."

"그래요? 당신이 무슨 말을 하니까 그 애가 화를 내던가요?"

"옛날 티나한처럼 동료를 모을 수도 있다고 말했다. 돈으로 그들의 협조를 살 수도 있다고. 그러자 아실은 욕설을 퍼붓고 방을 나갔다. 어쩌면 아실은 돈으로 동료를 산다는 것이 마음에 들지 않아서······."

"아실이 그런 결벽주의자입니까?"

지멘은 인정해야 했다.

"내 생각엔 아니다."

"제 생각에도 그렇군요. 그런데 당신이 그 생각을 떠올린 것이 이번이 처음입니까? 6년 만에?"

"처음이다. 그런데 그게 왜?"

제이어는 너털웃음을 터뜨렸다. 지멘이 조바심 때문에 망치를 조금 들어 올릴 때까지. 제이어는 웃음을 거두고 망치를 주시하며 빠르게 말했다.

"아실이 화낼 만도 하군요. 당신이 6년 만에 타이모의 생각을 이해했다면."

뜻밖의 이름에 지멘은 몸을 팍 부풀렸다. 압도적인 크기로 변한 지멘을 본 제이어는 뒤로 물러나고 싶은 충동을 느꼈다. 자신과 싸우며 제이어는 조심스럽게 말했다.

"지멘. 날 때부터 개인주의자인 레콘도 하나의 목적을 위해 집단을 이룰 수 있다는 생각은 바로 타이모의 발상이었습니다. 그 결속을 가능하게 하는 것이 공동의 목표든, 감정적 연대감이든, 구성원에게 주어지는 금전적 보상이든 상관없습니다. 결속을 이룬다는 것 자체가 중요합니다. 분리주의를 현실에 적용하기 위한 기본 전제가 바로 그거지요. 타이모가 그런 생각을 한 것은 천재적입니다. 레콘 자신이 그런 생각을 한 거니까 다른 레콘이 그런 생각을 했다고 해도 천재적이지요. 다른 레콘은 타이모가 아니니까. 하지만 당신이 어제 그 생각을 떠올렸다는 것은, 당신이 6년 만에 겨우 그녀의 생각 중 일부를 이해했다는 뜻입니다."

지멘은 아실의 분노와 짝이 될 만한 분노를 발견했다. 바로 자신의 분노였다.

지멘은 스스로에 대해 용서할 수 없는 분노와 좌절을 느꼈다. 그리고 차츰 그 감정은 슬픔으로 바뀌었다. 지멘의 얼굴이 변하는 모습을 보며 제이어는 살아났다는 느낌과 지멘에 대한 동정심을 동시에 느꼈다. 제이어는 발목에 무리가 가지 않도록 주의하며 일어섰다. 똑바로 서게 된 제이어는 지멘을 올려다보았다.

"당신은 분리주의자가 아니죠?"

지멘은 두어 번의 실패 끝에 간신히 말했다.

"나는 넷째 부인을 얻으려는 신부 탐색자였다. 타이모의 호감을 얻기 위해 분리주의자처럼 행동했지만 분리주의자가 아니었다. 그리고 나는 그것을 구태여 숨기려고 애쓰지도 않았다. 그것이…… 타이모를 상심하게 한다는 것을 알면서."

"그럴 거라 짐작했습니다. 하긴 그때 쥐덤에 모였던 자들 중 진짜 분리주의자라고 할 수 있는 레콘은 몇 되지도 않을 겁니다. 자책하지 마십시오."

지멘은 벼슬을 빳빳하게 세웠다.

"뭐든 안다는 네 태도를 더 참기 어렵다. 넌 6년 전 쥐덤에 있지도 않았고 타이모를 보지도 않았다. 그리고 내가 거기서 무슨 일을 했는지도 몰라. 너는 나를 몰라! 그런 네가 하는 위로 따위에 내가 위안 받아야 하나?"

제이어는 아실이 왜 화가 났는지 단번에 알아차린 사람이 누구냐고 말하지는 않았다. 유언으로는 좀 어색한 말이 될 것 같았기 때문이다.

"미안합니다. 지멘. 저는 당신을 이해할 수 있다는 뜻으로 한 말일 뿐입니다. 지난 6년 동안 오로지 건국 운동의 부활을 위해 노력해 온 아실은 이해하기 힘들겠지만, 그 애도 잘 설명하면 이해할 겁니다. 가서 그 애를 찾으십시오."

지멘은 제이어의 말을 따를 수 없었다. 그의 말 속에 이해할 수 없는 것이 섞여 있었기 때문이다.

"건국 운동의 부활?"

"예."

"무슨 말이냐. 아실이 원하는 것은 나와 같다. 황제를 죽여 타이모의 복수를 하는 것이다."

제이어는 넋이 빠진 얼굴로 지멘을 올려다보았다. 지멘이 그 표정이 마음에 들지 않는다고 말하려 했을 때 제이어는 두 손으로 양쪽 이마를 움켜쥐었다. 그리고 제이어는, 그것 때문에 죽을 뻔한 위기를 겪었는데도 또다시 지멘과 아실에 대해 잘 알고 있다는 식으로 말했다.

"어디에도 없는 신이여. 당신은 그것도 모르고 있었습니까?"

"너 지금 당장……."

"예. 맞습니다. 황제 시해지요. 하지만 그건 아실의 목표가 아니라 수단입니다. 아실의 목표는 그것이 아닙니다."

"아니라고?"

제이어는 갑자기 복도 앞뒤를 둘러보았다. 인간 투숙객이 별로 없는 탓인지 욕실로 통하는 그 복도는 조용했다. 제이어는 지멘을 상에 손짓했다. 시멘이 약긴 주지하더기 히피를 숙이가 제이어는 그의 귓가에 낮게 속삭였다.

"지멘, 당신들이 강탈한 세금은 엄청난 양입니다. 하지만 지난 6년 동안 제국 어디서도 출처가 불확실한 거액의 출현은 없었습니다. 그런 거액은 포착되지 않을 수 없지요. 소액으로 분산시켜 유출하는 것은 당신들 두 명이서 할 수 있는 일이 아닙니다. 그럴 필요도 없고요. 그래서 저는 당신들이 그 돈을 그냥 모아 두고 있는 거라고 판단했고, 왜 그 돈을 모아 두고 있는지 추리해 봤습니다. 당신들이 누구의 계승자인지 생각해 보면 간단히 답이 나오지요. 답은 독립국 건설입니다."

그것은 타이모의 바람이었다. 레콘들의 독립국을 건설하는 것. 지멘은 물론 타이모의 바람을 잘 알고 있었다. 하지만 지금껏 지멘을 움직인 동인은 타이모의 바람이 아니라 타이모의 죽음이었다. 지멘이 원한 것은 오직 복수와 파괴였지 계승과 건설이 아니었다. 그런데 제이어는 지멘의 행동을 완전히 다른 의미로 해석하고 있었다.

"선황께서는 후계자를 결정해 두셨고, 적출을 받지 않으셨기에 일찍 승하하신 것도 납득할 수 있는 일이었습니다. 하지만 치천제 폐하는 다릅니다. 그분이 승하하실 거라 예상할 수 있는 사람은 아무도 없습니다. 그런데 당신들이 어느 날 갑자기 폐하를 시해한다면 무슨 일이 일어나겠습니까? 엄청난 혼란이 일어날 겁니다. 그런데 그런 혼란은 나라를 하나 만들고 싶은 사람에겐 다시없을 호기일 겁니다. 그렇게 생각해 보니 앞뒤가 딱 들어맞더군요. 독립국 건설에 필요한 자금이 아니라면 그 돈이 무엇에 필요하겠습니까? 폐하를 금편으로 깔아뭉갤 작정이 아니라면?"

가공할 충격에 지멘은 넋이 빠질 것 같았다. 불현듯 지멘은 어젯밤 들었던 제이어의 이상한 말을 떠올렸다.

"하늘누리에 침입한 것은…… 돈을 모을 만큼 모았기 때문이라고……."

"예. 그렇게 말했지요. 저는 당신들이 충분한 자금을 모았기에 드디어 계획에 착수한 거라고 봤습니다. 금편 삼백만 닢이라면 쓸 만한 유력자 몇 명을 구슬리고 필요한 병력을 구한 후에도 성대한 만찬을 차릴 정도는 남겠지요. 저는 그것이 당신들의 목표라고 예상했습니다. 그런데 이제 보니 당신들의 목표가 아니라 아실의 목표였던 모양이군요."

지멘은 머리를 용광로에 집어넣은 것 같았다.

지난 6년 동안 그가 하고 있었던 일은 그가 하고 있다고 믿었던 일이 아니었다. 지멘은 그 혼란에서 도망치고 싶었다. 상황을 단순하게 만들고 싶었다. 모든 것을 무시하고 싶었다. 그러나 제이어는 그를 내버려두고 싶지 않았다.

"가서 아실을 찾으십시오."

지멘은 눈을 끔뻑거리며 제이어를 바라보았다. 제이어는 강권하는 투로 말했다.
"그걸 모르고 있었으니 놀랐을 수도 있겠지요. 하지만 당신의 숙원이 누군가의 수단이 된다 해서 문제될 것 있습니까? 아무것도 없습니다. 하늘치를 정복하겠다는 티나한의 숙원은 결국 하늘누리 건설의 수단이 되었지만 저는 티나한이 그 사실에 화를 냈다는 이야기는 들어 본 적이 없습니다."
역사에 이름을 남긴 두 명의 레콘 중 한 명의 이름은 지멘을 진정하게 했다. 레콘들이 가지고 태어나는 용력과 용맹에 비춰 보면 역사가 그 이름을 기록한 레콘 영웅이 두 명뿐이라는 사실은 좀 이상하게 느껴질 수도 있다. 하지만 영웅의 조건에는 타인에 대한 강력한 영향력도 포함되는 법인데, 그런 면에서 레콘들은 실격이라 할 수 있다. 왜냐하면……
"당신이 바라는 것은 치천제 폐하를 시해하는 것이잖습니까? 아실이 그 죽음을 이용하여 무엇을 꾸미든 그건 당신과 상관이 없습니다. 그때 당신은 이미 숙원을 이루었을 테니까요."
레콘들은 개인주의자이기 때문이다. 지멘은 논리보다는 감성으로 이해했다. 그리고 안도했다. 지금껏 해 왔던 대로 해 나가면 되는 것이다. 아실이 그것을 원한다면, 그렇게 해도 무방하다. 그것은 지멘의 숙원을 방해하는 일도 아니다. 오히려 아실의 목표는 지멘의 숙원 성취를 꼭 필요로 한다. 그렇다면 지멘에겐 반대할 이유가 없다. 제이어가 마치 지멘의 마음을 읽은 것처럼 말했다.
"이건 제 추리일 뿐입니다. 아실을 찾아서 직접 확인하십시오. 아실도 결국 황제의 죽음을 원합니다. 치천제 폐하께서 승하하셔야 그 애가 바라는 일이 가능해지니까요. 그러니 지금까지 그랬던 것처럼 그 애는 앞으로 당신이 믿을 수 있는 유일한 동료입니다. 이런, 제가 당신을 지체하게 하고 있군요. 빨리 가십시오! 이 안쪽은 조그마한 인간 소녀 혼자서 돌아다닐 만한 곳이 아닙니다. 물론 그 점에서는 이 바깥도 마찬가지지요. 그 애가 혹 바깥에 있다면 몇 시간도 버티기 어려울 겁니다."

제이어가 지적한 위험이 지멘을 긴장시켰다. 지멘은 간략히 목례한 다음 곧장 몸을 돌렸다.

아실은 잠에서 깼다. 주위는 캄캄했고 몸은 무거웠다. 무엇이 그녀를 깨웠는지 생각해 본 아실은 곧 자신이 더 이상 흔들리지 않는다는 것을 깨달았다. 아실은 몸을 움직이려 했다. 그러나 불쾌한 감각만이 팔다리를 괴롭힐 뿐이었다. 잠들기 전의 상황을 추측해 보고 그녀는 불평의 신음을 토해 냈다.

곧 반응이 있었다. 아실의 머리 쪽에서 갑자기 빛과 한기가 스며들어 왔다. 아실은 눈을 감을 수밖에 없었다. 머리 위편에서 뭄토의 목소리가 들렸다.

"깼나?"

아실은 눈을 몇 번 더 깜빡인 다음 조심스럽게 주위를 둘러보았다. 자신의 한심한 처지가 적나라하게 드러났다. 아실은 옆으로 손을 뻗었다. 그리고 바구니 속에서 몸을 일으켰다.

아실은 바구니 속에 같이 있던 모포를 끌어올려 어깨에 두른 다음 주위를 조심스럽게 살폈다. 눈이 멀 것 같은 하얀 광경이 펼쳐져 있었다. 지평선까지 계속되는 빙원과 하얀 하늘 어디에도 자신의 위치를 짐작하게 하는 것은 없었다. 결국 아실은 눈여겨

볼 만한 유일한 물체를 바라보았다.

 뭄토는 바구니 뚜껑을 옆에 내려놓고 뭔가를 먹고 있었다. 그 모습을 바라보던 아실은 자신도 배가 고프다는 것을 느꼈다. 바구니 속에 담겨 밤새도록 실려 온 일은 그다지 부담스럽지 않았다. 실려 다니는 일에 익숙하기 때문일 것이다. 아실은 바구니 밖으로 나왔다.

 "나도 먹을 것 좀 줘요."

 뭄토는 고개를 끄덕이고 또 다른 바구니 쪽으로 몸을 돌렸다. 그 안에서 건량을 꺼내어 아실에게 건넸다. 아실은 바닥에 놓여 있는 바구니 뚜껑을 다시 바구니에 씌운 다음 그 위에 걸터앉았다.

 바람이 전혀 없는 것이 다행이었다. 만약 약간의 바람이라도 있었다면 아실은 감히 바구니 밖으로 나오지도 못했을 것이다. 바깥에 있는 것이라곤 창백한 빙원과 시든 하늘, 그리고 뭄토뿐이었고 그중 눈을 즐겁게 하거나 식욕을 돋우는 것은 하나도 없었지만 아실은 밤새도록 처박혀 있던 바구니 속에 계속 있고 싶지 않았다. 베어 문 건량이 입 안에서 부드러워지기를 기다리며 아실이 중얼거렸다.

 "밤새도록 걸었어요?"

 "그 이상일 거야. 낮이 짧으니까. 좀 밝아졌고 바람도 없어서 쉬는 거야."

 "그러면 생각해 볼 시간은 많았겠군요. 제가 부탁한 대로 하셨어요?"

 "아, 그래. 생각해 보라고 했지? 생각해 봤어. 그럼, 아주 많이 생각했지. 그러곤 내 결정이 옳다고 판단했어."

뭄토는 껄껄 웃으며 자신의 말에 고개를 끄덕였다. 아실은 경멸의 시선을 드러내지 않으려 애쓰면서 뭄토를 바라보았다. 뭄토는 접칼로 건육을 베어 내며 말했다.

"넌 상상할 수 없냐? 그건 정말 대단한 거라고. 공작이 된다거나 대장군이 된다는 것도 무엇이든 될 수 있는 것이 되는 것에 비하면 한 단계 낮은 이야기야."

뭄토는 자신을 대단히 기특해하는 것 같았다. 아실은 차분하게 말했다.

"왜 그런 것이 되길 원하죠?"

뭄토는 어이없다는 표정으로 아실을 바라보았다. 그런 굉장한 것을 거부할 이유가 뭐냐고 되묻고 싶어하는 눈이었다. 그러나 뭄토는 곧 아실의 질문이 조금 다른 뜻임을 깨달았다.

뭄토는 벼슬을 만지작거리며 생각에 잠겼다.

"내 아버지는 천일 전쟁 때 죽었어. 어머니는 다른 남자의 셋째 부인이 되었지. 그런데 그 남자는 다른 신부 탐색자에게 우리 어머니를 뺏겼어. 그 신부 탐색자는 꽤 강했고, 젊은 신부들을 많이 얻었어. 그중 몇몇은 나보다 겨우 몇 살 많았지."

그러다가 그들 중 하나와 사랑에 빠졌고, 어쩔 수 없이 아버지에게 도전해야 했다. 그런 종류의 이야기라면 그럭저럭 슬픈 유년기에 관한 극적인 이야기가 되겠지만 아실은 그런 기대는 품지 않았다. 그런 이야기를 늘어놓는 것은 지나치게 인간적인 일이며 레콘에게는 어울리지 않는다. 레콘이 아버지와 경쟁하지는 않는다거나 하는 것은 아니다. 뭄토의 경우처럼 그들의 아버지는 피붙이가 아닐 가능성이 다른 종족보다 월등히 높다. 혹 피붙이라 하더라도 성인이 된 레콘 자녀와 부모는, 물론 다른 종족들이 지인이나 친구에게 느끼는 감정 정도는 서로 느낄 수도 있겠지만 남남이나 다름없다. 레콘은 꼭 필요하다면 부모와도 경쟁한다. 바로 그렇기에 레콘은 그런 이야기를 늘어놓을 특별한 이유가 없다. 식사하기 위해 수저 쓰는 법을 배워야 했다는 식의 이야기를 늘어놓는 인간이 없는 것처럼. 그래서 아실은 보다 레콘다운 이야기가 뒤를 이을 거라 생각했다.

"내 나이와 비슷한 젊은 신부가 많았다는 건 그 남자가 굉장히 강했다는 거지. 나도 그렇게 되고 싶었어. 멋있어 보였거든. 최후의 대장간으로 올 때만 해도 나는 내가 신부 탐색자가 될 거라고 생각했지. 하지만 최후의 대장간에 도착해서 다른 레콘들을 보고는 가망이 없다는 걸 알았어. 나는 작고 약했어. 누군가의 아내를 뺏을 능력은 없었어. 혹 결혼할 수 있다 해도 아내를 지키지 못할 것이 뻔했지."

뭄토는 생각난 것처럼 접칼을 꺼냈다. 그는 그것을 접었다 폈다 하며 계속 말했다.

"그래서 난 숙원을 추구해야겠다고 생각했어. 최후의 대장간에서는 괜찮은 칼을 팔더군. 아무래도 오랫동안 돌아다니려면 이런 것이 좋겠지. 이 칼을 산 다음 최후의 대장간을 나왔어. 그리고 천천히 숙원에 대해 생각해 보기로 했지. 그런데 라호친에 도착했을 때도 여전히 뭘 해야 좋을지 떠오르지 않는 거야. 그래서 나는 이곳저곳에서 잡일을 하며 지러쿼터 산맥을 따라 나로이까지 갔어. 그렇게 돌아다니다 보면 하고 싶은 일이 눈에 들어올지도 모르니까. 대충 이 년쯤 걸렸을 거야. 하지만 그때까지도 아무 생각이 안 들더라고."

아실은 안대를 만지작거렸다. 아실의 기척을 느낀 뭄토는 고개를 돌려 그녀가 무엇을 하는지 확인하고는 다시 손에 쥔 접칼로 시선을 옮겼다.

"나로이에서 더 남쪽으로 갈 수는 없기에 난 다시 북쪽으로 방향을 바꿨어. 발케네에서 요새를 짓는다는 이야기를 듣고는 거기서 잡역이라도 할까 하는 생각이 들었지. 그래서 그때까지 지났던 길을 다시 되짚어 걸었지. 같은 길을 두 번째로 걸으니 전에는 못 봤던 것들이 눈에 들어오더군."

"뭐가 보였죠?"

뭄토는 하얀 지평선을 쳐다보다가 갑작스레 질문을 던졌다.

"카시다의 거지가 되는 것이 좋겠냐, 살본의 농장주가 되는 것이 좋겠냐?"

"대체로 농장주겠군요."

"그럼 살본의 농장주가 되는 것이 좋겠냐, 시모그라쥬의 공작이 되는 것이 좋겠냐?"

"좋아요. 사람들 사이에는 지위의 높낮음이라는 것이 있어요. 그리고 높은 지위가 인기 있는 편이고요. 당신이 본 것이 그거라면, 참 대단한 발견을 했군요."

"내가 바본 줄 알아? 내가 본 것은 그게 아냐. 나는 조금 더 생각해 봤단 말이야. 사람들이 높은 지위를 가지고 싶어한다는 건 그걸 골랐다는 말이야. 알겠어? 돌과 금덩이 사이에서 금덩이를 고르는 것처럼. 금덩이가 더 좋은 거니까. 하지만 잘 생각해 보면 뭔가가 좀 이상하다는 것을 알 수 있어."

"뭐가 이상하죠?"

"왜 돌과 금 중에 하나를 골라야 하지? 둘 다 가지면 안 되나? 돌도 가끔은 쓸모가 있어. 누군가에게 집어던지려면 금보다는 돌이 좋지. 그러니 금도 가지고 돌도 가지면 되잖아. 그런데도 그 중 하나를 골랐다면, 그건 둘 다 가질 수 없는 이유가 있다는 말이지."

"아하?"

아실의 반응은 어정쩡했지만 뭄토는 만족한 것 같았다. 뭄토는 으스대는 투로 말했다.

"그게 사람들이 모르는 거야. 사람들은 높은 지위를 가지고 싶어해. 왜 그러냐고 물어보면 높은 지위가 좋은 거니까 그런다고 말하겠지. 그거 하나만 알고 둘은 모르는 소리야. 더 정확한 대답은 사람이 한 번에 하나씩만 될 수 있기 때문이라는 대답이지. 그렇기 때문에 고르는 일이 필요한 거라고."

"그래서 뭐든지 될 수 있는 것이 되기로 결정했다는 거예요? 하나를 고르기 싫어서?"

"우습게 들리냐? 그런데 니어엘 헨로가 너희들을 몰아붙일 때 썼던 수법이 그거였어."

아실은 긴장했다. 그 인간 수교위가 6년 동안 제국 전체에 위명을 떨쳐 왔던 그들을 엄청난 곤경에 몰아넣은 사실은 절대로 잊을 수 없었다.

"무슨 수법인데요?"

"그 수교위는 너희들이 갈 길이 둘이면 내버려뒀어. 셋이면 그 중 하나를 막았고. 그래서 너희들은 항상 갈 길이 둘 이하였던 거야. 그러면 선택을 해야 했지. 알겠어? 선택이라고. 금과 돌 중에 금을 고른 것처럼. 그런데 금을 고르면 너희들에겐 돌이 남지 않아. 뭔가를 집어던져야 할 때 집어던질 것이 없는 거지."

퍽 은유적인 표현이었지만 아실은 그 의미를 대강 짐작할 수 있었다. 나나본 북부 지역에서 이틀 동안 겪었던 일을 분노 속에서 재구성해 본 아실은 니어엘이 그들을 어떻게 가지고 놀았는지 깨달았다.

"너희들은 어쩔 수 없이 그 나루터로 가게 되었지. 하지만 너희들이 다른 길로 못 간 것은 니어엘 헨로 때문이 아니야. 그 수교위가 반을 막았고, 나머지 반은 너희들 스스로가 막았지. 애초에 니어엘에겐 모든 길을 막고 너희들을 몰아붙일 병력이 없었거든."

"제기랄."

아실은 그 말을 어금니로 잘근잘근 씹고 싶었다. 정말 제기랄이다. 뭄토는 기분 좋게 고개를 끄덕였다.

"그걸 보고 알았어. 다른 사람들이 못하게 하는 것이 아냐. 자기 스스로 포기하는 거야. 사람은 사실 온갖 것이 될 수 있어. 용만 그럴 수 있는 것이 아니야."

뭄토는 생각난 것처럼 접칼을 위로 들어 올렸다.

"이 칼을 봐. 멋있잖아? 최후의 대장간의 대장장이들은 참 멋진 생각을 했어. 이것 봐. 이건 칼도 되고 도끼도 되고 톱도 돼. 여기, 이 부분 보여? 밧줄 자를 땐 그만이지. 밧줄에 대고 그냥 잡아당기면 싹둑싹둑 잘린다고. 바로 이거야. 칼과 도끼와 톱을 다 들고 다닐 수는 없어. 하지만 이런 것이라면 하나만 들고 다녀도 되지. 일인일인이지. 사람도 그렇게 될 수 있어. 한 사람이 카시다의 거지와 살본의 농장주, 시모그라쥬의 공작이 동시에 될 순 없어. 하지만 그 모든 것이 될 수 있는 것이 된다면, 한꺼번에 그 셋이 된 것과 다름없지. 그렇잖아?"

뭄토는 웅대한 계획이라고 평가해 달라는 듯한 표정으로 아실을 바라보았다. 하지만 그녀는 심드렁한 동작으로 안대를 만지작거리며 말했다.

"어떻게 그런 것이 된다는 거죠?"

"그건 네가 알려 줘야지."

"내가요?"

"그래. 너. 지멘은 레콘이면서 배를 탔어. 레콘도 되고 인간도 되는 것이 된 셈이지. 어떻게 그럴 수 있었는지는 뻔해. 어제도 말했듯이 그건 네 덕택이야. 싫다고 말해도 돼. 안 된다고 말해도 되고. 나 신경 쓰지 않을 테니까. 물론 대가는 지붕학 거야. 황제를 죽이면 되지? 그러니 너는 나를 도와야 해."

뭄토는 다시 자신의 집칼을 바라보았다.

"내가 이런 것이 되도록."

그 순간 안대를 만지작거리던 아실의 손가락이 안대 아래로 파고들었다. 그 손가락들은 안대 안쪽에서 조그맣고 동그란 물체를 끌어냈다. 두꺼운 장갑을 끼고 있는데도 꽤 날렵한 동작이었다. 아실은 그 물건을 손바닥 안에 숨겼다. 뭄토는 아무것도 눈치 채지 못했다.

아실은 헛기침을 했다.

"목이 메는군요. 마실 것 좀 줘요."

"아. 그래."

뭄토는 음식물이 담겨 있는 바구니로 몸을 돌렸다. 아실은 재빨리 손바닥 안에 있는 물건을 엄지로 비틀었다. 뭄토가 커다란 술주머니를 건네자 아실은 그것을 두 손으로 받아 들었다. 그리고 마개를 뽑아 술주머니의 주둥이를 입가로 가져갔다.

그 짧은 시간 동안 아실은 손안에 감추고 있던 물건으로 술주머니의 입구를 틀어막았다. 그리고 왼손 엄지로 그 물건을 꽉 누른 채 술주머니를 들어 올렸다. 아실의 모습은 술을 마시는 것처럼 보였지만, 그녀의 입 안으로는 한 방울의 술도 들어가지 않았다.

술주머니를 내린 아실은 고개를 좌우로 흔들었다. 뭄토의 시선을 자신의 얼굴 쪽에 고정시키면서 술주머니의 입구를 막았던 물건을 다시 손 안으로 회수한 다음에 아실은 투덜거렸다.

"차가워서 못 마시겠어요. 얼음장 같잖아."

"얼어붙지 않은 것이 다행이야. 내가 바구니를 계속 겨드랑이에 끼고 있었거든."

"마셔 봐요. 뱃속이 얼어붙는 것 같을걸."

뭄토는 선선히 술주머니를 받아 들었다. 부리로 주둥이를 물고 죽 들어 올렸다. 그 모습을 보며 아실은 손 안에 든 물건을 비틀었다. 조금 후 그 물건은 아실의 장갑 속으로 사라졌다.

꿀꺽꿀꺽 소리 내며 술을 마신 뭄토는 부리를 한 번 딱 부딪쳤다.

"마실 만한데, 뭐. 인간은 허약해서. 하긴 내가 필요한 건 힘이 아니지만. 음? 왜 그런 얼굴을 하고 있는 거야?"

뭄토가 바라본 아실의 입매에서는 경멸감이, 눈에서는 동정심이 배어 나오고 있었다. 아실은 걸터앉아 있던 바구니에서 일어나 그 뒤편으로 돌아갔다. 그리고 팔짱을 낀 채 뭄토를 향해 인간이 레콘을 상대로 거의 하지 않는 표정을 지어 보였다. 그것은 싸늘한 조소였다. 그 표정을 이해한 뭄토는 분노를 느꼈다.

"너 지금 나를 비웃고 있는 거야?"

아실은 아무 말도 하지 않았다. 다만 차갑기 그지없는 조소로 몸토를 훑을 뿐이었다. 그는 깃털을 조금씩 부풀렸다.

"비웃는 것은 가만 놔두지 않겠어. 나와 함께 다니려면 그것부터 알아야 해."

"내가 당신을 따라다닐 수 없다고 하면 어떻게 할 거죠?"

"마음대로 말해. 신경 쓰지 않을 테니까."

"나를 보내 주지 않으면 지금 당장 당신을 해치겠다는 건 어때요? 그 말에도 신경 쓰지 않을 건가요?"

몸토는 껄껄 웃더니 장난스럽게 말했다.

"그것 참 위험한 계획인데 말리고 싶어. 나를 해치면 너 혼자서 최후의 대장간으로 돌아갈 수는 없을 텐데. 그리고 라호친으로 가는 것도 어려울걸. 넌 여기에서 어디가 더 가까운지도 모르잖아."

"왜 혼자서 돌아간다는 거죠?"

"나를 해치겠다면서? 여기에 나와 너 말고 누가 있지?"

아실은 한층 더 차가운 눈으로 몸토를 노려보았다. 그는 어쩐지 더 웃고 싶지 않다는 기분을 느꼈다. 하지만 웃음을 거둘 수도 없었기에 몸토의 얼굴은 이상하게 일그러졌다. 아실이 음식물이 담겨 있던 바구니를 가리켰다.

"저거 샀을 때 기분 좋았지요?"

몸토는 대답하지 않았다. 어젯밤 몸토는 아실의 소지금을 빼앗아서 온갖 물건과 음식을 구입했다. 굶어죽을 것 같은 고통을 견디며 지멘과 아실을 추적해 온 몸토에겐 정말 기분 좋은 일이었을 것이다. 하지만 몸토는 그것으로 아실이 생색을 내려 하는 것은 참을 수 없었다.

"쫄쫄 굶으면서 따라온 보람이 있었다고 좋아했겠지요. 이것도 사고, 저것도 사고, 그것도 사겠어! 기억이 나는군요. 어떻게 흥정 한 번 안 하고 사는지."

뭄토는 드디어 분노를 느꼈다.

"내가 네 돈으로 저따위 잡동사니를 좀 산 것 가지고 나를 업신여긴다면……."

"나는 물건을 판 상인들이 나와 당신에 대해 지멘에게 알려 줄 수 있다는 사실을 당신이 떠올리지 못했다는 게 정말 놀라워요."

뭄토의 분노가 사그라졌다. 그는 아실이 무슨 희망을 품고 있는지 깨달았다.

"아하, 그래서 지멘이 쫓아올 거라고? 내가 완전히 바보인 줄 알고 있군. 물론 그 장사꾼들은 네가 어떤 레콘과 함께 있었다는 이야기를 지멘에게 해 줄 수 있겠지. 하지만 최후의 대장간에 레콘이 얼마나 많은데? 지멘은 거기 있는 레콘들을 전부 만나 봐야 할걸. 게다가 너를 찾으려면 그 레콘들의 소지품을 다 조사해 봐야 할 테고 말이야. 지멘은 지금 우리를 쫓아오고 있기보다는 다른 레콘들과 싸우고 있을 가능성이 훨씬 높아."

말을 끝낸 뭄토는 심술궂게 아실의 얼굴을 바라보았다. 하지만 아실은 그가 기대한 만큼 실망하지 않았다. 아니, 조금도 실망하지 않은 얼굴이었다. 아실 또한 그것을 짐작하고 있었다. 그녀가 원한 것은 단지 시간을 끄는 것뿐이었다.

"그럼 당신을 처리하는 건 내 몫이겠군요."

뭄토는 숨 가쁠 정도로 웃었다. 그러나 그 웃음의 끝에서 그는 갑자기 격한 기침을 토했다. 그는 자신의 상태에 의아해하며 앉은 자리에서 일어나려 했다. 그러나 그의 의도는 허리까지만 전달되었다. 뭄토는 허우적거리다가 바닥에 손을 짚었다. 놀란 표정으로 자신의 다리를 보다가 말했다.

"뭐야, 이거?"

"움직이기 힘든가 보군요."

뭄토는 초조하게 투덜거리며 다리를 움직여 보려 애썼다. 그러나 소득은 없었고 뭄토는 손조차 말을 듣지 않는다는 절망적인 사실에 직면해야 했다. 억지로 팔을 움직여 보려던 뭄토는 그대로 땅에 곤두박질쳤다. 거대한 몸이 땅에 부딪히며 커다란 충돌음이 일었다. 뭄토는 분노의 함성을 내질렀다. 한 번으로 끝나지 않는 외침이 계속되었다. 창에 맞은 사슴이 그러듯 뭄토의 팔다리가 땅을 마구 때렸다. 그때마다 얼음이 퍽퍽 부서졌다. 아실은 뭄토를 완전히 무시하며 먼 하늘을 바라보았다.

뭄토의 몸부림이 점점 느려졌다. 강맹한 레콘의 정신에 두려움이 스며들었다. 뭄토는 충혈된 눈으로 아실을 바라보았다. 그러나 아실은 세상에 뭄토라는 것이 존재하지 않는다는 듯한 태도로 멍하니 하늘만 바라보고 있을 뿐이었다. 뭄토가 헐떡이며 말했다.

"이거, 네가 한 짓이야?"

아실의 입이 조금 열렸다. 그러나 그녀의 입에서 나온 것은 뭄토의 질문에 대한 대답이 아니었다.

"지멘은 어제 나를 엄청나게 화나게 했어."

뭄토는 실망감 속에 용을 쓰며 일어나려 했다. 다시 거칠게 발버둥치는 그의 모습을 아실은 무시했다.

"껄렁한 모습으로 우리에게 왔을 때 그 나쁜 자식에겐 부인이 셋 있었지. 그리고 타이모를 네 번째 부인으로 삼고 싶어했어. 타이모가 만약 결혼했다면 간단했을 테지. 남편을 두드려 팬 다음 타이모를 뺏으면 그만이니까. 하지만 타이모는 결혼하지 않았고, 그럴 생각도 없었어. 지멘은 좀 곤란했을 거야. 그런 상황이라면 그냥 남편을 가진 다른 여자를 찾아 떠나는 것이 더 화끈하고 재미있는 일이겠지. 피가 끓는 레콘 신부 탐색자는 대부분 그렇지. 하지만 지멘은 그냥 우리 옆에 눌러앉았어. 그리고 타이모를 돕는 척했지. 솔직히, 좀 놀랐어. 레콘이 마치 여자를 감동시키려는 인간 남자처럼 그랬으니까. 어떻게 보면 좀 순진하게 보였어. 그래서 마음에 들었지. 타이모를 정말 사랑하는 거라고 생각했어."

뭄토는 빙판에 닿아 있는 부분들의 감각을 느낄 수 없었다. 그리고 갑자기 지금 일어서지 못하면 다시는 일어설 수 없다는 확신을 느꼈다. '왜?' 죽기 때문이다. '죽어?' 뭄토는 깃털이 뽑혀 나가는 것 같은 충격을 느꼈다. '내가 죽는다고?'

"그런데 어제 지멘은 황제를 죽이기 위해 다른 레콘들과 힘을 합치자고 이야기했어. 타이모가 오래전에 하려고 했던 일을 이제야 떠올린 거라고. 화가 안 나게 생겼어? 누구는 지난 6년 동안 계속 그 생각만 해 왔는데."

뭄토는 절망감 속에서 떨어뜨린 접칼로 손을 뻗었다. 혼자 죽을 생각은 없었다. 죽음이 확실해지면 아실에게 접칼을 집어던질 작정이었다. 그때 아실이 그에게 다가오며 말했다.

"하지만 네 헛소리를 듣고 나서 나는 지멘을 용서하게 됐어."

뭄토는 절망적인 신음을 흘렸다. 다가온 아실은 그의 접칼을 발끝으로 끌어당겼다. 두 손으로 묵직한 접칼을 들어 올리는 아실을 보며 뭄토는 분노했다. 아실은 경멸스러운 눈으로 칼을 내려다보았다.

"온갖 일에 다 쓸 수 있는 도구라고? 왜 레콘이 온갖 일을 다

해야 하는데? 왜 모든 사람들에게 갈채를 받아야 하는데? 레콘이 받아야 할 갈채는 자기 자신의 것뿐이야. 레콘은 딱 한 사람만 만족시키면 돼. 자기 자신! 그런데 너는 인간처럼 모든 사람들을 만족시키려고 해. 그러니 모든 것이 되어야 하지. 네가 뭐가 된 건지 알아? 하늘누리 위에 있는 잡년이 기르고 싶어하는 가짜 레콘이 된 거라고. 이 빌어먹을 칼을 보니 그년은 이미 상당히 성공하고 있는 것 같군."

아실은 뭄토에게서 꽤 떨어진 위치에 접칼을 떨어뜨렸다. 얼어붙은 쇠구슬을 삼키는 것 같은 기분을 느끼며 아실이 말했다

"헤치카는 너 같은 가짜 레콘들이 나타나고 있다고 했지. 혼자서는 뭐가 좋고 뭐가 나쁜지 결정하지도 못해서 다른 사람들의 눈치를 보는 레콘. 겉모습만 레콘인 가짜 레콘. 황제가 마음대로 기를 수 있는 레콘. 절대로 안 돼. 이젠 더 미룰 수 없어. 황제를 죽여야 해. 아직 세상에 지멘 같은 진짜 레콘들이 남아 있는 동안에, 레콘이 무엇인지 가르쳐 줄 수 있는 사람들이 사라지기 전에."

더 이상 뭄토의 몸이 움직이지 않았다. 뭄토는 그 사실에 화를 내다가, 무서워하다가, 마침내 익숙해졌다. 그는 놀랄 만한 편안함을 느꼈다. 평소에 신경 쓰지 않았던 몸의 부분들에서 알싸한 쾌감이 번져 나오는 것 같았다. 거대한 도취감 속에서 뭄토는 평생 이 순간만 기다려 온 것 같았다. 틀림없다. 뭄토는 행복했다. 별이 소용돌이치는 밤하늘을 향해 걸어 올라가면서 티나한도 아마 이런 기분이었을 것이다.

아실은 더 이상 움직이지 않는 뭄토를 물끄러미 바라보았다.

아실은 장갑 속에 넣어 둔 물건을 꺼냈다. 그것은 의안과 비슷

한 크기와 비슷한 형태를 가지고 있다. 실제로 그것은 의안이다. 그러나 의안이 시력을 되찾아 주거나 하지는 않고 다만 미관상의 효과만 지닌 물건이라는 점을 놓고 본다면 그것은 의안이 아니다. 그것에는 미관상의 효과가 전혀 없다.

 아실은 안대를 이마 쪽으로 밀어 올렸다. 휑하니 뚫린 눈구멍이 드러났다. 아실은 혹한의 바람이 그 눈구멍으로 들어와 머릿속을 헤집는 것 같았다. 바람이라곤 한 점도 없었지만. 아실은 손에 쥐고 있던 물건을 눈구멍 속에 밀어 넣었다. 그리고 안대를 다시 원 위치로 가져왔다.

 아실은 바구니에 걸터앉았다. 뭔가 미진한 것 같았다. 아실은 앞머리를 끌어당겨 안대를 덮어 보려 했다. 그녀의 입이 제멋대로 움직였다.

 "가짜 레콘."

 뭄토에게 말할 때와 달리 이제 그 말을 듣는 것은 그녀뿐이었고, 그래서 그 말이 가지고 있는 무서움을 나눌 사람이 없었다. 소름 끼치는 말이었다. 아실은 머리를 움켜쥐었다. 그녀는 그것이 모든 통증을 물리치는 마법의 말인 것처럼 분리주의에 대해 암송했다.

 "타이모의 분리주의는 배타적 동포주의나 특권 의식과 무관하다. '빌어먹을. 나는 열여덟 살이야.' 실존이라는 개념이 당신들에게는 발견된 것일지 몰라도 레콘에겐 그렇지 않다. 만물이 당신에 대해서 존재한다는 것을 인정하는 것은 간단하다. '나는 열여덟 살. 눈은 하나뿐이고 나머지 눈은 특제 약병이지.' 여기서 평가가 이루어지고 가치가 발생한다. 그리고 유일하며 끔찍한 선택이 시작된다. 자신과 만물을 분리하고 두 세계의 연결자인 두 번째 자아를 생성할 것인지, 아니면 자신과 만물을 통합하고 그것을 전체 계로 규정한 다음 자신을 계의 조정자가 되게 할 것인지. '제기랄. 내 아랫배에 들어온 씹할 도깨비, 거기서 불장난을 쳐도 좋다고 한 적이 없는데.' 그런데 세상에는 망령 같은 두 번째 자아가……."

아실은 실망했다. 분리주의 철학에 집중할 수 없었다. 그녀는 입을 때리듯 틀어막았다. 혹한의 추위 속에선 눈물이 얼어붙을 위험이 있다. 아실은 이를 악물었다. 그러나 아랫배가 불타는 듯한 통증은 끔찍했다. 아실은 호수하는 눈으로 세계를 바라보았다.

문득 눈길이 머문 하늘 저편의 색깔이 이상했다. 이곳의 기후에 익숙하진 않았지만 폭풍의 징조인 것 같다는 막연한 생각이 들었다. 만약 폭풍이 몰아친다면 살아남기 힘들 것이다. 당장 어딘가로 움직이는 편이 좋을까? 그것이 아실의 계획이었다. 뭄토를 무력화시킨 다음 빙원에 남아 있는 뭄토의 발자국을 되짚어 걸어가는 것. 하지만 그가 쓰러진 지금 아실은 갑자기 긴장감이 사라진 빈자리에 찾아온 허탈감 때문에 아무것도 하고 싶지 않다는 무력감만 느꼈다.

아실은 멍한 기분으로 지멘이 뒤쫓아오리라 생각했다.

지멘에겐 아실을 뒤쫓을 방법이 없었다. 뭄토가 말한 것처럼 지멘은 어느 레콘이 아실을 납치한 것인지 확인할 수 없다. 레콘들을 구분 짓는 것은 각자의 무기지만 뭄토의 접칼은 기성품이다. 그 외에 뭄토가 가진 특징은 체구가 좀 작다는 것뿐이다. 최후의 대장간을 샅샅이 뒤진 다음에는 이쪽으로 달려올지도 모르지만 그때는 아실이 얼어죽은 후일 것이다. 지멘은 올 수 없다.

지멘은 올 거야.

아실은 이것이 자신의 목이 걸릴 밧줄을 꼬는 것과 비슷한 일이라는 것을 인정했다. 일어서서 뭄토의 발자국을 따라 걸어가야 한다. 이 쓸쓸한 세계 속을 홀로 걷는 것이…….

쓸쓸한 세계?

쓸쓸한 세계.

시간과 결별한 이 땅의 모습은 시원의 시랍 같았다. 아실은 이성의 박탈감을 느끼며 멍하니 그 풍경을 바라보았다. 변하지 않았고 변하지 않을 세계. 문득 아실은 자신이 한 마리 무당벌레 같다고 생각했다. 시간이라는 밧줄 위를 걸어가는 조그마한 무당벌레. 밧줄의 뒤쪽을 일백 년, 그리고 앞쪽을 일백 년 정도 늘이면 작은 무당벌레를 찾는 것은 힘들다. 앞쪽을 일만 년, 뒤쪽을 일만 년 정도 늘인다면? 극히 드문 우연이 아니고선 무당벌레를 찾을 수 없다. 일억 년씩 늘인다면? 밧줄 위를 걷는 무당벌레는 존재하지 않는다고 말해도 무방하다. 무당벌레는 없다.

아실의 몸이 다급하게 경련했다. 아실은 겨드랑이에 두 손을 묻은 채 황급히 일어섰다. 그녀는 지평선을 따라 제자리에서 빙글 돌았다. 두 바퀴를 돈 다음 다시 반대 방향으로 돌았다.

나는 없다.

"나는 가짜가 아니야!"

아실은 두 손을 입 앞에 모으고 힘껏 외쳤다.

"나는 가짜가 아니야!"

그녀는 몸을 돌려 또 외쳤다.

"가짜가 아니라고!"

전후좌우를 향해 외친 아실은 고개를 들어 하늘을 향해 외쳤다.

"나는 나다!"

몸서리쳐질 만큼 유치한 행동이었지만 효과는 있었다. 아실은 몸속의 피가 더 빨리 흐르는 것을 느꼈다. 딱딱한 등 아래에 무당벌레는 날개를 숨기고 있다. 무당벌레는 밧줄을 박차고 날아오를 수 있다. 날개의 힘이 다하면 바닥 없는 심연으로 떨어질 테지만. 추락도 방향이 다른 상승이니. 뭄토의 발자국을 따라 걸어가자. 어쨌든 최후의 대장간에 조금이라도 가까워지는 편이……

어떤 소리가 들려왔다.

크고 난폭한 소리. 아실에게 그 소리는 하늘의 빛깔보다 더 확실한 폭풍의 증거처럼 느껴졌다. 아실은 비틀거리며 일어섰다, 그녀는 걱정스러운 눈으로 하늘을 바라보았다. 그러나 소리가 들려오는 곳은 그녀가 보고 있는 방향이 아니었다. 아실은 뒤를 돌아보았다. 그리고 이 하얀 세계에 대한 모욕적인 침범을 발견했다.

언젠가 그녀를 죽일 검은 폭풍이 다가오는 것을 보며 아실은 미소 지었다.

지멘은 꽤 먼 거리를 순식간에 좁히며 다가섰다. 다가오면서 그는 쓰러져 있는 뭄토와 아실의 무사한 모습을 확인할 수 있었다. 그래서 지멘은 아실을 내버려둔 채 우선 무릎을 꿇고 뭄토의 몸을 건드려 보았다. 몇 번 흔들어 보고서 아예 뒤집어 놓았다. 뭄토의 몸은 지멘이 다루는 대로 힘없이 움직이다가 빙원 위에 똑바로 누웠다.

똑바로 일어선 지멘은 그제야 아실 쪽을 돌아보았다. 아실이 말했다.

"어떻게 찾아왔죠?"

지멘은 대답 없이 물끄러미 아실을 바라보았다. 그 표정은 마치 자신도 아실이 꺼낸 것과 똑같은 질문을 던지고 싶다고 말하는 것 같았다. 아실은 재촉했다.

"예? 어떻게 찾아왔어요?"

"어떤 레콘이 그 애를 데려갔다고 들었다. 그런데 내가 아는 그 애는 멍청한 레콘에게 한 시간 이상 붙잡혀 있을 아이가 아니다. 그래서 나는 틀림없이 대장간을 떠났다고 추측했지. 최후의 대장간을 나와 남쪽으로 달리며 몇 백 미터마다 한 번씩 높이 도약하여 발자국을 찾았지. 그리고 그것을 발견했어."

아실은 그것이 말이 안 된다고 생각했다. 그러나 그때 불가사의한 일이 일어났다. 아실이 그 상황의 비합리성을 지적하려 할 때 지멘도 그것을 깨달았다.

"그리고 내 느낌이 그랬다."

"느낌?"

"왜 그 애가 이곳에 있을 거라고 느꼈을까."

아실은 말을 할 듯 입을 벌렸다가 다시 닫았다. 그리고 미소 지었다.

"그 느낌이 맞아서 다행이네요."

지멘도 다행이라고 생각했다. 아실은 시선을 이리저리 방향 없이 흔들다가 말했다.

"좀 늦었네요."

지멘은 그 표현이 중의적이라는 것을 깨달았다. 찾아온 것이 늦었다는 의미도 되고 타이모의 사상을 이해한 것이 늦었다는 의미도 된다. 지멘은 그것에 대해 사과해야 하나 생각했다. 하지만 먼저 사과한 것은 아실이었다.

"미안해요."

지멘은 눈을 크게 떴다. 아실은 팔을 쓰다듬으며 말했다.

"진작 말하지 않은 것이 잘못이겠지요. 예, 우리가 모아 둔 돈을 풀어 레콘 용병을 살 수는 있어요. 하지만 많은 레콘이라는 것은 의미가 없어요. 쥐덤에서 이미 증명되었어요."

지멘은 탄성을 지르고 싶었다. 그곳에는 무수한 레콘이 있었고, 교활한 계략으로 제국군의 명령 체계까지 파괴했지만, 그들은 패배했다. 그때 무수한 레콘은 아무런 힘도 되지 않았다.

"6년 전에는 차라리 변명 거리라도 있지요. 그때 나는 스카리 빅파마 겨냥하고 있었지 에시 에더리에 대해서는 알지두 못했으니까요. 엘시 에더리라는 괴물이 있다는 것을 알면서 똑같은 실수를 저지를 수는 없어요."

지멘은 아실이 말하는 엘시 에더리가 대지진, 태풍, 화산 폭발, 유성 낙하 등과 비슷한 어조로 발음된다고 느꼈다. 지멘이 철의 대화를 하도록 유도할 정도로 배짱 좋은 그녀가 유일하게 무서워하는 존재가 제국 만병장이다. 그리고 지멘은 그 두려움이 지나치다고 생각하지 않았다. 어쨌든 그들이 패배하고 타이모가 쟁룡해에 빠지고 무수한 레콘이 절망도로 가야 했던 것은 그들이 엘시 에더리라는 한 명의 인간을 몰랐기 때문이다. 아실이 말했다.

"우리가 용병을 모은다는 소식이 들리면 틀림없이 엘시가 오겠지요. 그러면 우리는 똑같은 패배를 또 겪을 테고요. 안 돼요. 지난 6년 동안 확인했던 것처럼 적을수록 가볍고 좋아요. 치천제가 단지 두 명의 수배자를 붙잡기 위해 엘시를 보낼 수는 없으니까요. 돈이 아까워서 이렇게 말하는 것이 아니에요."

지멘은 자신이 그렇게 생각하지 않는다는 것을 알려 주기로 했다.

"이 애가 모아 둔 돈은 건국 자금이지."

아실은 충격에 빠진 눈으로 지멘을 올려다보았다.

"황제를 죽인 후 발생할 혼란기에 사용할 자금이지. 타이모의 유지를 이은 독립국의 건설. 그것이 이 애의 소망이지."

"어떻게…… 알았어요? 당신이 깨달은 거예요?"

"살인 기사는 그렇게 말했지."

"제이어 솔한이? 제이어가 그렇게 말했다는 거예요? 당신한테?"

지멘은 그날 새벽에 일어났던 일을 아실에게 들려주었다. 혼잣말의 형태로 바꿔야 했기 때문에 시간이 좀 걸리긴 했지만 아실은 무슨 일이 일어났는지 알 수 있었다. 아실은 머리를 감싸쥐었다.

"그 장난꾼, 정말 사람 미치게 하네!"

분노의 말과 행동으로 자기 감정을 표현하던 아실은 지멘의 배낭을 가리켰다.

"꺼내 봐요! 직접 말해야겠어요."

지멘은 무엇을 꺼내야 하는지 알 수 없었다. 지멘이 꿈쩍도 하지 않는 것을 본 아실은 고개를 갸웃했다.

"배낭에 넣어 오지 않았어요? 그러면 마지막 대장간에 묶어 뒀어요?"

지멘은 당혹했다. 아실은 믿을 수 없다는 얼굴로 그를 바라보다가 뚝뚝 끊어서 말했다.

"설마, 우리를 한번 보지도 않은 주제에, 계속 함께 다녔던 당신도 알지 못했던 내 속셈을, 다 짐작해 버리는 영리한 녀석을, 그냥 내버려두고 온 것은, 아니겠죠?"

지멘은 안도감을 느꼈다. 그제야 아실이 무슨 말을 하는지 이해했다. 그리고 동시에 아실이 기대하는 행동을 자신이 하지 않았다는 것도 이해했다. 지멘의 얼굴을 바라보던 아실은 곧 상황을 파악했다.

"아아, 내가 미쳐! 그 장난꾼이 뭣 때문에 우리를 돕는지 모르잖아요! 그리고 다른 사람에게 떠들지도 모르고요! 제이어가 한동안은 황제에 대한 적개심 때문에 우리 일을 입 다물고 있을지도 모르죠. 하지만 그 정신 나간 녀석은 한 달쯤 지난 후엔 광신닥 애교까고 삐끼이도 이상한 것이 하나도 없다고요. 그의 입을 막아야 해요! 어서 가요!"

아실은 들어 올려달라는 동작을 취했다. 하지만 지멘은 움직이지 않았다. 아실은 분노와 의문이 뒤범벅된 얼굴로 그를 올려다보았다. 지멘은 가는 눈으로 아실을 바라보다가 나직이 말했다.

"이 애는 뭄토처럼 제이어도 죽일 작정일까."

아실의 몸이 굳었다. 애꾸눈 소녀는 하나뿐인 눈에 큰 의혹을 담은 채 지멘을 바라보았다. 지멘은 뭄토에게 고개를 돌렸다.

"나는 뭄토를 용서했다. 결국 이자는 못쓰게 변한 레콘일 뿐이고 그것은 이 젊은이의 잘못이 아니기 때문이다. 그것은 나가 황제들의 잘못이다. 원시제와 치천제의 통치 기간 동안 레콘은 천박한 것으로 바뀌었다. 최후의 대장간에서 제작되는 도구들은 혐오스러운 것들이다. 온갖 용도에 쓰일 수 있는 그 칼들은, 레콘에게 하나의 숙원을 위해 달려가는 대신 황제를 위해 온갖 자질구레한 일을 하라고 요구하는 치천제의 명령이나 다름없다. 나가 황제들이 만든 세상이 잘못된 것이고, 뭄토는 그저 피해자일 뿐이다. 하지만 이 애는 방해가 된다는 이유로 뭄토를 무참하게 죽였다. 그리고 또 제이어 솔한이 자신의 계획을 짐작할 수 있는 명석함을 가지고 있다는 이유에서 그를 죽이려고 하고 있다. 나는 그것을 거들고 싶지 않다."

지멘은 망치를 힘있게 움켜쥐었다.

아실은 지멘의 망치를 바라보았다. 그에게 망치를 쓰지 말아 달라고 부탁했던 것이 떠올랐다. 아실은 지멘의 대답을 듣지 못했다.

그러나 아실은 공포를 느끼지 않았다. 과거의 어느 시점, 지멘이 틀림없이 잊고 싶어할 어느 시점에 격분한 지멘은 아실에게 철의 대화를 요구했다. 분노한 레콘은 더 이상의 대화를 거부하고 오직 격투로써 견해차를 조정하겠다고 선언할 수 있다. 그것이 철의 대화다. 그것을 받아들이는 방법은 간단하다. 공격하면 된다. 그로써 철의 대화가 시작된다. 둘 중 하나가 죽을 테니 견해차는 자연스럽게 사라진다.

그래서 지멘은 아실에게 말을 할 수 없다. 대화를 거부했기 때문이다. 그리고 그는 아실을 공격할 수도 없다. 아실이 아직 그를 공격하지 않았기 때문이다. 아실이 지멘을 향해 작은 비수 하나를 휘두르기만 해도, 그것이 지멘에게 아무 해를 입히지 않는다 하더라도 철의 대화는 시작되고 지멘은 그녀를 죽일 것이다.

그러나 아실은 아직 그러지 않았다. 그래서 아실은 공포 없이 말했다.

"세상이 잘못되고 있다는 건 아는군요."

지멘은 무거운 눈길로 동의했다. 아실은 허리에 손을 얹었다.

"마지막 대장간의 칼들, 제대로 봤어요. 징그러운 물건이죠. 그렇다면 당신은 그것도 짐작하겠군요. 이 녀석이 처음이긴 하지만 앞으로 이런 녀석들을 많이 보게 될 것을."

지멘은 그것까지는 짐작하지 못했다. 하지만 아실이 무슨 말을 하는지는 알 것 같았다.

그것은 지멘의 오해였다. 아실은 웃음을 터뜨렸다.

"젠장. 이런 가짜 레콘을 볼 때마다 죽인다면 저는 페시론 섬에 상륙한 도깨비 무사장의 기록에 도전할 수 있겠군요."

지멘은 당혹했다. 아실은 고개를 가로저었다.

"안 죽었어요."

"뭄토…… 는 안 죽은 셋일까?"

"안 죽었어요! 세상에는 당신들도 몇 방울로 때려잡는 독이 있을지 모르지만, 나는 그런 독을 구경한 적이 없어요. 설령 가지고 있다 해도 바보를 닥치게 하느라 그 아까운 걸 쓰지는 않을 테고요. 한나절이나 하루쯤 잔 다음 깰 거예요. 물론 깨고 나서 머리도 아프고 속도 좀 뒤집힐 테니 몸조리는 해야겠지만, 어쨌든 죽진 않아요. 그리고 제이어 솔한도 죽일 생각 없어요."

당황한 지멘은 애꿎은 수염볏을 이리저리 비틀며 말했다.

"음. 죽이지 않고 어떻게 살인 기사의 입을 막을까. 종잡을 수 없는 인물인 그에게 약속을 받을 수도 없을 테고……."

"제이어가 장난꾼이라고 여러 번 말했잖아요. 장난꾼이라면 어띤 종족이 떠오르죠? 도깨비죠. 그런데 도깨비 잡는 건 뭐죠? 세 명의 이야기꾼이죠. 알겠어요?"

'모르겠는데.' 지멘의 불쌍한 얼굴을 본 아실은 핏 웃었다.

"제이어에게 엉터리 추리를 할 정보를 잔뜩 들려주면 돼요. 그가 노선을 바꾸면 더 쓸모 있는 존재로 만들어 주는 거죠, 젠장. 제가 살인 기사를 왜 죽여요? 돌아다니면서 벼락이나 끌어내리게 하는 편이 훨씬 좋은데. 우리에게 그런 것처럼."

그 대답이 지멘에게 남은 마지막 불안도 걷어갔다. 지멘은 만족한 표정을 지어 보였다.

"내가 오해했군. 이 애는 아무도 죽이지 않았고 죽이지 않을 작정이군. 타이모도 이 애를 자랑스러워할 테지. 그녀가 꿈꾸었던 레콘 독립국이 무고한 이들의 시체 위에 세워지는 것은 그녀 또한 바라지 않을 테니."

'무고한 이들의 시체?'

아실은 그 말이 거슬렸다. 그녀는 즈라더를 죽인 것이 누구냐고 묻고 싶었다. 그러나 그 말을 꺼내기 직전에 도로 삼켰다. 두 가지 이유 때문이다. 우선 아실은 즈라더의 죽음을 무고한 죽음이라고 말할 수 없었다. 즈라더와 지멘의 대결은 공정한 결투였고 만약 즈라더에게 승기가 있었다면 납병을 한 사람은 지멘이 되었을지도 모른다. 그러나 아실이 더욱 주목한 것은 두 번째 이유였다.

'죽음? 당신, 그 나룻배 위에서 죽음을 봤어요?'

아실은 그랬으리라 생각했다. 나룻배 위에서 보낸 몇 분 동안 레콘 지멘은 죽었다가 살아난 것이다. 갑자기 아실은 지멘이 죽음에 대해 아무런 준비가 되어 있지 않다는 것을 깨달았다. 아실의 죽음은 약속되어 있다. 3미터를 훌쩍 넘는 검은 레콘이라는 형태로. 하지만 지멘은 그렇지 않다. 지멘은 강력했다. 신부 탐색자 시절에도, 6년 동안 계속된 도망자 시절에도 한번도 죽음의 위협 앞에 진지하게 노출된 적이 없다. 물웅덩이 사이에서 보낸 하룻밤과 배 위에서 보낸 몇 분을 통해 죽음을 경험한 지멘은 이제 다른 이를 죽이는 일에 거부 반응을 보이게 된 것일까? 만약 그렇다면 아실은 그것을 반길 수 없었다.

아실은 지멘의 벼슬 아래를 꿰뚫어 보고 싶다는 눈으로 그를 바라보았다.

지멘은 아실의 그런 눈을 깨닫지 못했다. 그는 다시 허리를 굽혀 뭄토에게 호흡이 있는지 확인했다. 뭄토가 미약하지만 호흡을 계속하고 있다는 것을 확인한 지멘은 만족한 모습으로 일어섰다. 그리고 주위를 잠깐 둘러보고 나서 뭄토가 잠들기 전 무엇을 먹었음을 확인했다.

"식사를 잘했다면 레콘은 이런 날씨에 삼 들어도 그게 해를 입지 않는다. 뭄토는 여기 놔두고 가도 되겠군."

그리고 지멘은 아실의 몸을 들어 올렸다. 지멘의 배낭 속에 자리를 잡은 아실은 그 익숙한 자세가 안정감을 준다는 것을 깨달았다. 결국 아실은 지멘에 대한 우려를 잠시 접어 두기로 했다. 당면한 문제는 살인 기사였다.

지멘이 달리기 전, 아실은 뭄토를 한 번 돌아보았다. 하얀 빙원 위에 똑바로 누워 있는 뭄토의 모습을 보며 아실은 고소를 머금었다.

'무엇이든 될 수 있는 것은 아무것도 아닌 것뿐이야, 뭄토.'

최후의 대장간으로 돌아가는 지멘의 속도는 그다지 빠르지 않았다. 뭄토와 아실의 뒤를 쫓아올 때 전속력으로 달렸기 때문에 그는 지쳐 있었다. 아실은 조바심을 느꼈지만 지멘을 보채지는 않았다. 지멘을 더 지치게 하고 싶지 않았고, 위험은 어차피 그들의 일상이었다. 아실에게는 두 사람이 이제 함께 있다는 사실이 중요했다.

아실은 그것이 정말 중요하다고 생각했다. 그래서 제이어 솔한이 사라졌다는 것을 알았을 때도 견딜 수 없을 만큼 화를 내지는 않았다.

그들이 머물던 여숙으로 돌아온 것은 짧은 낮이 저문 뒤였다. 여숙은 저녁 준비로 바빴고 지멘과 아실은 겨우 종업원 한 사람을 붙잡을 수 있었다. 제이어가 몇 시간 전에 떠났음을 알려 주던 종업원은 갑자기 뭔가를 떠올렸다. 종업원은 지멘과 아실을 놔둔 채 잠깐 사라졌다가 곧 봉투 하나를 들고 돌아왔다.

"그분이 두 분께 남긴 편지입니다."

제이어를 추적하기 위해 다시 떠나야 하나 고민하던 아실은 그 봉투를 보고 생각을 바꿨다. 제이어는 붙잡히지 않을 자신이 있는 것 같았다. 추격과 귀환으로 지친 지멘을 다시 밖으로 데리고 나간다는 것도 내키지 않았다. 달가운 결정은 아니지만 빨리 결정을 내린 아실은 곧 종업원에게 하루 더 머물겠다고 말했다. 아실이 말하는 것을 듣던 지멘은 말없이 그 결정을 따랐다.

방으로 안내된 두 사람은 약속인 양 가까이 마주 앉았다. 아실은 봉투를 열고 그 안에서 편지를 꺼냈다. 편지 내용은 짧은 문장 하나였다. 아실은 그것을 두 손으로 들고 바라보다가 뒤집었다. 그리고 지멘의 눈앞으로 내밀었다. 지멘은 그 내용을 보았다.

'하텐그라쥬를 주목하십시오, 여러분의 벗.'

"하텐그라쥬."

지멘의 말을 들은 아실은 편지를 바닥에 내려놓았다. 그리고 턱을 만지작거리며 그것을 내려다보았다.

"하텐그라쥬라면 아스화리탈과 뇌룡공이 있는 곳이잖아요. 그리고 대호왕과 원시제도 그 도시 출신이고…… 하지만 그 도시는 제2차 대확장 전쟁 때 파괴되었어요. 거기엔 심장탑이 없어요.

따라서 치천제의 심장병이 거기에 있을 리 없는데."

지멘은 벼슬을 꿈틀했다. 아실은 고개를 갸웃거리며 말했다.

"예. 심장병이에요. 제이어 솔한은 치천제의 심장병이 지도그라쥬에 있지 않다고 주장했지요. 그리고 우리에게 하텐그라쥬를 주목하라는군요. 그렇다면 하텐그라쥬에 치천제의 심장병이 있다는 의미가 되겠지요."

지멘은 편지를 내려다보았다. 아실의 말대로였다. 비록 제이어 솔한의 동기나 욕망에 대해 그들이 아는 것은 거의 없거나 모호한 것뿐이지만, 그가 말하려 했던 것은 치천세의 심장병에 대한 이야기였다. 아실은 뒤통수를 긁적였다.

"젠장. 하필이면 제국 최남단의 도시를 주목하라는 거야? 우리는 제국 최북단에 있는데. 여기서부터 거기까지 거리가…… 걷는 거리로 따지면 말도 하기 싫을 정도가 되겠군요."

실질적인 이야기를 늘어놓는 아실을 바라보던 지멘은 갑자기 그녀가 하텐그라쥬로 갈 작정이라는 것을 깨달았다. 그는 고개를 갸웃했다.

"이 애는 제이어 솔한을 믿는 것일까."

아실은 콧방귀를 뀌었다.

"믿냐고요? 아뇨. 절대로 안 믿어요."

"이 애는 하텐그라쥬로 갈 작정인 것 같은데."

"그럴 수밖에 없잖아요? 우리는 세상의 북쪽 끝에 있어요. 여기서 어디로 간다면 남쪽밖에 없죠. 그리고 하텐그라쥬는 제국의 남쪽 끝에 있고."

말을 끝내려던 아실은 그것이 지멘의 질문에 대한 대답이 안 된다고 생각했다. 그녀는 조금 생각한 다음 말했다.

"제가 믿는 것은 제이어 솔한이 아니라 제이어 솔한이 우리에게 하텐그라쥬에 주목하라고 말했다는 사실이에요. 그건 확실히 일어난 일이지요. 여기 증거도 있고."

아실은 바닥에 놓인 살인 기사의 편지를 손가락으로 짚었다.

"저는 이 사실만 믿어요. 그리고 그 사실을 어떻게 받아들이는가는 살인 기사가 결정하는 것이 아니라 제가 결정할 거예요."

대장장이 헤치카의 판매 대행인이자 세상이 평온한 것은 자신이 세상을 가만히 놔두기 때문이라는 망상에 빠지는 것을 즐기는 소년인 돔의 관심은 언제나 최후의 대장간에 들어서는 레콘에게 쏠려 있었다. 돔이 먹이를 노리는 맹수가 답습하고 싶어할 눈초리로 레콘들을 바라보면, '얍! 맡겨 둔 단검을 이제 가지러 온 거냐?' 맡아 줘서 고맙다고 말해야 할 것 같은 압박감 속에 레콘은 돈을 내놓게 된다. 그 순간은 돔에게 인생의 절정기이며, 따라서 돔은 하루에도 몇 번씩 절정을 경험한다.

그런 돔에게 지멘과 아실을 관찰하는 것은 자신에 대한 배신처럼 느껴졌다. 무기를 이미 가지고 있는 지멘이나 레콘의 무기와 완벽히 무관한 아실에게 자신의 귀한 주의력을 할애하면서, 결국 돔은 도착적인 즐거움을 느끼기로 했다. 돔은 이미 인생을 알고 있다. 지멘과 아실이 최후의 대장간을 떠난 것을 확인하고서 헤치카의 작업장으로 뛰어갈 때 돔의 발걸음은 경쾌했다.

"갔어요!"

"알았다. 그럼 수고해라."

헤치카의 대답을 들은 돔은 휘파람을 부르며 다시 절정을 맞으러 달려갔다. 헤치카는 귀엽다는 표정으로 돔의 뒷모습을 보다가 천천히 고개를 돌렸다.

"그들이 떠났다는군."

"저도 들었습니다. 그럼 하던 이야기를 계속하지요."

"더 할 얘기가 없는 것 같은데. 나는 레콘의 무기만 만들어."

"물론이지요. 다른 종족의 무기를 만들라는 말이 아닙니다. 당신이 지금까지 하던 일을 말하는 겁니다."

늙은 대장장이 헤치카는 조그마한 인간을 물끄러미 바라보았다. 인간들 사이에서 그가 살인 기사나는 시분 너빤 이름으로 불린다는 것을 떠올렸다.

"최후의 대장장이께서 확실히 동의했나?"

제이어 솔한은 빙긋 웃었다. 헤치카는 그 웃음이 맑다고 생각했다. 왜 그런 이름으로 불릴까. 단지 대국 상대자에게 일어난 불상사를 가지고 그렇게 부른다면 무례일 텐데.

"제가 무슨 경을 칠지 모르니 거짓말은 하지 않겠습니다. 최후의 대장장이께서 동의하신 것은 제가 여러분과 만나서 이야기를 해도 좋다는 것이었습니다. 여러분의 판단에 맡기는 것이겠지요. 사실 그분께서는 여러분이 쓰시는 별철을 만들어 내실 뿐 여러분이 어떤 무기를 만드는가는 전적으로 여러분의 재량이지 않습니까?"

헤치카는 피로감을 느꼈다. 제이어의 말은 전부 옳았다. 그러나 제이어의 요청은 헤치카가 이해할 수 없는 것이었다. 왜 그런 것이 필요할까. 최후의 대장장이가 대신 판단해 주었으면 좋을 텐데. 헤치카는 결국 대가 세고 무서움 없는 레콘답게 말했다.

"네 후원자는 락토 빌파인가?"

제이어는 곤혹스럽다는 듯이 웃었다.

"그것은 암살공에게 확인받으셔야 할 질문인 것 같은데……."

"락토 빌파인가?"

제이어는 웃음을 거두었다. 살인 기사는 헤치카의 시선을 피하려고 주위로 눈을 돌렸다. 그러자 거대한 도구들이 눈에 들어왔다. 레콘의 병기를 만들어 내기 위한 압도적인 크기의 집게와 망치와 모루와 노. 제이어는 옆을 쳐다보며 말했다.

"락토 빌파라면 어쩌시겠습니까?"

"락토 빌파인가?"

제이어는 갑자기 고개를 돌렸다. 그는 헤치카의 눈을 똑바로 바라보며 말했다.

"제 후원자는 암살의 주인입니다."

헤치카는 부리를 한 번 부딪쳤다. 그리고 조금 후 다시 그것을 부딪쳤다. 발케네 공이 사용하는 감투 문장은 그들 가문에 내려오는 세 개의 저주받은 도깨비감투 이야기에 기인한다. 착용자의 모습을 감추는 도깨비감투의 효과는 널리 알려져 있지만, 빌파 가문에 내려오는 이야기 속의 도깨비감투들은 그 이상의 효과를 가지고 있었다 한다. 그 저주받은 감투들은 열을 보는 나가의 눈에서조차 착용자를 감춘다. 암살자에겐 최고의 도구라 할 수 있다.

제2차 대확장 전쟁의 다급했던 시기, 도깨비 장인들은 나가들의 눈을 피하기 위해 그런 무서운 물건을 만들어 내었다. 그것을 받은 자들은 빌파 가문의 세 남자였고, 2차 대확장 전쟁과 천일 전쟁 동안 그들은 대단한 활약을 보였다. 하지만 천일 전쟁이 끝난 다음 그들은 그것을 잃어버렸다고 주장했고 아라짓 제국의 황제들은 발케네의 도둑들 중 가장 우수한 도둑들인 그 남자들에게서 그것을 회수하지 못했다. 물론 그들이 그것을 정말 잃어버렸다고 믿는 사람은 아무도 없다. 발케네 공 자신이 직접 그 감투를 이용하는지, 그렇지 않으면 무서운 시험 끝에 선택된 암살자에게 그것을 주는지는 알려져 있지 않으며 그것을 소재로 한 낭만적이면서 무서운 이야기도 많지만, 어쨌든 사람들은 그 저주받은 감투들이 여전히 남아 있으며 때때로 사용된다고 믿는다. 발케네 공은 암살공이며, 그래서 발케네 공은 암살의 주인이다. 헤치카는 수염빗을 쓰다듬었다.

"내가 만들어야 할 단검이 몇 개라고?"

"우선 천 자루입니다."

"더 많을 수도 있다는 건가?"

"그럴지도 모릅니다. 어찌시겠습니까?"

어떻게 해야 할까? 헤치카는 알 수 없었다. 암살공이 쓰지도 못할 레콘 단검을 천 자루나 필요로 하는 까닭이 무엇일까? 그것을 인간용 장검으로 쓴다는 것은 어불성설이다. 단검은 단지 크기를 줄여 놓은 장검이 아니다. 무게 분포가 완전히 다르다. 헤치카는 무거운 심정으로 말했다.

"좀 생각해 보고 대답해야겠군. 내일 대답해 주면 어떻겠나."

제이이는 기분 좋게 고개를 끄덕였다. 그 얼굴을 보며 헤치카는 다시 혼란을 느꼈다. 어쩌자고 저렇게 맑은 표정일까. 나이도 적지 않게 먹은 사람이.

제이어는 간략한 인사를 남기고 헤치카의 작업장을 떠났다. 홀로 남은 헤치카는 고민에 빠졌다. 그러나 머리가 복잡했다. 헤치카는 아실에게 세상 돌아가는 일을 제법 안다고 말했던 자신이 우습게 느껴졌다. 그는 알 수 없었다.
 헤치카는 익숙한 작업에서 마음의 위안을 얻기로 했다. 늙은 대장장이는 턱없이 익숙하기에 눈을 감고도 할 수 있는 일들을 민첩하게 해치웠다. 별철을 녹일 준비를 갖춘 헤치카는 자신의 노에 불을 붙였다. 발로 밟는 풀무를 쓰기에 불을 다루는 일은 혼자서도 할 수 있었다. 헤치카는 세심하고도 정이 깃들인 손놀림으로 노 속에서 잠든 불씨를 깨웠다. 일어나렴. 일을 할 시간이구나.
 늙은 대장장이의 부드러운 손길 속에 불꽃이 잠을 깼다.

# 피를 마시는 새 1

1판 1쇄 펴냄 2005년 7월 8일
1판 27쇄 펴냄 2024년 2월 23일

**지은이** | 이영도
**발행인** | 박근섭
**편집인** | 김준혁
**펴낸곳** | 황금가지

**출판등록** | 2009. 10. 8 (제2009-000273호)
**주소** | 06027 서울 강남구 도산대로 1길 62 강남출판문화센터 5층
**전화** | **영업부** 515-2000 **편집부** 3446-8774 **팩시밀리** 515-2007
**홈페이지** | www.goldenbough.co.kr

도서 파본 등의 이유로 반송이 필요할 경우에는 구매처에서 교환하시고
출판사 교환이 필요할 경우에는 아래 주소로 반송 사유를 적어 도서와 함께 보내주세요.
06027 서울 강남구 도산대로 1길 62 강남출판문화센터 6층 민음인 마케팅부

ⓒ 이영도, 2005. Printed in Seoul, Korea

ISBN 978-89-8273-932-3 04810 (1권)
ISBN 978-89-8273-931-6 04810 (세트)

㈜민음인은 민음사 출판 그룹의 자회사입니다.
황금가지는 ㈜민음인의 픽션 전문 출간 브랜드입니다.